WOLFGANG HOHLBEIN

Glut und Asche

WOLFGANG HOHLBEIN

GLUT UND ASCHE

Der elfte Roman
der Chronik der Unsterblichen

LYX
EGMONT

Originalausgabe Oktober 2009 bei LYX
verlegt durch EGMONT Verlagsgesellschaften mbH,
Gertrudenstr. 30–36, 50667 Köln

1. Auflage
Redaktion: Stefanie Zeller
Einbandillustration: Thomas von Kummant
Satz: Greiner & Reichel, Köln
Druck: GGP Media GmbH, Pößneck
ISBN 978-3-8025-8247-9
www.egmont-lyx.de

Kapitel 1

Die Ratte war so groß wie eine noch nicht ganz ausgewachsene Katze und sah selbst jetzt noch wild und gefährlich genug aus, um jedem klarzumachen, dass sie zu Lebzeiten kein solches Tier hatte fürchten müssen und wahrscheinlich auch keinen Hund, der deutlich kleiner als ein Bullenbeißer oder eine Deutsche Dogge gewesen wäre. Sogar jetzt, wo sie sich an einem Stock über einem Feuer drehte, schienen ihre winzigen Knopfaugen noch vor Wut zu funkeln und ihre in der Hitze verkrümmten Krallen nach etwas zu greifen, das sie packen und zerfetzen konnte. Sie bot einen nahezu Ehrfurcht gebietenden Anblick.

Vielleicht war ihr Anblick aber auch einfach nur widerlich.

Der saure Speichel, der sich immer schneller unter Andrejs Zunge sammelte, war jedenfalls nicht das sprichwörtliche Wasser, das ihm beim Anblick dieses Festmahls im Munde zusammengelaufen wäre – obwohl er hungrig war.

Aber nicht nach dieser Art von Nahrung.

Andrej schluckte die bittere Galle herunter – obwohl ihm sein Verstand sagte, dass es dumm war, denn er verspürte bereits jetzt ein leises Gefühl von Übelkeit und schlang die ebenso ungewohnte wie für das Wetter unpassende dünne Pelerine enger um die Schultern. Er fragte sich, was seinem Magen eigentlich mehr zusetzte:

der Anblick der toten Ratte, deren Körperfett in zähen, geschmolzenen Fäden zwischen ihrem verkohlten Fell hervorquoll und in den Flammen des erbärmlichen Feuers verzischte, der Gestank ebenjenes Feuers, von dem er gar nicht wissen wollte, womit man es entzündet hatte und fütterte, oder die Vorstellung, dass dieser jämmerliche tote Nager gleich *gegessen* werden würde und für das knappe Dutzend ausgemergelter Kinder, das sich um das winzige Feuer versammelt hatte und ihn mit leuchtenden Augen anstarrte, tatsächlich so etwas wie ein Festmahl darstellte. Andrej musste seine besonderen Sinne nicht zu Hilfe nehmen, um zu erkennen, wie hungrig diese vor Schmutz starrenden Kinder waren. Vermutlich war die Ratte das Erste, was sie seit Tagen zu essen bekamen. Die Wahrscheinlichkeit, dass dieses Mahl sie umbringen würde, war nicht so gering, wie irgendeine dieser bedauernswerten Gestalten glauben mochte, doch Andrej war sicher, dass es ihnen herzlich egal war. Letzten Endes spielte es wahrscheinlich auch keine Rolle, dachte er bitter, ob das Fleisch dieser toten Ratte sie vergiftete, die Pest sie dahinraffte oder sie verhungerten.

Eine vage Trauer überkam ihn, während sein Blick über die Gesichter der ausgemergelten Kinder tastete (sie waren allesamt so schmutzig, abgerissen und zerlumpt, dass er nicht sagen konnte, wer von ihnen ein Junge und wer ein Mädchen war), und ihm klar wurde, dass kaum eines dieser Kinder das nächste Frühjahr erleben würde. Wenn verdorbenes Essen, Hunger oder irgendeine Krankheit sie nicht umbrachten, dann würden sie erfrieren, denn der bevorstehende Winter versprach bitterkalt zu werden. Die Stadt wurde zwar nicht gerade von einer Hungersnot heimgesucht, doch die schlechte Ernte des letzten Sommers und die zurückliegenden Kriegsjahre hatten die Herzen ihrer Bewohner im gleichen Maße härter werden lassen, wie das Knurren ihrer Mägen zunahm und sich ihre Vorratskammern leerten. Niemand verschenkte noch etwas in dieser Stadt – in diesem ganzen Land, wenn er es richtig bedachte –, und es gab erst recht niemanden, der einem bettelnden Kind etwas geschenkt hätte, von dem er genau wusste, dass es ihn nur deshalb anbettelte, weil es noch keine Gelegenheit gefunden hatte, ihm etwas zu stehlen oder ihn abzulenken, damit einer seiner Freunde ihn bestehlen konnte.

Andrej maßte sich nicht an, darüber zu urteilen. Auch er hatte schon gestohlen, weil er hungrig gewesen war. Auch in diese Stadt war er gekommen, um genau das zu tun.

Er allerdings würde kein Brot und Fleisch stehlen, und die, die er zu bestehlen gedachte, hatten es verdient – sowohl nach den Gesetzen der Menschen als auch nach denen des Schicksals. Vielleicht auch nur nach seinen eigenen. Welchen Unterschied machte das schon?

Die Ratte schien gar zu sein. Oder den Teilnehmern dieses Galadinners knurrten nur so sehr die Mägen, dass sie einfach nicht mehr länger warten konnten, denn einer der Jungen nahm den verkohlten Stock vom Feuer und zog ein Messer unter seinem zerlumpten Hemd hervor, das einmal eine gut dreißig Zentimeter lange Klinge gehabt haben musste, jetzt aber zur Hälfte abgebrochen war. Damit schob er die Ratte vom Spieß, und ein erwartungsvolles Murmeln und Erschauern ging durch die dicht gedrängte Menge seiner Zuschauer. Andrej zählte die Köpfe beiläufig – es waren elf – und versuchte die Portion abzuschätzen, die jeder von ihnen bekäme, wenn sie gerecht teilten. Kaum mehr als einen Bissen, dachte er, gerade genug, um sie ihren Hunger erst richtig spüren zu lassen. Nein, auch wenn er wusste, dass es dumm war, er konnte den Anblick nicht länger ertragen.

Er seufzte, versuchte ärgerlich, die Stimme seiner Vernunft zum Schweigen zu bringen, die ihm erklären wollte, dass er etwas – womöglich *sehr* – Dummes tat, und trat, sich übertrieben räuspernd, aus seinem Versteck in den Schatten des Torbogens heraus. Die rechte Hand senkte er in die Manteltasche.

Sein Räuspern wäre jedoch nicht nötig gewesen. Im gleichen Augenblick nämlich, in dem er auf den gepflasterten Innenhof hinaustrat, blickte der Junge mit dem Messer alarmiert auf und fuhr mit einer erstaunlich schnellen Bewegung zu ihm herum. Auch die anderen prallten entweder zurück und erstarrten dann, ergriffen die Flucht oder zogen auch – je nach Temperament – ihrerseits das, was sie für eine Waffe hielten: winzige Messer mit schartigen Klingen oder kurze Knüppel.

»Ihr müsst keine Angst haben«, sagte Andrej rasch, womit er das genaue Gegenteil erreichte. Jemanden, der auf der Flucht und verängstigt und halb verhungert ist, zu überraschen und ihm dann zu sagen, dass es keinen Grund gab, sich zu fürchten, war dazu angetan, ihn erst recht nervös zu machen. Die Furcht, die sich auf den vor Schmutz starrenden Gesichtern der Kinder abzeichnete, nahm noch zu, und bis auf den Jungen mit dem Messer ergriffen nun auch die übrigen die Flucht, auch wenn es nicht allzu viel gab, wohin sie flüchten konnten. Der Hof war an allen Seiten von drei Meter hohen, fensterlosen Backsteinmauern umgeben, und der einzige Weg hinaus führte durch den Torbogen, unter dem Andrej stand.

»Bitte!«, sagte er, wobei er sich Mühe gab, beruhigend und sanftmütig zu klingen. »Ich will nichts von euch.«

Das war nicht nur lahm, es zeigte auch keinerlei Wirkung. Sein Gegenüber – Andrej schätzte den Burschen auf höchstens neun Jahre, auch wenn sein Alter, ausgezehrt und schmutzig wie er war, schwer zu erkennen war – sah nur erschrockener aus. Doch er wich keinen Fußbreit zurück, sondern hob trotzig das abgebrochene Messer mit der einen und den verkohlten Spieß mit der noch qualmenden Ratte mit der anderen Hand, und in seinen Augen erschien ein Ausdruck von erstaunlichem Mut, auch wenn dieser nur aus Verzweiflung geboren sein konnte. Außerdem sagte Andrej die Haltung, in der er dastand, dass dieser Junge trotz seiner jungen Jahre das Kämpfen gelernt hatte.

»Wer bist du?«, fragte der Bursche. Er hatte eine helle, zittrige Kinderstimme, doch es war etwas darin, das Andrej einen tiefen Stich versetzte. Ein Klang, der sie zwanzig Jahre zu früh bitter und misstrauisch machte. »Was willst du von uns?«

»Jedenfalls nichts ...«, Andrej deutete mit der freien Hand auf die Ratte, »von dem da, keine Sorge.«

»Und was willst du dann?«

Statt zu antworten, zwang Andrej ein betont trauriges Lächeln auf sein Gesicht, nahm mit derselben Hand, mit der er auf die Ratte gedeutet hatte, den albernen Hut ab, der zu seiner nicht minder lächerlichen Verkleidung gehörte, die er angelegt hatte, um in dieser Stadt nicht allzu sehr aufzufallen, und zog endlich auch die andere Hand aus der Tasche. Die Blicke des Jungen folgten jeder seiner Bewegungen, als rechnete er jeden Augenblick damit, ihn eine Waffe ziehen zu sehen.

Stattdessen sah er auf seiner Handfläche eine Anzahl kleiner Münzen schimmern. Die Augen des Jungen wurden rund vor Staunen, aber weder rührte er sich, noch ließ er seine beiden improvisierten Waffen sinken, als Andrej sie ihm hinhielt.

»Nimm«, sagte Andrej auffordernd. »Nur keine Angst. Das ist für euch.«

Er wäre wohl eher erstaunt gewesen, hätte der Junge sich tatsächlich gerührt. Doch einige der anderen setzten sich in Bewegung. Der Großteil von ihnen blieb sicher in den Schatten, in die sie sich geflüchtet hatten, aber die beiden Jungen, die auch als Letzte geflohen waren, kamen nun, ebenso wie ihr Anführer (nach dem ersten Blick in seine Augen hatte Andrej gewusst, dass er es war), wieder näher, misstrauisch und aufmerksam und ihre jämmerlichen Waffen fest umklammernd.

»Ich verstehe«, seufzte Andrej. Behutsam ging er in die Hocke, legte die Münzen auf den Boden und richtete sich dann rasch wieder auf, um zwei Schritte zurückzuweichen. Einer der neu hinzugekommenen Jungen wollte sich nach den Geldstücken bücken, doch der Bursche mit dem Messer scheuchte ihn mit einer raschen Geste zurück. »Was soll das?«, fragte er. »Wer bist du, und was willst du von uns?«

»Wirklich nichts, wovor ihr Angst haben müsstet«, sagte Andrej wieder, schüttelte den Kopf und kam noch einen Schritt näher, gerade nahe genug, um jetzt vollends in den Lichtschein des Feuers zu treten, aber nicht so nahe, um die natürliche Fluchtdistanz des Jungen zu unterschreiten – die in seinem Fall wohl eher eine Angriffsdistanz war. Übertrieben langsam hob er die Hände und öffnete dann vorsichtig seine Pelerine, damit der Bursche sehen konnte, dass er keine Waffe darunter trug. »Ich habe eure Stimmen gehört und euch eine Weile beobachtet. Ist das da alles, was ihr zu essen habt?«

»Und was geht das dich an?«, fauchte der Junge. Langsam schienen das Misstrauen und die wilde Entschlossenheit, sich bis zum letzten Atemzug zu verteidigen, aus seinem Blick zu weichen. Doch Andrej spürte auch, wie dünn das Eis noch war.

»Eigentlich nichts«, gestand er. Dann deutete er auf die Münzen, die noch immer unberührt zwischen ihm und den drei Jungen lagen. »Ich dachte mir nur, ihr könntet das da brauchen. Nehmt es ruhig. Es ist nicht vergiftet.«

Das war der falsche Ton. Das Misstrauen flammte neu in den plötzlich schmaler werdenden Augen des Burschen auf, und für einen kurzen Moment löste sich sein Blick von Andrejs Gesicht und versuchte, die Dunkelheit hinter ihm zu durchdringen. Wahrscheinlich vermutete er, dass Andrej nicht allein gekommen war. »Und was sollen wir dafür tun?«, fragte er schließlich.

»Nichts«, antwortete Andrej. »Oder doch, ja.« Er machte eine Kopfbewegung auf das prasselnde Feuer. »Die Nacht ist ziemlich kalt. Ich würde mich gerne an eurem Feuer aufwärmen. Ist das möglich?«

Wieder vergingen Sekunden, in denen der Junge sichtlich mit sich rang, und auch dann nickte er nicht, sondern blickte nur einige Male abwechselnd die Geldstücke und Andrej an und fragte noch einmal: »Und das ist auch wirklich alles?«

»Ich sehe hier nichts, was für mich sonst noch von Interesse wäre«, antwortete Andrej lächelnd. »Also? Kommen wir ins Geschäft?«

Der Bursche antwortete nicht direkt, machte aber eine winzige Handbewegung, und die Münzen verschwanden wie von Zauberhand in der Tasche eines seiner Freunde. Der andere machte rasch zwei, drei Schritte zur Seite, die ihn näher an den Torbogen heran, aber auch halb in Andrejs Rücken brachten. So würde er entweder fliehen oder ihn zusammen mit den anderen von zwei Seiten zugleich angreifen können. Andrej zollte dem Jungen in Gedanken einen traurigen Respekt. So mancher Mann, den er getroffen hatte und der sich Krieger nannte, hätte nicht so bedacht gehandelt.

»Und vielleicht können wir uns ein bisschen unterhalten«, fügte er hinzu. »Ich bin fremd in dieser Stadt und könnte ein paar Informationen brauchen.«

Es vergingen tatsächlich noch einmal endlos scheinende Sekunden, in denen das Misstrauen des Jungen sichtlich noch einmal stärker aufflammte, dann aber ließ er zuerst sein Messer und danach den Stock mit der Ratte sinken, schürzte trotzig die Lippen und zuckte betont gleichmütig die Achseln. »Meinetwegen«, sagte er. »Aber versuch keinen Unsinn. Wir können uns wehren. Und wir sind viele.«

»Ich weiß«, sagte Andrej. Sehr vorsichtig legte er die beiden letzten Schritte zum Feuer zurück, setzte sich mit gekreuzten Beinen auf den nackten Boden und legte den Hut neben sich ab. Dann streckte er die Hände aus und rieb sie so dicht über den Flammen aneinander, wie es gerade noch ging, ohne sich zu verbrennen. Obwohl er dem Feuer jetzt nahe war, war es noch immer so kalt, dass sein Atem als grauer Dampf vor seinem Gesicht aufstieg.

Nach und nach kamen nun auch die anderen zurück. Andrej tat so, als konzentriere er sich ganz auf das Feuer und genösse die Wärme an seinen Fingern, hielt das knappe Dutzend Gestalten zugleich aber auch aufmerksam im Auge. Wohin er auch sah, blickte er in ebenso angsterfüllte wie argwöhnische Gesichter, aber ihm wurde auch erneut und mit noch größerer Deutlichkeit klar, wie erbärmlich ihr Anblick war. *Und so etwas nennt sich also Zivilisation,* dachte er bitter, *und die Bewohner dieser Stadt behaupteten von ihr, sie wäre der Nabel der Welt.*

Andrej tat beharrlich weiter so, als interessiere ihn nichts anderes als das Feuer. Einer nach dem anderen ließen sich die Jungen und Mädchen rings um ihn nieder. Der Bursche mit der Ratte nahm genau auf der anderen Seite Platz, beobachtete ihn noch eine kurze Weile misstrauisch über die Flammen hinweg und führte dann die Bewegung, mit der er das Tier von seinem Stock hatte schieben wollen, zu Ende, als wäre in der Zwischenzeit gar nichts geschehen. Schnell und geschickt zog er der Ratte das Fell ab, zerteilte das wenige graue, faserige Fleisch, das darunter zum Vorschein kam, mit seinem Messerstumpf in elf gleich große Stücke und reichte sie herum. Als er Andrej eines davon anbot, schüttelte dieser fast entsetzt den Kopf.

»Nein, danke«, sagte er rasch und mit einem angedeuteten, entschuldigenden Lächeln. »Ich bin nicht hungrig.«

»Bist was Besseres gewohnt«, vermutete der Junge, schob sich das letzte Stückchen Fleisch zwischen die gelben Zähne und kaute genüsslich darauf herum. Der Anblick erweckte die Übelkeit in Andrejs Magen, die er schon beinahe vergessen hatte, wieder zu neuem Leben, und er musste abermals schlucken. Dann aber nickte er.

»Das stimmt«, sagte er. »Da, wo ich herkomme, werden Ratten höchst selten zum Essen serviert.«

»Hier auch nicht«, antwortete der Bursche. »Die Biester sind schnell. Wir kriegen sie nur selten.«

Andrej überlegte, ob er über diese Bemerkung lachen oder sie besser ignorieren sollte, und entschied sich dann für Letzteres. »Wie ist dein Name, Junge?«, erkundigte er sich.

»Frederic«, antwortete der Bursche.

Andrej starrte ihn an. Er konnte spüren, wie sein Herz schneller zu schlagen begann und zwang die verrückten Gedanken, die ihm plötzlich durch den Kopf schießen wollten, mit einiger Mühe nieder. Es war ein Name, mehr nicht. Und noch nicht einmal ungewöhnlich, zumindest nicht in diesem Teil der Welt. Trotzdem starrte ihn der Junge stirnrunzelnd und erneut misstrauisch an, und Andrej wurde klar, wie deutlich man ihm seinen Schrecken wohl angesehen hatte.

»Hab ich was Falsches gesagt?«, fragte er.

»Nein«, sagte Andrej hastig. »Es ist nur ...« Er entschied sich, so dicht wie möglich bei der Wahrheit zu bleiben, an der ohnehin nichts Verfängliches war. »Entschuldige, Frederic«, sagte er. »Es ist nur so, dass ich einmal einen Frederic gekannt habe. Aber das ist lange her.« Er legte den Kopf schräg und versuchte das Gesicht unter all dem Schmutz und Ruß (und auch eingetrocknetem Blut, wie er voller Schrecken bemerkte) genauer zu erkennen. »Wenn ich genau hinsehe, dann siehst du ihm sogar ein bisschen ähnlich.«

»Ach?«, erwiderte Frederic und schluckte das jämmerliche Stück

Rattenfleisch lautstark herunter. »Und wie ist dein Name? Oder geht uns das nichts an?«

Andrej ignorierte den zweiten Teil seiner Frage. »Andrej«, antwortete er. »Andrej Delãny.«

»Das klingt nicht englisch«, sagte Frederic.

»Ich komme auch nicht von hier«, antwortete Andrej. »Ich bin fremd in London. Genau genommen bin ich erst vor ein paar Tagen hier angekommen, und deshalb bin ich ja auch hier. Ihr könnt mir doch bestimmt das eine oder andere über diese Stadt erzählen, oder?«

»Wahrscheinlich mehr, als du hören willst«, antwortete Frederic in leicht verächtlichem Ton, sah ihn aber weiterhin abschätzend an. Seine Hand spielte mit dem abgebrochenen Messer. »Aber warum fragst du uns danach? So, wie du aussiehst, wohnst du doch bestimmt in einer Pension oder in einem vornehmen Hotel. Da kann man dir alles sagen, was du wissen willst.«

»Oh ja«, bestätigte Andrej. »Man erfährt dort alles über den Tower, den Palast und den Hyde Park und hundert andere Dinge, die mich nicht interessieren.«

»Was interessiert dich denn?«, wollte Frederic wissen. Andrej fiel es immer noch schwer, den Namen zu benutzen, wenn auch nur in Gedanken und für sich.

»Die Menschen«, antwortete er.

»Die Menschen«, wiederholte der Junge. »Aber doch bestimmt nicht solche wie wir.«

»Und wie kommst du darauf?«, fragte Andrej.

Statt zu antworten, fragte Frederik seinerseits: »Bist du reich?«

»Ja«, antwortete Andrej, und noch bevor er das Wort ganz ausgesprochen hatte, stieß Frederic ein erstauntes Keuchen aus und blickte auf seine plötzlich leeren Hände. Das Messer, mit dem er herumgespielt hatte, hatte Andrej ihm mit einer so schnellen Bewegung abgenommen, dass er sie vermutlich nicht einmal gesehen hatte. »Das bin ich. Und ich habe auch vor, es zu bleiben.«

Frederic starrte ihn aus großen Augen an. Andrej reichte ihm das Messer mit dem Griff voran zurück und fügte mit einem Lächeln hinzu: »Und ich habe auch vor, noch eine Weile am Leben zu bleiben.«

»Dann bist du hier in der falschen Gegend«, sagte Frederic, während er das Messer mit so spitzen Fingern entgegennahm, als hätte er Angst, es könnte ihn beißen. »Hat dir in deiner vornehmen Unterkunft niemand gesagt, wie schnell man hier zu Schaden kommen kann?«

»Da sind sie viel zu vornehm, um über diesen Teil der Stadt auch nur zu sprechen«, antwortete Andrej lächelnd. »Ich glaube, sie würden gerne verschweigen, dass es ihn überhaupt gibt.«

Eines der Mädchen schnaubte. »Ja, aber sie sind nicht zu vornehm, um hierherzukommen und –«

»Halt die Klappe, Bess«, unterbrach sie Frederic. Das Mädchen funkelte ihn wütend an, senkte aber dann den Blick und schwieg gehorsam. Frederic hatte seine Bande offenbar im Griff. »Ich glaube nicht, dass unser vornehmer Gast so etwas hören will.«

»Woher willst du denn wissen, was ich hören will?«, erwiderte Andrej.

»War nur so eine Idee«, erwiderte Frederic. Seine Stimme wurde eine Spur verächtlicher. »Aber wenn du dich *dafür* interessierst, können wir dir auch weiterhelfen. Ist aber nicht billig.« Er grinste schmutzig. »Aber Bess ist auch jeden Penny wert, das verspreche ich dir. Einen Schilling.«

Andrej starrte erst ihn, dann das Mädchen an. Natürlich verstand er genau, was Frederic mit diesen Worten hatte sagen wollen. Aber ein Teil von ihm *wollte* es nicht verstehen.

»Wie alt bist du, Bess?«, fragte er schließlich.

Frederic antwortete an ihrer Stelle. »Zwölf«, log er.

»Eher sieben«, vermutete Andrej.

»Neun«, behauptete Frederic. »Aber sie ist sehr reif für ihr Alter, und wenn du willst, waschen wir sie auch. Ihr vornehmen Leute wollt es ja immer sauber, oder?«

»Keinen Tag älter als acht«, beharrte Andrej. »Und bevor du jetzt weiterfeilschst: Ich bin nicht interessiert. Deshalb bin ich nicht hier.«

»Und warum dann?«, fragte Frederic.

Andrej wollte antworten, doch dann fing sein feines Gehör ein Geräusch auf, das irgendwo in der Nacht erklang, viel zu leise, als dass Frederic oder einer der anderen es hören konnte, für ihn aber unüberhörbar. Etwas daran war beunruhigend, doch er wusste nicht was. Als er sich jedoch darauf zu konzentrieren versuchte, war da nichts. Er war nervös, das war alles.

»Was ist los?«, fragte Frederic. Andrej hatte schon zuvor bemerkt, was für ein ausgezeichneter Beobachter er war. Er antwortete jedoch nicht gleich, sondern lauschte noch einmal in die Nacht hinaus. Nichts. Wahrscheinlich nur eine weitere Ratte, die es vorzog, nicht ebenfalls zum Abendessen eingeladen zu werden, versuchte er sich selbst zu beruhigen.

»Nichts«, antwortete er verspätet.

»Natürlich nicht«, sagte Frederic abfällig. »Deshalb zuckst du auch bei jedem Geräusch zusammen.« Er überlegte. Aber nicht lange. »Jetzt versteh ich. Du bist auf der Flucht. Du läufst vor irgendwem davon.«

Wenn überhaupt, dann vor mir selbst, mein Junge. Oh ja, und natürlich vor ...

»Wenn du ein Versteck suchst, dann können wir dir helfen«, sagte Frederic. Gier blitzte in seinen Augen auf. »Kostet aber eine Kleinigkeit. Ist vielleicht nicht ganz so vornehm, wie du es gewohnt bist, aber dafür sicher.«

»Du bist ein guter Beobachter, mein Junge«, sagte Andrej. »Aber in diesem Punkt irrst du dich. Ich bin nicht auf der Flucht und will mich auch nirgendwo verstecken. Ganz im Gegenteil. Ich suche jemanden. Aber vielleicht könnt ihr mir dabei auch helfen.«

»Und wie?«

Als er das Geräusch erneut vernahm, nun sogar lauter, aber kein bisschen deutlicher, lauschte Andrej jetzt mit *allen* seinen Sinnen. Nichts.

»Du bist entweder ein ziemlich schlechter Lügner, Andrej Delãny«, sagte Frederic, »oder ein ziemlicher Hasenfuß. Hier ist niemand. Jedenfalls keiner, der hier nichts zu suchen hat.«

»Und woher willst du das so genau wissen?«, fragte Andrej. Allmählich begann ihm dieser Junge fast unheimlich zu werden.

»Weil das hier unser Revier ist«, antwortete Frederic gewichtig. »Hier treibt sich keiner rum, ohne dass wir es merken.«

»Außer mir.«

Frederic zog es vor, diesen Einwand zu überhören. »Du suchst also jemanden«, sagte er. »Und wen?«

»Das weiß ich selbst noch nicht«, antwortete Andrej. Er war verwirrt und auch ein bisschen erschrocken. Er war vollkommen *sicher*, etwas gehört zu haben. Und doch wusste er, dass es niemandem gelingen würde, sich unbemerkt an ihn anzuschleichen.

»Du weißt nicht, nach wem du suchst?«, vergewisserte sich Frederic ungläubig. »Was ist denn das für ein Unsinn?«

»Ich habe ... eine Geschichte gehört über diese Gegend hier«, sagte Andrej zögernd.

»In deiner vornehmen Pension?«, vermutete Frederic.

»Schon vorher«, antwortete Andrej kopfschüttelnd. »Schon bevor ich nach London gekommen bin. Um ehrlich zu sein«, fügte er mit einem Schulterzucken hinzu, »ist das der Grund, warum ich überhaupt hier bin.«

»Was für eine Geschichte?«, fragte Frederic.

»Es soll hier in den letzten Monaten mehrere Morde gegeben haben«, antwortete Andrej.

»Das hat es«, bestätigte Frederic und machte ein bedeutungsvolles Gesicht. Bess kicherte. Und eines der anderen Mädchen auch.

»Was ist an dieser Frage so komisch?«

»Hier gibt es andauernd Morde«, antwortete Frederic, und nun blitzte es auch in seinen Augen amüsiert auf. »Und nur ganz wenige davon werden auch aufgeklärt. Leute verschwinden, und das interessiert niemanden. Schon gar nicht den Sheriff und seine Männer. Die sind doch froh, wenn es ein paar weniger von uns gibt.«

»Diese Art von Morden meine ich nicht«, antwortete Andrej. »Ich habe gehört, es hätte eine Anzahl ... seltsamer Toter gegeben.«

»Seltsame Tote«, wiederholte Frederic. »Was soll das sein?« Er log. Er log gut, weil er darin offensichtlich eine gewisse Erfahrung hatte, aber er wusste ganz genau, wovon Andrej sprach.

Andrej zögerte jedoch, ihm gleich zu antworten, und er war plötzlich nicht einmal mehr sicher, ob er es überhaupt tun sollte. Diese Kinder hatten weder vor, ihm wirklich zu helfen, noch hatte er das Recht, es von ihnen zu verlangen. Wenn überhaupt, dann würden sie ihm eine Geschichte auftischen, von der sie hofften, dass sie seine Sensationslust befriedigte und ihnen vielleicht noch ein weiteres Trinkgeld einbrachte. Und falls sie tatsächlich etwas wussten ... nun, dann tat er ihnen ganz bestimmt keinen Gefallen, wenn er sie in diese Geschichte hineinzog.

Trotzdem hob er die Schultern und antwortete: »Seltsame Tote eben. Man sagt, sie hätten keinerlei Verletzungen gehabt und auch an keiner Krankheit gelitten, und doch haben sie einfach tot auf der Straße gelegen. Und das immer in einer Neumondnacht.«

»Das Phantom«, sagte Bess und sah ihn aus großen Augen an. »Du meinst das Phantom.«

»Halt die Klappe, Bess«, sagte Frederic. Er warf Andrej einen spöttischen Blick zu. »Hör nicht auf sie. Sie redet Unsinn.«

»Dieses Wort habe ich auch gehört«, beharrte Andrej. »Was soll das sein, das Phantom?«

»Unsinn, wie ich schon gesagt habe«, antwortete Frederic in verändertem, jetzt fast ärgerlichem Ton. Er sah das Mädchen drohend an.

»Wenn es nur Unsinn ist, warum reagiert ihr dann so erschrocken?«, fragte Andrej. Etwas klapperte. Irgendwo, weit entfernt, erscholl das schrille Jaulen einer Katze, und für einen Moment war es ihm, als würde es noch kälter.

»Tue ich nicht«, behauptete Frederic. »Ich kann dir gern jede verrückte Geschichte erzählen, die du hören willst, wenn du was dafür springen lässt, aber die Wahrheit ist ganz einfach: Es ist Unsinn. Es gibt kein Phantom. Hier liegen andauernd tote Leute auf der Straße rum. An manchen Tagen kommen sie kaum damit nach, sie wegzuschaffen. Kein Hahn kräht danach. So ist das eben.«

Wenn auch vermutlich hoffnungslos übertrieben, enthielt seine Behauptung aber einen wahren Kern. London war eine der größten Städte der Welt, wenn nicht überhaupt die größte – zumindest, was die Einwohnerzahl anging –, und längst nicht alle ihre Einwohner lebten so glücklich, zufrieden und in bescheidenem Wohlstand und gottesfürchtig, wie es so gerne erzählt wurde. Vermutlich starben in dieser Stadt jedes Jahr mehr Menschen eines gewaltsamen Todes als in so mancher Schlacht, an der er teilgenommen hatte, und vermutlich scherte es die Obrigkeit tatsächlich nicht, wenn es arme Menschen waren, Arbeiter, Tagelöhner oder gar Diebe und Bettler. Aber er spürte auch Frederics Nervosität. Es gefiel dem Jungen nicht, über dieses Thema zu sprechen, und es gefiel ihm noch viel weniger, dass er es war, der über dieses Thema sprach. Und der Junge wusste etwas. Andrej dachte darüber nach, ihn nicht nur weiter, sondern auch eindringlicher zu befragen. Frederic würde nicht einmal etwas davon spüren und ihm trotzdem bereitwillig die Wahrheit sagen, ob er es nun wollte oder nicht. Aber dann entschied er sich doch dagegen. Es war besser, diese Kinder hielten ihn für einen Dummkopf und herausgeputzten Gecken, der aus seinem vornehmen Haus auf dem Land hierher in die Stadt gekommen war, um einmal ein richtiges Abenteuer zu erleben, und vergaßen ihn darüber hinaus möglichst schnell.

»Aber sie sagen doch, dass das Phantom nur die tötet, die …«, sagte Bess protestierend, und diesmal schrie Frederic sie beinahe an.

»Sei still! Wenn du jetzt nicht ruhig bist, dann setzt es was!«

»He, schon gut!«, mischte sich Andrej ein, indem er rasch die Hand hob und genauso unecht und nervös lächelte, wie Frederic es vermutlich in diesem Moment von ihm erwartete. »Ich wollte nur eine Frage stellen. Wenn ihr nichts darüber wisst, dann ist es gut. Bitte streitet euch nicht.«

»Aber was ist denn so schlimm daran?«, fragte Bess mit weinerlicher Stimme. Frederic funkelte sie an, und es schien, als würde er die Beherrschung verlieren. Dann aber erlosch der Zorn in seinen Augen und machte einem sonderbar warmen Ausdruck Platz. »Nichts, Bess«, sagte er. »Aber ich will nicht, dass ihr euch solche Geschichten erzählt. Gerade *weil* alle sie erzählen. Das Leben ist auch schlimm genug, ohne dass wir uns vor Gespenstern fürchten müssen.«

Bess sah ihn weiter aus großen Augen an, in denen eine Menge Furcht – auch vor ihm – war, aber Andrej staunte nicht schlecht über ihn. Dieser Junge von – er korrigierte seine Schätzung in Gedanken ein kleines Stück nach oben – vielleicht elf oder zwölf Jahren war offenbar nicht nur der Anführer diese Kinderbande, weil er die stärksten Fäuste hatte. Er fragte sich, was wohl aus ihm werden würde, wenn er gegen alle Wahrscheinlichkeit lange genug lebte, um erwachsen zu werden, beantwortete seine eigene Frage aber gleich selbst. Mit ziemlicher Sicherheit würde er am Galgen enden oder, wenn er großes Glück hatte, im Gefängnis.

»Was tut ihr so?«, fragte er, um das unbehagliche Schweigen zu durchbrechen, das sich nach Frederics Worten auf dem Hof ausgebreitet hatte. »Ich meine: Wieso seid ihr um diese Zeit noch hier draußen? Gibt es keinen Platz, an den ihr gehört?« Die Frage, wieso sie nicht zu Hause bei ihren Eltern waren, sparte er sich. Er wusste, dass sie weder das eine noch das andere hatten.

»Doch«, antwortete Frederic. »Hierher.«

»Das ist euer Zuhause?« Andrej sah sich überrascht um. Der Hof war klein und mit Unrat und Abfällen übersät, und trotz der meterhohen Mauern ringsum konnte man die Feuchtigkeit und Kälte spüren, die vom nahen Fluss heraufwehte. Der Boden war so kalt, dass es fast wehtat, darauf zu sitzen, und alles klebte vor Schmutz – sogar die Luft. Selbst in einer normalen Nacht musste es hier bitterkalt und nahezu unerträglich sein, dazu trug sicher auch der grausame Gestank, der hier überall vorherrschte, und die Ratten und das andere Ungeziefer bei.

Frederic starrte ihn an, die Augen erneut misstrauisch zusammengekniffen.

»Wenn du ein mieses Spiel mit uns spielen willst, Andrej Delãny«, sagte er betont, »dann könntest du es bereuen. Wir verstehen es, uns unserer Haut zu wehren.«

»Ja, ich glaube, das hast du schon gesagt«, antwortete Andrej ruhig. »Und ich glaube dir. Ihr seid zwar nur Kinder, aber ihr seid viele ... und ich habe nicht einmal eine Waffe.«

»Aber dafür Geld«, sagte Frederic. Das hatte Andrej ihm vor einigen Minuten schließlich selbst gezeigt, und er fragte sich allmählich, ob es nicht ein Fehler gewesen war. In Frederics Stimme war plötzlich eine Gier, die ihn beunruhigte. Natürlich hatte er keine Angst vor diesen Kindern – die hätte er nicht einmal dann gehabt, wenn er nicht das gewesen wäre, was er war –, aber er unterschätzte sie auch nicht. Er wollte nicht zu etwas gezwungen werden, was er nicht tun wollte.

»Wollt ihr es haben?«, fragte er, indem er unter den Mantel griff und den Jungen die Geldbörse hinhielt. In Frederics Augen blitzte Verlangen auf, und er hob – natürlich – die Hand, um nach dem Beutel zu greifen. Aber er führte die Bewegung nicht zu Ende. Andrej hätte nicht versucht, ihn daran zu hindern, hätte er es getan.

»Nur zu.« Andrej machte eine aufmunternde Geste, die die Münzen in dem kleinen Lederbeutel hörbar klimpern ließ. Frederic hob zum zweiten Mal die Hand und ließ sie auch jetzt wieder sinken, ohne nach dem Beutel gegriffen zu haben, auch wenn Andrej ihm ansah, wie schwer es ihm fiel.

»Warum solltest du das tun?«, fragte er misstrauisch.

»Weil ich es euch sowieso geben wollte«, antwortete Andrej. Die Worte fielen ihm praktisch erst in dem Moment ein, in dem er sie aussprach, und er registrierte mit einem Gefühl sachter Überraschung, dass er sie tatsächlich ernst meinte.

»Warum?«

»Vielleicht, weil ihr mir leidtut«, antwortete Andrej, und auch das war nichts als die Wahrheit.

»Ich verstehe«, sagte Frederic böse. »Macht dir Spaß, was Gutes zu tun, wie? Beruhigt dein Gewissen, und ...« Er brach mitten im Wort ab, legte den Kopf schräg und lauschte konzentriert. »Verdammt, da ist doch einer!«, zischte er. »Wenn du uns reinlegen willst, dann wirst du es bereuen, Andrej Delãny! Tom, Pete – seht nach, wer sich da herumtreibt!«

Andrej war erstaunt, wie schnell und präzise die beiden Jungen reagierten, die Frederic angesprochen hatte. Nahezu lautlos sprangen sie auf und verschmolzen mit den Schatten, und auch die anderen Jungen und Mädchen erhoben sich rasch und sehr diszipliniert. Andrej war tatsächlich der Letzte, der auf den Beinen war, und ihm fiel auf, dass er auf keinem Gesicht so etwas wie Furcht erkannte, nicht einmal bei den Mädchen. Was er sah, war nichts als eine Bande abgerissener und halb verhungerter Kinder, aber sie bewegten sich so sicher und entschlossen wie Soldaten, die einen Auftrag bekommen hatten und ihn ausführten. Er war erstaunt.

»Du bleibst schön, wo du bist!«, befahl Frederic, als Andrej sich herumdrehen wollte. »Wenn das ein Trick war, dann wirst du es bereuen!«

»Ich habe nichts damit zu tun«, verteidigte sich Andrej – was ihm selbst einigermaßen albern vorkam.

»Vielleicht ist dir ja jemand gefolgt«, sagte Frederic. Das Klappern wiederholte sich, und nur einen halben Atemzug später hörte Andrej leichte Schritte. Und er vernahm sie eindeutig *nach* Frederic. Das sollte unmöglich sein.

Nein, es war *sicher* unmöglich, verbesserte er sich in Gedanken. Seine Sinne waren zehnmal so scharf wie die eines normalen Menschen. Doch obwohl sich niemand unbemerkt an ihn heranschleichen konnte, war es jemandem gelungen. Diese Kinder hatten es gemerkt und er nicht, und dafür gab es im Grunde nur eine Erklärung.

Andrej lauschte in sich hinein, und dann mit all seinen menschlichen und übermenschlichen Sinnen in den Jungen und die anderen Kinder. Aber da war nichts. Die Kinder waren ganz normale Kinder, keine Vampyre.

»Wenn du den Sheriff oder seine Leute hierher gelockt hast, dann überlebst du es nicht, du Geck«, versprach Frederic grimmig. »Du ...«

Ein Schatten erschien unter dem Torbogen, durch den Andrej

gerade gekommen war, ließ seinen Schutz fahren und trat nicht nur in die Welt des Sichtbaren hinaus, sondern wurde auch vor Andrejs innerem Auge zu dem, was er wirklich war.

Andrej reagierte so schnell und präzise, wie er es gewohnt war, aber trotzdem hätte er es um ein Haar nicht geschafft. Er war drei- oder viermal so stark wie ein normaler Mensch und mindestens dreimal so schnell, aber der andere war ihm ebenbürtig, vielleicht sogar überlegen, und anders als Andrej hatte er eine Waffe, mit der er hervorragend umzugehen verstand. Als die beiden Schemen aufeinanderprallten, in die sich Andrej und sein unheimlicher Gegner verwandelt hatten, blitzte rasiermesserscharf geschliffener Stahl auf. Ein reißender Schmerz schien Andrejs gesamte linke Seite zu verheeren. Er ignorierte ihn, packte den anderen Arm des Angreifers und schleuderte ihn in hohem Bogen über sich hinweg, indem er seinen eigenen Schwung gegen ihn einsetzte. Andrej verlor durch die Wucht des Zusammenpralls selbst das Gleichgewicht. Ungeschickt fiel er auf ein Knie hinab, fing sich mehr durch Zufall als Können im letzten Moment wieder, kam taumelnd in die Höhe und wirbelte sofort herum.

Diesmal zielte die Klinge nach seinem Gesicht. Andrej wehrte den Stich mit hochgerissenem Unterarm ab, spürte einen neuerlichen brennenden Schmerz, der eine Linie aus purem Feuer schräg über die linke Hälfte seines Gesichts zog, und schlug mit aller Gewalt, die er aufbringen konnte, zurück.

Allzu viel war es nicht. Er war überrascht, verletzt und stand in einer unglücklichen Position. Sein Handballen traf das Kinn des Angreifers schräg von unten, in einem geraden, blitzartigen Stoß, der jedem menschlichen Gegner das Genick gebrochen hätte. Der Schlag reichte immerhin, um den anderen zurückstolpern zu lassen. Er machte rasch zwei, drei weitere Schritte, schüttelte den Kopf, wie um die Benommenheit abzustreifen, und wechselte seine Waffe von der rechten in die linke Hand und beinahe noch schneller wieder zurück.

Andrej ließ die Gelegenheit, ihm nachzusetzen und den Kampf auf diese Weise vielleicht vorzeitig zu beenden, ungenutzt verstreichen. Er wusste, es wäre ihm nicht gelungen. Er stand keinem menschlichen Feind gegenüber, sondern einem Wesen seiner Art, einem Vampyr, der mindestens so stark wie er war, wenn nicht stärker. Und um einiges schneller.

»Wieso greifst du mich an?«, fragte er, während er sich mit dem Handrücken durchs Gesicht fuhr, um das Blut abzuwischen. »Du weißt, wer ich bin. Ich bin nicht dein Feind!«

Er bekam keine Antwort, und er hatte auch nicht damit gerechnet. Der andere warf seine Waffe nur noch ein paarmal von einer Hand in die andere, und das so schnell, dass die Klinge zu einem silbernen Halbkreis zu werden schien, tänzelte einen weiteren Schritt zurück und schlug mit einer raschen Bewegung die Kapuze seines Mantels nach hinten. Andrej zog überrascht die Augenbrauen hoch. Das Gesicht, in das er blickte, war schmal und schwärzer als die Nacht, hatte auf ihn dieselbe verwirrende Wirkung, die auch Abu Duns Anblick auf fast alle hatte, die den riesenhaften Nubier zum ersten Mal sahen, denn trotz der dunklen Haut waren seine Züge europäisch. Andrejs Gegenüber war außerdem kahlköpfig und hatte nicht einmal Augenbrauen oder Wimpern, aber Andrej sah trotzdem, dass er einer Frau gegenüberstand.

Was sie nicht ungefährlicher machte. Aber der Anblick war ungewöhnlich.

In all den Jahrhunderten, die Abu Dun und er jetzt gemeinsam durch die Welt gezogen waren und nach anderen ihrer Art gesucht hatten, war er nur sehr wenigen Frauen begegnet. Andrej hatte nie herausgefunden (und auch nicht wirklich nach einer Antwort auf diese Frage gesucht), ob es eine Laune des Zufalls war oder es womöglich einen Grund dafür gab, dass der Fluch der Unsterblichkeit um so vieles häufiger Männer traf als Frauen. Doch wenn er es recht bedachte, dann waren die wenigen Frauen, auf die sie jemals getroffen waren, stets die gefährlicheren Gegner gewesen.

Und das schien auf die Nubierin vor ihm auch zuzutreffen.

Noch während Andrej dastand und mit seiner Verblüffung kämpfte, griff sie erneut an, wobei sie das Messer noch in der Bewegung blitzschnell zwei- oder dreimal von der Rechten in die Linke wechselte, um ihn zu verwirren – und um ein Haar hätte sie sogar Erfolg gehabt. Andrej wich der Klinge, die er in ihrer anderen Hand gemutmaßt hatte, mit einer beinahe verzweifelten Drehung des Oberkörpers aus. Der rasiermesserscharfe Stahl hinterließ nur einen armlangen Schnitt in seiner Pelerine, statt in seinen Oberkörper zu schneiden, wie es die Absicht der Nubierin gewesen war. Aber ihre andere Hand stieß mit solcher Wucht in sein Gesicht, dass er halb benommen zurücktaumelte und nur deshalb nicht fiel, weil er mit dem Rücken gegen die schmutzige Wand prallte. Dem nachgesetzten, blitzartigen Stich entging er nur durch pures Glück.

Wenn schon nicht sein Verstand, so reagierten seine Instinkte blitzschnell. Die Nubierin war vermutlich nur wenig überraschter als er selbst, als seine Handkante wie ein Beil auf ihren Arm hinunterfuhr und ihn brach.

Falls sie überhaupt einen Schmerzenslaut ausstieß, so ging er in dem flatternden Geräusch unter, das ihr Mantel machte, als sie in einer fließenden Bewegung herum- und aus seiner Reichweite wirbelte. Mit der anderen Hand fing sie ihre Waffe auf, die ihren plötzlich kraftlosen Fingern entglitten war. Ebenso instinktiv, wie er gerade zugeschlagen hatte, setzte Andrej ihr nach und erwischte sie immerhin mit einem Tritt gegen den Oberschenkel, der sie aus dem Gleichgewicht brachte und haltlos zur Seite taumeln ließ.

Obwohl er es dieses Mal gekonnt hätte, verzichtete Andrej darauf, ihr nachzusetzen. Irgendetwas sagte ihm, dass er diese Frau nicht würde entwaffnen oder gar überwältigen können, sondern sie töten musste. Und das wollte er nicht.

»Verdammt noch mal, hör auf!«, sagte er wütend. »Ich bin nicht dein Feind!«

Aber sie war ganz offensichtlich der seine. Verletzt oder nicht, ihr Körper verwandelte sich in einen wirbelnden Schatten, der sich so schnell bewegte, dass nicht einmal *sein* Blick ihm zu folgen vermochte. Ihre Waffe verfehlte abermals ihr Ziel, als es ihm gelang, sie abzulenken, getrieben von seinen Instinkten, die längst die Kontrolle über sein Tun übernommen hatten. Aber ihre Ellbogen und Knie trafen ihn mit solcher Wucht, dass ihm die Luft wegblieb. Beide angeschlagen, taumelten sie auseinander, und die Nubierin wechselte zu seiner maßlosen Verblüffung ihre Waffe wieder in die gebrochene Hand, unterlief seine Deckung und versetzte ihm einen tiefen Stich in den Leib, dem er nicht mehr ausweichen konnte. Im letzten Augenblick gelang es ihm noch, sich so zu drehen, dass die Klinge keine lebenswichtigen Organe verletzte, aber der Schmerz war so grässlich, dass ihm übel wurde und sein Blick sich verschleierte. Mehr brauchte die unheimliche Angreiferin nicht. Zwei, drei harte Hiebe trieben ihn zurück und gegen die Wand, Metall blitzte auf und zielte auf sein Herz oder seine Kehle.

Eine Gestalt, kaum so groß wie ein Kind, sprang die Nubierin an. Ihre Wucht reichte nicht einmal, um sie zu erschüttern, aber sie stieß sie von sich und war für einen winzigen Moment abgelenkt. Das Messer verfehlte Andrejs Kehle und schrammte Funken sprühend an der Wand neben seinem Gesicht entlang, und als sie das Knie hochreißen wollte, um es ihm zwischen die Beine zu rammen, blockte er den Schlag mit der flachen Hand ab, fegte ihr mit dem Fuß das andere Bein unter dem Leib weg und ließ sich einfach auf sie fallen, als sie mit einem eher zornigen als überraschten Laut hintenüber kippte. Diesmal war sie es, der der Aufprall die Luft aus den Lungen trieb.

Andrej packte ihre verletzte Hand, spürte, wie sich der gebrochene Knochen darin wieder zusammenfügen wollte, und brach ihn mit grimmiger Entschlossenheit erneut. Ein wimmernder Schmerzenslaut kam über die so sonderbar schmalen Lippen, aber alles, was er in ihren Augen las, war brennende Wut und der absolute Wille, ihn zu töten.

Dann griff eine unsichtbare Hand nach seinen Gedanken, fuhr wie ein stählerner Rechen mit rot glühenden Zinken durch seinen Kopf und löschte für eine halbe Sekunde alles aus, was nicht Schmerz war.

Es dauerte nicht lange – vielleicht einen Atemzug oder noch kürzer –, aber als sich sein Blick wieder klärte, lag er auf dem Rücken, die dunkelhäutige Frau saß auf ihm und nagelte seine Arme mit den Knien gegen den Boden. Ihre linke, unversehrte Hand drückte die Spitze des Dolches unter sein Kinn, um die Waffe durch das weiche Fleisch bis nach oben in sein Gehirn zu stoßen, was selbst für ihn den sicheren Tod bedeutet hätte.

Aber aus irgendeinem Grund zögerte sie, den Stoß zu Ende zu führen. Es gab nichts mehr, was er dagegen hätte tun können. Andrej war unvorstellbar stärker und schneller als ein Mensch, aber seine Gegnerin stand ihm in Stärke und Schnelligkeit kaum nach, und im Gegensatz zu ihm schien sie keine Gnade zu kennen. Es war vorbei, ganz gleich was er versuchte. Sie würde ihn töten, binnen eines einzigen Lidschlages. Aber sie tat es nicht.

»Worauf ... wartest ... du?«, brachte er mühsam hervor, weil er den Kopf so weit in den Nacken beugen musste, um sich nicht selbst aufzuspießen. Trotzdem schnitt die Messerspitze tief in seinen Hals. Es tat weh, und warmes Blut lief an seiner Kehle hinab und besudelte den weißen Rüschenkragen seines Hemdes. Der Geruch trieb ihn fast in den Wahnsinn. Es war zwar sein eigenes, aber doch Blut, und das Ungeheuer in ihm zerrte knurrend und geifernd an seinen Ketten wie ein ausgehungerter Wolf. Alles in ihm schrie danach, es zu entfesseln, aber er wusste, dass ihn nicht einmal mehr der Vampyr würde retten können.

»Wenn du mich ... quälen willst, dann ... spar dir die Mühe. Es wird dir nicht gelingen.«

»Ich weiß, Andrej Delãny.«

Es war nicht die Nubierin, die antwortete. Er hörte ein leises, kehliges Lachen, und eine zweite Gestalt in einem schwarzen Kapuzenmantel trat aus den Schatten des Torbogens heraus und in den Hof. »Ich habe mich nicht in dir getäuscht, Andrej. Du hättest sie zweimal töten können, aber du hast es nicht getan. Wie nobel von dir. Und wie dumm.«

Die Gestalt kam näher. Unter ihrer Kapuze war dort, wo ein Gesicht sein sollte, nichts als Dunkelheit, aber die Stimme kam ihm vage bekannt vor, und auch an den Bewegungen war etwas Vertrautes, das ...

Der glühende Rechen fegte zum zweiten Mal und noch grausamer durch sein Bewusstsein, und diesmal verlor er wirklich das Bewusstsein. Als die Orgie aus gleißendem Schmerz und alles hinwegfegender Angst hinter seiner Stirn verebbte, hockte die Nubierin nicht mehr auf seiner Brust, und auch das Messer war fort. Er fühlte sich schwach, als hätte ihm etwas all seine Kraft entzogen, und alles, was er sah, waren Schatten und verschwommene Umrisse und Schemen. Er wusste nicht, welche davon entsetzlicher waren: die, die ihm seine außer Kontrolle geratene Fantasie vorgaukelte, oder die, die er wirklich sah.

»Ich habe gehört, dass dein großer Freund und du in der Stadt sein sollt«, fuhr die Stimme fort. Andrej wagte nicht, darüber nachzudenken, warum ihm die Stimme auf unheimliche Weise bekannt vorkam, aus Angst, dass die glühende Hand wiederkommen und sich erneut in sein Bewusstsein krallen würde.

»Ich könnte dich töten«, fuhr die Stimme fort. Der Schatten kam näher und ließ sich neben ihm in die Hocke sinken. Eigentlich war die Gestalt nun nahe genug, dass er das Gesicht unter der Kapuze erkennen müsste, aber nach wie vor sah er nichts als Dunkelheit, als wäre da etwas, das verhinderte, dass er sein Gegenüber sah.

»Ich könnte dich töten«, sagte die Stimme noch einmal. Eine schattenhafte Hand deutete auf die Kriegerin, die jetzt zwei Schritte hinter der Gestalt Aufstellung genommen hatte. »*Sie* könnte dich töten. Und vielleicht sollte ich es ihr gestatten. Aber ich werde dich verschonen, Andrej Delãny, um unserer alten Freundschaft willen und nur dieses eine Mal. Aber höre auf mich. Nimm deinen großen Freund und geh zusammen mit ihm fort aus dieser Stadt, oder besser noch aus diesem Land. Große Dinge werden geschehen. Schlimme Dinge. Ich möchte nicht, dass du zu Schaden kommst.«

Andrej wollte etwas sagen. Er wollte sich hochstemmen, um einen Blick auf das Dunkel unter der Kapuze zu erhaschen, doch eine schlanke dunkelhäutige Hand tauchte unter dem Umhang auf, berührte ihn beinahe sanft an der Stirn, und plötzlich war der glühende Rechen wieder da – diesmal löschte er seine Gedanken endgültig aus.

Kapitel 2

Es war sehr lange her, dass er das letzte Mal das Bewusstsein verloren hatte. So lange, dass er sich kaum noch daran erinnern konnte, wann.

Auch wann er das letzte Mal in einer solch trostlosen Umgebung aufgewacht war – ganz gleich, ob nach einer Bewusstlosigkeit, einem Vollrausch oder einem normalen Schlaf –, wusste er nicht mehr.

Behutsam setzte Andrej sich auf, aber offenbar nicht behutsam genug. Hinter seiner Stirn erwachte ein stechender Schmerz, der sich wie eine dünne, rot glühende Nadel zwischen seine Augen bohrte. Ihm war schwindelig und übel, im Mund hatte er einen schlechten Geschmack. Es dauerte eine Weile, bis er sich erinnerte. Einen ausgewachsenen Kater hatte er schon seit Jahrhunderten nicht mehr gehabt.

Andrej fuhr sich mit Daumen und Zeigefinger über die geschlossenen Augen und führte einige einfache mentale Übungen durch, um seine Gedanken zu klären, bevor er sich zum zweiten Mal in seiner veränderten Umgebung umsah. An seiner ersten Einschätzung änderte sich nicht viel. Abu Dun und er waren weder anspruchsvoll noch besonders wählerisch, was ihre Unterkunft anging, aber er war selten zuvor in einem solchen Loch aufgewacht. Der Raum hatte zwar ein Dach, glich aber sonst in vielem dem verdreckten Hof, in dem er auf Frederic und seine Kinderbande gestoßen war. Alles war schmutzig und nass. Es war so kalt, dass sein Atem als grauer Dampf vor seinem Gesicht erschien, und es stank nach Unrat und menschlichen Ausdünstungen. Er war nicht sicher, ob das, was er sah, die Reste eines einfachen Mobiliars oder einfach Müll war, den wegzuräumen sich niemand die Mühe gemacht hatte. Durch die Ritzen in den morschen Bretterwänden drang nicht nur eisige Luft herein, sondern auch das graue Licht der Morgendämmerung, was bedeutete, dass er mindestens sieben oder acht Stunden bewusstlos gewesen sein musste. Es roch nach Fisch und schmutzigem Wasser, und jetzt hörte er auch schwach Geräusche – Stimmen und geschäftigen Lärm –, die er jedoch nicht zuordnen konnte.

Der Druck hinter seinen Augen hatte so weit nachgelassen, dass er ihn zu ignorieren vermochte, und auch Übelkeit und Schwindel waren fort. Der schlechte Geschmack im Mund war geblieben. Er konnte es drehen und wenden, wie er wollte: Er fühlte sich, als hätte er einen Kater. Doch das war nicht möglich. Abu Dun und er konnten sich durchaus betrinken, wenn sie sich nur genug Mühe gaben, aber das war ein kurzes Vergnügen, das nicht viel länger hielt, als sie brauchten, um den letzten Becher abzusetzen. Ihr veränderter Metabolismus erkannte Alkohol als genau das, was er auch war – nämlich Gift –, und baute ihn beinahe ebenso schnell wieder ab, wie sie ihn in sich hineinschütten konnten.

Aber wenn er nicht verkatert war, was war es dann, das er spürte?

Andrej kam zu dem Schluss, dass er dieses Rätsel nicht lösen würde, wenn er länger hier herumsaß und Löcher in die Luft starrte. Er stand ganz vorsichtig auf und erlebte gleich zwei weitere unangenehme Überraschungen: Die Kammer war so niedrig, dass er mit dem Kopf schmerzhaft gegen die Decke stieß, und er war völlig nackt.

Eine Weile stand er einfach da, starrte an sich herab und versuchte so angestrengt, sich zu erinnern, was passiert war, dass seine

Kopfschmerzen zurückkamen. Dann gab er es auf, bückte sich nach der zerschlissenen Decke, unter der er aufgewacht war, und schlang sie sich wie einen Kilt um die Hüften, bevor er sich behutsam zu der einzigen Tür vortastete. Sie war verschlossen. Andrej drückte prüfend mit der flachen Hand dagegen und wurde mit einem leisen Knirschen belohnt, unmittelbar gefolgt von dem Klappern, mit dem der zerbrochene Riegel auf der anderen Seite zu Boden fiel.

»Das tut mir leid«, murmelte er, während er gebückt durch die kaum sechs Fuß hohe Tür trat und sich in einem genauso winzigen, aber heller erleuchteten Zimmer wiederfand. Die Bemerkung hatte eigentlich nur dem zerbrochenen Riegel gegolten, aber er bekam eine Antwort.

»Muss es nicht. Die ganze Bude hier ist morsch, weißt du? Dumm von mir, den Riegel überhaupt vorzulegen.«

Andrej blinzelte in die ungewohnte Helligkeit und sah in den ersten Sekunden nur Schatten und verschwommene Bewegung. Seine Augen brauchten einen Moment, um sich umzustellen, was ungewöhnlich war, und er erkannte die Stimme eine geraume Weile vor dem Gesicht.

»Frederic?«

»Stimmt schon«, antwortete einer der Schatten. Andere standen auf, huschten davon oder begannen ihn einzukreisen. »Aber meine Freunde nennen mich Fred.«

Andrej blinzelte, und aus dem verschwommenen Fleck vor seinen Augen wurde das Gesicht des Jungen, dem er gestern Abend auf dem heruntergekommenen Hof begegnet war. Er sah noch immer genauso bleich und ausgemergelt aus, nur um einiges erschöpfter. Doch seine Augen waren wach, und das Misstrauen in seinem Blick hatte noch zugenommen.

Andrej warf einen raschen Blick in das knappe Dutzend anderer Gesichter. Keines der Kinder war älter als zwölf oder dreizehn Jahre, und alle waren in erbarmungswürdigem Zustand. Ein paar von ihnen kamen ihm aus der vergangenen Nacht bekannt vor – auch Bess, die ihn als Einzige anlächelte –, die meisten aber waren ihm fremd.

»Fred also«, sagte er, während er sich noch einmal suchend umsah und dann auf einer umgedrehten Kiste Platz nahm.

»Fred«, bestätigte Frederic. »Du glaubst also, du wärst unser Freund? Na, dann holt unserem neuen Freund Andrej Delãny mal was zu essen. Und ich glaube, seine Kleider möchte er auch zurückhaben.«

Einige der abgerissenen Gestalten verschwanden, um seiner Aufforderung (die nichts anderes als ein Befehl gewesen war) nachzukommen, während der Rest in einem lockeren Halbkreis um ihn herum Platz nahm. Diese Anordnung hatte etwas Bedrohliches, und das war wohl auch beabsichtigt, zumal die meisten Mitglieder von Freds Bande mehr oder weniger offen bewaffnet waren.

»Du glaubst also, du bist unser Freund«, sagte Fred noch einmal.

»Das muss ich wohl sein«, antwortete Andrej ruhig. »Sonst wäre ich wahrscheinlich nicht mehr am Leben.«

Niemand antwortete. Freds Augen wurden schmal.

»Ich meine: Ihr habt mich doch hierher gebracht, oder? Das kann man durchaus als Lebensrettung bezeichnen.«

»Kannst gut mit Worten umgehen, wie?«, sagte Fred. »Ist mir vergangene Nacht schon aufgefallen. Kannst du noch mehr gut, außer mit Worten zu jonglieren und dich von Frauen verprügeln zu lassen?«

Ein paar der Umsitzenden lachten, und auch Andrej lächelte, wenn auch nur knapp. Doch als Fred die Hand hob, wurde es sehr schnell wieder still. Er hatte die Mitglieder seiner Bande gut unter Kontrolle, das musste man ihm lassen.

»Entschuldige«, sagte er schließlich, an Andrej gewandt. »Das war nicht nett von mir.«

»Aber du hattest recht«, sagte Andrej betrübt.

Fred machte eine wegwerfende Geste. »Stimmt schon«, antwortete er. »Aber wir haben auch gesehen, wie diese Frau gekämpft hat. Ich glaube, niemand hätte sie besiegen können.«

Doch, dachte Andrej: *Ich. Ich hätte es gemusst.* Laut sagte er: »Ja, sie war ... außergewöhnlich.«

»Aber du warst auch nicht schlecht«, antwortete Fred. »Ich erkenne es, wenn einer kämpfen kann. Und du kannst es verdammt gut.«

»Offensichtlich nicht gut genug«, seufzte Andrej. »Sonst hätte ich mich besser gehalten. Vielen Dank übrigens auch für eure Hilfe. Warst du das?«

»Was?«

»Der sie angesprungen hat.«

Fred nickte und zog eine schmerzerfüllte Grimasse. »Hat mir nur nicht viel gebracht«, sagte er. »Außer ein paar hübschen blauen Flecken.«

»Ich wäre jetzt tot, wenn du es nicht versucht hättest«, sagte Andrej ernst.

»Vielleicht«, erwiderte Fred achselzuckend. »Bist du aber nicht.«

Die Tür ging auf, und zwei Jungen kamen herein. Einer trug Andrejs zusammengelegte Kleider über dem Arm, der andere brachte einen zerbeulten Metallteller, auf dem irgendetwas lag, von dem Andrej lieber nicht genau wissen wollte, was es war. Das Stück Brot daneben nährte in ihm jedoch den unangenehmen Verdacht, dass es sich wohl um das Frühstück handelte, von dem Fred gesprochen hatte.

Er wollte nicht unhöflich sein. Immerhin hatten diese Kinder ihm das Leben gerettet (oder glaubten es wenigstens), und so nahm er den Teller nicht nur mit einem dankbaren Lächeln entgegen, sondern zwang sich auch, seinen undefinierbaren Inhalt mit stoischem Gesicht hinunterzuwürgen. Immerhin musste er keine Angst haben, sich zu vergiften.

»Danke«, sagte er sogar, nachdem er die kümmerliche Mahlzeit bis auf den letzten Krümel vertilgt und den leeren Teller vor sich auf den Boden gestellt hatte. Um ein Haar hätte er eine spöttische Bemerkung gemacht, aber sein schlechtes Gewissen hielt ihn davon ab. Die Gesichter, die ihm entgegenstarrten, waren nicht nur verdreckt, sondern vor allem hungrig, und das, was auch immer er gerade gegessen hatte, stellte wahrscheinlich einen Gutteil der Nahrung dar, die sie an einem ganzen Tag zur Verfügung hatten. »Danke«, sagte er nur.

»Wird dir wahrscheinlich nicht geschmeckt haben«, sagte Fred. »Aber es ist das Einzige, was wir haben.«

»Ich habe schon Schlimmeres gegessen«, antwortete Andrej, was der Wahrheit entsprach ... wenn auch nicht oft.

»Dann kannst du dich ja jetzt anziehen«, sagte Fred. »Du musst frieren.«

Das stimmte. Dennoch sah er sich nur demonstrativ in der Runde um, und dann seufzte Fred übertrieben theatralisch.

»Vielleicht solltet ihr rausgehen, Leute«, sagte er. »Vor allem die Damen unter uns. Unser Gast scheint ein bisschen genant zu sein.«

Tatsächlich standen die meisten auf und gingen. Nur drei oder vier Jungen blieben, aber auch das nur so lange, bis Fred den wenigen Standhaften einen eisigen Blick zuwarf, woraufhin auch sie sich trollten.

»Danke«, sagte Andrej. Er rührte sich nicht. »Du willst also allein mit mir reden ... worüber?«

Fred antwortete nicht, sondern sah ihn weiter durchdringend und auf eine Art an, die Andrej Unbehagen bereitete. In Freds Augen war etwas, das nicht in den Augen eines Kindes sein sollte.

Als ihm klar wurde, dass er keine direkte Antwort bekommen würde, stand er auf, schlang seinen improvisierten Kilt enger um die Hüften und trat an eines der großen – und glaslosen – Fenster heran. Die Stimmen und Arbeitsgeräusche, die er vorher schon dumpf vernommen hatte, wurden lauter, aber trotzdem vermochte er sie nicht einzuordnen. Auch ein Blick aus dem Fenster brachte ihm keine Klarheit. Licht brach sich auf träge schwappendem Wasser, und er spürte hektische Aktivität und angespannte Nervosität. Seine übermenschlich scharfen Sinne schienen sich plötzlich gegen ihn zu wenden, als sähe, höre und röche er auf einmal tausend Dinge, die seine Aufnahmefähigkeit schlicht überstiegen.

Dann begriff er. Die scharfen Sinne eines Vampyrs, die ihm seit unzähligen Jahren zur Verfügung standen, ließen ihn plötzlich im Stich. Es war kein Übermaß an Information, das seine Sinne überrannte. Er sah die Welt zum ersten Mal seit unzähligen Jahren wieder so, wie ein ganz normaler sterblicher Mensch sie gesehen hätte. Er sah nicht zu viel, sondern zu wenig. Da waren Schatten und Umrisse, die keine Bedeutung zu haben schienen, weil ihnen ganze Aspekte ihres Seins fehlten, Geräusche, die in seinen Ohren zu dünn und unwirklich klangen, um real zu sein.

Andrej schloss die Augen, kämpfte mit unerwarteter Mühe die Panik nieder, die von ihm Besitz ergreifen wollte, und als er zum zweiten Mal aus dem Fenster sah, war alles wieder so, wie es sein sollte. Das zerbrochene Fenster, durch das er hinausblickte, lag im zweiten Stockwerk eines baufälligen Gebäudes am Themseufer. Schmutziges, faulig riechendes Wasser, das ölig und träge mit unrhythmischem Klatschen gegen eine Kaimauer schlug. Männer in ebenso einfacher wie grober Kleidung schleppten Säcke unbekannten Inhalts und einfache Kisten voller Fisch, dessen Gestank er selbst hier oben noch wahrnahm. Außerdem argwöhnte er plötzlich, gerade eben etwas davon gegessen zu haben.

»Ist alles in Ordnung?«, fragte Fred.

Andrej fragte sich ganz ernsthaft, ob der Junge vielleicht seine Gedanken las, aber dann begriff er, dass er seit mindestens einer Minute reglos hier am Fenster stand und hinausstarrte, und das vermutlich in angespannter, wenn nicht gar erschrockener Haltung. Was um alles in der Welt *geschah* mit ihm?

Betont langsam drehte er sich um und schüttelte den Kopf. »Ich war nur neugierig«, sagte er. »Ist das hier euer ... Zuhause?«

Fred schien mit schräg gehaltenem Kopf über die Frage nachzudenken, vielleicht auch nur über die Betonung, die Andrej auf das letzte Wort gelegt hatte. Dann aber nickte er. »Bis uns irgendjemand wegjagt, wenigstens«, antwortete er. »Ich weiß, es ist nicht schön und bestimmt nicht so vornehm wie das, was du gewohnt bist, aber es gehört uns.«

»So war das nicht gemeint«, sagte Andrej rasch. »Ich war nur ... erschrocken.«

»Erschrocken?«

»Du bist noch ... sehr jung«, sagte Andrej vorsichtig. »Und die meisten deiner Freunde sind noch sehr viel jünger. Kinder sollten so nicht aufwachsen.«

»Stimmt«, antwortete Fred. »Aber es gibt sonst nichts. Die Hälfte meiner Leute wäre verhungert, wenn wir uns nicht um sie gekümmert hätten. Und du?«

»Ich habe ein Zuhause«, antwortete Andrej – was glatt gelogen war.

Das war ganz offensichtlich nicht die Antwort gewesen, die Fred hatte hören wollen. Er wurde zornig. In seinen Augen blitzte es auf, und Andrej hatte den befremdlichen Eindruck, dass er sich beherrschen musste, um sich nicht auf ihn zu stürzen. Ein absurder Impuls, denn Andrej war doppelt so groß und dreimal so schwer wie er. Selbst wenn er nur ein normaler sterblicher Mensch gewesen wäre, hätte er vielleicht eine Sekunde gebraucht, um ihn zu überwältigen – zwei, um ihn zu töten. Aber der Junge zeigte keine Spur von Angst vor ihm.

»Was hast du gestern Nacht bei uns gewollt?«, schnappte er.

»Nichts«, antwortete Andrej. »Ich war nur ...«

»Blödsinn!«, fiel ihm Fred ins Wort. »Du warst ganz zufällig da, und dann ist genauso zufällig diese seltsame Frau aufgetaucht, die kämpft wie ein Kerl und dich um ein Haar umgebracht hätte?«

»Ja«, antwortete Andrej. Beunruhigt stellte er fest, dass es tatsächlich erst die Worte des Jungen waren, die ihm klarmachten, dass nichts an alledem Zufall gewesen war. Anscheinend ließen ihn nicht nur seine unerwünschten übermenschlichen Sinne im Stich, sondern auch sein gesunder Menschenverstand.

»Sicher«, antwortete Fred böse. »Und wir alle glauben auch noch an den Weihnachtsmann.«

Andrej wollte antworten (auch wenn er keine Ahnung hatte, was), aber in diesem Moment ... spürte er etwas. Jemand kam. Oder etwas.

»Stimmt was nicht?«, fragte Fred.

»Nein«, antwortete Andrej. »Ich meine: Ja. Es ist alles in Ordnung, keine Sorge.« Nichts war in Ordnung. Er lauschte in sich hinein und dann mit all seinen fantastischen Sinnen in die Welt hinaus. Plötzlich wusste er, wer sich ihnen näherte. Diesmal hatte er sich immerhin gut genug in der Gewalt, um sich seine Erleichterung nicht anmerken zu lassen.

»Dann zieh dich an«, sagte Fred, offensichtlich unzufrieden mit dieser Antwort. »Wir haben nicht den ganzen Tag Zeit.«

»Dringende Geschäfte, nehme ich an.«

»Ganz genau«, erwiderte Fred. Er winkte ungeduldig, und Andrej bückte sich nach seinen Kleidern, hob sie auf und sah den Jungen auffordernd an, aber Fred hielt seinem Blick schweigend stand.

Schließlich zuckte er mit den Achseln, löste den improvisierten Kilt von seinen Hüften und bückte sich nach seinen Kleidern.

»Nicht schlecht«, sagte Fred anerkennend, während er seinen Körper ganz unverhohlen musterte.

Hastig schlüpfte Andrej in seine Hosen und starrte den Jungen einigermaßen empört an.

»He, Moment!«, sagte Fred hastig. »Nicht das, was du denkst! Also dafür ist dann wohl eher Bess zuständig.« Er grinste breit, aber nur so lange, bis er sich Andrejs eisigen Blicks bewusst wurde, dann schürzte er trotzig die Lippen.

»Du siehst wirklich gut aus«, sagte er. In seiner Stimme war jetzt allerdings keine Spur mehr von Bewunderung, ganz gleich, welchen Grund sie auch gehabt haben mochte. »Ich meine: Du bist wirklich gut gebaut. Kräftig. Du musst sehr stark sein.«

»Ich bin zufrieden«, antwortete Andrej, während er sein mit Blut besudeltes Hemd überstreifte. »Auch wenn ich es mit der einen oder anderen Frau noch nicht aufnehmen kann.«

Fred ignorierte die Bemerkung. »Du hast nie Hunger gehabt, wie?«, fragte er. »Und keine einzige Narbe. Für jemanden, der so gut kämpft wie du, ist das schon erstaunlich, finde ich.«

Andrejs feines Gehör ließ ihn einen überraschten Ausruf hören und hastig trappelnde Schritte, die Freds stumpfen menschlichen Sinnen verborgen blieben.

»Ich habe gut auf mich aufgepasst«, sagte er.

»Ja, vor allem gestern Nacht«, sagte Fred. Er deutete mit dem Kopf auf die Weste, in die Andrej gerade geschlüpft war. »Bess hat deine Klamotten gewaschen und so gut geflickt, wie sie konnte. Sie ist keine besonders gute Schneiderin, fürchte ich, aber besser kriegen wir's nicht hin.«

Andrej sah an sich herab und bemerkte erst jetzt die groben Stiche, mit denen nicht nur seine Weste, sondern auch das Hemd und die Jacke geflickt worden waren. Fred hatte recht: Bess war eine miserable Schneiderin. Selbst für eine Achtjährige. »Das macht nichts«, sagte er. »Ich glaube, ich habe irgendwo noch ein zweites Hemd.«

Der Lärm kam näher. Rufe und aufgeregte Schritte und dann ein verärgertes Grunzen. Eigentlich musste selbst Fred es jetzt hören, aber er war viel zu sehr mit Andrej beschäftigt, um darauf zu achten.

»Deine Kleider sehen aus, als wären sie unter einen Pflug geraten«, sagte er. »Und du hast keinen Kratzer.«

»Ich hatte Glück«, sagte Andrej. »Und gute Verbündete.«

Fred blieb ernst. »Ich habe das Blut gesehen, Andrej Delãny«, sagte er. »Dein Blut.«

Da musst du dich wohl getäuscht haben – wollte er sagen. Aber das Schicksal kam ihm ausnahmsweise einmal zu Hilfe, bevor er diese lahme Ausrede vorbringen konnte. Es erschien in Gestalt eines mehr als zwei Meter großen (und fast ebenso breiten) schwarzen Mannes in dem Rahmen der Tür, die mit einem einzigen Tritt nicht nur aus dem Schloss gesprengt, sondern in Stücke geschlagen in den Raum geschleudert wurde. Noch bevor die ersten Trümmer auf den Boden aufschlugen, wirbelte Fred herum und riss etwas Glänzendes unter der Jacke hervor, und Andrej packte blitzschnell zu, ergriff Fred am Kragen und lupfte ihn einfach in die Höhe. Fred versuchte instinktiv, ihn mit seinem rostigen Messer zu schneiden, und Andrej schlug ihm die Waffe mit einer schnellen Bewegung aus der Hand.

»Beruhige dich«, sagte er rasch. »Das ist nur ein alter Freund von mir.«

»Ich bin nicht alt«, behauptete Abu Dun, während er gebückt und mit einem einzigen großen Schritt in den Raum hereintrat. »Und ob wir Freunde sind, daran beginne ich allmählich zu zweifeln, Hexenmeister.«

»Lass mich los!«, schrie Fred. »Lass mich los, oder du wirst es bereuen!«

Andrej ignorierte ihn, wenn auch nicht vollkommen. Er streckte den Arm, an dem er den Jungen hielt, noch ein wenig weiter aus, damit ihn Freds wild strampelnde Beine nicht in den Leib trafen. Erst dann sah er Abu Dun genauer an und hatte trotz allem Mühe, ein Grinsen zu unterdrücken.

Abu Dun und er befanden sich in durchaus vergleichbaren Lagen. Der zwei Meter große nubische Koloss war deutlich besser gekleidet als er, trug aber gleich zwei strampelnde und zappelnde Anhängsel an halb ausgestreckten Armen mit sich, und ein dritter Junge klammerte sich an sein Bein und schlug mit der freien Faust immer wieder auf seine Wade ein. Andrej war ziemlich sicher, dass Abu Dun es nicht einmal spürte. Ebenso sicher wusste er, dass das, was der Nubier gerade tat, nicht besonders klug war.

»Verdammt noch mal, lass mich runter!«, brüllte Fred. »Sofort!«

»Nur, wenn du mir versprichst, uns nichts anzutun«, sagte Abu Dun feixend. »Und deine Krieger natürlich auch nicht, großer Boss.« Er schwenkte die beiden Jungen, die er am Kragen gepackt hatte, hin und her und machte einen weiteren Schritt in den Raum hinein, wobei er den Jungen, der noch immer sein Bein umklammert hielt, so mühelos mit sich zog, als wäre er gar nicht vorhanden. Der Knabe fauchte vor Wut wie eine zornige Katze, gab sein sinnloses Einhämmern auf Abu Duns Wade endlich auf und zerrte ein Messer unter der Jacke hervor.

»Das solltest du besser bleiben lassen, mein Junge«, sagte Abu Dun, ohne auch nur zu ihm hinabzusehen. »Die Stiefel sind neu, und sie waren ziemlich teuer. Ich wäre nicht erfreut, wenn du sie mutwillig kaputt machtest.«

Der Junge hielt tatsächlich mitten in der Bewegung, in der er mit dem Messer auf Abu Duns Wade hatte einstechen wollen, inne, rappelte sich hastig auf und zog sich noch hastiger zwei, drei Schritte weit zurück. Hinter ihm erschienen weitere kleinwüchsige Gestalten, ein gutes halbes Dutzend allein auf dem Teil des Ganges, den Andrej einsehen konnte, und wahrscheinlich noch weit mehr im Rest des Flures. Sie waren ausnahmslos bewaffnet, und Andrej sah auch jetzt keine große Furcht in ihren Gesichtern, wohl aber eine gehörige Portion Respekt ... was bei Abu Duns imponierender Erscheinung ja auch nicht erstaunlich war. Selbst Andrej, mit weit über sechs Fuß alles andere als klein, machte sich neben dem Nubier wie ein Zwerg aus. Abu Dun war nicht nur groß, sondern auch massig gebaut. Nahezu jeder, der ihn zum ersten Mal sah, erlag dem Irrtum, diese gewaltige Körpermasse für die Spuren der Völlerei eines allzu ausschweifenden Lebenswandels zu halten. Völlerei und Ausschweifungen jeglicher Art gehörten tatsächlich zu Abu Duns Lieblingsbeschäftigungen (wenn er nicht gerade dabei war, Schädel einzuschlagen oder Krieg zu führen), aber an seinem Körper war nur sehr wenig Fett. Schon so mancher hatte diesen Irrtum mit dem Leben bezahlt.

»Hör mit dem Unsinn auf, Pirat«, sagte Andrej. »Lass sie runter.« Gleichzeitig setzte er Fred vorsichtig ab und wich ein kleines Stück vor ihm zurück. Spätestens Freds letzte Worte hatten ihm bewiesen, dass der Junge ihn nicht für einen harmlosen Dummkopf hielt, den er ausrauben konnte (oder ihm auch die Kehle durchschneiden konnte, wenn er lebensmüde genug war, Widerstand zu leisten). Aber der Junge brodelte innerlich vor Zorn, und er hatte ihn gedemütigt, was ganz bestimmt nicht klug gewesen war.

»Wir sind nicht eure Feinde, Fred«, sagte er rasch. »Ihr braucht keine Angst zu haben. Abu Dun ist ein guter Freund.«

»Danke, dass du das *alt* diesmal weggelassen hast«, sagte Abu Dun. Vorsichtig stellte er die beiden Jungen vor sich auf die Füße und zog die linke Augenbraue hoch, als einer von ihnen einen Dolch hervorzog, der andere ein schartiges Schlachterbeil. »Deine neuen Freunde?«, fragte er spöttisch.

»Sie haben mir gestern das Leben gerettet«, antwortete Andrej. »Ja, ich glaube, das könnte man durchaus als Grundlage für eine Freundschaft bezeichnen.« Er versuchte, Fred anzulächeln, aber er spürte selbst, dass es misslang. Freds Augen schienen Funken in seine Richtung zu sprühen.

»Wo kommt der her?«, fauchte er. »Hast du ihn zu unserem Versteck geführt?«

»Ich war die ganze Nacht über bewusstlos«, erinnerte ihn Andrej.

Fred funkelte ihn nur noch zorniger an, wandte sich dann aber mit einem Ruck zu Abu Dun um. Er musste zwar den Kopf weit in den Nacken legen, um ins Gesicht des Nubiers zu blicken, doch das hinderte ihn nicht daran, ihn anzuherrschen: »Wie kommst du hierher? Wie hast du uns gefunden?«

»Das sind gleich zwei Fragen auf einmal, Kleiner«, antwortete Abu Dun lächelnd. »Sagen wir: Ich habe meine Mittel und Wege. Und ich war in Sorge um Andrej.«

»Weil er nicht pünktlich nach Hause gekommen ist?«, fragte Fred spöttisch. Andrej registrierte eine winzige Bewegung seiner linken Hand, woraufhin die beiden Jungen vor Abu Dun ihre kümmerlichen Waffen sinken ließen und sich entspannten - wenn auch nicht sehr.

»Ich war tatsächlich ein bisschen in Sorge um dich, Hexenmeister«, fuhr er, an Andrej gewandt, fort. »Wir waren verabredet. Was hat dich aufgehalten?«

»Dies und das«, antwortete Andrej, wobei er ihm - genau wie der Junge gerade - fast unmerklich ein Zeichen mit den Fingern der linken Hand gab. Sie würden später über dieses Thema reden. »Du weißt, wie das ist, wenn man neue Freunde kennenlernt. Man kommt ins Reden, und die Zeit vergeht wie im Fluge.«

Abu Dun zog zur Abwechslung die andere Augenbraue hoch und sah sich kurz, aber vielsagend in dem mit Unrat und Trümmern vollgestopftem Zimmer um. Er schwieg.

»Aber es wird ohnehin Zeit für uns«, sagte Andrej, wieder an Fred gewandt. »Ich danke euch noch einmal für alles, aber jetzt muss ich gehen.«

Fred sagte auch dazu nichts, aber er wirkte unentschlossen, und sein Blick irrte noch einmal zu Abu Duns Gesicht hinauf. Andrej fragte sich, ob die Situation nicht ein völlig anderes Ende genommen hätte, wäre Abu Dun nicht aufgetaucht oder hätte er weniger beeindruckend ausgesehen. Aber eigentlich wollte er die Antwort gar nicht wissen.

Er schlüpfte in seine Jacke und stellte ohne Überraschung fest, dass sie leichter geworden war. Seine Geldbörse war verschwunden.

»Wer sagt euch denn, dass wir euch so einfach gehen lassen?«, fragte Fred. Er klang angespannt.

Von allen Antworten, die Fred möglicherweise erwartet hatte, wählte Andrej die, die ihn am meisten erstaunte, als er sich nun an Abu Dun wandte. »Wie viel Geld hast du bei dir?«

Der Nubier sah beinahe so überrascht aus wie Fred, griff aber achselzuckend unter den Mantel und zog einen schmalen Geldbeutel hervor.

»Gib es ihm«, sagte Andrej, noch bevor Abu Dun Gelegenheit fand, ihn zu öffnen und hineinzusehen. Als Abu Dun mit verständnislosem Blick zögerte, nahm Andrej ihm den Beutel kurzerhand weg und gab ihn Fred, ohne das Geld gezählt zu haben. Auch der Junge machte sich diese Mühe nicht, sondern ließ ihn so schnell wie möglich in der Hosentasche verschwinden. »Hast du Angst, wir würden euch sonst nicht gehen lassen?«, fragte er in leicht beleidigtem Ton und ungeachtet der Tatsache, dass er gerade eine entsprechende Andeutung gemacht hatte.

»Ihr habt mir geholfen«, antwortete Andrej ruhig. »Ich stehe nicht gerne in jemandes Schuld.«

»Dann ist dir dein Leben nicht mehr wert als die paar Münzen?«, fragte Fred. Andrej wollte antworten, aber diesmal kam ihm Abu Dun zuvor.

»Es gibt in dieser Stadt Straßen, in denen ein Menschenleben weniger wert ist, habe ich gehört«, sagte er.

»Durchaus«, fauchte Fred. »Und es gibt ...«

»... auch das genaue Gegenteil«, fiel ihm Andrej rasch ins Wort. »Nämlich solche, in denen man sich vollkommen sicher fühlen kann.« Er warf Abu Dun einen warnenden Blick zu. »Und jetzt sollten wir wirklich gehen. Du hast recht. Wir haben dringende Verabredungen.«

Andrej wandte sich schon beinahe hastig zur Tür, und für eine endlos lange Sekunde war er nicht sicher, ob die Situation nicht doch noch kippen würde, denn keiner der Jungen machte Anstalten, den Weg freizugeben. Dafür schlossen sich etliche Hände fester um ihre kümmerlichen Waffen. Dann konnte er hören, wie Fred hinter ihnen ein weiteres Zeichen gab, und die Mauer aus kleinwüchsigen Gestalten teilte sich. Andrej atmete im Stillen auf. Diese Kinder stellten weder für Abu Dun noch ihn eine Gefahr dar, aber trotzdem ... war da noch etwas. Etwas, das ihn beunruhigte.

Andrej schüttelte den Gedanken ab. Vielleicht war es nur diese bedrückende Umgebung. Er war schon an schlimmeren Orten gewesen, aber dieser hier war dennoch etwas Besonderes. Kinder sollten nicht an einem Ort wie diesem aufwachsen. Nirgendwo und zu keiner Zeit.

Abu Dun und er verließen den Raum ohne ein weiteres Wort. Niemand versuchte sie aufzuhalten, und abgesehen von Fred selbst folgte ihnen auch niemand, als sie über eine ausgetretene Treppe, die unter Abu Duns Gewicht ächzte, nach unten gingen. Draußen angekommen, blieb Andrej noch einmal stehen und drehte sich herum. Fred und ein zweiter, deutlich jüngerer, aber trotzdem größerer Junge waren ihnen gefolgt, doch darüber hinaus lag das heruntergekommene Gebäude wie ausgestorben da. Es war ein gutes Versteck, wie er zugeben musste. Niemand wäre auf die Idee gekommen, ein gutes Dutzend Kinder in dieser Ruine zu vermuten.

»Macht euch keine Sorgen«, sagte er zum Abschied. »Ich werde niemandem von eurem Versteck erzählen.«

»Würde dir auch nicht viel nützen«, gab Fred zurück. Er klang immer noch ein wenig feindselig. »Wir sind dann nicht mehr hier.«

»Und wie finde ich euch?«

»Uns finden?« Nun war der Argwohn in der Stimme des dunkelhaarigen Junge nicht zu überhören. »Warum?«

»Vielleicht aus dem gleichen Grund wie vergangene Nacht?«, antwortete Andrej. »Um mit euch zu reden. Mehr über die Stadt und ihre Menschen zu erfahren.«

Fred lachte leise. »Und ich hätte gewettet, dass du nach gestern Nacht erst einmal genug davon hast. Komm einfach her. Wir finden dich schon, keine Sorge.« Sein Grinsen wurde anzüglich, während er sich an Abu Dun wandte. »Pass gut auf deinen Freund auf, Großer. Vor allem, wenn Frauen in der Nähe sind. Wir sind vielleicht nicht immer da, um ihn zu beschützen.«

Kapitel 3

Zu Andrejs nicht geringer Überraschung wartete nur eine Straße entfernt eine zweispännige Droschke auf sie, mit der Abu Dun offenbar auch gekommen war, wie ihm der ebenso ungeduldige wie missmutige Blick sagte, mit dem der Fahrer auf dem offenen Kutschbock sie bedachte. Abu Dun machte sich auch nicht die Mühe, ihm ein Fahrziel zu nennen, sondern stieg schnell und so wuchtig ein, dass das grazile Gefährt bedrohlich schwankte und eines der Pferde nervös auf der Stelle tänzelte, bis der Fahrer es mit einem ungeduldigen Peitschenknallen zur Räson brachte. Andrej eilte mit raschen Schritten um den Zweispänner herum, und die Kutsche setzte sich mit einem Ruck in Bewegung, noch bevor er ganz eingestiegen war und die Tür hinter sich zugezogen hatte, sodass er ungeschickt auf die harte Bank hinabfiel. Abu Dun grinste, aber es war nur ein flüchtiges Verziehen der Lippen ohne jede Wärme.

»Als mein Leibdiener wäre es deine Aufgabe gewesen, mir die Tür aufzuhalten und zu warten, bis ich sicher eingestiegen bin«, sagte Andrej finster.

Abu Duns Grinsen wurde noch ein wenig kühler. »Ich spiele nur deinen Sklaven, oh großer weißer Sahib«, sagte er – vorsichtshalber auf Arabisch, obwohl das Hämmern der beschlagenen Pferdehufe und das Rollen der metallenen Räder so gut wie jeden anderen Laut übertönten. Selbst hier drinnen mussten sie die Stimmen heben, um sich zu verständigen.

»In der Öffentlichkeit, ja«, antwortete Andrej in derselben Sprache. »Und wir sind hier in der Öffentlichkeit. Wenn man eine Rolle schlecht spielt, dann ist es besser, man spielt sie gar nicht.«

Abu Duns Grimasse hatte jetzt gar keine Ähnlichkeit mehr mit einem Lächeln. Er wirkte verstimmt, aber wie so oft, wenn er sich über etwas ärgerte oder ihm etwas nicht passte, schwieg er. Oft, aber nicht immer. Wenn nicht, konnte er buchstäblich ununterbrochen und stundenlang reden und einen erstaunlichen Erfindungsreichtum dabei an den Tag legen, seinen Unmut in Worte zu fassen (und das in einem Dutzend Sprachen), sodass Andrej es gewöhnlich vorzog, wenn er sich in beleidigtes Schweigen hüllte.

Heute nicht. Andrej setzte gerade an, etwas zu sagen, hatte dann aber plötzlich das intensive Gefühl, beobachtet zu werden, und drehte sich noch einmal auf der schmalen Bank um, um die Straße hinter ihnen in Augenschein zu nehmen. Sie befanden sich in der Nähe des Hafens und seinem geschäftigen Treiben, und es war später Vormittag, sodass die Straße alles andere als leer war, aber niemand sah in ihre Richtung - nicht einmal zufällig. Ein wenig irritiert drehte er sich wieder um und erntete einen fragenden Blick des Nubiers.

»Meinst du nicht, dass du mir eine Erklärung schuldig bist, Sahib?«, fragte Abu Dun. »Wer waren diese ... Kinder, und was hast du bei ihnen gewollt? Und was hat der Junge damit gemeint, als er sagte, du sollst dich vor Frauen in Acht nehmen?«

»Später«, antwortete Andrej unwillig. »Sag du mir erst einmal, wie du mich gefunden hast.«

»Nein«, beharrte Abu Dun. »Zuerst du, Hexenmeister. Das gebietet schon die Höflichkeit. Wo kommen wir hin, wenn die Sklaven neuerdings vor ihren Herren reden?«

Andrej schluckte die scharfe Antwort herunter, die ihm auf der Zunge lag. Möglicherweise hatte Abu Dun ja recht, und es war klüger, wenn er zuerst von seinem sonderbaren Erlebnis aus der vergangenen Nacht berichtete. Und ohnehin war es so, dass Abu Dun, hatte er einmal Nein gesagt, auch dabei blieb. Er zögerte kurz (schon weil Fred mit seiner eigentlich harmlosen Stichelei mehr ins Schwarze getroffen hatte, als er zugeben mochte: Es *war* ihm peinlich zuzugeben, von einer Frau besiegt worden zu sein), berichtete dann aber Abu Dun ebenso knapp wie um Sachlichkeit bemüht, was in der letzten Nacht geschehen war. Abu Dun hörte schweigend zu und war auch klug genug, keinerlei spöttische Bemerkung zu machen – auch wenn seine Mundwinkel nicht nur einmal verräterisch zuckten. Als Andrej mit seinem Bericht zum Ende gekommen war, wirkte er jedoch sehr ernst.

»Eine Nubierin, sagst du?«, vergewisserte er sich. »Eine Frau aus meinem Volk?«

»Das habe ich nicht gesagt«, antwortete Andrej. »Aber sie war so schwarz wie du und auch beinahe so groß, wenn auch ...« Er legte den Kopf schräg, um Abu Dun abschätzend anzusehen. »... ihre Figur vielleicht ein wenig vorteilhafter war.«

Erstaunlicherweise ergriff Abu Dun die Gelegenheit nicht beim Schopf, mit einer spitzen Bemerkung zu antworten, sondern machte nur ein nachdenkliches Gesicht. »Und die andere?«

»Ich weiß nicht, ob es eine Frau war«, antwortete Andrej. »Ich hatte irgendwie das Gefühl, aber ich konnte ihr Gesicht nicht erkennen.«

»Aber sie war eine von uns?«

»Ich bin nicht sicher«, erwiderte Andrej.

»Nicht sicher?«, wiederholte Abu Dun.

»Genau«, sagte Andrej. Er war selbst ein wenig erstaunt über den gereizten Ton in seiner Stimme. Tatsache war, dass er das Gefühl hatte, tief in seinem Inneren genau zu wissen, wem das Gesicht hinter den schwarzen Schatten gehörte. Aber der Gedanke hatte etwas so Erschreckendes, dass er ihn nicht weiterverfolgen wollte.

Abu Dun ging auch nicht auf seinen so scheinbar grundlos gereizten Ton ein, sondern griff unter seinen schwarzen Umhang und zog einen mehrfach zusammengefalteten Zettel heraus, den er ihm schweigend reichte. Nachdem Andrej ihn auseinandergefaltet und über dem Knie glatt gestrichen hatte, entdeckte er zwei in einer verschnörkelten, aber sehr präzisen Handschrift ausgeführte Zeilen – offenbar eine Adresse. Sie sagte ihm nichts. Fragend sah er Abu Dun an.

»Den Zettel habe ich dem Kutscher gegeben«, sagte der Nubier. »Und der hat mich hierher gefahren. Nahe genug an das Versteck deiner neuen Freunde heran, damit ich dich spüren konnte.«

»Woher hast du das?«, fragte Andrej.

»Jemand hat es vor einer Stunde bei unserer Zimmerwirtin abgegeben«, antwortete Abu Dun. »Eine Frau. Unsere gestrenge Vermieterin war der Meinung, sie hätte ausgesehen wie ich.«

»Eine Nubierin?«

»Schwarz«, antwortete Abu Dun.

Ja, das hatte er wohl verdient. Andrej sah noch einmal auf den Zettel herab. Gerade war es ihm nicht aufgefallen, weil er sich ganz auf die Schrift konzentriert hatte, aber nun sah er, dass das Papier von sehr eigenartiger Beschaffenheit war, rau und faserig und von gelblicher Farbe. »Papyrus«, sagte Abu Dun auf seinen fragenden Blick hin und nickte.

Und auch die Schrift war noch eigenartiger, als ihm auf den ersten Blick aufgefallen war: So präzise und gleichmäßig, als wäre sie gedruckt, aber unzweifelhaft mit Tinte geschrieben und das offensichtlich von der Hand eines Menschen, der diese Buchstaben nicht gewohnt war und sich gerade deshalb um eine besonders genaue Schreibweise bemühte.

»Auch das würde passen, nicht wahr?«, fragte Abu Dun.

»Ich weiß nicht, wovon du sprichst«, behauptete Andrej.

»Nein, natürlich nicht.« Abu Dun seufzte tief. »Natürlich nicht.«

Sie hatten den Rest der Fahrt in unangenehmem Schweigen zugebracht – wenn auch sicherlich aus unterschiedlichen Gründen –, und die angespannte Stimmung schien wohl auch auf ihren Fahrer übergegriffen zu haben. Mit einem harten Ruck brachte er die Droschke vor der Pension zum Stehen und schien es gar nicht abwarten zu können, seine beiden sonderbaren Fahrgäste endlich loszuwerden. Als Andrej um den Wagen herumeilen wollte, streckte er blitzschnell seine kleine Reitpeitsche aus und berührte ihn damit an der Brust, um ihn zurückzuhalten. Andrej senkte demonstrativ den Blick und starrte die Peitsche an, und der Mann hatte es plötzlich sehr eilig, die Gerte wieder zurückzuziehen. »Macht einen Schilling«, sagte er missmutig.

Abu Dun und er waren noch nicht sehr lange in dieser Stadt, und sie zogen es im Allgemeinen vor, zu Fuß zu gehen, statt sich in einem unbequemen Fuhrwerk durchschütteln zu lassen (und dabei am Schluss auch nicht sehr viel schneller voranzukommen), aber er wusste dennoch, dass dieser Fahrpreis mehr als unverschämt hoch war. Er dachte daran, den Mann darauf hinzuweisen, dass er es nicht mit einem unbedarften Dummkopf zu tun hatte, den er nach Belieben über den Löffel balbieren konnte, oder diese Reklamation Abu Dun zu überlassen und sich dann an der Reaktion des Mannes zu ergötzen, doch dann besann er sich eines Besseren. Seine Hand glitt in die Tasche, bevor ihm wieder einfiel, wo seine Geldbörse abgeblieben war. Er gab Abu Dun einen Wink, aber der Nubier verzog nur die Lippen und sah jetzt unverhohlen schadenfroh aus.

»Es tut mir aufrichtig leid, Sir«, sagte er in gestelztem Englisch mit aufgesetztem arabischem Akzent. Beides war unnötig. Der Nubier sprach Englisch ebenso fließend und akzentfrei wie ein Dutzend weiterer Sprachen. »Aber der gnädige Herr haben mich ja selbst aufgefordert, meine Geldbörse zu verschenken.«

Das Misstrauen des Kutschers war jetzt unübersehbar, und Andrej sagte rasch: »Dann geh hinein und hol Geld. Ich warte so lange hier. Oder ist es Ihnen lieber«, fügte er direkt an den Fahrer gewandt hinzu, »wenn mein Diener hier wartet und ich gehe?«

Der Mann maß ihn nur mit einem giftigen Blick, aber er wirkte zugleich auch so nervös, dass Andrej sich nicht gewundert hätte, hätte er auf sein Fahrgeld verzichtet und wäre einfach davongebraust. Dann nickte er jedoch nur, und Abu Dun trollte sich. Andrej wollte erst wieder in den Wagen steigen, lehnte sich dann aber nur mit den Schultern gegen den morschen Aufbau und sah dabei zu, wie Abu Dun mit zweifellos provozierend langsamen Schritten im Haus verschwand.

Die Pension *Westminster* trug ihren Namen nicht zu Recht. Von außen betrachtet machte das anderthalbgeschossige Gebäude – das nicht in einer der schlimmsten Gegenden Londons lag, aber auch ganz gewiss nicht in einer vornehmen – sogar einen fast noblen Eindruck: Ein wenig von der Straße zurückgesetzt und hinter einem schmiedeeisernen Gartenzaun gelegen, dessen kunstfertige Ausführung und Höhe von besseren Zeiten kündete, sah es nicht so heruntergekommen aus wie die meisten anderen Häuser hier. Die Fenster wurden vielleicht zu selten geputzt, und wenn der Bereich zwischen dem Zaun und dem eigentlichen Gebäude einmal ein Vorgarten gewesen war, so musste das Jahre zurückliegen – und Jahrzehnte, dass er einmal gepflegt gewesen war. In dem für hiesige Verhältnisse ungewöhnlich schrägen Dach fehlten etliche Ziegel, und nach dem nächsten Sturm würden es noch mehr sein – wenn das

Haus dann überhaupt noch ein Dach haben würde –, und das Glas in den schmalen Fenstern (eigentlich ein unvorstellbarer Luxus, gerade in einer Gegend wie dieser) war an etlichen Stellen gerissen und an noch mehr blind geworden. Aber die Preise waren moderat, die Zimmer sauber und die Besitzerin des *Westminster* verschwiegen und nicht zu geizig, um an kühlen Abenden den Kamin in Gang zu setzen. Das Essen war ebenso preiswert wie gut und selbst für Abu Duns gewaltigen Appetit reichhaltig genug. Das Wichtigste aber war, dass die Leute in dieser Gegend keine neugierigen Fragen zu stellen pflegten. Andrej hatte sich als Kaufmann aus dem Osten vorgestellt, der mehr Wert auf Diskretion und Verschwiegenheit legte als auf Komfort, und Abu Dun als seinen Diener und Leibwächter, und es hätte seiner außergewöhnlichen Fähigkeiten nicht bedurft, um zu erkennen, wie wenig Glauben die wortkarge Besitzerin des *Westminster* dieser Behauptung geschenkt hatte. Aber er hatte die beiden Zimmer, die Abu Dun und er im Dachgeschoss bewohnten, für gleich zwei Wochen im Voraus bezahlt, und das war ganz offensichtlich alles gewesen, was sie interessierte. Sie hatte kein einziges Wort zu Abu Duns ungewöhnlicher Erscheinung oder zu seiner eigenen gesagt und auch nicht zu den vielleicht noch ungewöhnlicheren Zeiten, zu denen sie manchmal kamen oder gingen.

Allerdings hatte es Abu Dun nur ein einziges Mal gewagt, nach einer warmen Mahlzeit zu fragen, als sie die normalen Essenszeiten um vielleicht eine Stunde verpasst hatten, und danach nie wieder.

Der Kutscher bewegte sich unruhig auf seinem Sitz. Er wagte es nicht, auch nur einen Ton zu sagen, aber Andrej spürte seine Nervosität, und auch er sah zur Tür und fragte sich, wo Abu Dun blieb. Er hätte langst zurück sein müssen.

Gerade wollte er sich mit dem Vorschlag an den Kutscher wenden, ihn ins Haus zu begleiten, um sich eine weitere unnötige Wartezeit zu ersparen, als er erneut – und diesmal ungleich stärker – das Gefühl hatte, beobachtet zu werden. So schnell, wie es nur einem Wesen seiner Art möglich war, und wuchtig genug, um das ganze Gefährt erzittern zu lassen, stieß er sich von der Kutsche ab und fuhr herum, und diesmal war er schnell genug, um einen Schatten davonhuschen zu sehen. Federleichte, sehr schnelle Schritte entfernten sich, und Andrej hatte das Gefühl, von einer unsichtbaren Hand tief in seiner Seele berührt zu werden – drängend und sonderbar wärmend zugleich.

Dann war beides verschwunden, und zurück blieb nur ein unangenehmes Gefühl wie von einem großen Verlust, ohne dass er hätte sagen können, was er verloren hatte.

»Sie haben's auch gemerkt, nicht?«, fragte der Fahrer.

»Was?«

Der Mann deutete mit seiner Gerte in die Richtung, in die der Schatten verschwunden war. »Hat uns schon die ganze Zeit über verfolgt, dieses Drecksbalg. Schon seit Ihr Diener und Sie eingestiegen sind.«

»Drecksbalg?«, wiederholte Andrej leicht alarmiert.

»Kinder!«, sagte der Kutscher verächtlich. »Jedenfalls hat man sie früher mal so genannt. Weiß nicht, wie man heute dazu sagt.« Er schnaubte abfällig. »Sie machen die ganze Gegend um das Themseufer unsicher. Kein anständiger Mensch traut sich nach Einbruch der Dunkelheit noch dorthin. Und hier tauchen sie inzwischen auch immer öfter auf. Stehlen alles, was nicht niet- und nagelfest ist. Und Schlimmeres.« Er sah Andrej unmissverständlich auffordernd an, und dieser tat ihm den Gefallen, ein nachdenklich-zerknirschtes Gesicht zu machen. »Sie meinen, ich habe meine Geldbörse vielleicht gar nicht verloren?« In das Misstrauen in den Augen des Droschkenfahrers mischte sich Verachtung über so viel Naivität, aber auch beinahe so etwas wie Solidarität. Andrej war es gleich. Sollte der Mann ihn ruhig für einen Dummkopf halten. Außerdem war er ... verwirrt.

»Und sie sind uns vom Hafen aus gefolgt?«, vergewisserte er sich.

»Zwei«, bestätigte der Mann. »Mindestens. Sie sind gut, das muss man ihnen lassen.«

»Ich habe nichts bemerkt«, murmelte Andrej verstört. Es hätte genau anders herum sein sollen. *Er* hätte dem Kutscher sagen sollen, dass jemand sie verfolgte, nicht der Kutscher ihm.

»Das konnten Sie auch nicht, Sir«, antwortete der Mann. »Ich will Ihnen nicht zu nahe treten, aber Sie sehen nicht aus wie jemand, der in einer Gegend wie dieser aufgewachsen ist. Ich schon. Man bekommt einen Blick für so was, sonst macht man es hier nicht lange.«

Andrej sah ihn nur mit einem Blick an, den der andere für Verwirrung halten mochte, in dem in Wahrheit aber nichts als mühsam unterdrücktes Erschrecken lag.

»Machen Sie sich keine Vorwürfe, Sir«, sagte der Fahrer großmütig. »Diese Kinder sind geschickt. Sie stehlen Ihnen die Gamaschen, während Sie darin herumlaufen, ohne dass Sie es merken.«

Zu seiner Erleichterung kam Abu Dun endlich zurück. Doch etwas stimmte mit ihm nicht. Sein Gesicht war eine unbewegte Maske, während er auf den Kutscher zutrat und ihm den Schilling auf den Kutschbock hinaufreichte (wozu er sich nicht einmal recken musste). Er sagte nichts, als der Fahrer das Geld zwar wortlos und mit gewohnt knurriger Miene einstrich, sich dann aber mit einem fast schon freundschaftlichen Lächeln an Andrej verabschiedete. Aber Andrej konnte seine Anspannung fühlen.

Nur mit Mühe geduldete er sich, bis der Wagen losgefahren war, bevor er sich mit einem einzigen scharfen Wort an den Nubier wandte. »Was?«

»Oh, nichts«, erwiderte Abu Dun säuerlich. »Tut mir leid, dass es so lange gedauert hat, Massa. Aber ich musste mir den Schilling von unserer Zimmerwirtin leihen, und du weißt ja, wie sie ist. Eigentlich wollte sie mein linkes Auge als Pfand, aber dann hat sie sich doch mit einem Teil meiner Seele zufriedengegeben.«

Andrej wurde ärgerlich. »Jetzt stell dich nicht so an wegen der paar Pennies in deinem Beutel!«, sagte er gereizt. »Du bekommst sie von mir ...« Er blinzelte. »Wieso leihen?« Sie hatten mehr als zwanzig Pfund in ihren Koffern. Genug, um auch in einer Stadt wie London mehrere Monate bequem leben zu können. Und in einem Etablissement wie dem *Westminster* vermutlich ein halbes Jahr.

»Sieh an, der große weise Magier aus dem Abendland hat es auch schon gemerkt«, sagte Abu Dun spöttisch. »Man hat uns bestohlen, Andrej. Es ist nichts mehr da.«

Andrej starrte ihn einen Herzschlag lang nur an, dann fuhr er auf dem Absatz herum, stürmte an ihm vorbei ins Haus und hätte auf dem Weg zur Treppe beinahe ihre Zimmerwirtin über den Haufen gerannt, die ihnen, aufgeregt mit beiden Armen fuchtelnd, entgegenkam. Andrej wich ihr mit einem raschen Haken aus, stürmte, mehrere Stufen auf einmal nehmend, die Treppe hinauf und in das erste der beiden nebeneinanderliegenden Zimmer, die Abu Dun und er gemietet hatten. Es war winzig, und die Einrichtung so schlicht, dass man sie auch als ärmlich hätte bezeichnen können, war aber bisher von ihrer Zimmerwirtin penibel in Ordnung gehalten worden. Jetzt erinnerte ihn der Anblick an das verkommene Abbruchhaus, in dem er am Morgen aufgewacht war. Es war nicht ganz so schmutzig, aber das Chaos konnte durchaus mithalten. Sämtliche Schubladen (die ohnehin zum Großteil leer gewesen waren) waren herausgerissen und auf den Fußboden geworfen worden. Die Türen des einfachen Kleiderschrankes standen offen, und auch dessen Inhalt war herausgezerrt und in wilder Unordnung auf dem Fußboden verteilt worden – ebenso wie der Inhalt des einzelnen Koffers, mit dem er angereist war. Selbst das Bett war zerwühlt, und jemand hatte das Kopfkissen mit einem Messer aufgeschlitzt, sodass seine Füllung herausgequollen war. Andrej registrierte beiläufig, aber recht überrascht, dass sie aus – wenn auch alten – Daunen bestand. Wahrscheinlich ein Überbleibsel aus besseren Zeiten. Das Zimmer war offenbar in großer Hast, aber auch sehr gründlich durchsucht worden.

Andrej durchfuhr ein plötzlicher, heißer Schrecken, war mit einem einzigen schnellen Schritt am Bett und wollte sich gerade auf die Knie fallen lassen, als er Schritte hinter sich hörte, gefolgt von einem halb erstickten Keuchen. Statt seine Bewegung zu Ende zu führen, drehte er sich um und sah auf Miss Torrent hinab, ihre grauhaarige Zimmerwirtin. Sie war einen halben Schritt weit ins Zimmer hereingetreten, hatte die Hand vor den Mund geschlagen und war dann mitten in der Bewegung erstarrt. Wie sie so dastand, mit weit aufgerissenen Augen und schreckensbleichem Gesicht, bot sie einen schon fast komischen Anblick, zumal Abu Dun hinter ihr aufragte wie ein Riese über einem Kind.

»Was ... Heilige Mutter Gottes, was ist denn hier passiert?«, ächzte sie.

Andrej tauschte einen raschen fragenden Blick mit Abu Dun und bekam ein angedeutetes Kopfschütteln zur Antwort, bevor er sich in bewusst kühlem Ton an ihre Wirtin wandte. »Ja, genau diese Frage wollte ich Ihnen gerade auch stellen, Miss Torrent. Ich meine, mich zu erinnern, dass es hier noch nicht so ausgesehen hat, als ich fortgegangen bin.«

»Aber das ... das verstehe ich nicht«, murmelte sie verwirrt. »Ich ... Einbrecher. Das müssen Diebe gewesen sein! Diebe, in meinem Haus!«

»Nun, das scheint mir auch so«, antwortete Andrej eisig.

Einen halben Atemzug lang sah die kleine Frau so eingeschüchtert aus, dass sie Andrej beinahe leidtat. Aber dann blitzte es in ihren Augen kampflustig auf. »So etwas ist hier noch nie vorgekommen, seit ich diese Pension leite, und das ist beinahe mein ganzes Leben!«, sagte sie vorwurfsvoll. »Ich führe ein anständiges Haus, in dem sich die Gäste sicher fühlen können! Wenigstens ist das bis jetzt so gewesen!« *Bevor ich Leute wie euch aufgenommen habe,* fügte der Blick hinzu, mit dem sie Andrej – und vor allem Abu Dun – maß.

»Dann sollten wir vielleicht die Obrigkeit benachrichtigen«, sagte Andrej.

»Wie man hört, sind die Leute des Sheriffs ja sehr fähig«, fügte Abu Dun hinzu.

Miss Torrent fuhr zusammen. »Den Sheriff?«, fragte sie nervös. »Ich hatte noch nie mit dem Sheriff zu tun.«

»Dann sollten wir es schnell tun«, sagte Abu Dun. »Sie können noch nicht weit sein.«

»Wieso?«, fragte Andrej.

Abu Dun zeigte auf das heillose Durcheinander, das sie umgab. »Das war vor einer Stunde noch nicht so, als ich die Droschke gerufen habe.«

Miss Torrent blinzelte, als Andrej sie anklagend ansah. »Soll das etwa heißen, Sie haben das Haus unbeaufsichtigt gelassen?«, fragte er scharf.

»Nur ... ganz kurz«, verteidigte sie sich. »Ich habe nur ein paar Einkäufe erledigt, das ist alles! Ich war nicht einmal eine halbe Stunde fort!«

»Ja, hier sieht es auch ganz so aus, als wären sie in Eile gewesen«, sagte Andrej säuerlich. Als sie widersprechen wollte, hob er sofort die Hand. »Machen Sie sich keine Sorgen, Miss Torrent. Ich glaube nicht, dass wir den Sheriff brauchen, um die Diebe zu finden. Und nun wäre ich Ihnen dankbar, wenn Sie uns einen Moment allein lassen würden. Ich würde gerne nachschauen, was genau fehlt.«

»Aber jemand muss doch diese Unordnung hier ...«

»Darum können Sie sich später kümmern«, fiel ihr Andrej ins Wort. »Bitte, Miss Torrent.«

Erst starrte sie ihn noch verstockt an, aber dann hatte sie es plötzlich sehr eilig, auf dem Absatz herumzufahren und aus dem Zimmer zu stürmen.

Abu Dun warf ihm einen leise verwirrten Blick zu, auf den Andrej aber nicht reagierte. Stattdessen bedeutete er ihm nur mit einer raschen Geste, die Tür zu schließen, und ließ sich auf die Knie sinken, noch bevor das Schloss zuschnappte. Seine Hand tastete unter das Bett und fühlte nichts als morsches Holz und den Schmutz von Jahrzehnten.

»Andrej?«, fragte Abu Dun beunruhigt.

Andrej ignorierte ihn, ließ sich vollends zu Boden gleiten und sah ganz genau das, was ihm seine tastenden Finger bereits verraten hatten. Nichts. Die beiden einfachen Stricke, mit denen er die verzierte Lederscheide unter dem Bett festgebunden hatte, waren noch da, säuberlich in der Mitte durchschnitten, aber *Gunjir* war verschwunden.

Kapitel 4

Auch bei Tageslicht und mit anderen Augen betrachtet bot das heruntergekommene Haus keinen angenehmeren Anblick. Jetzt kam ihm sogar alles noch ein bisschen ärmlicher und deprimierender vor als am Morgen, als er genau in diesem schmutzigen Zimmer wach geworden war. Und stiller. Still wie in dem sprichwörtlichen Grab.

»Du hast nicht wirklich geglaubt, dass sie noch hier sind, oder?«

Andrej war versucht, die Worte des Nubiers ebenso zu ignorieren wie den unüberhörbar beißenden Spott darin. Einen Spott, mit dem er auf dem ganzen Weg hier heraus nicht gegeizt hatte. Andrej war diesen Ton von Abu Dun zwar gewohnt, aber allmählich begann er sich darüber zu ärgern.

Zumal er vollkommen recht hatte. Das unersetzliche Wikingerschwert unter dem Bett zu verstecken, war ... nun ja, vielleicht nicht besonders klug gewesen. Vorsichtig ausgedrückt.

»Nein«, antwortete er mit einiger Verspätung. »Aber vielleicht finden wir ja irgendetwas, das uns weiterhilft.«

»Dein Schwert?«, fragte Abu Dun belustigt.

Das war unangebracht. Andrej sprach es nicht laut aus, machte seinem Unmut aber mit einem dafür umso deutlicher verärgertem Blick Luft und schüttelte knapp den Kopf. »Etwas, das uns auf ihre Spur bringt.«

»Dann suchen wir nach Schmutz und Unrat?«, fragte Abu Dun.

Diesmal fiel es Andrej schwer, wenigstens äußerlich ruhig zu bleiben. »Sie müssen etwas zurückgelassen haben«, beharrte er. »Irgendetwas, das uns hilft, sie zu finden. Es sind fast ein Dutzend Kinder. Sie müssen Spuren hinterlassen haben!«

Abu Dun sah sich demonstrativ in dem nur schwach erhellten Raum um – demselben, in dem Andrej erwacht war – und zuckte dann mit den breiten Schultern. »Wenn ich es nicht mit eigenen Augen gesehen hätte, Hexenmeister«, sagte er, »dann würde ich glatt behaupten, sie waren nie hier.«

Damit sprach er genau das aus, was Andrej sich die ganze Zeit über nicht einzugestehen gewagt hatte. Sie hatten das Haus vom Keller bis zum Dachgeschoss durchsucht, ohne auch nur die kleinste Spur von Frederics Kinderbande zu finden. Das Haus quoll über vor Schmutz, Trümmern und Unrat, aber es erging ihm genauso wie dem nubischen Riesen: Hätte er es nicht mit eigenen Augen gesehen, er hätte nicht geglaubt, dass in diesem Haus seit Monaten auch nur ein einziger lebender Mensch gewesen war. Da waren keine Essensreste, keine weggeworfenen Kleiderfetzen, keine improvisierten Schlaf- oder Kochstellen. Aber ihm standen andere Sinne zur Verfügung als gewöhnlichen Menschen. Seine scharfen Instinkte hätten ihn mit Sicherheit wissen lassen, wenn sich hier in den letzten Wochen so viele Menschen für mehr als nur wenige Stunden aufgehalten hätten. Und hier war niemand gewesen, so einfach war das. Und so unmöglich.

»Immerhin hat er uns ja selbst gesagt, dass wir sie hier nicht mehr antreffen werden«, sagte er lahm.

»Sie waren niemals hier, Andrej«, beharrte Abu Dun. »Man könnte meinen, sie hätten dich nur hierher gebracht, damit du hier aufwachst.«

»Und?«

»Damit ich dich hier finde?«

»Und wozu sollte das gut sein?«, fragte Andrej.

»Die Antwort auf diese zweifellos berechtigte Frage zu finden, überlasse ich dir, o weiser Hexenmeister«, antwortete Abu Dun. »Ich bin nur ein dummer Mohr und allenfalls der Mann fürs Grobe.«

Andrej war nicht nach Abu Duns abgestandenen Scherzen. Er verzog nicht einmal der Höflichkeit halber die Lippen. »Das würde bedeuten, dass sie dich absichtlich hierher gelockt haben, um in Ruhe das Schwert zu stehlen«, sagte er. »Aber es war kein Kind, das Miss Torrent den Zettel mit der Adresse gegeben hat, sondern dieselbe Frau, gegen die ich vergangene Nacht gekämpft habe. Welchen Sinn sollte das ergeben?«

Diesmal dachte Abu Dun nicht nur über seine Frage nach, sondern beantwortete sie auch ganz ernsthaft - wenn auch mit genau den Worten, die Andrej befürchtet hatte zu hören. »Das weiß ich nicht«, sagte er. »Aber ich glaube auch nicht, dass das alles nur Zufall gewesen sein soll ... so wenig wie du, nebenbei bemerkt.«

Andrej verzichtete auf eine Antwort, die ihm ohnehin nur seine eigene Hilflosigkeit vor Augen geführt hätte, hob noch einmal die Schultern und verließ dann ohne ein weiteres Wort den Raum. Abu Dun folgte ihm, allerdings in gehörigem Abstand. Auf dem Weg nach oben hatte die Treppe so bedrohlich geknarrt, dass er es vorzog, sie auf dem Rückweg nur mit seinem eigenen Gewicht zu belasten. Andrej war beinahe froh, allein zu sein, als er draußen vor der Tür stand und auf den Nubier wartete, auch wenn es nur wenige Sekunden waren. Abu Dun und er waren nun schon so lange zusammen, dass der eine aus dem Leben des anderen nicht mehr wegzudenken war. Andrej hatte es längst aufgegeben, die Jahre zu zählen, die sie jetzt schon gemeinsam durch die Welt zogen, die sich rings um sie herum immer schneller zu verändern begann und in der sie füreinander nur zu oft die einzige Konstante gewesen waren. Zu sagen, dass Abu Dun sein Freund war, wäre der Wahrheit nicht gerecht geworden. Vielleicht musste man für eine Freundschaft, die über Jahrhunderte andauerte, auch einen neuen Begriff erfinden. Und doch ... war etwas anders geworden. Abu Dun hatte kein Wort des Zweifels oder gar der Klage hören lassen, seit sie aus jenem kalten, dunklen Land hinter dem Ende der Welt und der Zeiten zurückgekehrt waren, in dem ihm so viel genommen worden war. Ganz im Gegenteil hatte er ihn mit all seiner Kraft und Klugheit unterstützt, wo er nur konnte, als Andrej seine Jagd auf einen leibhaftigen Gott begonnen hatte. Aber er hatte sehr wohl bemerkt, dass er es nur aus Pflichtgefühl und Freundschaft tat, nicht weil er seinen Racheschwur gutgeheißen hätte. Und manchmal fragte er sich, wie lange ihre Freundschaft dieser Belastung noch standhalten konnte und wie er reagieren würde, wenn Abu Dun ihn vor die Wahl stellte.

Abu Dun trat hinter ihm aus dem Haus, blinzelte in das unerwartet helle Licht der Vormittagssonne und sah sich dann aufmerksam in alle Richtungen um. Und Andrej tat fast hastig dasselbe, bevor Abu Dun etwa auf die Idee kommen konnte, ihm zu aufmerksam ins Gesicht zu blicken, und darin womöglich etwas las, worüber er nicht reden wollte.

Loki. Abu Dun hatte es nie ausgesprochen, aber Andrej wusste sehr genau, dass der Nubier nicht annähernd so überzeugt davon war wie er, dass Loki noch lebte.

Manchmal fragte er sich, ob Abu Dun ihn auf seiner ruhelosen Suche nicht nur deshalb noch begleitete, weil er sonst nichts Besseres zu tun hatte.

Er hörte Abu Duns Schritte hinter sich, entschuldigte sich im Stillen für seinen hässlichen Verdacht und gestand sich ein, dass es ihm selber auch nicht viel anders erging. Abu Dun hatte keinen

Beweis dafür, dass Loki tatsächlich tot war ... so wenig wie dafür, dass er noch lebte.

Andererseits brauchte er auch keinen Beweis. Er *wusste* es einfach.

»Irgendeine Idee?«

Andrej zuckte nur die Achseln und zwang sich, sich aufmerksamer umzusehen. Am Morgen hatte er nur einen eher flüchtigen Blick aus dem Fenster geworfen, was er nun bedauerte. Manche der Männer, die noch immer ihren unterschiedlichen Beschäftigungen nachgingen, kamen ihm vage bekannt vor. Mit langsamen Schritten legte er das kurze Stück zum Ufer zurück, das an dieser Stelle nicht aus einem gemauerten Kai bestand, sondern aus einer Reihe halb verfaulter geteerter Pfähle, die sich kaum zwei Fuß weit aus dem schmutzigen Wasser erhoben. Der unangenehme Geruch ließ ihn unwillkürlich zurückschrecken, und er musste nicht hinter sich blicken, um zu wissen, dass Abu Dun eine angewiderte Grimasse zog. Es war weiß Gott nicht die erste westliche Großstadt, die er zusammen mit Abu Dun besuchte, und seine Reaktion war stets dieselbe. Die Art, wie die Menschen mit ihrem – seiner Meinung nach kostbarsten – Gut umgingen, schien ihn eher zu verletzen als zornig zu machen – aber jemand, der in einem Land aufgewachsen war, in dem Wasser kostbarer war als Gold, musste wohl so empfinden.

Er gab Abu Dun Zeit, sich zu beruhigen, drehte sich erst dann zu ihm um und stellte die Frage, die ihm auf der Zunge lag, dann doch nicht. Abu Dun sah genauso empört und gekränkt aus, wie Andrej es angesichts des verpesteten Wassers erwartet hatte, aber er wirkte auch überrascht, fast schon ein bisschen erschrocken. Seine Hand lag auf der rechten Hüfte, dort, wo normalerweise der Griff eines gewaltigen Krummsäbels unter seinem Mantel hervorsah.

»Ist alles in Ordnung?«, fragte Andrej beunruhigt und wartete Abu Duns Antwort erst gar nicht ab, sondern wandte sich erneut dem Wasser zu. Der Fluss floss so träge dahin, als bestünde er aus zähem Öl, nicht aus Wasser, und unter seiner schmutzigen Oberfläche konnte sich alles Mögliche verbergen. Alles was er sah, waren jedoch ein toter Fisch, der mit dem Bauch nach oben dahintrieb, und ein paar Klumpen aus undefinierbarem Unrat.

»Nichts«, sagte Abu Dun, nach einer Pause, die gerade eine Spur zu lang war. »Ich dachte, ich hätte etwas gesehen. Aber ich muss mich wohl getäuscht haben.« Bevor Andrej noch eine weitere Frage stellen konnte, drehte er sich brüsk weg und steuerte den nächstbesten Mann an – einen schmächtigen Kerl in zerschlissenen Kleidern, dessen Gesicht fast ebenso grau war wie sein Haar. Als er Abu Dun auf sich zukommen sah, erstarrte er und hätte vor Schrecken fast die Kiste mit dem nicht mehr ganz frischen Obst fallen gelassen, die er gerade von einem Lastkahn ganz in der Nähe geholt hatte.

»He, du da!«, polterte Abu Dun. »Warte! Ich habe eine Frage!«

Der Mann stolperte einen Schritt zurück und wurde noch blasser. Andrej sah, wie überall ringsum weitere Männer in ihrem Tun innehielten und in ihre Richtung sahen. Rasch ging er zu Abu Dun und seinem unglückseligen Opfer, hob besänftigend die Hand und zwang ein Lächeln auf seine Lippen.

»Bitte verzeihen Sie meinem Diener, Sir«, sagte er. »Er ist noch nicht lange in diesem Land und kennt die Sitten und Gebräuche hier nicht so gut, wie er es sollte.« Er warf Abu Dun einen übertrieben geschauspielerten ärgerlichen Blick zu, bevor er fortfuhr: »Wir hätten nur eine Frage an Sie, Sir – oder einen der anderen Herren hier.«

Die letzten Worte hatte er mit leicht erhobener Stimme gesprochen. Noch mehr Männer blieben stehen und sahen in ihre Richtung, und einige stellten auch ihre Lasten ab und kamen näher. Nicht alle sahen freundlich aus.

»Wir suchen jemanden«, fuhr Andrej fort. »Einen Jungen. Sein

Name ist Frederic. Er lebt zusammen mit ein paar Freunden in diesem Haus dort drüben.«

Er deutete auf das Abbruchhaus, aus dem sie gerade herausgekommen waren.

»Da drüben wohnt keiner«, sagte einer der Männer – nicht der, den Abu Dun gerade angesprochen und sichtlich fast zu Tode erschreckt hatte.

»Das glaube ich gerne«, antwortete Andrej. »Aber ich habe erst heute Morgen mit ihm in eben diesem Haus gesprochen. Vielleicht treiben er und seine Freunde sich ja manchmal dort herum.« Er wartete vergeblich auf eine Antwort und fügte hinzu: »Er hat ein Mädchen bei sich, ungefähr so groß.« Er deutete mit ausgestreckter Hand Bess' ungefähre Größe an. »Ihr Name ist Bess, und ich glaube, sie ist ganz hübsch ... oder könnte es sein, wenn sich jemand die Mühe machen würde, sie zu waschen.«

Niemand lachte. Der Mann, der gerade schon einmal geantwortet hatte, starrte ihn plötzlich misstrauisch an. »Warum fragst du nach dem Mädchen?«, wollte er wissen.

»Ich frage nicht nach dem Mädchen, sondern nach ihren Freunden«, antwortete Andrej.

»Und was willst du von ihnen?«

Andrej lächelte schmerzlich. »Eigentlich möchte ich mich nur mit ihnen unterhalten ... mich vielleicht nach dem Verbleib meiner Geldbörse erkundigen und des einen oder anderen Wertgegenstandes, den ich bei mir gehabt hatte.«

Zaghaftes Gelächter klang auf und verstummte auf der Stelle wieder, als der Mann, den die anderen anscheinend als ihren Redeführer anerkannt hatten, einen ärgerlichen Blick in die Runde warf und sich dann wieder auf Andrej konzentrierte. Abu Dun hatte mittlerweile direkt hinter ihm Aufstellung genommen und überragte ihn nicht nur wie ein lebender Berg, sondern hatte auch in unmissverständlich drohender Haltung die Arme vor der Brust verschränkt. Andrej kannte nicht viele Männer, die sich von diesem Anblick nicht hätten einschüchtern lassen, aber der dunkelhaarige Arbeiter gehörte ganz eindeutig dazu.

»Sie sehen nicht aus wie ein Mann, der sich in einer Gegend wie dieser rumtreibt und mit Bettelkindern spricht. Was haben Sie mit diesen Kindern zu schaffen?«

Immerhin, dachte Andrej, war er wieder zum respektvollen *Sie* gewechselt – was vermutlich doch an Abu Duns Präsenz hinter ihm lag.

»Nichts«, antwortete er, hob die Schultern und rettete sich in ein absichtlich verunglücktes Grinsen. »Oder doch. Mein Diener hatte mich gewarnt, nicht allein in diese Gegend zu gehen. Und ich fürchte, ich hätte besser daran getan, auf ihn zu hören. Ich hatte mich verlaufen und den Jungen nach dem Weg gefragt.«

»Wenn das wirklich die Wahrheit ist, dann sollten Sie Gott dafür danken, nur Ihre Geldbörse verloren zu haben, Sir«, antwortete der Mann. »Die meisten wären nicht so glimpflich davongekommen.«

»Du kennst diesen Jungen also«, sagte Abu Dun.

»Nein«, antwortete der Mann. »Aber diese Kinderbanden sind doch alle gleich. Die meisten sind harmlos. Sie stehlen nur wie die Raben. Aber sich allein und noch dazu nachts in ihr Revier zu wagen, das ist ...«

»Ziemlich leichtsinnig, ich weiß«, sagte Andrej zerknirscht. Sollten ihn diese Männer ruhig für einen Dummkopf halten. Oft genug war das die beste Tarnung, so lange man es nicht übertrieb. »Sogar mein Diener hat mich gewarnt, und er kennt diese Stadt nicht einmal.«

»Dann scheint mir Ihr Diener ein sehr kluger Mann zu sein, Sir«, sagte der Mann und sah noch einmal zu Abu Dun hoch. »Wenn schon nicht gestern, dann hören Sie wenigstens heute auf ihn. Lassen Sie es gut sein. Was glauben Sie erreichen zu können? Ihr Geld ist wahrscheinlich längst ausgegeben.«

»Es geht mir nicht um die paar Pfund«, antwortete Andrej bewusst überheblich. »Mir ist etwas gestohlen worden, das für diese Kinder von keinerlei Wert ist und auch für sonst niemanden, aber für mich schon.«

Der Dunkelhaarige schüttelte nur den Kopf. »Was immer es ist, Sie werden es nicht zurückbekommen, Sir. Hören Sie auf uns, und gehen Sie nach Hause. Das hier ist keine Gegend für jemanden wie Sie.«

Andrej überhörte die kaum verhohlene Beleidigung in diesen Worten, und zu seiner Erleichterung tat Abu Dun dasselbe. Noch. »Diese Information wäre mir eine anständige Belohnung wert«, sagte er.

»Ich denke, Ihre Geldbörse ist gestohlen worden?«

»Gottlob war ich dann doch nicht so dumm, meine gesamte Barschaft mitzunehmen«, antwortete Andrej.

»Wir wissen trotzdem nichts«, antwortete der Mann.

»Das könnte die Bande sein, die sich in der leer stehenden Gerberei rumtreibt«, sagte einer der Männer. Anscheinend hatte die Erwähnung einer eventuellen Belohnung seinem Gedächtnis doch auf die Sprünge geholfen. Andrej fragte sich nur, wie er dieses Versprechen einhalten sollte. Abu Dun und er besaßen zumindest im Moment keinen einzigen Penny mehr. »Sie sollen ein paar Mädchen bei sich haben. Eins davon noch ziemlich jung und ...«

»Halt die Klappe, Jack«, unterbrach ihn der Redeführer. »Niemand hier weiß etwas. Und Sie, Sir«, wandte er sich wieder an Andrej, »sollten jetzt besser gehen. Das hier ist wirklich keine Gegend für so vornehme Leute wie Sie und Ihren Diener. Es stinkt und ist schmutzig, und andauernd geschehen die schlimmsten Unfälle. Und wir haben noch viel zu arbeiten.«

Andrej spürte, wie sich Abu Dun hinter ihm anspannte und langsam die Arme herunternahm, und hob rasch die Hand. »Vielleicht ... haben Sie damit sogar recht«, sagte er. »Ich sollte den Verlust abschreiben und versuchen, etwas aus diesem Zwischenfall zu lernen. Und natürlich wollen wir Sie nicht von Ihrer Arbeit abhalten. Vielen Dank, dass Sie sich die Zeit genommen haben, unsere Fragen zu beantworten, Gentlemen.« Er nickte dem Dunkelhaarigen noch einmal dankbar zu, dann bedeutete er Abu Dun mit einer knappen Geste, ihm zu folgen, und sie entfernten sich mit schnellen Schritten.

Zwei Straßen weiter hielten sie an. Sie mussten nur wenige Minuten warten, bis eine schmale Gestalt in zerlumpter Kleidung hinter ihnen auftauchte. Alle paar Schritte blieb sie stehen und sah sich aufmerksam um, schien aber trotzdem nur knapp einen Schreckensschrei unterdrücken zu können, als Andrej vor ihr aus seinem Versteck trat.

»Keine Sorge«, sagte Andrej rasch. »Ich bin es nur. Sie sind ... Jack?«

»Ja.« Der Mann nickte nervös. »Ich ...« Er trat unruhig von einem Fuß auf den anderen und kämpfte mit sichtlicher Mühe gegen das Bedürfnis, sich immer wieder nervös umzusehen. »Sie haben etwas von einer Belohnung gesagt.«

»Das ist richtig«, antwortete Andrej. »Wenn sich Ihre Informationen als wahr erweisen.«

»Ich kenne den Burschen, nach dem Sie suchen, Sir«, antwortete der Mann nervös. »Und Pauly kennt ihn auch. Aber er ...« Er zögerte und wich Andrejs direktem Blick aus. »Nun, wir ... reden hier nicht gerne mit Leuten wie Ihnen.«

»Ich verstehe«, sagte Andrej. »Aber Sie wissen, wo wir diesen Jungen und seine Bande finden?«

Jack nickte. »Ich verlange ein Pfund.«

»Das ist eine Menge Geld«, antwortete Andrej – was der Wahrheit entsprach.

»Ich gehe ein Risiko ein«, erwiderte Jack nervös. »Diese Kinder sind gefährlich. Sie sehen vielleicht harmlos aus, aber das sind sie nicht. Pauly hat die Wahrheit gesagt, wissen Sie? Sie können froh sein, noch zu leben, und wenn Pauly erfährt, dass ich mit Ihnen gesprochen habe, bricht er mir wahrscheinlich alle Knochen.«

Andrej überlegte. Die Nervosität des Mannes war echt, das spürte er, genau wie seine Angst. Und trotzdem war er bereit, für eine Handvoll jämmerlicher Münzen sein Leben zu riskieren. Andrej hatte diese sonderbare menschliche Eigenart nie verstanden. Abu Dun und er hatten in all den ungezählten Jahren ihres Lebens niemals viel Geld besessen und es auch niemals gewollt. Schon weil eine sich immer schneller verändernde Welt es unumgänglich machte, sorgten sie dauernd auf die eine oder andere (und nicht unbedingt immer legale) Weise dafür, genug zum Überleben zu besitzen, aber nach mehr hatte es sie nie verlangt. Reichtümer waren so bedeutungslos.

»Ein Pfund«, sagte er schließlich. »Einverstanden. Aber dafür führst du uns hin.«

»Unmöglich!«, keuchte Jack.

»Und ein weiteres Pfund, wenn wir diesen Jungen dort tatsächlich finden.«

Anscheinend war Jacks Gier größer als seine Furcht, denn er rang sichtbar mit sich und nickte dann kurz. »Gut, aber dann müssen wir ...«

»Nicht jetzt«, unterbrach ihn Andrej. »Heute Abend. Abu Dun ... mein Diener und ich haben noch gewisse Vorbereitungen zu treffen. Wir sehen uns hier, eine halbe Stunde nach Sonnenuntergang.«

»Nein.« Jack war erschrocken. »Nicht hier! Wir treffen uns im

Star Inn. Das ist unten, an der London Bridge. Jeder kennt mich dort.«

Er verschwand ohne ein weiteres Wort. Andrej sah ihm so lange stirnrunzelnd nach, bis Abu Dun hinter ihm aus seinem Versteck aus den Schatten trat und ein fragendes Gesicht machte.

»Täusche ich mich, oder hatte der arme Kerl gerade Todesangst?«, fragte er. »Vor ein paar Kindern, Hexenmeister?«

»Ja«, antwortete Andrej. »Aber ich bin ganz und gar nicht mehr sicher, dass es wirklich nur ein paar harmlose Kinder sind, Pirat.«

Kapitel 5

Abu Dun und er hatten den Rest des Tages damit zugebracht, ihre verwüsteten Zimmer aufzuräumen und das wenige ihrer Habseligkeiten zu sichten, das ihre uneingeladenen Besucher zurückgelassen hatten. Viel war es nicht gewesen. Abgesehen von ihren Waffen und dem (nicht gut genug versteckten) Beutel mit ihrer bescheidenen Barschaft besaßen sie ohnehin kaum etwas von Wert, aber was sie gehabt hatten, war verschwunden, und was die Diebe nicht mitgenommen hatten, hatten sie zerschnitten oder auf andere Weise zerstört. Sie besaßen buchstäblich nur noch das, was sie am Leibe trugen. Den Rest des Nachmittages hatten sie folglich damit zugebracht, das kleine Bankhaus aufzusuchen, in dem sie am Tag ihrer Ankunft eine Anzahl Wertgegenstände (über deren genaue Herkunft Abu Dun sich zweifellos beharrlich ausgeschwiegen hätte, hätte Andrej danach gefragt) deponiert hatten, und einen Teil davon in Bargeld umgetauscht. Ihnen war noch eine Stunde bis zum Sonnenuntergang geblieben, in der sie insgesamt drei Waffenschmiede aufgesucht hatten, um ein neues Schwert für Abu Dun zu erstehen, aber keine der angebotenen Waffen hatte vor Abu Duns gestrengem Auge Gnade gefunden. Jetzt war die Dämmerung seit einer Stunde vorbei, sie saßen im *Star Inn*, und von Jack war weit und breit keine Spur zu sehen.

»Ich könnte jetzt sagen, ich habe es dir ja gesagt«, sagte Abu Dun, nachdem er den dritten Bierkrug in Folge angesetzt und mit großen, lautstarken Schlucken geleert hatte, ohne dabei den Umweg über einen Trinkbecher zu machen.

»Wenn du es denn gesagt hättest«, wandte Andrej ein – was der Nubier natürlich ignorierte.

»Aber ich sage es nicht«, fuhr dieser ungerührt fort und wischte sich mit dem Ärmel seines schwarzen Mantels den Schaum vom Mund. »Obwohl ich jeden Grund hätte, es zu sagen.«

»Was du ja Gott sei Dank nicht tust.«

»Allah«, verbesserte ihn Abu Dun und rülpste lautstark. »Allah sei Dank.« Gleichzeitig hob er die Hand, um dem Wirt hinter der grob gezimmerten Theke zu signalisieren, dass sein Krug schon wieder leer war. Der Mann zog zwar die Augenbrauen hoch, begann aber gehorsam, einen weiteren Bierkrug zu füllen.

»Trink nicht so viel«, sagte Andrej leise.

»Warum?«, griente Abu Dun und fuhr lallend fort, als wäre ihm die Zunge schwer: »Haschu Anst, dasschimisch be... betringe?«

»Das kannst du gar nicht«, erinnerte ihn Andrej ruhig. »Aber du fällst auf. Wir fallen auf.«

»Oh ja, das hätte ich jetzt beinahe vergessen«, antwortete Abu Dun. »Wo wir ja sonst überhaupt nicht auffallen, nicht wahr?« Immerhin spielte er nicht mehr den Betrunkenen ... aber er hatte recht. Sie fielen auf. Wenn er in Abu Duns Begleitung auftauchte, dann erregten sie immer und überall Aufsehen, und die gewaltigen Mengen Bier, die der hünenhafte Nubier seit einer Stunde in sich hineinschüttete, taten noch ein Übriges. Doch dieses Mal war die Anzahl der neugierigen Blicke, die ihn selber trafen, beinahe genauso groß, und er sah mehr Misstrauen in diesen Blicken als gewöhnlich.

Das Gasthaus *Star Inn*, das nur einen Steinwurf von der gewaltigen London Bridge entfernt lag, war nicht besonders groß, schien sich aber über mindestens zwei Etagen zu erstrecken und war in der hier allgemein üblichen, mit Stroh und Lehm gefüllten Fachwerkbauweise errichtet. Etliches von diesem Stroh schien inzwischen unter ihren Füßen zu liegen und in Fäulnis übergegangen zu sein – jedenfalls roch es so.

Es waren vor allem die Gäste, die Andrej Unbehagen bereiteten: Soldaten, wenigstens zu einem Gutteil. Sie trugen Uniformen, wie Andrej sie nicht kannte. Kürass, Helm und Pluderhosen und -hemden, von denen er aber argwöhnte, dass sie in einigen wenigen Jahren aus der Mode kommen würden. Und sie waren mit Schwertern, Hellebarden und Musketen bewaffnet, was sie in Andrejs Augen ganz besonders suspekt machte. Er hasste Schusswaffen. Sein Verstand sagte ihm, dass die Zeit nicht stehen blieb und die Dinge nun einmal so waren, wie sie waren. Es nutzte nichts, mit dem Schicksal zu hadern. Aber musste es ihm deswegen gefallen?

Er lenkte seine Gedanken mit einer bewussten Anstrengung wieder auf das Hier und Jetzt und sah unauffällig zu der Handvoll Soldaten hin, die die Theke umlagerten und sich lautstark unterhielten, derbe Scherze rissen oder einfach ihr Bestes taten, um sich in möglichst kurzer Zeit zu betrinken. Bisher hatte niemand sie angesprochen oder gar ihnen Ärger machen wollen, aber Andrejs Menschenkenntnis war zu gut, um nicht zu wissen, dass es nur eine Frage der Zeit war, bis es dazu kommen würde. Bei ihrem Eintreten war es für einen Moment völlig still geworden, und alle hatten sie angestarrt. Und auch jetzt blickten die Männer immer wieder in ihre Richtung, es wurde getuschelt und gelacht, aber er spürte auch das Misstrauen und die kaum verhohlenen Aggressionen der Soldaten. Wahrscheinlich lag es einzig an Abu Duns hünenhafter Gestalt, dass es bisher dabei geblieben war ... aber das würde vielleicht nicht mehr lange so bleiben. Die Männer tranken viel, und Soldaten, die betrunken waren, pflegten entweder den Weibern nachzustellen oder Streit anzufangen. Die Auswahl an Frauen im *Star Inn* war klein (es gab keine), und um sich mit dem schwarz gekleideten Riesen anzulegen, war noch keiner der Männer betrunken genug. Aber der Abend war noch jung. Nicht zum ersten Mal fragte sich Andrej, warum Jack sie ausgerechnet hierher bestellt hatte. Vielleicht hatte er geahnt, was passieren würde, und gehofft, Abu Dun und ihn auf diese Weise elegant loszuwerden.

Der Wirt kam an ihren Tisch, brachte den bestellten Krug Bier für Abu Dun und einen für Andrej, den er nicht bestellt hatte, schüttelte aber den Kopf, als Andrej in die Tasche greifen und seine Geldbörse zücken wollte. »Das geht aufs Haus«, sagte er. »Aber Ihr solltet das austrinken und dann gehen, Sir.« Er warf einen verstohlenen Blick auf die Männer an der Theke hinter sich und sprach etwas leiser weiter. »Ich kann hier keinen Ärger brauchen.«

»Dann solltest du dir vielleicht deine Gäste besser aussuchen«, sagte Abu Dun und griff nach dem Krug. Der Wirt setzte an, etwas zu sagen, das möglicherweise weit weniger freundlich war als das Vorhergehende, hob aber dann nur die Schultern und wandte sich mit einem Blick um, der »Ich habe Euch gewarnt« sagte, und ging.

Andrej lachte leise. »Ich glaube, das hat er gerade getan.«

»Was?«

»Sich seine Gäste ausgesucht.«

Abu Dun starrte ihn finster an, leerte seinen Krug dann mit einem einzigen gewaltigen Zug und griff ungefragt nach dem Andrejs. »Du hast doch nichts dagegen, oder?«, fragte er, nachdem er auch ihn nahezu zur Hälfte geleert und mit einem lauten Knall auf den Tisch zurückgestellt hatte.

»Der Mann hat recht«, sagte Andrej. »Wir sollten gehen. Wir verschwenden hier nur unsere Zeit.«

»Tun wir das nicht, seit wir in dieses Land gekommen sind?«, fragte Abu Dun. »Von dieser wunderschönen Stadt ganz zu schweigen?«

»Er ist hier«, beharrte Andrej.

»Sagst du.«

»Ich kann es spüren.«

Abu Dun setzte zu einer verärgerten Antwort an, schüttelte dann aber stattdessen nur den Kopf und trank einen weiteren Schluck Bier. »Na, dann kann es ja nicht allzu schwer sein, ihn zu finden«, sagte er, nachdem er sich den Schaum von den Lippen geleckt hatte. »Ich meine: Wie lange kann es schon dauern, einen einzelnen Mann in einer Stadt mit einer Million Einwohnern zu finden? Oder sind es zwei?« Er kicherte albern. »Oder wir bringen sie einfach alle um, dann wird der Richtige schon dabei sein. Wird eine Weile dauern, aber wir haben ja Zeit.«

Andrej spürte eine plötzliche, bohrende Sorge. Noch vor wenigen Stunden hatte er sich gefragt, wann Abu Dun ihn wohl auf dieses Thema ansprechen würde. Wie es aussah, hatte er sich wohl den schlechtmöglichsten Zeitpunkt ausgesucht. Und die schlechtmöglichste Umgebung.

»Ich sage es dir gerne noch einmal«, begann er so ruhig er konnte; was ihm nicht besonders gut gelang. »Du kannst gerne ...« Er brach mitten im Satz ab, als er sah, wie Abu Duns Gesichtsausdruck sich veränderte. Im allerersten, wirklich nur winzigen Moment las er Überraschung und Unglauben in den Augen des Nubiers. Dann verfinsterte sich sein Gesicht, und sein Körper spannte sich unter dem schwarzen Stoff des Mantels an. Er warf Abu Dun einen warnenden Blick zu, drehte sich selbst betont langsam um und registrierte noch in der Bewegung, wie sämtliche Gespräche im Raum verstummten. Auf den meisten Gesichtern sah er eine Mischung aus Staunen, Überraschung und Erschrecken und mehr als eine Hand, die sich zur Waffe senkte.

Was er sah, als er sich ganz zur Tür gedreht hatte, überraschte ihn nicht. Es war, als hätte er es tief in sich geahnt oder als hätte ein Teil von ihm es gespürt, ohne dass diese Erkenntnis bisher ganz in sein Bewusstsein gedrungen wäre.

Eine sehr große, in einen dünnen schwarzen Mantel gehüllte Frau hatte das Gasthaus betreten. Nicht nur ihr Mantel und die Kleider, die sie darunter trug, waren schwarz, sondern auch Hände und Gesicht. Sie war kahlköpfig, doch jetzt, als Andrej ihr Gesicht das erste Mal bei hellem Licht betrachten konnte, sah er auch, dass sie sehr schön war, wenn auch auf eine exotische Art, die faszinierend und verunsichernd zugleich war. Genau wie die meisten Männer hier drinnen trug sie eine altmodische Rüstung - auch wenn ihr Harnisch nicht wie poliertes Silber schimmerte, sondern ebenso schwarz war wie alles andere an ihr - und ein langes, schlankes Schwert am Gürtel sowie einen Dolch, dessen Anblick unangenehme Erinnerungen in Andrej weckte.

»Ist das ...?«, fragte Abu Dun.

»Ja«, sagte Andrej. »Das ist sie.« Es gab keinen Zweifel. Es war die nubische Kriegerin, die ihn in der vergangenen Nacht angegriffen und um ein Haar getötet hatte.

Doch kurz darauf kamen ihm Zweifel, denn durch die niedrige Tür des *Star Inn* trat eine zweite Frau, die der ersten so sehr ähnelte, dass es beinahe gespenstisch war und man hätte meinen können, es gäbe sie zweimal. Nicht nur ihre Kleidung, ihre Rüstung und Waffen waren identisch, bis auf den letzten Kratzer und die kleinste Falte, auch ihre Gesichter waren gleich. Selbst der kühle, analytische Blick, mit denen ihre Augen den Raum und jeden, der sich darin aufhielt, abtasteten, war gleich.

Nach dem ersten ungläubigen Schrecken hob ein erstauntes Murmeln und Raunen unter den Männern an. Zwei der Soldaten an der Theke wandten sich den sonderbaren Neuankömmlingen ganz zu, und einer war mutig (oder dumm) genug, einen Schritt in ihre Richtung zu tun und zu einer Bemerkung anzusetzen, von der Andrej sicher war, dass sie ihn das Leben kosten würde. Die ihm am nächsten stehende Kriegerin bedachte ihn jedoch nur mit einem eisigen Blick, der ihn seinen Mut auf der Stelle vergessen ließ. Er blieb stehen. Die andere ging mit schnellen Schritten zur Theke, und Andrej beobachtete ohne die geringste Spur von Überraschung, wie die Männer vor ihr zur Seite wichen. Mit Erstaunen sah er, dass es ausgerechnet der Wirt war, der – wenn auch sichtlich nervös – die Schultern straffte und wenigstens den Versuch unternahm, mit grimmigem Gesicht Haltung anzunehmen.

»Es tut mir leid, Madam«, begann er, »aber solche wie euch ...« Er brach ab und wurde blass, als die Nubierin die Hand so schnell hob, dass sie dabei zu einem Schatten zu werden schien, und eine Anzahl kleiner Münzen auf die Theke vor ihm fallen ließ. Mit der anderen Hand deutete sie auf den Tisch, an dem Abu Dun und er saßen, dann drehte sie sich wortlos um und trat wieder an die Seite ihrer Schwester zurück. Nur einen Moment später wurde die Tür abermals geöffnet, und eine dritte, ebenfalls ganz in Schwarz gekleidete Gestalt trat ein. Ihr Gesicht war nicht zu erkennen, denn sie trug einen Mantel mit einer weit nach vorne gezogenen Kapuze, unter der nichts als Schatten zu sein schienen. Andrej fühlte, wie sein Herz schneller zu schlagen begann.

Die drei Gestalten kamen langsam auf Abu Dun und ihn zu. Die Männer, die noch vor einem Augenblick nur auf einen Vorwand gewartet hatten, sich auf den Nubier und ihn zu stürzen, machten ihnen respektvoll Platz, und nicht wenige sahen auch verstohlen zur Tür, als suchten sie nach einem Vorwand, das *Star Inn* zu verlassen. Noch mehr hatten die Hände auf die Griffe ihrer Schwerter gesenkt oder spielten nervös mit den Musketen, mit denen einige von ihnen bewaffnet waren. Dann machte die Gestalt in dem schwarzen Kapuzenmantel eine rasche, kaum sichtbare Handbewegung und ... etwas geschah. Andrej konnte das Gefühl nicht wirklich in Worte kleiden, aber er spürte die Veränderung trotzdem ganz deutlich. Und nur kurze Zeit später konnte er sie auch sehen und hören. Die Spannung wich. Die Männer wandten sich wieder ihren Gesprächen zu, das Lachen und Scherzen hob von Neuem an, und der Wirt begann, hinter seiner Theke einen weiteren Bierkrug zu füllen, als wäre nichts geschehen. Die Gestalt in dem schwarzen Kapuzenmantel drehte sich einmal um sich selbst, als ließe sie den Blick ihrer unsichtbaren Augen durch den Raum wandern, und obwohl Andrej ihr Gesicht immer noch nicht erkennen konnte (als ob er das gemusst hätte!) spürte er doch ihre Zufriedenheit. Dann zog sie sich einen Stuhl heran und ließ sich so darauf niedersinken, dass sie Abu Dun und ihn gleichzeitig ansehen konnte. Die beiden Kriegerinnen nahmen rechts und links hinter ihr Aufstellung und schienen zu leblosen Statuen zu erstarren. Beinahe hatte Andrej das Gefühl, dass sie in Wahrheit auch nicht viel mehr waren.

»Abu Dun«, drang eine Stimme aus der Dunkelheit unter der Kapuze hervor. »Andrej Delãny. Es ist lange her.«

Abu Duns Gesicht zeigte keine Spur von Überraschung. Er hatte die Stimme erkannt. Andrej fragte sich, warum es ihm selber vergangene Nacht nicht gelungen war, doch er wusste sogleich auch die Antwort: Weil die Gestalt dafür gesorgt hatte.

Dennoch betrübte ihn der Gedanke. Er hätte sie trotzdem erkennen müssen.

Die Gestalt hob die Hand und schlug die Kapuze zurück. Das Gesicht, das darunter zum Vorschein kam, war ebenso schwarz wie das der beiden Kriegerinnen und Abu Duns, wirkte aber ein wenig älter und zugleich auf eine unbestimmbare Weise alterslos, als existiere seine Besitzerin neben der Zeit, in einer Welt, der das Verstreichen der Jahrhunderte nichts anzuhaben vermochte.

»Meruhe«, sagte Andrej. Der bittere Unterton in seiner Stimme erschreckte ihn selbst. So viel Zeit war vergangen. Konnte ein Schmerz so lange in einem ruhen, ohne sich bemerkbar zu machen, und nach einem Jahrhundert wieder erwachen und genau so schlimm sein wie am ersten Tag?

Ja.

»Wie ich sehe, hast du deine Vorliebe für dramatische Auftritte nicht eingebüßt«, sagte Abu Dun. Auch in seiner Stimme schwang etwas mit, das nicht dorthin gehörte, dachte Andrej. Aber es war etwas anderes als die Bitterkeit, die er bei sich selbst wahrgenommen hatte.

Meruhe lächelte flüchtig. »Alte Angewohnheiten lassen sich schlecht ablegen, mein Freund«, antwortete sie. »Auch wenn ich in diesem speziellen Fall eine Entschuldigung habe.« Sie wandte sich - betont langsam - ganz zu Andrej um, wollte etwas sagen und tat es dann doch nicht, als der Wirt an ihren Tisch trat und einen Krug Wein und einen fein ziselierten Becher aus Silber oder poliertem Zinn vor ihr abstellte. Andrej dachte noch einmal an die kurze Szene, die sich gerade abgespielt hatte, zurück und war sicher, dass die Kriegerin kein einziges Wort gesagt, sondern ihm nur die Münzen gegeben hatte. Meruhe bedankte sich mit einem artigen Kopfnicken bei dem Mann, der sich wortlos umdrehte und davonschlurfte. Eine ihrer beiden Begleiterinnen beugte sich vor, um ihr einzuschenken. Sie nahm den Becher in die Hand, trank jedoch nicht.

»Ich muss mich bei dir entschuldigen, Andrej«, sagte sie. »Was ich gestern Abend getan habe, war dumm.«

»Mich am Leben zu lassen?«

Abu Dun sah ihn ein wenig verstört an, aber Meruhe fuhr so ungerührt fort, als hätte Andrej nichts gesagt. »Du bist kein Mann, der sich zu etwas zwingen lässt«, sagte sie. »Wenn man versucht, dich mit Gewalt zu etwas zu bewegen, dann erreicht man damit nur das Gegenteil. Wer, wenn nicht ich, sollte das wissen?«

»Und warum hast du es dann versucht?«

»Ich bin eine Frau«, gab die Nubierin lächelnd zurück. »Wir versuchen immer unseren Willen durchzusetzen, weißt du das denn nicht?« Sie nippte an ihrem Wein, aber nur einige wenige Tropfen, gerade genug, um ihre Lippen zu benetzen. Ihr Blick ließ Andrej dabei nicht für einen Sekundenbruchteil los, und Andrej seinerseits betrachtete ihr Gesicht unverhohlen und ebenso neugierig wie bewundernd. Er wusste nicht mehr, wie lange es her war, dass sie sich gesehen hatten. Ein Jahrhundert, vielleicht mehr, vielleicht weniger, und er hätte sich gerne eingeredet, dass sie sich in all der Zeit nicht verändert hatte. Aber das stimmte nicht. Die Zeit vermochte ihr nichts anzuhaben, so wenig wie Abu Dun oder ihm. Auch alterte sie nicht auf die Art, auf die all die Menschen rings um sie herum älter wurden. Aber sie war älter geworden – auf eine Weise, die er nicht wirklich nachvollziehen konnte und vielleicht auch nicht wollte. Sie war noch viel mehr Frau, als sie es jemals gewesen war. Und sie war noch schöner geworden.

Sein Blick blieb an ihrem linken Auge hängen und etwas in ihrem ruhigen Lächeln änderte sich. Stolz?

»Es ist gut geworden, nicht wahr?«, fragte sie, während sie die Hand hob und mit den Fingerspitzen den fein geschwungenen Knochen unter dem Auge berührte. »Man sieht den Unterschied kaum noch, finde ich.«

»Du musst einen großen Künstler beauftragt haben«, sagte Andrej anerkennend, während sich ein Teil von ihm entgeistert fragte, was er da eigentlich redete. Nichts konnte in diesem Moment unwichtiger sein!

»Nicht einmal«, antwortete Meruhe, nippte noch einmal an ihrem Wein und stellte den Becher dann mit einer fast zeremoniell anmutenden Bewegung auf den Tisch zurück. Aber wenn er es genau bedachte, dann hatte alles, was sie sagte und tat, etwas von einem

Tanz, selbst der Anblick ihres im Schlaf entspannten Gesichtes. »Ich weiß, ich war immer die, die am lautesten dagegen gewettert hat«, fuhr sie im Plauderton und mit einem leicht amüsierten Lächeln fort, »aber dass die Welt sich immer schneller verändert, hat manchmal auch seine Vorteile. Die Menschen vollbringen heute Dinge, die sogar mir vor einem Jahrhundert noch wie Zauberei vorgekommen wären.«

»Und jetzt hast du deinen Fehler eingesehen und bist gekommen, um ihn wieder gutzumachen?« Andrej löste seinen Blick mit einiger Mühe von Meruhes Gesicht und ließ ihn über den Messergriff tasten, der aus dem Gürtel der Kriegerin zu ihrer Linken ragte, dann über das Messer der anderen. Eine dieser beiden Klingen hatte er gestern Abend an der Kehle gespürt, aber nicht einmal jetzt konnte er einen Unterschied erkennen.

»Nein, nicht so.« Meruhe hatte seinen Blick bemerkt und offenbar auch richtig gedeutet, aber sie schien nicht verletzt zu sein: Der Spott in ihrem Lächeln wurde nur deutlicher. »Es war ein Fehler. Ich bitte dich um Verzeihung.«

»Und sonst nichts?« Was um alles in der Welt tat er hier eigentlich? Er hatte diesen Moment so lange herbeigesehnt, ihn so oft in seiner Vorstellung durchlebt, ihn sich in so vielen, unterschiedlichen Variationen ausgemalt – und nun erging er sich in Vorwürfen?

»Wie gesagt: Ich bin eine Frau«, antwortete Meruhe. »Wir tun manchmal Dinge, von denen wir im Grunde ganz genau wissen, dass sie sinnlos sind. Wie jetzt zum Beispiel. Ich appelliere an deine Vernunft, Andrej.«

»Und was sollte mir diese Vernunft sagen?«

Meruhe lächelte unerschütterlich weiter, aber der Blick ihres einen sehenden Auges wurde ernster. »Ihr solltet London verlassen.«

»Warum?«, fragte Andrej, hob aber sofort die Hand, als sie antworten wollte. »Weil du so sehr um unser Wohl besorgt bist?«

»Vielleicht«, antwortete sie. Es klang ehrlich, aber vielleicht war es gerade das, was seinen Zorn noch schürte.

»Wenn das wirklich die Wahrheit ist«, sagte er bitter, »dann kommst du zu spät, Meruhe. Ich hätte deine Hilfe brauchen können. Aber du warst nicht da.«

Abu Dun sah nun regelrecht entsetzt aus, und auch Andrej war erschrocken. Nicht einmal so sehr über das, was er gesagt hatte, über die Worte, die sie so sehr verletzen mussten, sondern weil es die Wahrheit war. Ein Teil von ihm, ein winziger, boshafter Teil, dessen Existenz er sich sehr wohl bewusst war, den er bisher aber stets unter Kontrolle zu haben geglaubt hatte, hatte ihr die Schuld gegeben. Nicht, weil sie irgendetwas mit dem zu schaffen gehabt hätte, was Loki ihm angetan hatte, sondern weil sie nicht da gewesen war, um ihm zu helfen. Er wusste, es war Unsinn. Sie hätte es nicht gekonnt. Sie hatte von nichts gewusst, aber da war etwas in ihm, dem Argumente und Wahrheiten gleichgültig waren. Etwas, das sich rächen wollte, weil man ihm wehgetan hatte, ganz gleich an wem.

Meruhe lächelte unerschütterlich weiter, aber ihr Blick wurde traurig; seltsamerweise nicht, weil er sie verletzt hatte. Das Schicksal und ein grausamer Mensch hatten ihr ein Auge genommen, doch wie zum Ausgleich schien das andere nun mehr zu sehen, als es beide zusammen jemals gekonnt hätten, und direkt in seine Seele zu blicken. Sie war nicht traurig, weil er ihr nach all den Jahren mit sinnlosen Vorwürfen begegnete, sondern weil sie sah, wie sehr er immer noch litt. Und ganz plötzlich, erst jetzt und nach all dieser Zeit, wurde ihm klar, was Loki ihm wirklich angetan hatte. Das Wissen um Marias Tod war trotz allem eine Erlösung gewesen, der erste Schritt auf dem Weg, diese uralte schwärende Wunde in seiner Seele endlich heilen zu lassen. Doch dafür war eine neue Wunde geschlagen worden.

»Es gibt Dinge, in die nicht einmal ich mich einmischen darf«, sagte Meruhe. »Ich dachte, das wüsstest du.«

»Und ich dachte, dich zu kennen«, erwiderte Andrej bitter.

»Auch das, was ich gestern Abend getan habe und jetzt tue, Andrej«, fuhr sie fort, »ist mir verboten.«

»Warum tust du es dann?«, fragte er.

»Vielleicht, weil ich das Gefühl habe, es dir schuldig zu sein, Andrej Delãny«, antwortete sie. Dass sie seinen Nachnamen benutzte, war kein Zufall und vergrößerte die Kluft zwischen ihnen nur noch. Das war wohl auch ihre Absicht. »Ich habe dir einmal versprochen, dass wir uns wiedersehen, und ich habe dieses Versprechen nicht halten können, gerade in dem Moment, in dem du meine Hilfe vielleicht am meisten gebraucht hättest. Vielleicht kann ich auf diese Weise etwas gutmachen.«

Andrej starrte sie nur weiter an, aber Abu Dun räusperte sich laut und unecht, um ihre Aufmerksamkeit zu erheischen. Er wirkte ebenso unsicher, verwirrt und erschrocken wie Andrej und vielleicht sogar aus - fast - denselben Gründen. Andrej rief sich mit einem sachten Gefühl von schlechtem Gewissen ins Gedächtnis zurück, das Meruhe auch für Abu Dun mehr als eine flüchtige Bekannte gewesen war. Er hatte es vergessen, weil er es vergessen wollte.

»Was genau willst du von uns, Meruhe?«, fragte der Nubier mit belegter Stimme. »Du willst, dass wir London verlassen? Du weißt, warum wir hier sind.«

»Ich weiß, warum *Andrej* hier ist«, antwortete die Nubierin. »Und ich kann ihn verstehen. Rache ist eine starke Kraft. Vielleicht noch stärker als die Liebe. Wer weiß? Aber jetzt ist nicht der richtige Zeitpunkt dafür. Nicht für euch.«

»Wenn du weißt, was geschehen ist«, sagte Abu Dun ernst, »dann weißt du auch, wie lange wir ihn schon suchen.«

»Und wie verzweifelt diese Suche gewesen ist«, bestätigte Meruhe.

»Aber es wäre euer beider Verderben, sie jetzt und hier fortzuführen, Abu Dun. Ihr werdet sterben, wenn ihr die Stadt nicht verlasst. Viele werden sterben, so oder so, aber ich möchte nicht, dass Andrej und du dazugehören. Ganz gleich, wie nahe ihr ihm auch seid – jetzt ist nicht der rechte Zeitpunkt, um es zu Ende zu bringen.«

»Dann ist er wirklich hier in der Stadt?«, fuhr Andrej hoch und richtete sich kerzengerade auf seinem Stuhl auf.

Für einen winzigen Moment sah Meruhe tatsächlich erschrocken aus; nicht so lange, dass es außer Abu Dun und ihm jemand anderem aufgefallen wäre, aber für ihn war ihr Erschrecken deutlich sichtbar. Er begriff, dass sie ihm das nicht hatte sagen wollen.

Aber im buchstäblich nächsten Augenblick hatte sie sich auch schon wieder in der Gewalt. »Ja«, sagte sie. »Das ist er. Und er weiß, dass ihr hier seid.« Andrej starrte sie an.

»Unsinn!«, behauptete Abu Dun. »Wenn es so wäre, wäre er längst verschwunden!«

»Loki flieht vor niemandem«, antwortete Meruhe überzeugt. »Und selbst wenn er es wollte, könnte er es nicht. Er ist aus demselben Grund hier wie ich ... und andere.«

»Dringende Geschäfte, nehme ich an?«, fragte Andrej böse.

»Nichts, was euch berührt«, erwiderte Meruhe. Ihre Antwort machte Andrej nur noch wütender. Er wusste, dass dieser Zorn im Grunde keinem anderem als ihm selbst galt. Meruhe sah ihn beinahe flehend an, doch dann änderte sich etwas im Blick ihres sehenden Auges. Vielleicht hatte es wieder in ihn hineingeschaut und dort etwas erblickt, was ihr klargemacht hatte, wie sinnlos jedes weitere Wort sein musste. Vielleicht hatte sie auch begriffen, dass es ein Fehler gewesen war zu kommen. Sie stand auf und strich sich glättend mit beiden Händen über ihren Mantel, obwohl der schwarze Stoff nicht die kleinste Falte aufwies. Andrej hatte das unheimliche Gefühl, dass sie mit der Bewegung auch den beiden schwarz gekleideten Kriegerinnen hinter ihr ein Zeichen gab. Ihre Umrisse schienen zu flackern, als wären sie selbst nur Schatten, die durch einen geheimnisvollen Zauber Gestalt angenommen hatten. Dann war der gespenstische Moment vorbei, und Andrej war nicht einmal sicher, ob er es wirklich gesehen hatte.

Meruhe wandte sich zu Abu Dun um. »Sprich du noch einmal mit ihm«, sagte sie. »Du warst ohnehin von euch beiden immer der Vernünftigere.«

Abu Dun grinste, aber er ergriff die Gelegenheit nicht beim Schopf, eine spitze Bemerkung anzubringen, sondern stand nur ebenfalls auf.

»Hör auf mich, Andrej«, sagte Meruhe. »Geh, verschwinde aus dieser Stadt, bevor das große Feuer kommt, und ich verspreche dir, dass ich dir helfen werde, wenn wir uns wiedersehen.« Sie wartete nicht auf eine Antwort (die sie ohnehin nicht bekommen hätte), sondern wandte sich zur Tür und ging. Ihre beiden lautlosen Schatten folgten ihr, und auch jetzt machte ihnen jedermann Platz – allerdings auf eine ganz andere Art als vorhin, als sie die Gaststätte betreten hatten. Jetzt waren es Respekt und Höflichkeit, die er spürte, nicht mehr Furcht.

Andrej wartete, bis sie gegangen waren und die Tür hinter sich geschlossen hatten, bevor er sich in herausforderndem Ton an Abu Dun wandte, »Nun?«

»Was – nun?«

»Du solltest mir ins Gewissen reden, weil du der Vernünftigere bist.«

»Wenn ich vernünftig wäre, hätte ich dich vor dreihundert Jahren in der Donau ersäuft«, sagte Abu Dun.

»Du hast es versucht, wenn ich mich richtig erinnere«, entgegnete Andrej.

Abu Dun schürzte die Lippen und schnalzte verächtlich, aber er machte auch keine Anstalten, sich wieder zu setzen, sondern deutete mit einer Kopfbewegung zur Tür. »Wir sollten jetzt gehen.«

Andrej setzte zu einer passenden Antwort an, ohne genau zu wissen, wie diese ausfallen sollte – er wollte nichts weiter, als das blöde Grinsen aus Abu Duns Gesicht zu wischen –, aber gottlob meldete sich sein schlechtes Gewissen, bevor ein Wort über seine Lippen kam. Und auch seine Vernunft. Nachdem Meruhe und ihre beiden seltsamen Begleiterinnen gegangen waren, begann sich die Aufmerksamkeit der anderen Gäste wieder auf sie zu richten.

»Du hast recht«, sagte er. »Für einen Abend haben wir genug Aufsehen erregt. Und ich glaube nicht, dass dieser Jack noch kommt.«

Sie verließen das *Star Inn*, und obwohl Andrej wusste, wie zwecklos es war, blieb er nach zwei oder drei Schritten wieder stehen und schloss die Augen, um mit all seinen Sinnen zu lauschen. Er konnte das Wasser der Themse riechen, das nur wenige Schritte entfernt gegen das gemauerte Ufer klatschte, den Gestank des Gasthauses, der an ihren Kleidern haftete, aber auch durch die offen stehenden Fenster nach außen drang, die unterschiedlichen (und zum größten Teil unangenehmen) Gerüche von hundert Feuerstellen und Kochstätten in den umliegenden Häusern, aber auch den beißenden Geruch der Holz- und Torffeuer und das schwächere, aber viel unangenehmere Miasma all der ungezählten Menschen, die sich in den dicht an dicht stehenden Fachwerkhäusern der Stadt drängten. Er hörte ihre Atemzüge, Fetzen ihrer Gespräche und das Stöhnen eines Paares, das sich drei oder vier Häuser entfernt liebte, irgendwo das Schreien einer Katze und sogar das Tappen und Fiepen der bedauernswerten Ratte, die sie verfolgte und die von einem Atemzug auf den nächsten vom Jäger zur Beute geworden war. Mit seinen anderen, viel schärferen Sinnen spürte er noch unendlich viel mehr: Der Vampyr in ihm fühlte das Schlagen all der ungezählten lebendigen Herzen ringsum, das pulsierende *Leben*, von dem diese Stadt fast überquoll, die Menschen und Tiere, ihre Leben, ihre Lust und ihren Schmerz, ihr Leid und ihre Bedeutungslosigkeit und noch tausend andere Dinge, für die es in der Sprache der Menschen keine Worte gab, weil sie auch nicht aus der Welt der Menschen stammten – jedenfalls nicht aus dem für sie sichtbaren Teil der Welt.

Was er nicht spürte, war Meruhe.

Sie und ihre beiden Begleiterinnen konnten sich noch nicht allzu weit entfernt haben, aber es war, als wären sie niemals da gewesen. Vielleicht waren sie es ja auch nicht.

Unsinn. Andrej verscheuchte den Gedanken. Er wusste sehr wohl, wie groß Meruhes Fähigkeit war, die Sinne der Menschen zu verwirren. Doch zum einen war er kein normaler Mensch, und zum anderen wusste er einfach, dass sie tatsächlich da gewesen war. Genauso, wie er im Grunde schon in der zurückliegenden Nacht gewusst hatte, wem er gegenübergestanden hatte. Er hatte es nicht wissen wollen, und wie bei allem, was er wirklich wollte, war er auch sehr gut darin, sich selbst zu belügen.

»Dort.«

Abu Dun deutete nach vorne und näher zum Themseufer hin.

»Was?« Andrej sah ihn verständnislos an, dann begriff er, was Abu Dun meinte, und tastete mit seinen vampyrischen Sinnen in die entsprechende Richtung, spürte aber immer noch nichts.

»Sag mir nicht, dass du es nicht riechst!« Abu Dun klang empört. »Hat sie dir so sehr den Kopf verdreht?«

Andrej machte sich nicht die Mühe einer Erwiderung, sog noch einmal prüfend die Luft ein, und dann sprang ihn der Blutgeruch an wie ein Raubtier, das bisher geduldig in den Schatten gelauert und auf seine Chance gewartet hatte. Er ging so schnell los, dass Abu Dun die Bewegung erst nach einem Moment registrierte und fast rennen musste, um zu ihm aufzuschließen.

Der Tote lag nur ein kleines Stück entfernt auf der Kaimauer, fast noch in Sichtweite des *Star Inn* und dennoch vollkommen unsichtbar, denn er lag im schwarzen Schatten der gewaltigen London Bridge, die sich viele Meter über ihren Köpfen erhob. Der Schwere seiner Verletzungen nach zu urteilen und der unnatürlich verrenkten Haltung seiner Glieder musste er von der Brücke gefallen oder auch gesprungen sein.

Sollte Letzteres der Fall gewesen sein, dachte Andrej, dann musste es sich wohl um einen außergewöhnlich untalentierten Selbstmörder handeln, denn er hatte den Fluss verfehlt und war auf der schmalen Uferbefestigung aus behauenem Naturstein aufgeprallt.

Vielleicht hatte er auch nur auf Nummer sicher gehen wollen.

»Das ist Jack.« Abu Dun war wieder an ihm vorbeigeeilt und hatte den Toten mit dem Fuß auf den Rücken gedreht. Vom Gesicht des Mannes war nicht mehr viel übrig, aber Andrej erkannte ihn trotzdem, wenn auch mit Mühe.

»Er hatte es entweder sehr eilig und ist wirklich unglücklich gestolpert – oder jemand wollte nicht, dass er mit uns redet«, sagte Abu Dun. »Sein unhöflicher Freund von heute Morgen?«

Andrej dachte nach und antwortete dann mit einem Kopfschütteln. Jack hatte Angst gehabt, dass der andere ihm alle Knochen brach, wenn er herausfand, dass er mit Abu Dun und ihm gesprochen hatte, und Andrej würde dem Mann eine solche Tat auch durchaus zutrauen.

Aber nicht so gründlich und nicht auf diese Weise.

»Nein«, sagte er. »Aber ich glaube, wir müssen gleich morgen früh noch einmal mit diesem Pauly reden.«

Und diesmal würde er ihre Fragen beantworten.

Kapitel 6

Es hatte lange gedauert, bis er an diesem Abend Schlaf gefunden hatte, und es war kein erfrischender Schlaf gewesen. Er erwachte am nächsten Morgen so erschöpft und müde, als hätten ihn die Stunden, die er sich ruhelos im Bett hin und her gewälzt hatte, zusätzliche Kraft gekostet, statt sie ihm zu spenden. In den kurzen Momenten, in denen er tatsächlich geschlafen hatte, hatten ihn Träume geplagt, manche davon wirr, nicht mehr als bloße Fieberfantasien und Bruchstücke aus grellen, ebenso sinnlosen wie erschreckenden Bildern, andere so klar, dass er geglaubt hatte, jene schrecklichen Ereignisse an der kalten Küste Isengards noch einmal zu durchleben. Als sich schließlich das erste Grau der anbrechenden Dämmerung vor dem schmalen Fenster zeigte, war er so erleichtert gewesen, als hätten sich nach jahrelanger Gefangenschaft endlich die Tore eines Gefängnisses vor ihm geöffnet.

Andrej war nicht der Erste, den es zu so ungewöhnlich früher Stunde aus dem Bett getrieben hatte. Es war warm im Haus. Im Kamin brannte ein prasselndes Feuer, und Abu Dun saß in einer beinahe komisch anmutenden Haltung auf einem der winzigen Stühle, die zu der zierlichen Einrichtung des *Westminster* gehörte und trank Tee aus einer Tasse, die so aussah, als würde sie schon in Stücke brechen müssen, wenn seine gewaltigen Pranken ihr auch nur nahe kamen. Ein Korb mit frisch gebackenem, köstlich duftendem Brot stand vor ihm auf einem Tischchen, das so niedrig war, dass er gar nicht erst versucht hatte, die Knie darunterzuschieben. Zu Andrejs nicht geringer Überraschung war er nicht allein. Miss Torrent saß bei ihm und trank ebenfalls Tee. Die beiden schienen, zumindest bevor er die Treppe hinabkam und sie ihn bemerkte, in ein sehr vertrautes Gespräch vertieft gewesen zu sein. Und das war nun wirklich ein ungewöhnlicher Anblick. Wie nahezu jeder, der Abu Dun zum ersten Mal sah, war auch Miss Torrent beim Anblick des riesenhaften Nubiers zurückgeschreckt. Sie hatte sogar gezögert, ihnen die beiden Zimmer zu vermieten, und sich letztendlich nur dazu durchgerungen, weil sie das Geld bitter nötig gehabt hatte. Der Krieg war zwar seit einigen Jahren vorbei, doch der nächste warf bereits seine Schatten voraus, und die Pest, die im vergangenen Winter in der Stadt gewütet hatte, hatte die Menschen zusätzlich gebeutelt und nicht nur die arme Bevölkerung des Landes dezimiert. Und wo es weniger Menschen gab, gab es auch weniger Bedarf an Fremdenzimmern. Andrej hatte auch danach nicht gefragt, aber er argwöhnte, dass Abu Dun und er seit langer Zeit die ersten Gäste waren, die für mehr als eine Nacht hier einkehrten. Er war diskret genug gewesen, die Frage niemals zu stellen, war sich aber sicher, dass sie ihre Angst vor Abu Dun nie abgelegt hatte.

Umso erstaunter war er nun, Abu Dun und ihre grauhaarige Wirtin in einem durchaus vertraulich anmutenden Gespräch vorzufinden – das allerdings abrupt endete, als Miss Torrent seine Schritte auf der Treppe hörte. Sie fuhr erschrocken zusammen und sprang dann so hastig hoch, dass der Tee überschwappte und sie die Tasse vorsichtig und mit beiden Händen auf den Tisch zurückstellen musste, um nicht noch mehr zu verschütten.

»Oh, wie ungeschickt von mir«, sagte sie. »Warten Sie – ich hole gleich einen Lappen und mache das sauber.« Verärgert über sich selbst schüttelte sie den Kopf. »Ich weiß gar nicht, wie mir das passieren konnte. Ich werde anscheinend tatterig auf meine alten Tage.«

Andrej war viel zu perplex, um irgendetwas darauf zu erwidern. Verwirrt sah er ihr nach, während sie mit schnellen, trippelnden Schritten hinter der Tür zur angrenzenden Küche verschwand. »Nehmen Sie doch Platz, Mister Delãny«, rief sie, schon außerhalb seiner Sichtweite. »Ich bringe Ihnen gleich ein Gedeck.«

Andrej nahm nicht Platz, sondern sah die offen stehende Tür und Abu Dun abwechselnd und immer noch recht verwirrt an. Der Nubier sah so unausgeschlafen und müde aus wie er selbst, und Andrej vermutete, dass er in der zurückliegenden Nacht nicht sehr viel mehr Erholung gefunden hatte. »Hast du mir etwas zu sagen, Pirat?«, fragte er.

Abu Dun legte fragend den Kopf auf die Seite.

»Ich dachte immer, für Hexerei wäre ich hier zuständig«, fuhr Andrej fort, während er sich einen Stuhl heranzog und zögernd darauf Platz nahm. Er deutete auf die offen stehende Küchentür. Sie hörten, wie Miss Torrent dort emsig hantierte und klimperte. »Du hast sie verzaubert, oder? Gestern hätte sie noch jedes Mal am liebsten das Kreuzzeichen geschlagen, wenn sie dich nur gesehen hat.«

Abu Dun grinste breit und stellte die Teetasse mit einem Geschick und einer Vorsicht auf den Tisch zurück, die niemand seinen riesigen Händen zugetraut hätte. »Das ist nur mein natürlicher Charme«, behauptete er. »Du weißt doch, wie ich im Allgemeinen auf Frauen wirke.«

»Eben«, erwiderte Andrej.

Abu Dun schüttelte heftig den Kopf. Sein schwarzer Turban, den er offenbar nur nachlässig gebunden hatte, verrutschte bei der Bewegung. Er nahm ihn ab, zog das Tuch glättend unter der Hand hindurch über das Knie und begann ihn dann umständlich neu zu wickeln. »Deine neuen Freunde hätten uns schon ein paar Tage früher ausrauben sollen«, sagte er. »Ich glaube, sie hat ein schlechtes Gewissen, weil wir bestohlen worden sind, während sie das Haus unbewacht gelassen hat.«

Wenn das, was Jack gestern Abend über Fred und seine Kinderbande erzählt hatte, der Wahrheit entsprach, dachte Andrej, dann war es möglicherweise ihr Glück gewesen, dass sie nicht hier gewesen war, als die ungeladenen Besucher gekommen waren.

»Es gab Eier mit Speck«, fuhr Abu Dun fort und leckte sich genießerisch die Lippen, während seine Hände immer noch damit beschäftigt waren, das zweieinhalb Meter lange Tuch zu einem Turban zu wickeln, der ihn noch einmal ein gutes Stück größer wirken ließ. Hätte er nicht auf einem so albernen Stühlchen gehockt (Andrej fragte sich beiläufig, wie das zerbrechliche Möbelstück seinem Gewicht überhaupt standhielt), dann hätte er die arme Miss Torrent sogar im Sitzen überragt. »Wenn das der Preis dafür ist, um ein paar lächerliche Schillinge bestohlen zu werden, soll es mir recht sein.«

»Und ein Schwert«, fügte Andrej hinzu, ganz automatisch und bevor er die Worte zurückhalten konnte.

Abu Dun hielt in seinen komplizierten Bewegungen inne und maß ihn mit einem Blick, den Andrej nicht wirklich deuten konnte. Dann zuckte er mit den Schultern und zerrte und zog weiter an seinem Turban herum. »Sie haben schon wieder einen Toten gefunden«, sagte er beiläufig.

»Jack?«

Abu Dun machte ein Geräusch, dass die meisten anderen wohl für ein Lachen gehalten hätten. »Wen kümmert schon ein toter Tagelöhner, der nachts am Themseufer gefunden wird?«, sagte er verächtlich. »Die größte Aufregung wird wohl um die Frage entstanden sein, wer die Schweinerei am Ende wegwischt.« Er war fertig damit, seinen Turban zu wickeln, überprüfte mit einem Schlag seinen festen Sitz und griff mit der rechten Hand nach dem Teller, der vor ihm auf dem Tischchen stand, und mit der linken nach einem Stück Brot. Der Teller sah so sauber aus, als hätte Miss Torrent ihn gerade gründlich abgewaschen, was Abu Dun aber nicht daran hinderte, sorgsam und mehrmals mit dem Brot darüberzufahren und Jagd auf den auch noch allerletzten Rest Rührei zu machen, den er möglicherweise übersehen hatte.

»Es ist wieder dasselbe«, fuhr er genüsslich schmatzend fort. »Eine Leiche, die sie irgendwo am Themseufer gefunden haben. In einer der besseren Gegenden. Diesmal eine Frau. Sie war nackt und wies nicht die geringste Verletzung auf. Anscheinend jemand aus der besseren Gesellschaft. Zumindest gehörte sie nicht zu den armen Leuten.«

»Und woher will man das wissen, wenn sie nackt war?«, erkundigte sich Andrej.

»Weil man so etwas sieht, Mister Delãny«, antwortete Miss Torrent an Abu Duns Stelle. »Und ich wäre Ihnen zu Dank verpflichtet, wenn sie ein solches Wort in meinem Haus nicht in den Mund nehmen würden.«

Andrej hatte nicht einmal bemerkt, dass sie aus der Küche zurückgekommen war. Erst als er sich zu ihr herumdrehte und das hölzerne Tablett in ihrer Hand sah, stieg ihm der verlockende Duft von Rührei und gebratenem Speck in die Nase. Augenblicklich spürte er seinen Hunger, und er konnte gerade noch die Bauchmuskeln anspannen, damit sein Magen nicht knurrte. Beim Anblick des appetitlichen Frühstücks lief ihm nicht nur das Wasser im Munde zusammen, auch sein schlechtes Gewissen meldete sich wieder. Wenn man bedachte, was sie für die Zimmer bezahlt hatten (und auch Abu Duns ohnehin gewaltigen Appetit in Rechnung stellte), dann konnte sich Miss Torrent eine solch fürstliche Bewirtung gar nicht leisten. Anscheinend hatte Abu Dun recht, und sie hatte tatsächlich

Gewissensbisse. Andrej nahm sich vor, ihr bei ihrem Auszug noch eine zusätzliche Summe dazulassen. Er nahm sich auch vor, in Zukunft nicht mehr Englisch mit Abu Dun zu sprechen, wenn sie über gewisse Themen redeten.

»Welches Wort?«, fragte Abu Dun kauend. Sein Blick tastete gierig über Andrejs wohlgefüllten Teller.

»Unbekleidet«, antwortete Miss Torrent. Andrej spürte, wie schwer es ihr fiel, selbst dieses Wort auszusprechen, obwohl es nicht einmal das war, das Abu Dun und er gerade benutzt hatten. Er unterdrückte ein Lächeln, indem er rasch nach seinem Teller griff und zu essen begann. »Und um ihre Frage zu beantworten, Mister Delãny«, fuhr die Zimmerwirtin fort, wobei sie seinen Namen bewusst mit englischer Betonung aussprach, wie um ihm auf diese Weise mitzuteilen, dass sie sehr wohl wusste, dass er Ausländer und damit per se ungebildet und ein Barbar war, »gibt es in ihrer Heimat keinen Unterschied zwischen Arm und Reich? Dann muss es ein sehr erstaunliches Land sein.«

»Es tut uns leid, Miss Torrent«, sagte Abu Dun, bevor Andrej es tun konnte, und das in perfekt geschliffenem und schon fast übermäßig präzise betontem Englisch. »Wir wollten Sie gewiss nicht beleidigen. Aber dort, wo wir herkommen, sind diese Unterschiede vielleicht nicht ganz so deutlich.«

»Dann nehme ich an, in Ihrer Heimat gibt es keine armen Menschen.«

Abu Dun überhörte die Frage, die sich in diesen Worten verbarg, geflissentlich. »Sagen wir, man legt dort nicht so viel Wert auf Äußerlichkeiten wie hier«, antwortete er.

»Diese Tote ist nicht die erste, die man so findet, nicht wahr?«, fragte Andrej rasch, bevor sich das Gespräch vollends in eine Richtung entwickeln konnte, die ihm nicht behagte.

»Das ist eine ganz schreckliche Geschichte«, bestätigte Miss

Torrent. Sie schien zu zögern, zog sich aber dann doch einen Stuhl heran und nahm darauf Platz. »Es muss ein Verrückter sein, der in der Stadt umherschleicht. Die Leute erzählen schon schlimme und gotteslästerliche Geschichten. Es ist der sechste oder siebte Mord binnen einer einzigen Woche.« *Und eigentlich*, schien der kurze und fast erschrockene Blick zu sagen, mit dem sie zuerst Abu Dun und dann ihn maß, *erst seit dem Tag, an dem ihr angekommen seid.* »Er scheint es nur auf Leute aus den besseren Kreisen abgesehen zu haben. Wenn das so weitergeht, dann traut sich bald niemand mehr nach Einbruch der Dunkelheit aus dem Haus.«

Unbehagliches Schweigen machte sich breit. Andrej gewann noch ein wenig Zeit, indem er sich mit großem Appetit seinem Frühstück widmete und mit einem Gefühl verhohlener Schadenfreude die gierigen Blicke genoss, mit denen Abu Dun jede einzelne Gabel verfolgte, die in seinem Mund verschwand. Aber schließlich wandte er sich doch wieder an ihre Zimmerwirtin. »Bitte verzeihen Sie, Miss Torrent«, sagte er. »Ich will niemandem zu nahe treten, aber ist ein Mord in einer Stadt dieser Größe tatsächlich etwas so Außergewöhnliches?«

»Selbstverständlich nicht«, erwiderte sie leicht gekränkt. »Gott hat die Menschen leider nicht perfekt erschaffen. Wo so viele auf so engem Raum beieinander leben, da bleibt es nicht aus, dass die Sünde um sich greift und schlimme Dinge geschehen. Aber wo kommen wir hin, wenn jetzt auch schon die edlen Herrschaften nicht mehr auf die Straße gehen können, ohne um ihr Leben zu fürchten?« Sie machte ein grimmiges Gesicht. »Es wird immer schlimmer. Noch bis gestern hätte ich mir nicht einmal träumen lassen, dass dieses Diebesgesindel eines Tages auch in mein Haus eindringt. Aber ich bin sicher, dass die Leute des Sheriffs für Ordnung sorgen.«

Andrej hatte zu Ende gegessen. Außerdem begann sich das Gespräch schon wieder in eine Richtung zu bewegen, die ihm nicht behagte. Er war nicht mehr ganz sicher, dass Abu Dun recht hatte und dieses ungewohnt reichhaltige Frühstück nur ein Ausdruck von Miss Torrents schlechtem Gewissen war; ebenso wenig wie das genauso ungewohnt vertraute Gespräch. Vielmehr hatte er das Gefühl, dass sie auf irgendetwas Bestimmtes hinauswollte und bisher nur nicht den Mut aufgebracht hatte, es anzusprechen.

Und sein Gefühl sagte ihm auch, dass er es gar nicht hören wollte.

Mit einem demonstrativ zufriedenen Gesichtsausdruck stellte er den beinahe geleerten Teller auf den Tisch zurück, und Abu Dun nahm ihn an sich, noch bevor das feine Porzellan die Tischplatte richtig berührt hatte, um mit einem Stück Brot über die verbliebenen Reste herzufallen. Andrej warf ihm einen strafenden Blick zu, sagte aber nichts, sondern wandte sich an ihre Zimmerwirtin.

»Ich danke Ihnen«, sagte er. »Das war wirklich köstlich. Aber nun müssen wir uns entschuldigen, fürchte ich. Mein Diener und ich haben heute noch dringende Geschäfte zu erledigen.«

»Ich weiß«, sagte Miss Torrent.

Abu Dun stellte seine Versuche ein, mit einem Stück Brot die Glasur von seinem Teller zu schmirgeln, und sah sie überrascht an. Auch Andrej zog erstaunt die Augenbrauen zusammen. »Woher?«

»Oh nein, nicht, was Sie jetzt wahrscheinlich denken!«, sagte Miss Torrent rasch, und fast ein bisschen belustigt. »Ich habe nicht gelauscht.« Sie deutete mit dem Kopf zum Ausgang. »Die Droschke, die Sie bestellt haben, wartet schon seit einer Weile draußen auf Sie. Aber ich habe mir die Freiheit genommen, dem Fahrer zu sagen, dass er sich noch etwas gedulden muss, bis Sie zu Ende gefrühstückt haben. Man sollte einen Tag nie ohne ein gutes Frühstück beginnen. Das ist die wichtigste Mahlzeit des Tages, müssen Sie wissen.«

Diesmal konnte Andrej einen ebenso überraschten wie alarmierten Blick in Abu Duns Richtung nicht ganz unterdrücken. Droschke? Sie hatten keine Droschke bestellt. Es war nur ein Fußmarsch von weniger als einer halben Stunde bis zu der Stelle, an der sie gestern mit Jack und den anderen gesprochen hatten. Was bedeutete das?

»Nun, das war sehr fürsorglich von Ihnen, Miss Torrent«, sagte er, während er aufstand und sich beherrschen musste, um es nicht zu schnell zu tun. »Aber nun sollten wir den guten Mann nicht länger als nötig warten lassen.«

Er sah zu, wie Abu Dun den Teller (er sah noch nicht ganz so aus wie frisch abgewaschen, aber beinahe) mit einem Ausdruck deutlichen Bedauerns auf den Tisch zurückstellte, wandte sich um und ging zur Tür. Nicht nur Abu Dun, sondern auch Miss Torrent folgte ihm. Vielleicht, dachte er, wollte sie einfach den Anblick einer leibhaftigen Droschke, wie sie sonst nur die besseren Leute benutzen, über die sie gerade gesprochen hatte, vor ihrem einfachen Haus genießen oder hoffte auch, dass auf diese Weise wenigstens etwas von dem Glanz ihrer – offensichtlich wohlhabenden – Gäste auf sie abfärbte.

Und vielleicht nicht einmal zu Unrecht, wie Andrej feststellte, während er aus dem Haus trat und verblüfft mitten im Schritt innehielt. Es war keine einfache, ärmliche Kutsche wie die, mit der Abu Dun ihn am vergangenen Morgen abgeholt hatte, sondern ein schon beinahe prachtvolles Fuhrwerk aus poliertem, schwarzem Holz und geschlossen, das von zwei ebenfalls schwarzen, sehr gepflegt aussehenden Pferden gezogen wurde. Der Fahrer, der auf seinem Bock saß und geduldig auf sie wartete, trug ein nobles Cape und einen Zylinder, und allein das Zaumzeug seiner Pferde musste mehr wert sein als die gesamte Einrichtung des *Westminster*.

»Was hat das zu bedeuten?«, murmelte Abu Dun neben ihm – vorsichtshalber aber auf Arabisch.

»Ich habe nicht die leiseste Ahnung«, antwortete Andrej in derselben Sprache. »Aber es gefällt mir nicht.« Er überlegte, ob sie überhaupt einsteigen sollten. Sie hatten diesen Wagen nicht bestellt, und ihm fiel auch niemand ein, der es hätte tun können. Sie kannten praktisch niemanden in der Stadt und ...

Dann fiel ihm sein Denkfehler auf. Es gab jemanden hier, der sie kannte, und es war jemand, dem ein solch theatralischer Auftritt gut zuzutrauen war.

»Ich glaube, sie lernt es nie«, murmelte Abu Dun. Seine Gedanken schienen sich auf ganz ähnlichen Pfaden zu bewegen wie die Andrejs. Er seufzte tief und übertrieben, ging voraus und öffnete, zwar mit einem spöttischen Blick in Andrejs Richtung, nun aber perfekt den Leibdiener spielend, in dessen Rolle er geschlüpft war, seit sie in London angekommen waren, die Tür. Andrej musste ein Grinsen unterdrücken, wurde aber sofort wieder ernst, als ihm der seltsame Blick auffiel, mit dem ihn der Fahrer maß. Er vermochte ihn nicht zu deuten, aber er war nicht angenehm. Der Mann verzog jedoch keine Miene, sondern deutete nur eine Bewegung an, wie um seinen Zylinder zu heben, und griff mit der anderen Hand nach der langen Gerte, die quer über seinen Knien lag. Andrej erteilte sich in Gedanken einen knappen Verweis. Bald würde es nicht mehr lange hin sein, bis er hinter jedem Schatten einen Meuchelmörder und hinter jeder streunenden Katze einen verkleideten Spion argwöhnte.

Er stieg ein. Da sprang ihn ein Schatten an, klein und so geschwind, dass er ihn trotz seiner übermenschlich schnellen Reflexe kaum sah. Andrej verlor mitten in der Bewegung das Gleichgewicht und fiel unsanft auf die weich gepolsterte Bank.

Den tödlichen Schlag, mit dem er den vermeintlichen Angreifer hatte abwehren wollen, konnte er im letzten Moment zurückhalten, riss dann erstaunt die Augen auf und blickte auf das vielleicht sieben- oder achtjährige Mädchen hinab, das auf seinem Schoß saß und ihn aus einem von goldfarbenen Locken eingerahmten Kindergesicht anstrahlte.

»Bess?«, murmelte er verstört.

»Ich wusste, dass Sie mich wiedererkennen, Sir!«, sagte Bess stolz. Ihre Augen leuchteten. »Fred hat gesagt, Sie würden sich nicht an mich erinnern, bei all den anderen, aber ich hab ihm gesagt, Sie würden es doch tun!«

Die Tür auf der anderen Seite wurde geöffnet. Abu Dun stieg ein und hielt verblüfft inne, als er das Mädchen sah, das es sich mittlerweile auf Andrejs Schoß bequem gemacht hatte und eine Hand vertraut auf seinen Oberarm legte.

»Er hat auch gesagt, dass ich mir ein sauberes Kleid anziehen und die Haare waschen soll, und das hab ich getan«, fuhr das Mädchen in aufgekratztem Ton – und zu laut, wie Andrej fand – fort. »Er meint, das würde Ihnen gefallen. Gefällt es Ihnen, Sir?«

Andrej war immer noch viel zu perplex, um antworten zu können. Beinahe hätte er das Mädchen in der Tat nicht wiedererkannt. Ohne Zweifel war es Bess, das unglückliche kleine Ding, das Frederic ihm vor zwei Tagen für einen Schilling angeboten hatte, aber sie hatte sich wirklich sehr verändert. Das Kleid, das sie nun trug, war nicht nur sauber, sondern sogar recht hübsch – auch wenn man ihm ansah, dass es nicht für sie geschneidert worden war. Ihr Gesicht war sauber, und das stumpfe Graubraun ihrer Haare, das offensichtlich nicht deren natürliche Farbe, sondern schlichtweg der Dreck von Monaten, wenn nicht Jahren, gewesen war, war einem goldfarbenen Blond gewichen. Sie roch sogar sauber.

»Frederic?«, brachte er schließlich mühsam hervor.

»Frederic?«, fragte auch Abu Dun. Er klang alarmiert.

»Er hat die Droschke bestellt und gesagt, ich soll Sie abholen, Sir«, bestätigte Bess und nickte nicht nur heftig mit dem Kopf, sondern begann, im gleichen Rhythmus auf seinem Schoß auf und ab zu hüpfen, was Andrej ein wenig unangenehm war. Plötzlich wurde ihm bewusst, dass die Wagentür noch offen stand, und als er rasch den Kopf wandte, sah er in Miss Torrents Gesicht. Sie war Abu Dun und ihm einige Schritte weit aus dem Haus gefolgt und dann stehen geblieben.

Rasch zog er die Tür hinter sich zu, und er hatte es kaum getan, da hörte er das Knallen einer Peitsche, und der Wagen setzte sich schaukelnd in Bewegung. Bevor sie das Ende der Straße erreichten, warf Andrej noch einmal einen Blick aus dem Fenster.

Miss Torrent stand immer noch in derselben Haltung da und starrte ihnen hinterher. Zu sagen, dass sie empört ausgesehen hätte, wäre hoffnungslos untertrieben gewesen.

Auch als der Wagen die nächste Straßenkreuzung erreicht hatte und abgebogen war, hatte Andrej seine Überraschung nicht weit genug überwunden, um einen klaren Gedanken zu fassen. Abu Dun runzelte mehr verwirrt als erschrocken die Stirn, und als Andrej seinem Blick folgte, verstand er auch warum: Bess saß noch immer auf seinem Schoß, aber ihre Hand lag jetzt nicht mehr auf seinem Oberarm, sondern an einer Stelle, an der sie ganz und gar nichts zu suchen hatte.

So fest, wie er es gerade noch konnte, ohne ihr wirklich wehzutun, griff er nach ihrem Handgelenk und schob ihren Arm zur Seite. Eine Sekunde später besann er sich eines Besseren, hob sie von seinem Schoß herunter und setzte sie unsanft neben Abu Dun auf die Bank. »Was soll das?«, fragte er scharf. »Hat Fred dir gesagt, dass du das tun sollst?«

»Gefällt es Ihnen nicht, Sir?«, fragte Bess und klimperte verführerisch mit den Augenlidern. »Sie brauchen keine Angst zu haben, Sir. Ich kenne mich aus.«

Das Schlimme war, dass Andrej ihr das durchaus glaubte. »Ich frage dich noch einmal, Bess«, sagte er ärgerlich. »Hat Fred dir gesagt, dass du das tun sollst?«

»Andrej?«, fragte Abu Dun.

Andrej brachte ihn mit einer unwilligen Geste zum Schweigen. Der Blick, mit dem er Bess fixierte, wurde bohrend. »Ich mache keine Scherze, Mädchen«, sagte er scharf. »Und glaub mir. Du willst mich nicht wütend erleben.«

Bess sah ihn weiter mit ihrer Unschuldsmiene an, aber dann konnte Andrej regelrecht sehen, wie ihr innerer Widerstand zerbrach. Sie rutschte erst ein kleines Stück von ihm fort, dann noch einmal mehr und schließlich so weit, wie es in der Enge der Kutsche überhaupt möglich war. Statt ihn weiter auf eine Art anzusehen, von der eine Siebenjährige annehmen mochte, dass sie verführerisch war, breitete sich plötzlich Angst auf ihrem Gesicht aus, und sie hob die Hände, als hätte sie Angst, er würde sie schlagen. Der Anblick schmerzte Andrej.

»Fred ... Frederic hat gesagt, dass ... dass ich alles tun soll, um ... um Sie zu besänftigen«, stammelte sie. »Er ... er hat große Angst vor Ihnen, Sir.«

»Angst?«, fragte Abu Dun.

»Ich soll Ihnen auch Ihr Geld zurückgeben, Sir«, sagte Bess nervös. Ihre Hand glitt in die Tasche und umklammerte fest eine Anzahl kleiner Münzen, als sie wieder zum Vorschein kam. Andrej rührte keinen Finger, um danach zu greifen.

»Ich weiß, es ist nicht mehr alles«, sagte Bess hastig. »Ein bisschen haben wir ausgegeben, um Essen zu kaufen und ... und das Kleid und die Kutsche zu bezahlen, aber ich soll Ihnen sagen, dass Sie den Rest auch noch zurückbekommen. Und ... und Ihr Schwert auch.«

»Dann wart ihr diejenigen, die gestern bei uns eingebrochen sind?«, fragte Abu Dun.

Bess nickte nur nervös und starrte Andrej weiter aus Augen an, in denen nichts als Furcht zu lesen war. Andrejs Zorn verrauchte beinahe augenblicklich. Mit einem Mal überkam ihn Mitleid. Er musste wieder an den schmutzigen Hinterhof denken und die tote Ratte, die auf einem Stock aufgespießt darauf gewartet hatte, gegessen zu werden. Eins musste er Fred lassen, dachte er missmutig – Bess zu schicken, war das Klügste gewesen, was er hatte tun können.

Was ihn nicht hindern würde, diesen Rotzlöffel übers Knie zu legen und ihm kräftig den Hintern zu versohlen, sobald er ihn in die Finger bekam.

»Warum?«, fragte Abu Dun.

Zum ersten Mal sah das Mädchen ihm direkt ins Gesicht. Wenn der Anblick des riesenhaften Nubiers sie einschüchterte, dann ließ sie sich jedenfalls nichts davon anmerken. »Warum was?«

»Warum raubt ihr uns erst aus und gebt uns dann unser Geld und unser Eigentum zurück?«, fragte Abu Dun. »Und schickt sogar eine so noble Kutsche, um uns abzuholen ... wenn auch auf unsere Kosten?«

Das Mädchen schwieg, schloss die Hand wieder um die Münzen und begann nervös damit zu spielen. »Ich ... Ich weiß es nicht«, sagte sie schließlich. »Fred sagt uns nie, warum wir etwas tun sollen, und ...«

»Belüg mich nicht, Mädchen!«, fiel ihr Andrej scharf ins Wort. »Vor zwei Tagen hat Fred dich mir noch für einen Schilling angeboten, und ihr habt Kopf und Kragen riskiert, um bei uns einzubrechen und uns zu berauben. Und jetzt soll ich dir glauben, dass ihr uns alles einfach so zurückgebt, nur weil euch das schlechte Gewissen plagt?«

Bess wich seinem Blick aus. Sie sah aus dem Fenster, als suche sie nach etwas Bestimmtem – oder jemandem –, und Andrej tat es ihr gleich. Er sah rein gar nichts Außergewöhnliches. Der Wagen fuhr jetzt durch eine etwas belebtere Gegend. Die Häuser waren noch immer alles andere als luxuriös, aber doch nicht mehr ganz so schäbig wie bisher, und die Straße etwas breiter und sogar halbwegs ordentlich gepflastert. Und ihm fiel noch etwas auf: Abu Dun und er waren zwar erst seit wenigen Tagen in der Stadt, aber er kannte sich doch zumindest in der Umgebung des *Westminster* hinlänglich aus, um zu wissen, dass sie nicht auf dem Weg zur Themse waren.

Abu Dun hatte es offenbar auch bemerkt. »Wohin bringst du uns, Kind?«, fragte er. »Das ist nicht der Weg zum Fluss.«

»Frederic hat dem Fahrer gesagt, wohin er fahren soll«, antwortete Bess. »Ich weiß nicht, wohin wir fahren. Aber er hat gesagt, dass ihr dort das Schwert zurückbekommt«, fügte sie hastig hinzu.

»Womit wir wieder bei meiner Frage wären«, sagte Andrej, »die du im Übrigen immer noch nicht beantwortet hast. Wieso will er uns mit einem Mal alles zurückgeben?«

»Ich weiß es nicht ...«, begann Bess noch einmal, biss sich auf die Unterlippe und fuhr mit veränderter Stimme und ohne ihn anzusehen fort: »Jemand war bei uns und hat mit Fred gesprochen. Letzte Nacht.«

»Jemand?«, fragte Abu Dun. »Ein Mann?«

Bess schüttelte den Kopf. »Eine Frau.« Andrej konnte ihr ansehen, wie schwer es ihr fiel, den Kopf zu heben und Abu Dun anzublicken, aber irgendwie gelang es ihr. »Sie hat ... ausgesehen wie du.«

»Wie ich?«

Bess nickte schüchtern. »Nur nicht so ...«

»Nicht so dick, sag es ruhig«, sagte Abu Dun aufmunternd, als das Mädchen nicht weitersprach, sondern nur nervös an ihrer Unterlippe zu saugen begann.

»Hm«, machte sie.

»War sie alt oder jung?«, fragte Andrej.

»Alt«, antwortete sie wie aus der Pistole geschossen und Andrej setzte noch einmal neu an. Für ein siebenjähriges Mädchen war vermutlich jeder uralt, der seinen zwölften Geburtstag hinter sich hatte. »Welche Haarfarbe hatte sie?«

»Eigentlich ... hatte sie gar keine Haare«, antwortete Bess zögernd.

»Aber sie trug einen schwarzen Mantel und ein Schwert?«, vermutete Andrej.

Bess nickte. Sie begann unruhig auf dem breiten Polster hin und her zu rutschen. Andrej konnte ihr ansehen, wie unangenehm ihr das Thema war. Sie sah wieder aus dem Fenster.

»Was hat sie gesagt?«, wollte Andrej wissen.

»Das weiß ich wirklich nicht!«, beteuerte Bess. Sie sah inzwischen aus wie das sprichwörtliche Häufchen Elend. »Fred hat uns weggejagt und allein mit ihr gesprochen.«

»Aber ihr habt zweifellos gelauscht.«

Bess schwieg. Sie starrte weiter schweigend aus dem Fenster, und im Wagen hörte man nur das leise Klimpern der Münzen, mit denen sie immer noch spielte. »Viel habe ich wirklich nicht gehört«, sagte sie schließlich weinerlich. »Aber sie war sehr zornig, und ich glaube, Frederic hatte eine Menge Angst. Am Schluss hat er dann versprochen, euch alles zurückzugeben. Und vor allem das Schwert. Das schien der Frau ganz wichtig zu sein. Bevor sie gegangen ist, hat sie noch gesagt, dass sie wiederkommt, wenn Frederic nicht genau das tut, was sie sagt.«

»Und warum ist er dann nicht selbst gekommen, um uns das Schwert zurückzugeben?«, fragte Abu Dun.

Bess schwieg, aber Andrej sagte: »Wahrscheinlich traut er sich nicht. Irgendwie kann ich ihn sogar verstehen.« Er schwieg einen Moment, in dem er über das Gehörte nachdachte und nach einem offensichtlichen Fehler in Bess' Worten suchte. Aber vergebens; er fand keinen.

»Anscheinend ist unserer alten Freundin wirklich daran gelegen, dass wir die Stadt verlassen«, sagte Abu Dun, wieder zum Arabischen wechselnd. »Allmählich beginne ich mich zu fragen warum.«

»Sie ist eben um unser Wohl besorgt«, antwortete Andrej in derselben Sprache.

Abu Dun wiegte unentschlossen den Kopf, wobei sein riesiger Turban am Dach der Kutsche entlangscharrte. »Vielleicht.«

»Was soll das heißen?«

»Vielleicht ist sie ja auch um einen anderen besorgt«, antwortete Abu Dun. Er wich Andrejs Blick aus und versuchte mit wenig Erfolg so zu tun, als täte er es nur, weil er angestrengt über etwas nachdachte. »Immerhin ist sie eine von ihnen. Manchmal frage ich mich, ob du das vergessen hast.«

»Sie hat sich gegen sie gestellt, um mein Leben zu retten«, sagte Andrej. »Und deines auch.«

»Das war vor zweihundert Jahren, Hexenmeister«, antwortete Abu Dun. »Menschen ändern sich.«

»Sie ist kein Mensch.«

»Und Götter vielleicht auch. Vielleicht will sie nicht, dass du ihn tötest.«

»Unsinn!«, antwortete Andrej, lauter und sehr viel schärfer, als er es eigentlich beabsichtigt hatte. Abu Dun runzelte die Stirn, und Bess starrte ihn beinahe entsetzt an und sah aus, als würde sie am liebsten aus dem fahrenden Wagen springen.

Deutlich leiser und mit einem entschuldigenden Lächeln fuhr er fort: »Dann würde sie kaum dafür sorgen, dass ich mein Schwert zurückbekomme, oder? Und Loki hat keinen Grund, mich zu fürchten.«

»Du hast ihn schon einmal getötet«, antwortete Abu Dun ernst.

»Hätte ich ihn getötet, dann wäre er jetzt nicht hier«, antwortete Andrej, »und noch am Leben.«

»Du weißt, was ich meine«, sagte Abu Dun. »Du hast ihn besiegt.«

»Ich habe ihn überrumpelt. Und ich hatte Hilfe. In einem fairen Kampf hätte ich keine Chance gehabt.«

»Und warum suchst du ihn dann, wenn du so sicher bist, nicht gegen ihn bestehen zu können?«, fragte Abu Dun.

Andrej lächelte dünn. »Wer sagt dir, dass ich vorhabe, fair zu kämpfen?«, fragte er.

Abu Dun schüttelte den Kopf. Andrej sah ihm an, wie viel ihm noch auf der Zunge lag und wie wenig ihm davon gefallen würde – aber dann seufzte er nur noch einmal tief und ließ sich auf der Sitzbank zurücksinken.

»Du hast ihn immer noch nicht vergessen, habe ich recht?«

»Wie könnte ich das?«

»Es ist mehr als siebzig Jahre her«, sagte Abu Dun beinahe sanft.

»Ja, und jetzt bin ich ihm so nahe wie nie zuvor in diesen Jahren«, antwortete Andrej. »Wir haben ihn zwei Menschenleben lang kreuz und quer durch die Welt gejagt – und du erwartest von mir, dass ich jetzt aufgebe, wo ich ihm so nah bin wie noch nie zuvor?«

»Was Meruhe gesagt hat, gefällt mir nicht«, antwortete Abu Dun. »Vielleicht hat sie die Wahrheit gesagt. Ich habe ein seltsames Gefühl. Irgendetwas wird passieren.«

»Anscheinend ist es wahr, was man über euch Heiden erzählt«, seufzte Andrej. »Ihr liebt es, Gespenstergeschichten zu hören. Und ihr erschreckt euch vor jedem Schatten.« Und außerdem hatte Abu Dun nur genau das ausgesprochen, was er selbst empfand. Etwas stand bevor. Er wusste nicht, was es war, aber es war etwas Großes und Schlimmes.

Die Kutsche schaukelte, schwankte fast bedrohlich hin und her und kam dann mit einem so plötzlichen Ruck zum Stehen, dass Bess vom Sitz rutschte und hart auf beide Knie hinabfiel, bevor die Räder langsamer weiterrollten. Instinktiv versuchte Bess, sich mit der linken Hand festzuhalten. Sie bekam die Türklinke zu fassen und drückte sie herunter, und die Tür schwang nach außen und zog das überraschte Mädchen mit sich. Bess stieß einen quiekenden Schrei aus, war aber nicht geistesgegenwärtig genug, die Klinke loszulassen, sondern wurde mit der Tür nach außen gezogen. Andrej packte gerade noch rechtzeitig genug zu, um sie an der Schulter zu erwischen und auf diese Weise zu verhindern, dass sie aus dem fahrenden Wagen fiel und sich verletzte oder gar unter die Räder der Kutsche geriet.

Bess reagierte allerdings ganz anders, als er erwartet hatte. Gerade lang genug, bis der Wagen ganz zum Stehen gekommen war, hielt sie sich noch mit der linken Hand und mit beinahe verzweifelter Kraft an der Türklinke fest, dann begann sie nicht nur urplötzlich mit den Beinen zu strampeln und schrill, fast schon hysterisch zu kreischen, sondern riss sich auch mit einem so plötzlichen Ruck los, dass der dünne Stoff ihres Kleides mit einem Reißen nachgab und Andrej plötzlich nur noch einen Fetzen spitzenumrahmten Samts in der Hand hielt, während Bess selbst unsanft auf dem Kopfsteinpflaster landete.

»Hilfe!«, schrie sie. »Nicht!«

Andrej war mit einem einzigen Satz aus dem Wagen und neben ihr, um ihr auf die Füße zu helfen, aber Bess war so durcheinander und erschrocken, dass sie sich sofort wieder losriss, ein paar Schritte zurückprallte und dabei um ein Haar schon wieder gestürzt wäre. Ihre Knie waren aufgeschürft und bluteten, und bei dem Versuch, sie zu packen, musste er sie mit den Fingernägeln verletzt haben, denn auch auf ihrem Oberarm prangte eine dreifache Reihe dünner Schrammen, aus denen hellrote Blutstropfen quollen.

»Nein!«, stammelte sie. »Bitte nicht, Sir! Bitte!«

Andrej starrte sie nur an und verstand nicht, was sich vor seinen Augen abspielte.

Abu Dun kam mit weit ausgreifenden Schritten um den Wagen

herum, der mitten auf einem nicht besonders großen, aber belebten Platz zum Stehen gekommen war, und hielt inne. Seinen erschrockenen Blick verstand Andrej erst, als ihm klar wurde, dass er noch immer vor Bess kniete, die zitternd und in Tränen aufgelöst vor ihm stand, mit blutigen Knien und aufgekratztem Arm, die linke Hand nach ihr ausgestreckt hatte und in der rechten den Ärmel hielt, den er ihr versehentlich abgerissen hatte. »Aber ...«, murmelte er.

»Nein!«, rief Bess. »Bitte nicht, edler Herr! Ich ... ich will das nicht mehr! Es ... es tut immer so weh!«

»Bess?«, murmelte Andrej verwirrt. Er kam endlich auf die Idee, den abgerissenen Ärmel fallen zu lassen und aufzustehen, und Bess trat noch einmal schnell einen Schritt zurück und hob schützend die linke Hand vor das Gesicht.

»Nein, Sir, bitte nicht! Ich gebe Ihnen auch Ihr Geld zurück! Aber bitte. Ich will das nicht mehr!«

»Bess, hör mit dem Unsinn auf, oder ich werde wirklich ärgerlich!«, sagte Andrej scharf und entweder das oder der zornige Schritt, mit dem er auf sie zutrat, musste wohl das Falscheste gewesen sein, was er hatte tun können, denn Bess schrie noch einmal schrill auf, fuhr herum und warf ihm die Münzen vor die Füße. Dann rannte sie los, um mit wehendem Haar und wippenden Rockschößen in der Menge zu verschwinden.

Zornig rief Andrej noch einmal ihren Namen und wollte hinter ihr herrennen, aber er kam nur zwei oder drei Schritte weit, dann stellte sich ihm eine Frau mit zornesrotem Gesicht in den Weg.

»Bleiben Sie stehen, Sir!«, sagte sie scharf. »Was haben Sie mit diesem armen Kind gemacht?«

»Gemacht?« Die ganze Situation kam Andrej so absurd vor, dass er sich einfach weigerte zu glauben, was sich gerade abgespielt hatte.

»Ma'am?«, murmelte er lahm.

Das war anscheinend die falsche Antwort.

»Sie ... Sie Unmensch!«, ereiferte sich die Frau. »Was sind Sie nur für ein Barbar! Dieses Mädchen ist doch allerhöchstens acht oder neun Jahre alt!«

»Sieben«, antwortete Andrej mechanisch. Was ganz eindeutig noch dümmer war als seine vorherige Antwort, aber auch diese Erkenntnis kam ihm zu spät. In den Augen der kleinwüchsigen Frau erschien ein Ausdruck von heiligem Zorn, und sie war nicht die Einzige. Andrej bemerkte aus den Augenwinkeln, wie mindestens drei oder vier weitere Personen auf Abu Dun und ihn zueilten, und noch sehr viel mehr waren stehen geblieben und starrten in seine Richtung.

»Madam, ich versichere Ihnen, es handelt sich nur um ein Missverständnis, das ...«

»Schweigen Sie, Sie Unmensch!«, fuhr ihn die Frau an. »Wissen Sie überhaupt, was Sie da tun?«

»Ich will dir ja nicht vorschreiben, was du zu tun oder zu lassen hast, Andrej«, sagte Abu Dun auf Arabisch, »aber meiner unmaßgeblichen Meinung nach wäre das jetzt der Moment zu gehen.«

»Und auch noch ein Mohr in Ihrer Begleitung!«, ereiferte sich die Frau. »Aber da fragt man sich doch, wer wohl der größere Barbar ist – dieser Heide, der es nicht besser weiß, oder ein angeblich zivilisierter Mann wie Sie!« Sie spuckte zwar nicht vor ihm aus, aber irgendwie war es so, als hätte sie es getan, und auch unter den anderen Umstehenden erhob sich ein immer lauter und unwilliger werdendes Murren. Abu Dun hatte recht. Sie sollten gehen.

»Es ist nicht so, wie Sie glauben«, sagte er, immer noch Meilen von seiner normalen Gelassenheit und Schlagfertigkeit entfernt. »Aber ich glaube nicht, dass Sie das verstehen würden. Es ist wohl besser, wenn wir jetzt gehen.«

Er machte auf dem Absatz kehrt. Ein Mann, der ihm kaum bis

zum Adamsapfel reichte, vertrat ihm den Weg und grinste ihn mit dem schlechtesten Gebiss an, das Andrej seit vielen Jahren gesehen hatte. »Das glaube ich nicht«, sagte er. »Du bleibst schön hier, du Schwein.«

Andrej starrte ihn verdutzt an, und Abu Dun tippte dem Knirps freundschaftlich auf die Schulter. Der Mann fuhr kampflustig herum und wirkte dann ein wenig verstört, als er den Kopf so weit in den Nacken legen musste, um Abu Dun ins Gesicht zu sehen, dass er beinahe das Gleichgewicht verloren hätte.

»Und wenn doch?«, fragte Abu Dun freundlich. Der kleine Mann setzte dazu an, etwas zu antworten, reckte den Hals noch ein bisschen mehr und klappte den Mund wieder zu, ohne auch nur einen Laut von sich gegeben zu haben. Abu Dun lächelte noch freundlicher, nahm die Hand von seiner Schulter und bedeutete Andrej zu gehen.

Unnötig zu sagen, dass die Droschke nicht mehr da war – der Fahrer hatte das Weite gesucht, noch während Andrej sich die Flut ebenso sinnloser wie verständlicher Anschuldigungen angehört hatte. Vermutlich war es einzig und allein Abu Duns Präsenz zu verdanken, dass sie nicht von einem aufgebrachten Mob auf der Stelle gelyncht wurden. In den letzten Augenblicken hatte Andrej gespürt, wie die Stimmung kippte. Die Frau, die ihn zuerst angesprochen hatte, wurde nicht müde, immer absurdere (und immer lautere) Beschuldigungen gegen ihn vorzubringen, und auch der kleine Mann, den Abu Dun offensichtlich in seiner Ehre verletzt hatte, trug sein Scherflein zu der allgemeinen hochgepeitschten Stimmung bei. Hätten sie den Fehler begangen zu laufen, so wäre die Situation sicherlich eskaliert und hätte mit Gewalt und Blut geendet.

Das taten sie erst, nachdem sie den Platz verlassen und wenigstens für den Augenblick aus der Sichtweite der Menschen darauf verschwunden waren: Abu Dun und er begannen zu rennen, bogen ab und wurden etwas langsamer, fielen aber erst in ein normales, ganz und gar unauffälliges Tempo zurück, nachdem sie die dritte oder auch schon vierte Abzweigung hinter sich hatten.

»Reizende neue Freunde hast du da gefunden, das muss man dir lassen«, sagte Abu Dun spöttisch.

Andrej unterdrückte den Impuls, sich nervös umzusehen, und starrte stattdessen Abu Dun an. »Schlechte Angewohnheiten wird man eben noch schlechter los«, versetzte er.

Abu Dun schenkte ihm nur ein gutmütiges Lächeln, warf nun aber selber einen ganz unverhohlen nervösen Blick hinter sich und lauschte dann sehr konzentriert in sich hinein. Andrej tat dasselbe, kam aber auch zu demselben Ergebnis wie der Nubier: Hier und da spürte er etwas wie Neugier oder auch sachtes Erschrecken, das wohl aber allein der riesenhaften Gestalt seines Freundes galt, aber der Zorn der Menschenmenge, der die Schwelle zu echter Blutgier beinahe erreicht gehabt hatte, war nicht mehr da. Offenbar verfolgte sie niemand.

»Eigentlich müsste ich jetzt neidisch werden«, witzelte Abu Dun weiter. »Allah und jeder Mensch auf dieser Welt wissen zwar, dass ich derjenige von uns bin, der den größeren Erfolg bei Frauen hat, aber so ein süßes kleines Ding ist mir noch nicht ins Netz gegangen.« Er wiegte nachdenklich den Kopf hin und her. »Also gut ... vielleicht noch ein bisschen jung, aber die paar Jahre kann man ja warten, nicht wahr? Immerhin muss man ihr nichts mehr beibringen, wie es scheint.«

»Das ist nicht komisch«, antwortete Andrej mit einem ärgerlichen Blick und um einen ernsten Tonfall bemüht. »Die Sache wird sich herumsprechen, und wir sind nicht gerade unauffällig.«

»Da hast du wohl recht«, stimmte ihm Abu Dun zu. »Überdies ist das etwas, worüber ich schon seit einer Weile nachdenke ... es scheint, dass wir immer und überall Aufsehen erregen, wo ich gemeinsam mit dir auftrete. Offensichtlich ziehst du die Blicke der Leute auf dich. Ich sollte mich von dir trennen.«

Andrej blieb nicht nur ernst, sondern musste sich mühsam beherrschen, den Nubier nicht anzufahren. »Wir werden Ärger bekommen«, beharrte er.

»Ist das nicht ohnehin dein zweiter Vorname, Hexenmeister?«, fragte Abu Dun feixend.

Andrej wusste nicht, worüber er sich mehr ärgern sollte – über seine eigene, so vollkommen falsche Reaktion gerade in der Menge oder über Abu Duns kindisches Beharren darauf, über etwas zu lachen, an dem rein gar nichts Komisches gewesen war. »Er hat uns reingelegt«, sagte er.

»Er?« Abu Dun tat so, als würde er angestrengt nachdenken. »Also, ich kann mich täuschen, aber Bess sieht in meinen Augen eher aus wie eine *sie*«, sagte er dann.

Andrej schluckte die gereizte Antwort herunter, die ihm auf der Zunge lag. »Frederic«, sagte er.

Abu Dun schwieg, aber er sah ihn dabei auf eine sehr sonderbare Weise an. »Frederic?«, fragte er dann.

»Fred«, antwortete Andrej, und jetzt hob Abu Dun fast erschrocken die Hand, und erneut änderte sich etwas in seinem Blick. »Ganz genau das ist es, was ich meine, Andrej«, sagte er.

Andrej verstand nicht.

»Du nennst diesen Jungen Frederic, wenn du dich über ihn ärgerst oder er dir vielleicht sogar gefährlich erscheint«, sagte Abu Dun. »Und Fred, wenn du mit mir über ihn sprichst. Womit hast du ein Problem, Andrej – mit dem Jungen oder mit seinem Namen?«

»Unsinn!«, widersprach Andrej, zu schnell, zu heftig und zu laut.

»Ich hoffe, das stimmt«, antwortete der Nubier. »Ich glaube allmählich, wir sollten tatsächlich auf Meruhe hören und die Stadt verlassen.« Er hinderte Andrej mit einer raschen Handbewegung daran aufzufahren. »Du bist nicht mehr du selbst, seit wir hier sind, Andrej.«

Das war noch größerer Unsinn, dachte Andrej zornig, und Abu Dun musste das auch sehr wohl wissen. Aber er hatte keine Lust mit ihm zu streiten, nicht jetzt und schon gar nicht über dieses Thema, und so reagierte er nur mit einem angedeuteten Schulterzucken. Er deutete mit der Hand in keine bestimmte Richtung. »Vielleicht«, knurrte er. »Aber zuerst hole ich mir mein Schwert zurück – und verpasse diesem Bengel eine Abreibung, die er bis an sein Lebensende nicht vergisst.«

Kapitel 7

Sie brauchten nahezu eine Stunde, um das Abbruchhaus am Themseufer wieder zu erreichen, denn die Kutsche hatte sie – selbstverständlich – genau in die entgegengesetzte Richtung gebracht. Andrej war unterwegs mehr als einmal stehen geblieben, von dem unangenehmen Gefühl geplagt, von unsichtbaren Augen belauert zu werden, aber kein einziges Mal war ihm etwas Verdächtiges aufgefallen, sah er einmal davon ab, dass ihm diese ganze Stadt mittlerweile wie ein böser Spuk vorkam.

Auch die Szenerie, die sie am Ufer erwartete, war unwirklich. Hätte Andrej nicht gewusst, dass es ganz und gar unmöglich war, er hätte jeden Eid geschworen, dass die Männer noch an derselben Stelle standen, an denen sie auch gestern Morgen gestanden hatten, als sie sie verlassen hatten. Selbst der Lastkahn, den die Männer entladen hatten, war derselbe, und es kam Andrej sogar so vor, als trügen sie noch immer dieselben Kisten mit Obst, Gemüse und Fisch hin und her. Er wusste, dass der Gedanke lächerlich war. Und trotzdem schien auch Abu Dun ihn zu denken, denn sie hatten die schmale Gasse, die zur Themse hinunterführte, noch nicht zu einem Drittel hinter sich, als der Nubier plötzlich stehen blieb und ihn so fest am Arm ergriff, dass es beinahe schon wehtat.

»Hier stimmt etwas nicht«, sagte er.

Es waren die ersten Worte, die sie seit einer Stunde wechselten.

Andrej hatte sich für den Rest des Weges in beleidigtes Schweigen gehüllt, und Abu Dun hatte es nach dem vierten oder fünften Versuch aufgegeben, ihn mit schalen Witzen aufheitern zu wollen, über die er schon vor einem halben Jahrhundert nicht mehr hatte lachen können. Dass er dem Nubier insgeheim recht gab und ihm, je mehr er über die Ereignisse der zurückliegenden Tage nachdachte, immer mehr recht geben musste, hatte seine Laune noch verschlechtert, statt sie zu heben.

Dennoch blieb er nicht nur auf der Stelle stehen, sondern zog sich auch mit einer raschen Bewegung in den Schatten eines überhängenden Vordachs zurück und besah sich die Szene am Flussufer noch einmal genauer und mit anderen Augen. »Es stimmt«, sagte er.

Jetzt erkannte er auch, was ihn an der Szenerie gestört hatte. Die Männer am Ufer gingen scheinbar ihrem ganz normalen Tagewerk nach, aber sie waren dabei zu still, zu sehr auf ihre Arbeit konzentriert und zugleich auf eine kaum sichtbare, aber selbst über die Entfernung hinweg fühlbare Art nervös. Niemand lachte. Keine groben Scherze wurden hin und her gerufen, niemand hielt für einen Augenblick inne, um seine Last abzusetzen, sich den Schweiß von der Stirn zu wischen oder sich einfach einen kurzen Moment Erholung zu stehlen. Und mindestens zwei dieser Männer gehörten nicht dazu. Sie waren auf die gleiche Art gekleidet wie die anderen und taten dieselben Dinge, aber man sah einem Mann an – gleich, wie stark oder schwach er war –, ob er es gewohnt war, seit Jahren schwere Lasten zu transportieren und mit seinen Kräften hauszuhalten oder ob er nur so tat. Und jetzt fielen ihm auch die kurzen, nervösen Blicke auf, die nicht nur diese beiden immer wieder in die Runde warfen.

Abu Dun, der es ihm gleichgetan und sich auf der anderen Seite der Gasse in einen Schatten geschmiegt hatte, deutete mit dem

Kopf auf das baufällige Haus, in dem sie auf Frederic und seine Kinderbande gestoßen waren, und Andrej blickte aufmerksam in dieselbe Richtung. Es dauerte einen Moment, bis er sah, worauf der Nubier ihn hatte aufmerksam machen wollen, aber dann war er froh um dessen Achtsamkeit. Hinter einem Fenster im ersten Geschoss (demselben, hinter dem auch er vor zwei Tagen gestanden und auf das Treiben am Flussufer hinabgesehen hatte) erhob sich ein Schatten. Es war nur ein Umriss, und der Mann hatte sich so geschickt postiert, dass er für das Auge jedes normalen Menschen mit dem Hintergrund verschmelzen und unsichtbar werden musste. Aber er bewegte sich, und jetzt, einmal darauf aufmerksam geworden, sah Andrej auch das matte Schimmern von Metall – vielleicht auch von sorgsam poliertem Leder.

Abu Dun erheischte mit einer Handbewegung abermals seine Aufmerksamkeit, machte diesmal eine Geste nach oben und berührte dann flüchtig sein Ohr. Andrej lauschte konzentriert und fragte sich allen Ernstes, ob Meruhe ihm vorgestern Abend vielleicht mehr genommen hatte als nur kurzzeitig das Bewusstsein. Da waren Atemzüge, die nicht hierher gehörten. Die Häuser rechts und links der schmalen Gasse standen nicht leer, sondern waren bewohnt, und nun, als er den Schutz sinken ließ, den er gewöhnlich stets zwischen sich und einer Welt trug, die so voller Geräusche, Gerüche und anderer Sinneseindrücke war, dass sein Geist unter diesem Übermaß einfach zusammengebrochen wäre, hätte er sie alle an sich herangelassen, konnte er die Atemzüge und Stimmen, ja, selbst die Herzschläge ihrer Bewohner deutlich hören. Da waren mindestens vier oder fünf, wenn nicht mehr, die angespannt waren, konzentriert lauschten und wachsam beobachteten. Etwas scharrte. Scharf geschliffenes Metall, das nervös immer wieder ein kleines Stück weit aus einer ledernen Scheide herausgezogen und wieder eingesteckt wurde. Er spürte den scharfen, typischen Geruch von

Schießpulver – eine Muskete, die vor nicht allzu langer Zeit geladen und bereit gemacht worden war.

»Du hast recht«, flüsterte er. »Sie warten auf uns.«

Abu Dun konnte so wenig wissen wie er, wer *sie* eigentlich waren, aber diese Falle war einfach zu offensichtlich, um hineinzutappen und auf die bloße Hoffnung zu vertrauen, dass sie einem anderen galt. Abu Dun hatte sich getäuscht, dachte er. Und er selbst vielleicht auch. Abu Dun, indem er der Meinung gewesen war, dass sich niemand für den toten Tagelöhner interessieren würde, den man in der Nähe des *Star Inn* gefunden hatte, und er selbst, was Frederic anging. Vielleicht hatte er sich doch nicht damit zufriedengegeben, sie ein bisschen an der Nase herumzuführen und dafür zu sorgen, dass sie in eine peinliche Situation gerieten. Und vielleicht, dachte er grimmig, würde er es doch nicht dabei bewenden lassen, diesem Bengel lediglich den Hosenboden strammzuziehen.

Abu Dun deutete wieder zur Themse hinab. Als Andrejs Blick seiner Hand folgte, erkannte er eine große, in zerschlissenes Grau gekleidete Gestalt, die einen schweren Sack auf der rechten und eine kaum minder schwere Kiste mit welkem Gemüse auf der linken Schulter trug, sodass er ihr Gesicht erst nach einigen Augenblicken erkannte. Es war der große Bursche, mit dem sie am gestrigen Morgen gesprochen hatten – Pauly. Schweigend beobachteten sie, wie er mit seiner Last aus ihrem Blickfeld verschwand und kurz darauf, nicht mehr unter dem Gewicht gebückt, aber keinen Deut schneller, in die entgegengesetzte Richtung zurückschlurfte und Kurs auf den Lastkahn nahm, der so tief im Wasser lag, dass die graubraunen Wellen fast über seine Bordwand schwappten. Gerade als er ihn erreichte, machte ihn Abu Dun auf eine weitere Gestalt aufmerksam, die dieselbe Kiste mit Gemüse, die Pauly gerade vom Schiff geholt hatte, nun wieder zurücktransportierte. Es war eine Inszenierung, und sie war nicht schlecht, wie er zugeben musste.

Die meisten anderen wären darauf hereingefallen. Er übrigens auch, wie er sich widerwillig eingestand, wäre Abu Dun nicht so aufmerksam gewesen.

Andrej amüsierte sich mit dem kindischen Gedanken, einfach hier stehen zu bleiben und mit sich selbst Wetten abzuschließen, wann der erste als Arbeiter verkleidete Soldat aufgab oder einfach unter der Last zusammenbrach. Dann rief er sich in Gedanken zur Ordnung, wartete, bis Abu Dun in seine Richtung sah, und machte einige rasche, für jeden Uneingeweihten sinnlos erscheinende Bewegungen mit den Fingern; Worte in einer Zeichensprache, die sie schon vor langer Zeit entwickelt und die sich schon mehr als einmal als nützlich erwiesen hatte. Abu Dun nickte, deutete ein knappes Grinsen an und drehte sich unverzüglich um. Diesmal war es Andrej, der die Gefahr als Erster bemerkte. Nach nur zwei Schritten blieb er wieder stehen, hob warnend die Hand und deutete nach links, nur einen halben Atemzug später in die entgegengesetzte Richtung. Während er lautlos und ebenso schnell wie ein Schatten in dem Gebäude verschwand, auf das er zuerst gedeutet hatte, änderte er seine abschätzige Meinung über den, der für diese Falle verantwortlich war. Denn auch in den beiden Gebäuden am Anfang der Gasse waren Männer postiert, um ihnen jeden möglichen Fluchtweg abzuschneiden. Und auch sie waren nicht schlecht in dem, was sie taten.

Aber auch nicht gut genug.

Augenblicke später trafen sich Abu Dun und er wieder auf der Straße, und jetzt gab es keinen Grund mehr zu flüstern.

Vor allem nicht für Abu Dun. »Sagte ich schon …?«, begann der Nubier.

»Ja«, fiel ihm Andrej ins Wort. »Mehrmals.«

Abu Dun grinste breit, aber nur kurz, denn Andrej bedeutete ihm mit einer Geste weiterzugehen. Die beiden Männer, die ihnen aufgelauert hatten, um ihnen den Rückweg abzuschneiden, würden nicht vor Ablauf einer Stunde aufwachen – vermutlich sehr viel später –, doch Andrej wusste trotzdem, dass ihnen wahrscheinlich sehr viel weniger Zeit blieb. Die Dinge pflegten niemals genauso abzulaufen, wie man es geplant hatte, und er hatte sich schon vor sehr langer Zeit angewöhnt, davon auszugehen, dass alles schiefging, was schiefgehen konnte.

Sie gingen zurück in die Richtung, aus der sie gekommen waren, und Andrej wurde sich immer schmerzhafter der Tatsache bewusst, wie sehr sie auffielen. Wortwörtlich jeder, dessen Weg sie kreuzten, musste sich an den riesigen schwarzen Mann erinnern, der nicht nur in der gleichen Farbe gekleidet war, sondern dem seine ohnehin beeindruckende Größe von mehr als sechseinhalb Fuß noch nicht zu genügen schien, denn er trug dazu noch einen fast halbmeterhohen Turban. Und auch er selbst war alles andere als unauffällig; zumindest für hiesige Verhältnisse. In der Droschke, die Frederic ihnen geschickt hatte, und auch in jenem Viertel der Stadt, in die sie sie hatte bringen sollen, hätte er einen ganz gewöhnlichen Anblick geboten. Doch dies war ein typisches Arbeiter- und Arme-Leute-Viertel, in dem seine vornehme Kleidung jedermanns Aufmerksamkeit erregen musste – trotz oder vielleicht gerade wegen ihres Zustandes. Bess hatte es sicher gut gemeint, aber sie war eine erbärmliche Schneiderin. Die Stiche, mit denen sie seine Jacke und die Pelerine geflickt hatte, sahen aus, als hätte sie versucht, mit einer Mistgabel zu nähen.

Aber vermutlich war das nicht mehr von Bedeutung. Ihre Tage im *Westminster* waren ohnehin gezählt. Er dachte immer noch nicht daran, die Stadt zu verlassen, wie Meruhe ihm mehr oder weniger befohlen und Abu Dun zumindest geraten hatte, aber sie würden sich eine andere, weniger auffällige Unterkunft suchen müssen.

Drei Straßenecken von der Stelle entfernt, an der sie wieder auf die Hauptstraße hinausgetreten waren, deutete Abu Dun nach rechts und verschwand schnell in einem Schatten, der sich erst als Durchlass zwischen zwei Fachwerkhäusern entpuppte, wenn man ihn betrat. Es war kein richtiger Weg, sondern nur eine Lücke, die so schmal war, dass Abu Duns breite Schultern rechts und links an den unverputzten Wänden entlangstreiften. Selbst Andrejs scharfe Augen gewahrten nichts als verschwommene Dunkelheit. Aber der Geruch von fauligem Wasser und totem Fisch sagte ihm, dass sie auf dem richtigen Weg waren. Nach einem Dutzend Schritten traten sie wieder ans Themseufer hinaus, und Abu Dun musste entweder über seherische Fähigkeiten verfügen, oder sie hatten einfach Glück gehabt: Die Gebäude auf dieser Seite standen allesamt leer und waren verlassen oder Lagerhäuser und Schuppen, in denen sich im Moment nur Ratten und anderes Ungeziefer mit mehr als zwei Beinen aufhielt. Der Lastkahn, der von einer trägen Kette aus Männern beharrlich ent- und wieder beladen wurde, die immer noch darauf warteten, dass ihnen eine Beute in die Falle ging, die längst selbst zum Jäger geworden war, war vielleicht zwei- oder dreihundert Meter entfernt. Von hier aus konnte man noch weitere Männer erkennen, die sich keine Mühe mehr gaben, sich zu verstellen, aber doch so postiert waren, dass Abu Dun und er sie erst gesehen hätten, wenn es viel zu spät gewesen wäre: ein halbes Dutzend Gestalten in zerschrammten Harnischen und mit hohen, im hellen Licht der Morgensonne wie Silber glänzenden Helmen. Die meisten waren mit Hellebarden und armlangen Stichwaffen ausgerüstet, die wie eine misslungene Mischung aus Schwert und Degen aussahen, zwei von ihnen trugen auch Musketen; ein Anblick, bei dem Andrej unwillkürlich leicht zusammenfuhr.

»Dieser Jack war nicht zufällig ein heimlicher Verwandter des Königshauses?«, murmelte Abu Dun.

»Ich schlage vor, ich frage ihn«, antwortete Andrej, »Sobald du ihn geholt hast.«

Abu Dun zog die Augenbrauen zusammen. »Sobald *ich* ihn geholt habe?«

»Bist du hier der Pirat oder ich?«, erwiderte Andrej todernst. »Außerdem war es deine Idee.« Bevor Abu Dun auffahren konnte, schnüffelte er übertrieben und fügte hinzu: »Und ohne dir zu nahe treten zu wollen – du brauchst ohnehin ein Bad.«

Abu Dun bedachte ihn mit einem Blick, der sehr deutlich machte, dass das Gespräch damit noch nicht beendet war, hob aber dann nur missmutig die Schultern und nahm mit beiden Händen den Turban vom Kopf, ohne dass das filigran aussehende Kunstwerk aus schwarzem Stoff auseinanderfiel. Behutsam legte er ihn zu Boden, schlüpfte aus Mantel und Stiefeln und wurde im nächsten Moment zu einem Schatten, der lautlos zum Ufer schlich und dann beinahe ebenso lautlos ins Wasser glitt. Trotz aller Sorge und Anspannung konnte Andrej ein leises, schadenfrohes Lächeln nicht ganz von seinen Lippen verbannen.

Abu Dun war von Anfang an ebenso klar gewesen wie ihm, welche Rolle er spielen würde, denn er war trotz seiner Größe und scheinbaren Schwerfälligkeit stets derjenige von ihnen gewesen, der sich leiser und verstohlener bewegen konnte, und auch stets der bessere Schwimmer. Dennoch war ihm klar, welche Überwindung es den Nubier kosten musste, in das stinkende Wasser einzutauchen. Abu Dun war ein sehr reinlicher Mensch, was zum Teil sicher in seiner Herkunft und Kultur begründet lag, hauptsächlich aber – zumindest mutmaßte Andrej das – wohl daran lag, dass er zu viele Jahre seines Lebens in stinkenden Verliesen und schmutzigen Gefängnissen verbracht hatte, wo er gezwungen gewesen war, in seinem eigenen Dreck zu leben.

Langsam und pedantisch jeden Schatten als Deckung ausnutzend, schlich auch Andrej so nahe ans Ufer heran, wie er konnte. Von Abu Dun war keine Spur zu sehen, aber das erstaunte ihn kein bisschen. In dieser schmutzigen Brühe wäre wahrscheinlich sogar ein Walfisch verschwunden, und Abu Dun musste nicht auftauchen, um Luft zu holen, um die zwei- oder dreihundert Schwimmzüge unter Wasser zurückzulegen.

Eine geraume Weile verging. Männer kamen, um das Schiff scheinbar zu entladen, und andere tauchten auf, um dieselben Kisten und Säcke zurückzubringen. Andrej vertrieb sich die Zeit damit, den Gesprächen der Soldaten zu lauschen, die im toten Winkel hinter dem Abbruchhaus auf Abu Dun und ihn warteten. Sein scharfes Gehör ermöglichte es ihm, ihre Worte trotz der großen Entfernung zu verstehen, aber er erfuhr nichts von Bedeutung. Offensichtlich begannen sie sich allmählich zu langweilen, und der eine oder andere äußerte bereits seine Zweifel daran, ob dieses Unternehmen überhaupt noch sinnvoll war, doch im Allgemeinen redeten sie über Belanglosigkeiten. Verdacht hatten sie noch nicht geschöpft. Die beiden Männer, die Abu Dun und er außer Gefecht gesetzt hatten, waren offenbar noch nicht gefunden worden. Immerhin etwas.

Andrejs Aufmerksamkeit verlagerte sich wieder auf den Kahn, als er eine hochgewachsene, schlaksige Gestalt erkannte, die vom Ufer auf das schwankende Schiffchen hinabtrat und sich einem Kistenstapel an seinem Ende näherte. Über die große Entfernung hinweg konnte er Paulys Gesichtsausdruck nicht erkennen, aber er meinte das missmutige Wesen dieses Mannes beinahe spüren zu können, den stummen Zorn auf das Leben an sich, den er ausstrahlte. Sichtlich wenig begeistert von dem, was er tat, beugte er sich zu einer Kiste hinunter, die vermutlich schon ein halbes Dutzend Mal hin- und hergetragen worden war. Plötzlich spritzte das Wasser hinter dem Heck des Schiffes auf, und ein Schatten griff nach ihm und zog ihn so blitzartig zu sich hinab ins Wasser, dass ihm nicht einmal Zeit für einen erschrockenen Ruf blieb. Einer der Bewaffneten wandte erschrocken den Kopf, und Andrej spannte sich instinktiv an und griff, ohne es selbst zu merken, an seine Seite, dorthin, wo er normalerweise das vertraute Gewicht seiner Waffe wusste. Auch das war etwas, woran er sich nur schwer gewöhnte und es vielleicht niemals ganz tun würde: Die Menschen in dieser Stadt trugen in der Öffentlichkeit keine Waffen, und wenn, dann höchstens in Verbindung mit einer Uniform oder einer Rüstung.

Doch dann wandte sich der Soldat wieder seinem Gespräch zu, und auch den Arbeitern schien nicht aufzufallen, dass einer von ihnen plötzlich fehlte. Andrejs Blick tastete aufmerksam die Wasseroberfläche ab. Diesmal gewahrte er einen Schatten, und Abu Duns Kopf tauchte zwei- oder dreimal aus den Wellen auf, zusammen mit einem strampelnden Etwas, dem er gerade genug Zeit ließ, um Luft zu holen, aber nicht, um diese zu einem Schrei zu nutzen. Andrej wich rasch zu dem am nächsten stehenden Gebäude zurück, ein schlampig aus Brettern errichteter Schuppen, aus dem es so erbärmlich nach totem Fisch stank, dass ihm beinahe der Atem wegblieb. Er öffnete die Tür und huschte hinein und hatte es noch nicht ganz getan, da glitt Abu Dun auf das Ufer zu, eine strampelnde und verzweifelt nach Atem ringende Gestalt im Schlepptau, deren schwächliche Gegenwehr er nicht einmal zur Kenntnis zu nehmen schien. Noch bevor die Bewegung die Aufmerksamkeit der Männer zweihundert Meter entfernt erwecken konnte, huschte auch er durch die niedrige Tür und schleuderte den Mann so grob zu Boden, dass Andrej ihm einen strafenden Blick zuwarf.

»Schau, was ich gefunden habe«, grollte er. »Zuerst dachte ich, es wäre nur eine Ratte, und wollte sie schon ersäufen, aber dazu riecht der Kerl zu schlecht.«

Andrej schüttelte nur den Kopf und überging die Bemerkung. Abu Duns triefend nasser Gefangener war vermutlich nicht in der

Verfassung, sie zu hören. Außerdem reichte ein einziger Blick in sein Gesicht, um Andrej klarzumachen, dass es nicht mehr nötig war, ihn einzuschüchtern.

Er geduldete sich, bis Pauly eine erstaunliche Menge schmutziges Wasser abwechselnd erbrochen und ausgespuckt hatte, wieder halbwegs zu Atem gekommen war und sich auf Hände und Knie hochzustemmen versuchte. Abu Dun stupste ihn mit dem Fuß an, und er fiel schwer wieder auf die Seite und stieß ein angsterfülltes Wimmern aus.

»Lass das, Pirat«, sagte er entschieden und bewusst auf Englisch, damit Pauly die Worte auch verstand. »Du kannst ihn haben, wenn ich mit ihm fertig und mit seinen Antworten nicht zufrieden bin.«

Der Mann drehte sich mühsam auf den Rücken, stemmte sich ein Stück weit auf die Handflächen hoch und versuchte rückwärts von Abu Dun wegzukriechen. Andrej hinderte ihn daran, indem er mit dem Fuß auf den durchnässten Saum seines Hosenbeins trat. Paulys Gesicht war verzerrt und grau vor Angst, und er keuchte verzweifelt. Der Mann fürchtete, im nächsten Moment sterben zu müssen. Andrej gefiel es nicht, einem Menschen solche Angst einzujagen, aber er hatte zugleich auch das sichere Gefühl, dass ihnen keine Zeit für Diplomatie oder gar Feinfühligkeit blieb.

»Ich hätte nicht gedacht, dass wir uns so schnell wiedersehen«, sagte er. »Und dass du noch dazu so viele Freunde eingeladen hast, um dieses Wiedersehen zu feiern.«

»Ich ... es ist nicht meine ... ich kann nichts dafür«, stammelte der Mann. »Die Männer des Sheriffs sind heute Morgen aufgetaucht. Sie waren schon hier, als wir zur Arbeit erschienen sind und ... und haben auf uns ... gewartet.«

»Auf euch?«, grollte Abu Dun. Er lachte verächtlich.

Paulys Blick wanderte ins Gesicht des Nubiers hinauf und kehrte dann zu Andrej zurück. »Es ist die Wahrheit!«, versicherte er. »Es ist wirklich nicht meine Schuld! Ich habe sie nicht gerufen!«

»Blödsinn!« Abu Dun ballte seine rechte Hand so fest zur Faust, dass seine Gelenke knackten. Aber er wusste auch genauso gut wie Andrej, dass der Mann die Wahrheit sprach. Er war längst nicht mehr in der Verfassung zu lügen.

»Das ist sehr großzügig von eurem Sheriff«, sagte er. »Er schickt seine Männer, um euch bei der Arbeit zu helfen?«

»Sie ... sie suchen nach euch«, stammelte Pauly. Er versuchte schwach, sich loszureißen, und Andrej tat ihm den Gefallen, den Fuß zu heben. Hastig kroch der Mann rücklings vor ihm davon, bis er gegen eine Wand aus morschen Brettern stieß. »Bitte, tötet mich nicht«, stammelte er. »Ich habe eine Familie! Eine Frau und vier Kinder! Was soll aus ihnen werden, wenn ich sie nicht mehr versorgen kann?«

»Vielleicht hättest du dir das überlegen sollen, bevor du uns verraten hast?«, fragte Abu Dun beinahe freundlich.

»Aber ich habe euch nicht ...!«

»Wie kommst du auf die Idee, dass wir dich töten?«, unterbrach ihn Andrej. »Wir haben keinen Streit mit dir.«

»Jedenfalls hatten wir den bis gerade noch nicht«, fügte Abu Dun hinzu. Andrej machte eine rasche ärgerliche Geste, die Pauly vermutlich entging. Abu Dun neigte zum Übertreiben, solange sie sich kannten, aber jetzt übertrieb er sogar das Übertreiben. »Also?«

»Aber ihr habt ... Jack ...« Paulys Stimme versagte. Die Nässe auf seinem Gesicht war jetzt nicht mehr nur das schmutzige Wasser.

»Deinen Freund getötet?«, fragte Andrej und schüttelte den Kopf. »Nein, das waren wir nicht.«

»Aber ihr wart mit ihm verabredet!«, antwortete Pauly weinerlich. »Ich habe gehört, dass er euch zum *Star Inn* bestellt hat. Und dann ... dann haben sie seine Leiche gefunden.«

»Um genau zu sein«, fügte Andrej ruhig hinzu, »haben *wir* sie gefunden.«

»Jemand war so freundlich, uns Jack genau vor die Füße zu werfen«, sagte Abu Dun.

»Aber wir haben ihn nicht getötet«, schloss Andrej.

Pauly starrte abwechselnd Abu Dun und ihn an. Das Zittern seiner Glieder beruhigte sich nicht, und Angst explodierte in seinem Blick. Andrej spürte, wie Abu Dun ansetzte, etwas zu sagen, brachte ihn mit einer hastigen Geste zum Schweigen und trat auf Pauly zu, um sich neben ihm in die Hocke sinken zu lassen. Der Mann versuchte weiter, vor ihm zurückzuweichen, wurde aber von der morschen Bretterwand in seinem Rücken daran gehindert.

»Warum sollten wir deinen Freund töten, Pauly?«, fragte Andrej, wobei er sich um einen ebenso ernsten wie beruhigenden Tonfall bemühte. »Wir wollten etwas von ihm.«

Er konnte nicht sagen, ob seine Worte die erwünschte beruhigende Wirkung auf den verängstigten Mann ausübten, aber immerhin antwortete Pauly nicht mit einem neuerlichen sinnlosen Fluchtversuch. »Aber wenn ... wenn ihr ihn nicht getötet habt, wer ... wer sollte es dann gewesen sein? Jack hatte keine Feinde.«

»Vielleicht jemand, der möchte, dass du das glaubst«, antwortete Andrej. »Mit wem hast du über unsere Verabredung gesprochen?«

»Mit niemandem!«, versicherte Pauly und verbesserte sich dann hastig, als Abu Dun auch die linke Hand mit einem Geräusch zur Faust ballte, als würden dünne Äste zerbrochen: »Nur mit Jack selbst. Und ... und dem Jungen.«

»Frederic?«, fragte Andrej alarmiert.

»Nein«, erwiderte Pauly. »Einem aus seiner Bande. Ich ... ich weiß nicht, wie er heißt. Er war gestern hier, kurz ... kurz nachdem ihr gegangen seid. Er muss euch beobachtet haben. Er wollte wissen, was ihr von Jack gewollt habt.«

»Und du hast es ihm gesagt?«, vermutete Andrej. Diesmal antwortete Pauly nicht, aber sein Schweigen war Antwort genug.

»Und was ist mit den Soldaten?«, fragte Abu Dun. »Den Männern des Sheriffs?«

»Das weiß ich nicht«, versicherte Pauly, weiter an Andrej gewandt. »Sie waren schon hier, als wir zur Arbeit gekommen sind. Sie haben Fragen gestellt. Nach euch.«

Andrej dachte angestrengt nach. Die ganze Geschichte schien immer rätselhafter zu werden, und doch fügte sich ein Steinchen ins andere. Frederic – auch wenn er das gesamte Bild noch nicht erkennen konnte, lief es immer wieder auf den Jungen mit dem ihm auf so schreckliche Weise vertrauten Namen hinaus. Er war mittlerweile nicht einmal mehr sicher, dass es sich wirklich um eine zufällige Ähnlichkeit handelte.

»Also gut«, sagte er schließlich und stand auf. »Alles in mir sagt, dass ich dich Abu Dun übergeben sollte, damit er dich wie eine Ratte ersäuft. Aber ich will noch einmal Gnade vor Recht ergehen lassen und gebe dir eine Chance. Du kennst diesen Jungen? Du weißt auch, wo diese Gerberei ist, zu der Jack uns führen wollte?«

Pauly nickte.

»Dann führst du uns an seiner Stelle dorthin«, sagte Andrej.

»Ich?« Das Entsetzen in Paulys Stimme war unüberhörbar und unübersehbar in seinem Gesicht.

»Du bekommst sogar dieselbe Belohnung wie er«, fügte Abu Dun hinzu.

Andrej bezweifelte, dass diese Worte tatsächlich zweideutig gemeint gewesen waren, aber der bedauernswerte Pauly jedenfalls schien sie so aufgefasst zu haben, denn sein Gesicht verlor tatsächlich noch einmal deutlich an Farbe.

»Du bekommst ein Pfund«, sagte Andrej rasch, bevor Abu Dun die Situation mit einer weiteren Anspielung, die er anscheinend für lustig hielt, noch schlimmer machen konnte. »Und mach dir keine Sorgen um die Männer des Sheriffs. Wir werden dafür sorgen, dass sie dich nicht verdächtigen.«

Der Mann starrte ihn verwirrt an, und Andrej fragte sich beiläufig, wie er dieses Kunststück eigentlich fertig bringen sollte, ohne seine Tarnung aufzugeben. Aber auch das, gestand er sich bitter ein, spielte jetzt keine Rolle mehr. Hier ging etwas vor, etwas sehr Großes und Gefährliches, bei dem mehr auf dem Spiel stand als nur ein einzelnes Menschenleben. Wenn es nach Moral und Ethik ginge, dürfte er einen solchen Gedanken nicht einmal denken, geschweige denn in die Tat umsetzen, aber er hatte schon vor langer Zeit begriffen, dass die Dinge, die man tun sollte, und die Dinge, die man tun musste, nicht dieselben waren. So grausam ihm selbst der Gedanke auch heute noch manchmal vorkam, es gab durchaus Situationen, in denen man ein Leben für das vieler opfern musste; selbst das eines Unbeteiligten.

Er trat einen Schritt zurück und forderte Pauly mit einer Handbewegung auf aufzustehen. Doch der starrte ihn nur an und rührte sich nicht. In Andrejs Rücken wurde gedämpftes Rumoren und Hantieren laut. Er warf einen raschen Blick über die Schulter zurück und sah, wie Abu Dun zuerst mit den flachen Händen (und sehr wenig Erfolg) über seine Kleidung strich, um das Wasser herauszudrücken, und dann umständlich in Mantel und Stiefel schlüpfte. Die Blicke, mit denen er ihn dabei immer wieder maß, waren unmissverständlich vorwurfsvoll. Während der Nubier mit spitzen Fingern und fast schon zeremoniell anmutenden Bewegungen – als handelte es sich um eine mit Edelsteinen besetzte Tiara und nicht um ein Stück schwarzen Stoff – seinen Turban aufsetzte, trat er wieder auf Pauly zu und streckte die Hand aus, um ihm beim Aufstehen behilflich zu sein. Der Mann zögerte, nahm sein Angebot dann aber an, und während Andrej ihn auf die Füße zog, lauschte er insgeheim in ihn hinein. Er spürte nichts als Angst. Vielleicht war da auch eine Spur von Heimtücke und Verrat, aber wenn, dann galt sie nicht ihm und diesem Augenblick, sondern war einfach Teil seines Charakters. Verachtung erwachte in Andrej, aber gleich darauf schämte er sich dieses Gefühls. Dieser Mann war in eine Welt hineingeboren und zu einem Leben gezwungen worden, das er sich ganz gewiss nicht ausgesucht hatte und sicher anders gewünscht hätte. Wer war er, sich das Recht anmaßen zu wollen, über ihn zu urteilen?

Abu Dun signalisierte ihm mit einem unwilligen Grunzen, dass er fertig war, und Andrej deutete einladend zur Tür.

Pauly zögerte ein allerletztes Mal. »Aber die Männer des Sheriffs ...«, begann er.

»Mach dir darum keine Sorgen«, unterbrach ihn Andrej. »Sie werden uns nicht sehen.«

»Wenn man es genau nimmt«, flüsterte Abu Dun, »hätten wir den armen Burschen gar nicht gebraucht. Ich hätte das hier riechen müssen, als wir von Bord des Schiffes gegangen sind.« Er machte ein angewidertes Gesicht, und Andrej tat ihm immerhin den Gefallen, ihm mit einem knappen Nicken zuzustimmen. Das weitläufige, halb verfallene Gebäude, dessen Wände irgendwann einmal ziegelrot gewesen sein mussten, sich dem Betrachter jetzt aber in einem schmutzigen Schwarz zeigten – einer Farbe, die einem das Gefühl gab, nicht mehr richtig atmen zu können, wenn man sie zu lange ansah –, lag tatsächlich beinahe auf dem Weg, den sie gestern Abend zum *Star Inn* gegangen waren. Und es bedurfte nicht ihrer übermenschlich scharfen Sinne, um den üblen Odem wahrzunehmen, der davon ausging; ein Geruch, wie er ihn aus tausend anderen Gerbereien überall auf der Welt eigentlich kennen sollte, der hier aber irgendwie ... unangenehmer war. Konzentrierter und ... *schlechter*. Als wäre an diesem Ort nichts Natürliches mehr.

Trotzdem stellte er eine andere Frage.

»Wenn du ihn für einen so armen Kerl hältst, warum hast du ihm dann solche Angst gemacht?«

»Weil kein starker Mann da war, dem ich Angst machen konnte«, antwortete Abu Dun ungerührt.

Andrej zog es vor, nichts darauf zu sagen. Sie hatten Arabisch gesprochen, sodass ihr zitternder Gefangener die Worte nicht verstanden hatte, aber er schien dennoch zu spüren, dass sie über ihn redeten, denn die Furcht, die die ganze Zeit über nicht aus seinen Augen gewichen war, flammte noch heller auf, während er abwechselnd Abu Dun und ihn anstarrte. Vielleicht hatte er auch nur Angst, von dem Nubier zu Tode gequetscht zu werden. Sie lagen zu dritt flach auf einem schmalen Vordach, von dessen erhöhter Position aus sie nicht nur die Gerberei, sondern auch das ganze umliegende Gelände bis hinunter zum Fluss überblicken konnten, und wie auf dem ganzen Weg hierher hatten Abu Dun und er ihn in die Mitte genommen.

Andrej wechselte wieder zum Englischen. »Das hier ist also ihr Versteck?«, erkundigte er sich.

Pauly nickte nervös. »Ja. Jedenfalls ... erzählt man sich das.«

Abu Dun warf ihm einen schrägen Blick zu, der allein Pauly dazu bewog, hastiger hinzuzufügen: »Jack hat es mir gesagt! Er ... er war ein paarmal hier. Er hat irgendwelche Geschäfte mit ihnen gemacht. Ich weiß nicht welche, und ...«

Andrej hob rasch die Hand und brachte ihn zum Schweigen, bevor der Mann aus lauter Angst noch begann, seine gesamte Lebensgeschichte und die der Familie seiner Frau hervorzusprudeln. »Schon gut«, sagte er. »Wir glauben dir.«

Wachsam blickte er auf das weitläufige Gelände vor sich hinab. Die aufgegebene Gerberei mit ihren drei hohen, zum Teil eingestürzten Schornsteinen war nicht das einzige Gebäude hier, das schon bessere Zeiten erlebt hatte – wie diese ganze Stadt, wenn er es recht bedachte. Sie waren nicht allein. Andrej spürte die Anwesenheit zahlreicher Menschen in den Gebäuden ringsum, doch es waren nicht annähernd so viele, wie er erwartet hatte. Der Gedanke sollte ihn eigentlich beruhigen – nach allem, was in den letzten beiden Tagen geschehen war, hätte er froh über jeden Moment sein müssen, in dem sie nicht gesehen wurden –, aber er tat es nicht. Dieser Ort gefiel ihm nicht. Das allein war nichts Besonderes. Er war im Laufe seines langen Lebens an vielen Orten gewesen, die ihm missfallen hatten, und doch war dieser hier anders. Er konnte nicht sagen warum. Es kam ihm vor, als wäre er ... verdorben. Auf eine Art und Weise, die er schon ein- oder zweimal gespürt hatte, der er aber noch nie so nahe gekommen war.

Er warf einen raschen Blick in Abu Duns Gesicht. Der Nubier wirkte angespannt, und Andrej begriff, dass es ihm nicht anders erging.

»Und du weißt nicht, wo wir sie finden?«, fragte er. »Dieses Gebäude ist groß.«

Pauly schüttelte stumm den Kopf.

»Dann sehe ich schwarz für deine Belohnung«, sagte Abu Dun. »Ausgemacht war, dass du uns zu dem Jungen führst.«

»Ausgemacht war, dass ich euch herbringe!«, widersprach Pauly, dessen Trotz erstaunlicherweise größer zu sein schien als seine Furcht. Aber schon im nächsten Moment zeichnete sich Erschrecken in seinem Gesicht ab, als hätte er erst im Nachhinein wirklich begriffen, was er gesagt hatte. »Aber es ist schon gut«, stammelte er hastig. »Ich will kein ...«

Erneut brachte Andrej ihn mit einer raschen Geste zum Schweigen, griff unter seinen Mantel und kramte eine Handvoll Münzen hervor, von denen er, ohne hinsehen zu müssen, sicher war, dass sie nicht einmal annähernd der versprochenen Summe entsprachen.

Er war aber auch sehr sicher, dass Pauly nicht nachzählen würde. Wortlos gab er sie ihm, und der Mann steckte sie ein, ohne auch nur einen Blick darauf geworfen zu haben.

»Dann ... dann kann ich jetzt ... gehen?«, vergewisserte er sich ängstlich.

»Du wirst niemandem sagen, dass du uns getroffen hast«, sagte Andrej. »Wenn man dich fragt, behauptest du einfach, ins Wasser gefallen und abgetrieben worden zu sein.«

»Sicher!«, beteuerte Pauly. »Die Männer des Sheriffs würden mir sowieso nicht glauben. Ich habe keine Lust, ins Gefängnis zu ...«

Abu Dun hob beiläufig die Hand und versetzte ihm eine Kopfnuss, die ihn wie vom Blitz gefällt nach vorne sinken und bewusstlos auf dem Vordach zusammenbrechen ließ.

»Warum hast du das gemacht?«, fragte Andrej. »Er hätte nichts gesagt. Dazu hatte er viel zu große Angst.«

»Und jetzt hat er nicht einmal mehr dazu Gelegenheit«, erwiderte Abu Dun lakonisch. »Rege dich nicht auf, o großer Beschützer der Armen und ungerecht Behandelten. Er wird in einer Stunde aufwachen und einen schrecklichen Brummschädel haben, aber auch nicht mehr wie nach einer durchzechten Nacht, und wenn man ihn verhört und er die Beule vorzeigen kann, dann beweist das noch seine Unschuld. Außerdem«, fügte er mit einem Stirnrunzeln hinzu, »hast du ihn gut bezahlt. Und wir ...«

Abu Dun verstummte mitten im Wort und fuhr so heftig zusammen, dass das baufällige Vordach zitterte, und auch Andrej fühlte es sofort.

Sie waren nicht mehr allein.

Ein Wesen ihrer Art war in ihrer Nähe.

Andrej hatte es stets gespürt, wenn sich ihm ein anderer Vampyr näherte. Er spürte auch die Nähe Abu Duns, eine ruhige, warme Präsenz, die Stärke und Sicherheit ausstrahlte, doch was er nun empfand, das war etwas ganz anderes – etwas Wildes, Bösartiges und Lauerndes, das sich näherte und unsichtbare Fühler auf der Suche nach Beute ausstreckte.

Abu Dun und er tauschten einen raschen Blick, dann erhoben sie sich lautlos. Abu Dun huschte so geschwind wie ein Schatten durch das Fenster zurück, durch das sie auf das Vordach hinausgestiegen waren, während Andrej noch einmal kehrtmachte und sich Paulys reglosen Körper über die Schulter warf. Einige der Münzen, die er dem Mann gegeben hatte, fielen aus seiner Tasche und klimpernd auf das Vordach. Andrej erstarrte mitten in der Bewegung und lauschte angespannt. Nichts geschah. Sehr viel vorsichtiger bewegte er sich weiter, legte den Mann in dem Raum voll Schutt und Trümmer hinter dem Fenster ab und winkte nur ärgerlich ab, als er sah, dass Abu Dun schon wieder zu einer spöttischen Bemerkung ansetzte. Er wusste selbst, dass das, was er gerade getan hatte, dumm war und (wie sich gerade herausgestellt hatte) möglicherweise sogar gefährlich. Aber es gab Dinge, bei denen er nicht danach fragte, ob sie nützlich waren, sondern einfach seinem Gefühl folgte, das ihm sagte, sie wären richtig.

Sie verließen das Zimmer, schlichen über eine baufällige Treppe nach unten und blieben noch einmal stehen, um zu lauschen, bevor sie das Haus verließen. Nichts war zu hören, doch Andrej spürte das Näherkommen eines anderen Vampyrs jetzt immer deutlicher und fast im gleichen Augenblick auch das eines zweiten. Es war kein angenehmes Gefühl. In den ungezählten Jahren, die Abu Dun und er jetzt schon gemeinsam auf Wanderschaft waren, waren sie nur sehr wenigen anderen Vampyren begegnet. Die meisten hatten sie getötet, mit manchen waren sie kurze Zeit zusammengeblieben, um dann wieder ihrer eigenen Wege zu gehen, und vor einigen wenigen waren sie geflohen. Die zwei, deren Nähe er jetzt spürte – er verbesserte sich in Gedanken: Es waren drei –, gehörten ganz eindeutig zur letzten Gruppe. Sie waren keine Unsterblichen wie Abu Dun und er, die ruhelos durch die Welt zogen (und sicherlich den meisten Menschen, denen sie begegneten, schieres Entsetzen eingeflößt hätten, hätten diese gewusst, was sie wirklich waren), sondern Jäger, gnadenlose Raubtiere, die die Macht, die ihnen ein willkürliches Schicksal geschenkt hatte, missbrauchten, um zu töten und zu morden.

Abu Dun wollte etwas sagen, als sie die Anwesenheit eines vierten, fünften und schließlich sechsten Vampyrs spürten. Keiner davon hielt sich in ihrer unmittelbaren Nähe auf, aber sie waren doch nahe genug, um umgekehrt ihre Anwesenheit spüren zu können. Andrej ertappte sich dabei, ganz instinktiv nach einem Fluchtweg Ausschau zu halten.

Und irgendwo tief in seinem Inneren ... erwachte etwas – sein uralter, dunkler Bruder, der sein schlimmster Feind und zugleich sein mächtigster Verbündeter war und jetzt an seinen Ketten zu zerren begann.

Abu Dun machte ein fragendes Gesicht, und diesmal bedurfte es nicht einmal ihrer Zeichensprache. Abu Dun hatte völlig recht. Er hatte ganz gewiss keine Angst vor den als Menschen verkleideten Raubtieren, aber er war auch kein Dummkopf. Und Leichtsinn hatte nie zu seinen hervorstechenden Charaktereigenschaften gezählt, auch wenn es manchmal den Anschein haben mochte. Selbst über die Entfernung hinweg konnten sie die Kraft der anderen Vampyre spüren. Mindestens einer von ihnen war uralt, älter als sie selber und sehr viel stärker ... was den Nubier im Zweifelsfall nicht daran gehindert hätte, sich mit Freuden auf den Gegner zu stürzen. Aber sie waren zu sechst, und Abu Dun und er hatten nicht einmal eine Waffe. Das einzig Vernünftige, was sie in einer Situation wie dieser tun konnten, war auf der Stelle kehrtzumachen und zu verschwinden, solange es noch ging.

Er deutete ein Nicken zur Tür hin an, und Abu Duns Lächeln wurde resignierend. Er ging noch nicht sofort, sondern huschte noch einmal zu der baufälligen Treppe und kam wenige Sekunden später mit zwei abgebrochenen Geländerpfosten zurück, von denen er Andrej einen reichte. »Das benutzt man doch zur Jagd auf Vampyre, oder?«, feixte er.

Andrej nahm die improvisierte Keule kommentarlos entgegen, sah noch einmal aufmerksam aus der Tür und deutete dann nach links. Die Gerberei lag in der entgegengesetzten Richtung, aber um sie zu erreichen, hätten sie einen mindestens dreißig Schritte messenden Streifen vollkommen deckungslosen Geländes überqueren müssen, und wenn schon nicht den Vampyrsinnen ihrer Gegner, so würden sie wohl kaum ihren scharfen Augen entgehen. In der anderen Richtung gab es hinlänglich Deckung.

Abu Dun huschte als Erster los und brachte wieder einmal das Kunststück fertig, trotz seiner Größe zu einem Schatten zu werden, den Blicke nicht wirklich zu erfassen vermochten, ganz egal, wie angestrengt man es auch versuchte. Er verschmolz im nächsten Augenblick mit dem echten Schatten eines verrotteten vierrädrigen Wagens, auf dem sogar noch seine mindestens zehn Jahre alte Ladung vor sich hin moderte. Der Nubier ließ eine Sekunde verstreichen, in der sie beide mit angehaltenem Atem darauf warteten, dass ein Schrei erscholl oder sich etwas an der psychischen Präsenz der anderen Vampyre änderte – aber nichts geschah. Andrej spürte die Anspannung der unsichtbaren Wesen, aber sie galt nicht ihnen.

Seltsamerweise trug diese Erkenntnis noch dazu bei, seine Beunruhigung zu schüren, statt sie zu besänftigen.

Ungeduldig winkte Abu Dun ihm auffordernd zu, und Andrej schüttelte den Gedanken ab und ärgerte sich nicht zum ersten Mal an diesem Tag über sich selbst. Er war zögerlich, und viel schlimmer: Er hatte seine Gedanken nicht unter Kontrolle und erlaubte ihnen abzuschweifen, etwas, das sich im falschen Moment durchaus als tödlich erweisen konnte.

»Alles in Ordnung mit dir?«, fragte Abu Dun. Andrej nickte nur knapp. Manchmal war es von Vorteil, wenn sich zwei Menschen so lange kannten, dass der eine die Gedanken des anderen so zuverlässig erraten konnte, als wären es seine eigenen. Manchmal allerdings war es ihm auch lästig.

Der Nubier deutete auf eine andere Deckung und huschte wortlos voraus, und dieses Mal folgte ihm Andrej sofort. Abu Dun empfing ihn trotzdem mit einem spöttischen Blick, sagte aber nichts und huschte nur hinter den nächsten Wagen. Es dauerte eine Weile, aber schließlich näherten sie sich der Rückseite der Gerberei.

Hier war es stiller. Der Schatten des wuchtigen Gebäudes bewahrte sie vor einer zufälligen Entdeckung, und auch die Präsenz der anderen Vampyre war hier nicht mehr so stark zu spüren wie auf der anderen Seite. Noch eine letzte Etappe, und sie hatten zumindest das Gebäude erreicht.

Abu Dun berührte ihn am Arm und deutete ein Kopfschütteln an, als hätte er auch jetzt wieder seine Gedanken gelesen. Gleichzeitig deutete er in die Richtung, aus der sie selbst gerade gekommen waren, und Andrej runzelte überrascht die Stirn. Eine zweite, vollkommen in Schwarz gehüllte Gestalt näherte sich ihnen, nahezu auf demselben Weg, den sie gerade genommen hatten, nur dass sie sich nicht die Mühe machte, von Schatten zu Schatten zu huschen, sondern eher gemächlich dahinschlenderte. Sie war beinahe so groß wie Abu Dun (ohne Turban) aber deutlich schlanker, und es war kein Mann, sondern eine Frau – kahlköpfig, schwarz und mit Schwert und Dolch bewaffnet.

»Was beim Scheijtan ...?«, murmelte Abu Dun.

Andrej brachte ihn mit einer hastigen Bewegung zum Verstummen und zog sich weiter in seine Deckung zurück. Während die nubische Kriegerin an ihrem Versteck vorüberging, beobachtete er sie nicht nur aufmerksam, sondern lauschte auch mit all seinen anderen Sinnen. Aber er kam zu genau dem Ergebnis, das er erwartet hatte. »Sie ist kein Vampyr«, murmelte er.

Abu Dun sah ihn verstört an. »Und du hast bis jetzt gebraucht, um das herauszufinden?«

Den beißenden Spott in Abu Duns Stimme hatte er vermutlich verdient, dachte Andrej. So deutlich, wie sie jetzt schon die bloße Nähe anderer Wesen ihrer Art spürten, ebenso deutlich hätte er es gestern gespürt, hätte er gleich zweien von ihnen gegenübergestanden, und erst recht am Tag zuvor, als er mit einer dieser unheimlichen Frauen gekämpft hatte. Dennoch war er jetzt sicherer denn je, dass mit diesen vermeintlichen Amazonen-Kriegerinnen etwas nicht stimmte. Und das lag nicht allein daran, dass sie sich aus einer anderen Zeit in diese verirrt zu haben schienen. Sie warteten nicht nur, bis die Nubierin hinter der nächsten Ecke verschwunden war, sondern gaben noch einige weitere Sekunden dazu, bevor sie weiterhuschten und das Gebäude durch ein zerbrochenes Fenster betraten.

Es war sehr dunkel. Der sonderbar tote Geruch, der ihnen schon draußen unangenehm aufgefallen war, war hier drinnen so stark, dass Andrej zunächst kaum atmen konnte, und von irgendwoher erklangen dumpfe Geräusche – keine Stimmen –, und sie vernahmen das regelmäßige Tropfen von Wasser.

Abu Dun deutete nach vorne und oben, wartete, bis Andrej zustimmend genickt hatte, und zog seinen improvisierten Holzpflock unter dem Mantel hervor, bevor er weiterhuschte. Andrej tat dasselbe und folgte ihm. Die Geräusche wurden lauter, jetzt hörte er auch Stimmen, ohne die Worte genau verstehen zu können. Immerhin konnte er heraushören, dass sie sich nicht nur offensichtlich erregt unterhielten, sondern auch in verschiedenen Sprachen. Einige Worte waren ihm nicht nur unverständlich, er hatte sie noch nie zuvor gehört – was ihn einigermaßen verwunderte. Immerhin zogen Abu Dun und er nun nicht nur seit endlosen Jahren gemeinsam umher, sondern hatten auch nahezu jedes Land der bekannten Welt zumindest einmal besucht, auch wenn sie in den meisten nicht lange geblieben waren. Diese Sprache aber kannte er nicht.

Fast blind und nur auf ihr Gehör und ihr räumliches Empfinden angewiesen, durchquerten sie mehrere leer stehende Räume und schlichen schließlich eine aus Stein erbaute Treppe hinauf, die in einen sehr großen, schwach erhellten Raum führte. Nicht nur die Stimmen, auch die Präsenz weiterer Vampyre wurden deutlicher, und Andrej korrigierte seine Schätzung noch einmal nach oben. In diesem Gebäude hielten sich deutlich mehr als sechs Vampyre auf. Aber wozu?

Abu Dun bedeutete ihm mit einer stummen Geste zurückzubleiben, verschwand für einen Moment und mahnte ihn, als er zurückkam, erneut mit einer wortlosen Handbewegung, still zu sein – ein Hinweis, dessen Andrej nicht bedurft hätte. »Wir sollten gehen«, zischte er. »Das hier gefällt mir nicht.«

Andrej ging einfach an ihm vorbei, ließ sich erst in die Hocke, dann auf Hände und Knie sinken, als er endlich registrierte, woher die Stimmen kamen. Direkt von unten. Nur eine Armeslänge von ihm entfernt gähnte ein doppelt mannsgroßes Loch im Boden, wo die Decke unter der Last der Jahrzehnte zusammengebrochen war. Dort war auch der Quell des scharfen Geruches, der hier oben noch einmal schlimmer geworden war. Die anderen schienen zu streiten oder standen doch zumindest ganz dicht davor.

Ohne auf Abu Duns inzwischen beinahe verzweifeltes Gestikulieren zu achten, schob Andrej sich das letzte Stück auf dem Bauch kriechend weiter.

Sicherlich zehn oder noch mehr Meter unter ihm erstreckte

sich ein weitläufiger Raum, der einen guten Teil des gesamten Erdgeschosses einnehmen musste. Durch die zerbrochenen Fenster drang helles Sonnenlicht herein, in dem Staub tanzte. Überall lagen Trümmer, heruntergefallene Teile der Decke und Glasscherben, Steine, Schutt. Andrej erkannte drei mannshohe und fünfmal so große hölzerne Bottiche, in denen früher vielleicht einmal Tierhäute gegerbt worden waren, die jetzt aber nur Schutt und einige tote Ratten enthielten. Das Leben war längst in Form von Moos und Unkraut und schmierigem grünem und schwarzem Schimmel in die verlassene Halle zurückgekehrt, doch die drei Bottiche waren tot, und sie sahen auch ganz so aus, als würden sie es noch sehr lange bleiben – vielleicht für immer.

Darüber hinaus hielten sich allein in dem kleinen Bereich des Raumes, den er überblicken konnte, ein gutes Dutzend Personen auf. Zwei davon kannte er – die eine war Meruhe, die andere ein Junge von vielleicht zehn oder zwölf Jahren. Die anderen erkannte er nicht – wenigstens nicht auf den ersten Blick –, aber zumindest zwei kamen ihm trotzdem auf beinahe unheimliche Weise bekannt vor. Vielleicht hatte er sie noch nicht gesehen, sehr wohl aber Männer wie sie. Beide waren genauso groß wie Abu Dun und ebenso schwarz, aber von schlankem Wuchs, was sie durch ihre enorme Größe beinahe dürr erscheinen ließ. Und sie trugen auch keine schlichten weißen Gewänder mehr, sondern elegante Kleider, in denen selbst sie sich in dieser Stadt einigermaßen unauffällig bewegen konnten.

Andrej war jetzt nahe genug, um die Stimmen deutlich zu verstehen, aber das nutzte ihm nichts. Das Gespräch wurde nun endgültig ganz in einer Sprache geführt, die er noch niemals gehört hatte, obwohl sie irgendetwas tief in ihm anzurühren schien.

Der Boden unter ihm vibrierte sacht. Andrej drehte rasch den Kopf und warf Abu Dun einen warnenden Blick zu. Der Nubier hatte dasselbe getan wie er und kroch auf dem Bauch näher, erstarrte aber jetzt und robbte dann zentimeterweise weiter, damit sich nicht etwa ein Trümmerstück löste oder auch nur Staub von der Decke rieselte und sie verriet.

Eine weitere Gestalt trat in Andrejs Blickfeld, und die Zeit selbst hielt den Atem an.

Der Mann war groß – nicht so groß wie Abu Dun, aber größer als Andrej – und nach der neuesten Mode gekleidet, bis hin zu einem albernen Gehstöckchen mit einem auffälligen goldenen Knauf. Sein Haar war jetzt schwarz und kurz geschnitten, und anstelle des ungepflegten Bartes mit den Essensresten einer Woche trug er nun glatt rasierte Wangen.

Aber Andrej hätte ihn auch erkannt, wenn er sich mit einem Messer das Gesicht heruntergeschnitten und es durch ein anderes ersetzt hätte.

»Mach jetzt keinen Fehler«, flüsterte Abu Duns Stimme an seinem Ohr. »Wenn du jetzt einen Fehler machst, dann war alles umsonst.«

Aber wie konnte er das? Unter ihm stand der Mann, den er mehr als die Lebensspanne eines normalen Menschen lang gejagt hatte. Der Mann (war es überhaupt ein Mann?), der ihm alles genommen und sein Leben in einen niemals endenden Albtraum verwandelt hatte. Wie konnte er ihn gehen lassen, und sollte es sein Leben kosten, es nicht zu tun?

»Loki«, flüsterte er. »Das ist Loki.«

»Ich weiß«, antwortete Abu Dun. »Du hattest recht, und ich unrecht, die ganze Zeit über. Aber wenn du jetzt dort hinuntergehst, stirbst du.« Er legte fast sanft die Hand auf seinen Oberarm. »Und ich auch, denn ich werde dich begleiten.«

Vielleicht war es das, was die Entscheidung brachte, vielleicht gewann auch im allerletzten Moment doch noch seine Vernunft die Oberhand, oder er war durch die Wucht der Ereignisse einfach gelähmt. Er sollte den wahren Grund nie erfahren. Abu Dun und er starben nicht an diesem Tag und Loki auch nicht. Wie betäubt sah er weiter zu, wie der große Mann mit dem harten Gesicht zu Meruhe trat und nur einige wenige Worte mit ihr wechselte. Andrej verstand sie so wenig wie Meruhes Antwort, aber der scharfe Ton sagte ihm genug. Eine weitere ganz in Schwarz gekleidete Gestalt trat hinzu und demonstrativ an Meruhes Seite – eine ihrer nubischen Dienerinnen, die ihrer Herrin beisprang. Der Mann, den er als Loki kannte, lachte nur hart und hob die Hand, und wie aus dem Nichts tauchten auch an seiner Seite zwei Gestalten auf, Vampyre, wie ihm seine scharfen Sinne verrieten, obwohl an ihrem Äußeren nichts war, was sie von ganz normalen Bewohnern dieser Stadt unterschied. Der eine war ein eher kleinwüchsiger Mann in unauffälliger Kleidung, der andere eine schlanke Frau in einem eleganten Kleid, deren Gesicht sich hinter einem schwarzen Spitzenschleier verbarg. Gewalt hing wie etwas Greifbares in der Luft. Andrej sah, wie nicht nur die nubische Kriegerin, sondern auch Meruhe selbst die Hand auf eine Waffe legte, die sie unter ihrem Mantel trug. Beide wirkten mit einem Male angespannt, wie sprungbereite Raubtiere, die ihr Gegenüber nicht fürchteten, sehr wohl aber respektierten. Doch dann trat der Mann, den er als Thure kennen- und als Loki hassen gelernt hatte, einen Schritt zurück und wandte sich mit einem Ruck um, und auch die beiden Vampyre verloren schlagartig das Interesse an ihrem Gegenüber – der gut gekleidete Mann an Meruhe und ihrer Dienerin, die Frau mit dem verschleierten Gesicht an Andrej. Sie musste ihn gesehen haben. Ihre Blicke hatten sich getroffen. Dennoch blieb der verräterische Schrei aus, es gab kein Wort oder auch nur eine Geste. Die beiden Vampyre wichen einfach zusammen mit ihrem Herrn zurück, wie stumme Wächter, deren Aufgabe es nicht war, von sich aus zu reden oder auch nur zu denken, sondern nur zu gehorchen.

Meruhe sagte ein einzelnes, zornig klingendes Wort in jener fremden und doch zugleich so vertraut anmutenden Sprache, drehte sich zornig um und verschwand mit wehendem Mantel, begleitet von ihrer Kriegerin, die die ersten zwei oder drei Schritte rückwärts gehend zurücklegte, bevor auch sie sich umwandte und dann mit schnellen Schritten aus dem kleinen Bereich der Halle verschwand, den Andrej von hier oben aus sehen konnte. Er spürte, wie Abu Dun neben ihm lautlos, aber zutiefst erleichtert aufatmete und sich kriechend zurückziehen wollte, doch jetzt war er es, der dem Nubier die Hand auf den Arm legte und den Kopf schüttelte.

Auch unter den anderen Männern und Frauen dort unten war Unruhe ausgebrochen. Die Stimmung war nicht zitternd und gewaltbereit wie gerade, als Meruhe und Loki aufeinandergetroffen waren, sondern nervös und unentschlossen. Es wurde geredet und heftig gestikuliert, und einer der beiden schlanken, hochgewachsenen Schwarzen wandte sich plötzlich ebenfalls mit einem Ruck ab und ging. Loki selbst stand für die Dauer von zwei oder drei endlos erscheinenden Atemzügen einfach reglos da und starrte hasserfüllt in die Richtung, in der Meruhe und die andere Unsterbliche verschwunden waren, dann aber erwachte er aus seiner Starre und ging zu dem Jungen.

Andrej spürte, wie Abu Dun sich neben ihm erneut anspannte, und auch er selbst empfand plötzlich eine sonderbare Mischung aus Überraschung und ungläubigem Staunen, als der Unsterbliche mit Frederic zu reden begann. Was hatte Loki mit diesem Jungen zu tun?

Die beiden redeten zu leise – und in einer ihm nicht verständlichen Sprache –, als dass er den Sinn der Worte verstehen konnte, aber Frederic nickte einige Male, und auch wenn Andrej nicht verstand, was die beiden besprachen, so war diese Unterhaltung doch ... beunruhigend. Denn eines war ihm sofort und vollkommen klar: Loki und dieser Junge sahen sich nicht zum ersten Mal.

Der Junge wirkte nicht ängstlich. Er machte zwei- oder dreimal eine Bewegung, wie um seine Zustimmung anzudeuten. Doch hätte Andrej nicht genau gewusst, wie absurd allein die Vorstellung war, Frederics Gesten hätten auch befehlend und unwillig sein können.

»Wir sollten unser Glück nicht unnötig auf die Probe stellen«, raunte Abu Dun neben ihm.

Auch damit hatte er selbstverständlich recht, auch wenn Andrej sehr sicher war, dass das, was sie gerade erlebt hatten, nichts mit Glück zu tun gehabt hatte. Die Vampyrin hatte ihn gesehen. Es war nicht nur ihr Blick gewesen, den er gespürt hatte. Er hatte das Erkennen gefühlt und das Raubtier in ihr, ebenso stark und gierig wie das, das tief in ihm immer heftiger an seinen Ketten zerrte und sich auf den verhassten Feind stürzen wollte. Warum hatte sie sie nicht verraten?

Endlich erlangte sein Verstand genug Kontrolle über seine Gefühle zurück, dass er langsam drei oder vier Schritte vom Rand des Loches wegkriechen konnte, bevor er sich auf Hände und Knie und nach einem weiteren Stück endgültig aufrichtete. Abu Dun tat es ihm gleich, und wenn es überhaupt noch eines Beweises dafür bedurft hätte, wie groß die Anspannung des Nubiers war, so war es der eindringliche Blick, mit dem er ihn maß, und die Tatsache, dass er sich die Gelegenheit zu einer weiteren bösen Bemerkung entgehen ließ. Er deutete nur auf die Tür, durch die sie hereingekommen waren, ging kommentarlos voraus und wartete erst am Fuß der Treppe wieder auf ihn.

»Wäre es nicht an der Zeit, mir ein bisschen über diesen Jungen zu erzählen?«, erkundigte er sich ernst.

»Ja«, sagte Andrej. »Wenn ich selbst mehr über ihn wüsste, dann würde ich das auch gerne tun.«

Abu Dun wirkte nicht überzeugt, aber nach einem langen, fast bohrenden Blick in Andrejs Augen schien er doch zu verstehen, dass dieser die Wahrheit sagte. Andrej war zutiefst verwirrt. Er glaubte nicht an einen Zufall. Er lebte schon zu lange und hatte schon zu viel gesehen, um nicht zu wissen, dass es so etwas wie Zufall nicht gab. Oft kamen einem die Dinge sinnlos und willkürlich vor, doch der zweite oder dritte Blick belehrte einen eines Besseren.

Er bedeutete Abu Dun stumm, weiterzugehen. Der Nubier wirkte enttäuscht, beließ es aber bei einem missmutigen Achselzucken und verwandelte sich wieder in einen Schatten, der vollkommen lautlos voraushuschte.

Sie verließen das Gebäude auf dem gleichen Weg, auf dem sie es betreten hatten, und nicht minder vorsichtig. Andrej spürte die Präsenz jener anderen Wesen ihrer Art jetzt immer deutlicher - nicht, dass sie sich ihnen genähert hätten, sondern weil ihre Erregung wuchs. Irgendetwas wirklich Großes bahnte sich an. Meruhe hatte recht gehabt.

Und er selbst verstand immer weniger, was hier eigentlich geschah.

Bevor sie ins Freie traten, blieben sie noch einmal für zwei oder drei Minuten reglos und mit angehaltenem Atem stehen und lauschten. Nachdem Meruhe auf so rüde Art gegangen war, rechnete Andrej nicht ernsthaft damit, die einsame Kriegerin auf ihrer Patrouille noch einmal zu sehen, aber in einem stimmte er Abu Dun zu: Es wäre mehr als leichtsinnig gewesen, ihr Glück unnötig auf die Probe zu stellen. Für einen Tag hatten sie vermutlich schon mehr davon gehabt, als ihnen zustand.

Niemand kam. Abu Dun ging abermals voraus und duckte sich hinter denselben Wagen, der ihnen schon einmal Deckung geboten hatte, und obwohl er und Andrej es gespürt hätten, wenn jemand sie entdeckt und seine Aufmerksamkeit auf sie gerichtet hätte, bewegten sie sich auf dieselbe vorsichtige Art, von Deckung zu Deckung springend, den Weg zurück, auf dem sie vorhin gekommen waren.

Wieder in Sichtweite des Hauses, in dem sie den bewusstlosen Pauly zurückgelassen hatten, deutete Abu Dun stumm nach rechts, auf eine schmale Gasse, von der er vermutete, sie führe wieder zur Hauptstraße zurück, doch Andrej schüttelte nur stumm den Kopf, schloss die Augen und tastete mit anderen als nur menschlichen Sinnen in die Welt hinaus. Er vermutete, dass es zwecklos war. Meruhe und die anderen ihrer Art hatten ihnen mehr als einmal demonstriert, wie vollkommen sie sich zu tarnen vermochten. Dennoch klammerte er sich an die winzige Hoffnung, ihre Gegenwart zu spüren, und wenn nicht ihre, dann die ihrer beiden Begleiterinnen, deren wahres Sein ihm nach wie vor ein Rätsel blieb, von denen er zugleich aber auch sicher war, dass sie keine normalen Menschen waren. Auch keine Vampyre, sondern ... etwas anderes.

Er spürte weder sie noch ihre rothaarige Herrin, doch unmittelbar vor ihnen war etwas. Ein anderer Vampyr. Und er war auf der Jagd.

Abu Dun musste es zur gleichen Zeit wahrgenommen haben wie er, denn er spannte sich an, und seine Hand schloss sich fester um die improvisierte Keule. Er warf Andrej einen fragenden Blick zu und deutete zum zweiten Mal auf den schmalen Durchlass zwischen den Häusern, und diesmal nickte Andrej. Abu Dun huschte lautlos davon und verschwand in den Schatten, Andrej zählte in Gedanken langsam bis zwanzig, bevor er sich aufrichtete und mit zwei schnellen Schritten wieder im Haus war. Das Gefühl, das ihn wissen ließ, dass Abu Dun in der Nähe war, verflüchtigte sich fast und wurde dann wieder stärker, als der Nubier das Gebäude offensichtlich umkreist hatte und von der Rückseite her betrat. Andrej war beinahe ein bisschen überrascht, trotz seiner alles überlagernden Blutgier die Präsenz eines anderen Vampyrs nach wie vor so deutlich zu spüren. Doch diese Fähigkeit hatte nicht nur er. Der andere hätte ihn und Abu Dun ebenfalls entdecken müssen.

Vielleicht lauerte er nun auf die beiden vermeintlich ahnungslosen Opfer, die ihm in die Falle gingen. Wenn, würde er eine unangenehme Überraschung erleben.

Er wartete noch einige Sekunden, die er nutzte, um nach einem weiteren Vampyr zu suchen, der möglicherweise im Hinterhalt lag – es gab keinen –, und ging dann vorsichtig die Treppe hinauf. Aus seinem unguten Gefühl wurde bittere Gewissheit, als er begriff, dass er die Gegenwart des anderen aus genau dem Zimmer spürte, in dem sie den Bewusstlosen zurückgelassen hatten.

Dann Zorn, als er durch die Tür trat und die schlanke Frauengestalt sah, die sich über den reglos ausgestreckt daliegenden Körper beugte. »Hör sofort auf!«, sagte er scharf. In dem Bewusstlosen war noch Leben, vielleicht nur noch eine Spur, kaum mehr als ein schwaches Glimmen, das von der ehemals hell brennenden Flamme geblieben war, aber noch lebte er.

»Hör sofort auf!«, sagte er noch einmal schärfer.

Zuerst dachte er, dass sie auch diesmal nicht reagieren würde, und wollte sie schon von ihrem wehrlosen Opfer wegreißen, aber dann richtete sie sich mit einem Ruck auf und fuhr geduckt und mit einer irgendwie katzenhaften Bewegung zu ihm herum. »Verschwinde!«, zischte sie. »Such dir eigene Beute!«

Beute? Andrej wollte es nicht, aber er prallte ganz instinktiv einen halben Schritt vor der schlanken Gestalt zurück, und um ein Haar hätte er einen entsetzten Schrei ausgestoßen.

Es war die elegant gekleidete Frau, die er gerade an Lokis Seite gesehen hatte. Der dünne Schleier, der an ihrem vornehmen Hütchen befestigt war, war zurückgeschlagen, und sein Rand war ebenso blutig wie ihr Mund und die untere Hälfte ihres Gesichts. In ihren Augen stand nichts als Mordgier geschrieben – kein Hunger, sondern nur die pure Lust am Töten. *Beute?!*

Andrej war mit einem einzigen Schritt neben ihr, stieß sie grob beiseite und ließ sich neben Pauly auf ein Knie sinken. Der Mann lebte noch, aber nicht mehr lange, vielleicht noch ein paar Sekunden, vier, fünf qualvoll röchelnde Atemzüge, bevor er an seinem eigenen Blut ertrinken würde. Seine Kehle war aufgerissen. Blut lief in Strömen über seinen Hals und hatte sich schon zu einer dampfenden Pfütze unter seinen Schultern und seinem Kopf gesammelt, und für einen kurzen Moment war der warme Geruch nach Leben fast mehr, als er ertragen konnte. Das Ungeheuer tief in seinem Inneren heulte immer lauter und zerrte mit Urgewalt an seinen Ketten.

Irgendwie gelang es ihm, den vampyrischen Teil seiner Seele noch einmal zu bändigen (wie oft noch?) und nicht nach der erlöschenden Lebenskraft des Mannes zu greifen und sie aus ihm herauszureißen, um sie seiner eigenen Kraft hinzuzufügen. Stattdessen berührte er den Sterbenden fast sanft im Nacken und erlöste ihn mit einem wissenden Druck auf einen bestimmten Punkt von seinem Leid.

Die Vampyrin zischte wie eine angreifende Schlange. »Warum hast du das getan?«, fauchte sie. »Was fällt dir ein ...« Sie stockte, trat einen halben Schritt auf ihn zu und legte lauernd den Kopf auf die Seite. Ihre Augen wurden schmal. »Du?«, murmelte sie. Dann verzerrte sich ihr Gesicht zu einer Fratze. »Du!«, kreischte sie noch einmal. »Du bist der Verräter! Was ...?« Warnungslos stürzte sie vor, um sich kratzend und beißend und mit ihrer ganzen unheimlichen Macht auf Andrej zu stürzen. In der Haltung, in der er immer noch neben dem Toten kniete, hätten ihre Chancen nicht einmal schlecht gestanden, ihn von den Füßen zu reißen, und er spürte auch die ungeheure Kraft, die in diesem vermeintlich so zarten Frauenkörper schlummerte, und die noch ungleich größere Macht in dem schwarzen Sumpf, der einmal ihre Seele gewesen war. In dem Bruchteil eines Augenblicks, den sie brauchte, um die Arme hochzureißen und sich auf ihn zu stürzen, begriff Andrej, wie sehr er diese harmlos aussehende Frau unterschätzt hatte. Sie war uralt, viel, viel älter als Abu Dun und er und ungleich stärker. In all den Jahren, die Abu Dun und er nun gemeinsam durch die Welt zogen, war er selten einem anderen Wesen ihrer Art begegnet, das so erbarmungslos und so stark gewesen war.

Und so ... tot.

Sie kam nicht dazu, ihn anzugreifen. Ein riesiger Schatten erschien in der Tür, und aus dem Sprung der Vampyrin wurde ein haltloses Stolpern. Das Blut, das plötzlich aus ihrem Mund schoss, war jetzt ihr eigenes. Sie machte noch einen weiteren stolpernden Schritt, brach in die Knie und starrte verblüfft auf den zersplitterten Holzpflock, den Abu Dun ihr mit solcher Wucht zwischen die Schulterblätter gerammt hatte, dass sein blutiges Ende zwei volle Handspannen weit wieder aus ihrer Brust ausgetreten war. Dann erschlafften zuerst ihre Hände und dann ihr Gesicht, und sie fiel schwer auf die Seite.

»Muss wohl wirklich was dran sein an dem, was man sich über Holzpflöcke erzählt«, sinnierte Abu Dun, während er beinahe gemächlich hereingeschlendert kam, mit einem humorlosen Grinsen auf den Lippen. »Erinnere mich daran, in Zukunft einen respektvollen Bogen um alle Zimmerleute zu machen.«

Andrej blieb ernst – noch saß ihm der Schrecken in den Knochen. Nicht einmal so sehr wegen der großen Gefahr, in der er gerade geschwebt hatte – es war lange her, dass er einen Gegner so falsch eingeschätzt hatte. Auch hatte er sich schon oft einem vermeintlich überlegenen Feind gestellt. Doch in dem unendlich kurzen Augenblick, in dem sich ihm die Vampyrin öffnete, hatte er etwas gespürt, was ihn entsetzte.

»Sagte ich schon, dass ich die Auswahl deiner Freunde in letzter Zeit ein wenig ... bedenklich finde?«, fuhr Abu Dun fort. Er kam näher, ließ sich neben Pauly in die Hocke sinken und sah mit flüchtigem Bedauern auf ihn hinab, bevor er wieder aufstand, um an Andrejs Seite zu treten.

»Wer war das?«

Statt zu antworten, drehte Andrej die tote Vampyrin auf den Rücken, so weit es der Pflock zuließ, mit dem Abu Dun sie durchbohrt hatte. Ihr Kopf rollte haltlos hin und her, und die Bewegung sah auf so schreckliche Weise lebendiger aus als alles, was Andrej in ihr gefühlt hatte, dass er nur mit Mühe den Impuls unterdrücken konnte, die Hand zurückzuziehen und erschrocken aufzuspringen.

Abu Dun musste ahnen, wie es in ihm aussah, denn sein ohnehin reichlich humorloses Grinsen erlosch endgültig und machte einem gleichermaßen besorgten wie fragenden Ausdruck Platz. So behutsam, als hätte er Angst, sich mit irgendetwas Unreinem zu besudeln, ließ er sich neben der Toten in die Hocke sinken und drehte ihren Kopf herum, um in ihr Gesicht sehen zu können.

»Wer ... ist das?«, murmelte er. Er streckte die Hand aus, zog sie erst fast erschrocken wieder zurück, riss dann aber den Schleier der Toten ab, um damit seine Finger zu schützen, während er ihre blutigen Lippen zurückzog. Auch die Zähne dahinter waren rot, zum Teil von ihrem eigenen Blut, zum Teil von dem ihres Opfers. Aber das war nicht der Grund für Abu Duns jetzt beinahe erschrockenes Stirnrunzeln. Es waren ihre Zähne. Sie waren sehr klein, und sowohl die oberen als auch die unteren Eckzähne waren spitz zugefeilt, was dem schmalen Gesicht mit den markanten Wangenknochen und den schräg stehenden Augen zusätzlich etwas Katzenhaftes verlieh.

Andrej machte sich nicht die Mühe, Abu Duns ohnehin nur rhetorisch gemeinte Frage zu beantworten. So sonderbar es ihm selbst zuerst auch vorkam – der Anblick erleichterte ihn fast. Immerhin hatten sie nicht die Falsche getötet.

»Warum hat sie das getan?«

»Sich die Zähne spitz gefeilt?« Andrej lachte böse. »Weil sie verrückt war?« *Verrückt* traf es vermutlich nicht ganz. Das Feilen der Eckzähne (was nicht nur eine äußerst schmerzhafte, sondern auch müßige Angelegenheit war, da sie sich regelmäßig regenerierten und die Prozedur spätestens nach zwei oder drei Tagen wiederholt werden musste) war für einen Vampyr ebenso wenig nötig, wie das Blut seines Opfers zu trinken, um ihm die Lebenskraft zu nehmen. Diejenigen ihrer Art, die sich von Menschen nährten, waren Abu Dun und ihm ohnehin zuwider, und sie mieden sie, wo sie nur konnten. Nicht wenige von ihnen hatten sie getötet. Und es gab einige wenige entartete Ungeheuer wie die, vor dessen Leiche Abu Dun und er nun knieten, die tatsächlich das Blut ihrer Opfer tranken. Nicht aus Notwendigkeit heraus, sondern aus reiner Grausamkeit, der Lust am Töten und um die Furcht zu genießen, die sie damit nicht nur in die Herzen ihrer Opfer säten, sondern in die eines jeden, der Zeuge ihrer Untaten wurde oder auch nur davon hörte.

»Das habe ich nicht gemeint«, antwortete Abu Dun. Er knüllte den schwarzen Gazeschleier zusammen und warf ihn mit angewidertem Gesicht so weit von sich weg, wie es nur ging. »Das ist dieselbe, die gerade neben Loki gestanden hat. Sie hat dich gesehen. Und mich wahrscheinlich auch.«

Andrej sah ihn nur fragend an.

»Sie hat uns nicht verraten. Warum lauert sie uns jetzt hier auf und noch dazu allein?«

Zumindest den zweiten Teil seiner Frage konnte Andrej beantworten. »Sie hätte keine Hilfe nötig gehabt, wenn du sie nicht überrascht hättest«, sagte er ernst. Abu Dun wäre nicht Abu Dun gewesen, hätte er nicht verächtlich das Gesicht verzogen, aber sein überhebliches Kopfschütteln wirkte nicht echt. Vielleicht hatte auch er die unvorstellbare Kraft des uralten Vampyrs gespürt, die sich im Körper dieser vermeintlich so zarten Frau verbarg.

»Irgendetwas hat mit ihr nicht gestimmt«, sagte Andrej, statt Abu Duns Frage zu beantworten.

»Weil sie vorhatte, dich umzubringen?« Abu Dun lachte rau. »Auch auf die Gefahr hin, Euer Weltbild gründlich zu erschüttern, Sahib – aber vielleicht gibt es auf dieser großen Welt doch einige wenige Frauen, die Eurem Charme widerstehen können.«

»Da war nichts«, sagte Andrej ernst. »In ihr.« Er suchte nach den richtigen Worten und fand sie nicht. »Da war gar nichts, verstehst du?«

»Nein«, sagte Abu Dun.

»Da war nur Hass«, murmelte Andrej. »Kein Leben. Nur ... Hass. Sie war nicht wie wir oder die meisten anderen, die wir getroffen haben. Wenn ich es nicht besser wüsste, dann würde ich schwören, dass sie schon tot war. Schon seit langer Zeit.«

»Mir kam sie ziemlich lebendig vor, als sie versucht hat, sich auf dich zu stürzen«, antwortete Abu Dun, wehrte aber sofort ab, als Andrej antworten wollte. »Ich weiß, was du meinst. Es ist normalerweise nicht meine Art, jemanden hinterrücks zu erschlagen.« Er sah auf die Tote hinab und sprach dann mit veränderter und fast nachdenklicher Stimme weiter. »Wie lange versuchen wir jetzt schon herauszufinden, was mit uns geschehen ist, Hexenmeister?«

»Möchtest du es in Jahren oder in Jahrhunderten wissen?«, erwiderte Andrej.

»Ich bin nicht einmal mehr sicher, ob ich es überhaupt wissen will«, antwortete Abu Dun. »Was war das, Andrej? Dieses *Ding* ... macht mir Angst.«

»Es gibt nichts, was dir Angst macht. Jedenfalls behauptest du das immer.«

»Werden wir einmal auch zu ... *so etwas?*«, murmelte Abu Dun.

Darauf blieb ihm Andrej die Antwort schuldig. »Wenn, dann verlasse ich mich auf unsere Freundschaft«, antwortete Andrej ernst. »Und dass du es schnell tust.«

»Und ich mich auf dich«, erwiderte Abu Dun nicht minder ernst. »Und du wirst ...« Er unterbrach sich mitten im Satz, legte lauschend den Kopf auf die Seite und stand dann mit einem Ruck im gleichen Moment auf, in dem Andrej herumfuhr.

Wäre ein weiterer Feind hinter ihnen aufgetaucht, wäre ihrer beider Reaktion zu spät gekommen, abgelenkt und schockiert, wie sie waren.

Aber es war nur ein Junge von vielleicht zehn oder zwölf Jahren, der entsetzt mitten im Schritt erstarrt war und aus weit aufgerissenen Augen abwechselnd die tote Vampyrin, Abu Dun und ihn anstarrte. Angst umgab ihn, die Andrej beinahe wie einen sauren Geschmack auf der Zunge schmeckte.

Er überwand seine Verblüffung einen Sekundenbruchteil vor dem Jungen, war mit einem einzigen Schritt neben ihm und riss ihn nicht nur an der Schulter herum und zurück, als er sich zur Flucht wenden wollte, sondern umschlang auch mit dem anderen Arm seine Taille und hob ihn einfach in die Höhe. Frederic begann mit den Beinen zu strampeln und versetzte ihm einige harte Tritte gegen Schienbeine und Knie, die Andrej allerdings ignorierte. Erst als er spürte, dass der Junge zu schreien beginnen wollte, verstärkte er seinen Griff ein wenig und legte ihm zusätzlich die Hand über Mund und Nase, sodass er zwar gerade noch atmen konnte, aber nicht mehr genug Luft bekam, um zu schreien. Frederic trat ihm weiter abwechselnd gegen das rechte und das linke Schienbein und zerkratzte ihm nun noch mit den Fingernägeln den Handrücken. Auch diesen brennenden Schmerz beachtete Andrej nicht, trug Frederic zu Abu Dun und der toten Vampyrin zurück und hielt ihn so lange fest, bis sein Strampeln allmählich erlahmte.

»Ich lasse dich los, wenn du mir versprichst, nicht zu schreien«, sagte er. »Einverstanden?«

Frederic versetzte ihm noch zwei wuchtige Tritte vor das rechte und einen gegen das linke Knie, hörte aber dann endlich auf und machte schließlich eine Bewegung, die man mit viel gutem Willen als Nicken auslegen konnte. Andrej ließ ihn vorsichtig los, und Frederic versuchte auch tatsächlich nicht zu schreien, fuhr aber auf dem Absatz herum und stürmte davon.

Er kam nur ungefähr einen Schritt weit, bis Abu Dun ihm den Weg vertrat. Frederic prallte so wuchtig gegen ihn, dass er zurücktaumelte, das Gleichgewicht verlor und so schwer auf das Hinterteil plumpste, dass selbst Andrej den stechenden Schmerz zu spüren glaubte, der durch sein Steißbein schoss.

»Wohin so eilig?«, erkundigte sich Abu Dun feixend.

Andrej warf ihm einen ärgerlichen Blick zu, sah dann auf Frederic hinab und strecke die Hand aus, um ihm auf die Beine zu helfen, während er sich zugleich um ein beruhigendes Lächeln bemühte. Er spürte allerdings selbst, mit wie wenig Erfolg.

»Du musst keine Angst haben«, sagte er. »Wir tun dir nichts.« Fast kam er sich lächerlich vor bei diesen Worten, und sie zeigten auch nicht die erhoffte Wirkung. Frederic begann am ganzen Leib zu zittern. »Bitte ... bitte, tötet mich nicht!«, stammelte er. »Ich ... ich wollte doch nur ...«

»Niemand wird dir etwas tun«, sagte Andrej ruhig. »Ich nicht und auch Abu Dun nicht. Er ist ein Freund.«

»Ich nehme an, das ist Frederic?«, grollte Abu Dun. Er hatte zwar arabisch gesprochen, aber er klang nicht wie ein Freund. Die Angst in Frederics Augen loderte noch einmal heller. Andrej brachte den Nubier mit einer unwilligen Geste zum Schweigen.

»Was tust du hier?«, fragte er, an Frederic gewandt.

Der Blick des Jungen flackerte. Panik brannte wie eine weiße

Flamme hinter seiner Stirn. »Ich ... ich sollte euch nur ... Mister Smith hat gesagt ...« Er starrte auf die tote Vampyrin hinab. »Warum habt ihr sie umgebracht?«

»Es ist nicht so, wie es aussieht«, sagte Andrej. Er wusste, wie sich das anhörte, und er fragte sich, warum er das Gefühl hatte, sich vor diesem Jungen rechtfertigen zu müssen.

»Mister Smith?«, fragte Abu Dun, diesmal auf Englisch. Er zog eine Grimasse. »Wie originell.«

Andrej wünschte sich, er würde endlich den Mund halten ... auch wenn er ihm insgeheim recht gab.

»Der Mann, mit dem du gerade gesprochen hast?«, fragte er.

Frederic sah ihn aus großen Augen an. »Warum ... habt ihr sie ... getötet?«, murmelte er stockend. »Sie ... war nett.«

»Es war genau anders herum. Sie wollte uns töten. Wir mussten uns wehren.« Ja, das klang durchaus überzeugend, wie er in Frederics Blick las, nachdem der Junge den Blick zuerst über ihn, dann den gut zwei Meter großen Nubier und schließlich die tote Frau zu seinen Füßen, die allerhöchstens hundert Pfund wiegen konnte, hatte gleiten lassen.

»Diese Frau war nicht das, wofür du sie hältst«, sagte er, so sanft er konnte. Natürlich würde Frederic ihm nicht glauben. Wie konnte er das? Trotzdem fuhr er fort: »Sie war kein Mensch, wie du sie kennst, Frederic. Ich kann es dir jetzt nicht erklären, aber ...«

»Sie ... sie war wie er, habe ich recht?«, murmelte Frederic.

»Er?«

»Mister Smith.« Frederics Blick tastete ängstlich über das mit Blut besudelte Gesicht der Toten und blieb an ihren spitz gefeilten Eckzähnen hängen. Die Angst in seinen Augen nahm noch einmal zu.

»Er ... er war wie ... er ist wie sie.«

»Loki?« Andrej nickte erst, schüttelte dann aber den Kopf. Er gemahnte sich, dass für den Jungen eine Welt zusammenbrechen musste. Es half weder ihm noch ihnen, wenn er ihn überforderte. »Ja«, sagte er. »Wenigstens ... ungefähr.«

»Sir?«, hauchte Frederic.

Andrej wollte antworten, doch Abu Dun kam ihm zuvor, indem er ihm die Hand auf die Schulter legte und ihn einfach zur Seite schob. »Das alles muss sehr verwirrend für dich sein, mein Junge«, sagte er. »Wir kennen diesen Mann. Aber unter einem anderen Namen.«

»Ich weiß«, sagte Frederic.

Jetzt wirkte auch Abu Dun ein bisschen verwirrt. »Du weißt?«, wiederholte er. »Woher?«

»Er hat es mir gesagt«, antwortete Frederic, mit flacher, nahezu ausdrucksloser Stimme und ohne dass sein Blick das Gesicht der Toten losließ. »Gerade als er mir aufgetragen hat, mit euch zu sprechen.«

Abu Dun starrte ihn einen halben Herzschlag lang nur verstört an, fuhr dann auf dem Absatz herum und wandte sich zur Tür, und Frederic machte eine rasche, beruhigende Handbewegung. »Nein, ihr braucht keine Angst zu haben. Ich bin allein.«

»Was soll das heißen?«, schnappte Abu Dun. Er klang plötzlich überhaupt nicht mehr freundlich.

Aber das schien den Jungen nicht zu beeindrucken. Vielleicht, dachte Andrej, war er nicht mehr imstande, einen noch größeren Schrecken zu empfinden, als es ohnehin der Fall war. »Er hat mir aufgetragen, mit euch zu sprechen. Ich soll euch etwas geben.« Seine Hand glitt in die Tasche und kam mit einem kleinen, zu einem schmuddeligen Kügelchen zusammengedrückten Stück Papier wieder zum Vorschein, das er Andrej reichte.

Stirnrunzelnd nahm Andrej es entgegen, faltete es auseinander und blickte verständnislos auf drei Zeilen in derselben präzise ausgeführten winzigen Handschrift, die er bereits kannte. Er reichte das Blatt an Abu Dun weiter, der es genauso flüchtig betrachtete. Dann hob er mit einem angedeuteten Grinsen die Schultern.

»Er hat gesagt, dass ihr wahrscheinlich darüber lachen werdet«, sagte Frederic. »Aber die Straße heißt nun einmal so. Ihr sollt euch heute um Mitternacht mit ihm dort treffen.«

Andrej streckte die Hand aus, aber Abu Dun machte keine Anstalten, ihm den Zettel zurückzugeben, sondern ließ ihn in einer der zahllosen Taschen seines Mantels verschwinden und sank wieder in die Hocke hinab, damit sich sein Gesicht auf gleicher Höhe mit dem des Jungen befand. »Wann hat er dir das gegeben?«

»Gerade als ihr drüben in der Gerberei gewesen seid«, antwortete Frederic.

Abu Dun tauschte einen alarmierten Blick mit Andrej, kam dessen Frage aber zuvor, indem er Frederic jetzt mit beiden Händen an den Schultern packte und ihn zwang, ihm direkt ins Gesicht zu sehen. Andrej sah auch, dass sein Griff fest genug war, um dem Jungen wehzutun, und musste sich mit aller Macht beherrschen, Abu Duns Hände nicht zur Seite zu schlagen. »Als wir in der Gerberei gewesen sind? Soll das heißen, er hat es gewusst?«

Frederic nickte und fuhr sich nervös mit der Zungenspitze über die Lippen. Sein Blick wollte wieder zum Gesicht der toten Vampyrin wandern, doch das ließ Abu Dun nicht zu. »Ja«, antwortete er. »Alle haben es gewusst. Aber Mister Smith wollte euch gehen lassen, und er ... er hat es schon befohlen, bevor ihr gekommen seid.«

So viel, dachte Andrej missmutig, zu ihrer Arroganz, sich tatsächlich einzubilden, sie wären unbemerkt geblieben.

»Warum?«, wollte Abu Dun wissen.

»Das weiß ich nicht«, beteuerte Frederic. »Aber er ...« Seine Stimme versagte. Er begann noch heftiger zu zittern, riss seinen Blick mit großer Mühe von Abu Duns Gesicht los und sah Andrej an.

Seine Augen füllten sich mit Tränen. »Ich ... es tut mir leid, Sir«, stammelte er. »Ich wollte Sie nicht belügen, aber Mister Smith hat es mir befohlen. Ich wollte wirklich nicht ...«

Andrej brachte ihn mit einer Geste zum Schweigen, die deutlich rüder ausfiel, als es in seiner Absicht gelegen hatte, versuchte ein beruhigendes Lächeln und griff nach Abu Duns Arm, um ihn zur Seite zu schieben. Er ließ sich ebenfalls auf ein Knie herabsinken und legte nun seinerseits die Hand auf Frederics Schulter, aber nicht, um ihm wehzutun, sondern leicht und besänftigend. »Ganz ruhig, mein Junge«, sagte er. »Du musst keine Angst haben. Was immer du getan hast, ich weiß, dass es nicht deine Schuld ist.«

Er hatte so sanft und in so verständnisvollem Ton gesprochen, wie es ihm nur möglich war, doch es schien, als hätte er mit seinen Worten das genaue Gegenteil dessen erreicht, was er wollte. Frederic zitterte nur noch heftiger, und jetzt war es echte Todesangst, die Andrej in seinem Blick las. »Ich konnte nichts dafür!«, beteuerte er. »Er ... er hat mir gesagt, dass ich das alles tun soll. Er hat uns Geld dafür versprochen, aber bisher keines gegeben, aber er hat auch gesagt, dass er uns alle umbringen wird, wenn wir nicht tun, was er von uns verlangt, und dann ...«

»Und du hast gut daran getan, ihm zu gehorchen«, sagte Andrej, als Frederics Stimme abermals versagte. »Er hätte euch getötet oder euch etwas noch viel Schlimmeres angetan.«

»Ich wollte das wirklich nicht, Sir«, stammelte Frederic. Er kämpfte mühsam mit den Tränen, und Andrej sah, dass er diesen Kampf verlieren würde.

»Erzähl uns einfach alles«, sagte er mit einem aufmunternden Lächeln. »Du wirst sehen, es erleichtert dich. Und du musst keine Angst haben. Was immer du getan hast, wir wissen, dass es nicht deine Schuld ist.«

Aber wusste er das wirklich? Er versuchte, den Blick des Jungen festzuhalten und tiefer als in seine Augen zu sehen. Er sah und spürte nichts als Angst, ein Entsetzen, das weit über reine Todesangst hinauszugehen schien und ihn anrührte – kein Mensch, egal, was er getan hatte und wer er war, sollte solche Angst erleiden müssen. Da waren kein Verrat und keine Lüge mehr, nur noch Furcht.

Und doch ... tief in ihm blieben Zweifel.

Und dann begriff er, warum das so war, und sein Hass auf Loki wurde noch einmal stärker.

»Er hat gewusst, dass wir kommen, und irgendwie hat er auch gewusst, dass ich dich treffen werde«, vermutete er.

Frederic nickte schüchtern.

»Und dein Name ist auch nicht Frederic oder Fred, habe ich recht?«, fügte Abu Dun hinzu.

»Ich ... ich heiße Ben«, gestand der Junge. »Aber er ... er hat gesagt, ich soll mich so nennen. Ich weiß nicht warum.«

»Aber ich«, flüsterte Andrej bitter. Beinahe hätte er Loki für diesen Schachzug bewundert, wäre er nicht so grausam gewesen. Er zeigte nicht nur, wie viel der Unsterbliche über ihn wusste. Indem er dem Jungen aufgetragen hatte, diesen Namen zu benutzen, hatte er es ihm sowohl unmöglich gemacht, ihm zu vertrauen, als auch, ihn zu ignorieren.

»Wann war das?«, fragte Abu Dun.

»Vor einer Woche«, antwortete Frederic. »Er und die anderen sind am Sonntag vor einer Woche gekommen.«

»Welche anderen?«, fragte Abu Dun.

»Die anderen, die ... die wie er sind«, antwortete der Junge. Plötzlich war es sein Blick, der den Andrejs zu bannen schien, und eine andere Furcht erschien in seinen Augen. »Sie sind keine Menschen, oder?«

Andrej schüttelte den Kopf. »Nein«, sagte er. »Das sind sie nicht.«

»Und ... ihr?«, fragte Frederic mit leiser, bebender Stimme.

»Wir sind jedenfalls nicht wie sie«, sagte Abu Dun, als Andrej den Jungen nur anstarrte. Andrej sah, wie wenig ihn diese Antwort beruhigte. Vielleicht machte sie ihm sogar nur noch mehr Angst.

»Erzähl uns von den anderen«, bat er. »Wer sind sie und wie viele? Und was wollen sie?«

Frederic schüttelte den Kopf. »Das weiß ich nicht«, sagte er. »Sie reden in einer Sprache miteinander, die ich nicht kenne. Manchmal schicken sie uns los, um etwas für sie zu holen oder zu erledigen. Einen Botengang. Sie machen mir Angst.«

»Und dieser Mann, der sich Smith nennt.« Abu Duns Lippen verzogen sich bei diesen Worten zu einem knappen, abfälligen Lächeln. »Er hat gewusst, dass wir kommen?«

»Schon am ersten Tag«, bestätigte Frederic. »Er hat es uns gleich gesagt. Am Anfang war er sehr freundlich, aber dann ...« Er hob die Schultern, wohl um klarzumachen, dass das nicht so geblieben war, und Andrej nickte nur wortlos. Am Sonntag vor einer Woche waren Abu Dun und er noch nicht in dieser Stadt gewesen, ja, noch nicht einmal in diesem Land. Die Erkenntnis verwirrte ihn, aber sie erfüllte ihn auch erneut mit tiefem Schrecken. Loki hatte gewusst, dass sie auf dem Wege hierher waren? Warum maßten sich Abu Dun und er an, tatsächlich zu glauben, sie könnten einen Gegner besiegen, der wusste, was sie tun würden, noch bevor sie selbst es wussten?

Er ließ nicht zu, dass dieser Gedanke weitere Zweifel in ihm nährte, sondern nahm die Hand von Frederics Schulter und stand auf. »Und heute Morgen?«, fragte er. »Bess?«

»Sie hat nur getan, was er ihr befohlen hat«, sagte Frederic schüchtern. »Ich weiß nicht warum.«

»Vielleicht ist das seine ganz spezielle Art von Humor«, grollte Abu Dun. »Wenn wir ihn treffen, dann werden wir gemeinsam darüber lachen. Er erwartet uns um Mitternacht, sagst du?«

»Bei der Adresse, die ich euch gegeben habe«, bestätigte Frederic. Er starrte wieder die Tote an.

»Wo ist das Mädchen jetzt?«, fragte Andrej, vornehmlich, um den Jungen auf andere Gedanken zu bringen, und vielleicht auch sich selbst.

Frederic zuckte zwar mit den Achseln, antwortete aber trotzdem. »In unserem Versteck. Es gibt ein altes Haus auf der anderen Seite des Flusses, von dem sie nichts wissen.«

»Dann solltest du auch dorthin gehen«, sagte Andrej. »Und nimm so viel von deinen Freunden mit, wie du kannst, ohne dass Loki es merkt.« Doch noch bevor er die Worte ganz ausgesprochen hatte, wurde ihm klar, wie unsinnig seine Anweisung war. Und er musste an das denken, was Meruhe gesagt hatte. *Viele werden sterben. Und ich will nicht, dass du dazu gehörst.*

»Nein«, verbesserte er sich. Er griff in die Tasche, zog seinen wieder wohlgefüllten Beutel mit Münzen hervor und gab ihn Frederic. Der Junge wirkte verunsichert. »Das gebe ich dir«, sagte Andrej, »wenn du mir versprichst, dass du es nimmst und mit Bess aus der Stadt verschwindest. Geht irgendwohin, weit weg von London, und bleibt dort, bis alles vorbei ist.«

Abu Dun sah ihn leicht missbilligend an, und Frederic war jetzt endgültig fassungslos. »Bis *was* vorbei ist?«

»Ihr werdet es merken«, antwortete Andrej geheimnisvoll und wandte sich rasch zu Abu Dun um, bevor der Junge noch eine weitere Frage stellen konnte, auf die er ebenfalls keine Antwort gehabt hätte, drehte sich aber dann noch einmal um und deutete zuerst auf Pauly, dann auf die tote Vampyrin. »Ihr solltet diese beiden verschwinden lassen, bevor sie gefunden werden und man anfängt, Fragen zu stellen. Vielleicht ...« Er fragte sich selbst, warum er das sagte, hatte aber auch zugleich das Gefühl, dass es einfach richtig war, und fuhr nach einer winzigen Pause und mit einer angedeuteten Geste auf Pauly hinab fort: »Vielleicht könnt ihr ihn anständig beerdigen.«

»Das ist kein Problem«, antwortete Frederic. In seinem Gesicht stand immer noch eine Mischung aus Furcht und hoffnungsloser Verwirrung geschrieben, aber seine Stimme klang auch wieder sicherer, jetzt, wo er offensichtlich über etwas sprach, womit er sich auskannte. Der Gedanke erschreckte Andrej. »Macht euch keine Sorgen. Wir erledigen das.«

Andrej beließ es, obwohl die Antwort ihn schockierte, bei einem knappen Nicken und wandte sich endgültig zu Abu Dun um. »Lass uns gehen«, sagte er. »So lange ist es nicht mehr hin bis Mitternacht. Und ich möchte auf keinen Fall zu spät zu unserer Verabredung kommen.«

Kapitel 8

»Du willst nicht zu spät zu deiner Verabredung kommen?!«

Abu Dun wartete nicht einmal, bis sie den Fuß der Treppe erreicht hatten und damit aus Frederics – *Bens!* rief er sich in Gedanken zur Ordnung – Hörweite waren. Der Junge hieß *Ben*, nicht *Fred* oder *Frederic*, wie Loki ihn hatte glauben machen wollen. Es wurde allmählich Zeit, dass er die Spielregeln änderte! »Habe ich dich da gerade richtig verstanden? Du willst doch nicht wirklich dorthin gehen, oder?«

»Hast du zufällig eine bessere Idee?«, fragte Andrej.

Abu Dun schnaubte abfällig. »Mehr, als ich Zeit hätte, dir aufzuzählen«, sagte er. »Ich könnte dir ein bisschen Geld geben, wenn du mir versprichst, die Stadt zu verlassen und erst zurückzukommen, wenn alles vorbei ist ... was immer es auch sein mag.«

»Der Junge tut mir leid«, antwortete Andrej. »Ich möchte nicht, dass ihm etwas zustößt. Und dem Mädchen auch nicht.«

Abu Dun ging gar nicht darauf ein. »Du kannst nicht ernsthaft vorschlagen, dorthin zu gehen!«, ereiferte er sich. »Das ist eine Falle!«

»Kaum«, antwortete Andrej. »Du hast den Jungen gehört. Sie wussten, dass wir hier sind. Wenn Loki unseren Tod wollte, dann würden wir dieses Gespräch jetzt nicht mehr führen.«

»Vielleicht hat er ja etwas ganz Besonderes mit uns vor.«

»Mit *mir*, wenn schon«, erwiderte Andrej. »Und du musst mich nicht begleiten, wenn du nicht willst.« Doch gleich darauf verfluchte er sich für diese Worte. Er hatte sie durchaus ernst gemeint, aber allein dadurch, *dass* und vor allem *wie* er sie ausgesprochen hatte, hatte er es Abu Dun unmöglich gemacht, sein Angebot anzunehmen.

»Es ist eine Falle«, beharrte der Nubier stur.

»Ja, vermutlich«, gestand Andrej. »Aber die meisten Fallen verlieren ihren Schrecken, wenn man weiß, dass es eine Falle ist.«

»Was für eine weltbewegende Erkenntnis«, sagte Abu Dun spöttisch. Dann wurde er sofort wieder ernst. »Ist dir schon einmal der Gedanke gekommen, dass er vielleicht die Wahrheit gesagt hat und man sie wirklich nicht töten kann?«

»Ra haben wir getötet«, erinnerte Andrej ihn. »Wir gehen eine Stunde früher dorthin. Oder besser zwei. Vielleicht tappt er ja in seinen eigenen Hinterhalt, wenn wir vor ihm da sind.«

»Bei Allah, welch genialer Plan!«, sagte Abu Dun säuerlich. »Wieso ist er mir nur nicht eingefallen? Wir könnten ja auch ...«

Ein überraschter Schrei unterbrach ihn, gefolgt von einem dumpfen Poltern. Abu Dun fuhr mit wehendem Mantel herum und riss die Arme hoch. Andrej konnte sich nicht erinnern, ihn sich jemals so schnell bewegen gesehen zu haben.

Er war trotzdem nicht schnell genug.

Eine schlanke, kaum kindergroße Gestalt sprang ihn vom oberen Ende der Treppe aus an und riss ihn durch die schiere Wucht ihres Anpralls von den Füßen. Ein schriller Schrei erklang, wie das Fauchen einer großen, wütenden Katze, und Abu Dun rollte mit einer kraftvollen Bewegung wieder auf die Füße, indem er den Schwung seines eigenen Sturzes ausnutzte, versuchte herumzuwirbeln und prallte ein zweites Mal und jetzt mit einem nicht mehr zornigen, sondern gepeinigten Laut gegen die Wand, als Fingernägel sein

Gesicht aufrissen, die in Wahrheit aber eisenharte und dolchscharf geschliffene Klauen waren. Kleine, aber tödlich spitze Zähne schnappten nach seiner Kehle und versuchten, sie aufzureißen, und möglicherweise hätten sie ihr Ziel auch erreicht, hätte Andrej nicht endlich seine Erstarrung abgeschüttelt und wäre ihm beigesprungen.

Die Vampyrin rammte den Ellbogen zurück und schleuderte ihn zu Boden, ohne zu ihm zurückzusehen, aber die winzige Ablenkung reichte Abu Dun trotzdem, nicht nur den Kopf zurückzuwerfen und auf diese Weise ihrem zuschnappenden Raubtiergebiss zu entgehen, sondern sie auch mit beiden Händen wuchtig von sich zu stoßen. Die Vampyrin taumelte, fand ihr Gleichgewicht aber nicht nur augenblicklich wieder, sondern federte ansatzlos in die Höhe und vollführte eine halbe Pirouette in der Luft, an deren Ende ihr Fuß mit der Gewalt eines Hammerschlags in Abu Duns Gesicht landete. Jedem normalen Mann hätte dieser Tritt vermutlich das Genick gebrochen.

Abu Dun machte er nur wütend.

Im gleichen Sekundenbruchteil, in dem die Vampyrin auf ihren Füßen landete und wieder zum Sprung ansetzen wollte, war er bereits bei ihr, umschlang sie mit den Armen und drückte mit seiner ganzen gewaltigen Kraft zu. Die Vampyrin kreischte vor Schmerz und Wut und versuchte, nach seiner Kehle zu beißen, und Abu Dun stieß ihr die Stirn mit solcher Macht ins Gesicht, dass das Blut spritzte. Gleichzeitig verstärkte er seinen tödlichen Griff. Das Kreischen der Vampyrin wurde noch einmal lauter und schriller und brach dann plötzlich ab, als Abu Duns erbarmungsloser Griff ihr die Luft aus den Lungen presste. Andrej konnte hören, wie ihre Rippen unter dem enormen Druck nachgaben und eine nach der anderen brach.

Mühsam stemmte er sich hoch, blinzelte den roten Schmerz vor seinen Augen fort und beugte sich zur Seite, um Blut und saure Galle zu spucken. Der Ellbogenstoß der Vampyrin hatte auch ihm eine Rippe gebrochen - mindestens - und mit ihrer ungeheuren Kraft schien sie selbst Abu Dun Probleme zu bereiten, der der mit Abstand stärkste Mann war, dem er in seinem ganzen Leben begegnet war. Was immer dieses Geschöpf war, das aussah wie eine ebenso junge wie zerbrechliche Frau, Andrej war nicht einmal mehr sicher, dass es tatsächlich einmal ein Mensch gewesen war. Vielleicht waren sie hier auf etwas gestoßen, das älter als die Menschen war und unendlich böser.

Aber auch Abu Dun war alles andere als ein normaler Mann. Die Vampyrin wehrte sich immer noch mit übermenschlicher Kraft, aber Andrej kannte den grausamen Griff, mit dem er sie umklammert hielt, aus eigener Erfahrung. Die gewaltigen Arme des Nubiers umschlangen die Vampyrin mit der Gewalt eines Schraubstocks. Seine Gegnerin wand und wehrte sich mit verzweifelter Kraft, bekam irgendwie einen Arm frei und schlug die Krallen in seinen linken Bizeps. Abu Dun grunzte vor Schmerz, verdoppelte seine Anstrengungen aber nur noch. Andrej hörte ein Geräusch wie von trockenem Reisig unter einer Stiefelsohle, als noch mehr ihrer Rippen knackten.

Dann brach ihr Rückgrat.

Die Vampyrin erschlaffte. Die schier unbezwingbare wilde Kraft, die gerade noch in ihr gewesen war, war von einem Atemzug auf den anderen nicht mehr da, und Andrej glaubte zu spüren, wie irgendetwas Unsichtbares und sehr Düsteres aus ihr wich. Abu Dun lockerte seine tödliche Umklammerung trotzdem noch einige Sekunden lang nicht, bevor er die Vampyrin zu Boden gleiten ließ und mit einem Fußtritt von sich schleuderte.

Dann fiel er auf die Knie, stöhnte vor Erschöpfung und Schmerz und sank noch weiter nach vorne, bis er seinen Sturz mit dem unversehrten Arm auffing. Sein Atem ging schwer und keuchend. Andrej hatte ihn selten so erschöpft gesehen wie nach dem kurzen Kampf mit dieser zierlichen Frau.

Allerdings gönnte er sich auch kaum mehr als zwei oder drei ebenso tiefe wie schwere Atemzüge, bevor er sich wieder in die Höhe stemmte, einen kurzen Blick auf die Frauengestalt hinunterwarf und dann zu Andrej hinschlurfte. »Vielen Dank für deine Hilfe, Freund«, sagte er schwer atmend. »Würdest du mir vielleicht deine Waffe leihen, Sahib, damit dein unwürdiger Diener seine Aufgabe beenden kann?«

Andrej verstand nicht einmal, was er meinte. Abu Dun maß ihn mit einem ärgerlichen Blick, der ganz und gar nicht geschauspielert war, beugte sich vor und riss ihm den Geländerpfosten aus der Hand, den Andrej die ganze Zeit über mit sich getragen hatte, ohne sich seines Gewichts bewusst zu sein. Abu Dun drehte sich um, ließ sich neben der toten Vampyrin auf die Knie sinken und packte den Pflock mit beiden Händen, um ihn ihr ins Herz zu stoßen - einer von sehr wenigen Wegen, jemanden ihrer Art sofort und zuverlässig zu töten. Wenigstens hoffte Andrej, dass das auch auf diese Vampyrin zutraf.

Sie sollten es nie herausfinden. Als Abu Dun ausholte, schoss eine schmale, aber übermenschlich starke Hand in die Höhe, klammerte sich um das zersplitterte Ende des Geländepfostens und hielt ihn fest, während die andere Hand der Vampyrin sich wie eine eiserne Klammer um die Kehle des Nubiers schloss.

Abu Dun ächzte, spannte seine gewaltigen Muskeln an und versuchte, sich loszureißen. Die Vampyrin hielt ihn nicht nur scheinbar mühelos fest, sondern richtete sich sogar langsam auf und zwang den Nubier, in gleichem Maße vor ihr zurückzuweichen.

Andrej konnte nicht anders, als die unglaubliche Szene fasziniert anzustarren. Er wartete darauf, dass Abu Dun dem unwürdigen

Schauspiel entweder ein Ende bereitete oder um Hilfe rief, bis ihm aufging, dass er das eine wohl so wenig konnte wie das andere. Die Vampyrin war mindestens so stark wie er, wenn nicht stärker, und ihre Hand schnürte ihm immer noch die Kehle zu.

Er sprang auf, war mit einem einzigen Satz bei Abu Dun und der Vampyrin und trat die Hand, die Abu Duns Kehle zusammendrückte, mit dem Fuß beiseite, bevor er sich auf die Frau stürzte.

Selbst zu zweit gelang es ihnen kaum, sie zu bändigen.

Andrej konnte sich nicht erinnern, jemals gegen einen Vampyr gekämpft zu haben, der so stark war. Abu Dun und er rangen die scheinbar so zarte Frau nieder, aber zu mehr reichte ihre Kraft auch nicht. Abu Dun brauchte tatsächlich beide Hände, um den Holzpflock loszureißen, benutzte ihn aber erstaunlicherweise nicht, um ihn der Vampyrin in die Brust zu rammen, sondern schleuderte ihn davon und kniete sich mit beiden Beinen auf ihren Arm, um ihn am Boden zu halten. Andrej verfuhr auf dieselbe Weise mit ihrem anderen Arm und benutzte seine freie Hand, um ihr Kinn zu ergreifen und sie zu zwingen, ihn anzusehen. Jedenfalls wollte er es, aber genauso gut hätte er auch versuchen können, das Fundament des Hauses mit bloßen Händen niederzureißen.

»Verdammt noch mal, hör auf!«, keuchte er. »Wir wollen dich nicht töten!«

»Ach?«, keuchte Abu Dun. »Wollen wir nicht?«

»Hör auf!«, sagte Andrej. »Hör auf, verdammt noch mal! Wir wollen nur mit dir reden! Wir wollen dich nicht töten!«

Doch sie hatte diese Absicht offenbar schon. Und möglicherweise standen ihre Chancen nicht einmal schlecht. Ihre vereinten Kräfte waren der der Vampyrin zwar überlegen – wenn auch nur mit Müh und Not –, doch Zähne und Klauen waren nicht die einzigen Waffen, auf die sie angewiesen war. Etwas schien wie ein Besen mit rot glühenden Zinken durch Andrejs Gedanken zu pflügen. Greller

Schmerz explodierte hinter seinen Schläfen. Doch viel schlimmer noch war der intensive ... Ekel, den diese Berührung in ihm auslöste. Sie war zweifellos von ihrer Art, eine Vampyrin, wenn auch unvorstellbar stark, aber sie war zugleich auch ... noch etwas anderes. Als wäre sie zugleich mehr als auch weniger. Etwas ... flackerte hinter ihrem Geist, ein Schatten, der sich hinter einem anderen Schatten verbarg. Etwas, das vorgab, menschlich zu sein, und doch unendlich weit davon entfernt war.

Es gelang Andrej, auch diesen Angriff zurückzuschlagen, aber sein Griff lockerte sich für einen winzigen Moment, und mehr als diesen kurzen Augenblick des Zögerns brauchte sie nicht. Mit einem gewaltigen Ruck riss sich die Vampyrin los, schmetterte Abu Dun die Hand gegen den Kehlkopf und schlängelte sich so behände unter ihm und Andrej hervor, als hätte sich ihr Körper in Quecksilber verwandelt. Abu Dun kippte würgend und vergeblich nach Luft ringend zur Seite, und Andrej warf sich hastig hinter ihr her und bekam zwar nur ihren Fuß zu fassen – den sie sofort wieder losriss –, brachte sie aber immerhin aus dem Gleichgewicht. Sie stürzte, rollte sich mit katzenhafter Geschmeidigkeit auf die Füße und versetzte ihm einen harten Tritt gegen den Hals. Andrej ignorierte den Schmerz, versuchte erst gar nicht zu atmen und kam torkelnd in die Höhe. Hinter ihm arbeitete sich auch Abu Dun schnaubend hoch, aber seine Bewegungen waren genauso unbeholfen und langsam wie die Andrejs.

»Schnapp sie ... dir!«, brachte er japsend heraus. »Sie ist ... eine von ... ihnen!«

Daran zweifelte Andrej nicht eine Sekunde, und er versuchte auch, alle seine Kräfte zusammenzunehmen, aber er wusste auch, dass er die Vampyrin nicht einholen würde. Ihr Vorsprung betrug bereits drei oder vier Schritte und wuchs immer rascher. Noch ein weiterer, gewaltiger Satz und ein Sprung nach links, da verschwand ihr Körper bereits wieder in den Schatten des Abbruchhauses. Doch ihr Kopf rollte in die andere Richtung davon. Etwas blitzte silbern und kurz im Dunkel auf, dann trat eine schlanke Gestalt in den Farben der Nacht aus den Schatten, ließ sich neben der toten Vampyrin auf ein Knie hinabsinken und wischte die blutige Schwertklinge an deren Kleid ab.

»Und wieder einmal hat dein großer, tollpatschiger Freund recht«, sagte Meruhe, während sie sich ebenfalls aus den Schatten löste und mit langsamen Schritten auf Abu Dun und ihn zukam. »Auch wenn er zumeist nur den Tollpatsch spielt.«

»Zumeist?«, grollte Abu Dun. Er massierte seinen schmerzenden Hals.

Meruhe lachte leise, kam noch einen Schritt näher und blieb dann stehen, um zuerst Abu Dun und dann Andrej mit schräg gehaltenem Kopf und sehr nachdenklichem Blick anzusehen. »Was muss ich tun, damit du Vernunft annimmst und auf mich hörst, Andrej? Dir die Füße abschneiden und deinen Freund bitten, dich aus der Stadt zu tragen? Das würde dich lange genug aufhalten, nehme ich an.« Sie schmunzelte, aber ihre Hand lag auf dem Schwert und hinter ihrem Lächeln lauerte etwas, das ihn erschreckte.

»Das würde ich nie tun«, sagte Abu Dun brummig. »Allerhöchstens einen Fuß. Vielleicht auch nur ein paar Zehen.« Sein Blick irrte unstet zwischen dem kopflosen Körper der Vampyrin und ihrem Kopf hin und her. Er nahm die Hand vom Hals.

»Das sollte auch reichen«, erwiderte Meruhe gelassen. Das Lächeln blieb in ihren Augen, genauso wie die Hand auf dem Schwert.

»Dann solltest du das vielleicht tun«, sagte Andrej. »Oder mich besser gleich töten.«

»Weil das der einzige Weg ist, um dich davon abzuhalten, dir Loki zu holen?« Meruhe seufzte. Sie wandte sich mit einem – diesmal echt wirkenden – Lächeln an Abu Dun. »Und du behauptest, ich hätte einen Hang für dramatische Auftritte?« Ganz offensichtlich wollte sie keine Antwort auf diese Frage, denn sie hob mit einem Ruck die freie Hand, und auch die zweite nubische Kriegerin trat aus den Schatten heraus. Andrej hatte das unheimliche Gefühl, dass sie wie aus dem dunklen Nichts erschien.

Die schwarze Amazone ließ sich in die Hocke sinken, um den abgeschlagenen Kopf der Vampyrin aufzuheben, und Andrej wandte den Blick ab – schnell, aber nicht schnell genug. Zum allerersten Mal sah er das Gesicht der Vampyrin bewusst, und obwohl ihre Züge nichts anderes als eine im Tod erstarrte Fratze waren, wurde ihm mit der Wucht eines Faustschlages klar, dass sie wenig mehr als ein Kind gewesen war – sechzehn, vielleicht siebzehn Jahre alt und vielleicht nicht einmal das.

Aber er hatte gespürt, was sie gewesen war, wozu sie geworden war. Da war etwas ... *Fauliges* in ihr gewesen.

»Es war noch nicht zu spät, Andrej«, sagte Meruhe. »Falls es dir ein Trost ist – und ich glaube, dass es das ist –, ihre Seele war noch nicht gänzlich verloren.«

»Hör auf, meine Gedanken zu lesen!«, sagte Andrej böse.

»Das habe ich nicht«, erwiderte Meruhe. »Das ist nicht nötig, weißt du? Ich kenne dich gut genug.«

Andrej schluckte herunter, was ihm als Antwort auf der Zunge gelegen hatte.

Schon, weil sie recht hatte.

Meruhe hob ein zweites Mal die Hand, weniger theatralisch dieses Mal, und die Kriegerin wickelte den Kopf der Toten in deren Mantel, lud sich den leblosen Körper auf die Arme und verschwand damit in den Schatten des leer stehenden Hauses. Meruhe sah ihr nach, bis ihre Schritte ebenso in der Stille verklungen waren wie ihre Silhouette im Zwielicht verschwand.

»Es war das Beste für sie, glaub mir«, sagte Meruhe. »Ich weiß, was du jetzt fühlst …«

»Das glaube ich kaum«, sagte Andrej leise, und Meruhe fuhr fort, als hätte sie ihn nicht gehört: »Aber es ist falsch. Das, was ihr Leben nennt, endet nicht zwangsläufig mit dem, was ihr Tod nennt.«

Andrej wollte es nicht, ganz sicher nicht, aber er dachte über diese sehr sonderbare Formulierung nach, und sie brachte etwas tief in ihm zum Erschauern. »Sie wäre zu etwas geworden, was sie ganz bestimmt nicht sein wollte, glaub mir, Andrej. Hätte sie die Wahl gehabt, dann hätte sie mich angefleht, sie zu töten … oder dich.«

»Wie praktisch, dass ihr keine Wahl geblieben war, nicht wahr?«

Meruhe ignorierte seinen bitteren Ton. »Es ist meine Schuld, Andrej«, sagte sie. »Ich hätte wissen müssen, dass du nicht einfach so aufgibst. Nicht nach allem, was er dir angetan hat. Du willst nach wie vor seinen Tod, mehr als alles andere, habe ich recht? So sehr, dass du dein eigenes Leben dabei opfern würdest, um dieses Ziel zu erreichen, ohne auch nur eine Sekunde zu zögern … und auch das deines Freundes. Nur würde das nichts ändern. Und es würde auch nichts nutzen.« Sie schüttelte den Kopf und sah für einen winzigen Moment sehr traurig aus. Dann konnte Andrej ihr ansehen, dass sie zu einem Entschluss kam. Und auch, wie schwer es ihr fiel.

»Es stimmt, Andrej«, sagte sie. »Ich bin dir wohl eine Erklärung schuldig.« Sie hob die Schultern. »Außerdem ist es wahrscheinlich der schnellste Weg. Gehen wir ein Stück? Keine Sorge. Zurzeit bist du nicht in Gefahr, und Abu Dun auch nicht. Diese Vampyrin war … fehlgeleitet.«

Andrej sah sich unsicher um, doch Meruhe schüttelte nur den Kopf und machte zugleich eine beruhigende Geste. »Keine Sorge. Im Moment besteht keine Gefahr.«

»Ja, das Gefühl hatte ich auch«, sagte Abu Dun grimmig. Demonstrativ rieb er sich noch einmal über seinen Hals, doch Meruhe schüttelte wieder besänftigend den Kopf, drehte sich endgültig um und ging los. Nicht unbedingt schnell, aber auf eine Art, die Andrej klarmachte, dass sie nicht stehen bleiben würde. Andrej machte zwei schnelle Schritte, um zu ihr aufzuschließen, und Meruhe wäre nicht sie selbst gewesen, hätte sie ihre Schritte nicht ein ganz kleines bisschen beschleunigt, sodass er sein Tempo abermals anpassen musste. Andrej verkniff sich eine ärgerliche Bemerkung, schon um ihr diese kleine Genugtuung nicht zu gönnen. Aber natürlich hatte sie, ihren eigenen Worten zum Trotz, offenbar schon wieder seine Gedanken gelesen, wie ihm das spöttische Verziehen ihrer Lippen verriet. War sie vielleicht der Meinung, dass an diesem Moment irgendetwas Komisches war?

»Nein«, sagte sie. Das Lächeln verschwand wie weggeblasen von ihren Lippen. »Du hast recht. Verzeih.«

»Kein Problem«, antwortete Andrej in einem Tonfall, der das genaue Gegenteil verhieß. »Und wenn du jetzt auch noch damit aufhörst ...«

»Deine Gedanken zu lesen?« Meruhe nickte. »Natürlich. Verzeih. Ich vergesse nur manchmal, wie ...« Sie sprach nicht weiter, sondern beließ es bei einem leicht verlegenen Schulterzucken. Sie schien darauf zu warten, dass er etwas ganz Bestimmtes sagte (oder dachte?), aber Andrej hüllte sich nur weiter in verbissenes Schweigen. »Du solltest auf mich hören und die Stadt verlassen«, begann sie nach einer Weile in verändertem, um Sachlichkeit bemühtem Ton und etwas leiser. »Ich werde das nächste Mal vielleicht nicht da sein, um dich zu beschützen.«

»Das ist ärgerlich«, antwortete Andrej böse. »Dann werde ich wohl oder übel auf mich selbst aufpassen müssen.«

Meruhe hielt kurz inne und sah zu Abu Dun zurück, und Andrej musste ihre Gedanken nicht lesen können, um zu wissen, was ihr auf der Zunge lag. Er starrte sie böse an, und Meruhe war klug genug, sich jede Bemerkung zu verkneifen. Ein Schatten huschte über ihr Gesicht wie ein Flackern, als versuche etwas anderes unter ihren nachtschwarzen Zügen Gestalt anzunehmen und verlöre diesen Kampf im letzten Moment noch einmal.

Aber wie oft noch?

Andrej fragte sich, was er wohl erblicken würde, wenn sie ihm gestattete, einen Blick auf ihr wahres Gesicht zu werfen. Das Gesicht, das er kannte? Oder etwas anderes? Etwas, das vielleicht ... nicht einmal menschlich war?

»Nicht alle sind so wie Loki und seine Anhänger«, sagte Meruhe. So viel zu ihrem Versprechen, seine Gedanken nicht mehr zu lesen. »Nur die, die mit mir zu tun haben, Andrej, und auch nur die, die du mir zu erkennen erlaubst.«

»Ich kann mich nicht erinnern, das getan zu haben«, grollte Andrej.

»Oh doch, das hast du«, behauptete Meruhe. »Die Tatsache allein, dass ich es kann, beweist es schon. Wenn du es nicht wolltest, dann wäre es mir auch nicht möglich.«

Andrej fragte sich, ob sie das nur sagte, um ihn zu verwirren, oder er einfach zu verwirrt war, um Sinn in ihre Worte zu bringen.

»Was geht hier vor?«, fragte er.

Er rechnete nicht mit einer Antwort – aber er bekam sie. Meruhe blieb stehen, betrachtete ihn mit einem Blick, dessen genaue Bedeutung er nicht verstand, und sagte dann ernst: »Ein Krieg, Andrej. Loki ist damals nicht vor dir geflohen. Er und seine Anhänger ...«

Auch diesen Satz ließ sie unvollendet und zuckte nur die Schultern.

»Ich weiß, was sie vorhatten«, sagte Andrej. Wieder tauchten Bilder aus seiner Erinnerung auf, unwillkommene Bilder von einem tanzenden, schreienden ... Ding, das sich kreischend in den Flammen wand, und die Erinnerung an etwas unbeschreiblich Böses, das seine Seele berührt hatte. Gegen seinen Willen fragte er sich, wie viel von diesem Fremden und Bösen wohl auch in ihr sein mochte. Der Schatten in Meruhes Augen wurde dunkler, und als sie weitersprach, klang sie ebenso verletzt wie mühsam beherrscht.

»Wir leben jetzt schon so lange unerkannt unter euch, Andrej«, sagte sie. »Die Menschen ahnen von unserer Existenz. Manche glauben, wir wären Götter, andere halten uns für Dämonen.«

»Und was seid ihr wirklich?«

Andrej fragte sich, ob es Zufall war, dass Abu Dun *ihr* gesagt hatte und nicht wir. Meruhe schien sich dieselbe Frage zu stellen, denn sie maß den Nubier mit demselben sonderbaren Blick wie ihn gerade, beließ es aber auch jetzt nur bei einem Schulterzucken. »Vielleicht von beidem etwas«, antwortete sie. »Es spielt auch keine Rolle, mein Freund. Wir streben nicht nach Macht ... nicht mehr«, fügte sie hinzu, als Abu Duns Blick unverhohlen zweifelnd wurde.

»Weshalb man eure Namen ja auch gar nicht kennt, nicht wahr?«, fragte Andrej spöttisch. Wenigstens hoffte er, dass es spöttisch klang. »Ra, Marduk, Seth ... das alles ist gewiss nur Zufall, nicht wahr?«

»Es gab eine Zeit, da haben wir nach Macht gestrebt, Andrej«, räumte Meruhe ein. »Es ist lange her. Lange bevor die meisten von uns geboren wurden.«

»Auch du?«, fragte Andrej.

Meruhe überging die Frage. »Es gab eine Zeit, in der unser Geheimnis keines war und wir uns den Menschen zu erkennen gaben und als Götter über sie herrschten.« Ihre Stimme wurde bitter. »Sie wäre beinahe unser Ende gewesen, Andrej. Die Menschen sind schwach, aber auch zahlreich. Zu zahlreich, um auf Dauer beherrscht werden zu können, selbst von uns. Viele sind gestorben damals, und die wenigen, die überlebt haben, suchten Zuflucht an dem einzigen Ort, an dem sie wirklich sicher waren, dem Vergessen.

Damals beschlossen wir, nie wieder zu Göttern zu werden. Es wäre unser Ende.«

Es war nicht das erste Mal, dass sie zwischen »ihnen« und »uns« hin und her wechselte, und Andrej fragte sich, ob es pure Unaufmerksamkeit war oder vielleicht sogar Absicht, um ihn zu verwirren. Vielleicht wusste sie es auch selbst nicht mehr.

Wie mochte es sein, so lange zu leben?

Während er weiter langsam neben Meruhe herging und ihren Worten lauschte, fragte er sich, ob er die Antwort überhaupt wissen wollte. Abu Dun und er lebten seit Jahrhunderten, und schon diese Zeit kam ihm endlos vor. Meruhe musste zehnmal so alt sein, und wenn das, was sie erzählte, wahr war, dann war selbst sie jung gegen manche der anderen. Er schrak vor der bloßen Vorstellung zurück, so alt zu werden und so viele unterschiedliche und dennoch stets gleiche Leben zu führen. Vielleicht musste man zwangsläufig im Laufe eines unendlichen Lebens irgendwann wahnsinnig werden.

Meruhe blieb stehen und sah ihn leicht verletzt an. Zweifellos hatte sie auch jetzt wieder seine Gedanken gelesen.

»Und Loki möchte zurück zu diesen alten Zeiten?«, fragte Abu Dun – vielleicht nicht einmal aus wirklichem Interesse, sondern eher, weil er die plötzliche Spannung zwischen Meruhe und ihm fühlte.

Meruhe warf ihm einen raschen, dankbaren Blick zu und ging weiter. »Nicht nur er«, sagte sie. »Was damals in Walhalla und später an Bord der EL CID geschehen ist, hat unser Volk gespalten, Andrej. Manche sehnen sich zurück nach den Zeiten, in denen wir Götter und Herrscher waren. Andere wollen, dass alles so bleibt, wie es ist. Dieser Zwist schwelt unter uns, solange es uns gibt, aber Loki ... ist anders. Er ist jung und ungestüm, aber er ist auch gefährlich und ein Meister des Wortes. Es ...« Sie schien selbst nach Worten zu suchen. »Er und die, die genauso denken, wollen nicht länger warten. Sie planen etwas. Wir wissen nicht genau was ... aber es kann nur übel enden. Und es wird schlimm werden, Andrej. Viele werden sterben. Viele Menschen, aber auch viele von uns. Ich will nicht, dass Abu Dun und du zu Schaden kommt, Andrej. Verlasst die Stadt. Heute noch.«

Ich will nicht, dass ihr zu Schaden kommt? Beinahe hätte Andrej gelacht. Das war längst nicht der einzige Grund, das spürte er. Meruhe und sie verband zweifellos mehr als nur eine flüchtige Bekanntschaft, aber sie hatte darüber hinaus noch einen weiteren, sehr viel triftigeren Grund für das, was sie tat.

»Und wenn wir nicht gehen wollen?«, fragte er.

»Ich könnte dich zwingen«, antwortete Meruhe ernst, lächelte aber auch fast sofort wieder, wie um ihren eigenen Worten etwas von ihrer Schärfe zu nehmen. »Wenn es um den Jungen und dieses Mädchen geht ... ich werde sie beschützen, so weit es in meiner Macht steht. Mehr kann ich nicht tun. Außer vielleicht«, fügte sie nach einem winzigen Zögern und in leicht resignierendem Ton hinzu, so als ahne sie die Antwort schon, »noch einmal an deine Vernunft zu appellieren.«

»Warum sagst du uns nicht einfach, was hier wirklich geschehen wird?«, fragte Abu Dun, bevor Andrej es tun konnte. »Vielleicht nehmen wir dann ja tatsächlich Vernunft an.«

»Das kann ich nicht«, antwortete sie ernst. »Wenn ich wüsste, was die Zukunft bringt, so würde ich es verhindern.«

»Gestern klang es so, als wüsstest du es«, erinnerte der Nubier sie.

»Ich kann nicht in die Zukunft sehen«, beharrte Meruhe. »Nicht so, wie du zu meinen scheinst, mein Freund. Etwas Schlimmes wird geschehen, und ich sehe Leid und Furcht über dieser Stadt. Mehr nicht.« Sie schwieg, wandte sich dann direkt an Andrej und fuhr leiser und mit veränderter Stimme fort: »Und ich sehe einen großen Schmerz, der auf dich wartet, Andrej. Nicht deinen Tod, sondern etwas Schlimmeres. Auch ich werde dich nicht davor beschützen können, wenn du in dieser Stadt bleibst.«

Und für einen winzigen Moment war es, als hätten die Schleier der Zeit auch für ihn einen Riss und ließen ihm so eine grässliche Vision der Zukunft zuteilwerden. Sie hatte recht. Etwas wartete auf ihn – nicht der Tod, sondern vielleicht etwas, das schlimmer war. Aber, und darin irrte sie sich, er würde ihm nicht entkommen, ganz egal, was er auch versuchte.

Meruhe schwieg. Sie sah sehr traurig aus.

Kapitel 9

Es dauerte eine Weile, bis sie eine Droschke fanden. Die aufgegebene Gerberei lag nicht unbedingt in einer Gegend, durch die ein Kutscher ohne Grund fahren und einfach darauf hoffen würde, einen Fahrgast am Wegesrand aufzugabeln. Und auch als die Häuser rechts und links der verlassenen Straßen allmählich etwas ansehnlicher zu werden begannen, fuhren die beiden ersten Droschken, die sie anzuhalten versuchten, einfach weiter, und auch der Fahrer des Wagens, der schließlich anhielt, beäugte Abu Dun und ihn unverhohlen misstrauisch und bestand darauf, dass sie die Fahrt im Voraus bezahlten. Andrej konnte den Mann sogar verstehen, genau wie seine Vorgänger. Abu Duns ebenso hünenhafte wie finstere Gestalt wirkte alles andere als vertrauenerweckend, und der Zusammenstoß mit der Vampyrin hatte ihrer beider Erscheinung nicht unbedingt gutgetan. Ihre Kleider und Gesichter waren schmutzig, und in Andrejs Mantel klaffte nicht nur ein Riss, er war auch mit eingetrocknetem Blut besudelt, ohne dass er sagen konnte, wessen Blut es war. Vermutlich konnten sie von Glück reden, überhaupt einen Fahrer gefunden zu haben, der mutig (oder pleite) genug war, sie mitzunehmen.

Sie verbrachten die gesamte Fahrt in ungutem Schweigen, jeder mit seinen eigenen, vornehmlich düsteren Gedanken beschäftigt. Andrej hatte dem Fahrer wohlweislich eine falsche Adresse genannt, sodass sie schon drei Straßenecken vor der Pension ausstiegen und die restliche Strecke zu Fuß zurücklegten – eine Vorsichtsmaßnahme, die sie sich schon vor einem Jahrhundert zu eigen gemacht und so verinnerlicht hatten, dass sie gar nicht mehr weiter darüber nachdachten. Andrej hatte jedoch das ungute Gefühl, dass sie ihnen heute nicht viel nutzte. Es gab keinen Grund für diese sonderbare Unruhe, aber sie war so stark, dass er sich zusammenreißen musste, um sich nicht unentwegt sichernd umzusehen. Mehr als einmal ertappte er sich, wie er die rechte Hand an seinen Gürtel legte – dorthin, wo er normalerweise seine Waffe trug.

Abu Dun entging sein nervöses Verhalten keineswegs. Auf dem ersten Stück der Fahrt sparte er sich nicht nur jeden Kommentar, sondern hüllte sich in mürrisches Schweigen. Doch als sie in die Straße einbogen, in der die Pension lag, schüttelte er unvermittelt den Kopf und sagte: »Vielleicht hat sie recht, Andrej.«

»Wer?«

»Meruhe.« Abu Dun machte ein besorgtes Gesicht. Seine Schritte wurden langsamer, je näher sie der Pension kamen. Andrej hatte plötzlich das ebenso unangenehme wie intensive Gefühl, angestarrt zu werden, und sah sich seinerseits rasch und unauffällig, aber auch sehr aufmerksam um, konnte jedoch nichts Außergewöhnliches entdecken. Er war nervös, das war alles.

»Und womit«, fragte er, als er schließlich einsah, dass Abu Dun nicht von sich aus weiterreden würde, sondern dies offenbar wieder eine jener Gelegenheiten war, zu denen er es vorzog, sich jedes Wort aus der Nase ziehen zu lassen, »hat sie recht deiner Meinung nach?«

»Dass wir gehen sollten«, antwortete Abu Dun. »Irgendetwas wird passieren. Das spüre ich.«

»Du hast recht«, knurrte Andrej. »Und ich kann dir sogar sagen, was. Ich verliere ganz allmählich die Geduld.«

»Diese Stadt ist nicht gut für uns«, beharrte der Nubier. »Und was hier passiert, das geht uns nichts an.« Er lachte, leise und ohne die mindeste Spur von echtem Humor. »Lass sie sich doch gegenseitig die Schädel einschlagen. Warum warten wir nicht einfach ab, bis es vorbei ist, und schauen dann nach, wer noch am Leben ist? Sollten es die Falschen sein, können wir immer noch Hand anlegen und das Ergebnis gerade rücken.«

Und wenn es die Falschen sind, die nicht mehr leben?, dachte Andrej. Er fragte sich, wie Abu Dun *das* gerade rücken wollte.

»Nein«, sagte er einsilbig.

Abu Dun blieb vollends stehen. »Es geht um den Jungen, stimmt's?« Er schnitt Andrej das Wort ab, als dieser antworten wollte. »Er ist nicht Frederic, Hexenmeister. Das ist nicht einmal sein richtiger Name. Loki hat ihm aufgetragen, sich so zu nennen. Du hast ihn gehört.«

»Ja, und ich frage mich warum.«

»Um dich zu quälen?«, schlug Abu Dun vor. »Es scheint ihm gelungen zu sein.«

Dem konnte Andrej schwerlich widersprechen ... aber er weigerte sich auch, zu glauben, dass das der alleinige Grund war. Loki tat nichts ohne Grund. Er schwieg.

»Nun ja.« Abu Dun seufzte. »Sag hinterher nicht, dass ich es nicht versucht hätte.«

Andrej war nicht einmal ganz sicher, was er damit meinte, hatte aber auch keine Lust, das Gespräch fortzusetzen, und ging so schnell weiter, dass Abu Dun sich plötzlich sputen musste, um nicht zurückzufallen. Der Nubier hatte recht, mit jedem einzelnen Wort, aber Andrej spürte auch, wie wenig ihm diese Erkenntnis nutzte. Er hatte einen Blick in die Zukunft geworfen, und so verschwommen und unscharf das Bild auch sein mochte, hatte er doch ein Gefühl der Unausweichlichkeit. Was geschehen würde, das würde geschehen.

Sie betraten die Pension, und aus Andrejs ungutem Gefühl wurde Gewissheit.

Miss Torrent war nicht allein. Sie saß an dem kleinen Tisch vor dem Kamin, in dem trotz der für die Jahreszeit viel zu warmen Temperaturen ein prasselndes Feuer brannte, und war in ein halblautes Gespräch mit einem vielleicht vierzigjährigen, kräftig gebauten Mann vertieft, das sie bei ihrem Eintreten beinahe erschrocken unterbrach. Andrej hätte seine fast übernatürlich scharfen Sinne nicht gebraucht, um zu wissen, dass es bei diesem Gespräch um Abu Dun und ihn gegangen war. Er nickte ihrer Zimmerwirtin nur knapp zu, schickte ein Stoßgebet zum Himmel, dass Abu Dun nichts Unbedachtes sagte oder gar tat.

»Sir?«, begann er übergangslos. Ein einziger Blick ins Gesicht des dunkelhaarigen Fremden hatte ihm zu verstehen gegeben, wie überflüssig aufgesetzte Höflichkeitsfloskeln wären. Der Mann war fast so groß wie er, wenn auch deutlich schlanker, und er hatte seltsame Augen. Sie wirkten nicht einmal unfreundlich, aber auf eine Weise bitter, die es schwer machte, ihrem Blick länger standzuhalten. Es waren Augen, die älter schienen als das Gesicht, in das sie eingebettet waren, und die in diesen überzähligen Jahren zu viel gesehen hatten. Außerdem waren es die Augen eines Mannes, der weder Mitleid noch Gnade kannte. Sein Blick tastete Andrej kurz und nahezu ausdruckslos ab, verharrte auf dem Blut auf seiner Kleidung und kehrte dann in sein Gesicht zurück. »Mister Delãny, nehme ich an?« Es war keine Frage.

»Und Abu Dun.« Andrej deutete auf den Nubier. »Und Sie sind ...?«

»Marcus«, antwortete der Dunkelhaarige. »Timothy Marcus. Ich arbeite für den Sheriff.« Er schien auf eine ganz bestimmte Reaktion auf diese Eröffnung zu warten, aber Andrejs Gesicht blieb unbewegt.

»Der Sheriff?«, fragte er.

Marcus hob besänftigend die Hand. »Zu viel der Ehre, Mister Delãny. Ich bin nur ein kleiner Konstabler, der für den Sheriff arbeitet, fürchte ich.«

Und das nicht allein, fügte Andrej in Gedanken hinzu. Er spürte die Anwesenheit von mindestens zwei weiteren Männern. Einer stand hinter der schmalen Verbindungstür zur Küche, die nur angelehnt war, der andere hielt sich in den Schatten am oberen Ende der Treppe verborgen. Andrej konnte das schnelle Schlagen ihrer Herzen hören, ebenso wie ihre flachen Atemzüge, gestand ihnen aber zu, dass sie perfekt getarnt wären, wären Abu Dun und er normale Menschen gewesen. Was ging hier vor?

»Ich nehme an, Sie sind wegen des Einbruchs hier?«, fragte er kühl.

Marcus zuckte mit den Schultern – eine unbestimmte Geste, deren Interpretation Andrej wohl selbst überlassen blieb. »Ihnen ist ein kostbares Schwert gestohlen worden, Mister Delãny?«

»Unter anderem«, bestätigte Andrej. »Ich hoffe, es ist nicht verboten, in dieser Stadt Waffen zu tragen? Abu Dun und ich sind noch nicht lange in England und mit den Sitten und Gebräuchen noch nicht sehr gut vertraut.«

Auch auf diese Frage gab Marcus keine Antwort, sondern beobachtete Abu Dun für die Dauer eines langen Atemzuges mit einem abschätzenden Blick, in dem Andrej ebenso wenig zu lesen vermochte wie in dem, mit dem er ihn zuvor taxiert hatte, dann wandte er sich wieder zu ihm um. »Darf ich fragen, was Sie und Ihren Freund nach London führt, Mister Delãny?«

»Geschäfte«, antwortete Andrej knapp. Er versuchte, in Marcus hineinzulauschen. Anders als Meruhe und die anderen ihrer Art waren Abu Dun und er nicht in der Lage, die Gedanken anderer zu lesen, sehr wohl aber, einen allgemeinen Eindruck von ihrem

Gegenüber zu erlangen – was möglicherweise nicht einmal etwas mit ihren besonderen Fähigkeiten zu tun hatte, sondern einfach damit, dass sie es seit Jahrhunderten gewohnt waren, Menschen zu beobachten. In Marcus jedenfalls spürte er keine Heimtücke oder Falschheit. Aber auch nichts, was ihn für ihn eingenommen hätte.

»Und welcher Art diese Geschäfte sind, möchten Sie mir nicht verraten, Mister Delãny?«

»Genau genommen sind wir auf der Suche nach jemandem«, antwortete er. »Einem ... alten Freund. Aber ich fürchte, wir haben ihn verfehlt.«

Marcus nickte, als hätte er etwas gehört, was ihn nicht sonderlich überraschte – oder was er nicht glaubte. »Sie und ihr Freund sind seit einer Woche hier?«

»Ungefähr«, antwortete Andrej. »Warum fragen Sie?«

»Oh, nur so, ohne besonderen Grund«, behauptete der Konstabler. Er gab sich nicht einmal Mühe, überzeugend zu lügen. »So eine Art Berufskrankheit, wenn Sie so wollen. Wenn man sein Leben lang Polizist war, dann kann man irgendwann gar nicht mehr anders, als alles wissen zu wollen ... Haben Sie einen Verdacht, wer sie bestohlen haben könnte, Mister Delãny?«

»Ein Einbrecher?«

»Ja, diese Idee ... liegt nahe.« Marcus' Gesicht zeigte nun doch so etwas wie eine menschliche Regung, auch wenn sie vollkommen anders war, als Andrej erwartet hätte: Er lächelte. Und dieses Lächeln wirkte sogar echt.

»Wenn diese Waffe so wertvoll war, wie Sie sagen, Mister Delãny, dann hätten Sie sie vielleicht besser bei sich getragen.«

»Ich beabsichtige nicht, irgendwelche Ansprüche geltend zu machen, wenn es das ist, was Sie befürchten, Konstabler.«

»Ansprüche geltend machen?«, wiederholte Marcus. »Aber gegen wen denn?«

»Ich sagte doch, ich beabsichtige nichts dergleichen«, erwiderte Andrej. Er spürte, wie sich der Mann hinter der Tür anspannte – möglicherweise war da ja irgendetwas in Marcus' Stimme gewesen, ein verabredetes geheimes Zeichen vielleicht oder einfach eine gewisse Spannung, die der Mann gespürt hatte –, reagierte aber nicht darauf, sondern hob nur noch einmal die Schultern, wie um seine Worte zu bekräftigen. »Wie gesagt: Es war meine eigene Schuld. Ich hätte besser auf das Schwert aufpassen sollen. Ehrlich gesagt habe ich nicht damit gerechnet, dass jemand das Risiko eingeht, seinetwegen hier einzubrechen ... zumal es für mich zwar einen enormen persönlichen Verlust darstellt, sein materieller Wert aber eher gering ist.«

»Dieses Verbrecherpack wird immer dreister«, pflichtete ihm der Konstabler bei. Er seufzte. »Wir bemühen uns, aber manchmal beginne selbst ich mich zu fragen, ob wir der wachsenden Flut von Verbrechen noch Herr werden können.« Er sah Andrej an, als erwarte er Mitleid von ihm oder hätte sogar ein Anrecht darauf. »Haben Sie von diesen geheimnisvollen Morden gehört, die es in den letzten Tagen gegeben hat, Mister Delãny?« *Ungefähr seit dem Tag, an dem Sie und Ihr Freund hier angekommen sind?* Das sagte er zwar nicht laut, aber Andrej hörte es trotzdem.

»Nein«, antwortete er.

»Was war denn so geheimnisvoll an diesen Morden?«, wollte Abu Dun wissen.

»Bisher sind es sechs Tote«, sagte Marcus, Abu Duns Frage keine Beachtung schenkend und auch weiter an Andrej gewandt. Seine Augen wurden ein wenig schmaler, und etwas in seinem Blick änderte sich – nicht einmal viel, aber dennoch genug, damit Andrej verstand, dass aus der vermeintlich belanglosen Unterhaltung nun endgültig ganz offen ein Verhör geworden war. »Für eine Gegend wie diese und eine Stadt wie London ist das nicht einmal außergewöhnlich viel, wie ich leider zugeben muss, aber etwas an diesen Todesfällen beunruhigt die Menschen hier.«

»Und Sie auch, Konstabler?«

Marcus überging auch diese Frage. »Die Opfer wiesen nicht die kleinste Verletzung auf«, fuhr er fort. »Nicht einen einzigen Kratzer, wenn Sie verstehen. Sie waren ... einfach nur tot. Als hätte ihnen jemand das Leben gestohlen.«

»Vielleicht waren sie ja krank«, vermutete Abu Dun. »Oder ein Vampyr treibt hier sein Unwesen.«

Marcus verzog keine Mine, aber Miss Torrent sagte scharf: »Ich schätze solches Gerede in meinem Haus nicht, Mister Dun!«

»Und das mit gutem Grund«, fügte Marcus hinzu, machte zugleich aber auch eine beruhigende Geste in Abu Duns Richtung. »Ich muss gestehen, dass es mir ähnlich geht, Sir.«

»Abu Dun hat nur einen Scherz gemacht, Konstabler«, sagte Andrej rasch.

»Das ist mir klar«, erwiderte Marcus kühl. »Und würden die Dinge anders liegen, würde ich gern zusammen mit Ihnen darüber lachen, Mister Delãny. Aber bitte bedenken Sie, dass in dieser Gegend zumeist sehr einfache Menschen leben. Anwesende natürlich ausgenommen«, fügte er mit einem raschen Blick in Miss Torrents Richtung hinzu. »Aber die Leute hier ... reden bereits. Sie haben Angst, und Geschichten wie diese tragen nicht unbedingt dazu bei, die Ruhe auf den Straßen wieder herzustellen.«

»Selbstverständlich, Konstabler«, sagte Andrej ebenso kühl. »Bitte verzeihen Sie meinem Freund. Es wird nicht wieder vorkommen. Nicht wahr, Abu Dun?«

»Natürlich nicht, Sahib«, sagte Abu Dun in unterwürfigem Ton. »Bitte verzeih deinem unwürdigen Diener.«

Marcus zog leicht irritiert die Augenbraue hoch, hob aber dann nur die Schultern. »Nichts für ungut«, sagte er. »Unser aller Nerven sind im Moment wohl etwas angespannt. Ich werde mich ein wenig bei den einschlägigen Hehlern und Schwarzmarkthändlern umhören, was das Schwert betrifft, das Ihnen gestohlen wurde. Wer weiß – vielleicht findet unser nächstes Treffen ja unter etwas ... günstigeren Vorzeichen statt.«

Was nichts anderes bedeutete, als dass es ganz bestimmt ein nächstes Treffen geben würde. Andrej zwang sich dennoch zu einem Lächeln, und Marcus kam wohl zu dem Schluss, ihn zumindest für heute genug eingeschüchtert zu haben.

»Dann werde ich jetzt wieder gehen«, sagte er. »Ich habe noch sehr viel zu tun.« Er nahm Mantel und Hut vom Stuhl – einen schwarzen Mantel, der eher an ein Cape erinnerte, wie sie schon vor mehr als einer Generation aus der Mode gekommen waren, und einen ebenfalls schwarzen, hohen Zylinder mit einem kleinen Emblem aus Messing – so etwas wie die Uniform der hiesigen Polizei, vermutete Andrej –, behielt aber beides in der Hand und schnippte mit den Fingern. Die Tür hinter Andrej ging auf, und schwere Schritte hielten auf ihn zu. Andrej widerstand der Versuchung, sich umzudrehen, erinnerte sich aber gerade noch rechtzeitig genug daran, genau jenes Maß von Überraschung und widerwilliger Anerkennung auf sein Gesicht zu zaubern, das der Konstabler anscheinend erwartete.

Marcus setzte nun doch seinen Hut auf, berührte mit einem grüßenden Nicken in Miss Torrents Richtung dessen Krempe und wandte sich zur Tür, als wolle er gehen. Er war kein besonders guter Schauspieler. Andrej wusste, dass er sich noch einmal umdrehen und so tun würde, als wäre ihm noch etwas eingefallen, schon bevor der Konstabler dazu ansetzte.

»Konstabler?«

»Da wäre nur noch eine Kleinigkeit«, sagte Marcus. Dass er es erst tat, nachdem seine beiden Begleiter rechts und links von ihm

Aufstellung genommen hatten, war wohl sicher kein Zufall. Beide waren ausgesucht groß und kräftig, bullige Männer mit wenig intelligenten Gesichtern und dafür umso stärkeren Händen.

»Ich bin zwar sicher, dass es sich um nichts anderes als eine Verwechslung handeln kann, jetzt wo ich Sie persönlich kennengelernt habe, Mister Delãny, aber ich möchte es nur der Ordnung halber ansprechen.«

»Und was wäre das, Konstabler?« Marcus' Blick bekam etwas Lauerndes. »Es gab heute Morgen einen hässlichen Zwischenfall, nur ein paar Straßen von hier«, sagte er. »Einige Passanten berichten, zwei Männer hätten ein junges Mädchen belästigt, das aus einer Kutsche geflohen sei. Auf eine ...« Er räusperte sich und schien mit einem Mal nicht mehr so recht zu wissen, wohin mit seinem Blick, so als wäre ihm das, was er zu sagen hatte, peinlich. *Das* wiederum, fand Andrej, war ganz außergewöhnlich gut geschauspielert. »... nun ja, ganz bestimmte Art belästigt. Wenn Sie verstehen, was ich meine.«

Andrej sah nicht hin, aber er spürte Miss Torrents empörte Miene beinahe körperlich. »Und?«, fragte er.

»Nun ja, es gibt eine vage Beschreibung der beiden Männer, vor denen das Mädchen geflohen ist«, antwortete Marcus.

»Und sie haben ausgesehen wie wir«, vermutete Andrej.

»Waren Sie es?«, fragte der Konstabler geradeheraus.

»Nein«, log Andrej. »Aber Sie würden diese Frage kaum stellen, wenn Sie es nicht annehmen würden.«

Marcus bemühte sich um ein angemessen verlegenes Gesicht. »Glauben Sie mir, Mister Delãny, ich weiß nur zu gut, wie wenig man auf die Beschreibung von Zeugen geben kann. Zeigen Sie fünf verschiedenen Leuten ein und dasselbe Gesicht, und Sie erhalten fünf vollkommen verschiedene Beschreibungen. Das musste ich zu meinem Leidwesen schon oft genug feststellen, glauben Sie mir. Es ist nur so, dass die Menschen nervös sind, seit diese schrecklichen

Verbrechen stattfinden. Und Sie wissen ja, wie die Leute sind. Sie und Ihr Freund sind fremd hier, und man ist schnell damit bei der Hand, Fremde zu verdächtigen. Sie sehen mir nicht aus wie jemand, der sich an einem Kind vergeht, Mister Delãny. Und Ihr Freund«, fügte er mit einem Blick zu Abu Dun hinzu, »auch nicht.«

Abu Dun sah ganz so aus, als denke er ernsthaft darüber nach, sich an einem gewissen Konstabler zu vergehen, beherrschte sich zu Andrejs Erleichterung aber. Marcus wandte sich wieder zu Andrej um und sah ihn durchdringend an. Andrej hätte ihn binnen eines einzigen Moments niederstarren können – welcher Sterbliche hielt schon dem Blick von Augen stand, an denen Jahrhunderte vorübergezogen waren? –, aber er hielt es für klüger, den Konstabler in dem Glauben zu lassen, er hätte das stumme Duell gewonnen. Er war es, der als Erster den Blick senkte.

»Dann wäre ja alles in bester Ordnung, wie mir scheint«, sagte der Konstabler. »Ich nehme an, Sie beabsichtigen, noch eine Weile zu bleiben?«

»Vielleicht ein paar Tage.«

»Das ist gut«, sagte Marcus, indem er sich endgültig zur Tür wandte. »Ich werde mich nach Ihrem Schwert umhören, Mister Delãny. Vielleicht sehen wir uns morgen. Ich wünsche Ihnen auf jeden Fall eine gute Nacht.«

Er ging, dicht gefolgt von seinen beiden Männern, und Andrej sah Abu Dun an, dass er zu einer spöttischen Bemerkung ansetzte, doch er kam nicht dazu. Die Tür war noch nicht ganz hinter den drei Konstablern ins Schloss gefallen, da fuhr Miss Torrent ihn auch schon an, nicht einmal laut, aber sehr entschieden: »Mister Delãny! Ich erwarte auf der Stelle eine Erklärung! Was hat es mit diesem Mädchen auf sich? Und versuchen Sie erst gar nicht, mich zu belügen! Ich habe Sie heute Morgen in der Kutsche gesehen. Zusammen mit einem Mädchen!«

»Und warum haben Sie es dann dem Konstabler nicht gesagt?«, fragte Andrej kurz angebunden. Er hatte wahrlich keine Lust auf eine Diskussion über Moral und Anstand, und schon gar nicht mit einer selbst ernannten Suffragette.

»Nun, weil ich ...«

»Keinen Ärger mit den Behörden will?«, fiel ihr Andrej ins Wort. Er nickte. »So wenig wie wir, Miss Torrent. Also wäre es vermutlich das Beste, wenn wir bei dem blieben, was der gute Konstabler bisher zu wissen glaubt.«

»Sie ... Sie erwarten von mir, dass ich den Konstabler belüge?«, ächzte Miss Torrent. »Einen *Polizisten*?«

»Möchten Sie ihm lieber erklären, warum Sie ihn bereits angelogen haben?«, gab Andrej ruhig zurück.

Bei jeder anderen Gelegenheit hätte Andrej ihren bestürzten Ausdruck genossen, aber jetzt drehte er sich nur auf dem Absatz herum und stampfte zornig die Treppe hinauf.

»War das nötig?«, fragte Abu Dun, nachdem er ihm in ihr Zimmer im ersten Stock gefolgt war.

»Was?«

»Diesen Konstabler so zu reizen«, sagte Abu Dun.

»Wann genau haben wir eigentlich die Rollen getauscht?«, erkundigte sich Andrej. Abu Dun war hinter ihm hereingekommen, knallte aber nicht die Tür zu, wie er es gewöhnlich tat, wenn er sich über irgendetwas ärgerte. Andrej holte es für ihn nach, bevor er auf seinen hilflosen Blick antwortete.

»Sonst bist du es doch eigentlich, der die Leute provoziert und dann in aller Ruhe dabei zusieht, wie ich sie wieder beruhige. Vielleicht wollte ich nur, dass du einmal siehst, wie man sich dabei fühlt.«

»Wolltest du nicht«, behauptete Abu Dun. Er wirkte ein bisschen hilflos.

»Nein«, gestand Andrej. »Wollte ich nicht ... entschuldige. Ich war ... nur nicht darauf vorbereitet.«

»Das verstehe ich«, antwortete Abu Dun. »Ich werde auch immer nervös, wenn ich mit einem Vertreter der Obrigkeit reden muss. Wo wir doch sonst so ein gutes Verhältnis zu den Herren haben.«

Er bekam nicht nur keine Antwort, sondern schien sie auch nicht erwartet zu haben, denn er wandte sich unverzüglich um, stapfte zum Fenster und blickte durch einen Spalt in den Gardinen hinaus. »Einer von den Kerlen steht dort unten und beobachtet das Haus«, sagte er nach einer Weile. »Er gibt sich keine Mühe, sich auch nur anstandshalber zu verstecken.«

»Unser Freund Marcus will wohl, dass wir ihn sehen.«

»Und warum?«

»Woher soll ich das wissen?«, fuhr ihn Andrej an. »Und wie kommst du auf die Idee, dass es mich interessiert?«

Abu Dun sah ihn zwar verdutzt an, stellte aber vorsichtshalber keine weitere Frage, sondern drehte sich wieder zum Fenster. Nach einer Weile zog er die Gardine zurück und winkte jemandem zu, der offenbar unten auf der Straße stand. Dem breiten Grinsen nach zu urteilen, das sich auf seinem Gesicht breitmachte, schien er damit genau die beabsichtigte Wirkung zu erzielen. Er ließ die Gardine wieder zurückfallen und lehnte sich mit verschränkten Armen neben dem Fenster an die Wand und sah Andrej nur auffordernd an.

»Es tut mir leid«, sagte der.

Abu Dun nickte. »Es geht immer noch um den Jungen, nicht wahr? Bess auf uns anzusetzen war seine Idee, und ganz ohne Zweifel hat er auch dafür gesorgt, dass Konstabler Marcus weiß, wo er uns findet. Dein kleiner Freund weiß, wie man jemandem Schwierigkeiten bereitet, das muss man ihm lassen.«

»Es war nicht seine Idee«, sagte Andrej impulsiv.

Abu Dun seufzte nur. »Du hast immer noch das Gefühl, ihn in Schutz nehmen zu müssen«, stellte er fest, »obwohl sogar *du* inzwischen begriffen haben solltest, dass er nicht Frederic ist. Wer sonst sollte hinter diesem kleinen Scherz stecken?«

»Loki?«, sagte Andrej. Abu Dun schnaubte nur abfällig. »Wenn Loki uns schaden wollte, hätte er andere Möglichkeiten, Hexenmeister. Er hätte uns längst töten können. Bei Allah, wir haben nicht einmal eine Waffe, um uns zu verteidigen!«

»Vielleicht hat er Wichtigeres zu tun«, sagte Andrej.

»Sicher. Und vielleicht friert die Themse heute Nacht zu!«, schnappte Abu Dun. »Verdammt, Andrej, lass uns von hier verschwinden, solange wir es noch können, ohne die halbe Stadt umbringen zu müssen! Du hast den Konstabler gehört! Was denkst du wohl, warum er uns nicht auf der Stelle verhaftet hat?«

»Weil du es verhindert hättest?«

Abu Dun wischte seine Worte mit einer zornigen Geste zur Seite und ballte zugleich die Faust. »Er glaubt, dass wir etwas mit diesen Morden zu tun haben. Wahrscheinlich hält er mich sogar für das Phantom – oder dich – und rechnet sich schon eine fette Beförderung aus, wenn er uns in Ketten legt und abliefert.«

»Hätte er damit so vollkommen unrecht?«, fragte Andrej ernst.

»Was mich angeht, ja«, erwiderte Abu Dun. »Was du in der Zeit getan hast, in der wir nicht zusammen waren, weiß ich natürlich nicht.«

»Du weißt, wer all diese Leute umgebracht hat«, beharrte Andrej. »Und warum.«

»Wer ...?« Abu Dun wiegte den Kopf. »Du glaubst, Loki und seine Freunde stecken dahinter? Aber warum?«

Andrej hoffte sogar, dass es nur Loki und seine Freunde waren. Und warum? »Hast du noch den Zettel, den Frederic dir gegeben hat?«, fragte er.

»Ben«, korrigierte ihn Abu Dun. »Sein Name ist Ben. Und ja, ich habe ihn noch.«

»Das ist gut«, sagte Andrej. »Dann gehen wir doch einfach zu unserer Verabredung und fragen ihn.«

Kapitel 10

Bis Mitternacht war noch fast eine Stunde, wie ihnen das Schlagen des gewaltigen Uhrwerks auf der anderen Seite des Flusses verraten hatte.

Sie hatten es sich schon lange zu eigen gemacht, zu Verabredungen wie dieser zu früh zu erscheinen. Nicht, dass sich Andrej einbildete, es würde ihnen in diesem speziellen Fall etwas nutzen. Abu Dun und er konnten sich mit Fug und Recht als Meister der Hinterhalte und Fallen bezeichnen ... aber was half schon der raffinierteste Hinterhalt, wenn man ihn jemandem zu stellen versuchte, der ihre *Gedanken lesen* konnte?

Andrej brachte die ebenso leise wie hartnäckig flüsternde Stimme hinter seiner Stirn mit einiger Mühe zum Schweigen und versuchte, sich stattdessen auf ihre Umgebung zu konzentrieren. Der Anblick war deprimierend genug, auch ohne dass die Szenerie noch zusätzlich eines verrückten Göttersprösslings bedurft hätte, der ihnen nach dem Leben trachtete.

Sie waren ein gutes Stück vom *Westminster* entfernt, noch lange nicht in einem der noblen Viertel, der vermeintlich anständigen Seite der Stadt, aber vornehmer als das ärmliche Arbeiterviertel, in dem Miss Torrents schäbige Pension lag. Das Schlagen der riesigen Uhr – die Einheimischen nannten sie *Big Ben*, meinte er sich zu erinnern – war nicht das Einzige, das von der Nähe des Königspalastes und der prachtvollen Bauten kündete, die in seiner Umgebung entstanden waren. Tagsüber mochten die schmalen Straßen zwischen den strohgedeckten Fachwerkhäusern mit ihren überhängenden Stockwerken und den schmalen Fenstern tatsächlich freundlicher aussehen – vielleicht eine Spur (nicht viel) sauberer und ein (klein) wenig prachtvoller –, aber jetzt, in der Nacht, die alle Farben auslöschte und den Schatten mehr Bedeutung verlieh als dem Licht, wirkte alles eng und so bedrückend, dass es einem den Atem nahm. In der Luft hing ein erbärmlicher Gestank, der Zweifel in ihm aufkommen ließ, dass so scharfe Sinne wie die ihren tatsächlich immer ein Segen waren, und etwas … Erwartungsvolles schien über der Stadt zu schweben. Es war keine gute Erwartung.

Andrej fragte sich, ob Meruhe ihm vielleicht ein Geschenk gemacht hatte, das er ganz gewiss nicht haben wollte. Was, wenn er *tatsächlich* einen Blick in die Zukunft getan hatte?

Er verscheuchte auch diesen Gedanken und wandte sich mit einem übertriebenen Stirnrunzeln an Abu Dun. »Und du bist wirklich sicher, dass das die richtige Adresse ist?«

Abu Dun spielte das Spiel mit, indem er den zerknitterten Zettel aus einer der zahllosen Taschen seines Mantels ausgrub und nicht nur so tat, als hätte er Mühe, die Schrift bei dem schlechten Licht zu entziffern, sondern anschließend auch die schmalen Häuser auf der anderen Seite der Straße eines nach dem anderen aus zusammengekniffenen Augen anstarrte. Zweifellos, dachte Andrej, hatten die Häuser in dieser Straße Nummern, aber ebenso offensichtlich hatte es nicht einer ihrer Bewohner für nötig befunden, diese Nummern auf irgendeine Art und Weise anzuschlagen oder sonst wie kenntlich zu machen.

»Ja«, sagte Abu Dun trotzdem. »Das hier ist das Bäckerviertel.«

»Hm«, machte Andrej. »Und warum heißt es dann *Pudding Street?*«

»Das weiß ich auch nicht«, gestand Abu Dun und runzelte übertrieben nachdenklich die Stirn. »Andererseits ... vielleicht hat es mit diesem *Plumpudding* zu tun ... was immer das sein mag.« Er schürzte die Lippen und funkelte Andrej amüsiert an, deutete aber dann sofort auf ein dreigeschossiges Haus nur ein knappes Dutzend Schritte entfernt. Ohne ein weiteres Wort und vollkommen lautlos huschten sie los. Abu Dun erreichte das Gebäude als Erster, ließ eine seiner gewaltigen Pranken auf die Klinke hinabfallen und verzichtete – beinahe zu Andrejs Erstaunen – darauf, sie mitsamt der Tür aus dem Rahmen zu reißen, als er sie verschlossen vorfand.

»Ich werde wohl niemals verstehen, wie man etwas *Plum*pudding nennen kann«, murmelte er halblaut, aber in so angestrengt-nachdenklichem Ton, als wäre die Antwort auf diese Frage gerade jetzt von allergrößter Wichtigkeit. »Wenn du mich fragst, dann klingt das nicht nach etwas, das man essen sollte ... eher nach einem Geräusch, das eine Weile *nach* dem Essen entsteht.«

»Abu Dun!«, sagte Andrej vorwurfsvoll.

»Plumpspudding!« Abu Dun kicherte und sog schnüffelnd die Luft ein. »Und wenn du mich fragst, dann riecht es hier auch passend dazu.«

Andrej hätte ihm gerne widersprochen, musste ihm aber beipflichten, nachdem er seinerseits prüfend die Luft eingeatmet hatte. Es roch nicht einmal schlimmer als auf der anderen Seite des Flusses. Was er spürte, war einfach der allgegenwärtige Gestank der Stadt. Vielleicht fiel er nur umso mehr auf, je mehr sich die Einwohner des entsprechenden Viertels für etwas Besseres hielten.

»Und wenn man genau über dieses Geräusch nachdenkt ...«, begann Abu Dun, und Andrej unterbrach ihn noch schärfer:

»Abu Dun!«

Abu Dun sah ihn nur vorwurfsvoll an und drückte die Türklinke noch ein kleines Stück weiter herunter. Ein leises Knirschen erklang, als sich der an sich robuste Mechanismus des Schlosses in seine Bestandteile auflöste. Er stieß gegen die Tür – sie öffnete sich nach innen, was ungewöhnlich genug war. Dahinter herrschte tiefste Dunkelheit. Andrej lauschte angestrengt und hörte tatsächlich ... irgendetwas, ohne es genau identifizieren zu können. Seine geistigen Fühler tasteten wie unsichtbare Finger umher, spürten das Leben in den umliegenden Häusern und suchten nach etwas, von dem er wusste, dass er es nicht finden würde, wenn es nicht gefunden werden wollte – und fühlten nichts als ein gleichmäßiges mentales Raunen. Mit Ausnahme eines einzelnen Paares in einem Haus auf der anderen Straßenseite, das mit sich selber beschäftigt war, schien das ganze Viertel zu schlafen ... was etlichen von ihnen vielleicht das Leben retten würde, wenn sie an diesem Ort tatsächlich auf den trafen, den sie erwarteten.

Nicht zum ersten Mal fragte sich Andrej, ob es wirklich eine gute Idee gewesen war, hierherzukommen. Sie hatten nichts als einen handgeschriebenen Zettel und Frederics Wort, dass ...

Andrej erschrak. Der Keim des Misstrauens, den Abu Dun in sein Herz gesät hatte, ging bereits auf.

Abu Dun warf noch einen sichernden Blick über die Schulter zurück – nichts rührte sich. Mit Ausnahme einiger weniger trüb brennender Laternen, die über der einen oder anderen Tür hingen, oder ein schlampig gemaltes Schild, das aus der Schwärze aufzutauchen schien, lag die Straße vollkommen dunkel und still da. Er ergriff die Tür mit beiden Händen, damit die ledernen Angeln kein verräterisches Geräusch verursachten, und drückte sie weiter auf. So lautlos wie ein Schatten huschte er hindurch, verschmolz mit der Schwärze des Zimmers und kam dann zurück, um ihm beruhigend und auffordernd zugleich zuzuwinken. Andrej schlüpfte hinter ihm durch die Tür und nutzte den Moment, um sich in dem wenigen Licht umzusehen, das von der Straße hereinfiel. Sie befanden sich in einem unerwartet großzügig geschnittenen Raum, der tagsüber vermutlich sehr hell und freundlich wirkte, denn nahezu die ganze Wand neben der Tür bestand aus einem hölzernen Laden, der komplett nach oben geklappt werden konnte und Licht und Luft hereinließ. Die große Verkaufstheke war überraschend sauber, und in den langen Reihen von leeren Regalen wurden tagsüber wohl Brot, Kuchen und andere Backwaren feilgeboten. Es roch nach Mehl und Brot, darunter aber auch ganz sacht nach etwas Verdorbenem – ein Geruch, der weder hierher noch in irgendein anderes Haus gehörte, in dem Menschen lebten. Er nahm einen leisen Brandgeruch wahr, der aus dem angrenzenden Raum hereinwehte, und die gleichmäßigen Atemzüge von zwei oder drei Menschen, die in einem der oberen Stockwerke schliefen.

Andrej zog die Tür hinter sich zu, und vollkommene Dunkelheit umgab sie, dann hörte er Abu Dun irgendwo vor sich rumoren, und ein blassroter Schein fiel durch eine weitere Tür herein, gefolgt von einem Schwall trockener Wärme und noch intensiverem Brandgeruch. Auf einen lautlosen Wink Abu Duns hin folgte er ihm in die angrenzende, weit größere Backstube und wartete, bis sich seine Augen an das mattrote Licht gewöhnt hatten.

Im Gegensatz zum ersten Raum, in dem Sauberkeit und Ordnung geherrscht hatten, fand Andrej hier ein unglaubliches Chaos vor: Überall standen Körbe und schmuddelige Kisten mit hart gewordenem Brot und anderen Backwaren, vergammelten Zutaten, klumpig gewordenem Mehl oder einfach nur Unrat. Die Luft roch schlecht, verbraucht und nach verbrannter Holzkohle und angebranntem Teig, und es war fast unmöglich, auch nur einen Schritt zu tun, ohne auf irgendetwas zu treten oder irgendwo anzustoßen. Das rötliche Schimmern kam von gleich drei großen Backöfen, die zwar aussahen, als würden sie vor allem von den Gebeten und guten Wünschen ihres Besitzers zusammengehalten, dennoch aber alle drei noch brannten. Die Glut hinter den offen stehenden Klappen war zu winzigen Häufchen heruntergebrannt, zugleich aber so sorgsam geschichtet, dass sie bis zum nächsten Morgen durchhalten würde – falls bis dahin hier drinnen nicht alle erstickt waren, dachte Andrej.

»Was für ein Schweinestall«, murmelte Abu Dun. Er schnüffelte demonstrativ. »Und diese Stadt ist also das Herz eurer westlichen Zivilisation? Kein Wunder, dass eure Pfaffen so oft vom Weltuntergang und der ewigen Verdammnis reden. Sie müssen diesen Ort hier kennen.«

Andrej wollte gerade antworten, als er ein Geräusch hörte. Er hob warnend die Hand, auch wenn es nicht wirklich notwendig gewesen wäre, denn auch Abu Dun war mitten in der Bewegung erstarrt und hatte eine leicht geduckte, angespannte Haltung angenommen. Seine Hand lag auf seinem Gürtel, der unglückseligerweise genauso leer war wie sein eigener. Vielleicht war es kein Fehler gewesen hierherzukommen, dachte Andrej, aber es unbewaffnet zu tun, war nicht klug gewesen.

Schritte näherten sich, und der gelbe Schein einer Laterne tanzte die Treppe herunter. Abu Dun wich rasch an die Wand neben der Tür zurück und versuchte mit den Schatten zu verschmelzen, und Andrej ertappte sich dabei, instinktiv nach irgendetwas Ausschau zu halten, das er als Waffe benutzen konnte. Alles, was er auf Anhieb sah, war eine mehlverklebte Teigrolle, aber damit wäre er sich nun doch zu albern vorgekommen.

Doch eine Waffe war nicht nötig. Schritte und Licht kamen rasch näher, dann betrat Frederic die Backstube. Hinter ihm schien noch etwas zu sein, etwas wie ein flackernder Schatten, den er weder mit Blicken fixieren noch mit seinen anderen Sinnen wirklich erfassen konnte. Vielleicht war es ja wirklich nur ein Schatten.

»Ihr seid zu früh«, sagte Frederic. Er sah müde aus. Das gelbe Licht beschien sein Gesicht von unten und legte es in Falten, als wäre er nicht zwölf, sondern zweihundert Jahre alt, und der Blick seiner Augen wirkte beinahe noch älter.

»Wir sind nicht ...« Andrej machte eine ärgerliche Geste, mit der er aber hauptsächlich seine eigenen verwirrten Gedanken zu vertreiben versuchte. »Was tust du hier, verdammt noch mal? Du solltest London verlassen!«

»Er wird nicht kommen«, sagte der Junge, als hätte er seine Worte gar nicht gehört. Seine Stimme klang flach und sonderbar schleppend. »Ich soll euch sagen, dass er nicht kommen wird. Und ihr eure Chance hattet.«

»Was, zum Teufel, soll das heißen?«, polterte Abu Dun, während er mit einem Schritt aus dem Dunkel heraustrat und zornig eine Hand nach dem Jungen ausstreckte. Andrej spannte sich an, um ihn zurückzureißen, sollte es notwendig sein, doch Abu Dun hielt im letzten Moment inne, vielleicht, weil Frederic so vollkommen anders reagierte, als er erwartet haben mochte. Jeder andere an seiner Stelle – egal, ob Knabe oder Mann – wäre erschrocken zurückgeprallt oder wenigstens zusammengefahren, aber Frederic reagierte überhaupt nicht. Wie in Trance hob er den Kopf und sah den Nubier an. In seinen Augen war nicht einmal ein Schatten von Furcht zu erkennen.

Aber wenn man es genau nahm, dachte Andrej schaudernd, dann war darin auch sonst nicht viel zu erkennen.

Nicht einmal Leben.

»Frederic?«, sagte er.

Der Junge reagierte nicht. Er sah weiter zu Abu Dun hoch, doch Andrej erkannte nun, dass er den Nubier nicht wirklich ansah, sondern geradewegs durch ihn hindurchstarrte. »Frederic?«, murmelte er noch einmal. Als er auch jetzt keine Antwort bekam, versuchte er es noch einmal: »Ben?« Wieder erhielt er keine Antwort.

»Hier stimmt etwas nicht, Hexenmeister?«, fragte Abu Dun.

Andrej ignorierte ihn, ließ sich vor dem Jungen leicht in die Hocke sinken und versuchte seinen Blick einzufangen, aber es gelang ihm erst, nachdem er die Hand unter Frederics Kinn legte und ihn zwang, ihn anzusehen.

»Verdammt noch mal, was hat er dir angetan, Frederic?«, fragte Andrej. Er versuchte, in den Jungen hineinzulauschen, und da ... war etwas. Er konnte nicht sagen, was, aber es machte ihm Angst. Und es machte ihn zornig.

»Du solltest dich lieber fragen, was er *uns* antun wird, Andrej!«, sagte Abu Dun beschwörend. »Das ist eine Falle, siehst du das denn nicht?! Wir müssen weg!«

»Ja«, antwortete Andrej grimmig. »Aber nicht allein.« Er stand auf, nahm Frederic die Laterne ab und legte ihm die andere Hand auf die Schulter.

Frederic riss sich mit einer so unerwartet heftigen Bewegung los, dass Andrej um ein Haar das Gleichgewicht verloren hätte und Abu Dun instinktiv nach einer Waffe griff, die er gar nicht hatte. Die Lampe in Frederics Hand schaukelte so heftig, dass sich die Backstube mit tanzenden Schatten füllte.

»Ihr seid zu früh«, sagte er noch einmal.

»Zu früh wofür?«, fragte Abu Dun scharf, streckte seinerseits die Hand aus und packte den Jungen so hart am Oberarm, dass dieser vor Schmerz zusammenzuckte.

Zorn loderte heiß in Andrej hoch, und er versuchte, Abu Duns Hand beiseitezuschlagen, doch der Nubier stieß ihn nur mit dem anderen Arm fort und drückte noch fester zu. Frederic keuchte.

»Zu früh wozu?«, wiederholte Abu Dun. »Mach den Mund auf, mein Junge, oder ich schwöre dir, dass ich dir den Arm herausreiße!«

»Abu Dun, hör auf!«, keuchte Andrej. »Hast du den Verstand verloren?«

Abu Dun packte ganz im Gegenteil nur noch fester zu. Frederic ächzte vor Schmerz, versuchte noch einmal sich loszureißen und fiel dann wimmernd auf ein Knie. Die Lampe entglitt seinen Fingern und zerbrach klirrend. Abu Dun trat die Flamme aus, bevor sie das auslaufende Öl in Brand setzen konnte.

»Bitte, Herr!«, wimmerte Frederic. »Es tut weh! Ihr brecht mir den Arm!«

»Ich breche dir den Hals, wenn du nicht redest«, sagte Abu Dun. »Also?«

»Abu Dun, lass ihn los«, sagte Andrej ernst. »Wenn du ihm etwas antust ...« Was dann?, dachte er. Er war ebenso unbewaffnet wie Abu Dun, und in einem Kampf mit bloßen Händen hatte er nicht einmal den Hauch einer Chance gegen den nubischen Riesen.

Dann breitete sich kaltes Entsetzen in ihm aus, als ihm bewusst wurde, was er da gerade gedacht hatte. Hatte er wirklich daran gedacht, Abu Dun anzugreifen? Was ... geschah mit ihm?

»Ich ... weiß es nicht, Herr!«, wimmerte Frederic. »Bitte, es tut so weh! Ich weiß nichts! Nur dass ... ich bis Mitternacht warten und euch dann nach oben bringen soll! Bitte! Ihr brecht mir den Arm!«

Abu Dun ließ ihn zwar immer noch nicht los, verringerte aber den Druck auf seine Schulter ein wenig, während seine zu schmalen Schlitzen zusammengepressten Augen die Dunkelheit hinter der Tür zu durchdringen versuchten – seinem Gesichtsausdruck nach zu schließen vergeblich.

»Bitte lass ihn los, Abu Dun«, sagte Andrej. *»Sofort!«*

Im ersten Moment schien Abu Dun auch jetzt nicht auf seine Worte zu hören, aber schließlich ließ er den Jungen doch los. Frederic brach endgültig ächzend in die Knie und presste die Hand auf die Schulter. Seine Augen glänzten feucht.

»Dann sollten wir vielleicht nach oben gehen und nachsehen, was dort auf uns wartet«, grollte Abu Dun.

Nach kurzer Überlegung trat er an eine offenstehende Ofenklappe heran und setzte ein Holzscheit in Brand, das er irgendwo herzauberte, um es als improvisierte Fackel zu benutzen. Andrej tat es ihm nach kurzem Zögern gleich, trat aber nicht sofort an seine Seite, sondern beugte sich zu Frederic hinab, der immer noch seine schmerzende Schulter massierte.

»Du bleibst hier«, sagte er. »Wenn irgendetwas passiert, das dir seltsam vorkommt, dann läufst du weg, hast du das verstanden?«

Frederic blickte aus tränenumflorten Augen zu ihm hoch, schaffte ein zaghaftes Nicken und war so schnell verschwunden, als hätte er sich buchstäblich in Luft aufgelöst.

Andrej blickte ihm konsterniert hinterher, während Abu Dun – selbstverständlich – ein leises, schadenfrohes Lachen hören ließ. Als Andrej sich verärgert zu ihm herumdrehte, wurde er jedoch schlagartig ernst.

»Wenn das hier vorüber ist, müssen wir uns einmal gründlich unterhalten, Hexenmeister«, sagte er.

»Worüber?«, fragte Andrej spröde.

»Über diesen Jungen«, antwortete Abu Dun. »Du bist besessen von ihm, Andrej. Das ist nicht gut.«

»Nein, das ist Unsinn!«

»Es ist nur ein Name, Andrej«, sagte Abu Dun, ohne seine Worte zur Kenntnis zu nehmen. »Wahrscheinlich gibt es tausend Burschen dieses Namens, allein in dieser Stadt und noch unzählige mehr in diesem Land. Willst du sie alle in dein Herz schließen, nur weil sie zufällig Frederic heißen? Du weißt, was mit ihm geschehen ist. Hast du Wien vergessen?«

Wie konnte er das? Er fühlte leise Bitterkeit, als er an das letzte Mal dachte, als er Frederic – den wirklichen Frederic! – gesehen hatte, aber er erlaubte sich nicht, dem Gedanken nachzuhängen. Abu Dun hatte recht, mit jedem Wort, das er gesagt hatte, und zugleich täuschte er sich so sehr, wie es überhaupt nur möglich war.

Es war nicht nur sein Name. Allein die Idee war lächerlich. In den unzähligen Jahren ihrer Suche hatten sie mehr als einen Frederic getroffen, und er hatte niemals so ähnlich gefühlt. Etwas an diesem Jungen war …

Nein, er wusste es nicht. Etwas an ihm war anders. Und ungeheuer wichtig.

»Schauen wir nach, welche Überraschung unser Freund für uns vorbereitet hat«, sagte Abu Dun.

Andrej widersprach nicht. Aber sein Gefühl sagte ihm, dass nichts Gutes sie erwartete.

Er sollte recht behalten.

Kapitel 11

Das Erste, das ihm auffiel, war der Geruch.

Er war falsch. Die Bäckerei roch nicht so, wie eine Bäckerei riechen sollte. Wahrscheinlich taten das die wenigsten Bäckereien in dieser Stadt (ebenso wenig wie die Metzgereien, Fischhandlungen, Konditoreien, Gemüsehandlungen und sonstigen Kaufleute, deren einziger Daseinszweck darin zu bestehen schien, seinen feinen Geruchssinn zu beleidigen), aber das hier war … anders. Unangenehmer. Der Geruch, der ihnen entgegenschlug, als sie hintereinander die schmale Stiege zum ersten Stockwerk hinaufgingen, war nicht muffig oder der von schlecht gewordenem Mehl und schimmelndem Brot, den er erwartet hätte, sondern viel schlimmer.

Es stank nach Tod. Aber nicht nach jener direkten, blutigen Art des Todes, die sie nur zu gut kannten und die ihr beider Handwerk war, sondern nach etwas Subtilerem und sehr viel Schlimmerem: Nach Dingen, die vor langer Zeit hier oben gestorben, aber trotzdem noch da waren – als lauere etwas Uraltes und Fauliges irgendwo über ihnen in den Schatten und beobachte sie.

Andrej schüttelte den Gedanken ab und belegte sich selbst mit einigen wenig schmeichelhaften Bezeichnungen. In diesem Haus war also etwas gestorben. Und? Das traf vermutlich auf jedes zweite Haus in London zu. Abu Dun hatte sich nicht getäuscht: Er war nervös. Besser er vergaß nicht, dass nervöse Männer dazu neigten, Fehler zu machen.

Auch Abu Dun war sehr vorsichtig. Die Treppe endete in einem winzigen Absatz, von dem gleich drei Türen abgingen. Alle drei waren geschlossen, und durch eine drang ein grunzendes Schnarchen, das laut genug war, um vermutlich noch unten auf der Straße gehört zu werden. Der tote Geruch sickerte durch die Ritzen der Tür zur Linken.

Abu Dun deutete darauf, umfasste seine improvisierte Fackel fester und schob die Tür mit der anderen Hand auf. Die ledernen Scharniere knarrten, und ein Schwall trockener, nach Staub und Mehl und Fäulnis riechender Luft schlug ihnen entgegen. Abu Dun duckte sich unter dem niedrigen Türsturz durch und drehte sich einmal langsam um sich selbst, während Andrej draußen auf dem Treppenabsatz zurückblieb und die beiden anderen Türen im Auge behielt.

Hinter der Tür befand sich ein Lagerraum, in dem sich Säcke, Körbe und roh zusammengezimmerte Kisten türmten. Hier herrschte nicht nur eine unglaubliche Unordnung, sondern auch ein solcher Schmutz, dass sich selbst Andrej vornahm, in dieser Bäckerei ganz gewiss nichts zu kaufen. Es war zwar unmöglich, ihn zu vergiften, aber es gab Grenzen ...

»Nichts«, murmelte Abu Dun. »Obwohl ...« Er drehte sich noch einmal herum, ging in die Hocke, griff hinter einen schmutzigen Sack Mehl und zog eine tote Ratte am Schwanz dahinter hervor. Mit einem leicht angewiderten Laut richtete er sich wieder auf. »Das ist seltsam«, murmelte er.

»Das ist nicht seltsam, das ist eine tote Ratte«, antwortete Andrej. »Und es wundert mich kein bisschen. Wahrscheinlich hat sie von dem Brot gegessen und ist daran verendet.«

Abu Dun blieb ernst. »Sie ist schon eine Weile tot, und sie ist nicht hier gestorben. Jemand hat sie hierher gelegt.«

»Vielleicht ein neidischer Konkurrent, der dem guten Mann schaden wollte?« Andrej sah sich demonstrativ um. »Obwohl ich mir nicht vorstellen kann, was den Ruf dieses Etablissements noch schlechter machen könnte.«

»Oder jemand, der uns hier heraufllocken wollte«, sagte Abu Dun und legte den toten Nager sorgsam wieder zurück.

»Und wozu?«

»Sehen wir uns um«, schlug Abu Dun vor. »Dann finden wir es vielleicht heraus.«

Aber sie kamen nicht mehr dazu. Unten in der Backstube klirrte etwas, dann hörten sie einen dumpfen Schlag, der selbst die Bretter unter ihren Füßen erzittern ließ. Das Schnarchen hinter der Tür brach abrupt ab, und nur einen Moment später wurde die Tür aufgerissen, und die lächerlichste Gestalt erschien, die Andrej seit langer Zeit gesehen hatte. Es musste der Bäckermeister sein – zumindest trug er ein knöchellanges Nachthemd von derselben schmutziggrauen Farbe wie sein Mehl, und auch sein Gesicht war mit einer feinen grauen Schicht überpudert. Auf dem Kopf trug er eine Schlafmütze mit einem langen, bis auf die Brust fallenden Zipfel, und seine nackten Füße steckten in zerschlissenen Latschen, durch deren Löcher seine schmutzigen Zehennägel zu erkennen waren. In der linken Hand hielt er eine brennende Kerze, von der Wachs zu Boden tropfte, in der rechten dieselbe improvisierte Waffe, die auch Andrej unten in der Backstube kurz in Betracht gezogen und wieder verworfen hatte: eine hölzerne Teigrolle.

»Was ...?«, nuschelte er verschlafen.

»Wir hätten gerne zwei Laib Brot und etwas von Eurem besten Gebäck«, sagte Abu Dun lächelnd. »Und dazu noch eine tote Ratte, wenn es möglich wäre.«

Der Mann starrte ihn an, klappte den Mund auf und wieder zu und ächzte.

»Aber nur, wenn es Euch keine allzu großen Umstände bereitet«, fügte Andrej hinzu, »und Ihr Euch noch erinnert, wo Ihr sie hingelegt habt.«

Der Bäcker ächzte laut, riss seinen Blick mit sichtlicher Mühe von Abu Dun los und starrte nun stattdessen Andrej an. »Wer seid ihr?«, brachte er irgendwie heraus. »Und was ... was habt ihr hier verloren?«

»Ach, nichts«, antwortete Abu Dun leichthin. »Wie gesagt: zwei Laib Brot und ein wenig Gebäck wären hervorragend.«

»Die tote Ratte nicht zu vergessen«, fügte Andrej hinzu. »Es sei denn, Ihr habt sie verlegt.«

Der Mann gab ein Geräusch von sich wie ein Fisch auf dem Trockenen und wich einen halben Schritt ins Zimmer zurück. Die Kerze in seiner Hand und seine Nudelholzkeule zitterten um die Wette. »Wenn ihr Einbrecher seid ...«

»Sind wir nicht«, unterbrach ihn Andrej. »Was gäbe es hier schon zu holen?« Gleichzeitig lauschte er konzentriert ins Erdgeschoss hinab. Der Lärm war verstummt, und er hörte weder Atemzüge noch den Herzschlag eines Menschen. Vielleicht war nur etwas umgefallen.

»Und was wollt ihr dann?«, krächzte der Bäcker. »Zwei Laib Brot und eine tote Ratte«, sagte Abu Dun. Er klang ein wenig ungeduldig.

»Hör nicht auf ihn«, riet Andrej. »Er ist gar nicht hier. Genau so wenig wie ich.«

»Das ... das ist ein Traum«, stammelte der Bäcker.

»Stimmt«, grinste Abu Dun.

»Um genau zu sein, bin ich der Traum«, fügte Andrej hinzu und deutete auf Abu Dun. »Er ist ein Albtraum.«

Abu Dun ließ sein strahlend weißes Gebiss aufblitzen und nickte so heftig, dass sein Turban wackelte, und die Augen des Mannes quollen ein sichtbares Stück aus den Höhlen.

»Warum legst du dich nicht einfach hin und schläfst weiter?«, sagte Andrej. »Wenn du morgen früh wach wirst, ist alles vergessen.«

»Ja, das scheint mir eine gute Idee«, murmelte der Mann. Er blinzelte noch ein paarmal, drehte sich dann um und schlurfte endgültig zurück ins Zimmer. Abu Dun machte ein verblüfftes Gesicht, als die Tür hinter ihm zufiel.

Kurz darauf erscholl auf der anderen Seite der Tür ein wütendes Gebrüll, dann wurde sie erneut aufgerissen, und der Bäcker stürmte heraus. Er sah plötzlich ganz und gar nicht mehr komisch aus, was vielleicht daran lag, dass er das Nudelholz gegen ein gewaltiges Messer mit einer schartigen, aber blitzsauberen Klinge getauscht hatte. »Wenn ihr Diebesgesindel glaubt«, brüllte er, »dass ich ...«

Abu Dun nahm ihm das Messer ab, versetzte ihm eine schallende Ohrfeige und fing ihn auf, als er bewusstlos zusammenbrach. Beinahe ohne hinzusehen, warf er den Mann zurück durch die Tür und so zielsicher in sein Bett, dass das Möbelstück unter dem Aufprall bedrohlich zu wanken begann. »Mut hatte er immerhin«, sagte er.

Andrej bedachte ihn mit einem schrägen Blick und behielt seinen Kommentar für sich. Den annähernd sieben Fuß großen Riesen mit nichts als einem Küchenmesser anzugreifen, war seiner Meinung nach eher selbstmörderisch als mutig.

Abu Dun stieß nur zur Sicherheit auch noch die dritte Tür auf und warf einen Blick in den dahinterliegenden Raum, der aber nur weitere Säcke mit grauem Mehl und hart gewordenem Gebäck enthielt – und noch mehr Unordnung und Schmutz.

»Bleibt die Frage, warum er uns herbestellt hat«, sagte Abu Dun nachdenklich. »Doch bestimmt nicht nur, um dieses arme Bäckerlein zu erschrecken.«

Andrej lauschte in sich hinein. Es war nahezu Mitternacht und damit die Zeit, zu der Frederic sie herbestellt hatte. Nach wie vor war er der Auffassung, dass es ein Leichtes war, eine Falle gegen genau den zu wenden, der sie aufgestellt hatte – doch dazu musste man sie erst einmal erkennen.

Er wandte sich um, begann die Treppe wieder hinunterzugehen und blieb auf halber Höhe stehen. Jemand – etwas – wartete dort unten auf sie. Andrej hörte nichts. Selbst seine übermenschlich scharfen Sinne verrieten ihm nichts – aber etwas war da. Er wusste es einfach – vielleicht gewarnt von einem zusätzlichen Sinn, von dessen Existenz er bisher nicht einmal etwas geahnt hatte.

Abu Dun, der nur eine Stufe über ihm war, schien es ähnlich zu ergehen. Andrej hörte, wie er scharf die Luft einsog, und konnte spüren, wie er sich anspannte.

»Warte hier«, raunte der Nubier. »Ich gehe außen rum.« Er zog sich nahezu lautlos zurück. Nur einen Moment später hörte er das Geräusch der ledernen Angeln und dann das Klappern eines Fensterladens. Andrej zählte in Gedanken langsam bis zwanzig, kam zu dem Schluss, dass Abu Dun jetzt genug Zeit gehabt hatte, außen an der Wand hinunterzuklettern und das Haus zu umrunden, und setzte seinen Weg dann fort. Der Span in seiner Hand war nahezu heruntergebrannt, sodass er bereits die Hitze der Flamme spürte, aber der flackernde rote Schein reichte immer noch aus, um ihm zu zeigen, dass die Backstube nach wie vor leer war. Und er spürte deutlicher denn je, dass irgendetwas auf ihn lauerte.

Aber anders als zuvor war an diesem Gefühl plötzlich ganz und gar nichts Unheimliches mehr. Andrej verspürte ganz im Gegenteil eine seltsame Mischung aus Neugier und Erregung, als er begriff, dass er hier keineswegs einer neuen und bisher unbekannten Bedrohung gegenüberstand. Es waren seine Sinne, die sich plötzlich erweitert hatten, die Welt in einer ganz anderen, größeren Dimension wahrnahmen und ihm Dinge zeigten, von deren Existenz er bisher nicht einmal eine Ahnung gehabt hatte. Irgendetwas geschah mit ihm, etwas Erstaunliches und Großes. Andrej war nicht ganz sicher, ob er Angst davor haben sollte.

Dann hörte er doch etwas: Schritte. Sie erklangen draußen auf der Straße und stammten von jemandem, der sich keine Mühe gab, leise zu sein, sondern eher das genaue Gegenteil zu beabsichtigen schien. Es war nicht Abu Dun, so viel zumindest war ihm klar.

Kurz darauf wurde lautstark gegen die Tür gehämmert, und eine befehlsgewohnte Stimme rief: »Mister Delãny! Öffnen Sie! Wir wissen, dass Sie dort drin sind!«

»Konstabler Marcus?«, murmelte Andrej erstaunt, nur zu sich selbst gewandt und viel zu leise, als dass seine Stimme draußen auf der Straße zu hören sein konnte.

Er bekam trotzdem eine Antwort, auch wenn die Stimme nicht dem Konstabler gehörte und nicht draußen auf der Straße erklang, sondern hinter ihm. »Aber der gute Konstabler hat dir doch gesagt, dass er dich im Auge behalten wird, Andrej. Hast du ihm etwa nicht geglaubt?«

»Frederic.« Warum war er eigentlich überrascht? Im Nachhinein wurde ihm klar, dass es Frederics Anwesenheit gewesen war, die er die ganze Zeit über gespürt hatte. Er war die ganze Zeit über in ihrer Nähe gewesen, nur hatten sie ihn – warum auch immer – nicht gesehen.

Andrej hob seine improvisierte Fackel höher, um Frederics Gesicht besser erkennen zu können. Lag es an den zuckenden Schatten, dem flackernden roten Licht oder an seiner Nervosität, dass er sich einbildete, etwas unheimlich Vertrautes in seinen Zügen zu erkennen, etwas, das ganz und gar unmöglich da sein konnte?

Ein Rascheln wie von Stoff erklang, und eine lockige kleine Gestalt in einem schmuddeligen Spitzenkleid, das ihr um mehrere Nummern zu groß war, tauchte aus dem Verkaufsraum auf, streifte Andrej mit einem scheuen Blick und eilte dann mit trippelnden

Schritten an Frederics Seite. Das Hämmern gegen die Eingangstür wiederholte sich. »Mister Delãny!«, rief Marcus. »Wir wissen, dass Sie dort drinnen sind! Und wir wissen auch, wer bei Ihnen ist und warum! Also machen Sie es nicht noch schlimmer, als es ohnehin schon ist, und öffnen Sie!«

»Bess?«, fragte Andrej. »Was tust du hier?« Als ob er das nicht wüsste! »Das ist albern, Frederic«, sagte er. »Und damit wirst du keinen Erfolg haben. War das deine Idee?«

»Warum?«, fragte Frederic. Seine Augen funkelten, und in seinem Blick lag etwas Altes, Wissendes.

Er zwang sich trotzdem, ihm standzuhalten. »Weil es kindisch ist«, antwortete er und deutete auf das Mädchen. »Wenn er mich in Verlegenheit bringen wollte, dann ist ihm das gelungen. Aber mehr auch nicht.«

»Verlegenheit?« Frederic grinste hässlich. »Ja, so kann man es nennen, glaube ich. Das Wort gefällt mir.«

»Mister Delãny, meine Geduld hat Grenzen!«, drang Marcus' Stimme durch die geschlossene Tür. »Öffnen Sie jetzt oder wir verschaffen uns gewaltsam Zutritt! Ich gebe Ihnen eine Minute Zeit!«

Andrej hörte nicht einmal hin. Er versuchte Bess' Blick festzuhalten, aber es gelang ihm nicht. Das Mädchen trat unbehaglich von einem Fuß auf den anderen und wich seinem Blick aus, aber Andrej sah trotzdem, wie wenig wohl es sich in seiner Haut fühlte. Er sah jetzt auch, dass es sich nicht nur zusätzliche Locken ins Haar gedreht, sondern sich auch ebenso ungeschickt wie aufdringlich geschminkt hatte.

»Bess«, sagte er müde. »Wer hat dir gesagt, dass du das tun sollst? Frederic? Oder jemand anders?«

Bess antwortete nicht, sondern warf dem Jungen einen Hilfe suchenden Blick zu. Sie begann verlegen auf der Unterlippe zu kauen. Andrej konnte ihr ansehen, dass sie sich weit, weit weg wünschte, und sein ohnehin nur schwacher Zorn auf sie verrauchte endgültig. Er wandte sich wieder an Frederic.

»Du weißt nicht, worauf du dich einlässt, Junge«, sagte er. »Was immer euch dieser angebliche Mister Smith auch gesagt haben mag, ist gelogen. Er ist kein guter Mensch, glaub mir.«

»Nein, ist er nicht?« sagte Frederic schnippisch.

»Wenn man es genau nimmt, ist er überhaupt kein Mensch«, fuhr Andrej fort. Er dachte an Meruhes Warnung. Etwas würde geschehen, etwas sehr Schlimmes. Und er wusste, dass sie die Wahrheit gesagt hatte. »Aber das spielt im Moment keine Rolle. Ich möchte, dass ihr die Stadt verlasst, beide, und nehmt am besten alle eure Freunde mit. Noch heute Nacht.«

»Ah ja?«, griente Frederic. »Und wenn wir gar nicht gehen wollen?«

»Dann werde ich dich dazu zwingen«, sagte Andrej ernst. »Oder zumindest sie.«

Er deutete auf Bess, und das Mädchen wich so erschrocken zurück, als hätte er ausgeholt, um sie zu schlagen.

»Na, da bin ich aber mal gespannt, wie du das machen willst«, sagte Frederic und zog sein schartiges Messer mit der abgebrochenen Klinge. Dieser fremde und zugleich so erschreckend vertraute Ausdruck war noch immer in seinen Augen.

Andrej seufzte. »Hör mit dem Unsinn auf, Frederic«, sagte er. »Ich verschwinde jetzt. Bess nehme ich mit, und du solltest besser auch gehen.«

Frederic trat grinsend hinter Bess, legte ihr besitzergreifend die linke Hand auf die Schulter und schüttelte den Kopf. »Das kann ich nicht zulassen, fürchte ich«, sagte er, grinste noch breiter und schnitt ihr die Kehle durch.

Andrej wollte schreien, aber er konnte es nicht. Er wollte sich auf den Jungen stürzen und ihm das Messer entreißen, auch wenn es dazu viel zu spät war, aber auch das konnte er nicht. Er stand einfach nur wie gelähmt da und starrte, während Bess das hellrote Blut aus der durchschnittenen Kehle lief. Vergeblich versuchte er zu begreifen, was er sah. Bess' Augen weiteten sich. Da war kein Schmerz in ihrem Gesicht und in ihrem Blick und auch keine Furcht, nur Erstaunen und Fassungslosigkeit. Sie wollte etwas sagen, aber alles, was über ihre Lippen kam, war ein weiterer Schwall Blut. Langsam sank sie auf die Knie, hob die Hände, wie um nach der schrecklichen Wunde an ihrem Hals zu greifen, und fiel dann auf die Seite. Ihre Augen erloschen, und in der gleichen Sekunde spürte Andrej, wie das Leben aus ihr wich.

Und endlich fiel die Lähmung von Andrej ab. Mit einem Schrei warf er sich nach vorne, entriss Frederic das Messer und versetzte ihm mit der anderen Hand einen Hieb, der ihn quer durch die Backstube und gegen eine offenstehende Ofenklappe schleuderte, wo er bewusstlos zusammenbrach. Vielleicht auch tot. In diesen Moment war das Andrej gleich.

Draußen auf der Straße wurde es plötzlich laut. Andrej glaubte Schreie zu hören, hastig trappelnde Schritte und vielleicht sogar die Geräusche eines Kampfes, dann fielen kurz hintereinander zwei, drei Musketenschüsse.

Andrej achtete auf nichts von alledem. Noch immer wie betäubt, sank er neben dem toten Mädchen auf die Knie, ließ das blutige Messer fallen und drehte es auf den Rücken. Bess' Augen waren noch immer weit geöffnet und schrecklich leer. Aber er las trotzdem einen stummen Vorwurf in ihrem Gesicht, den er vielleicht nie wieder vergessen würde.

Bess war tot. Ein weiteres Leben, das sinnlos ausgelöscht worden war, das aus dem einzigen Grund enden musste, weil dieses Kind das Pech gehabt hatte, im falschen Moment seinen Weg zu kreuzen.

Der Lärm auf der Straße nahm zu. Weitere Stimmen und Schreie ertönten, dann knallte abermals eine Muskete. Doch Andrej nahm es so wenig wahr wie das Krachen, mit dem die Tür eingeschlagen wurde, und die polternden Schritte, mit denen mindestens ein halbes Dutzend Männer hintereinander hereindrängten.

Alles in ihm war ... leer. Sein rasender Zorn auf Frederic war genauso schnell erloschen, wie er gekommen war, und selbst der Schmerz um das tote Mädchen war mit einem Male sonderbar unwirklich – wie etwas, von dem er nur glaubte, es zu empfinden, weil etwas in ihm der Meinung war, es zu müssen.

Der Span, den er fallen gelassen hatte, hatte etwas in Brand gesetzt, das jetzt heftig qualmte. Eine der schattenhaften Gestalten, die hinter ihm durch die Tür drängten, trat die Flammen aus, und eine Hand senkte sich auf seine Schulter und versuchte, ihn von dem toten Mädchen wegzureißen. Andrej schleuderte den Mann von sich, beugte sich nur noch weiter vor und versuchte, Bess hochzuheben, ohne dass er selbst genau wusste warum, aber seine Hände waren glitschig vom Blut des toten Mädchens, und bevor er noch einmal zugreifen konnte, waren plötzlich mehr Männer da, sehr viel mehr, die ihn packten und auf die Füße rissen. Jemand drehte ihm brutal die Arme auf den Rücken, und ein Tritt in die Kniekehlen ließ ihn abermals auf die Knie fallen.

Andrej hätte sich ohne Mühe losreißen und die Männer einen nach dem anderen niederschlagen können, aber er versuchte nicht einmal, sich zu wehren. Das flackernde gelbe Licht von vier oder fünf Sturmlaternen erfüllte plötzlich die Backstube, und noch mehr Männer mit schwarzen Capes und hohen Hüten drängten in den Raum. Mindestens drei Musketen richteten sich auf ihn, und ein weiterer Mann hatte einen schlanken Säbel gezogen, mit dem er ebenso wild wie sinnlos herumfuchtelte. Konstabler Marcus kniete über dem toten Mädchen, drehte ihm den Rücken zu und betastete mit spitzen Fingern ihren Hals, als gäbe es den geringsten Zweifel daran, dass sie tot war. So blieb er eine geraume Weile hocken, griff dann nach dem blutigen Messer, das Andrej neben ihr fallen gelassen hatte, und drehte es ein paarmal in den Fingern, bevor er aufstand, ein Taschentuch aus dem Mantel zog und den abgebrochenen Dolch darin einwickelte. Mit einem Zipfel desselben Tuches wischte er sich sorgsam die Hände ab, erst dann drehte er sich zu Andrej herum.

»Ich nehme an, Sie haben eine gute Erklärung für das alles hier, Mister Delãny?«, fragte er. Seine Stimme war ausdruckslos.

Andrej schwieg.

»Ja, das dachte ich mir.« Marcus wandte sich an einen anderen Mann, der den reglosen Frederic mit kundigen Fingern untersuchte. »Was ist mit dem Jungen?«

»Er lebt noch, Sir. Scheint Glück gehabt zu haben.«

»Glück, so«, murmelte Marcus und drehte sich wieder ganz zu Andrej. »Das scheint ja dann wohl doppeltes Glück zu sein. Ich meine: Sobald der Junge wieder zu sich kommt, wird er doch sicher Ihre Unschuld bezeugen und uns erklären, wie es zu diesem schrecklichen Unfall kommen konnte, nicht wahr, Mister Delãny?«

Andrej schwieg beharrlich weiter, und Marcus schlug ihm ohne Vorwarnung so hart mit dem Handrücken ins Gesicht, dass seine Unterlippe aufplatzte und Blut über sein Kinn lief. »Oder?«, fragte Marcus. Vielleicht hätte er ihn noch einmal geschlagen, doch dann polterten Schritte die Treppe herunter. Einer von Marcus' Deputys wandte sich mit grimmigem Gesicht an seinen Vorgesetzten.

»Oben im Bett liegt ein Toter«, sagte er. »Wahrscheinlich der Bäcker. Seine Kehle ist durchgeschnitten.«

»Ja, es sind schlimme Zeiten«, seufzte Marcus. »Seit all dieses fremde Gesindel in der Stadt ist, ist man seines Lebens nicht mehr sicher, nicht einmal in seinem eigenen Bett, geschweige denn auf den Straßen.«

Er wedelte müde mit der Hand. »Bringt den Kerl weg.«

Andrej wusste nicht genau, wo er war. Niemand hatte sich die Mühe gemacht, es ihm zu sagen, und die Kutsche, in die man ihn mit auf dem Rücken gefesselten Händen und zusammengebundenen Füßen geworfen hatte, hatte nur ein winziges vergittertes Fenster gehabt, durch das er verschwommen die Straßen vorbeihuschen gesehen hatte. Sehr viel hätte er auch durch ein größeres Fenster nicht sehen können, denn seine Augen waren mit seinem eigenen, getrockneten Blut verklebt. Die Männer hatten ihn geschlagen, zuerst drinnen in der Backstube und dann auf dem ganzen Weg nach draußen, wo ein Wagen auf sie wartete. Hart genug, um seine Nase und sein linkes Jochbein zu brechen und ihm schwere innere Verletzungen zuzufügen. Wäre er ein Sterblicher gewesen, hätten seine Chancen nicht schlecht gestanden, diese Tatsache während der Fahrt unter Beweis zu stellen – wo immer diese Fahrt auch hingegangen war.

Er konnte den Männern nicht einmal wirklich verübeln, was sie getan hatten. Sie hatten ihn praktisch mit der Waffe in der Hand über dem toten Mädchen kniend vorgefunden, und Marcus hatte schon am Morgen keinen Zweifel daran gelassen, dass er ihn gewisser Dinge verdächtigte, die selbst in einer so weltoffenen und liberalen Stadt wie London mit einem Tabu belegt waren. Vermutlich konnte er noch von Glück sagen, dass sie ihm nicht gleich an Ort und Stelle die Kehle durchgeschnitten hatten.

Immerhin war ihm klar, dass er sich nun in einem der zahlreichen Gefängnisse Londons befand, und – auch wenn der Raum, in dem er sich gerade aufhielt, nicht darauf schließen ließ – anscheinend in einem der übleren Sorte, wie die schlimmen Gerüche und das Leid und die Furcht bewiesen, die aus allen Richtungen auf ihn einströmten und seine Sinne marterten – einschließlich derer, von denen er vor wenigen Stunden noch nicht einmal gewusst hatte, dass er sie besaß. Vielleicht war es nicht nur von Vorteil, die Welt plötzlich in solch überdeutlicher Schärfe zu sehen.

Eine Tür ging auf und wieder zu, und er hörte Schritte, wartete aber vergebens darauf, dass jemand in sein Sichtfeld trat. Umdrehen konnte er sich nicht, denn die beiden Männer, die ihn hereingebracht hatten, hatten ihn nicht nur grob auf den Stuhl gestoßen, sondern ihn auch mit festen Stricken daran gefesselt. Andrej hätte sich ohne allzu große Mühe befreien können, indem er einfach den Stuhl zerbrach, und ebenso sicher wäre er auch mit den beiden Wachen rechts und links der Tür fertig geworden. Aber draußen auf dem Gang standen noch weitere Männer, und allein auf dem kurzen Weg vom Eingang hier herauf hatte er mindestens ein Dutzend Soldaten gesehen, von denen ihn die Hälfte so hasserfüllt angestarrt hatte, als könnte sie sich nur noch mit Mühe beherrschen, sich nicht auf ihn zu stürzen. Aber auch seinen Kräften waren Grenzen gesetzt, selbst wenn es nicht so gewesen wäre, lag es nicht in seinem Interesse, einen Krieg vom Zaun zu brechen. Der Reaktion seiner Bewacher nach zu urteilen waren Abu Dun und er ohnehin schon so etwas wie Berühmtheiten. Auch wenn er auf *diese* Art von Berühmtheit gerne verzichtet hätte.

Die Schritte, die kurz gestockt hatten, erklangen erneut, und Konstabler Marcus trat um den schweren Schreibtisch herum und sah ihn auf dieselbe, fast teilnahmslose Weise an wie vorhin, als er ihn geschlagen hatte. Andrej schien es, als wolle er etwas von ihm hören, aber er wusste nicht was und konnte sich auch nicht vorstellen, dass irgendetwas, das er sagen konnte, das Bild, das der Konstabler sich von ihm gemacht hatte, ändern würde. Also schwieg er.

Marcus verzog kurz – und eindeutig enttäuscht – die Lippen, setzte seinen Weg dann fort und ließ sich in den betagten Ledersessel hinter dem Schreibtisch fallen. Seine Fingerspitzen strichen über die zerschrammte, aber makellos saubere Platte und zeichneten ein nur für ihn sichtbares Muster nach, während er seinen Blick auf

Andrejs Gesicht heftete – als würde er eine ganz besonders giftige exotische Schlange oder Spinne betrachten.

»Sie wissen, wo Sie hier sind, Mister Delãny?«, fragte er schließlich.

Andrej tat ihm den Gefallen, sich so aufmerksam umzusehen, wie es seine Fesseln zuließen, die so eng angelegt waren, dass sie ihm das Blut abschnürten. Der Raum war einfach, aber schon fast pedantisch sauber und ordentlich eingerichtet: der Schreibtisch, hinter dem Marcus Platz genommen hatte, eine Anzahl wohlgefüllter Aktenschränke und ein unpassend aufwendig gerahmtes Gemälde, das irgendeinen vermutlich längst verblichenen Herrscher dieses Landes oder zumindest dieser Stadt zeigte. Er hob die Schultern.

»Das Newgate-Gefängnis«, sagte Marcus und sah ihn an, als wäre er überzeugt, dass dieser Name Andrej etwas sagte. Das tat er nicht, und Andrej hob nur noch einmal die Schultern.

»Aber Sie wissen, warum Sie hier sind?«, fuhr Marcus fort.

Andrej zuckte zum dritten Mal die Achseln.

»Ich verstehe«, seufzte Marcus. »Unverständnis vorzutäuschen wird Ihnen auch nicht helfen. Ich meine: Wir haben Sie mit dem Messer in der Hand neben dem toten Mädchen erwischt. Und es gibt eine Menge Zeugen, die Sie heute Morgen zusammen mit dem Mädchen gesehen haben ... angefangen mit Ihrer Zimmerwirtin.«

»Ich bestreite nicht, sie gekannt zu haben«, sagte Andrej. Zugleich fragte er sich, warum er überhaupt antwortete. Für Marcus und den Rest dieser Stadt war er schuldig. Und vermutlich stand auch das Urteil schon fest.

Und außerdem *fühlte* er sich auch schuldig.

»Warum haben Sie sie getötet?«, fragte Marcus.

»Würde es etwas nützen, wenn ich Ihnen sage, dass ich das Mädchen nicht umgebracht habe?«, fragte Andrej.

»Nein«, antwortete Marcus. »Es würde nichts nützen, und es

ändert auch nichts.« Seine Finger fuhren fort, dem unsichtbaren Muster auf der Schreibtischplatte zu folgen, wie einem Mandala, das ihn vielleicht als Einziges noch davon abhielt, einfach aufzuspringen und etwas zu tun, was er mehr als alles andere wollte, aber nicht durfte.

»Und ich bin auch nicht hier, um mit Ihnen darüber zu reden. Mister Delãny«, fuhr er fort. »Die Beweise sind eindeutig, meiner Meinung nach, doch damit soll sich der Anwalt der Krone und das Gericht beschäftigen.«

»Das Gericht?«

»Sie werden vor Gericht gestellt und bekommen einen fairen Prozess, Mister Delãny«, antwortete Marcus kühl. »Ebenso wie Ihr Freund, sobald wir ihn gefasst haben. Und seien sie versichert, dass das Urteil genauso fair sein wird.«

»Das zweifellos schon feststeht«, vermutete Andrej.

»Mitnichten, Mister Delãny«, sagte Marcus. »Ich weiß nicht, woher sie und Ihr Freund kommen, aber jetzt sind Sie in England, und hier herrschen Gesetz und Ordnung, die selbst Kreaturen wie Sie schützen. Leider, wie ich unumwunden zugebe. Sie werden Ihren Prozess bekommen. Aber machen Sie sich keine falschen Hoffnungen. Hierzulande hat man wenig Verständnis für Mörder. Und noch weniger für Kindermörder.«

»So wenig wie dort, wo ich herkomme, Konstabler.«

»Inspektor«, verbesserte Marcus ihn.

»Inspektor? Heute Morgen ...«

»... war ich vielleicht der Meinung, dass es besser ist, wenn Sie mich für einen einfachen Konstabler halten«, unterbrach ihn Marcus. »War es ein Fehler? Ich meine, wäre das Mädchen noch am Leben, wenn ich mich zu erkennen gegeben hätte?«

»Nein«, antwortete Andrej wahrheitsgemäß.

»Weil Sie sie auf jeden Fall getötet hätten?«, fragte Marcus in rein sachlichem Ton. »Warum? Hatten Sie Angst, Sie könnte jemandem erzählen, was Sie von ihr gewollt haben?«

Andrej beschloss, auf die einzige Art zu antworten, die ihm überhaupt noch sinnvoll schien: gar nicht.

»Sie schweigen«, stellte Marcus fest. »Aber Sie werden schon noch reden, mein Wort darauf. Sie kennen dieses Gefängnis nicht? Dann seien Sie dankbar. Es gibt eine Menge wirklich schlimmer Männer hier. Männer, die auf Ihre Hinrichtung oder eine lebenslange Kerkerstrafe warten. Männer, die Töchter haben, wenn Sie verstehen, was ich meine.«

Andrej verstand und schürzte abfällig die Lippen. »Sie wollen mir Angst machen.«

»Und ich glaube, dass es mir gelingt«, sagte Marcus ruhig. »Vielleicht wäre es besser für Sie, Mister Delãny.«

»Und vollkommen unnötig«, fügte Andrej hinzu. »Wenn Sie Fragen haben, dann stellen Sie sie, Konsta... Inspektor. Ich werde sie beantworten, soweit ich es kann.«

Marcus' Blick machte klar, was er von dieser Behauptung hielt. Seine Finger malten immer noch auf die Tischplatte, aber seine Bewegungen waren schneller geworden. Hektischer. Dennoch hob er nur die Schultern. »Wie lange genau sind Sie und Ihr Freund, dieser Mister Dunn, schon in London?«

»Dun«, verbesserte ihn Andrej. »Abu *Dun.«*

»Abu Dun«, wiederholte Marcus nachdenklich. »Was für ein markanter Name. Wird er ihm gerecht?«

Andrej machte sich in Gedanken eine Notiz, dass Marcus offenbar zumindest einige Brocken Arabisch sprach. »Von Zeit zu Zeit«, antwortete er. »Und um Ihre Frage zu beantworten, Inspektor: Seit einer guten Woche.«

»Seit einer Woche«, wiederholte Marcus. Sein Finger schien das Zentrum des unsichtbaren Musters erreicht zu haben und kam mit einem Ruck zum Halten. »Sie haben von diesen schrecklichen Morden gehört, die die Stadt unsicher machen, Mister Delãny?«

»Das Phantom.« Andrej erinnerte sich, dass Frederic dieses Wort benutzt hatte. »Ja.«

»Ja, so nennen es die Leute wohl«, stimmte ihm Marcus zu. Er machte ein bekümmertes Gesicht. »Auch wenn es mir lieber wäre, sie täten es nicht. Solche Worte ... sind nicht gut. Sie sorgen für Unruhe und dafür, dass die Leute reden, wissen Sie? Auch wenn ich in dieser Stadt lebe und stolz darauf bin, so muss ich doch zugeben, dass sehr viele der Menschen hier einfache Leute sind. Leute, die man leicht erschrecken kann und die nur zu gern an all dieses abergläubische Gerede glauben. Nicht, dass ich sie nicht verstehen könnte. Diese Stadt und ihre Bewohner haben viel erdulden müssen in der Vergangenheit. Erst im letzten Jahr diese schreckliche Pestepidemie, die so entsetzlich viele Opfer gefordert hat, und jetzt diese schauderhaften Morde ... Sie wissen, wann sie angefangen haben?«

»Vor einer Woche?«, vermutete Andrej.

»Genau«, antwortete Marcus.»Sie wissen nicht zufällig irgendetwas darüber?«

»Ändert es etwas, wenn ich Nein sage?«

Marcus antwortete nicht. »Also gut«, seufzte er stattdessen. »Fangen war mit dem an, was wir wissen. Sagt Ihnen der Name Hancock etwas? Jackob Hancock?«

»Nein«, antwortete Andrej.

»Seine Freunde nennen ihn Jack.«

Andrej sah ihn nur an.

»Ein einfacher Mann«, sagte Marcus. »Ein kleiner Tagelöhner und Gelegenheitsdieb. Sicherlich niemand, mit dem sich so noble Herrschaften wie Sie oder Ihr Freund abgeben würden.«

»Sicher nicht«, sagte Andrej.

»Und dennoch«, fuhr Marcus ungerührt fort, »gibt es ungefähr zwanzig Zeugen, die beschwören, dass sie Sie und Ihren Freund mit ihm reden gesehen haben wollen ... oder jedenfalls zwei Fremde, auf die Ihre Beschreibung genau zutrifft. Jemand will gehört haben, dass ihr euch mit ihm im *Star Inn* verabredet habt.«

»Er ist nicht gekommen«, sagte Andrej. Er nahm sich vor, Marcus ganz bestimmt nicht noch einmal zu unterschätzen.

»Was wollten Sie von ihm?«

»Nur eine Auskunft«, antwortete Andrej.

»Sie haben nach dem Jungen gesucht.«

»Welchem Jungen?«

»Dem, den Sie vermutlich auch umgebracht hätten, wären wir einige Minuten später gekommen«, sagte Marcus.

»Unsinn.«

»Aber ich kann Sie beruhigen, Mister Delãny. Dem Jungen geht es gut. Er hat eine mächtige Beule am Kopf, aber das ist auch schon alles. Im Moment isst er eine heiße Suppe und unterhält sich mit einem meiner Konstabler. Können Sie sich denken worüber?«

Andrej schwieg, und Marcus' Zeigefinger begann, den ganzen komplizierten Weg vom Zentrum des Musters aus zurückzuwandern. »Nicht, dass es um den Burschen sonderlich schade gewesen wäre«, fuhr Marcus fort. »Ich fürchte, er wird früher oder später sowieso am Galgen landen. Er führt eine Bande von Kindern an, die von kleinen Räubereien und Diebstählen leben ... und er war wohl auch der Zuhälter dieses Mädchens. Ist das nicht schrecklich? Sie war noch ein Kind und hat doch schon ihren Körper verkauft. Was müssen das nur für Männer sein, die Geld dafür bezahlen, sich an einem unschuldigen Kind zu vergehen? Na ja ...« Er räusperte sich unecht. »Einem Kind.«

Andrej schwieg weiter.

»Sie waren also im *Star Inn*, um sich mit Jack zu treffen?«, fuhr Marcus fort.

»Wie gesagt: Er ist nicht gekommen«, antwortete Andrej.

»Was daran liegen mag, dass er tot ist«, sagte Marcus.

»Tot?«

»Er wurde ermordet. Gar nicht weit vom *Star Inn* entfernt«, bestätigte Marcus. »Sie hätten eigentlich über seine Leiche stolpern müssen, als sie das Lokal verlassen haben. Den Gästen, die nach Ihnen und Ihrem Freund gegangen sind, ist es jedenfalls so ergangen.«

»Wir haben ihn nicht getötet«, antwortete Andrej. »Warum sollten wir das tun? Immerhin wollten wir etwas von ihm wissen.«

»Vielleicht haben Ihnen seine Antworten nicht gefallen.«

Andrej setzte zu einer scharfen Erwiderung an, besann sich dann im letzten Moment eines Besseren und starrte demonstrativ an Marcus vorbei ins Leere.

»Wie Sie möchten, Mister Delãny«, seufzte Marcus. »Ich wollte es Ihnen leichter machen, aber es ist Ihre Entscheidung.« Er zog endlich seine Hand zurück – es sah aus, als koste es ihn große Kraft – und stand auf. »Es war für uns alle ein langer und anstrengender Tag. Vielleicht sollten wir allesamt eine Pause einlegen und ein wenig zur Ruhe kommen. Danach sehen wir vielleicht manches anders. Sagen wir: eine Stunde?« Er gab den beiden Männern hinter Andrej einen Wink. Einer von ihnen begann die Stricke zu lösen, mit dem sie ihn auf dem Stuhl festgebunden hatten, während der andere in respektvollem Abstand stehen blieb und ihn mit einer Muskete bedrohte.

»Diese beiden Gentlemen bringen Sie jetzt in eine Zelle, Mister Delãny«, sagte Marcus. »Nutzen Sie die Zeit, und denken Sie darüber nach, ob es nicht klüger wäre, mit uns zu kooperieren. An Ihrer Strafe wird das wohl kaum noch etwas ändern, aber es könnte die Zeit bis dahin leichter für Sie machen. Sehr viel leichter.«

Und auch darauf antwortete Andrej nicht.

»Bringt ihn in Zelle fünf«, seufzte Marcus. »Und dann holt mir diesen Bengel her. Ich möchte mit ihm reden.«

Die beiden Männer zerrten ihn grob auf den Gang hinaus, wo zwei weitere Wächter auf sie warteten. Andrejs Hände waren noch immer auf dem Rücken zusammengebunden und seine Fußgelenke mit einem kaum eine Handspanne messenden Strick gefesselt, sodass er nur kleine, trippelnde Schritte machen konnte. Trotzdem stießen ihn die Männer grob und ungeduldig zwischen sich her, wobei sie auch nicht zögerten, ihn mit derben Kolbenstößen zu größerer Eile anzuspornen – was sie allerdings wohl auch dann getan hätten, wäre er schneller gelaufen. Doch er sagte nichts und tat auch nichts von alledem, wozu er mit jedem Kolbenstoß mehr Lust verspürte, sondern biss nur die Zähne zusammen und konzentrierte sich stattdessen auf seine Umgebung.

Auch ohne Marcus' Worte hätte er spätestens jetzt gewusst, dass er sich in einem Gefängnis befand. Die Luft war schlecht, und es roch nach faulendem Stroh, Schweiß und Exkrementen und Blut und vor allem nach Rauch. Es gab keine Fenster, und die aus mächtigen Steinquadern zusammengefügten Wände waren schon vor einem Menschenalter oder mehr schwarz vom Ruß unzähliger Fackeln geworden. Der Gang war unerwartet breit, aber so niedrig, dass er sich unentwegt ducken musste, und wurde von zahlreichen schweren Türen flankiert, in die winzige vergitterte Fensterchen eingelassen waren. Auch ohne einen Blick durch ein einziges zu werfen, wusste Andrej, dass sie allesamt belegt waren. Zumindest in diesem Teil der Stadt schien es eine Menge schlechter Menschen zu geben.

Vor einer Tür am Ende des Ganges hielten sie an. Einer seiner Bewacher schob den massiven Riegel zurück, während sich ein anderer an seinen Hand- und Fußfesseln zu schaffen machte und sie nacheinander löste. Andrej warf ihm einen leicht überraschten Blick zu und erntete ein höhnisches Grinsen.

»Wäre doch unfair, wenn du dich nicht mal wehren könntest, oder?«, fragte der Bursche.

Die Tür wurde aufgerissen, und Andrej stolperte, von einem derben Stoß zwischen die Schulterblätter getroffen, hindurch. Er schloss die Augen, damit sie sich an die veränderten Lichtverhältnisse gewöhnen konnten, und wartete, bis die Tür hinter ihm wieder zufiel und der Riegel vorgelegt wurde, bevor er sie wieder öffnete. Schwere Schritte entfernten sich, und Schatten umgaben ihn.

Die Zelle war kahl, einzig mit einer Lage faulendem Stroh auf dem Boden eingerichtet und allenfalls groß genug für zwei Insassen. Trotzdem umgaben ihn vier Gestalten. Keiner der Männer war kleiner als er oder weniger muskulös.

»Ist das der Kerl, von dem Matt gesprochen hat?«, fragte eine raue Stimme.

»Glaub schon«, antwortete eine andere.

»Der, der das Kind umgebracht hat?«

»Sieht jedenfalls so aus, wie er ihn beschrieben hat.«

Andrej seufzte leise, wollte etwas sagen und stolperte dann rücklings gegen die Wand, als ihn ein harter Stoß gegen die Schulter traf.

»Bist du der Kerl, von dem Matt erzählt hat, Freundchen? Der, der so großen Spaß an kleinen Mädchen hat?«

»Ja«, seufzte Andrej. »Der bin ich wohl.«

Kapitel 12

Inspektor Marcus ließ ihn fast auf die Minute pünktlich holen, nachdem die verabredete Stunde um war. Andrej hatte ein paarmal Schritte draußen auf dem Gang gehört und einmal auch ein Scharren, als mache sich jemand am Riegel zu schaffen, aber niemand war gekommen. Auch diesmal dauerte es eine Weile, bis der Riegel vollkommen zurückgezogen wurde, und noch länger, bis die Tür geöffnet wurde und der flackernde Schein einer Fackel hereinfiel. Dann ertönte ein überraschtes Keuchen, gefolgt von hastig trappelnden Schritten, die sich entfernten.

Doch Andrej wandte sich immer noch nicht zur Tür, sondern blieb an seinem Platz unter dem schmalen, hoch unter der Decke angebrachten Fenster stehen. Es war kaum so breit wie zwei nebeneinandergelegte Hände und trotzdem vergittert, und obwohl Andrej sich auf die Zehenspitzen gestellt hatte, konnte er nur die Dachspitzen der allerhöchsten Gebäude und Kirchtürme erkennen und einen schmalen Ausschnitt des Himmels darüber.

Er war rot. Irgendwo dort draußen brannte ein Feuer, dessen Schein sich in den tief hängenden Wolken spiegelte, und in der Stunde, die er jetzt dagestanden und den Himmel angestarrt hatte, war das Rot immer tiefer geworden. Etwas brannte dort draußen, vielleicht ein Haus, möglicherweise eine ganze Straße, aber das war ihm gleich. Wenn es nach ihm ging, dann konnte diese ganze verdammte Stadt bis auf die Grundmauern niederbrennen, was weder für dieses Land noch für die Menschheit ein großer Verlust gewesen wäre, ganz gleich, wie Inspektor Marcus auch darüber denken mochte. Er hätte Meruhes Warnung beherzigen und die Stadt verlassen sollen, dann wäre vieles von dem, was ihn letzten Endes hierher gebracht hatte, gar nicht geschehen.

Und vielleicht wäre Bess noch am Leben.

Wieder näherten sich Schritte, schnell und von mehreren Personen, und als das erstaunte Keuchen zum zweiten Mal erscholl, drehte er sich doch herum.

Andrej gönnte sich sogar den kleinen Luxus, sich einige Sekunden lang an Marcus' fassungslosem Gesicht zu weiden, verzog aber keine Miene. Auch nicht, als Marcus einen halben Schritt in die Zelle hereintrat, dann wieder stehen blieb und seine Fackel hob, um entsetzt auf die vier reglosen Gestalten hinunterzusehen. Zwei von ihnen waren zwischenzeitlich kurz aufgewacht, schliefen nun aber wieder. Andrej war nicht nach Diskussionen zumute gewesen.

Marcus fing sich schnell wieder, senkte die Fackel ein wenig und hob die andere Hand, als sich zwei bewaffnete Männer hinter ihm in die Zelle drängen wollten. »Was der Junge über Sie erzählt hat, scheint zu stimmen, Mister Delãny.«

Frederic? »Was erzählt er denn?«, fragte Andrej.

»Dass Sie ein gefährlicher Mann sind und dass ich Sie besser nicht unterschätzen sollte.«

»Eines von beiden trifft zu«, antwortete Andrej.

Marcus seufzte, hob seine Fackel wieder höher und machte eine Kopfbewegung auf die reglosen Gestalten zu seinen Füßen. »Leben sie noch?«

Andrej nickte. »Ich habe keinen Streit mit diesen Männern«, sagte er. »Warum sollte ich sie töten?«

»Keinen Streit?«, ächzte Marcus.

»Es war nur ein … dummes Missverständnis. Sie scheinen mich mit jemandem verwechselt zu haben.« Ihm war selbst klar, wie töricht er sich benahm und wie gefährlich das werden konnte. Marcus war niemand, mit dem man Spielchen treiben sollte.

»Ein Missverständnis«, wiederholte Marcus. »Ja, das … scheint mir auch so. Ich entschuldige mich für dieses Versehen. Sie sollten gar nicht in diese Zelle gebracht werden.«

»Es ist ja nichts passiert«, sagte Andrej großzügig. »Ist die Stunde schon vorüber?«

»Ich hoffe doch, Sie haben die Zeit genutzt, um über das eine oder andere nachzudenken?«

»Ich wüsste nicht worüber«, antwortete Andrej, was vermutlich auch nicht klüger war als alles andere, was er bisher gesagt hatte. Aber wahrscheinlich spielte es ohnehin keine Rolle, was er sagte. Selbst wenn er schwieg, würde das an seiner Situation nichts ändern.

»Das tut mir leid für Sie, Mister Delãny«, sagte Marcus und klang dabei so, als wäre es ihm ernst. »Kommen Sie. Lassen Sie uns das Gespräch an einem etwas weniger ungastlichen Ort fortsetzen.« Er trat rücklings aus der Zelle und machte eine durchaus freundlich wirkende Geste, ihm zu folgen.

Andrej gehorchte und wurde draußen auf dem Gang sofort wieder gepackt und auf dieselbe Art gefesselt wie vorhin. Die Männer griffen sogar noch fester zu, was Andrej in seiner Überzeugung bestärkte, dass sich freche Antworten selten auszahlten, aber oft sehr schnell rächten. Aber in den Augen der Männer, die ihn fassungslos anstarrten, sah er jetzt so etwas wie widerwilligen Respekt. Von nun an, dachte er, würden sie noch besser auf ihn aufpassen. Ja, in der Tat, eine hervorragende Idee.

Immerhin verzichteten sie dieses Mal darauf, ihn mit Schlägen und Kolbenstößen zu größerer Eile anzutreiben – was aber wohl an Marcus' Gegenwart lag.

Er wurde in dasselbe Zimmer gebracht wie vorhin, doch bevor sie es betraten, blieb Marcus noch einmal stehen und wandte sich an einen seiner Begleiter. »Ich dachte, ich hätte befohlen, den Gefangenen in Zelle Nummer fünf zu bringen?«

»Schon, Sir«, antwortete der Angesprochene nervös. Es war der Bursche, der Andrej vor einer Stunde noch so unverschämt angegrinst hatte, »aber ich dachte ...«

»Darüber reden wir noch«, unterbrach ihn Marcus kühl. »Sie melden sich bei mir, sobald Ihr Dienst vorüber ist.«

»Aber Sir, ich ...«

»Und nun gehen Sie, und holen Sie Sir Bludworth hierher. Falls Sie sich diesen komplizierten Auftrag merken können, heißt das.«

Der Mann wurde blass, setzte dazu an zu widersprechen und besann sich dann im letzten Moment doch noch eines Besseren und fuhr auf dem Absatz herum, um davonzueilen. Marcus sah ihm stirnrunzelnd nach.

»Ich muss mich bei Ihnen entschuldigen, Mister Delãny«, sagte Marcus. »Manche meiner Männer sind etwas ... übereifrig, fürchte ich.«

Andrej war überrascht. Die Empörung in Marcus' Stimme klang durchaus echt. »Sie wollten mich gar nicht mit diesen freundlichen Herren zusammen einsperren?«

»Wo denken Sie hin?«, fragte Marcus. »Ich weiß, ich habe etwas in dieser Art angedeutet. Aber das war keineswegs ernst gemeint. Dieser Dummkopf muss mich falsch verstanden haben. Ich kann mich nur noch einmal in aller Form bei Ihnen entschuldigen, Mister Delãny. Bitte schließen Sie nicht von diesem einen übereifrigen Narren auf uns alle. England ist ein zivilisiertes Land. Die Folter wurde schon vor mehr als einem Jahrhundert abgeschafft.«

Andrej war in diesem Punkt etwas anderer Meinung, behielt sie aber für sich und sah Marcus nur nachdenklich an. Die schon fast übertriebene Höflichkeit des Mannes täuschte ihn keine Sekunde. Ganz im Gegenteil. Marcus glaubte nach wie vor an seine Schuld, und er hatte nicht vor, ihm auch nur den Hauch einer Chance zu lassen. Andrej konnte ihn sogar verstehen.

Marcus machte eine einladende Geste, betrat sein Büro und nahm hinter dem Schreibtisch Platz, während Andrej wieder auf dieselbe entwürdigende Art auf dem Stuhl davor gefesselt wurde. Er wartete vergeblich darauf, dass Marcus etwas sagte oder die Befragung fortsetzte. Marcus starrte ihn nur an, und Andrej hätte eine Menge darum gegeben, einen Blick hinter seine Stirn werfen zu können.

Anders als Meruhe und diejenigen ihrer Art konnte er nicht die Gedanken anderer lesen, aber er beobachtete die Menschen nun schon so lange, dass das Ergebnis dem recht nahe kam.

Alles, was er bei Marcus spürte, waren Ehrlichkeit und Härte. Er hatte von diesem Mann keine Gnade zu erwarten. Zum ersten Mal fragte er sich, ob es vielleicht ein Fehler gewesen war, sich widerstandslos festnehmen zu lassen. Er war davon ausgegangen, dass sein Aufenthalt hier so oder so nur von kurzer Dauer sein würde. Andrej hatte längst aufgehört, die Gefängnisse zu zählen, aus denen Abu Dun und er schon ausgebrochen waren, und bis zu diesem Tag war er – ernsthaft – der Meinung gewesen, dass die Mauern noch nicht gebaut worden waren, die ihn gegen seinen Willen halten konnten.

Vielleicht hatte er sie jetzt gefunden. Oder zumindest den Mann, der dazu in der Lage war, sie zu errichten.

Einige wenige, aber endlos scheinende Minuten verstrichen, dann wurde die Tür aufgestoßen und ein vielleicht sechzigjähriger, übergewichtiger Mann in teurer Kleidung stapfte herein. Er trug Hut und Cape und schwenkte ein albernes Spazierstöckchen mit einem silbernen Knauf. Das ungekämmte graue Haar fiel auf seinen Mantelkragen herab und war schütter. Dafür hatte er einen umso gewaltigeren Backenbart, der ihm zusammen mit seinen winzigen Schweinsäuglein etwas von einem missgelaunten Walross gab. Einem ziemlich übermüdeten Walross noch dazu.

Marcus sprang hastig von seinem Stuhl hoch und wollte etwas sagen, aber er kam nicht dazu, denn der Bärtige fuhr ihn auf der Stelle an: »Ich hoffe, es ist wirklich wichtig, Inspektor! Ich habe einen langen und anstrengenden Tag hinter und einen noch anstrengenderen vor mir! Und dazu noch dieses verdammte Feuer!«

»Feuer?«, fragte Marcus.

Der Bärtige schnaubte wie das Walross, das sich vor fünf oder sechs Generationen in seinen Stammbaum gemogelt haben musste. »Ja. Die halbe Pudding Lane steht in Flammen«, sagte er, machte aber auch eine wegwerfende Bewegung. »Eine Lappalie, wenn Sie mich fragen! Wahrscheinlich hat irgendein dummer Bäcker vergessen, seinen Backofen zu löschen, aber machen sie sich keine Sorgen. Dieses Feuer ist nicht der Rede wert. Jedes kleine Mädchen könnte es auspissen. Also, Inspektor Marcus – warum lassen Sie den Bürgermeister von London mitten in der Nacht wecken und an diesen abscheulichen Ort rufen?«

Den Bürgermeister von London? Andrej sah den Bärtigen überrascht an – was Marcus keineswegs entging.

»In der Tat, Mister Delãny, das ist Sir Thomas Bludworth, der Bürgermeister von London. Und um Ihre Frage zu beantworten, Sir«, wandte er sich wieder direkt an Bludworth, »das ist einer der beiden Männer, von denen ich Ihnen berichtet habe. Sie erinnern sich. Sie hatten mir aufgetragen, Sie zu benachrichtigen, sobald ich sie in Gewahrsam habe.«

»Das ist ...?« Bludworth wirkte von einem Atemzug auf den anderen ganz und gar nicht mehr müde, sondern hellwach. Seine Augen wurden schmal. »Was ist mit dem anderen?«

»Er konnte entkommen, Sir«, antwortete Marcus. »Aber meine

Männer sind ihm auf der Spur. Es ist nur eine Frage der Zeit, bis er verhaftet wird. Nicht einmal London ist groß genug, dass sich ein so auffälliger Mann auf Dauer verstecken könnte.«

Andrej verstand mittlerweile nicht mehr, worum sich das Gespräch drehte. »Darf ich fragen, was ...?«

»Schweigen Sie!«, unterbrach ihn Bludworth und wandte sich wieder an Marcus. »Warum haben Sie ihn verhaftet, Inspektor?«

»Er hat ein Mädchen getötet, Sir«, antwortete Marcus. »Und einen Bäcker. Er streitet beides ab, aber es gibt einen Zeugen.«

»Und dieser ... Schwarze?«

»Zwei meiner Männer wurden bei dem Versuch verletzt, ihn zu verhaften«, antwortete Marcus. »Einer davon so schwer, dass noch nicht ganz sicher ist, ob er die Nacht überlebt.«

»Das wird reichen, um ihn festzunehmen«, sagte Bludworth. »Und vielleicht auch, um ihn an den Galgen zu bringen ... aber zurück zu diesem Burschen da. Er hat ein Mädchen getötet, sagen Sie? Wie? So wie ... die anderen?«

»Nein.« Marcus schüttelte den Kopf. »Mit einem Messer. Und wie es aussieht, hat er sich zuvor an ihr ... vergangen.«

Bludworth verzog angewidert das Gesicht. »Wie verabscheuungswürdig. Aber was ist mit den anderen Toten? Hat er es zugegeben?«

»Noch nicht«, antwortete Marcus. »Aber das wird er noch, seien Sie versichert, Sir.«

»Das will ich hoffen, Inspektor«, sagte Bludworth. Er ging um den Schreibtisch herum, nahm in dem ledernen Sessel Platz, aus dem Marcus gerade aufgestanden war, und legte Hut und Gehstock vor sich auf die Schreibtischplatte. »Man beginnt im Unterhaus bereits, Fragen zu stellen. Die Leute sind beunruhigt wegen dieser schrecklichen Morde, das muss ich Ihnen nicht sagen. Nicht, dass ich etwas dagegen hätte, wenn sich dieses Gesindel in Whitechapel gegenseitig umbringt, aber es geht nicht an, dass auch anständige Bürger ihres Lebens nicht mehr sicher sind! Großer Gott, das letzte Opfer war die Tochter eines Abgeordneten!«

Ganz allmählich nur begann Andrej zu begreifen – auch wenn ihm der Gedanke selbst jetzt noch so absurd vorkam, dass er am liebsten laut gelacht hätte.

Allerdings wäre ihm dieses Lachen wohl spätestens im Hals stecken geblieben, als er wieder in Marcus' Gesicht sah.

»Sie können doch nicht im Ernst glauben, dass Abu Dun und ich etwas damit zu tun haben!«, sagte er.

Bludworth zog nur die linke Augenbraue hoch und schwieg, aber Marcus zuckte gespielt gleichmütig die Achseln. »Es spielt keine Rolle, was wir glauben, Mister Delãny. Es gibt Hinweise, gewisse Indizien und Zeugenaussagen. Sie werden das alles vor Gericht hören und sich dazu äußern können, aber im Augenblick interessiert uns vor allem eins: Wo finden wir Ihren Freund?«

»Selbst wenn ich es wüsste, würde ich es Ihnen nicht sagen«, antwortete Andrej. Er sparte sich den Hinweis darauf, dass Marcus Abu Dun vielleicht schneller sehen würde, als ihm lieb war, aber Marcus schien es irgendwie in seinen Augen zu lesen, denn für einen ganz kurzen Moment wirkte er unsicher, vielleicht sogar erschrocken. Dann hatte er sich wieder in der Gewalt und sah ihn weiter ausdruckslos an.

»Sie erweisen Ihrem Freund keinen Gefallen, wenn Sie schweigen, Mister Delãny«, sagte er. »Die gesamte Polizei der Stadt sucht nach ihm. Er kann nicht entkommen, aber es wäre besser, wenn ich ihn verhafte. Die Männer sind aufgebracht, und sie haben Angst.« Er deutete mit dem Kopf zur Tür. »Sie haben gerade selbst erlebt, was geschehen kann.«

Bludworth blickte fragend, beließ es aber dabei. Statt auf Marcus' Worte einzugehen, sagte er: »Sie wissen, wer ich bin, Mister ...?«

»Delãny«, half Marcus aus.

»Mister Delãny«, sagte Bludworth nickend. »Ein ... ausländischer Name?«

»Alle Namen sind ausländisch«, antwortete Andrej. »Es kommt immer darauf an, wo man gerade ist.«

»Es freut mich, dass Sie Humor beweisen, Mister Delãny«, sagte Bludworth kühl. »Auch wenn der Zeitpunkt vielleicht ein wenig unangebracht ist. Der Ernst Ihrer Lage ist Ihnen anscheinend nicht bewusst.«

»Warum erklären Sie ihn mir dann nicht?«, fragte Andrej.

Er sah Bludworth an, dass er auffahren wollte, und Marcus hob rasch die Hand und deutete auf eine der Wachen an der Tür. »Holen Sie den Jungen, Stanley.«

»Und lassen Sie uns allein«, fügte Bludworth hinzu, an den zweiten Posten gewandt. Marcus runzelte die Stirn, und der Mann sagte unsicher:

»Sind Sie sicher, Mylord? Der Mann ist gefährlich.«

»Machen Sie sich nicht lächerlich, Mann! Er liegt in Ketten und ist an einen Stuhl gefesselt. Verschwinden Sie!«

Die Tür fiel zu – zweimal –, und Bludworth ließ noch einige Sekunden verstreichen, bevor er seinen Spazierstock vom Tisch nahm und mit dem silbernen Knauf zu spielen begann. »Jetzt, wo wir unter uns sind, Mister Delãny«, sagte er, »will ich ganz offen zu Ihnen sein. Ich bin autorisiert, Ihnen im Namen der Krone ein Angebot zu unterbreiten ... in aller Verschwiegenheit, versteht sich.«

»Versteht sich«, sagte Andrej. *Was für ein Angebot?*

»Uns liegen ... gewisse Hinweise vor, dass es eine Verschwörung gegen gewisse einflussreiche Kreise der Stadt gibt, möglicherweise sogar gegen das Königshaus. Und Inspektor Marcus hat mich gerade gestern über den Stand seiner Ermittlungen ausführlich informiert. Diese schrecklichen Morde – neun an der Zahl – haben am gleichen Tag begonnen, an dem Ihr dunkelhäutiger Freund und Sie nach London gekommen sind.«

»Neun?«, fragte Andrej überrascht. »Ich dachte, es wären –«

»Mehr?«, unterbrach ihn Marcus lauernd.

»Weniger«, antwortete Andrej.

»Es liegt nicht in unserem Interesse, Panik unter den Menschen in dieser Stadt zu verbreiten«, sagte Bludworth ruhig. »Dass diese verabscheuungswürdigen Bluttaten am selben Tag begangen wurden, an dem Sie und Ihr schwarzer Freund nach London gekommen sind, muss natürlich nichts bedeuten. London ist groß, viele Menschen kommen und gehen tagtäglich. Aber uns liegen gewisse Hinweise vor. Indizien und Zeugenaussagen und sogar eine anonyme Anzeige.«

»Von wem?«

»Wenn wir das wüssten, wäre sie nicht anonym«, sagte Bludworth. »Aber sie enthielt gewisse Hinweise, die sie recht glaubhaft erscheinen lassen. Was genau wollen Sie und Ihr Freund hier in London, Mister Delãny?«

»Wir wollten ... jemanden treffen«, antwortete Andrej zögernd.

»Einen Freund?«, fragte Bludworth. Er klang misstrauisch. Marcus sagte gar nichts, aber er sah ihn auf eine Art an, die jedes Wort überflüssig machte.

»Also keinen Freund«, schloss Bludworth, als Andrej auch dann nicht antwortete, nachdem er ihn eine geraume Weile mit seiner schärfsten Waffe traktiert hatte: einem Blick aus seinen glitzernden kleinen Schweinsäuglein.

»Was wollten Sie dann in unserer Stadt, Mister Delãny?«

»Sagen wir: Es ging um Geschäfte«, erwiderte er.

»Sagen wir das?« Bludworth begann wieder mit dem Griff seines Spazierstöckchens zu spielen. Allerdings war es ein sehr sonderbares Spiel für einen Mann wie ihn, fand Andrej: Er nahm den Stock und ließ den wuchtigen Metallknauf mehrmals hintereinander und so heftig in seine geöffnete Linke schnellen, dass es klatschte. »Aber wir wollen nicht darüber sprechen, was für Geschäfte das sind?«

Bevor Andrej antworten konnte, ging die Tür auf, und einer der beiden Wächter kam herein, ohne anzuklopfen. Mit beinahe ängstlich gesenktem Blick, aber sehr schnell, ging er zu Bludworth hin und raunte ihm etwas ins Ohr, woraufhin sich dessen Miene noch einmal verdüsterte. Er wartete zwar, bis sich der Mann hastig entfernt hatte, stand dann aber rasch auf und griff nach seinem Zylinder.

»Mylord?«, fragte Marcus alarmiert.

»Es ist nichts, Inspektor«, polterte Bludworth. »Nur das Übliche. Anscheinend besteht diese ganze Stadt nur aus unfähigen Idioten!«

Nur wenn sie versuchen, sich denen anzupassen, die über sie herrschen, dachte Andrej spöttisch, hütete sich aber, sich etwas anmerken zu lassen oder den Gedanken gar laut auszusprechen. Marcus war ihm noch immer ein Buch mit sieben Siegeln, aber er vermutete dennoch, dass er sich mit ihm würde arrangieren können, sobald sie allein waren, denn er hielt ihn trotz allem für einen vernünftigen Mann. Umso weniger angeraten erschien es ihm dafür, auch nur ein einziges weiteres Wort zu sagen, solange Bludworth noch anwesend war.

»Mylord?«, fragte Marcus noch einmal.

»Nichts als unfähige Dummköpfe!«, schimpfte Bludworth. »Ich bin sicher, Sie kennen das alte Sprichwort, Inspektor: Wenn du willst, dass etwas wirklich erledigt wird, dann tu es selbst.« Er seufzte. »Wie es aussieht, sind diese Narren nicht einmal in der Lage, ein kleines Feuer zu löschen! Ein Wunder, dass sie ihre eigenen Nasen finden, wenn sie darin bohren wollen! Ich fürchte, ich muss noch einmal dorthin, um die Angelegenheit persönlich in die Hand zu nehmen.« Er machte ein verärgertes Gesicht sowie einen einzelnen Schritt in Richtung der Tür und blieb dann noch einmal stehen, um sich halb zu Marcus umzudrehen.

»Und was diese unerfreuliche Angelegenheit angeht«, sagte er mit einer Geste auf Andrej, »so verlasse ich mich darauf, ein paar Antworten von diesem verstockten Gentleman zu hören, mein lieber Inspektor.« Damit ging er – allerdings nicht, ohne seinen Zylinder mit einer komplizierten Bewegung wieder aufzusetzen, die so affektiert aussah, als hätte er dafür monatelang vor dem Spiegel geübt. Während er den Raum verließ, zog er ein Paar weißer Handschuhe aus dem Mantel und begann sie überzustreifen.

»In der Tat, euer Bürgermeister weiß Prioritäten zu setzen«, sagte Andrej, als sie endlich allein waren. »Er hat sogar immer die passende Kleidung dabei, um eine brennende Straße zu löschen.«

Marcus zog nur eine Grimasse, deren Bedeutung er sich vermutlich nach Belieben aussuchen konnte, und sah ihn auf eine Art an, die ihm wenig gefiel. Prüfend zog er an seinen Fesseln und stellte fest, dass sie stabil genug waren, um selbst seinen Kräften standzuhalten. Er war nicht überrascht.

»Das Feuer brennt also noch«, murmelte Marcus schließlich. »Dabei bin ich sicher, dass wir es bis auf den letzten Funken gelöscht haben. Ich habe es selbst überprüft.«

»Vielleicht haben Sie einen kleinen Brandherd übersehen«, antwortete Andrej, wobei er sehr darauf bedacht war, nicht einmal den Hauch eines Vorwurfs in seiner Stimme zuzulassen. »Feuer ist eine heimtückische Sache.«

»Ja«, sagte Marcus nachdenklich. »In der Tat. Vielleicht haben meine Männer und ich tatsächlich etwas übersehen, und das Feuer ist wieder ausgebrochen, nachdem wir fort waren ... oder jemand hat es wieder angezündet.«

»Und wer sollte das gewesen sein?«, fragte Andrej. »Nur falls es

Ihnen entgangen ist, Inspektor – ich habe seither die vielgerühmte englische Gastfreundschaft genossen.«

»Das ist wahr«, sagte Marcus. »Aber Ihr großer Freund ist entkommen, Mister Delãny.«

»Abu Dun?« Andrej lachte. »Warum sollte er so etwas tun?«

»Das weiß ich nicht«, antwortete Marcus gelassen. »Aber Sie werden es mir verraten, Mister Delãny. So wie alles andere, was ich noch von Ihnen wissen möchte. Sie haben seine Exzellenz gehört. Er wird wiederkommen, sobald das Feuer gelöscht ist, und dann wird er Antworten von mir hören wollen ... was wiederum bedeutet, dass ich diese zuvor von Ihnen hören muss. Sie sehen also, ich befinde mich in einer höchst unangenehmen Zwickmühle. Aber ich denke, dass mir eine Lösung einfallen wird, noch bevor diese Nacht zu Ende ist.«

Es dauerte eine Weile, bis Andrej begriff, was Marcus damit meinte, doch dann reagierte er sofort und mit all seiner Kraft. Wie er es erwartet hatte, hielten die Fesseln ihm stand.

Der Stuhl, an den ihn diese Fesseln banden, jedoch nicht.

Das Möbelstück zersprang mit einem peitschenden Knall, und Andrej war mit einem einzigen Satz auf den Beinen und jagte auf Marcus zu. Der Inspektor stand einfach da und rührte sich nicht, anscheinend vollkommen überrascht und gelähmt vor Schrecken. Doch als Andrej den nächsten Schritt auf Marcus zumachte, um ihm die Gelegenheit zu geben, aus eigener Erfahrung zu lernen, dass auch ein Mann mit auf den Rücken gefesselten Händen ein tödlicher Gegner sein konnte, riss etwas an seinem Fuß, und das so hart, dass er das Gleichgewicht verlor und der Länge nach hinschlug. Die Kette, die von seinem rechten Fußknöchel zu einem in den Boden eingelassenen eisernen Ring führte, hatte er nicht einmal bemerkt.

Er schlug so heftig auf dem Boden auf, dass eine Woge dumpfer

Betäubung hinter seiner Stirn aufbrandete und er um ein Haar das Bewusstsein verloren hätte.

Irgendwie gelang es ihm, die Ohnmacht noch einmal zurückzudrängen und sich halb in die Höhe zu stemmen. Auf diese Weise fand er wenigstens noch Gelegenheit, Marcus dabei zuzusehen, wie dieser sich bückte und einen Teil des zertrümmerten Stuhles aufhob, um ihn damit endgültig bewusstlos zu schlagen.

Der nächste Morgen kam mit einem blutroten Sonnenaufgang, der den schmalen Ausschnitt des Himmels, der durch das winzige Fensterchen seiner Zelle zu sehen war, in Brand zu setzen schien. Vielleicht tobte das Feuer auch in ihm. Andrej hätte nicht sagen können, ob es tatsächlich der nächste Morgen war oder schon der darauffolgende oder ob vielleicht nur eine Stunde vergangen war oder gar noch weniger Zeit ...

Genau genommen konnte er sich an rein gar nichts erinnern. Vielleicht noch an seinen Namen – und nicht einmal mehr dessen war er sich vollkommen sicher – und an eine schier endlose Zeit voller Qualen und Schreien, unvorstellbaren Schmerzen, hilfloser Wut und dem Gestank nach verbranntem Fleisch, dem Geruch seines eigenen Blutes und anderen, noch ungleich schrecklicheren Dingen, die er lieber vergessen wollte.

Marcus hatte gelogen. Auch wenn er den Grund nicht kannte, war er sich doch dessen vollkommen sicher. Angesichts der Situation, in der er sich befand, und dessen, was in den zurückliegenden Stunden oder auch Ewigkeiten geschehen war, schien das Wissen darum nicht von Bedeutung, zugleich aber war diese Sicherheit vielleicht das Einzige, was ihn davor bewahrte, vollends in einem schwarzen Strudel aus Verzweiflung und Qual und schierem Entsetzen zu versinken. In der Nacht, die hinter ihm lag, hatte er gelernt, seine eigene Unsterblichkeit zu verfluchen, spätestens in dem Moment, in dem er zum ersten Mal die Grenzen dessen erreicht hatte, was ein Mensch ertragen konnte – selbst jemand wie er –, und sie überschritten hatte, um neue, bisher unvorstellbare Dimensionen der Pein kennenzulernen. Er wusste nicht mehr, wie lange es her war, dass sie aufgehört hatten, ihn mit glühenden Zangen und Messern, mit weiß glühender Kohle und scharfen Klingen zu quälen, sein Fleisch zu versengen, zu zerschneiden, seine Knochen zu brechen. Irgendwann hatten sie von ihm abgelassen, und später, eine Ewigkeit später, in der sein Körper versucht hatte, all die schrecklichen Wunden zu heilen, die in ihn geschlagen worden waren, und ihm dabei neue, nicht minder schreckliche Qualen bereitet hatte, war Marcus' Gesicht wie aus einem blutigen Nebel vor ihm aufgetaucht, ausdruckslos, kalt wie eine aus Stein gemeißelte Maske, ein Gesicht, in dem nichts Lebendiges mehr war – nicht einmal die Augen, die ihn so mitleidlos und kalt angestarrt hatten, Augen, die zwar sehen konnten, hinter denen aber keine Seele war, wie eine perfekte Imitation aus bemaltem Glas. Er hatte den Folterknechten Einhalt geboten und gewartet, bis sein Körper die schlimmsten Verletzungen geheilt hatte und das Leben ganz allmählich wieder zurückgekehrt war.

Dann hatten sie von vorne angefangen.

Und wieder.

Und wieder.

Und immer und immer und immer wieder.

Irgendwann hatte er keine Kraft mehr gehabt, um zu schreien. Er meinte sich zu erinnern, dass selbst die Folterknechte irgendwann so müde und erschöpft – und vielleicht auch entsetzt – von ihrem schrecklichen Tun gewesen waren, dass Marcus sie fortgeschickt und nach anderen verlangt hatte, die an ihrer Stelle fortfuhren, und das vielleicht nicht nur einmal. Aber er war nicht sicher. In seiner Erinnerung waren die Stunden, die hinter ihm lagen – wenn es Stunden gewesen waren, nicht Tage oder Ewigkeiten – irgendwann zu einem einzigen, buchstäblich endlosen Augenblick der Agonie verschmolzen. In seinem langen Leben hatte er mehr als einmal geglaubt, die Hölle kennengelernt zu haben – aber in dieser Nacht *hatte* er es.

Und es war noch nicht vorbei. Vielleicht endete die Nacht. Vielleicht war das lodernde rote Fanal über ihm der Beginn eines neuen Tages, doch es war nicht das Ende seiner Pein.

Irgendetwas sagte ihm, dass sie nie enden würde.

Dennoch war jetzt, in diesem Moment, etwas anders. Was es war, hätte er nicht sagen können, erinnerte er sich doch nicht einmal mehr wirklich, was zuvor gewesen war – doch etwas hatte sich geändert. Etwas Wichtiges.

Sein Bewusstsein tauchte zum tausendsten Male hintereinander aus einem Abgrund rot glühender Flammen auf, die jeden einzelnen Nerv in seinem geschundenen Körper in Brand gesetzt hatten und nichts anderes als glühende, verbrannte Asche zurückließen, und dies war der Moment, in dem es eigentlich von vorn beginnen sollte, der Augenblick, in dem er die Augen aufschlug, nur um neues, glühendes Eisen zu sehen, das sich zischend in seine Haut schmolz, weitere scharfe Klingen, die in sein Fleisch bissen, weitere Eisenstäbe, die seine Knochen zertrümmerten. Die Augen geschlossen zu halten und den Bewusstlosen zu mimen, hatte keinen Sinn. Seine Folterknechte waren erfahren in dem, was sie taten, und spürten es.

Doch nichts geschah. Als er seine Augenlider, die schwer wie Blei waren, dazu zwang, sich zu heben, stand Marcus vor ihm, so wie er es jedes Mal getan hatte, wenn sich sein Körper wider allen Gesetzen der Natur ins Leben zurückgequält hatte, doch etwas war jetzt anders: Sie waren allein. Die beiden Männer, die ihm manchmal abwechselnd, manchmal gemeinsam Dinge angetan hatten, die nicht einmal er sich hatte vorstellen können, waren verschwunden. Die schwere Tür hinter Marcus, massiv und dick genug, um jeden noch so grässlichen Schrei zu verschlucken, die die ganze Nacht über sorgsam verschlossen gewesen war, stand nun offen und gewährte seinen blutige Tränen weinenden Augen einen Blick auf einen schmalen, von düster-rot flackerndem Licht erhellten Gang. Durch das Rauschen seines eigenen Blutes und das nur allmählich verklingende Echo seiner Schreie in seinen Ohren glaubte er, entfernte Stimmen zu hören und leise, schnelle Schritte. Brandgeruch lag in der Luft, der Gestank seines eigenen, verschmorten Fleisches.

»Es hat keinen Zweck, den Bewusstlosen zu spielen, Andrej«, sagte Marcus. »Ich weiß, was du wirklich bist. Und ich weiß auch, wozu du fähig bist.«

Er versuchte, sich zu erinnern, wer Marcus war und warum er das sagte. Es wollte ihm nicht gelingen. Alles, woran er sich erinnerte – alles, woraus sein Leben bis zu diesem Moment bestanden hatte! –, war unvorstellbare Folter. Dennoch war da zugleich eine andere, verwirrende Gewissheit, nämlich die, dass dies die ersten Worte waren, die Marcus direkt an ihn richtete, seit man ihn in diese Kammer der Pein gebracht und an die Wand gekettet hatte. Diese Erkenntnis war wichtig, aber er hätte nicht sagen können warum.

Mit einer Anstrengung, die seine Kräfte beinahe endgültig überstieg, versuchte er, sich in die Höhe zu stemmen, denn obgleich sein ganzer Körper ein einziger kreischender Schmerz war, ging die größte Qual doch von seinen Handgelenken aus. Sie hatten ihn so an die Wand gekettet, dass er ein gutes Stück in die Knie brechen konnte, bevor die eisernen Handfesseln ihn auffingen, sodass sein ganzes Gewicht nun an seinen Gelenken zerrte und der Schmerz immer neu entfacht wurde, ganz gleich, wie oft ihm sein Körper den bösen Streich spielte, seine Wunden zu verschließen, zerrissenes Fleisch wieder zusammenzusetzen und ausgekugelte Gelenke wieder zu heilen. Für einen Augenblick schien es sogar, als wollte es ihm gelingen, die Knie durchzudrücken und sich mit dem Rücken an der von seinem eigenen Blut glitschig gewordenen Wand nach oben zu quälen, dann aber versagten seine Kräfte erneut, und er sank mit einem klirrenden Ruck wieder nach unten, und ein gequältes Stöhnen kam über seine Lippen.

»Sie müssen mich nur darum bitten, Mister Delãny«, sagte Marcus mit einer Stimme, die so kalt war, wie das glühende Eisen heiß gewesen war, mit dem sie das Fleisch von seinen Knochen gebrannt hatten, »und ich gewähre Ihnen einen schnellen Tod. Natürlich nur, wenn Sie meine Fragen beantworten.«

Vielleicht war es nichts anderes als purer, idiotischer Trotz, der ihm die Kraft gab, sich nicht nur noch einmal hochzustemmen, sondern diesmal sogar stehen zu bleiben und den Mann mit den toten Augen anzusehen. »Ich kann mich täuschen«, antwortete er, »aber ich glaube nicht, dass Sie mir bisher auch nur eine einzige Frage gestellt haben.«

Zum ersten Mal zeigte sich etwas wie eine menschliche Regung auf Marcus' bisher so ausdruckslosen Zügen, ein Lächeln. Doch sofort verbesserte sich Andrej in Gedanken: Nein, es war keine menschliche Regung, sondern nur eine genau einstudierte Grausamkeit. »Sie sehen mich angemessen erstaunt, Mister Delãny«, antwortete Marcus. »Nach allem, was ich über Sie weiß, habe ich erwartet, dass Sie zu Unglaublichem fähig sind. Dennoch hätte ich nicht gedacht, dass Sie sich daran erinnern. Nicht nach dem, was hinter Ihnen liegt.«

Das konnte er auch nicht. Es war nur geraten gewesen. Vielleicht auch nicht. Vielleicht war da noch ein Teil in ihm, der tatsächlich zu klarem Denken und sogar zur Erinnerung fähig war, aber wenn, dann verfluchte er diesen Teil, verwehrte er ihm doch selbst die letzte erbärmliche Gnade, die jedem Sterblichen zuteilwurde – das Vergessen.

»Sie haben meine Frage nicht beantwortet«, sagte Marcus, nachdem wieder geraume Zeit verstrichen war, in der er zitternd in seinen eisernen Fesseln gehangen und vergeblich versucht hatte, ein qualvolles Wimmern zu unterdrücken. »Wollen Sie meine Fragen beantworten? Ich verspreche Ihnen nicht das Leben oder gar etwas so Albernes wie die Freiheit. Aber einen schnellen Tod.« Er lachte leise und durch und durch böse. »Und sorgen Sie sich nicht, dass ich einen Fehler mache, Mister Delãny. Ich weiß, wie man tötet. Selbst jemanden wie Sie.«

»Das glaube ich gern«, antwortete Andrej. »Das Problem ist nur, dass ich *Ihnen* nicht glaube, Inspektor. Sie haben schon einmal gelogen.«

»Ach?«, fragte Marcus. »Wann?«

»Sie haben behauptet, die Folter wäre in Ihrem Land abgeschafft«, antwortete Andrej. Die Worte hatten sarkastisch klingen sollen, aber alles, was er herausbrachte, war ein mühsames Krächzen, das keinerlei Ähnlichkeit mit seiner eigenen Stimme mehr zu haben schien.

»Das ist auch die Wahrheit«, antwortete Marcus. »Aber ich sagte nichts von Ihnen.«

»Muss ich das verstehen?«, fragte Andrej.

Aus irgendeinem Grund schien diese Antwort Marcus wütend zu machen. Seine Augen blitzten auf, und für eine einzelne Sekunde spannte sich sein Körper so sehr, dass Andrej davon überzeugt war, er würde sich auf ihn stürzen. Aber schon im nächsten Augenblick hatte er sich wieder in der Gewalt. »Sie sind wirklich ein erstaunlicher Mann, Mister Delãny«, sagte Marcus kopfschüttelnd. »War das immer schon so, oder wird man so, wenn man so lange lebt und so viele Dinge gesehen hat wie Sie?«

»Ich weiß gar nicht, wovon Sie reden«, murmelte Andrej beinahe schon automatisch. Das Denken fiel ihm schwer. Die diversen Quellen der Pein in seinem Körper versiegten ganz allmählich, zurück blieb eine tiefe, verzehrende Leere, ein Gefühl, das umso schlimmer war, als er wusste, dass es nur eine Atempause sein konnte, nur ein winziger Moment, der ihm gegönnt wurde, nur so lange, dass er sich genug erholen konnte, um erneut zum Leiden verdammt zu sein und seinen Folterknechten eine neue, weiße Leinwand darzubieten, auf der sie Gemälde des Schreckens und der Qual in nie gekannten Variationen entwerfen konnten. Warum tat er das? Zwar wusste Andrej, dass es Menschen gab, die schlicht grausam waren, die keinen Grund brauchten, um anderen Leid zuzufügen, und sich einfach nur am Schmerz und vor allem der Hilflosigkeit ihrer Opfer labten. Aber Marcus gehörte nicht dazu. Für ihn *gab* es einen Grund, das zumindest spürte er.

»Sie wollen nicht antworten«, seufzte Marcus. »Nun, das ist Ihr gutes Recht, Mister Delãny. Vielleicht war es auch alles ein bisschen zu viel, selbst für Sie.« Er nickte, als hätte der Gedanke erst ausgesprochen werden müssen, um ihn begreifen zu lassen, dass er wahr war. »Und wenn ich es recht bedenke, dann bin auch ich etwas müde. Es ist anstrengend, so lange zuzusehen ... und bitte glauben Sie nicht, dass es mir Freude bereitet hätte.«

Seltsam – aber irgendwie spürte er, dass es tatsächlich die Wahrheit war. Marcus hatte die ganze Nacht über schweigend dagestanden, den Folterknechten bei ihrem schrecklichen Werk zugesehen und nur manchmal die Hand gehoben oder ein einzelnes Wort gemurmelt, um sie anzufeuern oder auch kurz innehalten zu lassen, aber Andrej fühlte, dass er tatsächlich kein Vergnügen an dem gehabt hatte, was er gesehen hatte – und was auf seinen ausdrücklichen Befehl hin getan worden war. Es war verrückt und steigerte sein Gefühl der Hilflosigkeit noch, denn es machte ihm endgültig klar, dass er nicht darauf zu hoffen brauchte, dass Marcus es irgendwann einfach überdrüssig wurde, ihn leiden zu sehen. Er hatte es nicht etwa mit einem Mann zu tun, der Freude daran hatte, ihn zu quälen, sondern mit einem Mann, der seine Arbeit tat, und das sehr gewissenhaft.

Und er wusste immer noch nicht einmal warum.

»Ich denke, dass wir beide ein wenig Ruhe brauchen können«, fuhr der Inspektor fort, als er nach einer Weile begriff, dass Andrej nicht antworten würde. »Ich lasse Ihnen nachher etwas Wasser bringen, Mister Delãny.« Erneut wartete er – vergeblich – darauf, dass Andrej etwas sagte, deutete schließlich ein leicht enttäuschtes Schulterzucken an und wollte sich umdrehen, um zu gehen, doch jetzt rief Andrej ihn mit schwacher Stimme zurück.

»Inspektor.«

Marcus hielt erst mitten in der Bewegung inne, wandte sich dann wieder ganz zu ihm um und kam sogar einen Schritt näher. Gerade noch weit genug von ihm entfernt, um noch außerhalb seiner Reichweite zu sein, sollte Andrej etwa versuchen, ihn zu beißen – was diesem bei einem seiner Folterknechte am Anfang dieser entsetzlichen Nacht gelungen war. »Mister Delãny?«

»Warum tun Sie das, Marcus?«, flüsterte Andrej. »Es bereitet Ihnen keine Freude, das weiß ich.«

Marcus sah ihn sehr lange, sehr nachdenklich und beinahe ein bisschen traurig an. Dann nickte er. »Das ist wahr«, sagte er. »Aber manche Dinge müssen nun einmal getan werden.«

Andrej, der sich inzwischen selbst dafür verfluchte, dass seine Kräfte bereits wieder zurückkehrten, hob nur mühsam den Kopf und versuchte, Marcus' Blick einzufangen. Es gelang ihm, aber anders, als er gewohnt war, blieb es bei einem Blickwechsel. Weder versuchte Marcus, seinen Augen auszuweichen, noch gelang es ihm umgekehrt, den Willen hinter dem gnadenlosen Blick des Inspektors zu brechen. Es war nicht so, als wäre dieser Mann stärker als er – das war so gut wie niemand –, sondern vielmehr so, als … als wäre da einfach nichts. Hätte er nicht gewusst, dass es vollkommen unmöglich war, er wäre in diesem Moment davon überzeugt gewesen, nicht mehr als einer leeren Hülle gegenüberzustehen, einer Puppe, die vielleicht vor langer Zeit einmal ein Mensch gewesen war, die das Leben aber schon vor einer Ewigkeit verlassen hatte. Und schließlich – und das war vielleicht das Ungewöhnlichste überhaupt – war *er* es, der das stumme Duell verlor und den Blick senkte.

Marcus trat einen Schritt zurück, ließ sich mit einem mühsamen Seufzen, das dem eines uralten Mannes glich, der sich zu jeder noch so kleinen Bewegung überwinden muss, in die Hocke sinken und hob eines der Folterwerkzeuge auf, die die Männer erschöpft fallen gelassen hatten – einen kurzen, gekrümmten Dolch mit rasiermesserscharfer Klinge und einem bösartig gebogenen Widerhaken an der Spitze. Langsam und mit einem Ausdruck von fast wissenschaftlichem Interesse in den Augen zog er die Klinge an Andrejs von den Ketten nach oben gezwungenem Oberarm entlang, durch die Achselhöhle und ein Stück weit an seinem Brustkorb hinunter. Blut floss, und Andrej presste so fest die Kiefer aufeinander, um einen Schmerzenslaut zu unterdrücken, dass seine Zähne knirschten.

»Nein.« Marcus ließ das Messer fallen, schüttelte den Kopf und trat beinahe erschrocken einen Schritt zurück. »Ich kann das nicht.«

»Wie ... beruhigend«, keuchte Andrej. »Dann sollte ich vielleicht beten, dass Sie sich nicht entschließen, es zu lernen.«

»Ich kann mir nicht vorstellen, dass Sie beten, Mister Delãny«, antwortete Marcus ernst. »Jedenfalls nicht zu einem Gott, den ich kennen möchte.« Er wiederholte sein Kopfschütteln und sah kurz und eindeutig angewidert auf seine Hände hinab, obwohl sie sauber waren. Er hatte penibel darauf geachtet, sich nicht mit Blut zu besudeln. »Ich dachte, ich könnte es, aber es bereitet mir kein Vergnügen. Im Gegenteil.«

Marcus machte erneut Anstalten zu gehen, und etwas durch und durch Absurdes geschah: Plötzlich hatte Andrej panische Angst davor, allein zu bleiben. Dieses Ungeheuer in Menschengestalt hatte ihm mehr angetan als jemals ein einzelner Mann zuvor, und dennoch fürchtete er sich beinahe vor nichts mehr als davor, dass er ging. »Wollten Sie mir nicht eine Frage stellen, Inspektor?«, brachte er zwischen zusammengebissenen Zähnen hervor. Sein Arm hörte auf zu bluten, und obwohl er nicht hinsah, wusste er doch, dass die Wunde sich bereits wieder zu schließen begann. Aber nicht annähernd so schnell, wie sie sollte. Selbst seinen fast übernatürlichen Kräften waren Grenzen gesetzt, denen er sich bedrohlich näherte. Vielleicht, dachte er, war das auch der eigentliche Grund, warum sie aufgehört hatten. Vielleicht ahnte Marcus, dass er sterben würde, wenn er auch nur noch eine kleine Weile so weitermachte, und seine vermeintliche Gnade war nichts anderes als eine weitere Grausamkeit, um zu verhindern, dass sein schreckliches Werk zu schnell ein endgültiges Ende fand.

»Würden Sie sie denn beantworten?« Marcus drehte sich abermals herum, kam aber diesmal nicht näher.

»Wenn ich sie kennen würde ... vielleicht.«

»Nein«, antwortete Marcus. »Noch nicht.« Er schüttelte den Kopf, um seine Worte zu bekräftigen. »Sie wären nicht der Mann, von dem ich gehört habe, wenn Sie so leicht zu brechen wären.«

»Von mir gehört?« Andrej brachte den kreischenden Schmerz in seinem Arm mit einer letzten bewussten Anstrengung zum Verstummen und sammelte irgendwie sogar noch genug Kraft in sich, um sich erneut an der Wand in die Höhe zu schieben. Die Ketten, die ihn hielten, klirrten leise, als sie sich entspannten. »Wann? Von wem?«

Marcus zögerte. Andrej sah ihm an, dass er unschlüssig war, ob er diese Frage beantworten sollte. Dann nickte er leicht und zuckte bedauernd die Achseln. »Ich habe schon als Kind von Ihnen gehört, Mister Delãny«, sagte er. »Ebenso wie mein Vater, der Vater meines Vaters und dessen Vater und vor ihm wiederum seiner. Unsere Familie kennt Sie. Wir beobachten Sie und Ihresgleichen schon lange.« Er lachte, sehr leise und sehr bitter. »Seltsam. Ich habe immer gewusst, dass dieser Moment kommen würde. Mein Leben lang habe ich darauf gewartet, die Aufgabe zu erfüllen, für die meine Familie schon seit Jahrhunderten bestimmt ist – und jetzt, wo es so weit ist, weiß ich nicht genau, was ich davon halten soll. Sie ... Sie verwirren mich.«

Zumindest das beruhte auf Gegenseitigkeit. Andrej verstand nicht. »Sollte ich Sie kennen?«, fragte er.

»Mich?« Marcus schüttelte heftig den Kopf und lächelte, als hätte er etwas sehr Dummes gefragt. »Oh nein, Mister Delãny. Sicher nicht. Ich bin nur ein kleiner, vergänglicher Mensch. Wie könnte ein so mächtiges Wesen wie Sie auch nur wissen wollen, dass es mich gibt?«

»Sagen Sie mir wenigstens, warum Sie das tun«, murmelte Andrej schwach. »Das sind Sie mir schuldig, Inspektor.«

»Schuldig?«, wiederholte Marcus scharf und in einem Tonfall, in dem sich ehrliche Empörung mit Überraschung mischte. »Schuldig? Oh ja, Mister Delãny, ich *bin* Ihnen etwas schuldig. Mehr, als Sie sich vorstellen können. Meine Familie schuldet Ihnen Leid. Wir schulden Ihnen acht Generationen Schmerz und Verzweiflung und Erniedrigung und Qual. Sie glauben, Sie hätten gelitten in der Nacht, die hinter Ihnen liegt?« Er schüttelte so heftig den Kopf, dass sein Haar flog. »Das war nichts, glauben Sie mir! Nichts gegen das, was Ihnen noch bevorsteht, und noch viel weniger gegen das, was meine Familie Ihretwegen erlitten hat. Ich maße mir nicht an, diese Schuld zurückzahlen zu können. Das kann niemand, so wenig, wie Sie wirklich dafür bezahlen könnten.«

Acht Generationen? Andrej versuchte, durch die betäubenden Nebel zwischen seinen Schläfen ein Echo auf diese Worte zu hören. Das war eine lange Zeit, fast so lange, wie er lebte. Er bemühte sich, in Marcus hineinzulauschen, und spürte auch diesmal nichts, als wäre hinter seinen mitleidslosen Augen tatsächlich nur Leere, aber er war sicher, dass Marcus kein Unsterblicher wie Abu Dun oder er war. Ebenso sicher, wie er es die unzähligen Male zuvor gewesen war, als er dasselbe getan hatte. »Ich verstehe nicht, wovon Sie reden«, murmelte er.

»Sie erinnern sich tatsächlich nicht?« Andrej wusste nicht, ob es tatsächlich eine Frage war oder eher etwas wie eine fassungslose Feststellung. Marcus sah ihn weiter unverwandt an, zornig, aber auch durch und durch verblüfft – und vielleicht sogar ein bisschen enttäuscht.

»Wie könnte ich das?«, murmelte Andrej. »Ich war noch nie in England.« Jedenfalls nicht zu Marcus' Lebzeiten.

»Und doch sind Sie die Nemesis meiner Familie, Mister Delãny«, antwortete Markus leise. »Sie sind der Dämon, der sie dreihundert Jahre lang getrieben hat, der das Blut aus unserer Familie gesogen und unsere Herzen vergiftet hat. Sie erinnern sich nicht an mich? Wie könnten Sie, wo wir uns doch noch nie zuvor begegnet sind? Aber vielleicht sagt Ihnen ja der Name eines meiner Vorfahren etwas mehr, Mister Delãny. Domenicus.«

Einen unendlichen Augenblick schaute Andrej ihn einfach nur an. *Domenicus ...?* »Domenicus? *Vater* Domenicus?«

»Er war ein heiliger Mann«, bestätigte Marcus. »Ein Mann der Kirche und des Glaubens. Erinnern Sie sich jetzt, Mister Delãny?«

»Ich erinnere mich an einen Mann dieses Namens«, antwortete Andrej verblüfft. »Aber er war kein heiliger Mann, Inspektor. Ich weiß nicht, was man Ihnen erzählt hat, aber *der* Domenicus, den ich gekannt habe, war ein gnadenloser Mann. Ein Fanatiker und

Mörder, dem das, was er für seinen Glauben hielt, mehr wert war als Menschenleben und Mitgefühl.«

»Ja, ich dachte mir, dass Sie so etwas sagen würden«, erwiderte Marcus kalt. »Und vielleicht glauben Sie ja sogar daran.« Er deutete ein Schulterzucken an. »Wer weiß, vielleicht ist es sogar die Wahrheit.«

»Und trotzdem stehe ich jetzt hier, und ...«

»Aber er war nicht nur ein Mann der Kirche, Mister Delãny«, fuhr Marcus fort, noch immer im gleichen, scheinbar ruhigen, aber nur noch mit allerletzter Kraft beherrschten Ton. »Er war auch ein Bruder und ein Sohn. Unsere Familie war angesehen, bevor Sie kamen, Mister Delãny. Nachdem Sie ihn getötet hatten, war auch ihr Ruf beschädigt, unwiederbringlich. Unsere gesamte Familie wurde exkommuniziert, und Domenicus' Vater und Brüder mit dem Kirchenbann belegt. Über Generationen hinweg lebten sie in Armut und Angst, mussten von dem vegetieren, was mildtätigere Menschen als Sie ihnen geschenkt haben, und flüchten und sich verstecken wie die Tiere. Sie haben nicht nur ein Leben ausgelöscht, sondern das unserer gesamten Linie. Mein eigener Vater war der Erste, der wieder ein auch nur einigermaßen menschenwürdiges Leben führen konnte, nachdem er seine Heimat verlassen hatte und hierher nach England gekommen war, unter falschem Namen und mit einer falschen Identität. Sein ganzes Leben hat er in der Angst verbracht, eines Tages erkannt zu werden. Und selbst er fristete ein erbärmliches Dasein und hat sich am Ende zu Tode geschuftet, nur um mir eine halbwegs vernünftige Ausbildung zu ermöglichen und für den Traum zu leben, ich könnte es besser haben als er und die vor ihm.« Er schüttelte wieder den Kopf, als wäre ihm noch etwas eingefallen, was nicht auszusprechen er sich im letzten Moment entschieden hatte. Als er weitersprach, klang seine Stimme trauriger, hatte aber immer noch jenen eisernen, entschlossenen Unterton, als wäre er durch nichts von seinem Ziel abzubringen. »Nein, Sie erinnern sich nicht, Mister Delãny. Aber ich dafür umso mehr. Unsere Familie hat Ihren Namen niemals vergessen, nicht in all den Jahren, nicht bei allem, was geschehen ist. Wir wussten immer, dass uns das Schicksal eines Tages wieder zusammenführen würde. Gottes Wege sind manchmal verschlungen und so sonderbar, dass wir Menschen sie nicht mehr verstehen. Aber am Ende ist er doch ein gerechter Gott.«

Jetzt, dachte Andrej, klang er tatsächlich fast so wie der Domenicus, an den er sich erinnerte. »Das glauben Sie wirklich, habe ich recht?«

»Täte ich es nicht«, antwortete Marcus, »hätte unsere gesamte Familie in all den ungezählten Jahren es nicht getan, Mister Delãny, wie hätten wir da weiterleben können? Wir sind nur Gottes Werkzeuge, die am Ende das tun, was ihre Aufgabe ist.«

Andrej erwiderte nichts darauf, sondern starrte ihn nur mit einer Mischung aus Unglauben und Erschütterung an. Es gab nichts, das er hätte sagen können, zumindest nichts, das Sinn ergeben hätte. Domenicus? Natürlich hatte er ihn nicht vergessen – wie könnte er das? –, aber es war so lange her, dass er letzten Endes doch zu kaum mehr als einem Namen aus seiner Vergangenheit verblasst war – ein Name und eine Erinnerung, die längst kein Gesicht mehr hatten. Es hätte so viel gegeben, was er hätte sagen können.

Das Leid, von dem Marcus ihm erzählt hatte – und er glaubte ihm durchaus, dass es so gewesen war, und empfand einen schwachen, obgleich widersinnigen Anflug von Schuld –, war auch das seine gewesen. Was Domenicus und seine Begleiter – allen voran aber eben Domenicus – getan hatten, das hatte auch über sein und die Leben so vieler anderer unerträgliches Leid und endlosen Kummer gebracht. Nun zu erfahren, dass Domenicus damit auch Unglück über seine eigene Familie und deren Nachkommen gebracht hatte, bereitete ihm keinerlei Genugtuung ... aber sollte er deshalb Schuld empfinden? Mitleid ja. Aber Schuld?

Aber von all dem sprach er nichts laut aus.

»Ich werde jetzt gehen, Mister Delãny«, fuhr Marcus fort, als Andrejs Schweigen, das er möglicherweise falsch deutete, andauerte. »Nutzen Sie die Zeit, die ich Ihnen gewähre, um in sich zu gehen. Wenn ich zurückkomme, werde ich Ihnen einige Fragen stellen, und wenn Sie sie zu meiner Zufriedenheit beantworten, dann verspreche ich Ihnen einen schnellen und gnädigen Tod. Denken Sie darüber nach. Und wenn es etwas gibt, woran Sie glauben, dann sollten Sie vielleicht beten.«

Er ging, bevor Andrej noch Gelegenheit zu einer Antwort gefunden hätte, schob die schwere Tür mit einiger Mühe hinter sich zu. Ein eiserner Riegel wurde vorgeschoben. Andrej blieb zurück, allein mit sich, seiner Verwirrung und dem heraufziehenden Tag, der die Zelle mit flackerndem Rot erfüllte, als begänne die ganze Welt draußen in Blut zu ertrinken.

Er musste wohl doch eingeschlafen sein. Seine Zelle war von flackerndem, düsterrotem Licht erfüllt, und die Luft schmeckte brandig und war so heiß, dass das Luftholen beinahe wehtat. Schreie drangen an sein Ohr, aufgeregte Geräusche und ein fernes Raunen und Rumoren, das aber genauso gut auch das Rauschen seines eigenen Blutes in den Ohren sein konnte. Vielleicht hatte er nicht geschlafen, sondern war gestorben, und was er für das Erwachen aus einem von wirren Fieberfantasien und Schmerz heimgesuchten Albtraum hielt, das war sein allererster Blick in jene Dimension, in der er den Rest der Ewigkeit verbringen würde: die Hölle.

Wenn es so war, dann war er nicht allein – aber das hatte er auch nicht erwartet, an dem Ort, an dem sich seiner Meinung nach ohnehin der allergrößte Teil der Menschheit wiederfinden würde, wenn ihr Leben auf dieser Seite der Ewigkeit vorüber war. Keines der drei Gesichter, die sich allmählich aus dem roten Dunst vor seinen Augen schälten, war ihm gänzlich unbekannt. Zwei von ihnen gehörten zu den Männern, die ihn in der zurückliegenden Nacht gefoltert hatten, auch wenn sie beide eher wie Folteropfer aussahen als wie Foltermeister. Beide wirkten erschöpft und waren mit getrocknetem Blut und Tränen, Speichel und Urin besudelt, und auf ihren Gesichtern lag ein Ausdruck von dumpfem Entsetzen.

Bevor er das dritte Gesicht erkennen konnte, meldete sich sein alter Vertrauter zurück, der Schmerz. Seine Schultern fühlten sich wie ausgekugelt an und waren es vermutlich auch. Er blutete schon wieder aus mehreren neuen Wunden, und es war erst diese Erkenntnis, die ihn zu einer anderen, viel erschreckenderen führte. Es war nicht das erste Mal, dass er erwachte, und die Folter hatte schon lange wieder begonnen. Er hatte nicht geschlafen, sondern war von einer Ohnmacht in die nächste geglitten, und es war nicht die nach Rauch schmeckende Luft, die in seiner Kehle schmerzte. Sein Hals war wund vom Schreien, und er fühlte sich so schwach, dass ihm selbst der Versuch, sich zu erinnern, wie eine enorme körperliche Anstrengung vorkam: Er war nicht einmal mehr sicher, ob das rote Licht, das über ihm durch das Fenster hereinströmte, das letzte Lodern des sterbenden Tages war oder schon das erste Glühen des nächsten.

»Ihre Verstocktheit wird Ihnen nichts nutzen, Mister Delãny.« Es waren erst diese Worte und der Klang der Stimme, die dem dritten Schatten ein Gesicht verliehen. Irgendetwas drängte ihn zu antworten, ein lautloser Schrei, der nur wollte, dass es *aufhörte*. Aber er konnte nichts sagen, denn sein Mund war voller klumpig geronnenem Blut, an dem er immer wieder zu ersticken drohte. »Sie schweigen. Wem wollen Sie etwas beweisen? Sich selbst, um sich zu zeigen, wie hart Sie doch sind?«

»Sir …«, meldete sich einer der Männer zu Wort. »Sollten wir nicht …«

Marcus brachte ihn mit einer zornigen Geste zum Verstummen und kam einen Schritt näher. »Nehmen Sie Vernunft an, Mister Delãny. Sie schaden nur sich selbst. Die Wahl, ob Sie leben oder sterben, haben Sie nicht mehr. Ihnen bleibt nur noch die Wahl, wie lange ihre Qual dauert, bevor Sie sterben. Wie lange wollen Sie leiden, Mister Delãny? Eine weitere Nacht? Noch einen Tag? Eine Woche? Das Ende wird dasselbe sein. Sie können nur noch entscheiden, wie lang der Weg dorthin ist. Wo versteckt sich Ihr Freund? Und wo finden wir diese dunkelhäutige Frau? Was haben sie vor?«

Andrej bemühte sich, eine Antwort zu formulieren, verschluckte sich an einem Klumpen schleimigen Blutes und wäre um ein Haar tatsächlich erstickt, hätte er sich nicht würgend und qualvoll übergeben. Marcus wich dem übel riechenden Strahl hastig aus, machte ein angeekeltes Gesicht und wandte sich dann an einen der beiden Soldaten. »Machen Sie weiter.«

Der Mann streckte die Hand nach einer Zange aus, die in einer Schale voller glühender Kohle lag, drehte sich aber dann noch einmal zu Marcus um. »Vielleicht … sollten wir ihm eine Pause gönnen, Sir«, sagte er widerstrebend und ohne Marcus dabei direkt anzusehen. »Dieser Mann hat –«

»Sie sollen weitermachen, habe ich gesagt!«, unterbrach ihn Marcus schneidend. Der Mann zögerte noch einmal, griff aber dann doch nach dem mit einem rußigen Lappen umwickelten Griff der Zange, und Andrej begann erneut zu schreien.

Wieder waren rufende Stimmen und Laute allgemeiner ferner Aufregung das Erste, was an sein Bewusstsein drang und auch dann wieder der Gestank von verbranntem Fleisch – diesmal eindeutig seines eigenen. Er brauchte länger, um die roten Schleier vor seinen Augen wegzublinzeln, und korrigierte sich müde: Er *war* in der

Hölle. Marcus und seine beiden Folterknechte waren ebenfalls noch da, doch die beiden Männer hatten nicht mehr die Kraft, ihm in die Augen zu sehen.

»Das kann jetzt so lange so weitergehen, wie Sie es wollen, Mister Delãny«, sagte Marcus. »Reden Sie! Wo ist Ihr Freund? Wo versteckt sich die Frau, und was haben sie vor?«

Andrej spuckte ihn an – die einzige Antwort, zu der er imstande war. Marcus versuchte nicht einmal auszuweichen, sondern schloss nur für einen Moment die Augen, bevor er sich mit dem Handrücken durchs Gesicht fuhr und eine angewiderte Grimasse zog. »Ganz, wie Sie meinen«, sagte er kalt. »Macht weiter.«

Einer der Männer griff nach einem Messer, doch der andere schüttelte voller Angst den Kopf, aber auch sehr entschlossen. »Ich kann das nicht mehr, Sir«, sagte er. »Es tut mir leid.«

»Sie können nicht mehr?«, sagte Marcus. »Ich verstehe. Dieser Mann tut Ihnen leid, ist es so? Er ist ein Verbrecher. Muss ich Sie daran erinnern?«

»Aber er ist auch ein Mensch, Sir«, erwiderte der Mann.

»Ein Mensch?« Marcus machte ein Gesicht, als müsse er über diese Eröffnung nachdenken. »Wenn Sie das glauben ...« Er wandte sich an den zweiten Mann. »Holen Sie den Jungen. Er ist in meinem Büro. Wenn er schon schläft, dann wecken Sie ihn.«

Der Mann verschwand, sichtlich erleichtert, diesem Ort des Grauens wenigstens kurzzeitig entkommen zu können. Andrej wusste nicht, wie lange er fortblieb, vielleicht nur Augenblicke, vielleicht eine Ewigkeit. Sein Bewusstsein zog sich in einen schmalen Bereich zwischen dem Hier und dem Nirgendwo zurück, in dem nichts mehr eine Rolle spielte, nicht einmal mehr die Zeit. Er litt immer noch Schmerzen, als hätte die endlose Folter irgendetwas in ihm zu ebenso furchtbarem wie unaufhaltsamem Eigenleben erweckt.

Das Geräusch der Tür riss ihn wieder in den Albtraum der Wirklichkeit zurück. Der Soldat war wieder da, und er hatte jemanden mitgebracht. »Frederic?«, murmelte er schwach.

»Ben«, antwortete der Junge. Er wandte sich an Marcus. »Er sagt immer Frederic zu mir, Sir. Ich weiß nicht warum.«

»Schon gut, mein Junge«, antwortete Marcus. »Erzähl uns doch einfach, was er deiner Freundin angetan hat. Dem Mädchen.«

»Bess?«

»Wenn das ihr Name war.«

»Er hat sie getötet, Sir«, antwortete Frederic, perfekt im quengeligen Ton eines Kindes, das vergeblich versucht, seine Angst zu überspielen.

»Das wissen wir, mein Junge«, sagte Marcus beinahe sanft. »Erzähl uns, was er vorher mit ihr getan hat. Was hat er von ihr gewollt?«

»Sie ... sie musste sich immer für ihn schön machen«, antwortete Frederic. »Er ... er hat ihr ... Kleider geschickt. Schöne Kleider, wie die einer richtigen Frau, nur viel kleiner. Und Schminkzeug. Sie musste sich immer schminken, bevor die Kutsche kam.«

»Welche Kutsche?«, fragte Marcus.

Frederic zuckte die Achseln. »Er hat sie immer mit einer Kutsche abholen lassen, wie eine richtig feine Lady. Und wenn sie zurückkam, dann hatte sie Geld. Eine Menge Geld.«

Marcus warf Andrej einen verächtlichen Blick zu, lächelte dann aber wieder gezwungen. »Und wofür hat er ihr dieses Geld gegeben, mein Junge?«

»Das weiß ich nicht«, antwortete Frederic. »Aber sie hat geweint, wenn sie zurückgekommen ist. Sie hat immer versucht, sich nichts anmerken zu lassen, aber sie war dann immer so still, und manchmal hat sie nachts geweint.«

»Ich verstehe«, sagte Marcus. »Es ist schon gut. Du musst nicht weiterreden, wenn du es nicht willst. Ich glaube, wir haben alles gehört, was wir wissen wollten.« Er schwieg, dann wandte er sich mit veränderter Stimme und anderem Blick an den Mann, der sich gerade geweigert hatte, seinen Befehl auszuführen. »Nun? Sind Sie immer noch der Meinung, diese ... *Kreatur* wäre ein Mensch oder würde gar Ihr Mitleid verdienen?«

Der Mann antwortete nicht darauf, sondern sah Andrej aus brennenden Augen an.

Dann griff er nach einer rot glühenden Zange.

Kapitel 13

Als er erwachte, stellte er fest, dass sein Zeitgefühl zurückgekehrt war. Es war spät in der Nacht – eine Stunde nach Mitternacht, wenn nicht mehr. Dennoch war es weder still noch dunkel. Flackerndes blutfarbenes Licht erfüllte die Zelle und erweckte Schatten zu einer bösen Parodie von Leben. Immer noch hörte er Lärm, ferne Schreie und ein sonderbares, an- und abschwellendes Heulen. Auch der Schmerz war noch da. Er wollte, dass es aufhörte. Ganz egal, wie. Es sollte nur aufhören. Er würde Marcus alles sagen, was er wissen wollte. Mühsam öffnete er die Augen und stellte fest, dass Marcus nicht da war. Er war verschwunden, ebenso wie die beiden Folterknechte, die am Schluss so müde von ihrer eigenen Schinderei gewesen waren, dass sie ihre Folterwerkzeuge kaum noch heben konnten. Marcus hatte sie weggeschickt, und Andrej war überzeugt gewesen, dass er zwei neue und frisch ausgeruhte Folterer erblicken würde, sobald er wieder wach wurde (oder sie ihn so lange schlugen, bis er erwachte), doch auch Marcus war verschwunden. Nur der Junge war da.

»Ben«, murmelte er. Der Klang seiner eigenen Stimme erschreckte ihn. Sie hörte sich an wie die eines uralten Mannes – und schwach.

»Frederic«, erwiderte der Junge. »Mein Name ist Frederic. Ich dachte, du wüsstest das.«

Andrej starrte ihn an. Etwas ... *geschah* mit Frederics Gesicht. Er vermochte nicht zu sagen, was es war, aber es war nichts Gutes.

»Jetzt müsste ich eigentlich enttäuscht sein«, sagte Frederic. »Ich weiß, es ist lange her, aber das zwischen uns war schon etwas Besonderes ... fast so besonders wie das zwischen Maria und dir. Ist es nicht so?«

Er konnte nicht antworten. Alles in ihm war ... erstarrt. Er blickte Frederic weiter an. Etwas in ihm wusste, dass die Veränderung, die er in Frederics Gesicht sah, nicht wirklich war, dass seine Augen sie ihm vortäuschten, oder auch seine Gedanken. Frederics Gesicht zerschmolz, glitt um Jahrhunderte zurück in eine düstere und längst vergessen geglaubte Vergangenheit und wurde zu dem des wirklichen Frederic. Aber das war ganz und gar ...

»Unmöglich«, sagte er mit so fester Stimme, wie er nur konnte. »Du *kannst* nicht Frederic sein. Das ist ganz und gar unmöglich.«

»So unmöglich wie ein Mann, den man sechsunddreißig Stunden lang foltert, ihm die Haut vom Leib zieht, ihm die Fingernägel ausreißt, ihm die Knochen bricht und ihn verbrennt und der danach immer noch lebt, meinst du?«, fragte der Junge. »Versuch nicht abzulenken, Andrej. Wir wollten über Maria sprechen ... interessiert es dich, wie sie gestorben ist? Ich meine: Willst du wissen, wie sie *wirklich* gestorben ist? Ich könnte es dir sagen.«

»Ich weiß es«, antwortete Andrej. »Aber *du* weißt es nicht.«

»Und wenn ich es doch wüsste?«, fragte der Junge lächelnd.

»Woher wohl?«

»Vielleicht war ich ja dabei? Wäre ich es, dann könnte ich dir vielleicht sagen, wie schrecklich sie gestorben ist, wie entsetzlich sie gelitten hat. Und wie lange.«

»Ich glaube dir nicht«, sagte Andrej.

»Oh, nicht so entsetzlich wie du«, fuhr der Junge ungerührt fort. »Aber schließlich war sie ja auch nur ein sterblicher Mensch. Ein

Mädchen, dessen weißes Fleisch ebenso blutete wie das deine, wenn man es schnitt. Aber länger. So viel länger.«

Andrej warf sich mit aller Gewalt nach vorn. Seine Ketten klirrten, und der Schmerz in seinen Handgelenken und Schultern war so entsetzlich, dass ihm beinahe wieder die Sinne geschwunden wären.

»Manchmal glaube ich, ihre Schreie sogar heute noch zu hören, weißt du?«, fuhr Frederic fort. »Vor allem nachts, wenn es ganz still ist. Aber dann wieder ... bin ich nicht sicher, ob es nicht meine eigenen Schreie sind. Weißt du, was die Muselmanen mir angetan haben?« Er beantwortete seine eigene Frage mit einem Kopfschütteln und einem verächtlichen Laut. »Nein. Natürlich nicht. Woher auch? Es hat dich doch nicht interessiert, was mit dem Jungen geschieht, von dem du behauptet hast, dass du ihn liebst wie einen Sohn.«

»Ich weiß, was du erreichen willst«, sagte Andrej. »Aber du wirst keinen Erfolg haben. Ich bin damit fertig. Ich habe dreihundert Jahre um sie getrauert. Selbst sie wäre der Meinung, dass es damit genug ist.«

»Ihre Schreie klangen nicht so«, erwiderte Frederic. »Sie hat nach dir gerufen, Andrej. Sie hat immer wieder deinen Namen geschrien, und sie war so verzweifelt. Aber du bist nicht gekommen.«

»Wer hat dir aufgetragen, dass du das sagen sollst?«, fragte Andrej. »Loki?«

»Loki?« Der Junge lachte. »Oh nein. Er ist ... nützlich. Aber im Grunde ein Dummkopf. Er könnte so viel erreichen, und er weiß nicht einmal, über welche Macht er wirklich verfügt. Wie die meisten von ihnen.« Er legte den Kopf auf die Seite und musterte ihn aus eng zusammengekniffenen Augen. »Du willst nicht wirklich behaupten, dass du mich nicht erkennst.«

»Ich weiß, wem du ähnelst«, antwortete Andrej. »Aber Loki hätte sich besser informieren sollen. Frederic ist tot. Genauso tot wie Maria. Er starb –«

»... in Wien, nachdem du mich zum zweiten Mal an die Muselmanen verraten hast«, unterbrach ihn Frederic. »Oh ja, ich erinnere mich. Willst du wissen, was sie mir angetan haben? Dann versuche dich an die letzten Stunden zu erinnern, und stell dir vor, eine solche Qual würde eine Woche dauern. Vielleicht bekommst du dann eine ungefähre Ahnung von dem, was ich erleiden musste.« Es war purer Hass, der aus seiner Stimme klang. Ein Hass, so intensiv und uralt, dass die Worte Andrej einen eisigen Schauer über den Rücken laufen ließen. Noch einmal und noch genauer betrachtete er den Jungen, diese so entsetzlich vertrauten Züge. War es möglich, dass ...?

Nein. Es war *nicht* möglich. Einfach weil nicht sein konnte, was nicht sein durfte.

»Du beginnst zu zweifeln«, sagte der Junge. »Gut.«

»Vielleicht frage ich mich nur, was Loki damit zu erreichen glaubt«, antwortete er lahm. *War es möglich?* »Loki?«, wiederholte Frederic noch einmal. »Andrej, Andrej ... Du bist ja regelrecht besessen von diesem Verräter. Auch wenn ich zugeben muss, dass er eine Zeit lang ganz nützlich war, ich bleibe dabei: Er ist ein Dummkopf. Er und die anderen haben etwas begonnen, über das sie am Ende nicht mehr Herr werden können. Es wird sie verschlingen ... aber das soll nicht mein Problem sein. Und auch nicht mehr deines. Ich fürchte, du wirst diesen Moment nicht mehr erleben.«

»Wer bist du?«, fragte Andrej. »Ich meine: Wer behauptest du zu sein?«

»Oh, du willst mich auf die Probe stellen?« Frederic lachte, ein helles, durch und durch böses Kinderlachen, das wie ein Messer in seine Seele schnitt. »Du willst wissen, wer ich wirklich bin? Frederic oder Dracul?« Sein Gesicht zerfloss abermals, gerann zu den harten Zügen eines grausamen alten Mannes und blieb gerade lange genug so, dass die lähmende Erkenntnis kam. Das *konnte* Loki nicht wissen!

»Er hätte es gewusst, hättest du jemals in seiner Gegenwart daran gedacht«, sagte Frederic. »Aber das hast du nicht. Warum auch?«

Las er seine Gedanken?

»Selbstverständlich«, antwortete Frederic lächelnd. »Wir alle können das. Du könntest es auch, wenn du nicht zu stur wärst, das Geschenk anzunehmen, das dir gemacht worden ist ... oh, ich könnte dir so viel erzählen, Andrej. So viele Geheimnisse verraten, so viele Dinge erklären ... du hast ja nicht einmal eine *Vorstellung* davon, welche Macht dir zur Verfügung stünde, wärst du nur bereit gewesen, dieses wunderbare Geschenk anzunehmen.« Er seufzte. »Aber ich fürchte, nun ist es zu spät, und du wirst es nie mehr erfahren.«

»Du hast meine Frage nicht beantwortet«, sagte Andrej – und sei es nur, um Zeit zu gewinnen. Seine Gedanken bewegten sich immer noch träge hinter seiner Stirn, wie ein Wanderer, der unversehens in zähen Sumpf geraten war und nun all seine Kraft brauchte, um auch nur einen Schritt nach dem anderen zu tun; zugleich aber schienen sie sich auch zu überschlagen und immer schneller und schneller im Kreise zu drehen. Was er sah, war unmöglich. Was er hörte, war unmöglich. Frederic war tot, schon vor Jahrhunderten gestorben, verzehrt von einem Ungeheuer, das so unendlich viel älter war als er, vielleicht so alt wie die Menschheit selbst. Und was von ihm übrig geblieben war, das hätte die Schlacht um Wien niemals überleben können, Unsterblichkeit hin oder her.

»Du unterschätzt mich schon wieder, Andrej«, sagte Frederic, der abermals seine Gedanken gelesen hatte, mit der Stimme eines Kindes und dem gnadenlosen Blick einer Kreatur, die keine Gefühle kannte außer Hass und Neid. »Was ist schon ein Körper? Bloß ein Behältnis, das nur dazu gut ist, uns Schmerzen und Leid zu bereiten. Hast du denn gar nichts verstanden in all der Zeit?«

Da war etwas in Frederics Stimme, das ihm klarmachte, dass der vermeintliche Junge die Wahrheit sagte – trotz aller Bosheit und unverhohlener Freude, die er daran empfand, ihn zu quälen. Hinter dem Geheimnis seiner und Abu Duns Existenz war noch etwas anderes, ein weiteres, viel, viel größeres Geheimnis, das uralt und mächtig war und das er vielleicht gar nicht ergründen wollte, spürte er doch, dass möglicherweise allein das Wissen um seine Bedeutung schon ausreichte, um ihn zu verderben.

Frederic, der auch jetzt wieder seine Gedanken las, schüttelte den Kopf und machte ein spöttisches Geräusch. »Andrej, Andrej, Andrej«, sagte er, noch immer mit der Stimme eines Kindes, die aber allein durch Betonung und begleitende Gestik zur puren Verhöhnung dessen wurde, was sie nachzuahmen suchte. »Du hättest einer der Mächtigsten von allen werden können. Aber du hast dir stets selbst im Weg gestanden. Jetzt ist es zu spät, fürchte ich.«

»Ich weiß jetzt, wer du bist«, erwiderte Andrej. »Frederic ist tot. Du bist Dracul. Du warst es von Anfang an. Frederic ...«

»... wäre niemals so grausam und böse gewesen?«, unterbrach ihn der Junge, indem er wortwörtlich das aussprach, was Andrej dachte. Er lachte böse. »Wer weiß? Vielleicht hast du recht, Unsterblicher. Vielleicht aber auch nicht. Es ist lange her, aber ich hätte doch erwartet, dass du dich besser an mich erinnerst.« Er legte den Kopf auf die Seite und sah Andrej nun mit dem Blick eines verschlagenen, heimtückischen Kindes an. »Aber in Wahrheit erinnerst du dich, nicht wahr? Du hast deine eigenen Zweifel nie vergessen. Tief in dir hast du immer gespürt, dass du dich in dem Jungen getäuscht hast, mein Freund. Er war nie so gut und so schwach, wie du dir einzureden versucht hast. Glaub mir, ich kenne mich mit eurer Art aus. Vielleicht gibt es keine Menschen, die einfach nur gut sind, aber ganz gewiss gibt es welche, die böse sind. Zerstören und Töten macht Spaß, Andrej. Aber das muss ich dir wohl nicht erklären. Wie viele Menschen hast du getötet? Wie viele Leben hast du beendet, mit eigener Hand?«

»Keine, die es nicht verdient gehabt hätten«, krächzte Andrej. Selbst das Reden bereitete ihm jetzt Mühe. In der Luft lag ein scharfer Brandgeruch, der immer durchdringender und erstickender wurde, und anders als unmittelbar nach seinem Erwachen spürte er nun, dass es nicht allein der Gestank seiner verbrannten Kleider und seines verschmorten Fleisches war.

»Oh ja, das hatte ich ja ganz vergessen«, antwortete Frederic spöttisch. »Du bist ja nicht nur Henker, sondern auch selbst ernannter Richter, nicht war? Versteh mich nicht falsch – das soll kein Vorwurf sein. Ich wäre wohl der Letzte, der das Recht hätte, dir irgendetwas vorzuwerfen. Wenn nicht ich, wer dann sollte wissen, was für ein erhebendes Gefühl es ist, Gott zu spielen.«

»Du bist nicht Frederic«, wiederholte Andrej. Er konnte es nicht sein. Er *durfte* es nicht sein. Der Junge, an den er sich erinnerte, war nicht *so* böse gewesen.

»Vielleicht nicht mehr ganz«, sagte Frederic. »Ich bin wohl von beidem etwas und ein wenig von den vielen, die ich seither genommen habe. Du hast dich stets geweigert, die Transformation vorzunehmen, nicht wahr? Du hast dich damit begnügt, ihnen ihre Kraft zu rauben, ihre Lebenszeit der deinen hinzuzufügen, aber das wahre Geschenk, die Essenz ihres Seins, hast du stets verschmäht. Und du glaubst tatsächlich, das würde dich zu etwas Besserem machen?« Er schüttelte mitleidig den Kopf. »Du irrst dich, Unsterblicher. Nicht das Fleisch ist es, das ewig lebt. Sieh mich an.« Er deutete mit beiden Händen an seinem schmalen, kindlichen Körper hinab. »Glaubst du, dieser Körper wäre wichtig oder gut? Glaubst du wirklich, ich hätte mir einen Körper wie diesen für die Ewigkeit ausgesucht? Gewiss nicht!«

»Warum hast du es dann getan?« Als ob er die Antwort nicht wüsste!

»Jetzt enttäuschst du mich aber wirklich, alter Freund«, sagte

Frederic, nun mit einer schmollenden Kinderstimme und dem dazu passenden Gesichtsausdruck. »Es war nicht leicht, einen Jungen wie diesen zu finden. Aber am Ende ist es mir gelungen, oder? Die Ähnlichkeit ist verblüffend, meine ich.« Andrej sagte nichts mehr darauf. Es war sinnlos. Jedes einzelne Wort, das Frederic/Dracul oder wer auch immer in Wahrheit vor ihm stand, sagte, diente nur dem einen Zweck, ihn weiterzuquälen. Der bedauernswerte Junge, in dessen gestohlenes Gesicht er blickte, war nichts als ein weiteres Opfer in einer vermutlich endlosen Reihe. Nur ein weiteres sinnlos ausgelöschtes Leben, das noch nicht einmal wirklich begonnen hatte.

»All diese Toten«, sagte er schließlich doch. »Warum? Was habe ich dir angetan, Frederic?«

»Du hast mich im Stich gelassen, Unsterblicher«, antwortete der Junge. »Vielleicht war ich nicht so gut, wie du es dir gewünscht hättest, Andrej. Vielleicht war ich nicht der Sohn, den du in mir gesehen hast, und vielleicht waren deine Zweifel berechtigt. Aber ich war damals ein Kind – trotz allem. Ich habe dir vertraut, und du hast mich im Stich gelassen. Als ich dich am meisten gebraucht hätte, warst du nicht da. In all den Jahren, die seither vergangen sind, konnte ich an nichts anderes denken als daran, dich dafür bezahlen zu lassen. Drei Jahrhunderte voller Angst, Schmerz und Furcht, Andrej, das ist eine gewaltige Schuld.«

Es dauerte einen Moment, doch dann fiel Andrej auf, dass er nahezu wortwörtlich dasselbe schon einmal gehört hatte, und er musste diesen Gedanken nicht laut aussprechen. Frederic lachte.

»Oh ja, unser guter Inspektor«, kicherte er. »Und weißt du, was das Schönste ist? Er glaubt es mittlerweile tatsächlich. Dabei könnte er einem beinahe leidtun. Er ist im Grunde seines Herzens ein so aufrechter Mann. Der Ärmste ...«

»Er ist nicht Domenicus' Nachfahre, oder?«

»Domenicus?« Frederic wirkte ehrlich verblüfft, dann lachte er, schrill und laut und lange. »Nein«, stieß er atemlos hervor, nachdem er sich wieder beruhigt hatte. »Sein Vater war ein irischer Bergarbeiter und seine Mutter irgendeine Schlampe, die er auf der Straße aufgelesen und um den Preis einer warmen Mahlzeit in sein Bett gelockt hatte. Aber es ist so leicht, euch Dinge glauben zu lassen, die ihr glauben wollt. Menschen lieben es, Märtyrer zu sein, wusstest du das schon?«

Seltsam – aber die Vorstellung, dass Marcus nicht das war, was zu sein Frederic ihn glauben gemacht hatte, war beruhigend. Da war plötzlich eine Schuld weniger, die er nicht zurückzahlen konnte.

»Wie gesagt«, sagte Frederic böse. »Menschen lieben es, Märtyrer zu sein. Und du machst da keine Ausnahme, Andrej. Schade nur, dass dir das Wichtigste fehlen wird.«

»Und was sollte das sein?«

»Zuschauer«, erwiderte Frederic spöttisch. »Was nutzt es, den schönsten Märtyrertod zu sterben, wenn niemand da ist, um hinterher davon zu berichten? Ich bedauere es aufrichtig, glaub mir. Nach all den Jahren der Freundschaft, die uns verbinden, hätte ich dir diesen letzten kleinen Gefallen gerne getan, doch ich fürchte, so weit geht meine Großzügigkeit nicht.«

»Willst du mich selbst töten, oder bist du auch dazu zu feige?«, erwiderte Andrej schwach.

»Töten?« Frederic sah ihn mit nahezu perfekt geschauspielerter Verblüffung an. »Aber ich bitte dich, Andrej! Niemand wird dich töten! Ich gebe dir mein Wort, dass niemand Hand an dich legen wird, weder Marcus noch seine Helfer. Und ich schon gar nicht. Wie könnte ich dem Mann ein Leid zufügen, der wie ein Vater für mich gewesen ist? Oder es zumindest versprochen hatte«, fügte er nach einer Pause und in ganz und gar verändertem Ton hinzu. In seinen Augen loderte Hass, unermesslicher, unstillbarer Hass.

Andrej spürte, dass das keine leere Drohung war. Frederic hatte etwas vor, das schlimmer war als der Tod. Dann verstand er.

»Du willst mich verzehren«, sagte er. »Du bist hierhergekommen, um mich zu nehmen.«

Frederic schwieg. Der Ausdruck blieb in seinen Augen, nichts rührte sich in seinem schmalen Kindergesicht, und doch ... war da eine Spur von Unsicherheit? Etwas, das seinen Zorn noch schürte und wogegen er hilflos war?

»Nein«, beantwortete er seine eigene Frage, als Frederic es nicht tat. »Dazu hättest du Gelegenheit genug gehabt, nicht wahr? Warum hast du es nicht getan?«

Frederic schwieg weiter, aber blanke Mordlust huschte über sein Gesicht, und er trat einen Schritt vor und hob die Arme, wie um mit seinen kleinen Fäusten auf ihn einzuschlagen. Dann erlosch seine Wut so schnell, wie sie gekommen war, und er schüttelte den Kopf. »Oh nein«, sagte er. »So leicht mache ich es dir nicht.«

»Du kannst es nicht«, sagte Andrej ruhig. »Du wagst es nicht, denn du hast Angst, diesen Kampf zu verlieren.«

»Wer weiß?«, erwiderte Frederic. »Dass du nichts von deiner eigenen Stärke weißt, bedeutet nicht, dass sie nicht da wäre.« Er seufzte tief, wich erneut einen Schritt zurück und schien sich in derselben Bewegung wieder in das dünne Kind zu verwandeln, als das Andrej ihn kennengelernt hatte. »Ich fürchte, ich muss unsere kleine Plauderei jetzt beenden«, sagte er, »so kurzweilig ich sie auch finde. Ich habe dringende Geschäfte zu erledigen. Du weißt, wie das ist ... ich muss mich um meine Freunde kümmern, ein wenig um Bess trauern, deinen großen schwarzen Freund umbringen ... was eben an einem Tag wie heute so anliegt ...«

»Abu Dun wird dich töten«, sagte Andrej.

»Aber wie könnte er das, wenn es nicht einmal dir gelungen ist?«, erwiderte Frederic.

»Er war schon immer der Stärkere von uns beiden.«

Frederic, der sich bereits halb zur Tür umgedreht hatte, hielt noch einmal inne und sah ihn über die Schulter hinweg an. »Nur körperlich, mein Freund«, antwortete er. Dann runzelte er übertrieben die Stirn. »Aber jetzt, wo du es sagst ... vielleicht werde ich mir ja seinen Körper nehmen. Er ist zwar ein bisschen plump und hat die falsche Farbe, aber er ist tatsächlich sehr stark. Und ich bin es allmählich überdrüssig, im Körper eines Kindes herumzulaufen, das von jedermann beschimpft und herumgeschubst wird. Auch«, fügte er mit einem höhnischen Grinsen und einem bösen Kichern hinzu, »wenn die meisten das sehr schnell bedauert haben. Gehab dich wohl, Unsterblicher.«

»Du hast etwas vergessen, Frederic«, sagte Andrej, als Frederic die Hand nach der Tür ausstreckte.

»Und was sollte das sein?«

»Mir zu versprechen, dass wir uns in der Hölle wiedersehen.«

»In der Hölle?« Andrej sah, dass Frederic über diese Worte nachdachte. Dann schüttelte er den Kopf. »Das wäre nicht die Wahrheit, Andrej. Wir sehen uns wieder, aber ich verspreche dir, es wird an einem Ort sein, der dir noch sehr viel weniger gefällt.«

Kapitel 14

Er hatte erwartet, wieder das Bewusstsein zu verlieren, und vielleicht war das auch geschehen. Vielleicht waren seine Gedanken auch ein paarmal ihre eigenen Wege gegangen, Pfade, auf denen er ihnen weder folgen konnte noch wollte, sodass er sich an nichts als Schwärze erinnerte und ein Gefühl unendlicher Einsamkeit und noch viel größeren Verlorenseins.

Das Gefühl, ersticken zu müssen, weckte ihn. Etwas biss so heiß und unbarmherzig wie glühendes Eisen in seine Kehle, und als er zu atmen versuchte, war es, als füllten sich seine Lungen mit kochendem Blei. Ein qualvoller Hustenanfall riss ihn endgültig in die Wirklichkeit zurück, doch als er sich zwang, die Augen zu öffnen, sah er nichts als blutige Nebel, in denen Dinge Gestalt anzunehmen versuchten, deren bloßer Anblick ihn zu töten vermochte.

Dann blinzelte er, öffnete die Augen zum zweiten Mal und erkannte seinen Irrtum: Das rote Lodern vor seinen Augen war real, aber es war nicht die Farbe seines eigenen Blutes, sondern flackerndes rotes Licht, und die tanzenden Schemen waren keine Ausgeburten seiner überbordenden Fantasie, sondern huschende Schatten. Die Luft war tatsächlich so heiß, dass jeder Atemzug schmerzte, und sie schmeckte nach Rauch und verbranntem Holz. Etwas brannte.

Die Wand in seinem Rücken war so glühend heiß, dass sie seine

Haut versengte, und dort, wo sich die eisernen Ringe um seine Handgelenke schmiegten, stieg zischender, übel riechender Rauch auf. Als er den Blick hob, um nach dem Quell der grausamen Schmerzen zu schauen, sah er das winzige Fenster hoch oben unter der Decke seiner Zelle. Es war von rotorangefarbenem, bösartig flackerndem Licht erfüllt und dann und wann trieben Fetzen von schmutzfarbenem Rauch herein, die in der vor Hitze wabernden Luft tanzten. Nicht *etwas* brannte.

London brannte.

Wieder musste er husten, diesmal so lang anhaltend und qualvoll, dass er hinterher beinahe atemloser war als zuvor. Sein Herz raste, und in seinem Mund war ein grässlicher Geschmack von Blut, Metall und Erbrochenem, der jeden Atemzug zu einer zusätzlichen Qual machte. Wieder drohten ihm seine Gedanken zu entgleiten, doch dieses Mal war der Pfad, den sie einschlagen wollten, rot, nicht schwarz, und an seinem Ende lauerte etwas, das ihm mehr Angst machte als irgendetwas anderes zuvor.

Feuer. Es gab nicht viel, wovor er wirklich Angst hatte, aber Feuer gehörte ganz sicher dazu.

Panik wollte ihn packen und seine Gedanken zusätzlich verwirren, doch statt dagegen anzukämpfen und damit alles nur noch schlimmer zu machen, nutzte er die Kraft des kreischenden Strudels in seinem Kopf, um sich ganz im Gegenteil zur Ruhe zu zwingen. Schmerz, Atemnot und rasender Puls beruhigten sich kein bisschen, aber er war nun immerhin wieder zu halbwegs klarem Denken fähig.

Prüfend zog er an seinen Fesseln und kam genau zu dem Ergebnis, das er erwartet hatte: Seine Kräfte mochten zehnmal die eines normalen Mannes betragen, und aus einem Grund, der ihm selbst nicht klar war, hatten sie noch einmal drastisch zugenommen, seit er nach London gekommen war, aber diese Ketten waren dennoch stärker. Er erreichte mit seinem Ziehen nicht mehr, als sich selbst neue Schmerzen zuzufügen.

Deshalb also hatte Frederic ihn nicht getötet. London brannte, zumindest zum Teil, und der Feuerschein und die Hitze des Steins in seinem Rücken sagten ihm, dass auch dieses Gefängnis verbrennen würde.

So wie er.

Und genau das war Frederics Plan. Er sollte sterben und ganz London würde sein Scheiterhaufen sein.

Andrej zerrte noch einmal an seinen Handfesseln, ignorierte den neuerlichen, pulsierenden Schmerz, der dabei durch seine Handgelenke jagte, und spannte die Kette mit aller Macht zwei oder dreimal ruckartig und ebenso oft langsam, dafür aber mit umso mehr Gewalt, und jedes Mal ohne den geringsten Effekt. Nicht einmal ein durchgehender Stier würde diese Ketten zerreißen können.

Was nichts anderes bedeutete, als dass er sterben würde.

Andrej dachte diesen Gedanken ganz ruhig. Wie er es auch drehte und wendete, behutsam wie eine Hand, die sich dem glühenden Werkstück in einer Esse nähert und nach einer Stelle sucht, an der sie sich nicht sofort verbrennt, das Ergebnis blieb dasselbe.

Er war an diese Wand gekettet und hatte keine Möglichkeit, sich von seinen Fesseln zu befreien, und das bedeutete, dass er bei lebendigem Leibe verbrennen würde.

Da war ein kleiner Teil in ihm, der diesen Gedanken nicht nur nicht fürchtete, sondern ihn beinahe begrüßte, bedeutete er doch das Ende der entsetzlichen Tortur, in die sich sein Leben verwandelt hatte. Den Schmerz fürchtete er kaum, war er doch nichts gegen das, was er erlitten hatte, seit er in diese Kammer des Schreckens gebracht worden war.

Aber dieser Gedanke weckte etwas anderes, nämlich seinen Trotz. Es widerstrebte ihm, sein Schicksal zu akzeptieren und nur darauf zu warten, dass er starb. Solange er lebte, konnte er kämpfen. Dabei war es vollkommen egal, ob dieser Kampf sinnlos war oder nicht.

Also zerrte und riss er weiter mit aller Macht an seinen Handfesseln, bis seine Kräfte versagten und das Blut in Strömen an seinen Armen herablief. Zischend traf es auf den Stein der Wand hinter seinem Rücken. Hätten seine Kräfte dafür gereicht, so hätte er versucht, sich selbst die Hände abzureißen.

Es wurde immer heißer. Die Haut auf seinem Rücken war längst verbrannt, und nun begann sich der glühende Stein zischend in sein rohes Fleisch hineinzufressen. Seine Kleider schwelten, und da, wo sein Fleisch aufbrach, begann sein Blut zu kochen. Er wusste längst nicht mehr, ob die Schreie, die er hörte, von draußen hereinwehten oder aus seiner eigenen Kehle stammten. Alles drehte sich um ihn, immer schneller und schneller und selbst dann noch, als er die Augen schloss. Zeit wurde bedeutungslos, dann auch der Schmerz, denn obwohl er noch einmal ungeahnten Höhepunkten entgegenstrebte, schien er ihn zugleich nicht mehr wirklich zu berühren. Irgendwann brach er in seinen Ketten zusammen, später dann hatte er das Gefühl, schwerelos zu werden, gleichsam zu schweben und mit seinem Gewicht auch alles andere Körperliche abzustreifen, einschließlich der Schmerzen.

War das der Tod, das *wirkliche* Ende, dem er nun schon so oft entkommen war, dass die Möglichkeit, ihm eines Tages wirklich zu begegnen, schon fast aus seinem Bewusstsein verschwunden war? Wenn, dann war er hässlich, hatte ein Gesicht in der Farbe der Nacht und war mehr als sieben Fuß groß, selbst ohne den gewaltigen Turban, der seiner Größe noch einmal zwei gute Handbreit hinzufügte. Und er blickte aus Augen auf ihn herab, in denen die blanke Angst geschrieben stand.

»Alles in Ordnung, Hexenmeister?«, fragte Abu Dun.

»Ich müsste ... darüber nachdenken«, presste Andrej hervor, »aber ich … bin ziemlich … sicher, dass das die … dümmste Frage ist, die ich … seit sehr langer Zeit … gehört habe.«

»Ja«, grummelte Abu Dun. »Es *ist* alles in Ordnung. Er ist schon wieder ganz der Alte.«

Die Worte galten nicht ihm, sondern jemandem hinter ihm. Mühsam drehte er sich um, biss die Zähne zusammen, um nicht schon wieder vor Schmerz aufzustöhnen, und blickte in ein Gesicht, das so schwarz war wie das Abu Duns und ebenso schön wie das seine hässlich und ihm auf eine vollkommen andere Weise genauso vertraut.

Dennoch verging noch eine geschlagene Sekunde, bis er sich an ihren Namen erinnerte.

»Meruhe?«

Die nubische Kriegerin lächelte, aber es war nur ein bloßes Verziehen der Lippen, das den Ausdruck von Sorge nicht aus ihren Augen vertreiben konnte. »Immerhin erinnerst du dich an meinen Namen«, sagte sie. »Das ist mehr, als ich zu hoffen gewagt habe.«

Die letzten Worte waren an Abu Dun gerichtet, der mit einem unwilligen Grunzen darauf antwortete, während Andrej es vorzog, lieber nicht zu genau darüber nachzudenken.

Nicht, dass er es gekonnt hätte. Selbst die Erkenntnis, wider jede Erwartung doch noch am Leben zu sein, sickerte nur ganz allmählich in sein Bewusstsein. Über das Wie oder gar das Warum nachzudenken, hätte seine Kräfte überstiegen.

»Wieso hat das eigentlich so lange gedauert?«, wandte er sich mit schleppender Stimme an Abu Dun.

Der Nubier zog eine Grimasse. »Wie ich es gesagt habe: Er ist schon wieder ganz der Alte. Und um deine Frage zu beantworten, Hexenmeister: Ich war beschäftigt.« Er schlug seinen Mantel auseinander, sodass Andrej die winzigen Löcher darin sehen konnte. Es waren fünf und sie waren kreisrund, mit rußgeschwärzten Rändern und so dicht beieinander, dass er sie mit einer Hand hätte bedecken können, ohne die Finger zu spreizen. Marcus' Konstabler schienen ausgezeichnete Schützen zu sein.

»Oh«, murmelte er. »Das tut mir leid.«

Abu Dun winkte großspurig ab und ließ sich wieder in die Hocke sinken. »Es war nicht besonders angenehm, aber nichts gegen das, was sie mit dir gemacht haben, wie es aussieht. Was, zum Teufel, ist das hier? Eine verdammte Folterkammer?«

»Wonach sieht es denn aus, Pirat?«, fragte Meruhe streng. Andrej sah sie überrascht an, nicht einmal so sehr wegen des scharfen Tons in ihrer Stimme, sondern eher wegen der ungewohnt vertrauten Anrede – deren genauen Hintergrund nur Abu Dun und er kannten und die bisher auch nur ihnen vorbehalten gewesen war.

Fragend – und ein bisschen alarmiert – wandte er sich an Abu Dun, und der Nubier reagierte mit genau dem anzüglichen Grienen, das er erwartet hatte. Doch sein Blick war ernst. Abu Dun war zwar kein Kind von Traurigkeit, aber er war auch nicht lebensmüde.

»Bevor ihr beiden euch noch tiefer reinreitet, Jungs«, sagte Meruhe liebenswürdig, »erinnert euch bitte daran, dass ich eure Gedanken lesen kann wie ein offenes Buch. Auch«, fügte sie mit einem stirnrunzelnd-beredten Blick in Abu Duns Richtung hinzu, »wenn einer von euch eine ziemlich schmutzige Handschrift hat.«

»Wäre es dir lieber, wenn ich dich hässlich fände?«, fragte Abu Dun.

Meruhe seufzte zwar, hatte zugleich aber sichtbare Mühe, ein Lächeln zu unterdrücken. Sofort wurde sie wieder ernst. »Wir müssen hier weg«, sagte sie. »Kannst du ihn tragen, Abu Dun?«

»Tue ich das nicht immer?«, entgegnete der nubische Riese.

»Niemand muss mich tragen«, fauchte Andrej. »Der Tag, an dem ich nicht mehr auf meinen eigenen Füßen stehen kann, ist noch nicht angebrochen.«

Aber vielleicht war er es jetzt, denn als er sich in die Höhe stemmte, gaben seine Knie sofort unter ihm nach, und er wäre gestürzt, hätte Abu Dun ihn nicht aufgefangen und behutsam wieder zu Boden gleiten lassen.

»Ich weiß, was sie dir angetan haben, Andrej«, sagte Meruhe ernst. »Und auch, wer. Aber darüber sollten wir später reden. Bleib liegen.«

»Wer?«, fragte Abu Dun in leicht alarmiertem Ton.

Meruhe ignorierte ihn und unterstrich ihre Aufforderung mit einer ganz und gar überflüssigen Geste – Andrej hätte gar nicht mehr die Kraft gehabt, noch einmal aufzustehen. Er fühlte sich schwach wie ein neugeborenes Kind, und es wurde nicht besser, sondern schlimmer. Meruhe ließ sich neben ihm auf die Knie fallen. Ihre linke Hand tastete nach seiner Brust, mit der anderen drückte sie ihn zusätzlich zu Boden.

»Was tust du da?«, fragte Abu Dun misstrauisch.

Meruhe würdigte ihn nicht einmal einer Antwort. Sie beugte sich tiefer über ihn und biss sich heftig genug auf die Lippen, dass es blutete, und dann berührten ihre Lippen wie in einem zärtlichen Kuss Andrejs Halsschlagader.

Als sich ihre Zähne plötzlich in winzige Dolchklingen zu verwandeln schienen, die seine Haut mühelos durchdrangen und die Ader öffneten, fuhr Andrej eher erschrocken als vor Schmerz zusammen.

»Was tust du da?«, fragte Abu Dun noch einmal, jetzt alarmiert. In seiner Stimme schwang plötzlich ein fast feindseliger Tonfall mit.

Meruhe ignorierte ihn weiter, und in der nächsten Sekunde hatte Andrej Abu Duns Frage vergessen. Nach allem, was hinter ihm lag, hätte er den winzigen Kratzer kaum noch spüren dürfen, doch er tat unerwartet heftig weh, und als sich ihr Blut vermischte, hätte er beinahe laut aufgeschrien. Es war kein Schmerz, wie er ihn jemals kennengelernt hatte. Eigentlich war es nicht einmal wirklich ein Schmerz, sondern etwas … anderes. Etwas drang in ihn ein, etwas Warmes und Brennendes, das ihn verzehren und bei lebendigem Leibe verschlingen wollte und ihm zugleich Kraft von einer Intensität verlieh, wie er sie selten zuvor gespürt hatte.

Meruhe zog den Kopf zurück, seufzte leise und fuhr sich mit dem Handrücken über den Mund, um das Blut von ihren Lippen zu wischen. Andrej war nicht sicher, ob er sie *wirklich* schlucken sah oder es sich nur einbildete.

»Was hast du getan?«, erkundigte sich Andrej argwöhnisch.

»Dir Kraft gegeben«, antwortete Meruhe. Sie stand auf. »Nicht so viel, wie du nötig hättest, aber alles was ich verantworten kann. Es wird reichen, um dich hier herauszubringen. Alles andere wird die Zeit heilen.«

Andrej wusste nicht, ob er wirklich verstand, was sie meinte – nicht einmal, ob er es überhaupt verstehen wollte –, aber sie schien die Wahrheit gesagt zu haben. Als er sich vorsichtig erhob, fiel ihm die Bewegung nicht nur überraschend leicht, er spürte auch, wie ihn neue Kraft durchströmte. Auch noch die letzten Schmerzen erloschen, und seine geschundene Haut begann zu heilen.

»Wie hast du das gemacht?«, fragte er verblüfft.

»Wer nehmen kann, der kann auch geben, Andrej«, antwortete sie. »Aber sei vorsichtig. Ich fürchte, dass das Geschenk, das ich dir gemacht habe, nicht allzu lange vorhält. Dein Körper hat zu viel erdulden müssen.«

Andrej lauschte in sich hinein und verstand beinahe sofort, was sie meinte. Er spürte nichts als Kraft und ein schon fast euphorisches Wohlbehagen, aber auch, wie trügerisch dieses Gefühl war. Er bewegte sich auf Eis, das so dünn war, dass es unter seinem Gewicht bereits zu knistern begann, und darunter war kein Wasser, sondern nur ein bodenloser Abgrund voller entsetzlicher Leere.

Meruhe zog ihren Mantel aus und hielt ihn Andrej auffordernd entgegen, der mit einem verständnislosen Blick reagierte.

»Willst du nackt hier herausmarschieren?«, fragte Meruhe. »Nicht, dass ich normalerweise etwas gegen den Anblick deines hübschen Hinterns hätte, aber im Moment haben wir andere Probleme, fürchte ich.« Dann drehte sie sich ganz ruhig um und versetzte Abu Dun eine schallende Ohrfeige.

»He!«, protestierte Abu Dun. »Wofür war denn das?«

»Du hast anscheinend schon wieder vergessen, dass ich deine Gedanken lesen kann«, antwortete Meruhe. Ihr Blick verdüsterte sich. »Und *dafür* sollte ich dir eigentlich die Kehle durchschneiden.«

Andrej wusste zwar, dass es eigentlich unmöglich war, aber er glaubte trotzdem zu sehen, wie Abu Dun rot wurde.

Meruhe wedelte ungeduldig mit dem Mantel, und Andrej zögerte nun nicht mehr, ihn sich umzuhängen. Er war nicht wirklich nackt, sondern trug noch das, was von seiner Hose und dem ehemals weißen Hemd übrig war, aber das waren wenig mehr als halb verbrannte Fetzen, die bei der ersten unvorsichtigen Bewegung einfach auseinanderfallen würden.

»Habt ihr eine Waffe für mich?«, fragte er.

Abu Dun griff wortlos unter seinen Mantel und reichte ihm einen kurzen Säbel mit stark gebogener Klinge, doch Meruhe sagte: »Ich hoffe, du wirst ihn nicht brauchen.«

»Weil sie uns einfach so hier herausspazieren lassen?«, fragte Andrej spöttisch.

»Vermutlich«, sagte Meruhe ernsthaft. »Die wenigen, die mehr als Luft zwischen ihren Ohren haben, sind längst geflohen, und ein paar Dummköpfe sind geblieben und versuchen, dieses Gebäude zu retten. Aber es wird ihnen nicht gelingen. Das Newgate-Gefängnis wird niederbrennen. Es ist nicht schade darum.«

Andrej schlang den Mantel enger um seine Schultern und versuchte, den Säbel unter seinen Gürtel zu schieben, bemerkte aber dann, dass er ihn schon längst nicht mehr hatte. »Wie sieht es draußen aus?«, fragte er.

»Schlimm«, antwortete Abu Dun. »Das Feuer ist außer Kontrolle geraten. Halb London steht in Flammen und was mit der anderen Hälfte ist, vermag noch niemand zu sagen.«

Andrej war nicht überrascht, und wenn, dann allenfalls über das Ausmaß der Verheerung, von der Abu Dun ihm berichtet hatte.

»Und die Gefangenen?«, fragte er.

»Sitzen noch in ihren Zellen«, antwortete Abu Dun misstrauisch. »Warum?«

»Weil wir sie befreien müssen«, sagte Andrej.

Abu Dun seufzte, verdrehte demonstrativ die Augen und seufzte noch einmal. Aber er sparte sich auch die Mühe, nur mit einem Wort zu protestieren.

Kapitel 15

Die Zelle, die zu einem so unendlichen Quell der Pein für ihn geworden war, lag ganz am Ende eines langen, fensterlosen Ganges, in dem es mindestens ein Dutzend schmaler und überaus massiv wirkender Türen ganz ähnlich der gab, deren mit rostigen Eisenbändern verstärkte Rückseite er endlose Stunden lang angestarrt und sich dabei nichts anderes als den Tod gewünscht hatte. Es gab nur eine einzelne, halb heruntergebrannte Fackel, deren Licht kaum ausgereicht hätte, die niedrige, rußgeschwärzte Decke zu erreichen, doch die meisten Türen standen offen, und zumindest hinter denen zu ihrer Linken loderte dasselbe rote Höllenlicht, das auch seine eigene Zelle erleuchtet hatte. Auch hier draußen war die Luft mittlerweile so heiß und stickig, dass er kaum noch atmen konnte, und er spürte die Hitze, die die Wand ausstrahlte, selbst durch seine zerschlissene Kleidung und Meruhes Mantel hindurch.

Dennoch (und unbeschadet der Tatsache, dass er sich an nahezu jedem Riegel die Finger verbrannte) öffnete er jede einzelne Tür, um einen raschen Blick in die Zelle dahinter zu werfen. In den winzigen Zellen herrschten mittlerweile Temperaturen, die selbst ihn um ein Haar umgebracht hätten. Sie fanden einen einzigen, an die Wand geketteten Toten und irgendetwas sagte ihm, dass es nicht das Feuer war, das ihn umgebracht hatte.

Er öffnete auch jede Tür auf der anderen Seite, nur um zu demselben Ergebnis zu kommen: Mit Ausnahme eines vermutlich seit Tagen Toten war er offenbar der einzige Bewohner des Kellergeschosses gewesen. Diese Erkenntnis hätte ihn beruhigen sollen. Aber sie tat es nicht.

Vielleicht lag es an den verzweifelten Schreien, die in seinen Ohren gellten.

Sie kamen von oben, dem von flackerndem Rot erhellten Ende der Treppe, in die der Gang mündete.

Hintereinander und angeführt von Abu Dun, der wie ein lebender Rammbock die Treppe hinaufwalzte und allein durch seine schiere Masse jeden Angreifer in die Flucht geschlagen hätte, liefen sie die Treppe hinauf und fanden sich unversehens im Vorhof der Hölle wieder.

Das Licht, das sie empfing, war vom unteren Ende der Treppe aus betrachtet rot gewesen, schien jedoch seine Farbe im gleichen Maße zu verändern, in dem sie sich ihm nun näherten, und wurde weiß, als Andrej schließlich hinter Abu Dun hinaustrat, durchbrochen von grellen Blitzen aus Gelb und bösartig flackerndem Orange. Trümmer regneten von der Decke, und überall loderten Flammen. Hier und da war der Rauch so dicht, dass er sich wie eine lebende schwarze Wand zu erheben schien. Andrej konnte nicht mehr unterscheiden, ob das Kreischen und Schrillen in seinen Ohren der Höllenlärm der Flammen und des sterbenden Gebäudes war oder aus menschlichen Kehlen kam. Vielleicht beides. Überall war Bewegung, so schnell und unkoordiniert, dass er den Orientierungssinn verlor und nicht mehr gewusst hätte, wohin er sich wenden sollte, hätte Meruhe ihm nicht einen so derben Stoß zwischen die Schulterblätter versetzt, dass er um ein Haar von den Füßen gerissen wurde und haltlos weiterstolperte. Flammen hieben aus allen Richtungen nach ihnen, ganze Teile der Decke brachen herunter und stürzten als tödlicher Trümmerregen zu Boden, und die zuckenden Flammen waren nicht der einzige Quell von vermeintlicher Bewegung. Überall lagen brennende Körper, die in der Hitze zuckten, als wäre noch immer ein Rest von Leben in ihnen, das sich in entsetzlicher Qual aufbäumte.

Andrej schickte ein Stoßgebet zum Himmel, dass es nicht so war. Er war fast blind und noch immer so gut wie orientierungslos, aber er sah Abu Dun hektisch gestikulieren, der genau zu wissen schien, wo der rettende Ausgang lag.

Auf halbem Weg stolperte er über einen reglosen Körper, der so stark verkohlt war, dass man nicht mehr erkennen konnte, ob es sich um einen Soldaten oder einen ehemaligen Insassen des Gefängnisses handelte. Abu Dun riss ihn derb mit einer Hand wieder auf die Füße, gestikulierte mit der anderen in das tobende weiße Chaos vor ihnen und schrie etwas, das im Prasseln der Flammen unterging. Andrej sah nur seine Lippenbewegungen, versuchte sich ein Nicken abzuringen und stolperte weiter, bevor Meruhe die Gelegenheit nutzen und ihm in ihrer Ungeduld womöglich noch ein paar Rippen brechen konnte.

Sie stolperten durch eine Tür, deren Rahmen nicht mehr aus Holz, sondern aus Flammen bestand, einen weiteren Gang entlang, der von offen stehenden, leeren Zellen flankiert war und schließlich in eine niedrige, aber weitläufige Halle, die zu einem offen stehenden, zweiflügeligen Tor führte. Auch dahinter loderte Feuer, doch seine an die gleißende Helligkeit hier drinnen gewöhnten Augen nahmen nur vollkommene Schwärze wahr, in der es gelegentlich düsterrot aufzuckte.

Wieder regneten Trümmer von der Decke. Ein brennender Holzscheit traf Abu Duns Schulter und ließ ihn straucheln, und diesmal war es Andrej, der ihn auffing. Meruhe bedeutete ihnen fast verzweifelt mit beiden Armen, sich zu beeilen, aber auch ihre Worte gingen in einem beständig lauter werdenden Brüllen und Fauchen unter, das aus allen Richtungen zugleich zu kommen schien. Doch darunter waren auch noch immer menschliche Stimmen zu vernehmen, die verzweifelten Schreie der Gefangenen, die in ihren Zellen eingeschlossen waren und einem ebenso sicheren wie qualvollen Tod ins Auge sahen.

Nach einem guten Dutzend Schritte erreichten sie das Tor, und Andrejs Herz machte einen entsetzten Satz in seiner Brust, als er sah, wie sich die gewaltigen Deckenbalken darüber unter dem Gewicht der auf ihnen lastenden Decke durchzubiegen begannen. Sie würden es schaffen, aber nur im allerletzten Moment. Die ersten Steine lösten sich bereits aus der Decke und fielen krachend rings um sie herum zu Boden, als sie hindurchstürmten.

Keuchend blieb Andrej stehen, sog die eiskalte Luft in die Lungen und suchte nach einem Wort des Dankes, als hinter ihnen ein gellender Schrei erklang, der scharf wie ein Messer durch das Tosen der Flammen des sterbenden Gebäudes schnitt.

Dann rief eine verzweifelte Stimme laut seinen Namen. *»Andrej! Hilf mir!«*

Bei dem infernalischen Lärm war es unmöglich zu erkennen, wer ihn rief, aber er wusste es trotzdem, ebenso wie er den verschwommenen Umriss inmitten der tobenden Feuersbrunst auf der anderen Seite des Tores erkannte, obwohl er sich in der gleißenden Helligkeit zu winden und aufzulösen schien wie ein trockenes Blatt im Schmiedefeuer des Teufels. Frederic. Es war Frederic, und er schrie vor Schmerzen und Furcht. *Du warst nicht da, Andrej. Als ich dich am meisten gebraucht hätte, warst du nicht da.*

»Andrej!«, schrie Abu Dun. »Wir müssen weg! Der ganze Turm bricht zusammen!«

Er griff nach Andrejs Arm und wollte ihn fortziehen, doch dieser schüttelte seine Hand ab und machte ganz im Gegenteil wieder einen Schritt auf das brennende Gefängnis zu. *Andrej! Hilf mir! Lass mich nicht schon wieder im Stich!*

Glaub ihm nicht, Andrej, sagte Meruhe. *Er lügt. Es ist eine Falle.* Eher beiläufig registrierte er, dass Meruhes Stimme direkt in seinen Gedanken erklang, ebenso wie die Frederics zuvor. Natürlich log er, und natürlich war es eine Falle – glaubte sie denn wirklich, er wüsste das nicht?

Aber dieses Wissen nutzte ihm nichts.

Er streifte Abu Duns Hand ein zweites Mal ab, rang noch einen winzigen Moment mit sich selbst – und stürmte los.

Abu Duns entsetzter Schrei ging in dem dumpfen Krachen und Poltern unter, mit dem nicht nur das Tor, sondern auch ein Gutteil der gesamten Vorderfront des Newgate-Gefängnisses zusammenbrach. Es war unmöglich. Sein Verstand, seine Logik und seine Erfahrung sagten ihm, dass er es nicht schaffen würde. Hundert Tonnen Stein und brennendes Holz stürzten wie ein Fels gewordener Wasserfall vom Himmel, und er floh nicht etwa davor, sondern rannte direkt darauf zu, warf sich mit einem gewaltigen Hechtsprung hinein und hindurch und kam mit einer verzweifelten Rolle unmittelbar hinter dem zusammenbrechenden Tor wieder auf die Füße. Etwas von der Größe eines Zweispänners krachte neben ihm zu Boden und zerbrach in einem Sprühregen kleinerer Bruchstücke, die wie steinerne Fäuste auf ihn einprügelten. Hustend und halb blind vor Schmerz und Hitze stolperte er weiter, wurde von irgendetwas getroffen und von den Füßen gerissen und kam irgendwie wieder in die Höhe, erneut so gut wie orientierungslos und stöhnend, weil selbst die Luft, die er einatmete, seine Lungen zu verbrennen schien. Plötzlich hatte er das Gefühl, dass das gesamte riesige Gebäude schwerfällig zur Seite zu kippen begann. Im Weiterstolpern warf er einen Blick über die Schulter zurück und sah genau das, was er befürchtet hatte: Hinter ihm türmte sich eine unüberwindbare Barriere aus Schutt und brennenden Trümmern auf, die Abu Dun und Meruhe aus- und ihn einsperrte. Durch dieses Tor würde niemand mehr gehen. Er war gefangen.

Wo war Frederic?

Hustend und aus tränenden Augen sah er sich um, fiel im ersten Moment auf ein Trugbild aus flackerndem Licht und brodelndem Rauch herein und stolperte ein halbes Dutzend Schritte in die falsche Richtung, bevor er seinen Irrtum begriff und kehrtmachte.

Wieder glaubte er, jemanden seinen Namen rufen zu hören, und diesmal war er ganz sicher, dass die Stimme einzig in seinem Kopf erklang. Doch das spielte keine Rolle, so wie es auch keine Rolle spielte, dass es eine Falle war, in die er sehenden Auges hineinstürmte. Da war noch eine Sache zwischen Frederic und ihm, die erledigt werden musste, und was danach kam, war vollkommen egal.

Etwas bewegte sich links von ihm und auf halber Höhe der steilen Treppe, die in die oberen Geschosse des Gefängnisses hinaufführte. Eine schlanke, fast noch kindliche Gestalt, die von zwei größeren Schatten flankiert wurde und zu brennen schien.

Er stolperte los, wich brennenden Trümmerstücken und verkohlten Leibern aus und musste zwei- oder dreimal mit der bloßen Hand Flammen ausschlagen, die aus seinen schwelenden Kleidern züngelten, bevor er die Treppe erreichte.

Andrej, bitte! Lass mich nicht noch einmal im Stich!

Diesmal hörte er die Stimme wirklich, und auch die Gestalt, die zehn oder zwölf Stufen über ihm stand, war real, auch wenn sie in der hitzeflimmernden Luft immer wieder verschwamm und ihre festen Konturen verlor, wie eine Fata Morgana über glühendem Wüstensand. Aber er *sah* ihn, und er sah auch die beiden schwarz gekleideten Gestalten, die ihn an beiden Armen gepackt hatten und die Treppe hinaufzerrten. Trotz ihrer unübersehbaren körperlichen Überlegenheit gelang es ihnen kaum, des Jungen Herr zu werden, denn Frederic wehrte sich mit verzweifelter Kraft. Als Andrej weiterrannte, verschwanden sie gerade am oberen Ende der Treppe.

Er versuchte noch einmal an Tempo zuzulegen und überwand immer zwei, wenn nicht drei Stufen auf einmal, hatte das Tempo des Jungen und seiner beiden Entführer aber anscheinend trotzdem unterschätzt: Als er oben an der Treppe ankam, verschwanden sie gerade am anderen Ende eines langen Korridors, der in eine weitere Treppe mündete. Auch er war von flackerndem rotem Feuerschein erfüllt, der aus den Zellen fiel. Er lief noch schneller, warf aber trotzdem einen Blick in jede einzelne Zelle. Sie waren ausnahmslos leer. Das Stroh, das auf dem Boden lag, hatte zu schwelen begonnen und hier und da schon Feuer gefangen, aber er entdeckte keinen einzigen Toten. Das Gefängnis hatte entweder zum größten Teil leer gestanden, oder Marcus hatte rechtzeitig dafür gesorgt, dass die meisten Gefangenen in Sicherheit gebracht worden waren.

Oder jedenfalls *fast* alle.

Er beschleunigte seine Schritte noch einmal, sprang jetzt mit jedem Schritt drei oder vier Stufen auf einmal in die Höhe und hätte Frederic und die beiden Unbekannten einfach einholen *müssen,* nachdem er auch die nächste Treppe überwunden hatte. Stattdessen hatte sich ihr Vorsprung noch einmal vergrößert, denn der Flur, der nun vor ihm lag, war mindestens dreimal so lang und musste sich quer durch das gesamte Gebäude erstrecken. Frederic und seine beiden Peiniger waren gerade lange genug im Blickfeld, um sie auf einer weiteren Treppe verschwinden zu sehen.

Zum ersten Mal fragte sich Andrej, wohin die beiden Unbekannten eigentlich wollten. Die beiden unteren Stockwerke des Gefängnisses brannten bereits lichterloh, und es war nur noch eine Frage der (sehr knappen) Zeit, bis das Feuer auch auf die oberen Etagen übergegriffen haben würde. Selbst hier oben war die Hitze kaum noch zu ertragen und auch das Dach bot keine Rettung. Der klobige

Turmbau ragte mehr als hundert Fuß weit in die Höhe, ein Sprung, den kein Sterblicher ...

Dann begriff er, lauschte einen halben Atemzug lang in sich hinein und verfluchte sich dann selbst. Die beiden Gestalten über ihm waren keine Sterblichen. Es waren Vampyre, und er spürte die Anwesenheit mindestens eines weiteren Vampyrs noch ein gutes Stück über ihnen. Wie hatte ihm das entgehen können?

Und was wollten sie von Frederic?

Er fand weder auf die eine noch auf die andere Frage eine Antwort, zog aber im Rennen den Säbel, den Abu Dun ihm gegeben hatte, und wappnete sich, während er die nächste Treppe hinaufstürmte, gegen einen Hinterhalt oder einen plötzlichen Angriff. Doch auch diese Treppe war leer, ebenso wie die nächste, die zum Dach des Gefängnisturms hinaufführen musste: Er sah einen rechteckigen Ausschnitt des Nachthimmels, der im düsterroten Widerschein zahlloser Brände glühte. Drei. Er spürte jetzt die Gegenwart von drei Vampyren, aber seltsamerweise ließ ihn diese Erkenntnis vollkommen kalt. Drei geübte Schwertkämpfer – selbst wenn es sich um sterbliche Menschen gehandelt hätte – waren selbst für ihn eine ernst zu nehmende Herausforderung. Gegen drei nahezu unsterbliche Gegner hatte er kaum eine Chance.

Dennoch verspürte er keine Furcht und zögerte nicht einmal im Geringsten. Meruhes geliehene Kraft war größer denn je in ihm, und er wusste einfach, dass er selbst drei Gegnern seiner eigenen Art nicht nur gewachsen war, sondern dass er sie schlagen würde. Er fühlte sich unbesiegbar und stärker als jemals zuvor in seinem Leben. Auch seine Sinne arbeiteten mit einer nie gekannten Schärfe. Er fühlte die beiden Vampyre, die rechts und links der Tür über ihm lauerten, so deutlich, als könnte er sie sehen, lief noch einmal schneller und wandte die übermenschlich scharfen Sinne der beiden Geschöpfe gegen sie selbst, indem er sein Herz mit einer kurzen Anstrengung zwang, nicht weiterzuschlagen, und die letzten fünf Stufen mit einem einzigen Satz überwand, was sie verwirren musste, denn für sie musste es so sein, als wäre er einfach verschwunden.

Natürlich bemerkten sie ihren Fehler sofort, aber da war es bereits zu spät. Andrej hechtete mit einem gewaltigen Satz zwischen ihnen hindurch auf das Dach hinaus, kam mit einer Rolle wieder auf die Füße und schlug noch im Herumwirbeln mit dem Säbel zu.

Er traf, wenn auch nicht perfekt, was am ungewohnt geringen Gewicht der Waffe liegen mochte: Die rostige Klinge durchtrennte die Kehle des Vampyrs und ließ ihn zurücktaumeln und röchelnd in die Knie brechen, während er qualvoll vergebens nach Luft rang, aber er enthauptete ihn nicht. Dennoch verschaffte ihm der Hieb genug Zeit, erneut herumzufahren und auch dem zweiten Vampyr eine für ihn zwar harmlose, aber sicher sehr schmerzhafte Stichwunde in der Brust zuzufügen. Noch aus der gleichen Bewegung heraus fuhr er abermals herum, wechselte den Säbel blitzschnell in die andere Hand und zog die Klinge über den Unterarm des dritten Angreifers, der mit einem keuchenden Schmerzenslaut zurücktaumelte und seine Waffe fallen ließ. Ihrer aller Bewegungen kamen ihm schon beinahe lächerlich langsam vor, genauso langsam und plump, wie ihm bisher die normaler Sterblicher vorgekommen waren. Meruhe hatte ihn zwar gewarnt, dass ihre geliehene Stärke nicht lange vorhalten würde, aber seine Kraft schien mit jeder Sekunde nur noch weiter zuzunehmen.

»Das war wirklich beeindruckend, Andrej«, sagte eine Stimme hinter ihm.

Andrej fuhr herum, hob den Säbel und erstarrte, als er Frederic erblickte.

Er stand vier oder fünf Schritte hinter ihm. Seine Kleider waren angesengt, aber niemand hielt ihn fest, und der Ausdruck auf seinem Gesicht war auch nicht Furcht, sondern der eines bösen Triumphs. Es *war* eine Falle gewesen. Aber das hatte er schließlich gewusst.

»Du hast eine Menge dazugelernt, seit wir uns das letzte Mal gesehen haben, Andrej«, fuhr Frederic fort. Etwas wie widerwillige Anerkennung war in seiner Stimme zu hören, vielleicht auch nur eine andere Art von Hohn.

Andrej ließ seinen Säbel zwar noch etwas weiter sinken, ließ zugleich aber in seiner Konzentration nicht im Allermindesten nach. Er verschwendete keinen Blick auf die Vampyre hinter sich, doch das war auch nicht notwendig. Es reichte ihm allein das, was er hörte, roch und spürte. Einer der Vampyre war noch immer damit beschäftigt, das Atmen neu zu lernen, und das noch für eine geraume Weile, doch die beiden anderen waren nach wie vor gefährlich. Einer von ihnen war ebenso alt wie er, wenn nicht älter, und damit auch genauso geübt im Umgang mit seinen Waffen, auch der dritte war kein Anfänger. Dennoch verspürte er immer noch keine Angst, nicht einmal Unsicherheit. In ihm war eine Kraft, die einfach nicht überwunden werden konnte.

»Ja, Bescheidenheit war noch nie einer deiner großen Fehler«, spöttelte Frederic, der auch jetzt wieder seine Gedanken gelesen hatte. »Aber manchmal gehen Mut und Leichtsinn so eng Hand in Hand, dass man sie kaum noch unterscheiden kann.« Und dann ließ er, kaum für die Dauer eines Lidschlages, die doch zu einer schieren Ewigkeit zu werden schien, den Schild fallen, den er zwischen sich und dem Rest der Welt errichtet hatte, und gewährte Andrej einen Blick auf das, was er *wirklich* war.

Da war kaum noch etwas Menschliches in ihm. Andrej hatte erwartet – nein, etwas in ihm hatte es verzweifelt gehofft –, nichts mehr von Frederic vorzufinden, sondern nur noch Dracul und vielleicht ein Echo all der zahllosen Seelen, die dieser in den zurückliegenden Jahrhunderten verzehrt hatte, doch Frederic war da, sogar mächtiger und boshafter denn je. Aber er hatte sich verändert und war zu ... *etwas* anderem geworden, einem düsteren, Furcht einflößenden *Ding*, kälter als der Tod und voller Hass und Niedertracht. Da war nichts Menschliches mehr in ihm, nichts Vertrautes, sondern nur noch Gier. Und es war *stark*.

Andrej taumelte einen halben Schritt zurück, von der bloßen Präsenz der Kreatur getroffen wie von einem Fausthieb, und das Ding, das einmal Frederic gewesen war, stieß ein dumpfes, kehliges Lachen aus – ein grausiges Geräusch, das nichts Fröhliches an sich hatte.

»Andrej«, rief er mit einer dünnen, verzweifelten Kinderstimme. »Hilf mir! Lass mich nicht schon wieder im Stich!«

Einer der Vampyre drang in einer blitzschnellen Attacke auf ihn ein, doch Andrej wich ihm ohne die geringste Mühe aus, ließ ihn über sein vorgestrecktes Bein stolpern und fügte ihm eine tiefe Stichwunde zu. Er stürzte nicht, prallte aber ungeschickt und mit einem zischenden Schmerzenslaut gegen die zinnenbewehrte Brüstung, die dem Dach etwas von einer frühmittelalterlichen Burg verlieh, und krümmte sich. Andrej überlegte kurz, ihm nachzusetzen und es zu Ende zu bringen, verwarf den Gedanken aber auch augenblicklich wieder, als ihm klar wurde, dass genau das der Zweck des plötzlichen Angriffs gewesen war: ihn abzulenken und lange genug zu beschäftigen, damit die beiden anderen ihm in den Rücken fallen konnten.

»Ja, es ist so, wie ich es mir schon gedacht habe, Andrej«, spöttelte Frederic hinter ihm. »Du hast wahrlich viel gelernt, seit wir uns das letzte Mal gesehen haben.« Er hatte seine Maske erneut gehoben und sprach auch wieder mit dünner, falsch betonter Kinderstimme. Als Andrej sich zu ihm herumdrehte, waren seine Hände nicht mehr leer. Er hatte das schartige Messer mit der abgebrochenen Klinge gezogen, das Andrej schon am ersten Tag bei ihm gesehen hatte. »Schade nur, dass es dir nicht helfen wird.«

Damit trat er vor, zog das Messer fast gemächlich über Andrejs Oberschenkel, beinahe bis auf den Knochen. Die Wunde blutete heftig und schmerzte entsetzlich, aber dieser Schmerz war zugleich auch sonderbar irreal, als wäre es gar nicht sein eigener, sondern der Schmerz eines anderen. Und so schlimm er auch war, zog er zugleich auch Kraft daraus, denn er war süß und erquickend, und zum allerersten Mal begann er zu begreifen, was wirklich dafür verantwortlich war, dass andere von Schmerz und Leid angezogen wurden wie Fliegen von Aas. Es war die ultimative Labung, ein Quell ungeheurer, nie versiegender Kraft, der ihm unerschöpfliche Stärke spendete. Er legte die Hand auf die Wunde und spürte, wie das Blut versiegte – und schon kurz darauf begann sich die Wunde zu schließen. Schließlich war sie verschwunden, als hätte es sie nie gegeben.

Seltsamerweise nutzten die Vampyre den Moment nicht, um ihn abermals anzugreifen, obwohl er abgelenkt war und sich ihre Chancen, ihn zu überwältigen, verdoppelt hätten.

Und wenn es gar nicht sein Tod war, den sie wollten?

Andrej schüttelte den Gedanken ab. »Was willst du?«, fragte er.

»Das ist eine gute Frage«, antwortete Frederic und runzelte angestrengt die Stirn. Fast beiläufig versuchte er, Andrej abermals zu schneiden, aber diesmal wich dieser dem plumpen Angriff nicht nur aus, sondern schlug ihm das Messer so wuchtig aus der Hand, dass es davonflog und scheppernd in der Dunkelheit verschwand. Frederic keuchte vor Schmerz, prallte zurück und umklammerte sein gebrochenes Handgelenk mit der anderen Hand. Tränen schossen ihm in die Augen, und für einen Augenblick wurde er wieder zu dem verängstigten Kind, als das er ihn kennengelernt hatte. Sie waren wieder in Borsa, und er irrte durch die toten Gänge und Hallen der Bauernburg, die zum Grab für seine Familie und jeden geworden war, den er gekannt hatte. *Seid Ihr der Tod, Herr?*, flüsterte Frederic.

»Was ... willst du von mir?«, brachte er mit zitternder Stimme heraus. »Wenn du mich töten willst, dann tu es.« Er ließ den Säbel endgültig sinken. »Ich werde mich nicht wehren.«

»Dich töten?« Wenn Frederics Erstaunen gespielt war, dann perfekt. »Ich will nicht deinen Tod, Andrej. Wenn es das wäre, was ich wollte, hätte ich es schon vor einem Jahrhundert haben können oder zwei.«

»Was dann?«, fragte Andrej. Alles drehte sich um ihn, wurde unwirklich, verdreht. Er war noch immer in der verheerten Bauernburg, roch den süßlichen Leichengestank, der sich über ganz Borsa ausgebreitet hatte und auch das wenige Leben zu ersticken drohte, das in dem kleinen Ort noch verblieben war.

»Was willst du?«, fragte er noch einmal. Die Vampyre kamen näher. Er konnte die Schärfe ihrer Klingen riechen und spürte den brodelnden schwarzen Sumpf, der die Stelle ihrer Seelen eingenommen hatte. Seine Hand schloss sich fester um den Griff des Säbels, aber es war nur ein bloßer Reflex. Wahrscheinlich war er stark genug, selbst gegen diese dreifache Übermacht zu bestehen, aber er würde sich nicht mehr verteidigen.

Seine Hand ließ den Säbel los, der klirrend zu Boden fiel.

»Ich sehe, du beginnst zu begreifen, Hexenmeister«, sagte Frederic. »Aber ich will dir trotzdem sagen, was ich will. Dich, Andrej.«

»Das wolltest du von Anfang an, nicht wahr?«

Und ganz plötzlich - endlich! - begriff er die volle Wahrheit. Ein leises, gequältes Stöhnen kam über seine Lippen, ein Laut so unsäglicher Pein, wie er sie nie zuvor verspürt hatte, tausendmal schlimmer als alles, was Marcus ihm mit glühenden Zangen und Messern angetan hatte. »Du warst es«, murmelte er. »Du hast sie nach Borsa gebracht.«

»Ja«, bestätigte Frederic.

»Aber warum?«

Frederic lachte leise, machte dann aber ein betrübtes Gesicht und wechselte wieder zu einer weinerlichen Kinderstimme. »Aber ich war doch noch ein Kind damals, Andrej. Ich wusste doch nicht, was ich tat.«

»Warum?«, fragte Andrej noch einmal. Kaltes Entsetzen begann sich in ihm auszubreiten.

»Ich war nur ein dummes, hilfloses Kind. Aber du hast mir geholfen, erwachsen zu werden.« Frederic weidete sich ganz unverhohlen an seiner Qual, dann bückte er sich, hob den Säbel auf, den er fallen gelassen hatte, und hielt ihm die Waffe hin, mit dem Griff voran. »Ich will nicht deinen Tod, Andrej«, sagte er noch einmal. »Das wollte ich nie.«

Er machte eine auffordernde Geste, nach dem Säbel zu greifen, und nach einem kurzen Zögern gehorchte Andrej. Die Waffe fühlte sich falsch in seiner Hand an, auf sonderbare Weise fremd, wie etwas, mit dem er nicht wirklich etwas anzufangen wusste.

»Komm mit, Andrej«, sagte Frederic. »Ich habe ein Geschenk für dich.« So ruhig, als wäre er sicher, dass Andrej die Waffe in seiner Hand nicht benutzen würde, drehte er sich um und begab sich auf die andere Seite des Daches. Andrej folgte ihm, und auch die vier Vampyre schlossen sich ihnen an, wie Gespenster, die in unzählige tanzende Schatten zerfaserten.

»Wenn man es genau nimmt«, fuhr Frederic fort, in leicht amüsiertem Ton und ohne sich zu ihm umzudrehen, »habe ich sogar zwei Geschenke für dich ... auch wenn du an dem einen nicht ganz unbeteiligt gewesen bist.« Er hielt inne, trat an die wuchtige Brustwehr heran und hob in einer dramatischen Geste die Hand, um auf die brennende Stadt hinunterzudeuten. »Sieh, Andrej. Ist es nicht ein herrlicher Anblick?«

Andrejs Blick folgte der Bewegung, und entsetztes Schaudern packte ihn, das er weder unterdrücken konnte noch wollte.

Dass sich das Feuer nicht nur auf das Newgate-Gefängnis beschränkte, hatte er gewusst, doch er begriff erst jetzt das wahre Ausmaß der Katastrophe.

London brannte. Unter ihnen breitete sich ein Meer von Flammen aus, das die ganze Welt ergriffen zu haben schien, Tausende und Abertausende von bösartigen roten Funken, die zum glühenden Herz eines ausbrechenden Vulkans verschmolzen waren. Hier und da bildeten sie endlos gewundene Schlangen, wo ganze Straßenzüge Feuer gefangen hatten und selbst die Luft darüber zum Schmelzen zu bringen schienen, dann wieder blickte er auf ganze Seen aus reiner Glut hinunter, als wäre die Hölle selbst aufgebrochen, um ihr flammendes Blut auszuspeien. Doch es gab auch noch große Bereiche völliger Schwärze, die das Feuer noch nicht erreicht hatte oder über die es schon hinweggezogen und nichts zurückgelassen hatte, was brennen konnte. Aber sie waren in der Minderzahl, und noch während er hinsah, schrumpften sie weiter zusammen, und das Feuer breitete sich aus.

»Ist es nicht wundervoll, Andrej?«, fragte Frederic. »Spürst du ihre Furcht? Spürst du die Angst, die ihre Herzen erfüllt, und ihren Zorn? Fühlst du die Kraft? Du musst sie dir nur nehmen, Andrej. Es ist ein Geschenk. Nimm es dir! Sie werden es nicht einmal merken!«

Es stimmt, dachte Andrej. Was er bisher nur geahnt hatte, das spürte er nun: Leid, Schmerz und Furcht und maßlosen Zorn auf ein grausames Schicksal, das ihnen willkürlich alles genommen hatte. Diese Gefühle waren ihm nicht fremd. Er hatte sie zahllose Male selbst empfunden und unendlich viel öfter gespürt, und doch war da plötzlich ein gewaltiger Unterschied: Er fühlte nicht nur den Orkan düsterer Empfindungen und stummer Schreie, er fühlte auch die Kraft, die in all diesem Leid und Zorn schlummerte, und er wusste, dass Frederic recht hatte. All diese Kraft und Energie wartete nur darauf, von ihm genommen zu werden. Er musste nicht einmal etwas tun. Es reichte vollkommen, es zu *wollen*.

Aber er wollte es nicht.

Noch nicht.

»Du bist ein starker Mann, Andrej«, sagte Frederic. »Das wusste ich immer schon. Aber du bist noch sehr viel stärker geworden, seit wir uns das letzte Mal gesehen haben.« Er nickte anerkennend. »Es ist wirklich schade, dass wir uns auf diese Weise wiedersehen müssen ...« Er wiegte den Kopf und zauberte einen Ausdruck kindlich-angestrengter Nachdenklichkeit auf sein Gesicht. »Aber noch ist ja nicht alles zu spät, nicht wahr? Und – oh ja – ich hatte dir ja noch eine Überraschung versprochen. Komm mit mir, Andrej.« Er winkte aufgeregt mit beiden Armen und ging los. Andrej folgte ihm. Allerdings erst, nachdem er noch einen weiteren langen Blick über die Stadt geworfen hatte. London brannte noch nicht zur Gänze. Eine dunkle Linie teilte die brennende Stadt in zwei unterschiedlich große Hälften – die Themse, die ein breitflächiges Übergreifen des Brandes bisher noch verhindert hatte. Aber auch diese letzte Barriere würde bald fallen. Überall auf dem Fluss trieben lodernde Feuernester – brennende Trümmerstücke oder Boote – und an zahllosen Stellen hatte das Feuer auch diesen schwarzen Schlund bereits übersprungen und begann sich auf der anderen Seite des Flusses auszubreiten. London würde sterben, und keine Macht der Welt konnte daran noch etwas ändern.

Frederic hatte die andere Seite des flachen Daches erreicht und trat wie ein ungeduldiges Kind von einem Fuß auf den anderen. Erst als er beinahe bei ihm war, erkannte Andrej, dass er nicht allein auf ihn wartete. Nur einen halben Schritt neben ihm erhob sich die schwarze Silhouette eines Vampyrs, dessen wahre Natur er erst erkannte, als er ihn sah, fast, als hätte etwas seine Sinne blockiert und verhindert, dass er die Präsenz des Unsterblichen fühlte. Und natürlich wusste er auch, was – oder wer – dieses *Etwas* war.

»Dein Geschenk, Andrej.«

Frederic deutete mit dem Kopf auf den Vampyr, der daraufhin zur Seite trat und den Blick auf eine zusammengekauerte Gestalt freigab, die bisher hinter ihm verborgen gewesen war. Andrej erkannte ihn nicht sofort, denn sein Gesicht war rußgeschwärzt, wo es nicht von einer nässenden roten Brandwunde entstellt war.

»Inspektor ... Marcus?« Er warf Frederic einen verwirrten Blick zu, und beinahe gelang es ihm sogar, sich einzureden, er wüsste nicht, was diese groteske Szene bedeutete.

»Dein Geschenk, Andrej«, sagte Frederic nur noch einmal. »Und sag nur nicht, du hättest nicht genau *davon* geträumt, in all den Stunden, die hinter dir liegen.«

Es hatte keine Sekunde gegeben in jeder einzelnen Minute der beiden Tage, die hinter ihm lagen, in der nicht ein Teil in ihm gewesen war, der nichts mehr gewollt hatte als genau das: Marcus wenigstens ein bisschen der unsäglichen Pein zurückzuzahlen, die dieser Mann ihm zugefügt hatte. Und etwas in ihm wollte es noch immer.

»Willst du mein Geschenk nicht, Andrej?« Frederic sprach jetzt wieder mit kindlicher Stimme. »Aber es steht dir zu! Nimm ihn! Ich weiß, er hat dir mehr genommen, als er dir jemals zurückzahlen kann, aber warum nimmst du dir nicht, was er hat? Ich finde, es steht dir zu.«

Und auch damit hatte er recht. Andrej hasste ihn. Andrej hasste ihn mit jeder Faser seines Herzens. Er wollte ihn töten. Er wollte nichts mehr, als die Zähne in seinen Hals zu schlagen, sein Fleisch zu zerreißen und sein Blut und damit sein Leben aus ihm herauszusaugen ...

Stattdessen drehte er sich wieder zu Frederic um und sah ihn übertrieben verständnislos an. »Er hat nichts mit Domenicus zu tun.«

»Nein«, antwortete Frederic und zwinkerte übertrieben. »Das hat er nicht. Würde es denn etwas ändern, wenn es so wäre?«

»Nein«, gestand Andrej. Gleichzeitig fragte er sich, warum er das überhaupt gesagt hatte.

»Dann nimm dir sein Leben«, antwortete Frederic. Seine Augen wurden schmal und ihr Blick so hart wie Diamant. »Es ist egal, wessen Urenkel oder Neffe er ist. Mit dem, was er dir angetan hat, hat er sein Recht auf Leben verwirkt. Nimm es dir. Er stirbt so oder so, und du hast seine Kraft bitter nötig.«

Und auch das war die Wahrheit. Frederic mochte diesen Mann belogen haben, ihn Dinge glauben gemacht haben, die ebenso unwahr wie monströs waren, doch den Befehl zu dem zu geben, was Andrej angetan worden war, war letzten Endes Marcus' freie Entscheidung gewesen. Er hatte nie vergessen, was Meruhe ihm vor so langer Zeit anvertraut hatte: Es war ihrer Art ein Leichtes, die Sinne der Menschen zu täuschen und ihnen Dinge und sogar Erinnerungen vorzugaukeln, die niemals existiert hatten, aber eines konnten sie nicht: sie zu etwas zwingen, was sie tief in ihrem Inneren nicht selbst wollten. Marcus hatte ihn foltern lassen, weil er es *gewollt* hatte, nicht, weil es Frederics Wille gewesen war. Und er brauchte seine Kraft. Meruhes geliehene Stärke war noch immer in ihm, doch sie hatte ihn gewarnt, dass dieses Geschenk nicht ewig vorhalten würde, und er begann bereits zu spüren, dass diese Worte der Wahrheit entsprachen. Noch fühlte er sich von einer trügerischen Stärke erfüllt, aber darunter klaffte schon der schwarze Abgrund, der ihn um ein Haar verschlungen hätte, wären Meruhe und Abu Dun nicht gekommen, um ihn zu retten. Und Marcus war voller Leben. Ein Leben, das er brauchte, wollte er sein eigenes nicht verlieren.

Zum zweiten Mal wandte er sich Marcus zu. Der Inspektor sah

ihn an, und Andrej erwartete, Furcht, Zorn oder vielleicht auch nur Trotz in seinen Augen zu lesen, doch sein Blick war leer. Andrej wusste nicht einmal, ob er ihn erkannte oder überhaupt begriff, was mit ihm geschah. Aber hinter der schrecklichen Leere in seinem Blick war noch etwas, eine düstere Verlockung, der er immer weniger widerstehen wollte und damit auch konnte. Marcus war verletzt und fieberte, würde an dieser Verletzung vielleicht sterben (und wenn nicht, dann bei lebendigem Leibe verbrennen, sobald die Flammen das Dach erreicht hatten), aber noch brannte seine Lebensflamme so ruhig und stark wie zuvor, und es wäre so leicht, ihm diese Flamme zu entreißen, sich an ihrer Wärme zu nähren und ihn einen winzigen Teil der Schuld zurückzahlen zu lassen, die es zwischen ihnen gab.

»Worauf wartest du?«, fragte Frederic.

Auf nichts mehr. Andrejs Hand schloss sich fester um den Griff des rostigen Säbels. Er hob die Waffe, lauschte noch einmal in sich hinein und spürte, dass er den Kampf verloren hatte, und das schon vor langer Zeit.

Er schlug so schnell zu, dass die Klinge vor seinen Augen zu einem rotbraunen Blitz verschwamm. Er spürte nicht den geringsten Widerstand, als die Klinge traf und ihren Weg in einem Sprühnebel von Blut fortsetzte.

Ein erstaunter Ausdruck erschien auf dem Gesicht des Vampyrs und verschwand zusammen mit seinem abgetrennten Kopf hinter den Zinnen. Noch bevor seine schlaffen Hände von Marcus' Schultern glitten und sein Körper in sich zusammensank, drehte sich Andrej auf dem linken Absatz herum und führte den Schwerthieb mit womöglich noch größerer Kraft und in leicht verändertem Winkel fort. Die Klinge wurde noch schneller.

Und trotzdem nicht schnell genug.

Frederic ... verschwand. Wenn er sich bewegte, dann so schnell, dass nicht einmal Andrejs Blicke die Bewegung erfassen konnten. Es war, als wäre er einfach fort und nur den Bruchteil eines Lidschlages darauf wieder da, aber gute fünf oder sechs Schritte weiter rechts, unerreichbar für Andrejs Klinge, die Funken sprühend gegen die gemauerte Zinne prallte, dort, wo er gerade noch gestanden hatte, und nur zwei Finger breit über dem Griff abbrach.

Frederic stieß ein Geräusch aus, das an das Fauchen einer Katze erinnerte, der er unversehens auf den Schwanz getreten war, wich geduckt noch zwei, drei weitere Schritte vor ihm zurück und hob sein abgebrochenes Messer, und Andrej setzte ihm mit einem beherzten Sprung nach, den zersplitterten Stumpf des Säbels zum Zustoßen bereit erhoben.

Er hatte keine Chance, ihn zu erreichen.

Plötzlich war ein Schemen zwischen ihnen, schwarz und lautlos und tödlich. Geschliffener Stahl blitzte auf, vom roten Widerschein der Flammen wie von Blut überzogen, und sein alter Vertrauter, der Schmerz, meldete sich reißend in seiner rechten Schulter zurück. Seiner Hand fehlte plötzlich die Kraft, das Schwert zu halten. Es klirrte zu Boden, und Andrej taumelte haltlos zurück und gegen die Brüstung, griff aber trotzdem mit der unversehrten Hand zu und schloss die Finger um die Kehle des Vampyrs, der leichtsinnig genug gewesen war, ihm zu folgen.

Wäre er allein gewesen, hätte Andrej ihn getötet. Trotz allem waren seine Kräfte ins Unermessliche gewachsen, und er war seinem Gegenüber, einem Wesen seiner Art, nun so himmelhoch überlegen wie dieser einem sterblichen Menschen. Ohne Mühe zerquetschte er den Kehlkopf des Vampyrs, zwang seine kraftlose Rechte mit purer Willenskraft, sich zur Faust zu ballen, und holte zu einem vernichtenden Schlag aus, doch ein zweiter schwarz gekleideter Schemen fiel ihm in den Arm, riss ihn zurück und rammte ihm zugleich das Knie mit solcher Wucht in den Leib, dass ihm für einen Moment schwarz vor Augen wurde.

Als sich die dunklen Schlieren vor seinen Augen hoben, lag er mit ausgebreiteten Armen auf dem Rücken. Einer seiner vampyrischen Gegner kniete auf ihm und nagelte seine Arme mit den Knien auf dem Boden fest, der andere hatte einen Dolch gezogen, den er hart genug in seinen Leib presste, dass er ein dünnes Rinnsal seines eigenen Blutes warm an seiner Haut hinabfließen spürte.

Und da war noch Frederic. Er hatte seinen abgebrochenen Dolch wieder aufgehoben und stand so da, dass er auf Andrej hinabsehen konnte, ohne ihm gefährlich nahe zu kommen. Auf seinem Gesicht lag ein Ausdruck von purem Hass, aber da war auch eine Wut, die ihm nicht richtig erschien, nicht in diesem Moment und nach allem, was zwischen ihnen war. Dann begriff er warum.

Es war der Zorn eines Kindes.

In diesem einen, unendlich kurzen Augenblick war es nicht Dracul, dem er gegenüberstand, nicht ein um dreihundert Jahre gealterter Frederic, sondern ein trotziges, durch und durch böses Kind, das einfach nur zornig war, weil die Welt nicht so war, wie es wollte.

»Du verdammter Narr«, zischte es. »Du dummer, dummer Dummkopf! Wie viele Chancen muss ich dir noch geben? Wie viele Hände soll ich dir denn noch reichen, bis du begreifst, wer deine wahren Freunde sind?«

»Eine würde mir schon reichen«, presste Andrej zwischen zusammengebissenen Zähnen hervor. »Aber halt still, damit ich sie dir abhacken kann.«

Frederic riss die Augen auf und wirkte nun endgültig wie ein wütendes Kind. »Wie du willst, Andrej«, fauchte er. »Du hattest deine Chance. Mehr als eine.« Er versetzte Andrej einen wütenden Fußtritt in die Seite, trat einen Schritt zurück. »Bringt ihn um! Aber schön langsam. Ich will es genießen.«

Andrej bäumte sich mit verzweifelter Kraft auf, und es gelang ihm, den Vampyr von seinen Beinen und halbwegs gegen Frederic zu schleudern. Den anderen abzuschütteln erwies sich hingegen als unmöglich; er war nahezu so stark wie er und befand sich in einer deutlich besseren Position. Ein Fausthieb ins Gesicht brachte ihn an den Rand der Bewusstlosigkeit, und scharf geschliffener Stahl bohrte sich in seine Seite - ein Dolch, der sich zwischen seinen Rippen hindurchgrub und nach seinem Herzen wühlte.

»Das ist langweilig«, sagte Frederic. »Ich denke, wir sollten die Sache ein bisschen interessanter gestalten.« Der Junge machte eine Bewegung mit seinem albernen Messer, das plötzlich eine orangerote Flamme ausstieß, dann peitschte ein Knall.

Das Messer war kein Messer, sondern eine klobige Steinschlosspistole, die nicht besonders durchschlagsstark war und so zielsicher wie ein geworfener Ziegelstein.

Auf weniger als zwei Schritten Entfernung war ihre Wirkung dennoch verheerend.

Die fast münzgroße Bleikugel zerschmetterte seine linke Kniescheibe mit der Wucht eines Schmiedehammers. Andrej wurde herum und zur Seite gerissen und stürzte haltlos zu Boden, als sein Bein unter dem Gewicht seines Körpers nachgab. Ein Schwerthieb schmetterte ihm die Waffe aus der Hand, noch bevor er vollends zu Boden gestürzt war, dann traf ihn ein Stiefeltritt seitlich am Kopf und raubte ihm für zwei oder drei Sekunden endgültig das Bewusstsein.

Blutrote Schleier tanzten vor seinen Augen, als er wieder erwachte. Sein Herz raste wie verrückt, und in seinem Mund war der bittere Kupfergeschmack seines eigenen Blutes. Seltsamerweise schmerzte sein Knie überhaupt nicht, obwohl er spürte, wie sich eine rasch größer werdende Blutlache unter seinem Bein bildete. Alles, was er fühlte, war jedoch eine dumpfe, beinahe angenehme Taubheit.

Und vielleicht ein sachtes Erstaunen, noch am Leben zu sein.

Die roten Schleier vor seinen Augen trieben auseinander, und er fand zumindest die Antwort darauf, warum das so war.

Frederic stand grinsend über ihm und zielte mit seiner einschüssigen Pistole auf sein linkes Auge. Hinter ihm erhoben sich zwei schattenhafte Gestalten, deren Silhouetten vom roten Widerschein der brennenden Stadt in dämonische Kreaturen verwandelt wurden, die direkt aus der Hölle gekommen waren, um ihn zu holen.

»Das war zu einfach, Andrej«, sagte er feixend. »Wo ich mich so lange auf diesen Moment gefreut habe, willst du mir doch nicht den Spaß verderben, oder?«

Andrej schwieg. Die Waffe, mit der Frederic auf ihn zielte, war leer geschossen, aber das machte keinen Unterschied. Er war hilflos. Sein Bein würde heilen, doch die Verwundung war schwer genug, um ihn für mindestens eine Stunde zu lähmen, wenn nicht länger, und diese Zeit würde Frederic ihm nicht gewähren.

»Aber wer wird denn so schnell aufgeben?«, fragte Frederic kopfschüttelnd. »Natürlich gebe ich dir eine faire Chance, mein Freund. Wo bleibt denn sonst der Spaß? Ach ja, und vielen Dank noch für die Warnung. Manchmal vergisst man vor lauter Begeisterung doch glatt das Wichtigste.«

Andrej verstand nicht, wovon er sprach, bis Frederic einen Schritt zurücktrat, einen Pulverbeutel vom Gürtel löste und umständlich seine Waffe zu laden begann. Erst dann erinnerte er sich wieder daran, dass er in seinen Gedanken las wie in einem offenen Buch.

»Das ist wahr, und du bist auch auf dem richtigen Weg«, sagte Frederic spöttisch. »Beinahe jedenfalls.«

Er hatte seine Waffe nachgeladen und legte umständlich auf Andrej an, und von der anderen Seite des Daches her sagte eine Stimme: »Ich fürchte, das kann *ich* nicht zulassen.«

Frederic prallte erschrocken zurück und herum, und hinter der schlanken Silhouette, die schwarz vor dem Widerschein der Flammen aufragte, erschien ein zweiter, deutlich größerer und massigerer Umriss.

»Aber das hast du dir ja vermutlich schon gedacht, nicht wahr?«, fuhr Meruhe fort, während sie mit fast gemächlichen Schritten näher kam. »Es war sehr dumm von dir hierherzukommen, Frederic.«

Der Junge zielte mit seiner Steinschlosspistole auf sie, doch Meruhe verzog nur verächtlich die Lippen, während sie mit fast gemächlichen Schritten näher kam, die linke Hand lässig auf den Schwertgriff gelegt, der unter ihrem Mantel hervorragte. Abu Dun folgte ihr in zwei Schritten Abstand und hatte seine Waffe bereits gezogen ... auch wenn Andrej irgendwie das Gefühl hatte, dass er sie nicht brauchen würde.

»Was willst du hier?«, zischte er. »Das geht dich nichts an! Misch dich nicht ein!«

»Und auch das kann ich nicht tun, fürchte ich«, antwortete Meruhe lächelnd. Dann seufzte sie. »Es war wirklich nicht besonders klug von dir hierherzukommen. Hatte ich dich nicht gewarnt, dass du auf dieser Seite der Brücke nichts zu suchen hast?«

»Das hattest du«, bestätigte Frederic und drückte ab. Die Steinschlosspistole entlud sich mit einem Funken sprühenden Zischen, das in einen peitschenden Knall überging, und spie eine orangefarbene Flamme in ihre Richtung. Andrej war sich jenseits allen Zweifels sicher, dass sie den Oberkörper mit schattenhafter Geschwindigkeit erst zur Seite drehte, *nachdem* er abgedrückt hatte. Trotzdem konnte er sehen, wie die Kugel harmlos hinter ihr Funken aus der Brüstung schlug und als Querschläger davonheulte.

Frederic und die beiden Vampyre setzten sich gleichzeitig in Bewegung, ebenso lautlos wie rasend schnell, und auch Meruhe verwandelte sich von einem Lidschlag zum anderen in einen huschenden Schatten, der sich fast schneller bewegte, als selbst Andrejs Blicke ihm zu folgen vermochten. Stahl blitzte auf, und Frederics

Pistole flog, säuberlich in zwei Hälften geschnitten, in unterschiedliche Richtungen davon. Der Junge taumelte zurück und starrte verblüfft auf seine Hand, die plötzlich leer war und heftig blutete, und praktisch im gleichen Sekundenbruchteil prallten auch Abu Dun und die beiden überlebenden Vampyre zusammen. Alles geschah gleichzeitig und noch immer so schnell, dass Andrej hinterher Mühe hatte, sich an den genauen Ablauf der Geschehnisse zu erinnern – falls die Dinge nicht tatsächlich alle im gleichen Sekundenbruchteil geschahen, als fände der gesamte bizarre Kampf außerhalb der Wirklichkeit statt. Einer der Vampyre brach zusammen, und das auf eine Art, die Andrej klarmachte, dass er nie wieder aufstehen würde, und auch Meruhes Schwert züngelte mit einer schlangenhaften Bewegung nach ihrem kleinwüchsigen Gegner.

Andrej wälzte sich mit zusammengebissenen Zähnen und versuchte, sich auf Händen und dem unversehrten Knie hochzustemmen, aber es ging nicht. Der Schmerz, den er gerade vermisst hatte, explodierte jetzt regelrecht in seinem Bein und ließ schon den bloßen Gedanken, es belasten zu wollen, zu einer Qual werden. Und es war auch nicht nötig. Weder gab es etwas, was er in seinem Zustand für Abu Dun und Meruhe tun konnte, noch hatten sie seine Hilfe nötig. Meruhe war nun vollends bei Frederic, packte ihn mit einer Hand und schleuderte ihn mit solcher Gewalt gegen die Mauer, dass der Anprall ihm vermutlich ein paar Knochen brach.

Wenn es so war, ließ er es sich jedenfalls nicht anmerken. Wütend sprang er wieder auf die Beine, schleuderte sein Spielzeugmesser nach Meruhe und fuhr auf dem Absatz herum, um mit einer einzigen, fließenden Bewegung über die Mauer zu flanken.

Dahinter lauerte ein Abgrund von annähernd hundert Fuß Tiefe, doch es war nicht der Sprung in den sicheren Tod, nach dem es vielleicht aussah. Gerade als es schien, dass er unweigerlich abstürzen müsse, warf er sich zum zweiten Mal mitten im Sprung herum, klammerte sich an dem rauen Mauerwerk fest und versetzte Meruhe einen wuchtigen Fußtritt. Nach allem, was Andrej bisher mit ihr erlebt hatte, hatte er erwartet, dass sie ihn mühelos abwehren würde, und das gelang ihr auch, aber weder mühelos noch vollkommen. Frederics Fuß traf sie immer noch hart genug an der Schulter, um sie aus dem Gleichgewicht zu bringen, und mehr brauchte er nicht. Ohne auf den zornigen Schwerthieb zu achten, mit dem Meruhe noch im Fallen nach ihm schlug, sprang er geradewegs über sie hinweg, raste im Zickzack zwischen Abu Dun und ihm hindurch und war im nächsten Moment in dem gleichen Treppenschacht verschwunden, durch den sie gerade heraufgekommen waren. Abu Dun wollte hinter ihm herstürzen, doch der letzte noch lebende Vampyr warf sich ihm mit ausgebreiteten Armen in den Weg und hätte ihn um ein Haar zu Fall gebracht. Abu Dun schlug ihm die Waffe aus der Hand, riss ihn in die Höhe und schleuderte ihn in hohem Bogen über die Brüstung. Noch während er mit einem gellenden Schrei in die Tiefe stürzte, fuhr der Nubier abermals herum und setzte dazu an, Frederic zu verfolgen, doch dieses Mal rief Meruhe ihn zurück.

»Abu Dun! Nicht!«

Abu Dun machte noch einen stolpernden Schritt, blieb dann widerwillig stehen und wandte sich zu Meruhe um. »Was soll das?«, fragte er ärgerlich. »Willst die ihn etwa entkommen lassen?«

»Er entkommt uns nicht«, antwortete Meruhe, während sie sich umständlich und ihr Schwert wie einen Stab benutzend in die Höhe stemmte. »Wir müssen hier weg, schnell. Ich weiß nicht, wie lange das Feuer noch braucht, um sich bis hier herauf zu fressen, aber ganz bestimmt nicht mehr sehr lange. In einer halben Stunde lebt hier oben niemand mehr.« Sie wandte sich an Andrej. »Kannst du laufen?«

»Sicher«, presste Andrej zwischen zusammengebissenen Zähnen hervor. »Nur nicht jetzt. Vielleicht in einer halben Stunde.«

»Dann werde ich dich tragen.« Meruhe schob ihr Schwert in den Gürtel, und Abu Dun und Andrej schüttelten nahezu synchron den Kopf. »Kommt überhaupt nicht infrage!«, sagte Andrej.

»Ich kann das tun«, fügte Abu Dun hinzu.

»Du wirst dich um ihn kümmern.« Meruhe deutete auf Marcus. »Er schafft es nicht allein.«

»Und das wäre so schlimm?«, fragte Abu Dun böse.

Statt direkt zu antworten, drehte sich Meruhe wieder ganz zu Andrej um und sah ihn durchdringend an. »Wäre es das?«, fragte sie.

»Nein«, antwortete Andrej. »Aber *du* trägst ihn. Wenn mich jemand tragen muss, dann Abu Dun.«

»Nicht, dass ich das nicht gewohnt wäre«, fügte der Nubier säuerlich hinzu.

Kapitel 16

Meruhes Schätzung war eindeutig zu optimistisch gewesen. Nach all den Anstrengungen und Torturen, die hinter ihm lagen, arbeitete Andrejs innere Uhr längst nicht mehr mit der gewohnten Präzision. Dazu kam, dass Abu Dun sich zwar alle Mühe gab, ihn so behutsam wie möglich die Treppe hinunterzutragen, er aber trotzdem jede einzelne Treppenstufe wie einen glühenden Speer zu spüren glaubte, der sich durch sein Knie bis in die Hüfte hinaufbohrte. Dennoch war er sicher, dass sie kaum länger als zehn oder fünfzehn Minuten gebraucht haben konnten, um das Gefängnis zu verlassen – eine getreuliche Wiederholung ihres Weges aufs Dach hinauf, nur dass dieses Mal der Rauch dichter und die Hitze grausamer war und auch die Flammen zahlreicher waren.

Sie hatten es kaum geschafft, da brach der gesamte Gefängnisturm in einer gewaltigen Staub- und Flammenwolke hinter ihnen zusammen.

Die Wucht der Hitzewelle traf sie heftig genug, um selbst Abu Dun taumeln zu lassen. Nach dem Tosen der Flammen und dem Brüllen der glühenden Luft, die in den schmalen Treppenhäusern wie in einem Kamin nach oben gefaucht war und ihre Kleider angesengt und die ungeschützte Haut auf ihren Gesichtern und Händen verbrüht hatte, war er nahezu taub, und trotzdem war das Krachen des zusammenbrechenden Turms so gewaltig, dass ihm schier die Trommelfelle zu platzen schienen. Abu Dun taumelte und wäre gestürzt, hätte Meruhe ihn nicht aufgefangen und ihm zugleich einen Stoß versetzt, der ihn noch schneller weiterstolpern ließ. Wohin er auch sah, tobte ein Chaos aus Flammen, Rauch und zuckendem rotem und gelbem Licht. Überall waren Menschen, die sich in panischer Hast in Sicherheit zu bringen versuchten, die verletzt waren und vor Schmerz oder purer Angst schrien, die durcheinanderrannten, stürzten oder auch ebenso tapfer wie sinnlos versuchten, gegen die Flammen anzukämpfen, die auch hier draußen einen Gutteil der gesamten Welt verschlungen zu haben schienen. Nachdem sie das brennende Gebäude verlassen hatten, hätte es kühler und die Luft zumindest ein bisschen weniger stickig werden sollen, doch das genaue Gegenteil schien der Fall zu sein. Obwohl Abu Dun sich alle Mühe gab, ihn so behutsam wie möglich zu tragen, spürte er jeden Schritt des nubischen Riesen doch wie einen pulsierenden Schmerz durch seinen Körper jagen, und seine Lungen pfiffen bei jedem Atemzug mehr und hatten immer größere Mühe, ihn mit Sauerstoff zu versorgen. Die Hitze war unerträglich. Er hatte das Gefühl, in glühendes Sandpapier gehüllt zu sein, das ihm langsam, aber unbarmherzig die Haut vom Leib schmirgelte.

Auf einer Ebene seines Bewusstseins, die keinerlei Einfluss mehr auf sein Handeln oder Denken hatte, verspürte er eine sachte Verwunderung – seine Kräfte hätten zurückkehren sollen und Schmerz und Schwäche verschwinden, nun, wo er den Angriffen der Vampyre nicht mehr ausgesetzt war, doch stattdessen musste er sich immer mehr anstrengen, bei Bewusstsein zu bleiben, und vielleicht waren Schmerz und Hitze der einzige Grund, aus dem ihm nicht schon längst die Sinne geschwunden waren, stellten sie doch einen Feind dar, den er bekämpfen und zugleich als Anker benutzen konnte, um sich im Hier und Jetzt zu halten.

Meruhe, die sich den ebenfalls bewusstlosen Marcus wie einen Sack über die Schulter geworfen hatte und sein Gewicht nicht einmal zu spüren schien, rannte mit weit ausgreifenden Schritten voraus und fand wie durch Zauberhand stets eine Lücke in der panischen Menschenmenge, sodass sie nicht ein einziges Mal anstieß oder mit jemandem zusammenprallte, doch Andrej fiel auch trotz der schwarz-rot gefleckten Schlieren, die seinen Blick immer wieder zu verwischen drohten, auf, dass es auf eine gewisse Art wohl tatsächlich Zauberei sein musste, denn nicht nur sie wich den in heller Panik durcheinanderstürzenden Männern und Frauen aus, auch diese stockten manchmal scheinbar vollkommen sinnlos im Schritt, prallten zurück, kurz bevor sie mit der Nubierin zusammenstoßen konnten, oder rissen einen anderen beiseite.

Hinter ihnen erscholl ein dumpfer, lang nachhallender Knall, und ein Regen aus Millionen orangefarben glühenden Funken senkte sich auf den Platz herab, als wäre unmittelbar über ihren Köpfen ein Stern explodiert. Menschen schrien und schlugen mit bloßen Händen auf ihre Kleider oder Haare ein, die mit einem Male zu schwelen begannen, und überall brachen neue, winzige Brände aus, die sich nur zu oft zu größeren Feuernestern vereinigten, um zu dem allgemeinen Inferno beizutragen. Die Stadt starb, begriff er, und keine Macht der Welt konnte sie noch retten.

Irgendwann musste er wohl doch das Bewusstsein verloren haben, denn plötzlich waren der brennende Platz und die panische Menschenmenge verschwunden, und sie fanden sich in einer schmalen, nach Rauch und schmorendem Fleisch riechenden Gasse wieder. Abu Dun stolperte über eines der zahllosen schwelenden Trümmerstücke, die die Straße blockierten, und hätte ihn um ein Haar fallen gelassen. Andrej nutzte die Gelegenheit, seinem Stolz zumindest der Form halber Genüge zu tun und sich mit schwächlichen Bewegungen aus seinen Armen zu befreien. Schon in der nächsten Sekunde bedauerte er seinen Entschluss, denn als Abu Dun ihn behutsam zu Boden setzte, gaben seine Knie unter ihm nach, sodass er gestürzt wäre, hätte der Nubier nicht rasch nach seinem Arm gegriffen und ihn festgehalten. Abu Dun war ausnahmsweise einmal rücksichtsvoll genug, die Gelegenheit zu einer stichelnden Bemerkung ungenutzt verstreichen zu lassen, doch Meruhe runzelte missbilligend die Stirn und deutete dann wahllos auf das nächstbeste Gebäude.

»Dort hinein!«, befahl sie.

Darauf reagierte Abu Dun nur mit einem Stirnrunzeln und rührte sich nicht, auch Andrej machte ein zweifelndes Gesicht. »Sollten wir nicht besser ...«, begann er, wurde aber sofort und in ungeduldig-herrischem Tonfall von Meruhe unterbrochen.

»Dieser Ort ist so gut wie jeder andere«, sagte sie. »Du brauchst eine Pause. Niemand hat etwas davon, wenn du über deinen Stolz stolperst und zusammenbrichst.«

Nicht, dass Andrej ihr in *diesem* Punkt widersprochen hätte. Abu Dun hatte seinen Arm losgelassen, stand aber bereit, sofort wieder zuzugreifen, sollten ihm abermals die Kräfte schwinden, und Andrej war ganz und gar nicht sicher, dass diese Vorsichtsmaßnahme übertrieben war. Dennoch versuchte er es noch einmal. »Sie werden nach uns suchen.«

Meruhe machte ein abfälliges Geräusch und rückte die leblose Last auf ihrer Schulter in eine etwas bequemere Position. »Wer immer dort lebend herausgekommen ist, hat jetzt Besseres zu tun, glaub mir.« Wieder winkte sie energisch. »Dort hinein!«

Andrej war viel zu erschöpft, um noch einmal zu widersprechen, und auch Abu Dun hob nur schwach seufzend die Schultern und warf ihm einen fragenden Blick zu. Andrej warf trotzig den Kopf in den Nacken und machte einen energischen Schritt in die Richtung, in die Meruhe gedeutet hatte. Abu Dun griff gerade noch rechtzeitig genug zu, damit aus seinem ungeschickten Stolpern nicht tatsächlich ein Sturz wurde, verdrehte vielsagend die Augen und sparte sich auch jetzt jeden Kommentar. Nicht, dass er das nicht später nachholen würde, dachte Andrej missmutig. Und berechtigt wäre es zudem auch.

Das Haus, durch dessen halb aus den Angeln gerissene Tür sie stolperten, musste früher einmal recht ansehnlich gewesen sein, war jetzt aber wenig mehr als eine verbrannte Ruine. Seine scharfen Augen offenbarten ihm Einzelheiten, die jedem anderen in dem schwachen Licht, das von außen hereinfiel, entgangen wären, doch es waren Details, auf die er gerne verzichtet hätte. Mobiliar und Einrichtung waren zu unförmigen schwarzen Silhouetten zusammengebrannt. An den Wänden hatte es einmal vermutlich kostbare Seidentapeten gegeben, die vollkommen zu Asche zerfallen waren oder sich wie getrocknete Apfelschalen von den Wänden schälten, und die Fliesen, über die sie schritten, waren geborsten und knackten noch immer vor Hitze. Er spürte, dass in diesem Haus nichts Lebendiges mehr war, und konnte nur hoffen, dass es den Bewohnern des Gebäudes gelungen war, es zu verlassen, bevor es den Flammen anheimgefallen war.

Meruhe, deren Augen noch schärfer zu sein schienen als die seinen, eilte mit raschen Schritten voraus, wich auch jetzt wieder mit schon fast unheimlichem Geschick jedem Hindernis aus und steuerte eine Treppe an, deren hölzerne Konstruktion ebenso den Flammen zum Opfer gefallen war wie alles andere hier drinnen. Trotzdem zögerte sie nicht, sie zu betreten und hinaufzueilen. Die verbrannten Stufen ächzten unter ihrem Gewicht, und Ruß, Asche und Staub markierten ihren Weg wie eine Folge winziger, lautloser Explosionen, doch die Treppe hielt. Andrej sagte sich, dass sie schon wissen würde, was sie tat, und folgte ihr. Abu Duns Vertrauen in die Instinkte der nubischen Kriegerin war anscheinend nicht ganz so groß, denn er zögerte, die Treppe mit seinem enormen Gewicht zu belasten, und folgte ihnen erst, als sie beide die obere Etage erreicht hatten. Meruhe verzog kurz und abfällig die Lippen, sagte aber nichts, sondern geduldete sich, bis der Nubier zu ihnen aufgeschlossen hatte. Dann machte sie eine Kopfbewegung in die vollkommene Schwärze hinter sich. Nicht einmal mehr seine Augen vermochten jetzt noch etwas zu erkennen.

»Dort hinein«, erklärte sie überflüssigerweise. »Hier sind wir in Sicherheit.«

»Wenigstens, solange der Himmel nicht zu brennen beginnt«, maulte Abu Dun. Es war nur eine seiner üblichen spitzen Bemerkungen, doch Meruhe, die schon begonnen hatte, sich umzudrehen, hielt inne und durchbohrte ihn mit einem Blick, der Andrej einen eisigen Schauer über den Rücken laufen ließ.

»Das könnte eher der Fall sein, als du auch nur ahnst, mein Freund«, sagte sie. Andrej hätte schwören können, dass Abu Duns Gesicht unter der nachtschwarzen Farbe seiner Haut blass wurde.

Meruhe eilte auch jetzt wieder voraus. Andrej hörte ein Scheppern und Poltern, dann entstand vor ihnen ein Rechteck aus blasser, von dunkelrot flackernden Blitzen durchzuckter Helligkeit, als sie eine Tür eintrat. Der Raum dahinter war erstaunlicherweise nahezu unversehrt, was seinen Bewohnern aber auch keinen Schutz gewährt hätte, hätten sie den Fehler begangen zu bleiben, denn die Luft war selbst jetzt noch so heiß, dass es fast unmöglich war, sie zu atmen. Meruhe lud den bewusstlosen Inspektor auf einer schmalen Chaiselongue ab, die unmittelbar neben der Tür stand, eilte mit zwei, drei raschen Schritten zum Fenster und schlug es mit ihrem Schwert ein. Gedämpfte Schreie, das Prasseln ferner Flammen und ein noch durchdringenderer Brandgeruch wehten zu ihnen herein, aber auch kühlere Luft, die er unter normalen Umständen vermutlich als unangenehm stickig und heiß empfunden hätte.

»Setz dich!« befahl Meruhe und deutete auf eine zweite Couch, die unmittelbar neben einem erloschenen Kamin stand. Darüber hing ein goldgerahmtes Bild, das wohl ein Frauenporträt zeigte. Durch eine Laune des Zufalls, die ihm unheimlich vorkam, hatten die Flammen sowohl den Rahmen als auch den Großteil des Gemäldes unversehrt gelassen, das Gesicht der Frau aber zur Gänze ausgelöscht.

Meruhe wartete, bis er – widerwillig – gehorcht hatte, ging noch einmal zum Fenster und blieb etliche Augenblicke reglos davor stehen, um die Straße unter sich mit Blicken abzusuchen. Ihr Gesicht war ernst, als sie zurückkam, aber nicht mehr so alarmiert wie zuvor. »Für den Moment sollten wir hier in Sicherheit sein«, sagte sie. »Aber ich möchte trotzdem noch einmal nach unten gehen und nach dem Rechten sehen. Kann ich dich für eine kurze Zeit allein lassen?«

Die Frage fand Andrej lächerlich, sie kam aber auch so unerwartet, dass er nur nickte und einen überraschten Blick mit Abu Dun tauschte.

»Gut«, sagte Meruhe. »Ich bin gleich zurück. Wenn er aufwacht …« Sie deutete auf Marcus. »… dann sorgt dafür, dass er nicht wegläuft. Und lass ihn am Leben … auch wenn es dir wahrscheinlich schwerfällt.«

Sie ging, noch bevor Andrej Gelegenheit zu einer Antwort gefunden hatte. Abu Dun und er blickten ihr, vielleicht aus unterschiedlichen Gründen, aber der eine so erstaunt wie der andere, hinterher. Als Andrej schließlich etwas sagen wollte, hob der Nubier fast erschrocken die Hand und gebot ihm zu schweigen. »Nicht jetzt«, flüsterte er. »Du weißt, was für scharfe Ohren sie hat.«

Nicht einmal dessen war Andrej sich noch sicher. In all den Jahren, die er Meruhe nun kannte, war ihm stets klar gewesen, dass sie und die anderen ihrer Art Abu Dun und ihm ebenso himmelhoch überlegen waren wie der Nubier und er normalen Sterblichen. Aber vielleicht stimmte das nicht. Vielleicht war sie noch ungleich mächtiger, als er bisher angenommen hatte. Vielleicht waren sie und die anderen ihrer Art ja tatsächlich Götter.

Aber wenn, dann machte sie das nicht unbedingt zu moralisch weiterentwickelten Wesen.

Immerhin hörte er auf Abu Duns Warnung, schon, weil ihm nicht nach Reden zumute war. Die wenigen Schritte ins Haus hinein und die Treppe herauf hatten ihn so erschöpft, als wäre er meilenweit gerannt, so schnell er nur konnte, und wieder musste er mit aller Macht gegen eine körperlose Schwärze ankämpfen, die warm seine Gedanken zu umschlingen suchte, auch wenn es diesmal nicht die Umarmung der Ohnmacht war, sondern nur Erschöpfung und Müdigkeit. Die Kraft, die Meruhe ihm gegeben hatte, war endgültig verbraucht, und das bisschen Energie, das noch in ihm selbst gewesen war, hatte das Toben des Vampyrs verzehrt. Er fühlte sich leer.

Abu Dun stampfte mit schweren Schritten zum Fenster, um genau wie Meruhe zuvor auf die Straße hinabzublicken – allerdings hatte er dabei so Aufstellung genommen, dass er umgekehrt von der Straße herauf nicht zu sehen war. Andrej sah ihm eine geraume Weile nachdenklich und schweigend zu (ohne dass er hinterher genau hätte sagen können, *worüber* er eigentlich nachgedacht hatte) und wandte dann müde den Kopf, als ein gedämpftes Stöhnen in sein Bewusstsein drang.

Es war Marcus, der jedoch nicht aufwachte, sondern sich nur im Schlaf herumwarf und dabei wimmernde Laute ausstieß. Meruhes letzte Worte kamen ihm noch einmal in den Sinn, und er empfand eine sonderbare Mischung zwischen Verwunderung und Schrecken. Ihre Mahnung wäre nicht nötig gewesen. Er empfand keinen Groll mehr. Was dieser Mann ihm angetan hatte, das war ein Akt unvorstellbarer Grausamkeit gewesen und gehörte sicher mit zu dem Schlimmsten, was ihm jemals widerfahren war. Aber er wollte keine Rache. Was immer er diesem Mann auch antun mochte, würde nichts ungeschehen machen. Und wahrscheinlich würde er sich hinterher nur noch schlechter fühlen.

»Sie spricht mit jemandem.«

Es dauerte einen Moment, bis er begriff, dass es Abu Duns Stimme war, die im Flüsterton vom Fenster herüberwehte, und noch einen weiteren und deutlich längeren, ehe ihm der Sinn seiner Worte klar wurde.

»Meruhe?«

»Ich kann nicht erkennen, mit wem sie spricht«, fuhr Abu Dun fort. Nach einer Pause und in ebenso erstauntem wie beunruhigtem Ton fügte er hinzu: »Und ich kann ihn auch nicht fühlen.«

Also war es einer von *ihnen*, dachte Andrej. Warum war Abu Dun eigentlich überrascht? In dieser Stadt tobte ein Krieg der Götter. Meruhe war ganz gewiss nicht leichtsinnig genug, das Schlachtfeld ohne Rückendeckung zu betreten.

Er stand auf, ging jedoch nicht zu Abu Dun, sondern ließ sich neben Marcus in die Hocke sinken und griff nach dessen Hand. Er erschrak. Sie fühlte sich heiß und trocken an. Er hatte Fieber, und unter dem Fieber wühlte noch etwas anderes, Schlimmeres.

Andrej sah in Marcus' Gesicht und erschrak noch heftiger. Der Inspektor war schwer verbrannt. Oben auf dem Dach war das noch nicht so gewesen, da war er sich sicher, und er hatte auch die eisige Hand des Todes noch nicht gespürt, die sich jetzt nach ihm ausstreckte.

»Was ist mit ihm passiert?«, fragte er.

Wortlos warf Abu Dun ihm einen sonderbaren Blick zu, der Andrej dazu bewog, den Nubier noch einmal genauer zu betrachten. Abu Duns Kleider waren angesengt und verkohlt wie seine eigenen, und auch auf seinen Händen und in seinem Gesicht gewahrte er frische Brandwunden, die noch nicht ganz verheilt waren.

Andrej sah an sich herab und stellte fest, dass er einen keinen Deut besseren Anblick bot. Was von seinen Kleidern übrig war, das hing in verkohlten Fetzen, unter denen rot entzündetes Fleisch sichtbar war.

»Was ist passiert?«, fragte er noch einmal.

»Es war der einzige Weg nach draußen«, sagte Abu Dun, was streng genommen keine Antwort auf seine Frage war. Andrej verstand trotzdem.

»Ihr seid mitten durch die Flammen gelaufen«, vermutete er.

»Wir«, verbesserte ihn Abu Dun. »Und sie hat ihn mit ihrem eigenen Körper beschützt.«

Einem Körper, dem ein paar Flammen nicht viel anhaben können, dachte Andrej bitter. Aber Marcus war aus verwundbarem Fleisch und Blut, und es war schon fast ein Wunder, dass er überhaupt noch lebte.

»Warum sorgst du dich eigentlich um diesen Mann?«, fragte Abu Dun, indem er sich vom Fenster abwandte und neben ihn trat. Er schüttelte den Kopf. »Ich war nicht dabei, aber was ich in dieser verdammten Zelle gesehen habe, das hat mir gereicht. Warum hast du ihm nicht sofort die Kehle durchgeschnitten, als du die Gelegenheit dazu hattest?«

»Weil er nun einmal so ist, wie er ist«, sagte Meruhe von der Tür her. »Muss ich das ausgerechnet dir erklären, Pirat?«

Abu Dun riss erstaunt die Augen auf und konnte einen überraschten Blick zum Fenster hin nicht mehr ganz zurückhalten. Seit er seinen Beobachtungsposten dort aufgegeben hatte, waren kaum wenige Atemzüge verstrichen.

»Ich habe für ihn getan was ich konnte, Andrej«, sagte Meruhe, während sie mit raschen Schritten und besorgtem Gesicht näher kam. »Es gab nur noch diesen einen Weg hinaus. Ihn oben auf dem Dach zurückzulassen, wäre sein sicherer Tod gewesen.«

»Aber jetzt stirbt er auch«, sagte Andrej. Meruhe nickte nur.

»Hilf ihm«, verlangte Andrej.

»Du weißt, dass ich das nicht kann«, antwortete Meruhe traurig.

»Ich weiß, dass das nicht stimmt«, erwiderte Andrej. »Ich weiß, dass du es kannst. Ich habe gesehen, wie du einen Mann von den Toten zurückgeholt hast.«

Meruhe schwieg. Etwas geschah mit ihrem Gesicht, das er nicht in Worte fassen konnte, das ihn aber erschreckte. Doch schließlich nickte sie knapp. »Ganz wie du willst.«

Andrej stand auf, um ihr Platz zu machen, und Meruhe ließ sich neben dem fiebernden Mann auf die Knie nieder und legte erst die flache Hand auf seine Stirn und dann die andere auf seine Brust. Andrej konnte nicht sehen, was sie tat, und er fühlte auch nichts Außergewöhnliches, doch schon nach kurzer Zeit begann Marcus' rasselnder Atem sich zu beruhigen, auch sein gequältes Wimmern wurde leiser und verstummte schließlich ganz.

»Mehr kann ich nicht tun.« Meruhe zog die Hand zurück und stand auf. Sie wankte leicht, und tiefe Erschöpfung malte sich auf ihrem Gesicht ab. Was immer sie getan hatte, mochte nur wenige Augenblicke gedauert haben, hatte sie aber dennoch sichtbar große Kraft gekostet. »Den Rest muss die Natur erledigen. Wenn eure Götter der Meinung sind, dass er leben sollte, dann wird es wohl so sein.«

Wäre sie nicht derselben Meinung gewesen, dachte Andrej, hätte sie sich wohl kaum die Mühe gemacht, Marcus vom Dach des brennenden Turms zu tragen. Er schwieg jedoch.

»Wie lange bleiben wir hier?«, fragte Abu Dun, nachdem gerade genug Zeit verstrichen war, um das Schweigen unbehaglich werden zu lassen.

Meruhe schien in sich hineinzulauschen, bevor sie antwortete. »Nicht lange«, sagte sie. »Andrej muss sich ausruhen. Wir haben einen langen Weg vor uns, nahezu quer durch die Stadt. Und es könnte sein, dass wir angegriffen werden.«

»Dann hilf ihm«, verlangte Abu Dun.

Meruhe schüttelte den Kopf. »Glaubst du, ich hätte das nicht längst getan, wenn es möglich wäre?«, fragte sie.

Abu Dun sah vorwurfsvoll auf den schlafenden Marcus hinab, doch Meruhe schüttelte nur noch einmal heftiger den Kopf. »Das war etwas anderes«, sagte sie, bevor Abu Dun auch nur den Mund aufmachen konnte.

»Weil sich dein Zauber verbraucht?«, spöttelte Abu Dun.

Meruhe funkelte ihn an, und Andrej konnte ihr ansehen, dass sie überlegte, ob diese Frage überhaupt den Atem wert war, den sie für eine Antwort benötigte. Schließlich tat sie es doch. »Wie viele eurer eigenen Art hast du getötet, Pirat?«

»Möglicherweise nicht genug«, sagte Abu Dun feindselig. »Warum?«

»Möchtest du, dass er auch so wird wie die, die du getötet hast?«

Zumindest seinem Gesichtsausdruck nach zu urteilen konnte Abu Dun mit dieser Antwort ebenso wenig anfangen wie Andrej, doch Meruhe gab ihm gar nicht erst die Gelegenheit, eine weitere Frage zu stellen, sondern schnitt ihm mit einer entsprechenden Geste vorsorglich das Wort ab und wandte sich direkt an Andrej. »Ich muss noch etwas überprüfen. Du solltest die Zeit nutzen, um dich auszuruhen und zu Kräften zu kommen. Wartet hier auf mich. Ich bin in längstens einer halben Stunde zurück.«

»Aber ...« Abu Dun brach sofort ab, als ihm klar wurde, dass er in ein leeres Zimmer sprach. Meruhe war bereits verschwunden.

»Wir sollten die halbe Stunde nutzen, um von hier zu verschwinden«, grollte Abu Dun. »Solange wir es noch können, heißt das.«

Andrej war geneigt, ihm zuzustimmen, doch stattdessen wandte er sich mit übertrieben fragendem Gesicht zu ihm um. »Warum bist du so feindselig?«

»Feindselig?« Abu Dun lachte humorlos. »Vielleicht will ich ja einfach nur am Leben bleiben.«

»Wie meinst du das?«

»Ich traue ihr nicht«, antwortete Abu Dun geradeheraus. »Ist dir nichts aufgefallen, als wir oben auf dem Dach waren?«

»Dass sie mir das Leben gerettet hat, meinst du?«

Abu Duns Miene verdüsterte sich. »Was ist los mit dir, Hexenmeister?«, fragte er. »Hast du in Marcus' Folterkammer mehr abbekommen, als ich weiß, oder liebst du sie immer noch? Liebe soll ja angeblich blind machen ... aber so sehr?«

Andrej hatte weder Lust, über das eine nachzudenken, noch das andere zu beantworten. Er schwieg.

»Sie hat dich vor Frederic gerettet«, fuhr Abu Dun fort. »Oder dem, was angeblich Frederic ist.«

»Er *ist* es«, sagte Andrej ruhig.

»Meinetwegen.« Abu Dun machte eine wegwerfende Geste. »Aber er ist auch ein zwölfjähriger Bengel, und wir beide wissen, wozu sie fähig ist, wenn sie wirklich will. Glaubst du, dass wir beide gemeinsam es mit ihr aufnehmen könnten?«

»Nein«, antwortete Andrej ehrlich. »Worauf willst du hinaus?«

»Sie hat ihn entkommen lassen, Andrej«, behauptete Abu Dun. »*Darauf* will ich hinaus. Und jetzt sag nicht, das wäre dir nicht selbst aufgefallen. Er ist ihr entwischt, weil sie ihn entkommen lassen *wollte*, so einfach ist das.«

»Warum sollte sie so etwas tun?«

Abu Dun schürzte trotzig die Lippen und schnaubte. »Vielleicht sollten wir sie genau das fragen, wenn sie zurückkommt. *Falls* sie zurückkommt, heißt das.«

Meruhe kam zurück, und das lange, bevor die von ihr selbst gesetzte Frist verstrichen war. Sie wirkte besorgt und beinahe noch abgekämpfter als zuvor, aber Andrej verzichtete wohlweislich darauf, sie darauf anzusprechen. Außerdem hätte er gar keine Gelegenheit dazu gefunden, denn sie griff noch im Hereinkommen unter ihren Mantel und zog einen länglichen, in schwarzes Tuch eingeschlagenen Gegenstand heraus, den sie neben ihm auf den Tisch legte. Andrej blinzelte das Paket einen Moment lang an, hob die Hand und ließ sie wieder sinken.

»Nimm es«, sagte Meruhe auffordernd – vielleicht auch ein bisschen ungeduldig. »Es gehört dir.«

Andrej streckte zum zweiten Mal die Hand aus und schlug ein Ende des Tuches zurück, Abu Duns stumme Frage ignorierend. »Aber nur für alle Fälle.«

Andrej interessierte nichts mehr als die Antwort auf dieselbe Frage, die Abu Dun gerade gestellt hatte, aber er mutmaßte, dass auch er dieselbe Antwort bekommen würde wie er, nämlich keine.

»Das stimmt«, sagte Meruhe. »Wozu also Zeit verschwenden?«

Ja, manchmal war es verwirrend ein Gespräch zu führen, wenn der andere die Antwort vor einem selbst wusste.

»Aber auch sehr praktisch«, fügte Meruhe lächelnd hinzu. »Jedenfalls für die eine Seite ... aber wenn es dir ein Trost ist, Andrej: Es ist nicht immer eine reine Freude, die Gedanken anderer zu lesen. Nicht alle sind so edelmütig und gut wie du, Andrej.«

Abu Dun runzelte die Stirn, und Meruhe schenkte Andrej noch ein abschließendes, zuckersüßes Lächeln und fügte mit verschwörerisch gesenkter Stimme und einem treuherzigen Augenaufschlag hinzu: »Ach, das! Keine Sorge, ich bin viel Schlimmeres gewohnt.«

»Aber ich habe doch gar nichts ...«, begann Andrej, und Meruhe fuhr vollkommen unbeeindruckt und mit einem Lächeln fort: »Und es bleibt auch ganz unter uns. Versprochen.«

Aus Abu Duns Stirnrunzeln wurde ein schadenfrohes Grienen, und Andrej beschloss, ihn mit Nichtachtung zu strafen, schloss die Hand um den Schwertgriff und schob die Waffe unter den Gürtel, während er aufstand. Wenigstens versuchte er es, aber das Leder war in der Hitze brüchig geworden und zerriss unter dem enormen Gewicht der Waffe. Andrej fing das Schwert mit der rechten Hand auf – eine Sekunde später tat er mit der anderen Hand dasselbe mit seiner Hose, die Gunjir folgen wollte. Abu Duns Grinsen wurde so breit, dass es fast seine Ohrläppchen erreichte.

»Ein einziges Wort …!«, drohte Andrej.

»Aber Andrej!«, sagte Abu Dun mit gespielter Empörung. »Du kennst mich doch! Ich würde doch niemals etwas sagen, was dich verletzt!«

»Aber denken«, sagte Meruhe lächelnd. »Interessiert dich, was?«

Abu Dun funkelte sie an, und Meruhe setzte wieder ihr süßes Lächeln auf. »Warum nicht? Gleich hier, oder gehen wir vor die Tür?«

»Hört auf«, sagte Andrej. »Beide.«

Abu Dun schob zwar widerborstig die Lippen nach vorne, hörte dabei aber wenigstens auf zu grinsen, und Meruhe drehte sich wortlos um, ging zu Marcus und zog den Gürtel aus seiner Hose. Andrej nahm ihn zwar dankbar entgegen, deutete aber dennoch auf den schlafenden Inspektor.

»Was ist mit ihm?«

»Er wird noch eine ganze Weile schlafen«, antwortete sie, »und danach ganz gewiss andere Sorgen haben als eine rutschende Hose.«

»Du willst ihn hierlassen?«, fragte Abu Dun.

»Wir können ihn nicht mitnehmen«, antwortete Meruhe. »Und hier ist er sicher.«

»Solange das Haus nicht zu brennen anfängt, wenigstens«, fügte Abu Dun hinzu.

Meruhe lächelte traurig. »Warum auch immer das Feuer dieses Zimmer verschont hat«, sagte sie mit einer Geste in die Runde, »anderswo war es nicht so großzügig. Es gibt hier nicht mehr viel, was brennen könnte.«

Sie geduldete sich – mühsam –, bis Andrej sich den viel zu kurzen Gürtel umgebunden hatte. Er beging nicht den Fehler, Gunjir unter den Gürtel schieben zu wollen. Die gewaltige Götterklinge wirkte plump, aber ihr zweischneidiges Heft war schärfer als das Messer eines Barbiers. Stattdessen wickelte er die Klinge wieder in das angesengte Tuch und bettete sie dann so in seine Armbeuge, dass er sie mit einer einzigen raschen Bewegung aus dem Handgelenk hervorschnellen lassen konnte. Meruhe nickte zwar anerkennend, wirkte aber noch immer auf eine Weise besorgt, die er noch nie zuvor an ihr beobachtet hatte.

»Wohin gehen wir?«, fragte Abu Dun.

Meruhe zögerte, antwortete dann aber doch: »Zum *Star Inn*. Wir treffen uns dort mit den anderen.«

»Welchen anderen?«

Meruhe schwieg und wandte sich ungeduldig zum Gehen, doch bevor sie das Zimmer verließen, blieb er noch einmal stehen und zeigte auf Marcus. »Und er?«

»Er ist hier sicherer, als wenn er uns begleiten würde, glaub mir«, sagte Meruhe.

»Das meine ich nicht.« Andrej versuchte ihr eines, sehendes Auge mit Blicken zu fixieren, aber es gelang ihm nicht.

»Sondern?«

»Oben auf dem Dach«, antwortete Andrej. »Als Frederic ihn mir angeboten hat, um mich an ihm zu nähren ... du warst dabei, habe ich recht?«

»Sagen wir, ich weiß, was geschehen ist«, sagte Meruhe ausweichend. »Warum?«

»Und was wäre geschehen, wenn ich sein Angebot angenommen und mich an ihm genährt hätte?«

»Was schon?«, fragte Meruhe lächelnd. »Du wärst jetzt nicht hier, und wir würden dieses Gespräch nicht führen.«

»Weil er mich betrogen hätte?«

»Nein.« Obwohl sie noch immer lächelte, war Meruhes Blick plötzlich so hart wie Damaszenerstahl. »Weil ich dich dann getötet hätte, Andrej.«

Meruhe hatte übertrieben, als sie behauptet hatte, sie müssten zum anderen Ende der Stadt. Trotzdem erschien Andrej die Strecke doppelt so lang, was auch, aber längst nicht nur, an seiner Erschöpfung lag. Seine Glieder fühlten sich nach wie vor an, als wären sie mit unsichtbaren Bleigewichten beschwert, und er wartete vergeblich darauf, dass die nagende Schwäche nachließ. Der Quell schier unerschöpflicher Kraft in seinem Inneren, der ihm zeit seines Lebens zur Verfügung gestanden hatte, war versiegt, und an seiner Stelle gähnte ein bodenloser schwarzer Abgrund. Vielleicht hatte ihm Frederic mehr angetan, als ihn nur in Versuchung zu bringen, vielleicht war das auch der Preis, den er für Meruhes geliehene Kraft bezahlen musste. Er wusste es nicht. Vielleicht hatte er auch Angst vor der Antwort.

Aber das allein war es nicht. Viel schlimmer war der Anblick der Stadt, durch die sie marschierten.

London starb. Nur die wenigsten Häuser, an denen sie vorbeikamen, brannten noch, doch der Anblick der verkohlten Ruinen, die die mit Trümmern übersäten Straßen säumten, war beinahe noch furchtbarer. Auf dem ersten Stück trafen sie nur wenige Menschen, und diejenigen, die ihnen begegneten, machten ihnen auf die gleiche geheimnisvolle Weise Platz, die Andrej schon vorher aufgefallen war. Sie wichen ihnen aus oder blieben scheinbar willkürlich und oft genug mit ratlosem Gesicht stehen, um sie, soweit sie sie überhaupt wahrnahmen, passieren zu lassen. Andrej sah in mehr als einem Augenpaar, dass dessen Blicke einfach durch ihn hindurchzugehen schienen. Was immer Meruhes rätselhafte Kräfte auch taten, es zeigte Wirkung, und es schützte sie besser, als es jede Waffe und jede Eskorte gekonnt hätte. Aber sie machten ihm auch in zunehmendem Maße Angst.

Schmerzlich war er sich der Tatsache bewusst, dass auch dieser Gedanke Meruhe nicht verborgen bleiben konnte, so wenig wie das, was Abu Dun vorhin zu ihm gesagt und was er darauf erwidert hatte, auch im Stillen und nur für sich. Sie ließ sich nichts von alledem anmerken. Die Blicke, mit denen sie ihn von Zeit zu Zeit maß, blieben freundlich und besorgt, nun aber auf eine andere, fast mütterliche Art, und auch das war etwas, das ihm mehr und mehr zu schaffen machte. Es hatte eine Zeit gegeben, da hatte er geglaubt, diese geheimnisvolle Frau zu lieben. Auch jetzt noch empfand er viel mehr als nur reine Sympathie für sie. Aber – und das nicht erst seit dem einen Gespräch gerade mit Abu Dun und dem nagenden Zweifel, den dessen Worte in ihm gesät hatten – er war nicht mehr sicher, was er von seinen eigenen Gefühlen halten sollte. Meruhe war mehr, viel mehr als das, wofür er sie bisher gehalten hatte, und zum ersten Mal wurde ihm ein anderer, profaner Unterschied zwischen ihnen klar: ihr Alter. Diese Frau war Tausende von Jahren alt. Wie konnte er in ihren Augen mehr sein als ein Kind, allenfalls ein Spielzeug, mit dem sie sich eine Weile amüsiert hatte, dessen sie aber irgendwann zwangsläufig überdrüssig werden musste?

Meruhe hielt plötzlich mitten im Schritt inne, warf ihm einen sonderbaren Blick über die Schulter hinweg zu und ging dann weiter, und Andrej wurde klar, dass er auch diesen Gedanken ebenso gut laut hätte aussprechen können. Diese Einsicht tat weh, zumal er zu spüren glaubte, wie sehr er sie verletzen musste. Andrej hatte sich bisher stets für einen sehr ehrlichen Menschen gehalten und war es auch, und doch begriff er plötzlich, dass es einen Unterschied gab, nämlich eine Ehrlichkeit der Gedanken und eine Ehrlichkeit der Worte, und dass dieser Unterschied größer war, als er bisher auch nur geahnt hatte. So wenig, wie es gut war, alles auszusprechen, war es gut, alles zu denken. Aber was sollte er dagegen tun?

»Du beginnst allmählich zu begreifen, Andrej«, sagte Meruhe, scheinbar unvermittelt und ohne auch nur zu ihm zurückzusehen. Andrej schwieg, doch Abu Dun runzelte wieder die Stirn und betrachtete erst sie, dann Andrej und dann wieder sie, länger diesmal, beließ es aber bei einem Achselzucken und einem sehr nachdenklichen Gesichtsausdruck.

»Nein, Abu Dun«, sagte Meruhe. »Das ist es ganz gewiss nicht.«

»Hör auf damit«, grollte Abu Dun.

»Womit?«, fragte sie lächelnd.

Abu Dun setzte zu einer nun vermutlich deutlich schärferen Antwort an, doch Andrej war mit zwei schnellen Schritten zwischen ihm und der Nubierin und machte eine besänftigende Geste, bevor er sich direkt an Meruhe wandte. »Tust du mir einen großen Gefallen?«

»Ich höre auf, seine Gedanken zu lesen«, versprach sie, lächelte schmerzlich und seufzte ganz leise. »Und auch deine – auch wenn es nicht so einfach ist, wie du es dir vielleicht vorstellst.«

»Ach?«, fragte Abu Dun, dem es offensichtlich nicht schwergefallen war, den lautlosen Teil ihrer einseitigen Unterhaltung zu erraten. »Ist es so schwer, etwas *nicht* zu tun?«

Meruhe machte einen großen Schritt, um über den Kadaver eines verbrannten Hundes hinwegzutreten, der zu Lebzeiten die Größe eines kleinen Kalbes gehabt haben musste. »Ungefähr so schwer, wie nicht hinzuhören, wenn du mit mir sprichst«, sagte sie spöttisch. »Oder über mich.«

»Dann sollte es dir leichtfallen«, erwiderte der Nubier spitz. »Ich meine: Du bist doch eine Frau, oder?«

»Und wir Frauen hören immer zu, wenn man mit uns spricht«, gab sie todernst zurück. »Vor allem, wenn man *über* uns spricht. Nur geben wir es nicht immer zu.«

Abu Dun zog zwar eine Grimasse, entschied sich aber, nichts mehr darauf zu erwidern und stattdessen in die Richtung zu zeigen, in die sie gingen. Die Straße war so dunkel, dass selbst ihre scharfen Augen oft genug nur noch Schemen wahrnahmen und sie immer langsamer gehen mussten, um nicht gegen ein Hindernis zu stoßen, das ohne Warnung aus der Schwärze auftauchte, oder über ein Trümmerstück zu stolpern, das verborgen in der Dunkelheit auf sie lauerte. Zweimal hatten sie bereits kehrtmachen und sich einen anderen Weg suchen müssen, weil sie sonst die rauchenden Überreste eines Hauses, die die Straße blockierten, hätten überklettern müssen. Es war tiefste Nacht, doch der Himmel vor ihnen glühte dunkelrot im Widerschein zahlloser Brände, und die Luft war selbst hier noch so heiß und stickig und von Brandgeruch erfüllt, dass sie in Andrejs Lunge brannte. »Wohin zum Teufel führst du uns eigentlich? Das ist nicht der Weg zur Themse!«

»Nicht der direkte«, gestand Meruhe. »Aber der sicherste.«

Falls es in dieser Stadt noch so etwas wie Sicherheit gab, dachte Andrej. Er hatte es bisher nicht gewagt, sie danach zu fragen, doch ihm war klar, dass die Zahl der Toten schon jetzt in die Tausende gehen musste, wenn nicht mehr. London war eine der größten Städte der Welt. Niemand wusste genau, wie viele Menschen in dem Moloch lebten, der die Stelle des ehemaligen Römerlagers eingenommen hatte, aber eine Feuersbrunst in diesem Labyrinth aus schmalen Straßen und verwinkelten Gassen *konnte* nur verheerende Folgen haben.

»Für die Stadt, ja«, sagte Meruhe, die selbstverständlich seine

Gedanken gelesen hatte. »Nicht für die Menschen. Jedenfalls nicht für ihre Leben. Wir konnten das Schlimmste verhindern.«

»Wir?«, fragte Abu Dun.

»Ich bin nicht allein hier, Pirat«, antwortete Meruhe. »Wäre ich es, dann wäre ich jetzt schon tot. Und Andrej und du auch.«

Oder nichts von alledem hier wäre überhaupt passiert, dachte Andrej bitter.

Meruhe stockte zum zweiten Mal mitten im Schritt und drehte sich halb auf dem Absatz herum, um ihm direkt ins Gesicht sehen zu können. Für den Bruchteil eines Atemzuges, nicht einmal so lange, wie sie für diese Bewegung brauchte, blitzte reine Wut in ihrem Blick auf, doch als sie ihn ansah, las er etwas völlig anderes auf ihrem Gesicht. *Betroffenheit?*

»Vielleicht hast du sogar recht, Andrej«, sagte sie ernst ... vielleicht auch traurig. »Aber das hätte nichts geändert, glaub mir. Dieser Konflikt schwelt schon lange. Es war nur eine Frage der Zeit, bis er ausbricht. Früher oder später musste es so weit kommen.«

»Loki und die anderen?«, fragte Abu Dun.

»Vielleicht ist es gut so, dass es hier und jetzt passiert«, fuhr Meruhe fort, scheinbar ohne Abu Duns Frage zur Kenntnis zu nehmen. »Bisher ist es uns gelungen, das Leben der Menschen hier zu schützen ... der meisten wenigstens. Eine Stadt lässt sich wieder aufbauen. Ein Leben, das einmal ausgelöscht wurde, ist unwiderruflich verloren.«

»Was den Leuten nun zweifellos ein Trost ist«, sagte Abu Dun sarkastisch. »Sie werden Allah auf Knien dafür danken, dass sie dabei zusehen dürfen, wie alles zu Asche verbrennt, was sie besitzen.«

»Möglicherweise war der Zeitpunkt auch nicht so passend«, räumte Meruhe widerwillig ein. »Aber daran können wir ebenfalls nichts mehr ändern. Es wird nicht mehr lange dauern. Die Entscheidung fällt spätestens bei Sonnenaufgang.«

»Welche Entscheidung?«, wollte Abu Dun wissen.

»Vielleicht die über die Zukunft der Welt«, sagte Meruhe.

Erschüttert starrte Andrej sie an, aber Abu Dun lachte. Auch wenn sein Lachen nicht wirklich überzeugend klang. »Die Zukunft der Welt? Hast du es nicht zufällig ein ganz kleines bisschen kleiner?«

»Nein«, erwiderte Meruhe. Sie sah dabei immer noch Andrej an. »Ich rede vom Schicksal unzähliger Menschen. Generationen um Generationen von Menschen, Andrej, die unter ihrer Herrschaft leiden werden. Sie werden nicht alle töten, denn sie brauchen sie. Aber es wird ein Leben sein, das es nicht mehr wert ist, gelebt zu werden. Und sie werden nicht einmal wissen, wer sie wirklich beherrscht.«

»Ich glaube, es ist allmählich an der Zeit, dass wir uns unterhalten«, sagte Abu Dun.

»Aber nicht hier. Wir ...« Meruhe brach ab und fuhr ebenso erschrocken zusammen wie Abu Dun und Andrej, als rechts von ihnen und ein gutes Stück entfernt ein grellroter Blitz aufzuckte, nur einen halben Atemzug später gefolgt von einem gewaltigen Donnerschlag, der den Boden unter ihren Füßen erzittern ließ. Eine auseinanderstiebende Wolke aus noch hellerem Feuer erhob sich über der brennenden Silhouette der Stadt.

»Was ...?«, murmelte Abu Dun. »Sind die jetzt völlig übergeschnappt? Das war *eine Explosion!«* Die beiden letzten Worte hatte er fast geschrien.

»Sie sprengen die Häuser rings um den Tower, damit die Flammen nicht übergreifen«, sagte Meruhe. »Das hätten sie schon viel früher tun sollen.«

Eine weitere, noch gewaltigere Explosion schnitt ihr das Wort ab, und eine zweite Feuersäule stieg in die Höhe und begann allmählich zu verblassen.

Abu Dun wartete, bis das dumpfe Grollen verklungen war. »Nur damit ich das richtig verstehe«, sagte er dann. »Sie sprengen die Häuser des einfachen Volkes, um ein altes Gefängnis zu retten? Und das hätten sie deiner Meinung nach eher tun sollen?«

»Der Tower of London ist weit mehr als nur ein altes Gefängnis, mein Freund«, sagte Meruhe sanft. »Und wenn es dir ein Trost ist: Die Leute, die dort leben, gehören nicht unbedingt zum *ganz einfachen Volk*. Und es ist der einzige Weg, überhaupt noch etwas von dieser Stadt zu retten.«

»Eine Feuerschneise«, vermutete Andrej.

»Falls es noch nicht zu spät ist«, sagte Meruhe. »Ja.« Sie wedelte ungeduldig mit der Hand. »Weiter.«

»So viel zu deiner versprochenen Erklärung«, maulte Abu Dun, setzte sich aber trotzdem gehorsam in Bewegung, als Meruhe weiterging.

»Ich kann mich nicht erinnern, irgendetwas versprochen zu haben«, sagte Meruhe. »Aber du wirst deine Erklärung bekommen, keine Sorge ... ich bin nur nicht sicher, ob sie dir gefällt.«

Sie setzten ihren Weg schweigend fort, auch wenn Andrej den Umstand einfach nicht vergessen konnte, dass dieses Schweigen von höchst einseitiger Art war. Er fragte sich, ob Meruhe wohl ihr Wort hielt, tatsächlich nicht weiter in seinen und Abu Duns Gedanken zu lesen, und er fragte sich, ob sie das überhaupt konnte – nach ihrer Bemerkung von vorhin war er nicht mehr ganz sicher. So wenig, wie er sicher war, ob sie tatsächlich um ihre Fähigkeit zu beneiden war, in den Gedanken anderer lesen zu können wie in einem offenen Buch. Während er diesen Gedanken dachte, hielt er sie unauffällig, aber auch sehr aufmerksam im Auge, doch ihr Gesicht zeigte nicht die geringste Regung. Fast augenblicklich wurde er sich seines Irrtums bewusst. Wie hätte sie sich auch verraten sollen, hatte er sie doch mit seinen eigenen Gedanken selbst gewarnt?

Er sah ein, dass diese Überlegungen zu nichts führen würden

(außer zu Kopfschmerzen), und schüttelte sie mit einer bewussten Anstrengung ab. Sie hatte versprochen, ihm alles zu erklären, was er wissen musste, und zumindest im Moment noch glaubte er ihr.

Darüber hinaus nahm die Aufgabe, einen Weg durch die mit Trümmern und flüchtenden Menschen vollen Straßen zu finden, bald immer mehr seine Aufmerksamkeit in Anspruch. War der Weg auf dem ersten Stück beinahe leicht und schon fast gespenstisch menschenleer gewesen, so stieg die Anzahl der in Panik flüchtenden Männer, Frauen und Kinder bald im gleichen Maße, in dem sie sich ihrem Ziel näherten – dem Themseufer und damit der gewaltigen London Bridge und dem *Star Inn*, von dem Meruhe gesagt hatte, dass sie sich dort mit den *anderen* treffen würde – wer immer diese anderen auch waren. Der geheimnisvolle Schutzzauber schien seine Wirkung allmählich zu verlieren, oder es waren einfach zu viele, denen sie ausweichen oder durch die sie sich auch schon einmal gewaltsam einen Weg bahnen mussten. Sie wurden jetzt immer öfter angerempelt, rüde zur Seite gestoßen oder einfach von der Menge voneinander getrennt, und wäre Abu Duns mächtige Gestalt nicht gewesen, der ihnen mit seinem breiten Schultern und seiner schieren Körpermasse einen Weg durch die Menge bahnte, so hätten sie sich vermutlich binnen weniger Minuten aus den Augen verloren.

Vor allem Andrej hatte Mühe, mit den beiden ungleichen Nubiern mitzuhalten. Die sonderbare Schwäche, die von ihm Besitz ergriffen hatte, hatte kein bisschen nachgelassen, sondern schien im Gegenteil immer noch schlimmer zu werden. Es fiel ihm nicht unbedingt schwer, einen Fuß vor den anderen zu setzen, und doch fehlte seinen Bewegungen die gewohnte Mühelosigkeit, sodass es bald einer bewussten Anstrengung bedurfte, um überhaupt noch weiterzugehen. Seine Glieder fühlten sich auf eine sonderbare, erschreckende Weise träge an, und mehr als einer der Rippenstöße, die er sich bei dem Versuch einhandelte, mit Abu Dun und Meruhe mitzuhalten, hätte ihn vermutlich zu Boden geschleudert, wäre er nicht zugleich so hoffnungslos in der Menschenmenge eingekeilt gewesen, dass es schier unmöglich war zu stürzen.

Wenigstens hoffte Andrej das. Er sah mehr als einen Mann und eine Frau, die das Pech gehabt hatten hinzufallen und von den Nachdrängenden einfach niedergetrampelt wurden. Meruhe hatte behauptet, dass sich die Anzahl der Opfer bisher in Grenzen hielt, doch das traf offensichtlich nur auf die der Toten zu. Andrej sah zahllose Verletzte, die meisten davon mit mehr oder weniger schlimmen Brandwunden, viele aber auch mit blutenden Schnitten im Gesicht und an den Händen, auf verstauchten Knöcheln humpelnd oder mit schmerzverzerrtem Gesicht gebrochene Arme oder Handgelenke an den Körper pressend. Männer und Frauen trugen Bündel mit den wenigen Habseligkeiten, die sie aus den Flammen hatten retten können, manche versuchten auch, ihr Hab und Gut auf einem Karren hinter sich herzuziehen, doch sie wurden nicht selten einfach umgeworfen und auch ihr letzter kümmerlicher Besitz in alle Winde verstreut oder einfach zertrampelt. Kinder schrien nach ihren Müttern und Männer nach ihren Frauen, und über allem lag das dumpfe Rauschen der Flammen, die weiter mit unstillbarem Hunger das verzehrten, was von der Stadt noch übrig geblieben war. Hier und da wurde gekämpft – Andrej wusste nicht warum oder wer, doch es erschütterte ihn, dass es offensichtlich selbst in dieser Situation noch dazu kam –, und noch immer wehte in fast regelmäßigen Abständen das Krachen weiterer Explosionen vom Tower herüber.

Meruhe blieb plötzlich stehen und gebot auch Abu Dun und ihm anzuhalten. »Hier geht es nicht weiter«, sagte sie. »Nach links! *Schnell!*«

Etwas an der Art, wie sie das letzte Wort ausgesprochen hatte, brachte Andrej dazu, ihre Entscheidung nicht infrage zu stellen, sondern auf der Stelle herumzufahren und sich quer gegen die Richtung des Menschenstromes nach links zu wenden, wohin ihre ausgestreckte Hand deutete. Auch Abu Dun gab lediglich ein zustimmendes Grunzen von sich und bahnte ihnen weiter wie ein lebender Rammbock mit schierer Körperkraft einen Weg durch die Menge. Ein Chor von Flüchen folgte ihnen, und Fäuste wurden wütend geschüttelt, und Andrej wurde von mehr als einem Fausthieb, einem Tritt oder Ellbogenstoß getroffen, was ihn normalerweise nur amüsiert hätte. Jetzt tat es *weh*.

Meruhe deutete auf eine Gasse, die kaum breit genug für sie selbst zu sein schien, geschweige denn für Abu Dun, und verschwand wie ein Schatten darin, nur kurze Zeit später gefolgt von Abu Dun, der sich seinen Weg zwar deutlich weniger elegant als sie bahnte, aber mindestens genauso schnell.

Andrej hatte dafür umso größere Mühe, die letzten Schritte zurückzulegen. Abu Duns und Meruhes Nähe hatten ihn gleichsam mitgezogen, wie die Bugwelle eines Schiffs eine winzige Nussschale, doch jetzt war es ihm unmöglich, die beiden noch einzuholen. Er wurde angerempelt, herum- und zur Seite gestoßen und schließlich einfach mitgerissen, obwohl er sich mit aller Kraft gegen den Strom aus Leibern stemmte, der ihn einfach davonzuspülen drohte. Im letzten Moment griff eine gewaltige schwarze Pranke nach ihm und zerrte ihn so schnell und mit solcher Gewalt in die Gasse hinein, dass ihm nicht nur die Luft wegblieb, sondern auch sein Hemd endgültig zerriss.

Abu Dun war rücksichtsvoll genug, ihn loszulassen, bevor er erstickte, legte dann aber die gespreizten Finger der anderen Hand auf seine Brust und drückte ihn gegen die Wand, damit er nicht sofort wieder zusammenbrach. Das allerdings mit solcher Kraft, dass ihm schon wieder das Atmen schwer wurde.

»Was zum *Scheijtan* ist los mit dir, Hexenmeister?«, fauchte er.

Aber der besorgte Blick seiner Augen strafte seinen scharfen Tonfall Lügen.

»Nichts!« Andrej schlug seine Hand beiseite (Abu Dun war höflich genug, so zu tun, als gelänge es ihm tatsächlich), machte einen trotzigen Schritt zur Seite und lehnte sich dann hastig – und möglichst unauffällig – sofort wieder gegen die Wand, als seine Knie unter ihm nachzugeben drohten. »Ich brauche kein Kindermädchen, verdammt!«

Abu Dun runzelte die Stirn und schüttelte dann nur zornig den Kopf, verzichtete aber auf eine Erwiderung, die Andrej vermutlich sowieso nicht gehört hätte, denn seine Worte waren nahtlos in einen qualvollen Hustenanfall übergegangen. Er wartete, bis Andrej wieder zu Atem gekommen war, und als er weitersprach, war jede Schärfe aus seiner Stimme gewichen.

»Was ist los mit dir, Andrej?«

»Nichts«, wiederholte Andrej, zuckte dann mit den Schultern und fügte etwas leiser und ohne den Nubier offen anzusehen, hinzu: »Ich weiß es nicht.«

»Wenigstens gibst du es zu und ...«

»Still!«, flüsterte Meruhe. »Keinen Laut! Und rührt euch nicht!«

Andrej tauschte zwar einen verwirrten Blick mit Abu Dun, gehorchte aber und ließ sich in eine halb angespannte, geduckte Haltung sinken. Abu Dun tat dasselbe und legte die Hand auf den Schwertgriff. Meruhe hob mahnend die Hand, legte dann den Zeigefinger über die Lippen und deutete mit der anderen Hand zurück in die Richtung, aus der sie gekommen waren. Andrejs Blick folgte der Bewegung, auch wenn er zuerst dort rein gar nichts Außergewöhnliches feststellen konnte – sah man von einer außer Rand und Band geratenen Menschenmenge ab, die ihr Möglichstes tat, um sich selbst zu Tode zu trampeln. Dann fiel ihm doch etwas auf ... nur konnte er im allerersten Moment nicht einmal sagen was.

Es hatte etwas mit der Bewegung all dieser Menschen zu tun. Nach wie vor rannten sie scheinbar kopflos und in schierer Panik durcheinander, und doch hatte sich etwas geändert – wie eine Unterströmung in wild bewegtem Wasser, die das gesamte Strömungsmuster veränderte, ohne dass man den Finger auf diese Veränderung legen konnte.

Dann begriff er. Drei Gestalten waren aufgetaucht, die sich ganz wie Meruhe, Abu Dun und er vorhin ihren Weg durch die Menschen bahnten und die sich auf den ersten Blick in nichts von der panischen Menschenmenge unterschieden – mit zwei Ausnahmen vielleicht: Alle drei waren mit Musketen bewaffnet und trugen Kürass und Helm sowie Schwerter und Dolche am Gürtel.

Und es waren Vampyre.

Abu Dun musste es zur gleichen Zeit gespürt haben wie er, denn Andrej fühlte nicht nur, wie er sich weiter anspannte, sondern hörte auch das leise Scharren, mit dem er seinen Säbel vollends aus der Scheide zog.

»Nicht!«, zischte Meruhe noch einmal. »Was auch immer passiert, ihr unternehmt nichts!«

Andrej hatte ohnehin das Gefühl, dass er nicht besonders viel tun konnte. Sein Herz schlug jetzt nicht mehr so hektisch und schnell wie auf dem Weg hierher, aber seine Glieder fühlten sich noch immer an, als wären sie mit heißem Sand gefüllt, und selbst Gunjirs Griff lag kalt und sonderbar in seiner Hand. Trotz allem war es ihm bisher gelungen, sich selbst einzureden, dass seine Kräfte sich regenerieren würden, wenn er ihnen nur ein wenig Zeit ließ, aber spätestens jetzt war der Moment gekommen, sich einzugestehen, dass das nicht geschehen würde. Marcus – und vor allem Frederic später – hatte ihn weit über die Grenzen dessen hinausgetrieben, was er jemals hatte ertragen müssen. Es war einzig Meruhes geliehene Kraft gewesen, die ihn bisher vor dem endgültigen Zusammenbruch bewahrt hatte, und diese Kraft versiegte nun immer rascher. Andrej bezweifelte, dass er auch nur noch das Schwert heben konnte, geschweige denn einen Zweikampf mit einem Vampyr gewinnen.

Die drei Vampyre näherten sich ihrem Versteck nicht in direkter Linie, wohl aber ungefähr, was an der Bewegung in der Menge zu erkennen war – genau wie bei Meruhe zuvor versuchte jedermann, den drei behelmten Gestalten auszuweichen, gleich, ob er sie direkt sah oder nicht. Es war, dachte er, als verspürten all diese Menschen eine instinktive Abneigung gegen etwas Unsichtbares, das sie weder beschreiben noch bekämpfen konnten, gegen das sie aber auch hilflos waren. Die Menge war zu dicht gedrängt und ihre Bewegung zu unaufhaltsam, um ihnen auszuweichen, aber sie versuchte es, und *das* war mehr als deutlich zu sehen.

»Meruhe, was hast du vor?«, fragte Abu Dun gepresst. »Verdammt, wir müssen hier weg!«

Meruhe antwortete nicht, und Andrej riss seinen Blick mit einiger Mühe vom Anblick der drei näher kommenden Vampyre los und sah die Nubierin an.

Was er sah, verwirrte ihn, und vielleicht sollte es ihn sogar erschrecken.

Meruhe hatte die Augen geschlossen und stand in sonderbar verkrampfter Haltung da, die Hände zu Fäusten geballt und einen Ausdruck höchster Konzentration auf dem Gesicht. Ihre sonst so vollen Lippen waren zu einem dünnen und nahezu blutleeren Strich zusammengepresst, wie eine Narbe, die ihr Gesicht in zwei ungleiche Hälften spaltete – ein gespenstischer Effekt in ihrem vollkommen schwarzen Gesicht.

»Meruhe?«, fragte Andrej.

Auch er bekam keine Antwort, genau wie Abu Dun zuvor, aber Meruhes Anspannung nahm noch einmal sichtbar zu. Sie begann am ganzen Leib zu zittern, und ein seltsames, an- und abschwellendes Wimmern kam über ihre zusammengepressten Lippen, von dem er nicht sagen konnte, ob es eine Äußerung des Schmerzes war oder ein bizarrer Gesang aus einer Zeit, die länger zurücklag, als es Menschen auf dieser Welt gab.

»Meruhe?«, fragte er noch einmal.

Auch jetzt reagierte sie nicht, doch etwas anderes geschah: Einer der Vampyre wich plötzlich nahezu im rechten Winkel von dem Weg ab, den er bisher verfolgt hatte – was zu einem noch größeren Chaos auf der überfüllten Straße führte –, und nur kurze Zeit darauf folgten auch der zweite und der dritte Vampyr seinem Beispiel, und nach einigen Augenblicken – die sich in seinem subjektiven Zeitempfinden zu reinen Ewigkeiten dehnten – verschwanden die drei potenziellen Feinde zuerst aus ihrem Sichtfeld, dann erlosch auch das Gefühl ihrer Präsenz in Andrej.

»Was, um alles in der Welt, hast du getan?«, flüsterte Abu Dun ungläubig.

Meruhe reagierte nicht, genau wie zuvor, und Andrej wandte sich mit klopfendem Herzen und einem bangen Gefühl ganz zu ihr um.

Er erschrak. Ihr Gesicht war nicht mehr schwarz, sondern *grau*, und sie zitterte am ganzen Leib. Was nun über ihre Lippen kam, war ganz eindeutig ein Stöhnen. Zwei dünne Speichelfäden liefen aus ihren Mundwinkeln und zogen glitzernde Spuren an ihrem Kinn hinab, und ihre Augen waren nicht mehr geschlossen, aber Andrej wünschte sich fast, sie wären es, denn es war nur noch das Weiße zu sehen.

»Meruhe?«, fragte er zum dritten Mal.

Wieder bekam er keine Antwort. Er lehnte behutsam das immer noch halb in das Tuch eingeschlagene Götterschwert gegen die Mauer und streckte vorsichtig beide Hände nach ihr aus, und kaum hatte er sie berührt, da stieß Meruhe ein halblautes Seufzen aus und brach so abrupt zusammen wie eine Marionette, deren Fäden von einem Schwerthieb durchtrennt wurden. Andrej konnte sie gerade noch auffangen, bevor sie fallen und sich auf dem harten Pflaster verletzen konnte. Nur einen halben Atemzug später war auch Abu Dun an seiner Seite und half ihm, sie behutsam zu Boden gleiten zu lassen.

»Was ist mit ihr?«, fragte er erschrocken.

Andrej tastete mit den Fingerspitzen nach Meruhes Puls. Ihr Herz raste, und ihre Haut fühlte sich zugleich kalt wie auch heiß und fiebrig an, wie die Haut eines Menschen, der zu Tode erschöpft und dem endgültigen Zusammenbruch gefährlich nahe war. Was immer sie getan hatte, um die drei Vampyre abzulenken, musste nahezu ihre gesamte Kraft aufgebraucht haben.

»Ich weiß es nicht«, antwortete er mit einiger Verspätung und einer Kopfbewegung zum Anfang der Gasse hin. »Pass auf, dass niemand kommt.«

»Offensichtlich geht es dir ja schon wieder besser«, brummte Abu Dun. »Wieder ganz der Alte ... wenigstens was das Herumkommandieren angeht.« Aber er gehorchte trotzdem und nahm am Anfang der Gasse Aufstellung, um sie mit seinen breiten Schultern zu blockieren.

Meruhe hob mit einem abermaligen Seufzen die Augenlider und sah ihn an. Ihr künstliches Auge blieb so kalt wie das Glas, aus dem es gemacht war, doch in ihrem anderen erschien ein Ausdruck von so abgrundtiefem Schmerz, dass es Andrej schier den Atem abschnürte. All seine verwirrenden Gefühle und Gedanken von gerade waren dahin. Er wünschte nichts mehr, als ihr einen Teil ihrer geliehenen Kraft zurückgeben zu können, um die schreckliche Leere zu füllen, die er in ihr spürte.

»Das ist sehr nobel von dir, Andrej«, flüsterte Meruhe. »Aber es würde nicht helfen. Und im Moment würde es dich wahrscheinlich töten.« Ihre Lippen bewegten sich kaum, während sie sprach. Andrej war nicht einmal sicher, ob sie tatsächlich sprach oder er ihre Stimme nicht vielmehr in seinen Gedanken hörte.

»Wenn ich dir nicht helfe, sterben wir wahrscheinlich alle drei«, sagte er trotzdem.

»Du?« Meruhe verzog die Lippen zu einer Grimasse, von der sie vermutlich nicht einmal selbst glaubte, dass er sie als Lächeln erkannte, schob mit einiger Mühe seine Hand zur Seite und stemmte sich ächzend auf die Ellbogen. »Bescheidenheit hat noch nie zu deinen großen Fehlern gehört, wie?«

»Er weiß nicht einmal, was das Wort bedeutet«, knurrte Abu Dun.

Meruhe lachte, und etwas ganz und gar Unheimliches geschah: Andrej konnte *spüren*, wie sich ihre Kräfte erneuerten. Als hätte sich irgendwo im Nichts eine Pforte geöffnet, aus der neue Energie aus einer unsichtbaren Quelle in sie floss.

Wer war diese Frau? Andrej fröstelte es eisig. Er hatte sich nie eingebildet, Meruhe wirklich zu kennen, aber allmählich begann er sich zu fragen, ob er auch nur eine Ahnung hatte, wer sie wirklich war.

Sie schloss noch einmal die Augen, wie um Kraft zu sammeln, stemmte sich dann weiter in die Höhe und schüttelte beiläufig den Kopf, als Andrej ihr helfen wollte.

»Ist auch wirklich alles in Ordnung?«, fragte Andrej.

»Nein«, antwortete sie. »Aber wir können uns später gegenseitig leidtun. Jetzt sollten wir von hier verschwinden. Ich glaube nicht, dass meine Kraft reicht, um sie noch einmal zu täuschen.«

Andrej fragte lieber nicht nach der Bedeutung dieser Worte, sondern wollte sich zu Abu Dun herumdrehen, doch Meruhe hielt ihn mit einem raschen Kopfschütteln zurück und deutete hinter sich. »Dort entlang.«

Andrej überließ es ihr, vorauszugehen und ihren Weg zu bestimmen. Zufall oder nicht – auf dem ersten Stück begegnete ihnen weder ein einziger Mensch, noch sahen sie irgendwelche Anzeichen von Zerstörung. Der Weg, den Meruhe einschlug, führte durch einen Teil der Stadt, der der Feuersbrunst bisher entgangen war. Aber er war verlassen. Nicht in einem einzigen der einfachen Häuser, an denen sie vorüberkamen, regte sich auch nur eine Spur menschlichen Lebens, weder hör- noch sichtbar oder für seine anderen Sinne zu erspüren. Ein von Läusen halb zerfressener Köter lief ihnen eine Weile kläffend und geifernd hinterher, zog aber dann den Schwanz ein und trollte sich, als Abu Dun sich mit gefletschten Zähnen zu ihm herumdrehte und seinerseits ein drohendes Knurren ausstieß. Meruhe lächelte flüchtig über den kleinen Zwischenfall, beschleunigte ihre Schritte aber nur noch mehr, sodass sie sich schon beinahe im Laufschritt weiterbewegten.

Selbst das fiel Andrej mittlerweile schwer. Vielleicht zum ersten Mal seit Jahrhunderten konnte er wieder nachempfinden, wie sich ein ganz normaler Sterblicher in einer Situation wie dieser fühlen musste, und es war ganz und gar kein angenehmes Gefühl.

»Nicht mehr lange, Andrej.« Meruhe deutete nach vorne und damit scheinbar willkürlich in das chaotische Muster aus loderndem rotem und gelbem Feuer und bodenlosen schwarzen Schatten hinein. »Sobald wir bei der Brücke sind, helfe ich dir.«

»Das ist ... eine gute ... Idee«, japste Andrej kurzatmig. Abu Dun drehte im Gehen den Kopf und warf ihm stirnrunzelnd einen Blick zu, und Andrej fuhr fort: »Und bei der Gelegenheit ...«

»... zeige ich dir auch gleich, wie man seine Gedanken vor anderen abschirmt«, fiel ihm Meruhe ins Wort. »Falls das dann noch nötig ist.«

»Wie überaus großzügig von dir, oh du Blume des Morgenlands«, sagte Abu Dun. »Aber was mich sehr viel mehr interessieren würde, ist die Antwort auf die Frage, wie ihr das hier gemacht habt.«

»Das hier?«

Abu Dun wedelte mit der Hand in Richtung der von ihren Bewohnern verlassenen Häuser rechts und links der Straße. »Allmählich wird mir klar, warum es bisher nur so wenige Opfer unter der Bevölkerung gegeben hat.«

»Weil niemand da ist, der verbrennen kann, ja.«

»So wenig ... wie noch jemand ... da ist, der das ... Feuer löschen kann«, fügte Andrej keuchend hinzu. Er hätte gern noch mehr gesagt, begriff aber auch endgültig, dass er sich entscheiden musste, weiter mit Abu Dun und ihr Schritt zu halten oder zu reden. Irgendwie gelang es ihm – noch –, den Gedanken weit genug an den Rand seines Bewusstseins zu drängen, um sich nicht der Furcht zu stellen, mit der er ihn erfüllen wollte, aber er begann sich allmählich zu fragen, ob er den Weg bis zur Brücke noch schaffen würde.

»Wären wir perfekt oder unbesiegbar, dann wäre es nicht notwendig, ein Feuer zu löschen«, antwortete Meruhe. »Ich musste eine Entscheidung treffen.« Plötzlich lachte sie. »Vielleicht musste es ja so kommen. Habe ich dir je erzählt, dass ich dabei war, als diese Stadt gegründet wurde? Vielleicht ist es nur recht und billig, dass ich auch an ihrem letzten Tag anwesend bin.«

Das war eine Logik, der Andrej nicht ganz folgen konnte, aber sie hatte ihm, vielleicht unabsichtlich, etwas verraten, das ihm weit mehr zu denken gab. Sie hatte gesagt *ich* habe eine Entscheidung getroffen, nicht *wir*.

Eine Weile liefen sie schweigend nebeneinander her (zumindest Abu Dun und Meruhe, Andrej versuchte mit immer weniger Erfolg, mit ihnen Schritt zu halten), dann verlangsamte Meruhe allmählich ihre Schritte und blieb schließlich ganz stehen. Andrej empfand flüchtig ein Gefühl von Dankbarkeit – wenigstens so lange, bis sie sich zu ihm herumdrehte und ihn voller unverhohlener Sorge musterte. »Alles in Ordnung mit dir?«, fragte sie.

Natürlich nicht. »Sicher.«

»Ich müsste nicht einmal deine Gedanken lesen können, um zu wissen, was für ein erbärmlicher Lügner du bist, Andrej«, sagte Meruhe kopfschüttelnd. Sie überlegte. »Wartet hier. Ich bin gleich zurück.« Und schon im nächsten Augenblick war sie einfach verschwunden, als hätte sie sich in Luft aufgelöst.

»Was glaubt sie denn, wohin wir gehen?«, maulte Abu Dun.

Andrej wartete, bis er ihre Präsenz nicht mehr fühlte, bevor er antwortete: »Vielleicht so weit weg von ihr, wie es nur geht. Egal, in welche Richtung.«

»Und das aus deinem Mund, Hexenmeister?«, erwiderte Abu Dun. »Noch vor einer halben Stunde ...«

»... habe ich manches anders gesehen«, unterbrach ihn Andrej. Abu Dun sah ihn zweifelnd an, fragte aber zu seiner Erleichterung nicht weiter nach, und Andrej machte eine bekräftigende Geste in Richtung der schwarzen Schlucht, die das Feuermeer zu ihrer Linken spaltete – der Themse. Im Grunde war ihm die Richtung gleich, solange es nicht die war, in die Meruhe gegangen war.

Abu Dun rührte sich nicht. »Ich bin nicht sicher, ob ich dich im Moment ernst nehmen sollte, Hexenmeister.«

»Wann hättest du das jemals getan?«

Abu Dun war nicht amüsiert, sondern leise verärgert. »Ich bin es ja gewohnt, dass du deine jeweilige Meinung schneller änderst als meine Freundinnen ihre Vornamen ... aber Meruhe? Ich dachte, sie wäre der Mensch auf der Welt, dem du am allermeisten vertraust ... nach mir versteht sich.«

Andrej ignorierte die letzten Worte. Ihm war nicht nach Scherzen zumute, schon lange nicht mehr. »Ich weiß nicht mehr, was ich noch glauben soll«, sagte er. »Vielleicht ...« Er hob hilflos die Schultern. »... war sie niemals das, wofür ich sie gehalten habe.«

»Ganz bestimmt sogar nicht«, antwortete Abu Dun, nur um im

nächsten Atemzug hinzuzufügen: »Wofür auch immer du sie gehalten haben magst.«

Andrej war nicht nach rhetorischen Spielchen. »Ich bin nicht einmal mehr sicher, ob sie überhaupt ein Mensch ist, Abu Dun.«

Der Nubier schwieg eine Weile, sah ihn auf eine beunruhigende Art besorgt an und antwortete dann: »Bist du denn sicher, dass *wir* noch Menschen sind, Andrej?«

Er wollte gerade antworten, als Abu Dun mit einem Ruck den Kopf hob und lauschte, und nur eine Sekunde später spürte Andrej es auch: Irgendwo in ihrer Nähe erlosch ein Leben, nicht weit genug, dass sie es nicht gespürt hätten, aber auch nicht nahe genug, um sagen zu können, was genau geschehen war.

In einer Nacht wie dieser war es sicherlich nichts Außergewöhnliches, wenn ein Mensch starb.

»Anscheinend können sie doch nicht alle schützen«, sagte Abu Dun finster, als hätte *er* nun Andrejs Gedanken gelesen, machte zugleich aber auch eine abwehrende Handbewegung und knüpfte an seine vorherigen Worte an, als wäre nichts geschehen. »Ich bin wirklich der Letzte, der sie verteidigen würde, nur weil sie ist, wer sie ist, Andrej. Aber du solltest auch nicht vorschnell urteilen. Nur weil Loki und seine Verbündeten zu ihrer Art gehören, heißt das nicht unbedingt, dass sie genauso ist.«

»Ich kann mich ja täuschen, aber haben wir gerade die Rollen getauscht? Vor weniger als einer Stunde wolltest *du* mich überzeugen, dass ich ihr nicht trauen kann.«

»Und daran hat sich nicht das Geringste geändert«, antwortete der Nubier. »Aber es hilft uns auch nicht weiter, wenn wir weit über das Ziel hinausschießen.« Er sah einen Moment schweigend in die Richtung, in die Meruhe gegangen war. »Wenn du willst, verschwinden wir von hier. Es ist nicht weit bis zum Fluss hinunter. Von dort aus kommen wir rasch aus der Stadt, selbst wenn sie bis auf die Grundmauern niederbrennen sollte. Aber bist du dir wirklich sicher, dass es das ist, was du willst?«

»Ich fürchte, im Moment weiß er selbst nicht so genau, was er will, mein Freund. Er vermutlich am allerwenigsten.« Meruhe tauchte genauso lautlos und jäh wieder aus der Dunkelheit auf, wie sie darin verschwunden war. »Aber das ist auch nur verständlich.«

»Wo warst du?«, fragte Abu Dun. Seine Stimme troff vor Misstrauen.

»Ich habe versucht, einen leichteren Weg für uns zu finden«, antwortete sie.

»Und hast du ihn gefunden?«

»Vielleicht«, antwortete sie. »Aber wir sollten uns besser beeilen.« Das taten sie. Meruhe eilte voraus, noch immer in scharfem Tempo, aber nicht mehr ganz so schnell wie zuvor, und Abu Dun bestand mit einer befehlenden Geste darauf, diesmal den Abschluss zu bilden. Andrej hatte das unbehagliche Gefühl, dass er es nicht nur tat, um ihn nicht aus den Augen zu verlieren, sondern eher, um möglichst schnell zugreifen zu können, sollten ihn die Kräfte verlassen.

Der einzige Grund, aus dem das nicht geschah, war vielleicht genau diese Erkenntnis. Abu Dun und er kannten sich nun wahrlich lange genug, um keine Geheimnisse und kaum noch Scham voreinander zu haben – aber die Genugtuung, ihn zum zweiten Mal an einem Tag zu tragen, wollte er ihm nun doch nicht gönnen.

Wenigstens noch nicht.

Meruhe schlug nun eine andere Richtung ein und steuerte direkt auf das Themseufer zu. Bald begegneten ihnen wieder Menschen, vereinzelt zuerst, dann mehr und mehr, die ihnen aber auch jetzt wieder auswichen oder sie gar nicht zur Kenntnis zu nehmen schienen. Eine Ausnahme gab es jedoch: Zwei hoch mit allen möglichen Habseligkeiten beladene junge Burschen traten vor ihnen aus einem leer stehenden Haus und prallten entsetzt zurück, als Meruhe plötzlich auf sie zutrat und ihr Schwert zog. Sie stoben in heller Panik davon, und das Durcheinander aus Hausrat, Kleidern und allem möglichen anderen Kram landete rings um sie herum auf dem Kopfsteinpflaster.

»Verdammtes Pack!«, grollte Meruhe, während sie ihr Schwert mit einer übertrieben heftigen Bewegung wieder in die Scheide zurückrammte.

Abu Dun machte ein fragendes Gesicht. »Plünderer!«, sagte Meruhe wütend. »Ich weiß nicht, was ich mehr hasse – Plünderer oder Leichenfledderer! Oder ob es überhaupt einen Unterschied gibt!«

»Du meinst, ungefähr so groß wie der Unterschied, ob das da ...« Abu Dun deutete auf das Durcheinander aus weggeworfenem Diebesgut auf dem Pflaster. »... hier draußen verbrennt oder zusammen mit dem Haus?«

»Ja, das *ist* ein Unterschied, Abu Dun«, sagte Meruhe grimmig. »Und ich bin auch ziemlich sicher, dass ich ihn dir nicht wirklich erklären muss.« Sie hob mit unwilliger Miene die Hand. »Weiter!«

Kurz bevor sie den Fluss erreichten, kam es zu einem weiteren Zwischenfall, der Andrej deutlich mehr erschreckte als die beiden jugendlichen Plünderer. Ein gutes Stück vor ihnen loderte schon wieder Feuerschein durch die Nacht, und sie hörten einen Chor von Schreien, aufgeregten Rufen und Lärm, dann fiel ein einzelner, peitschender Musketenschuss, gefolgt von gellenden Schreien und einem weiteren Schuss.

Abu Dun blieb stehen. »Was ist da los?«

»Nichts, was uns etwas anginge«, antwortete Meruhe harsch. »Weiter!«

Statt auf ihren Befehl zu hören, wandte sich Abu Dun vollends in die entsprechende Richtung und stampfte los. Meruhe murmelte etwas wenig Freundliches und folgte ihm mit ebenso zornigen wie energischen Schritten, sodass Andrej gar nichts anderes übrig blieb, als dem Nubier ebenfalls nachzugehen.

Das jenseitige Ende der Straße, in der Abu Dun verschwunden war, stand bereits in hellen Flammen, und Andrej sah zum ersten Mal mit eigenen Augen, was das Feuer so verheerend machte: Die Straße war auf die hier typische Art bebaut, mit schmalen, zwei- bis dreigeschossigen Häusern, die nach oben hin breiter wurden, sodass sich die oberen Stockwerke nahezu berührten und manche Straßen eher wie gemauerte Tunnel wirkten, in deren Zenit ein kaum noch handbreiter Streifen des Himmels sichtbar wurde. Spätestens wenn die Flammen das Dachgeschoss erreicht hatten, gab es kaum noch eine Möglichkeit, sie am Überspringen auf die andere Straßenseite zu hindern. In all der Zeit, in der Menschen in dieser Stadt lebten und Häuser bauten, schien niemand an diese Möglichkeit auch nur gedacht zu haben, so unglaublich Andrej dies auch vorkommen mochte.

Nicht weit vor ihnen wurde gekämpft. Es fielen keine Schüsse mehr, aber Andrej sah schattenhafte Gestalten miteinander ringen und hörte das Klatschen von Schlägen und unterdrücktes Stöhnen und das dumpfe Geräusch, wenn Fäuste, Ellbogen oder Füße ihr Ziel trafen oder vielleicht auch ein Messer.

Abu Dun beendete die Rauferei auf seine ganz eigene Art, indem er die beiden ärgsten Kampfhähne kurzerhand am Kragen packte und am ausgestreckten Arm in die Höhe hob. Die beiden Burschen vergaßen auf der Stelle ihren Zwist und versuchten jeder auf seine Art, sich gegen den Nubier zur Wehr zu setzen: Der eine schlug mit den Fäusten nach ihm, ohne ihn zu erreichen, der andere trat nach ihm und hatte das Pech zu treffen. Abu Dun grunzte vor Schmerz und Ärger, schlug die beiden mit den Köpfen zusammen und ließ sie fallen, als sie bewusstlos erschlafften. Noch bevor sie auf dem

Boden aufschlugen, hatte er sich bereits einen dritten Burschen gepackt, der nicht schnell genug das Weite gesucht hatte.

»Was, zum Teufel, geht hier vor?«, herrschte er den Mann an, schüttelte ihn zugleich aber auch so heftig durch, dass die Zähne des armen Kerls klappernd aufeinanderschlugen und er vermutlich gar nicht antworten konnte. »Habt ihr nichts Besseres zu tun, als euch gegenseitig umzubringen?«

Der Einzige weit und breit, dachte Andrej, der drauf und dran war, jemanden umzubringen, war Abu Dun selbst. Er nutzte die Gelegenheit aber trotzdem, sich auf der von Feuerschein und Rauch erfüllten Straße umzusehen. Mit Ausnahme der beiden Bewusstlosen und des armen Burschen, den Abu Dun nach wie vor aus Leibeskräften durchrüttelte, hatten alle Teilnehmer der improvisierten Straßenschlacht die Flucht ergriffen, als der Nubier wie ein Dämon aus dem Nichts aufgetaucht war. Weggeworfene Waffen, Werkzeuge und Kleidungsstücke lagen überall herum, aber auch etliche Hacken, Schaufeln und andere Grabwerkzeuge, und nur ein kleines Stück neben dem Nubier hatten die Menschen aus irgendeinem Grund angefangen, die Straße aufzureißen.

»Verdammt Kerl, rede endlich!«, fauchte Abu Dun. »Was ist hier los?«

Andrej berührte ihn fast zaghaft an der Schulter. »Wahrscheinlich fällt ihm das Antworten leichter, wenn du ihm ein bisschen Luft zum Atmen lässt«, sagte er.

Der Nubier ließ den armen Burschen tatsächlich los – wenn auch nicht, ohne ihn nicht nur wuchtig auf die Füße zu stellen, sondern zu *rammen*, sodass Andrej ernsthaft um die Knöchel des Mannes fürchtete.

»Also?«, grollte Abu Dun.

»Wasser!«, keuchte der Mann und spuckte einen Mund voll Blut aus. »Sie stehlen uns ... unser Wasser!«

Es dauerte einen Moment, bis Andrej begriff, wovon der Mann sprach. Der schmale Graben, den die Männer in das Kopfsteinpflaster geschlagen hatten, war nicht leer. Das rote Licht der Flamen, die am anderen Ende der Straße tobten, brach sich auf einem dicken Schlauch aus Leder oder Segeltuch, der kaum einen Fuß tief im Boden vergraben war – offensichtlich eine primitive Wasserleitung.

»Wozu?«, fragte er und gab sich die Antwort gleich selbst. Falls es in dieser Stadt so etwas wie eine Feuerwehr gab, so löschte sie nicht die Häuser der armen Leute, die hier nahe der Themse lebten. Offensichtlich hatten diese Männer versucht, die Wasserleitung anzuzapfen, um ihre Häuser zu löschen – mit dem Ergebnis, dass anderen gar kein Löschwasser mehr zur Verfügung stand. So oder so würde es am Schicksal dieser Stadt nichts mehr ändern, aber er konnte die Verbitterung der Menschen verstehen.

»Ich auch, Andrej«, sagte Meruhe. »Aber wir helfen ihnen nicht, wenn wir uns hier einmischen. Im Gegenteil. Mit jeder Minute, die wir weiter verschwenden, sterben wahrscheinlich mehr Unschuldige. Also komm ... bitte.«

Andrej drehte sich langsam zu ihr um und maß sie mit einem Blick, wie er bitterer nicht sein konnte.

Aber er widersprach nicht mehr.

Kapitel 17

Schon von Weitem war es zu erkennen: Die gewaltige London Bridge war den Flammen noch nicht zum Opfer gefallen, und der Eindruck, den er vom Dach des Gefängnisturms aus gehabt hatte, war richtig gewesen. Aber zugleich auch falsch.

Tatsächlich bildete die Themse eine natürliche Feuerschneise, die ihre Aufgabe hundertmal besser erfüllte als die verzweifelten Sprengungen rings um den Tower, die vermutlich mehr Schaden anrichteten, als sie nutzten. Aber es war nicht das jenseitige Ufer der Stadt, das sie schützte, sondern dieses. Dass es auf der anderen Seite des Flusses kaum Brände zu geben schien, lag an der ebenso simplen wie schrecklichen Tatsache, dass es dort drüben nicht mehr viel gab, was brennen konnte. So weit sein Blick reichte, sah er nichts als brandgeschwärzte Ruinen und qualmende Trümmerhaufen, wo sich vor kaum zwei Tagen noch Gebäude erhoben hatten, in denen Menschen lebten. Hier und da brannte es noch, aber es waren nur noch vereinzelte, lodernde Feuernester, kein Vergleich zu dem brüllenden Inferno, das diesen Teil der Stadt verzehrte.

Nicht einmal der Fluss bot den Menschen Sicherheit. Dutzende von Booten trieben brennend auf dem Wasser oder waren schon lange zu formlosen Schlackeskulpturen verkohlt, und noch ungleich mehr mussten bereits gesunken sein, zu Todesfallen und schwimmenden Särgen für die geworden, die die Rettung in ihnen gesehen hatten. Nur ein kleines Stück entfernt driftete ein brennender Zweimaster auf den Wellen, der bereits deutliche Schlagseite hatte, und hier und da stiegen Schwärme faustgroßer Blasen an die Wasseroberfläche und zerplatzten zu grauem Dampf, als hätte irgendetwas in der Tiefe des Flusses selbst Feuer gefangen und würde ihn zum Kochen bringen. »Nicht im Fluss, Andrej«, sagte Meruhe, »aber darunter. Die Kanalisation brennt. Mancherorts sind Petroleum oder Öl ausgelaufen, und andernorts haben sich gefährliche Gase gebildet, die Feuer gefangen haben. Londons Unterwelt brennt.«

»Aha«, sagte Abu Dun. »Und womit haben wir diesen höchst interessanten Vortrag verdient?«

Meruhe warf ihm einen schrägen Blick zu und ging weiter, ohne seine Frage zu beantworten. Abu Dun zog ein beleidigtes Gesicht. Andrej dankte ihm im Stillen für sein Schweigen. Er war müde wie nie zuvor im Leben, jeder Schritt schien ihm ein winziges bisschen schwerer zu fallen als der davor, und ihm war nicht nach Abu Duns Scherzen. Alles, was er wollte und jetzt brauchte, war ein wenig Ruhe. Seine Kräfte ließen mittlerweile rapide nach, und zumindest Meruhe schien das nicht verborgen zu bleiben, den immer besorgter werdenden Blicken nach zu schließen, die sie ihm zuwarf. Er hoffte, dass er wenigstens die Strecke bis zum *Star Inn* noch durchhalten würde.

Nach all der Zerstörung, die sie auf dem Weg hierher begleitet hatte, bot das *Star Inn* einen schon fast unheimlich normalen Anblick. Nichts schien sich verändert zu haben, seit Abu Dun und er das letzte Mal hier gewesen waren: Selbst der dunkle Fleck, wo der unglückselige Jack von der Höhe der Brücke herabgestürzt war, war noch deutlich zu sehen: Niemand hatte sich die Mühe gemacht, ihn zu entfernen.

»Und hier warten deine Freunde auf uns?«, fragte Abu Dun zweifelnd. Auch für Andrejs Geschmack kam Meruhes Antwort gerade eine Winzigkeit zu spät, um wirklich zu überzeugen.

»Ich hoffe es«, sagte sie, schüttelte dann den Kopf und verbesserte sich: »Sicher. Das ist unser Treffpunkt.«

Auch das war nicht genau die Antwort, auf die Abu Dun anscheinend gewartet hatte, denn der Nubier setzte zu einer offenbar schärferen Erwiderung an, doch Andrej schüttelte mit einem mahnenden Blick rasch den Kopf. Wenn Meruhe ihnen etwas zu sagen hatte, würde sie das tun, und wenn nicht, würde sie es bleiben lassen, so einfach war das.

Fast zögerlich betraten sie das Gasthaus. Andrej hatte nicht erwartet, dass sich die Einwohner Londons in Scharen zusammenfanden und ein Bier tranken, während rings um sie herum die Stadt in Schutt und Asche versank, aber das *Star Inn* war vollkommen leer. Nicht einmal der Wirt stand hinter seiner Theke, und Andrejs scharfe Sinne verrieten ihm, dass auch der Rest des zweieinhalbgeschossigen Gebäudes verlassen war.

»Deine Freunde sind nicht da«, stellte Abu Dun überflüssigerweise fest. Meruhe ignorierte ihn, ging mit raschen Schritten hinter die schmuddelige Theke und entzündete ein halbes Dutzend Kerzen, die den verwaisten Schankraum in tanzendes gelbes Licht tauchten. »Möchtet ihr etwas trinken?«

Abu Dun machte ein erstauntes Gesicht. »Du hast uns gar nicht gesagt, dass du eine neue Anstellung gefunden hast«, sagte er. »Zahlt der Wirt hier wenigstens gut, oder lebst du hauptsächlich vom Trinkgeld?«

Meruhe ignorierte die Spitze, schenkte drei Becher Bier ein und leerte ihren in einem einzigen, gewaltigen Zug. Das nötigte Abu Dun Anerkennung ab, und er versuchte es ihr gleichzutun, während Andrej nur vorsichtig an seinem Becher nippte. Das Bier war warm und schmeckte so schal, als hätte es eine Woche in einem offenen Krug gestanden. Wahrscheinlich hatte es das.

»Gibt es irgendeinen bestimmten Grund, aus dem du nicht auf meine Frage antwortest?«, fragte Abu Dun, nachdem er sich den Schaum von den Lippen geleckt und kurz und angewidert das Gesicht verzogen hatte.

»Welche Frage?«, gab Meruhe mit einem unschuldigen Lächeln zurück.

»Ich dachte, du liest meine Gedanken«, erwiderte Abu Dun.

»Hattest du mich nicht gebeten, es nicht mehr zu tun?«

Abu Duns Gesicht verfinsterte sich, und Meruhe hob rasch und besänftigend die Hand und füllte dann mit derselben den Becher des Nubiers nach. »Ach, diese Frage meinst du.«

»Meruhe, bitte«, seufzte Andrej.

Erst schien es, als würde sie ihn einfach ignorieren, doch dann seufzte sie leise und lehnte sich mit verschränkten Armen gegen die Wand in ihrem Rücken. »Ihr habt recht«, sagte sie. »Ich schulde euch ein paar Antworten.«

»Dann wäre es vielleicht keine schlechte Idee, sie uns auch zu geben«, sagte Andrej rasch, bevor Abu Dun etwas sehr viel Unfreundlicheres sagen konnte.

Meruhe nickte und schwieg weitere geschlagene fünf Sekunden. »Niemand wird kommen«, gestand sie schließlich.

Andrej war nicht einmal wirklich überrascht. »Es gibt keine Verbündeten«, vermutete er.

»Oh doch, selbstverständlich«, antwortete Meruhe hastig. »Nur nicht ...«

»Hier?«, fragte Andrej, als Meruhe nicht nur nicht weitersprach, sondern plötzlich auch seinem Blick auswich.

Sie hob die Schultern. »Nur meine beiden Dienerinnen«, sagte sie. »Sie werden gleich hier sein.«

»Wie beruhigend«, sagte Abu Dun sarkastisch. »Dann sind wir ja schon zu fünft.« Er maß Andrej mit einem skeptischen Blick und verbesserte sich: »Vier. Gegen wie viele?«

»Zwei«, antwortete Meruhe nach einem weiteren unbehaglichen Zögern. »Loki und Marduk.«

»Und Frederic«, fügte Abu Dun hinzu.

Meruhe sah Andrej an und schüttelte heftig den Kopf. »Nein«, sagte sie rasch. »Er ist nicht wie wir. Er ist mächtig und durch und durch böse, aber er ist immer noch mehr ein Sterblicher als einer von uns.« Sie lachte, ganz leise und ohne die allermindeste Spur von Heiterkeit. »Und das wird er auch nicht werden. Nicht einmal Loki wäre wahnsinnig genug, ihm solche Macht zu geben. Es wäre unser aller Ende. Und auch seines.«

»Du redest von Frederic?« Abu Dun wirkte erschüttert. Die Nachricht, dass es niemanden gab, der ihnen zu Hilfe eilen würde, hatte ihn sichtbar getroffen. »Oder von Dracul?«

»Ich bin nicht sicher, ob das wirklich noch ein Unterschied ist«, antwortete sie. »Oder es jemals war.«

»Was soll das heißen?«

Meruhe trank einen weiteren Schluck schales Bier, goss den Rest aus ihrem Becher angewidert auf den Boden und sah aus dem Fenster, bevor sie antwortete. Vermutlich, um Zeit zu gewinnen. »Das ist nicht so leicht zu erklären, Abu Dun«, sagte sie. »Oder eigentlich doch. Aber es ist ... kompliziert.«

»Dann nimm dir Zeit«, sagte Abu Dun. »Wir haben im Moment nichts anderes vor.«

Die Nubierin tat ihm immerhin den Gefallen, flüchtig zu lachen, löste sich von der Wand und kramte unter der Theke herum. Als sie sich wieder aufrichtete, hielt sie eine staubige Weinflasche ohne Etikett in der Hand. Noch immer ohne etwas zu sagen, kam sie hinter der Theke hervor, steuerte einen der niedrigen Tische an und bedeutete Abu Dun, die dazu passenden Gläser mitzubringen, während sie sich setzte.

»Es sind also nur noch Loki und Marduk«, begann Abu Dun, nachdem er ebenfalls Platz genommen und allen eingeschenkt hatte. Anders als das abgestandene Bier war der Wein von ausgezeichneter Qualität, aber die betäubende Wirkung des Alkohols blieb natürlich bei ihnen aus, und zum ersten Mal seit sehr, sehr vielen Jahren bedauerte Andrej das. Es war einer der ganz seltenen Augenblicke, in denen er spürte, welche Last es auch bedeutete, nicht vergessen zu können.

Meruhe nippte nur an ihrem Glas und sah weiter aus dem Fenster. Etwas geschah in ihrem Gesicht, das Andrej nicht genau deuten konnte.

»Wenn es niemanden gibt, auf den wir warten«, sagte Abu Dun, nachdem sich das Schweigen nicht nur eine geraume Weile lang hingezogen hatte, sondern dabei auch immer unbehaglicher geworden war, »warum sind wir dann hier?«

Meruhe sah ihn durchdringend aus ihren ungleichen Augen an und schwieg weiter, doch Andrej sagte: »Wir warten auf jemanden, Pirat. Loki. Habe ich recht?«

»Wir dachten, es wäre vorbei, nach Cadiz«, sagte Meruhe leise. »Loki war geschlagen. Ra war tot ...«

»Stell dir vor, das wissen wir«, sagte Abu Dun spöttisch. »Soll ich dir verraten, wer ihn getötet hat?«

»... und ihm blieben nur noch Marduk, Seth und Anubis als Verbündete. Seth und Anubis ...« Sie suchte nach Worten, und Andrej fragte sich zweifelnd, ob es wirklich die gewesen wären, die er erwartete, hätte sie sie ausgesprochen. »... spielen keine Rolle mehr«, sagte sie schließlich. »Seither sind Marduk und er auf der Flucht. Wir haben sie überall auf der Welt gesucht.«

»Und du hattest das Pech, ihn zu finden«, vermutete Abu Dun.

»Vielleicht hat er ja mich gefunden«, sagte Meruhe leise. »Spielt es eine Rolle?«

»Wahrscheinlich nicht für dich«, sagte Abu Dun böse. »Ich meine: Eure alte Abmachung gilt doch noch, oder? Ihr krümmt euch gegenseitig kein Haar, sondern überlasst den blutigen Teil willigen Dummköpfen wie uns.«

»Ich habe nie angenommen, dass du besonders willig bist, Pirat«, antwortete Meruhe spöttisch, wurde aber auch augenblicklich wieder ernst – ernster sogar noch als zuvor. »So einfach ist es nicht, mein Freund. Ich weiß, dass du glaubst, wir würden es uns leicht machen und den blutigen Teil anderen überlassen, um uns nicht die Hände schmutzig zu machen, aber so ist es nicht. Keiner von uns kann die Hand gegen den anderen heben.«

»Und warum nicht?«, fragte Abu Dun.

»Irgendwann einmal wirst du vielleicht zu uns gehören, Abu Dun«, antwortete Meruhe. »Und dann wirst du es verstehen. Jetzt kann ich dich nur bitten, mir zu glauben.«

»Wie praktisch«, schnaubte Abu Dun. »Und vor allem ...«

»Ich kann dich nicht zwingen, mir zu glauben, mein Freund«, unterbrach ihn Meruhe sanft. »Und jetzt ist auch nicht der Moment, dieses Gespräch zu führen. Wenn wir diese Nacht überleben, dann wirst du alles erfahren, was du wissen musst. Aber jetzt sollten wir erst einmal versuchen, sie tatsächlich zu überleben.«

»Große Worte«, sagte Abu Dun. Er schürzte anerkennend die Lippen. »Aber eigentlich auch nicht mehr als Worte, nicht wahr? Du willst mir nicht antworten.«

»Nein.« Unmut blitzte kurz in ihrem Blick auf und erlosch wieder. »Jetzt ist nicht der Moment dafür, Abu Dun. In wenigen Stunden geht die Sonne auf, und dann werden Loki und Marduk hier erscheinen. Wir sollten die Zeit nutzen, um ein wenig auszuruhen und Kraft zu schöpfen.«

Abu Dun zog eine Grimasse und deutete zum Eingang. »Und draußen hängen wir ein Schild auf, auf dem *Bitte nicht stören* steht«, fragte er, »nur falls deine Freunde früher kommen?«

»Das werden sie nicht«, antwortete Meruhe überzeugt. »Und selbst wenn, dann werden uns meine Dienerinnen warnen.« Sie deutete auf Andrej. »Er braucht Schlaf ... und ich auch, um ehrlich zu sein. Morgen werden wir alle Kraft brauchen, die wir bekommen können.«

»Wozu?«, fragte Abu Dun.

Meruhe blinzelte. »Wozu?«

»Du erwartest, dass wir deinen Kampf kämpfen?«, fragte Abu Dun. »Warum?«

Diesmal ließ sich Meruhe Zeit, bevor sie antwortete. Sie tat es nicht scharf oder zumindest spöttisch, wie Andrej erwartet hatte, sondern in verständnisvollem, fast sanftem Ton. »Unser Kampf, Abu Dun? Das ist er schon lange nicht mehr. Wenn Loki und Marduk gewinnen, dann ...«

»... schicken sie andere, um sie zu erledigen«, vermutete Abu Dun.

»Vielleicht«, antwortete Meruhe. »Vielleicht auch nicht. Es ... gibt nicht mehr viele von uns.«

Abu Dun schnaubte. »Ist wohl nicht allzu weit her mit eurer Unsterblichkeit, wie?«

»Wir waren niemals viele«, fuhr Meruhe unbeeindruckt fort, sah aber nun Andrej an, nicht mehr ihn. »Und dieser unselige Krieg, den Odin vom Zaun gebrochen hat, hat uns weiter dezimiert. Manche sind der Meinung, dass es besser wäre, Loki und Marduk in Frieden zu lassen und nicht noch mehr Blut zu vergießen.«

»Odin?«, hakte Abu Dun nach. »Hast du gerade Odin gesagt?«

»Er hat diesen unseligen Zwist mit Loki und den anderen begonnen«, bestätigte sie. »Aber das ist lange her.«

»Ich weiß«, sagte Andrej. »Wir waren dabei.« Müdigkeit und Erschöpfung waren vergessen, und er spürte, wie sein Herz schneller zu schlagen begann. »Ich weiß«, sagte nun auch Meruhe.

»Und ich ebenfalls«, fügte Abu Dun hinzu. Seine Augen wurden schmal, und seine Stimme bekam einen neuen Ton – lauernd, misstrauisch und schneidend zugleich. »Nur habe ich diese ... Episode ... in etwas anderer Erinnerung.«

»Und in welcher?« Sofort hob Meruhe die Hand, um Abu Dun am Antworten zu hindern und es selbst zu tun. »Ich weiß, du glaubst, Loki wäre derjenige gewesen, der zuerst zum Schwert gegriffen und diesen unseligen Krieg begonnen hat, aber die Wahrheit ist, dass es genau anders herum war. Nicht der Sohn hat dem Vater, sondern der Vater hat dem Sohn den Krieg erklärt.«

»Das glaube ich nicht!« Abu Dun schrie fast. »Loki ist ...«

»... gewiss niemand, den ich meinen Freund nennen möchte oder auf dessen Bekanntschaft ich Wert legte«, fiel ihm Meruhe ins Wort. »Aber in diesem Fall ...«

»Haben wir auf der falschen Seite gestanden«, sagte Andrej bitter. »Wolltest du das sagen?« Seine Hände begannen zu zittern. Er ballte sie zu Fäusten, damit Meruhe es nicht sah.

Erstaunlicherweise lachte sie, wenn auch nur ganz leise und auf eine seltsame Art gutmütig. »Das ist es, was dir zu schaffen macht?«, fragte sie. »Du hast dich anscheinend wirklich nicht geändert in all der Zeit. Glaubst du immer noch, ganz allein die Welt retten zu müssen? Du erträgst den Gedanken nicht, auf der falschen Seite gestanden zu haben, ist es nicht so? Wie hättest du es wissen sollen? Du hast nur das gesehen, was Odin dich hat sehen lassen. Es war nicht eure Schuld. Odin ist ein Meister der Täuschung.«

So wie ihr alle, dachte Andrej bitter.

»Vielleicht ertragen wir nur den Gedanken nicht, *benutzt* worden zu sein«, grollte Abu Dun.

Auch das schien Meruhe eher zu amüsieren – was Abu Dun allerdings nur noch mehr in Rage versetzte. »Und jetzt willst du uns benutzen?«, fragte er böse. »Sollen wir Loki und seinen Freund für euch erledigen, weil ihr es nicht könnt oder wollt? Nur falls du es vergessen haben solltest: Das hier ist euer Krieg, nicht unserer. Und es ist mir herzlich egal, wer damit angefangen hat! Das hier ist *euer* Streit! Nenn mir einen einzigen logischen Grund, warum *wir* ihn für euch beenden sollten!«

Meruhe schwieg, aber Andrej sagte ganz leise: »Weil es nicht ihr Krieg ist, Abu Dun.«

»Nicht ihr Krieg?« Abu Dun blinzelte übertrieben. »Was soll das heißen – nicht ihr Krieg? Wessen dann?«

Andrej antwortete nicht gleich, nicht, um die Spannung zu erhöhen oder um des dramatischen Effekts wegen, sondern weil er es nicht konnte. Die Worte schienen erst in dem Moment Gestalt in seinen Gedanken anzunehmen, in denen seine Zunge und seine Lippen sie formten, sodass er das beinahe groteske – auf jeden Fall aber unheimliche – Gefühl hatte, seinen eigenen Worten zu lauschen und sich mit bangem Herzen zu fragen, welche er als Nächstes aussprechen würde und was sie wohl bedeuteten.

»So ist es«, sagte er schließlich. Sein Blick ließ Meruhe nicht los. »Ihr Krieg ist vorbei, spätestens seit Cadiz. Habe ich recht?«

Meruhe schwieg, das aber auf eine Art, die jede andere Antwort überflüssig machte.

»Muss ich das verstehen?«, fragte Abu Dun. Andrej war sehr sicher, dass er ihn genau verstand.

»Wie gesagt: Wir sind nur noch sehr wenige«, antwortete Meruhe ausweichend. »Manche von uns sind der Meinung, dass wir keinen der unseren mehr töten sollten. Nicht einmal Loki.«

»Und du?«, fragte Abu Dun. »Was glaubst du?«

Mit einem Male war es, als könnte Andrej Meruhes Gedanken lesen. Vielleicht hatte er das ja die ganze Zeit über gekonnt.

Oder es einfach gewusst.

»Sie glaubt, dass Loki *mich* nicht töten sollte«, sagte er an Meruhes Stelle. »Und dich auch nicht.«

Dieses Mal antwortete Meruhe, wenn auch nicht laut, sondern mit einem angedeuteten Nicken.

»Du glaubst, Loki wäre deinetwegen hier?«, murmelte Abu Dun. »Unseretwegen?« Er sog hörbar die Luft zwischen den Zähnen ein. »Und du?«

»Auch sie ist unseretwegen hier«, antwortete Andrej.

»Nein«, sagte Meruhe. »Nicht euretwegen. Deinetwegen, Andrej.« Sie versuchte zu lächeln, aber es misslang.

Für endlose Sekunden wurde es sehr still. Dann lachte Abu Dun, wenn auch nur leise und falsch. »Du ... du glaubst das doch nicht etwa?«, murmelte er. »Das ist doch vollkommener ... vollkommener Unsinn! Sie versucht, dich einzuwickeln, begreifst du das eigentlich nicht?«

Andrej sah seinen nubischen Freund nicht an. »Dann ist das alles hier meine Schuld?«, fragte er mit belegter Stimme.

»Das Feuer?« Meruhe schüttelte so heftig den Kopf, dass ihr langes rotes Haar nur so flog. »Nein. Loki hat nichts damit zu tun – auch wenn ihm diese Katastrophe vermutlich ganz gelegen kommt.« Sie hob die Schultern. »Es ist einfach so passiert. Aber ich fürchte, er wird Kraft aus all diesem Schmerz und Sterben ziehen. Manche von uns können das.«

»Manche?« Abu Duns Stimme troff vor Hohn.

»Aber nicht alle wollen es«, fuhr Meruhe ungerührt fort.

»So wie du?« Abu Dun lachte noch einmal, aber nun gab er sich Mühe, verletzend zu klingen. »Weil du ja so edel und selbstlos bist, nicht wahr?«

»Abu Dun, bitte«, sagte Andrej müde. »Bitte – *was?«*, fragte Abu Dun scharf. Seine Augen blitzten vor Zorn. »Du willst mir doch nicht wirklich erzählen, dass du diesen Unsinn glaubst?« Er machte ein abfälliges Geräusch. »Bescheidenheit hat ja noch nie zu deinen größten Stärken gehört, aber jetzt nimmst du dich zu wichtig, Hexenmeister! Loki hat das alles hier auf sich genommen, nur um sich an dir zu rächen? Er legt diese ganze Stadt in Schutt und Asche und bricht einen Krieg vom Zaun, nur um es dir heimzuzahlen?« Er schlug so fest mit der flachen Hand auf die Tischplatte, dass das altersschwache Möbelstück bedrohlich ächzte. »Hörst du eigentlich nicht selbst, wie das klingt?«

Andrej fragte sich, warum Abu Dun eigentlich so überaus aggressiv reagierte. Statt die scharfe Antwort auszusprechen, die ihm auf der Zunge lag, sah er Abu Dun nur ernst an und schüttelte dann den Kopf. »Du redest Unsinn, Pirat«, sagte er. »Du weißt es selbst, und du weißt auch, dass ich es weiß. Was soll das?«

»Das frage ich dich, Hexenmeister«, schnaubte Abu Dun, beinahe noch gereizter. Er deutete anklagend auf Meruhe. »Muss ich dich wirklich daran erinnern, was das letzte Mal passiert ist, als wir es mit ihr und ihren Freunden zu tun hatten? Wer sie *ist?«*

Abu Dun über Meruhe reden zu hören, als wäre sie gar nicht anwesend, machte Andrej wütend, aber sie machte nur eine rasche Geste, und er schluckte auch die dazu passende Antwort herunter. Wahrscheinlich war sie eine so brutale Offenheit gewohnt, da sie die Gedanken anderer las. Vielleicht war dies gar kein so großes Geschenk, wie er bisher angenommen hatte.

»Ich kann euch hier wegbringen, wenn ihr das wünscht«, sagte Meruhe. Ihr Gesicht blieb reglos, allenfalls von einer Spur derselben Müdigkeit gezeichnet, die auch Andrej wie eine bleierne Decke auf seinen Schultern fühlte, aber ihre Stimme schien ein wenig ... distanzierter zu klingen. Vielleicht redete er es sich auch nur ein. Trotz allem – und obwohl er ganz genau wusste, wie wichtig dieser Moment war – fiel es ihm mittlerweile schwer, auch nur die Augen offen zu halten. »Es gibt Wege aus der Stadt, auf denen Loki uns nicht folgen kann. Jedenfalls nicht schnell genug.«

»Und du?«

Meruhe schwieg, und nach ein paar Sekunden lachte Abu Dun noch einmal. Diesmal klang es hässlich, und das sollte es auch. »Sie bleibt selbstverständlich hier und riskiert ihr eigenes Leben, um uns zu retten«, sagte er, kniff die Augen zusammen und machte schlecht geschauspielert ein nachdenkliches Gesicht. »Oder nur, um an deine Beschützerinstinkte zu appellieren? Ich bin nicht sicher.«

Allmählich wurde Andrej wirklich wütend ... aber auch in zunehmendem Maße verwirrt. Dass Abu Dun manchmal so charmant wie ein Wüstenkaktus sein konnte und sich nur zu oft einen Spaß daraus machte, ganz bewusst den groben Klotz zu spielen – und auch dazu neigte, in dieser Rolle über das Ziel hinauszuschießen –, war er gewohnt, aber diese offene Feindseligkeit war nicht nur neu und hoffnungslos übertrieben, er spürte auch, dass sie *echt* war. Er verstand nur nicht warum. Ihr letztes Zusammentreffen mit Meruhe hatte tatsächlich unter wenig erbaulichen Umständen stattgefunden, aber sie waren auch nicht als Feinde auseinandergegangen.

»Und wozu?«, fragte er, an Meruhe gewandt und ohne auf Abu Duns Worte einzugehen. »Wenn es sich wirklich so verhält, wie du sagst, was wäre damit gewonnen?«

»Zeit?«, schlug Abu Dun vor.

»Früher oder später würde er uns wieder aufspüren. Und wenn nicht er, dann Frederic«, sagte Andrej ruhig. »Ich habe wenig Lust, den Rest meines Lebens davonzulaufen. Du vielleicht?«

Die Frage galt Abu Dun, der abfällig die Lippen verzog und grunzte.

»Wir müssen kämpfen«, beharrte Andrej.

»Kämpfen?« Abu Dun dachte mit angestrengt gerunzelter Stirn über diesen Vorschlag nach, nickte dann langsam und beugte sich noch langsamer vor. Ohne die geringste Hast und unter Zuhilfenahme von nicht mehr als einem Finger begann er Andrej von seinem Stuhl zu schieben und hörte erst auf, als er tatsächlich zu fallen drohte.

»Wäre mir nach Scherzen zumute«, sagte er, »dann würde ich dir jetzt zeigen, wie weit es mit deinen Fähigkeiten her ist zu kämpfen. Aber dann müsste ich dich wahrscheinlich wieder tragen, und dazu habe ich keine Lust.«

Andrej hielt sich mit einer Hand an der Tischkante fest und versuchte (mit wenig Erfolg), dabei eine nicht allzu lächerliche Figur zu machen, richtete sich dann mit einem Ruck wieder auf und sammelte sich für eine geharnischte Antwort, doch Abu Dun kam ihm zuvor, indem er aufstand und sich auf dem Absatz herumdrehte.

»Ich halte draußen Wache«, schnaubte der Nubier. Er zog seine Waffe. »Nicht, dass ich euch zwei Turteltäubchen am Ende noch störe.«

»Abu Dun!« Andrej wollte aufspringen und ihn zurückhalten, spürte im letzten Moment, wie seine Knie unter ihm nachzugeben drohten und ließ sich hastig wieder auf den Stuhl sinken, bevor er tatsächlich stürzen konnte. Abu Dun hatte recht: Er war kaum noch in der Lage zu stehen, geschweige denn zu kämpfen. In seinem momentanen Zustand konnte ihn selbst ein Kind besiegen.

»Lass ihn, Andrej«, sagte Meruhe. »Er meint es nicht so. Was er gesagt hat, tut ihm jetzt schon leid. Er denkt bereits darüber nach, wie er sich bei dir entschuldigen kann, ohne das Gesicht zu verlieren.«

»Nur bei mir?«, fragte Andrej.

»Mehr ist nicht nötig. Es ist nicht so leicht, mich zu beleidigen, weißt du?«, sagte Meruhe. »Und wie gesagt: Er meint es nicht so. Glaub mir, ich weiß das.«

»Warum sagt er es dann?«

»Er hat ... ein schlechtes Gewissen.« Meruhe zuckte die Achseln.

»Weil du mit ihm geschlafen hast? Aber er weiß doch warum. Du ...«

»Das macht es nicht besser«, unterbrach ihn Meruhe. »Jedenfalls nicht für ihn. Im Gegenteil. Ich gehörte damals zu dir, und er hatte kein Recht dazu.«

»Ich kann mich ja täuschen«, erwiderte Andrej spöttisch, »aber ich hatte nicht den Eindruck, dass du ihm die Wahl gelassen hast.«

»Das spielt keine Rolle«, antwortete Meruhe. Sie hob ihr Weinglas, aber nicht, um zu trinken, sondern nur, um damit zu spielen. »Tief in seinem Inneren ist er ein sehr altmodischer Mensch, Andrej ... und zugleich der beste Freund, den sich ein Mann wünschen kann. Das Letzte, was ich will, ist, dich vor die Wahl zu stellen, dich zwischen mir und ihm zu entscheiden. Der Einzige, der dabei verlieren würde, wärst du.«

Es war Andrej bisher nicht einmal in den Sinn gekommen, über eine solche Entscheidung nachzudenken, aber jetzt, einmal auf den Gedanken gebracht, erschreckte er ihn.

Meruhe nippte nun doch an ihrem Wein, nahm allerdings nur einen winzigen Schluck und begann, scheinbar in Gedanken, mit dem Glas zu spielen. Die geschliffenen Facetten fingen das Licht der brennenden Kerzen auf und brachen es zu unzähligen verschiedenfarbigen Punkten, die wie eine Armee leuchtender Käfer über die Tischplatte, ihre Arme und ihr Gesicht huschten. Ein einzelner Tropfen Wein war in ihrem Mundwinkel zurückgeblieben und schimmerte rot wie Blut, und Andrej verspürte ein Schaudern wie von tausend glühenden Nadelstichen, als er sah, wie sie ihn mit der Zungenspitze aufleckte. Das Gefühl, das dieser Anblick in ihm auslöste, vermochte er nur noch mit Mühe zu unterdrücken. Aber warum eigentlich? Gleich darauf beantwortete er sich auch diese Frage: weil er selbst *dafür* zu müde war.

Meruhe sah ihn kurz aus ihrem sehenden Auge an, lächelte und wurde sofort wieder ernst. Sie trank einen etwas größeren Schluck Wein und fuhr fort, mit dem Glas zu spielen. Licht und Schatten tanzten schneller über ihr Gesicht.

»Loki ist nicht von selbst auf meine Spur gekommen, oder?«, fragte er unvermittelt.

Meruhe schwieg. Der Tanz von Licht und Schatten auf ihren nachtfarbenen Zügen wurde härter und lebhafter und hatte jetzt etwas Hypnotisches. Ganz kurz kam ihm der Gedanke, dass dieser Effekt vielleicht kein Zufall oder eine bloße Sinnestäuschung war. Was, wenn ihre Macht noch viel größer war, als er bisher angenommen hatte, und sie seine Gedanken nicht nur las, sondern *lenkte?*

»Nein«, sagte Meruhe. »Es war kein Zufall. Jemand hat ihm gesagt, wo du bist.«

»Frederic.«

»Ja.«

Da war noch mehr. Dieses einfache Ja beinhaltete eine tiefgehende, schreckliche Wahrheit, vor der er bereits erschrak, bevor er sie überhaupt kannte. Er wollte sie auch gar nicht kennen, um nichts auf der Welt. Trotzdem fragte er:

»Warum?«

»Frederic hasst dich, Andrej«, antwortete sie nach kurzem Zögern und ohne ihn direkt anzusehen. »Er hasst dich, seit er denken kann, Andrej, nicht erst seit jenem schrecklichen Tag auf Tepeschs Burg. Was Dracul ihm angetan hat, das hat ihm die Kraft gegeben, aus diesem Hass mehr als ohnmächtigen Zorn zu machen, aber sein Hass ist viel älter. Aber er fürchtet dich auch, Andrej, dich und insbesondere Abu Dun. Er ist stark, stärker als die meisten von euch, aber nicht so stark wie du. Er hat lange nach einem Werkzeug für seine Rache gesucht, und in Loki hat er es gefunden.« Sie lachte, leise und bitter und nur ganz kurz, trank einen weiteren Schluck Wein und stellte das Glas dann fast erschrocken auf den Tisch, als hätte sich sein süßer Inhalt unversehens in ätzende Säure verwandelt. Ihre Fingerspitzen berührten wie zufällig Andrejs Hand, die auf dem Tisch lag, und blieben dort. »Auch wenn es ihm vermutlich nicht sehr schwergefallen sein wird, ihn zu überzeugen, nach dem, was zwischen Loki und dir war.«

Andrej schwieg dazu. Meruhes Berührung, so sacht (und ganz und gar *nicht* zufällig) sie auch sein mochte, war wie kaltes Feuer, das sich seinen Weg langsam seinen Arm hinaufbrannte und ihn zugleich mit unwiderstehlicher Kraft an sie band. Er wollte die Hand zurückziehen, aber es ging nicht.

»Und was geschieht morgen früh?«, fragte er.

»Ich kann dir gegen Frederic beistehen«, antwortete Meruhe. »Wenn es dein Wunsch ist, töte ich ihn oder gebe meinen Dienerinnen den Befehl, es zu tun. Aber es wäre besser, wenn du es ... selbst tun würdest. Besser für dich.«

»Hast du ihn deshalb vorhin auf dem Dach entkommen lassen?« Andrej schüttelte heftig den Kopf. »Ich kann ihn nicht töten.«

»Entweder tötest du ihn oder er dich«, erwiderte Meruhe. »So einfach ist das.«

»Und wenn ich es trotzdem nicht tue?«

»Vielleicht könnt ihr ihm morgen entkommen und vielleicht auch noch das nächste Mal und das Mal danach. Aber irgendwann einmal wird dir das nicht mehr gelingen, und dann wird er Abu Dun töten, dann jeden, den du kennst und der dir etwas bedeutet, und dann wird er alles zerstören, woran dein Herz hängt. Und am Schluss wird er dich töten – oder dir etwas Schlimmeres antun.«

Natürlich hatte sie recht damit. Andrej wusste, dass es ganz genau so kommen würde, vielleicht morgen, vielleicht in einem Jahr oder auch erst nach einem weiteren Jahrhundert, aber irgendwann würde es geschehen. Diese verzweifelte Jagd würde niemals enden, solange sie beide am Leben waren.

»Warum?«, fragte er. »Warum hasst dieser Junge mich so?«

»Das weiß ich nicht«, antwortete Meruhe. Andrej spürte, dass sie log. »Frag ihn, wenn du ihm gegenübertrittst.«

»Und du?«

»Meine Dienerinnen und ich werden versuchen, euch vor Marduk und Loki zu beschützen«, antwortete Meruhe.

Doch irgendetwas stimmte nicht. Es dauerte nur einen Moment, bis Andrej wusste was. »Wenn es wahr ist, dass ihr euch gegenseitig nichts antun könnt, wie willst du ihn dann aufhalten?«, fragte er.

»So wie er mich töten wird, wenn ich ihm die Gelegenheit dazu gebe«, erwiderte Meruhe. Sie hatte mit diesem Einwand gerechnet. »Meine Dienerinnen werden es tun, und Abu Dun und ich werden uns um seine Kreaturen kümmern.«

»Die Vampyre?«

»Sie stellen keine wirkliche Gefahr dar. Loki hat sie zu schnell rekrutiert und wahllos. Die Hälfte von ihnen stirbt, bevor sie wirklich zu Vampyren werden, und der Rest ist unerfahren und schwach und wird nur von Blutgier getrieben.«

Andrej erinnerte sich gut an die *schwache* Vampyrin, der Abu Dun und er nur mit Müh und Not Herr geworden waren. Aber er erinnerte sich auch an etwas anderes. »Das Phantom«, sagte er. »Die Toten, von denen Bludworth gesprochen hat ... das waren die, die es nicht geschafft haben. Niemand hat vor, die britische Aristokratie auszulöschen.«

»Loki fand den Gedanken wohl amüsant, seine Krieger aus den Reihen derer zu rekrutieren, die sich für unantastbar halten«, antwortete Meruhe mit einem flüchtigen Lächeln. Anscheinend gefiel ihr der Gedanke ebenfalls. Aber sie wurde auch sofort wieder ernst.

Ihre Finger lagen noch immer auf Andrejs Hand. »Kümmere dich nicht um sie. Ich werde das übernehmen.«

»Und dann?«, fragte Andrej.

»Tötest du Frederic. Lass dich nicht von seinem Äußeren beirren. Er sieht aus wie ein Kind, aber er ist es ganz und gar nicht.«

»Das meine ich nicht«, antwortete Andrej. »Loki und Marduk. Sie sind zu zweit. Ich habe Gunjir, aber ich weiß nicht, ob ich noch die Kraft habe, es zu heben. Und ganz gewiss nicht, damit zu kämpfen.«

»Ich weiß«, antwortete Meruhe. Sie lächelte. Ihre Finger schlossen sich fester um seine Hand.

Kapitel 18

Er hatte einen Traum. Meruhe hatte ihm eines der winzigen Gästezimmer des *Star Inn* gezeigt – kaum mehr als ein zugiger Verschlag unter dem Dach, in dem es nicht einmal ein Bett gab, sondern nur eine Lage feuchtes Stroh auf dem Boden, das irgendwann kurz nach der Gründung dieser Stadt vielleicht einmal frisch gewesen sein mochte – und war dann gegangen, um nach Abu Dun und ihren Dienerinnen zu sehen. Er hatte sich auf dem schmuddeligen Lager ausgestreckt und war auf der Stelle eingeschlafen, noch immer zu Tode erschöpft und von einer Müdigkeit erfüllt, die beinahe körperlich schmerzte.

In seinem Traum jedoch war sie nicht nur geblieben, sondern hatte Mantel und Kleid abgestreift und sich neben ihn gelegt, um seinen Körper mit heißen Küssen zu bedecken.

Natürlich hatte er sich gewehrt. Als er das letzte Mal mit Meruhe geschlafen hatte, da hätte es ihn fast das Leben gekostet, und er hatte Wochen gebraucht, wenn nicht Monate, um sich endgültig davon zu erholen.

Doch die rothaarige Nubierin war viel stärker als er, und selbst wenn er im Vollbesitz seiner Kräfte und ihr ebenbürtig gewesen wäre, so wäre sein Widerstand trotzdem rasch erlahmt, denn Meruhe war nicht nur eine Vampyrin von einer Art, die Abu Dun und ihm ebenso hoffnungslos überlegen war, sie war auch eine Frau, die Jahrtausende Zeit gehabt hatte, um herauszufinden, wie sie sich einen Mann gefügig machen konnte. Sie hatten sich auf eine Art geliebt, die er sich bisher noch nicht einmal hätte vorstellen können, und genau wie damals hatte er sich danach dem Tode näher gefühlt als dem Leben.

Dennoch war etwas anders gewesen. Sie hatte ihn fast all seiner Kraft beraubt, einschließlich derer, die sie ihm vorhin gegeben hatte, doch diesmal gab sie ihm auch etwas zurück, ohne dass er genau sagen konnte was. Aber da war plötzlich etwas Fremdes und Neues in ihm, wie der Keim einer neuen, unvorstellbar starken Kraft, die tief in ihm heranzuwachsen begann und die ihn zugleich erschreckte wie mit einer schier unwiderstehlichen Verlockung erfüllte, gegen die er sich weder wehren konnte noch wollte.

Aber es war nur ein Traum, und er war noch nicht vorbei.

Sie liebten sich ein zweites und sogar noch ein drittes Mal und Meruhe brachte ihn an den Rand einer Erschöpfung, die tiefer war als der Tod. Erst, als sie ihm jedes bisschen Kraft genommen hatte, das er nicht unbedingt zum nackten Überleben brauchte, ließ sie endlich von ihm ab und streckte sich mit einem erschöpften Seufzen neben ihm aus.

Andrej wartete darauf einzuschlafen. Er fühlte sich leer, ausgelaugt und erschöpft wie seit einem Jahrhundert nicht mehr, und alles, was er wollte, war Schlaf, einige wenige kostbare Momente Ruhe, um vielleicht ein paar Tropfen aus dem Ozean von Kraft, den sie ihm genommen hatte, zurückzubekommen.

Er konnte es nicht. Etwas hielt ihn wach, etwas ... in ihm. Etwas, das ihn erschreckte.

Er schlug die Augen auf, fand sich in fast vollkommener Dunkelheit wieder und spürte Meruhes warmen Körper neben sich. Seine innere Uhr verriet ihm, dass nur noch weniger als zwei Stunden Zeit bis zum Sonnenaufgang und damit Meruhes Verabredung mit dem Schicksal war, und er fühlte sich noch immer matt und zu Tode erschöpft ... das aber auf eine sonderbar wohltuende Art, als wäre es eine Erschöpfung, die nur der Vorbereitung auf etwas anderes und viel Größeres diente. Ihm war kalt, was daran lag, dass es durch das löchrige Strohdach zog und er nackt war. Meruhes Geruch haftete noch an ihm, und allein bei der Erinnerung an ihre samtweiche Haut und die Süße ihrer Lippen durchrieselte ihn ein warmer Schauer, den er mit geschlossenen Augen und so lange genoss, bis er von selbst verschwand. Erst dann setzte er sich auf, tastete nach seinen Kleidern und öffnete die Augen, als er sie nicht fand.

»Du hast geschlafen«, sagte Meruhe neben ihm. »Ich wollte dich nicht wecken, aber sie müssten dir passen. Ich hoffe, ich habe deinen Geschmack getroffen.«

Unweit der Stelle, an der er seine Kleider abgestreift hatte (oder um genau zu sein: Meruhe sie ihm vom Leib gerissen hatte und das wortwörtlich – der verbrannte Stoff war zum größten Teil einfach unter ihren Händen zerfallen), lag ein Stapel säuberlich zusammengelegter, frischer Kleider: Hose, Hemd, ein wollenes Wams und ein modisch geschnittener schwarzer Umhang, dazu ein Hut von sonderbar dreieckiger Form und ein Paar aus feinstem Leder gearbeiteter Stiefel. Alles, was von seinem früheren Besitz übrig geblieben war, war Gunjir, doch auch das Götterschwert war jetzt nicht mehr in eine einfache Decke eingewickelt, sondern steckte in einem prachtvollen Waffengurt, der mindestens hundert Jahre alt war, aber penibel gepflegt.

»Das ist ...« Andrej streckte zögernd die Hand aus und spürte, von welch hervorragender Qualität die Kleider waren. »Danke.«

»Ich kann dich schließlich nicht in Sack und Asche herumlaufen lassen, oder?«, erwiderte sie spöttisch. Andrej hörte, wie sie sich langsam aufsetzte, sah aber nicht zu ihr hin, sondern griff endgültig nach den Kleidern und begann sich anzuziehen, was ihm einen unerwarteten Genuss bereitete. Es tat gut, endlich wieder einmal Kleider zu tragen, die nicht verbrannt waren und nach Blut stanken.

Noch etwas überraschte ihn: Er band sich den Waffengurt nicht um, aber als er ihn zur Hand nahm, spürte er das Gewicht des mächtigen Wikingerschwertes nicht einmal. Noch vor einer Stunde hatte er Mühe gehabt, es auch nur zu heben.

Er legte Gunjir wieder zu Boden und sah Meruhe an. »Was hast du getan?«

»Ich dachte, es wäre bei euch Sitte, dass die Frauen am Abend vor der Schlacht bei ihren Männern schlafen«, antwortete sie. Es war zu dunkel in der Dachkammer, um ihr Gesicht zu erkennen, aber Andrej glaubte, ihr spöttisches Lächeln regelrecht hören zu können.

»Du weißt genau, was ich meine.«

Meruhe antwortete nicht gleich, sondern wartete, bis er sich wieder gesetzt hatte, dann versetzte sie ihm wie aus dem Nichts einen so harten Stoß vor die Brust, dass er überrascht nach hinten und auf den Rücken fiel. Noch bevor er begriff, wie ihm geschah, hatte sie sich auf ihn geschwungen und saß rittlings auf seinem Schoß.

»Das ist jetzt wieder einmal typisch für euch Frauen«, ächzte Andrej. »Wieso schaust du in aller Ruhe zu, wie ich mich anziehe, nur um dann ...«

»Und das«, unterbrach ihn Meruhe, »ist wieder einmal typisch für euch Männer. Habt ihr gar nichts anderes im Kopf?«

»Im Kopf schon, aber nicht im ...«

»Du überschätzt dich, Zauberlehrling«, unterbrach ihn Meruhe erneut. Diesmal konnte Andrej ihr spöttisches Lächeln sogar sehen. »So toll war es nun auch wieder nicht, obwohl ich dir drei Chancen gegeben habe.«

»Dann müssen wir vielleicht mehr üben«, schlug Andrej vor. »Auch wenn ich es ungern zugebe, hast du wahrscheinlich recht.

Aber immerhin hattest du ein paar Hundert Jahre mehr Zeit als ich. Das ist nicht fair.«

»Wenn es denn nur ein paar Hundert gewesen wären ...« Meruhe lachte, bewegte sich auf eine Art auf ihm, die ihm alles andere als unangenehm war (und zweifellos aus genau diesem Grund), und wurde dann übergangslos ernst. »Einen Weg gäbe es, Andrej.«

»Einen Weg?« Nicht, dass diese Frage nötig gewesen wäre.

»Wie du Loki besiegen könntest«, antwortete Meruhe. »Ich könnte dir Kraft geben, aber du musst es wirklich wollen.« Sie zögerte kurz. »Und es wäre nicht umsonst. Bist du sicher, dass du den Preis bezahlen willst?«

»Du willst mich zu einem von euch machen«, vermutete Andrej. *Und nicht erst seit heute. Nicht nur, um Loki und Marduk zu besiegen.* Ganz plötzlich wurde ihm klar, dass er dieses Geschenk auch damals schon hätte haben können, vor so vielen Jahren, als sie sich das erste Mal getroffen hatten.

»Und Abu Dun?«, fragte er, als sie nicht antwortete, sondern ihn nur weiter auf eine Weise ansah, die ihm immer unbehaglicher wurde.

»Er ist noch nicht so weit«, sagte sie. »Aber ich glaube, das weißt du selbst ... und eines Tages ist es dann vielleicht an dir, ihm den Weg zu weisen.«

»Zumindest der erste Teil würde mir vermutlich nicht so viel Spaß machen wie mit dir«, sagte Andrej, aber Meruhe blieb vollkommen ernst.

»Es gibt keinen Weg zurück, Andrej«, sagte sie, »und die Jahre sind schwer. Überleg dir deine Entscheidung gut.«

»Wenn du nicht wolltest, dass ich sie treffe, wärst du nicht hier«, sagte er.

»Weil ich will, dass du lebst«, antwortete Meruhe.

»Und trotzdem lässt du mir die Wahl? Du könntest mich zwingen, sie zu treffen, ist es nicht so? Und ich würde es nicht einmal merken.«

»Aber ich wüsste es.«

Für lange Zeit – in Wahrheit wahrscheinlich nur Minuten, die aber zu Ewigkeiten wurden – kehrte Stille zwischen ihnen ein – ein Schweigen, nicht einmal wirklich unangenehm, aber ... lastend, und so bedeutungsvoll, dass es ihm schier den Atem nahm. Was Meruhe ihm anbot (oder von ihm verlangte? Er wusste nicht, was von beidem wirklich zutraf oder ob es da überhaupt einen Unterschied gab), das war nichts weniger, als sein komplettes Leben gegen ein neues einzutauschen und einen Schritt in eine Welt zu tun, über die er wenig mehr wusste, als dass es sie gab. Tief in sich hatte er Angst davor, beinahe schon panische Angst ... aber welche Wahl hatte er? Meruhe hatte ihm mit wenigen Worten vor Augen geführt, was geschehen würde, wenn er diese Wahl nicht traf, und jedes einzelne dieser Worte war wahr.

»Und wie?«, fragte er schließlich.

»Es ist nicht schwer«, antwortete Meruhe. »Nicht wenn du so weit bist. Aber du musst es wollen.« Sie lachte, aber so bitter, dass ihm ein eisiger Schauer über den Rücken lief. »Es ist wie das Töten, weißt du? Nur ein winziger Schnitt, beinahe mühelos ... aber unmöglich, wenn du es nicht wirklich willst.«

Warum wählte sie ausgerechnet diesen Vergleich?

Aber dann dachte er an das, was sie noch gesagt hatte. Er würde Abu Dun töten und dann jeden anderen, der ihm je etwas bedeutet hatte. Es ging um Frederic. Der Fluch, der sein gesamtes Leben bestimmt hatte, musste endlich aufhören. »Wie?«, fragte er noch einmal.

Statt zu antworten, streckte Meruhe den Arm aus und hob einen Dolch vom Boden auf, den sie offenbar dort bereitgelegt hatte. Ein letzter fragender und sehr ernster Blick – den er mit einem ebenso ernsten Nicken beantwortete –, und sie hob den Arm und führte einen raschen, präzise vertikalen Schnitt, der ihre Pulsader auf eine knappe Fingerlänge öffnete. Noch bevor das Blut zu Boden tropfte, öffnete sie auch seine Pulsader und presste ihr Handgelenk auf seinen Arm.

Es war wie vorhin, als sie ihn – vermeintlich – gebissen und ihr Blut sich vermischt hatte, und zugleich vollkommen anders. War es da wie ein Funke gewesen, eine winzige glühende Flamme, die sich ihren Weg in sein Fleisch wühlte, so schien jetzt eine lodernde Sonne direkt in seinen Gedanken zu explodieren, grelles Feuer wie aus dem glühenden Schoß eines Vulkans, heiß genug, um ihn im Bruchteil eines Lidschlags zu Asche zu verbrennen.

Nur, dass es das nicht tat. Das Feuer war verzehrend, seine Hitze und Zerstörungskraft jenseits aller Vorstellung, aber es verbrannte ihn nicht. Es läuterte ihn, brannte alles Alte, Verbrauchte und Schlechte aus ihm heraus und ließ wenig mehr als eine leere Hülle zurück, zugleich aber auch ein Gefäß, das bereit war, mit etwas anderem, Wunderbaren und Neuem gefüllt zu werden. Es war wie ein Rausch, grauenhaft und unvorstellbar schön zugleich, eine reinigende Katharsis, die nichts zurücklassen würde außer fruchtbarem Boden, auf dem etwas Neues und Gewaltiges gedeihen konnte.

»Was … geschieht mit … mir?«, murmelte er stockend. Selbst das Reden fiel ihm schwer. Hinter seiner Stirn tobte ein Sturm aus Nichts, der das wenige, was von ihm noch geblieben war, mit sich ins Vergessen reißen wollte. Alles drehte sich um ihn. Sein Arm brannte wie Feuer, wo sich ihr Blut vermischte, und er hatte das vage Gefühl, auch anderenorts Schmerzen zu haben, schlimme Schmerzen, wusste aber nicht zu sagen wo, und nach einem Moment war er nicht einmal mehr sicher, ob es wirklich Schmerz war oder nicht vielmehr etwas weitaus Schlimmeres, ein Verlust, der weit über alles hinausging, was er jemals zuvor gespürt hatte. Als würde ihm seine Menschlichkeit genommen.

»Was ist das?«, fragte er noch einmal. Er versuchte, seinen Arm loszureißen, aber Meruhe hielt ihn fest, ohne sich dabei auch nur anzustrengen.

»Keine Angst«, sagte sie. »Es ist gleich vorbei. Nur Geduld. Sobald sich unser Blut vermischt hat, wirst du nichts mehr spüren.«

Andrej fasste sich in Geduld – welche Wahl hatte er auch schon? – und ertrug die nächsten Minuten mit zusammengebissenen Zähnen. Es dauerte tatsächlich nicht lange. Schon nach einigen Augenblicken ließ sie seine Hand los, hob den Arm und fuhr mit den Fingerspitzen über den Schnitt, den sie sich selbst zugefügt hatte. Die Wunde verschwand wie eine Falte aus nassem Stoff. Nachdem sie das Blut von ihrem Arm gewischt hatte, war nichts mehr davon zu sehen. Andrej musste nicht an sich hinabsehen, um zu wissen, dass mit seinem Arm dasselbe geschah.

Durchdringend sah er sie an.

»Was?« Meruhe legte fragend den Kopf auf die Seite.

»Ich kann deine Gedanken nicht lesen.«

Für einen halben Atemzug wirkte Meruhe ehrlich verblüfft, dann schüttelte sie lachend den Kopf. »Dummkopf«, sagte sie. »So schnell geht es nicht. Aber es wird auch nicht lange dauern, keine Sorge.« Sie erhob sich, ließ sich fast aus der gleichen Bewegung wieder in die Hocke sinken und streifte ihr Kleid über.

Andrej sah ihr schweigend zu und genoss die spielerische Anmut ihrer Bewegungen, die bloße Schönheit ihres Anblicks. Er spürte, wie sich schon wieder etwas in ihm regte. Meruhe schüttelte den Kopf und machte einen raschen Schritt zur Seite. »Nichts da«, sagte sie spöttisch. »Dafür ist jetzt keine Zeit.«

»Du hattest mir versprochen, meine Gedanken nicht mehr zu lesen«, erinnerte Andrej sie.

»Das tue ich auch nicht. Aber ich habe Augen, um zu sehen ... oder wenigstens eins.«

»Oh.«

Meruhe bückte sich nach ihrem Mantel, legte ihn an und band sich als Letztes den Schwertgurt um. »Ich gehe hinunter«, sagte sie, »um nach Abu Dun und meinen Dienerinnen zu sehen. Ruh dich ruhig noch ein wenig aus. Du fühlst dich jetzt vielleicht stark, aber du solltest dich nicht überschätzen.«

Sie ging, bevor er antworten konnte, und Andrej blieb allein zurück, starrte die geschlossene Tür hinter ihr an und dachte über ihre Worte nach. Er fühlte sich nicht stark, sondern ganz im Gegenteil auf eine sonderbar wohltuende Art matt und beinahe schon schläfrig. Mit bangem Herzen lauschte er in sich hinein, suchte nach etwas Neuem und Fremdem, das nicht dorthin gehörte, aber da war nichts.

Was hast du erwartet?, fragte er sich selbst. Dass plötzlich ein neues Bewusstsein in ihm war, fremde Erinnerungen, eine neue Art zu denken oder sonst irgendein Unsinn? Wohl kaum.

Er schüttelte den Kopf über seine eigenen Gedanken, stand auf, band den schweren Ledergürtel mit Gunjir um die Hüften und bückte sich nach seinem Mantel. Erst jetzt spürte er, dass sich doch etwas verändert hatte. Er hatte es nur nicht sofort gemerkt, weil er nach dem Falschen gesucht hatte. In ihm war nichts Neues erschienen. Aber etwas Altes war nicht mehr da.

Das Ungeheuer war nicht mehr da.

Sein dunkler Bruder schwieg. Das Gefängnis tief am Grunde seiner Seele, in das er die Gier und die Zerstörungswut des Vampyrs eingesperrt hatte, war verwaist. Der Vampyr war fort.

Unten im Haus polterte etwas, dann vernahm er Abu Duns ebenso laute wie aufgebrachte Stimme, ohne die Worte verstehen zu können. Hastig schloss er die schwere, mit Runen verzierte Gürtelschnalle aus Bronze, stieß die Tür auf und bückte sich unter dem niedrigen Sturz hindurch. Abu Duns Stimme wurde lauter.

Wie er es erwartet hatte, platzte er direkt in einen heftigen Wortwechsel zwischen Abu Dun und der Nubierin. Beide bedienten sich einer Sprache, die Andrej nicht geläufig war, in der sich aber (zumindest Abu Duns rot angelaufenem Gesicht und seinem Tonfall nach zu schließen) offenbar ganz hervorragend fluchen ließ. Der Nubier hatte sich drohend vor Meruhe aufgebaut und gestikulierte aufgeregt mit beiden Armen, wie um die Worte aus der Luft zu pflücken, die er ihr entgegenschleuderte. Meruhe zeigte sich davon jedoch wenig beeindruckt – was möglicherweise auch an der Gegenwart ihrer beiden Dienerinnen lag, die reglos und mit versteinerten Gesichtern, aber zugleich auch höchst angespannt, hinter dem Nubier standen.

Andrej räusperte sich laut, erntete aber nur einen zornigen Blick von Abu Dun. Schließlich trat er mit einem entschlossenen Schritt zwischen die beiden ungleichen Kampfhähne, um wenigstens den direkten Blickkontakt zwischen ihnen zu unterbrechen.

»Ich unterbreche euch ja nur ungern«, sagte er, »aber würdet ihr mir verraten, was los ist?«

»Wie schön, dass dich das immerhin noch zu interessieren scheint«, blaffte Abu Dun, sichtlich dankbar, ein neues Opfer für seinen Zorn gefunden zu haben. »Ihr scheint euch ja prächtig amüsiert zu haben. Ich hoffe, es hat wenigstens Spaß gemacht!«

»Das hat es«, antwortete Andrej kühl. »Wenn du dich für Details interessierst, dann warte bitte, bis wir allein sind. Solche Männergespräche führt man nicht in Gegenwart einer Dame.«

Abu Dun starrte ihn an, und selbst Meruhe runzelte kurz die Stirn, während Andrej sich fragte, warum er das eigentlich gesagt hatte. Abu Dun hatte selbst einen manchmal derben Humor und würde ihm die Bemerkung an sich nicht übelnehmen. Aber es war der Ton, der es so schlimm machte. Er hatte Abu Dun mit diesen Worten verletzen wollen, und diese Absicht war unüberhörbar gewesen.

»Was ist passiert?«, fragte er noch einmal und in bewusst sachlichem Ton. Gleichzeitig machte er einen Schritt zurück, um nicht mehr zwischen Abu Dun und Meruhe zu stehen.

»Wir müssen weg«, antwortete Meruhe mit einer Geste auf die beiden nubischen Kriegerinnen; anscheinend die Überbringerinnen der schlechten Nachricht. »Ich fürchte, wir brauchen ein anderes Versteck für den Rest der Nacht.«

»Und Abu Dun«, fragte Andrej. »Wo ist das Problem?«

»Dieser Ort«, antwortete sie. »Wir hatten ... gewisse Vorbereitungen getroffen, die nun hinfällig geworden sind.«

»Ihr hattet eine Falle vorbereitet«, vermutete Andrej, und Abu Dun fügte hinzu: »Und dein Freund Loki ist so unfair, sich nicht an deine Pläne zu halten, nehme ich an. Er weigerte sich, hierherzukommen und in deine Falle zu tappen.«

»Das Feuer«, antwortete Meruhe kopfschüttelnd. »Es kommt schneller heran, als ich erwartet habe. Ich hatte gehofft, dass uns noch Zeit bis zum Sonnenaufgang bleibt, aber das wird wohl nicht so sein.«

Statt zu antworten, ging Andrej mit raschen Schritten zur Tür und öffnete sie. Der Anblick traf ihn wie ein Schlag.

In den kaum zwei Stunden, die vergangen waren, war das Feuer nahezu herangekommen. In der Richtung, in die er sah, erhob sich eine massive Wand aus Flammen, die mit dem rot glühenden Himmel über der Stadt zu verschmelzen schien. Selbst auf diese Entfernung spürte er die Hitze auf dem Gesicht. Menschen und Gebäude vor der Flammenwand schienen sich in dem gleißenden Licht aufzulösen, und er roch verkohltes Holz, heißen Stein und schmorendes Fleisch. »Noch ist Zeit genug, die Stadt zu verlassen«, sagte Meruhe hinter ihm. »Mit ein wenig Glück merken sie es erst, wenn wir bereits weit fort sind.«

Andrej glaubte ihr sogar. Aber es war noch nie seine Art gewesen, sich auf etwas so Launisches wie Glück zu verlassen. Er schüttelte den Kopf. »Du hast es doch selbst gesagt«, sagte er. »Es ist ganz egal, wohin ich gehe. Er würde mich überall finden.«

»Uns«, verbesserte Abu Dun. »*Uns,* Hexenmeister. Nicht *dich.*«

Er sollte jetzt Dankbarkeit empfinden, aber eigentlich spürte er gar nichts. Trotzdem antwortete er ernst: »Es ist nicht dein Kampf, Pirat. Ich bin es, den er vernichten will, nicht dich.«

»Selbstverständlich«, sagte Abu Dun spöttisch. »Und mir wird er zum Abschied die Hand reichen und seinen Segen mit auf den Weg geben, nicht wahr? Ganz so, wie wir unseren alten Freund Loki kennen.«

Er hatte nicht von Loki gesprochen – wenn er ehrlich war, hatte er schon seit einer Weile nicht mehr an ihn gedacht –, verzichtete aber darauf, Abu Dun auf seinen Irrtum aufmerksam zu machen. »Du solltest trotzdem gehen«, sagte er. »Vielleicht verliert er ja das Interesse an dir, wenn das hier vorbei ist.«

»Wenn er dich umgebracht hat, meinst du.«

Andrej drehte sich nun doch zu Meruhe und ihm herum. Abu Dun grinste, aber sein Blick war betroffen. »Du scheinst ja ziemlich sicher zu sein, dass ich diesen Kampf verliere«, sagte Andrej.

Abu Duns Feixen wurde nur noch breiter. »Wann hättest du jemals einen Kampf gewonnen ohne meine Hilfe?«

»Meinen allerersten«, erinnerte Andrej. »Den gegen dich.«

»Eben«, sagte der Nubier todernst. »Ich war dabei, oder?«

»Hört mit den Albernheiten auf!«, schalt Meruhe. »Wir müssen weg. Der Brand ist bald hier. Muss ich dich daran erinnern, dass Feuer auch uns töten kann?«

»Nur uns?«, fragte Andrej. »Oder selbst uns?«

Abu Dun runzelte die Stirn und sah plötzlich sehr nachdenklich aus, während Meruhe eher verstimmt wirkte. »Die Dinge haben sich nicht so sehr geändert, wie du vielleicht glaubst«, sagte sie. »Was dich vorher umbringen konnte, das kann dich auch jetzt noch vernichten, wenn auch vielleicht nicht mehr ganz so schnell. Wir sind unsterblich, Andrej, aber nicht unverwundbar.«

»Wir?«, fragte Abu Dun argwöhnisch.

Andrej war klug genug, ihn nicht anzusehen, als er die Tür schloss und sich wieder ganz zu Meruhe und ihren beiden Kriegerinnen umwandte. Es half nicht viel. Er konnte den Feuerschein und die Schreie aussperren, aber nicht die Bilder, die sich in sein Gedächtnis eingebrannt hatten.

»Was genau hattet ihr vor?«, fragte er.

Meruhe blieb ihm die Antwort gerade lange genug schuldig, um in ihm den Verdacht zu wecken, dass sie nicht wirklich einen Plan gehabt hatte – und wozu auch gegen einen Feind, der Gedanken lesen konnte und somit im gleichen Moment über jede ihrer Absichten informiert war, in dem sie sie fasste?

»Einer der Gründe, aus denen wir schon vor langer Zeit entschieden haben, nicht mehr gegeneinander zu kämpfen«, sagte sie. »Wenn auch nicht der wichtigste. Aber du hast recht, fürchte ich.« Sie ließ sich schwer auf einen der morschen Stühle sinken. »Es gibt keinen wirklichen Plan ... jedenfalls nichts, was du so nennen würdest. Ich weiß, dass sie irgendwo dort drüben und auf der anderen Seite der Brücke sind, aber das ist auch schon beinahe alles.«

»Ein wahrlich famoser Plan«, sagte Abu Dun. »Er könnte glattweg von dir stammen, Hexenmeister.« Er ließ ein halblautes spöttisches Geräusch hören, legte die Stirn in Falten und fragte dann noch einmal misstrauisch: »Wir? Was genau hat sie damit gemeint, Hexenmeister?«

Weder Andrej noch Meruhe antworteten, doch Abu Dun war

schließlich kein Dummkopf, auch wenn er sich oft genug bemühte, ihn zu spielen. »Warte«, sagte er, diesmal nickte er. Der Blick, mit dem er sich – betont langsam – zu Meruhe umdrehte, gefiel Andrej nicht.

»Abu Dun!«, sagte er.

Der Nubier ignorierte ihn, trat mit einem sonderbar wiegenden Schritt auf Meruhe zu und ließ die Hand wie zufällig auf den Schwertgriff sinken, der aus seinem verbrannten Mantel ragte. »Was hast du mit Andrej gemacht?«, fragte er.

»Red keinen Unsinn, Pirat«, erwiderte Meruhe. »Ich habe nichts getan, was er nicht ...«

Weiter kam sie nicht. Abu Dun war mit einer Bewegung bei ihr, die seine scheinbar schwerfällige Erscheinung Lügen strafte, packte sie mit beiden Händen bei den Schultern, riss sie in die Höhe und schrie sie an: *»Was hast du mit meinem Freund gemacht?«*

Wie aus dem Nichts war eine von Meruhes Dienerinnen hinter ihm, einen gekrümmten Dolch in der Hand, dessen Klinge sie gegen Abu Duns Kehle presste. Meruhe jedoch schlüpfte einfach zwischen seinen Fingern hindurch und scheuchte die Kriegerin davon.

»Lass sie in Ruhe, Pirat«, sagte Andrej. »Es war nicht ihre Entscheidung. Sie hat nichts getan, was ich nicht wirklich wollte.«

»Bist du sicher?«, fragte Abu Dun böse. Er trat einen halben Schritt zurück und hob die Hand an die Kehle, wo die Klinge der nubischen Kriegerin seine Haut geritzt hatte. Auf seiner nachtschwarzen Haut war das dünne rote Rinnsal kaum zu sehen, aber Andrej entging trotzdem nicht, dass sich der harmlose Schnitt nicht schloss, wie er es eigentlich sollte. Wie es aussah, war er nicht der Einzige, der eine besondere Waffe am Gürtel trug.

»Das bin ich«, antwortete Andrej.

»Oder war es vielleicht eher das, von dem du glaubst, es zu wollen?«, fragte Abu Dun.

Darüber *wollte* Andrej nicht nachdenken. Allein die Frage hätte ihn wütend gemacht, hätte er es zugelassen.

Vielleicht, weil er sich fragte, ob sie nicht ein winziges Körnchen Wahrheit enthielt.

»Ich wiederhole mein Angebot, Pirat«, sagte er kühl. »Ihre Dienerin kann dir einen Weg aus der Stadt zeigen. Vielleicht wäre es besser, wenn du mit ihr gehst.«

»Besser?«

»Sicherer«, verbesserte sich Andrej. »Für dich.«

»Für mich?« Abu Dun grunzte. »Oh ja, bitte verzeih, Hexenmeister. Manchmal vergesse ich, wie überaus großmütig du doch bist, Sahib, und wie fürsorglich ... vor allem denen gegenüber, die diese Fürsorge gar nicht wollen.«

»Aber du solltest sie dennoch annehmen, mein Freund«, antwortete Andrej ruhig. »Das Letzte, was ich will, ist dass du zu Schaden kommst.«

»Mein Freund ...« Abu Dun wiederholte das Wort, als wäre es etwas ... *Falsches.* »Was ist es wirklich, Hexenmeister? Sorgst du dich plötzlich um mich? Oder brauchst du mich nicht mehr, jetzt, wo du ...« Er deutete auf Meruhe. »... einer von ihnen bist?« Er wandte sich mit einem Ruck ganz zu ihr um. »Ist er einer von euch?«

Die Nubierin nickte, aber erst nach zwei oder drei Herzschlägen und ohne Abu Dun oder Andrej dabei direkt anzusehen. »Beinahe.«

»Beinahe? Was soll das heißen?«

Beinahe? Auch Andrej war ... verwirrt. Und beunruhigter, als er sich eingestehen wollte. *Beinahe?* Was zum Teufel meinte sie mit *beinahe?*

Meruhe stand auf, wechselte einige halblaute Worte in jener Andrej unbekannten Sprache mit ihren Dienerinnen und verschwand wieder hinter der zerschrammten Theke, während die beiden dunkelhäutigen Kriegerinnen die Schenke verließen. Bevor sie die Tür schlossen, drang rotes Licht und ein Schwall trockener Luft herein, in der der Geruch von verkohltem Holz und heißem Stein lag. Meruhe hantierte eine Weile lautstark unter der Theke, vielleicht auf der Suche nach einer zweiten Flasche Wein, wurde aber offenbar nicht fündig. Ihre Hände waren leer, als sie sich wieder aufrichtete. »Du bist jetzt stärker, als du es jemals warst, Andrej«, sagte sie. »Aber den allerletzten Schritt musst du selbst tun.«

»Und wie sähe der aus?«, erkundigte sich Abu Dun, bevor Andrej es tun konnte. »Muss er ein wenig unschuldiges Blut vergießen?« Er fuhr sich mit den Fingerspitzen über den dünnen Schnitt an seinem Hals, der immer noch blutete. »Vielleicht meines?«

»Was denn nun: das Blut eines Unschuldigen oder dein Blut, Pirat?« Meruhe wirkte amüsiert, wurde aber sofort wieder ernst und schüttelte den Kopf. »Du wirst es wissen, wenn es so weit ist«, fuhr sie fort, direkt an Andrej gewandt. »Für den Moment wird die Kraft reichen, die ich dir gegeben habe.«

»Für den Moment«, wiederholte Abu Dun. Er betrachtete Andrej mit einem nachdenklichen Blick. Lange. Sehr lange. »Ich verstehe«, sagte er dann.

»Was?« Andrej hätte nicht einmal sagen können, ob Meruhe oder er diese Frage ausgesprochen hatte. Abu Dun antwortete jedenfalls an ihn gewandt und wild gestikulierend.

»Willst du es nicht begreifen, oder hat sie dich schon so verhext, dass du es wirklich nicht siehst, Hexenmeister? Sie können einander nichts tun, nicht wahr? Sie kann Loki kein Haar krümmen, so wenig wie er ihr. Und du könntest es auch nicht, wenn du erst einmal zu ihnen gehörst. Aber solange du nur *beinahe* einer von ihnen bist ...« Er wandte sich mit einem Schulterzucken und fragend gerunzelter Stirn an Meruhe. »Kommt das der Wahrheit in etwa nahe?«

»Ja«, antwortete Meruhe. »Aber es hat nichts damit zu tun ... auch wenn es dir vielleicht schwerfällt, mir zu glauben.«

»Ziemlich«, sagte Abu Dun.

»Und doch ist es die Wahrheit«, erwiderte Meruhe. »Ich lüge niemals, mein Freund. Warum sollte ich das tun?«

»Vielleicht, weil du ein paar willige Dummköpfe brauchst, die die Schmutzarbeit für dich erledigen?«, vermutete Abu Dun.

Meruhe machte ein nachdenkliches Gesicht. »Das ist nicht einmal die schlechteste Idee«, sagte sie. »Aber wo finde ich so schnell einen zweiten Dummkopf?«

»Du ...«

»Abu Dun! Es stimmt, was sie sagt«, mischte sich Andrej ein. »Sie hätte einfach gehen können. Ihr wäre nichts passiert. Loki interessiert sich nicht einmal für sie. Aber sie ist geblieben, um uns zu helfen.«

»Und deshalb sind wir ihr es jetzt schuldig, dasselbe für sie zu tun.« Abu Dun schnaubte abfällig. »Ja, natürlich. Was stelle ich auch so dumme Fragen?«

»Wir haben unser Leben schon für weniger aufs Spiel gesetzt«, erinnerte Andrej ihn, aber natürlich ließ Abu Dun dieses Argument so wenig gelten wie all die anderen.

»Aber bisher war es immer unsere Entscheidung. Ich bin da vielleicht ein bisschen altmodisch, aber ich werde nun mal gerne gefragt.«

Auch das entsprach vielleicht nicht ganz der Wahrheit, aber es kam ihr hinlänglich nahe, und Andrej spürte auch, dass Abu Dun nicht in der Stimmung (und auch nicht willens) war, sich logischen Argumenten zu beugen. Erstaunt stellte er fest, dass es ihm nicht einmal etwas ausmachte. Hätte sich Abu Dun jetzt umgedreht, um zu gehen, dann hätte er allenfalls aus Gewohnheit versucht, ihn aufzuhalten. Statt ihm zu antworten, wandte sich Andrej direkt an Meruhe. »Wie viele Krieger haben sie?«

»Krieger?«, fragte Abu Dun.

»Die Vampyre. Es war Loki, der sie gemacht hat«, antwortete Meruhe an Andrejs Stelle und schüttelte den Kopf. »Ich weiß es nicht. Es können einige wenige sein oder auch ein Dutzend.«

»Oder zwei?«, fragte Abu Dun. »Oder auch drei oder vier?«

»Kaum«, erwiderte Meruhe ruhig. »Es ist nicht leicht, aus einem Sterblichen einen von euch zu machen. Die wenigsten überleben die Umwandlung, und auch für den, der sie initiiert, bedeutet es eine große Anstrengung. Sie werden nicht mehr als eine Handvoll verändert haben können, und selbst die sind schwach und unerfahren. Meine Dienerinnen und ich werden sie euch vom Leib halten, keine Sorge.«

»Während wir das Vergnügen haben, gegen Loki und Marduk zu kämpfen«, sagte Abu Dun. »Wie großzügig.«

»Ich werde versuchen, Marduk abzulenken«, erwiderte Meruhe. Obwohl ihre Miene besorgt war, glaubte Andrej Zuversicht in ihren Augen zu sehen. »Er ist vielleicht der beste Schwertkämpfer, den es jemals gegeben hat, aber er ist nicht besonders klug – und aufbrausend. Ich werde das nutzen, um ihn lange genug abzulenken.«

»Bis wir mit Loki fertig geworden sind?« Abu Dun schob geringschätzig die Unterlippe vor. »Ein dreitausend Jahre alter Gott, der doppelt so stark ist wie wir beide zusammen ...« Er wandte sich mit einem dümmlichen Grienen an Andrej. »Und womit vertreibst du dir die Zeit, während ich diese Kleinigkeit erledige?«

»Ihr habt Gunjir«, fuhr Meruhe ungerührt fort. »Und das hier.« Sie griff unter die Theke und zog einen mehr als handlangen Krummdolch hervor, dessen Griff mit genug Edelsteinen besetzt war, um halb London dafür kaufen zu können. Auf ihre auffordernde Geste hin nahm Abu Dun ihn in die Hand und zog ihn fast schon ehrfürchtig aus der prachtvollen Scheide, die die Klinge schützte. Sie war doppelseitig geschliffen, spitz wie eine Nadel und sah in Abu

Duns gewaltigen Pranken eher wie ein Spielzeug aus, aber Andrej spürte auch die Gefahr, die von der Waffe ausging.

»Gunjirs kleine Schwester?«, fragte Abu Dun.

»Seine tödliche Schwester«, antwortete Meruhe. Sie schenkte Abu Dun einen langen, beredten Blick. »Täusch dich nicht, Pirat. Größe allein bedeutet gar nichts.«

»Na, dann kann uns ja gar nichts mehr passieren«, grollte der Nubier und rammte den Dolch so fest in seine Umhüllung zurück, dass Andrej fast um das kostbare Leder fürchtete. »Jetzt brauchen wir nur noch einen genialen Plan ... aber wie ich vermute, hast du auch den schon vorbereitet, nicht wahr?«

»Ich hatte vor, sie hier zu empfangen«, erwiderte sie. »Meine Dienerinnen und ich haben ... gewisse Vorbereitungen getroffen, aber ich fürchte, das Feuer hat meine Pläne zunichtegemacht. Wir werden uns ein neues Versteck suchen und improvisieren müssen.«

»Und wenn es genau das ist, womit sie rechnen?«, fragte Andrej.

»Ich würde es jedenfalls«, fügte Abu Dun hinzu.

»Ich auch«, gestand Meruhe. »Aber welche andere Wahl bleibt uns schon?«

»Etwas zu tun, womit sie nicht rechnen«, antwortete Abu Dun. Er begann mit dem Dolch zu spielen. »Sie sind zu zweit und du allein. Sie haben ein Dutzend Krieger, du nur zwei. Ich frage mich: was wäre wohl das Verrückteste, das wir tun könnten?«

»Sie anzugreifen«, sagte Andrej, dem längst klar war, worauf Abu Dun hinauswollte. Seine Gedanken bewegten sich auf ganz ähnlichen Pfaden.

»Es wäre Selbstmord«, pflichtete ihm Meruhe bei.

Abu Dun grinste. »Eben.«

Kapitel 19

Schon die Brücke zu überqueren war zu einem Albtraum geworden. Obgleich sie sich nun bereits seit etlichen Tagen in der Stadt aufhielten und dieses gewaltige Bauwerk zweifellos so etwas wie eines ihrer Wahrzeichen darstellte, waren sie ihr niemals näher gekommen als bis auf die Stufen des *Star Inn* und die Umstände hatten es nicht mit sich gebracht, dass Andrej sein Interesse an den Sehenswürdigkeiten der Stadt entdeckte.

Inzwischen fragte er sich, ob es ein Fehler gewesen war.

Die London Bridge war nicht nur gewaltig, sie war ein aus Stein und Holz erbautes Monstrum. Es war Andrej ein Rätsel, wieso dieses groteske Gebilde nicht schon längst unter seinem eigenen Gewicht zusammengebrochen war, und erst recht, was sich Menschen dabei dachten, *so etwas* zu bauen. Sie war nicht die längste Brücke der Stadt, nicht einmal die breiteste, aber ganz gewiss die absurdeste. Sie sah nicht einmal mehr aus wie eine Brücke, nicht von Weitem und schon gar nicht aus der Nähe betrachtet. Vielmehr konnte man den Eindruck gewinnen, die Stadt selbst hätte einen steinernen Arm wie den Tentakel einer riesigen Krake ausgestreckt, um über den Fluss zu greifen und ihre beiden Hälften miteinander zu verbinden. Irgendwann einmal mochte es eine ganz normale Brücke gewesen sein, ein gemauerter Bogen, der sich in kühnem Schwung über die schon damals schmutzigen Fluten der Themse erstreckte, jetzt war sie eine Straße, die von zwei-, manchmal sogar drei- oder viergeschossigen Häusern flankiert wurde, die man direkt auf die Brücke gebaut hatte – vermutlich ohne auch nur einen Gedanken daran zu verschwenden, wie weit ihre Tragfähigkeit reichte. Ganz wie in der Stadt selbst wurden die einzelnen Etagen der Häuser hier breiter und ausladender, je weiter sie sich übereinanderstapelten, sodass sie sich einander näherten und sich mancherorts tatsächlich zu berühren schienen.

Auf der erschreckend schmalen Straße dazwischen schien eine Schlacht zu toben. Auch wenn Andrej natürlich wusste, dass es nicht so war, so hatte er doch zumindest auf den ersten Blick das Gefühl, jeder Mann, jede Frau und jedes Kind Londons wäre auf dieser Brücke zusammengekommen, um vor den Flammen aufs andere Ufer zu fliehen. Das Ergebnis war das schiere Chaos, ein knochenbrechendes Gerangel und Geschiebe, Gedrängel und Geschubse, das nur zu oft in ein wüstes Handgemenge ausartete, während die Menschen verzweifelt darum kämpften, auch nur einen einzigen Schritt von der Stelle zu kommen.

Unglückseligerweise war auf der anderen Seite der Brücke nichts anders. Die Menge, die sich den Flüchtenden von dort entgegenbewegte, war kaum weniger groß und ganz bestimmt nicht weniger entschlossen. Niemand würde diese Brücke überqueren, begriff er. Ganz im Gegenteil. Die Flammen hatten das diesseitige Ende der Brücke schon fast erreicht, und sobald sie tatsächlich hier waren, musste dieses albtraumhafte Gebilde zur Todesfalle für jede einzelne Seele werden, die sich darauf befand.

»Auf diesem Weg kommen wir jedenfalls nicht hinüber«, murrte Abu Dun. »Wir hätten doch schwimmen sollen ... oder ein Boot nehmen.«

»Es war deine Idee«, erinnerte Meruhe ihn. Sie stand neben ihm am Fenster eines der schmalen Gebäude, die den östlichen Anfang dieser absurden Brückenstraße markierten, und blickte auf das Chaos zwei Stockwerke unter ihnen hinab. Der hölzerne Boden unter ihren Füßen zitterte, als hätte nach der Urgewalt des Feuers nun auch die Erde selbst beschlossen, die Menschen in ihre Schranken zu weisen und ihnen ein Beben zu schicken. Andrej wusste jedoch ebenso gut wie Abu Dun und sie, dass es nur die panische Menschenmenge unter ihnen war, die dieses vermeintliche Beben auslöste. Er fragte sich, ob es nicht vielleicht eher die Legion trampelnder Füße unter ihnen war, die dieses arrogante Bauwerk zum Einsturz bringen würde.

»Ich wusste ja nicht, dass das gesamte britische Empire hier zusammenkommt«, maulte der Nubier. »Suchen wir uns ein Boot. Selbst wenn diese Ruine nicht zusammenbricht, brauchen wir eine Woche, um das andere Ufer zu erreichen.«

Eine ziemlich optimistische Schätzung, fand Andrej. Er nickte Abu Dun zwar knapp zu, was dieser als Zustimmung auslegen konnte, wenn ihm denn danach war, tauschte aber zugleich auch einen verstohlen-fragenden Blick mit Meruhe, auf den sie mit einem wortlosen Nicken reagierte. Erstaunlicherweise entging Abu Dun dieses kurze Zwiegespräch, obwohl er ein sehr guter Beobachter war. Vielleicht hatte er sie auch gar nicht fragend angesehen und sie nicht genickt. Da war mit einem Mal eine Vertrautheit zwischen ihnen, die weit über alles hinausging, was er jemals erlebt hatte, und Worte – vielleicht sogar Blicke – überflüssig machte.

»Sie warten dort drüben«, sagte Meruhe ruhig.

»Weil sie wissen, dass wir kommen?«, erkundigte sich Abu Dun misstrauisch. »Kannst du sie ... spüren?«

»Nein«, antwortete Meruhe. »Nicht unter all diesen Menschen mit ihrer Furcht. Aber ich kenne Loki. Es kann nur dieser Ort sein.«

»Wieso?«

Abu Duns Misstrauen war regelrecht zu riechen, dachte Andrej.

Dann verbesserte er sich in Gedanken. Nicht regelrecht. Er *konnte* es riechen, wie ein unterschwelliges, schlechtes Aroma, das in der Luft lag und alles verdarb, ohne dass man es wirklich greifen konnte.

Die Erkenntnis ließ ihm einen eisigen Schauer über den Rücken laufen. Seine Sinne waren schärfer geworden, so unendlich viel schärfer, dass er ihre wahre Macht noch nicht einmal ansatzweise begriffen hatte. Und Meruhe behauptete, er wäre nur *beinahe* einer von ihnen? Was würde aus ihm werden, wenn die Verwandlung abgeschlossen war? Ein Gott?

»Weil hier das Sterben beginnen wird, schwarzer Mann«, sagte Meruhe leise. »Das wirkliche Sterben. Hunderte werden zu Tode kommen, wenn nicht Tausende. Das sind reiche Weidegründe. Sie werden dieser Verlockung nicht widerstehen.«

Und warum sollten sie auch?, dachte Andrej. Auch er spürte mit schon fast schmerzhafter Intensität, wovon sie sprach. Unter all diesen Menschen dort unten war nicht einer, der keine Angst hatte, der keine Schmerzen litt oder den Verlust eines geliebten Menschen oder all seiner Habe beklagte. Was er auf der umkämpften Straße spürte, das waren Zorn und Hass und Furcht und vor allem Leid. Und dieses Leid war süß, ein Ozean von Stärke, der nur darauf wartete, dass er die Hand ausstreckte und sich an ihm labte.

»Na dann kann uns ja gar nichts passieren«, spöttelte Abu Dun. »Deine Freunde werden genauso wenig über diese Brücke kommen wie wir. Oder können sie rein zufällig auch noch fliegen?«

Er lachte, und Meruhe blieb ihm die Antwort auf seine Frage gerade lange genug schuldig, um sein Grinsen entgleisen und eine Spur von Unsicherheit in seinem Blick erscheinen zu lassen. »Nein«, sagte sie dann. »Aber es kommt ihm nahe.«

Abu Dun riss die Augen auf und starrte sie an, und Meruhe ergötzte sich – nunmehr ganz unverhohlen – an seinem Anblick, bevor sie vom Fenster zurücktrat. »Nur einen Moment Geduld noch, bitte.«

Aus dem kurzen Moment wurde eine schiere Ewigkeit, in der sie schweigend beieinanderstanden und warteten, ohne dass Andrej auch nur gewusst hätte worauf. Sicher nichts Gutes. Schließlich aber kehrte eine von Meruhes Dienerinnen zurück, wechselte ein paar Worte mit ihrer Herrin und verschwand dann ebenso lautlos und schnell wieder, wie sie aufgetaucht war.

»Sie sind da«, sagte Meruhe ernst. »Gehen wir.«

»Wohin?«, fragte Abu Dun misstrauisch.

»Sie warten am anderen Ende der Brücke.« Meruhe klang ein wenig ungeduldig, antwortete aber immerhin. »Noch wissen sie nicht, dass wir hier sind. Aber ich würde mich nicht darauf verlassen, dass das für alle Zeiten so bleibt.«

Abu Dun setzte zu einer ärgerlichen Erwiderung an, doch Meruhe war bereits an ihm vorbei und aus dem Zimmer, und auch Andrej wandte sich um und machte Anstalten, ihr zu folgen. Abu Dun hielt ihn grob am Arm zurück.

»Auf ein Wort, Hexenmeister.«

Andrej blieb zwar gehorsam stehen, sah aber stirnrunzelnd und so lange auf Abu Duns Hand hinab, bis dieser den Arm zurückzog und ihn losließ. Erst dann blickte er dem Nubier ins Gesicht.

»Es wird allmählich Zeit, dass du dich entscheidest, Andrej«, sagte Abu Dun ernst.

»Entscheiden? Zwischen wem?«

»Ob du ihr traust oder nicht«, antwortete Abu Dun. »Ich traue ihr nicht.«

»Was unschwer zu übersehen ist«, sagte Andrej. »Was ist los mit dir, Pirat? Bist du eifersüchtig?«

»Vielleicht mache ich mir Sorgen um dich.«

»Das ist nett, aber nicht notwendig«, antwortete Andrej kühl.

»Ich kann schon auf mich selbst aufpassen. Schon seit einer ganzen Weile.«

»Aber anscheinend nicht gut genug.« Abu Dun machte eine Kopfbewegung auf das Fenster hinter sich. »Das da ist Selbstmord, sogar für uns. Und wofür?«

Andrej antwortete nicht sofort. Er hatte Abu Dun nichts von Frederic erzählt - nichts von dem *wirklichen* Frederic, dem Ungeheuer aus seiner Vergangenheit, das sich in der Maske eines Kindes wieder in sein Leben geschlichen hatte und ihn zerstören würde, wenn er es nicht hier und jetzt zu Ende brachte -, und er würde es auch jetzt nicht tun. Was dort drüben auf ihn wartete, das ging nur ihn etwas an, nicht Meruhe, nicht Loki und dieses andere Ungeheuer und nicht einmal Abu Dun.

»Das werden wir sehen«, meinte er nur. Abu Dun sagte noch etwas, das sich nicht besonders freundlich anhörte, aber Andrej achtete gar nicht mehr darauf, sondern beeilte sich, das Zimmer zu verlassen und Meruhe und ihrer Dienerin zu folgen.

Wie vermutlich alle Gebäude auf der Brücke war auch dieses von seinen Bewohnern verlassen, doch ihr Aufbruch musste entweder in panischer Eile vonstatten gegangen sein, oder hinterher war noch jemand hier gewesen und hatte sich wirklich große Mühe gegeben, das Haus gründlich zu verwüsten - vermutlich Plünderer. Sämtliche Türen standen offen, Schubladen waren herausgezogen und der Inhalt von Schränken und Truhen überall auf dem Boden verstreut. Zerbrochenes Geschirr knirschte unter seinen Stiefelsohlen, und eine Spur aus Pergamentfetzen und besudelten Kleidungsstücken zog sich die gesamte Treppe hinauf. Andrej verspürte flüchtig Zorn, obwohl ihm sein Verstand auch jetzt wieder sagte, dass dieses Haus in wenigen Stunden ohnehin ein Raub der Flammen werden würde. Aber es gab Dinge, die einfach ... nicht richtig waren.

Er hatte erwartet, dass Meruhe und ihre Dienerinnen das Haus verlassen würden, doch stattdessen gingen sie weiter nach oben, die Treppe ins zweite Geschoss hinauf und dann auf einen niedrigen Dachboden. Flackerndes blassrotes Licht drang durch ein metergroßes Loch, das jemand in die Strohbündel geschnitten hatte, mit denen das Dach gedeckt war. Darunter stand eine Leiter.

»Ich hoffe doch, du bist schwindelfrei«, sagte Meruhe und machte eine einladende Handbewegung.

Andrej schlug kommentarlos seinen Mantel zurück, stieg die Leiter hinauf und fand sich auf einem steilen Strohdach wieder, unter dem ein sechzig Fuß tiefer Abgrund gähnte. Reglose Körper trieben zwischen Trümmern und brennenden Bootswracks auf dem schmutzigen Wasser unter ihm. Neben ihm stand eine dunkle Gestalt in einem schwarzen Mantel so sicher auf dem abschüssigen Dach, dass Andrej einen schwachen Stich von Neid verspürte.

Dennoch machte er einen raschen Schritt zur Seite, um Meruhe und hinter ihr Abu Dun Platz zu machen. Meruhe bewegte sich ebenso selbstsicher und gelassen wie ihre Dienerin, während sich der große Nubier eher schwerfällig aufrichtete und auch keinen Hehl aus dem Unbehagen machte, mit dem ihn seine neue Umgebung erfüllte.

»Hast du das mit *fliegen* gemeint?«, fragte er missmutig. Meruhe deutete nur stumm zum anderen Ende der kantigen Dachlandschaft und gab ihrer Dienerin zugleich einen Wink. Die Nubierin schien mit der Nacht zu verschmelzen und einfach zu verschwinden, und Meruhe wandte sich in dieselbe Richtung und zog ihr Schwert – allerdings nicht, weil sie einen Feind entdeckt hatte, sondern um sich damit auf der aufsteigenden Seite des Daches abzustützen. Andrej brauchte keine besondere Aufforderung, um es ihr gleichzutun, während Abu Dun einige Schritte stolz erhobenen Hauptes hinter ihr hermarschierte, bis sein Fuß auf dem nassen Stroh den Halt verlor und er sich hastig auf die Knie fallen ließ, um nicht vollends zu stürzen. Danach hatte er es sehr eilig, ebenfalls sein Schwert zu ziehen und sich abzustützen.

Trotzdem – und obwohl die bizarre Dachlandschaft alles andere als leicht begehbar war und sie mehr als eine waghalsige Kletterpartie auf ein höher gelegenes Dach hinauf machten, um ein Gebäude mit weniger Stockwerken hinter sich zu bringen, und einmal sogar eine annähernd zehn Fuß breite Lücke überspringen mussten, wo eines der Gebäude einfach fehlte – kamen sie gut voran. Schon nach kurzer Zeit hatten sie die Hälfte der Strecke hinter sich gebracht und damit den Punkt in der Mitte der Brücke erreicht, wo die beiden entgegengesetzten Flüchtlingsströme aufeinanderstießen. Ganz wie er es erwartet hatte, brachen überall erbitterte Kämpfe aus, auch wenn die meisten sofort wieder endeten – sei es nur, weil die Beteiligten einfach nicht den notwendigen Platz hatten, um Fäuste oder Messer zu schwingen. Die Woge von Furcht und Hass, die ihm aus der Tiefe entgegenschlug, wurde zu einem Orkan, und es fiel ihm immer schwerer, der Verlockung zu widerstehen, die von diesem schier unerschöpflichen Reservoir an Kraft ausging. Wer sollte ihn noch aufhalten, wenn er sich ihrer bediente?

Und noch eine Frage stellte sich: Wie sollte er gegen einen Feind bestehen, der sich ihrer seit Jahrhunderten zu bedienen wusste?

Er zog es vor, diesen Gedanken nicht weiterzuverfolgen.

Kurz bevor sie das Ende der Brücke erreichten, blieb Meruhe stehen und hob die freie Hand, damit sie ebenfalls anhielten. Abu Dun und er gesellten sich zu ihr, obgleich ihm nicht wohl dabei war, das Strohdach mit dem Gewicht von drei Menschen zu belasten ... oder auch vier oder fünf, wenn er Abu Duns Körpermasse bedachte.

»Sie sind hier«, sagte Meruhe.

»Loki?«

»Und Marduk.« Sie nickte. »Sie sind ganz in der Nähe. In einem der Häuser dort drüben. Ich kann sie spüren.«

»So?« Abu Dun zog unwillig die Stirn kraus. »Dann nehme ich an, sie wissen auch, dass wir hier sind?«

»Nein«, antwortete Meruhe. »Ich schirme meine Gedanken ab. Sie wissen nicht, dass wir kommen. Anscheinend geht dein Plan auf, Pirat. Jedenfalls bisher.«

»Aber sie werden uns aufspüren, wenn wir näher kommen«, vermutete Andrej. Meruhe schwieg, aber das reichte als Antwort auch vollkommen aus.

»Wie viele sind bei ihnen?«, fragte Abu Dun.

»Vampyre?« Meruhe lauschte in sich hinein. »Fünf, vielleicht sechs. Es ist nicht leicht, sie in diesem Meer von Schmerzen und Furcht auszumachen.«

»Das heißt, es könnten auch mehr sein«, sagte Abu Dun. Auch diesmal zog es Meruhe vor, gar nicht zu reagieren.

»Welches Haus?«, fragte Andrej.

Wieder lauschte Meruhe konzentriert in sich hinein, dann drehte sie sich – immer noch schweigend – um und ging bis zum First des Daches hinauf, wobei sie das letzte Stück auf Händen und Knien zurücklegte und das allerletzte sogar auf dem Bauch kriechend, damit sich ihre Silhouette nicht gegen den rot glühenden Nachthimmel abhob und sie verriet. Abu Dun, Andrej und ihre Dienerin folgten ihr auf dieselbe Weise. Oben angekommen, war Andrej nun vollkommen sicher, dass das Zittern des zerbrechlichen Strohdachs unter ihm nicht nur ein Streich war, den ihm seine überreizten Nerven spielten.

»Dort.« Meruhes ausgestreckte Hand deutete auf das dreigeschossige Torgebäude, das den diesseitigen Abschluss der Brücke bildete. Hinter den vergitterten Fenstern des Querganges war das flackernde Licht von Fackeln zu erkennen, vielleicht auch Schatten. »Er ist dort oben. Und vier oder fünf der anderen auch.«

»Marduk?«, fragte Abu Dun.

Sie lauschte erneut, bevor sie den Kopf schüttelte. »Nein. Aber er ist ganz in der Nähe. Ich ...« Sie brach mitten im Wort ab, biss sich auf die Unterlippe und starrte ins Leere, dann wandte sie sich mit einer kurzen, befehlenden Geste an ihre Dienerin. Die kahlköpfige Schönheit nickte mit unbewegtem Gesicht, und Meruhe ließ sich ein kurzes Stück weit das Dach hinabgleiten und richtete sich dann auf die Knie auf. »Wartet, bis sie euch Bescheid gibt«, sagte sie. »Dann folgt ihr. Sie wird euch zu ihm führen.«

»Und du?«, fragte Abu Dun.

»Ich habe Marduk eine Nachricht geschickt, und ich glaube, er ist darauf hereingefallen. Ich werde ihn eine Weile ablenken, aber ihr solltet euch trotzdem beeilen. Er ist nicht unbedingt der Klügste, aber auch nicht so dumm, wie ich es mir im Moment wünschen würde.«

»Marduk und nicht der Klügste?«, fragte Abu Dun. »Wurde er nicht in irgendeiner Religion als Gott verehrt?«

»In der allerersten überhaupt«, bestätigte sie. »Und er war der Oberste aller Götter.«

»Sie haben einen Dummkopf angebetet?«

»Was gewisse Rückschlüsse auf die zulässt, die ihn angebetet haben, nicht wahr?«, fragte Meruhe amüsiert. Das Lächeln verschwand jedoch fast sofort wieder von ihren Zügen. Als sie aufstand, wirkte sie nicht nur wieder vollkommen ernst, sondern fast besorgt.

»Und du bist sicher, dass du allein gehen willst?«, fragte Andrej.

»Nein«, antwortete Meruhe, versuchte zu lächeln, um ihrer Antwort vielleicht etwas von ihrer Schärfe zu nehmen, und scheiterte kläglich.

»Dann nimm wenigstens sie mit.« Andrej deutete auf die Kriegerin, doch Meruhe machte nur eine ablehnende Geste. »Das würde es allerhöchstens schlimmer machen«, sagte sie, setzte dazu an, sich umzudrehen, machte dann aber kehrt, um noch einmal zu ihm zurückzukommen. Andrej war so überrascht, dass er ihre Berührung nicht einmal erwiderte, als sie sich zu ihm herunterbeugte und ihn zum Abschied küsste. Im nächsten Augenblick war sie verschwunden, als wäre sie einfach ein Teil der Dunkelheit geworden.

»Holla!«, sagte Abu Dun. »Ich glaube beinahe, ich muss mich bei dir entschuldigen. Sie scheint es ja wirklich ernst zu meinen.«

»Ja, und ich auch«, murmelte Andrej, immer noch ein bisschen perplex. »Mir ist nicht wohl dabei, dass sie allein geht.«

»Was soll ihr schon passieren?«, fragte Abu Dun leichthin. »Marduk kann ihr so wenig etwas tun wie sie ihm.«

»Ja«, sagte Andrej. »Wenn er allein ist.«

Abu Dun sah ihn beinahe verdutzt an, zuckte aber dann nur die Schultern und holte Luft zu einer Antwort, die Andrej vermutlich noch viel weniger gefallen würde als alles, was er bisher gesagt hatte. Aber er kam nicht dazu, denn die nubische Kriegerin berührte ihn plötzlich am Arm und deutete mit der anderen Hand hinter sich.

Im ersten Moment schien Andrej alles wie vorher, als sein Blick ihrer Geste folgte. Der Fluss lag wie eine schwarze Schlucht unter ihnen, in der Tausende von roten und gelben Funken glühten, einige so klein, dass sie mit bloßem Auge kaum noch zu erkennen waren, andere größer und einer davon ganz besonders groß, wie eine brennende Insel, die sich von ihrem angestammten Platz gelöst hatte.

Nur dass es keine Insel war und auch kein losgerissenes Trümmerstück, sondern ein Schiff mit drei Masten, deren Spitzen noch über die Dächer der höchsten Gebäude hier auf der Brücke hinausragten.

»Was beim *Scheijtan* ...?«, entfuhr es Abu Dun, der das Schiff im gleichen Moment entdeckt hatte wie er.

»Wie ist das möglich? Wie kommt dieses Schiff hierher?«

Andrej interessierte sehr weit mehr die Frage, wohin es sich bewegte. Es musste derselbe Dreimaster sein, den sie früher in dieser Nacht schon einmal gesehen hatten. Er hatte sich anscheinend vom Ufer losgerissen – vielleicht hatte seine Besatzung auch aus Panik und dem Mut der Verzweiflung beschlossen, die dem Untergang geweihte Stadt auf diesem Wege zu verlassen –, schien jedoch nicht gelenkt zu werden, denn sein Heck drehte sich schwerfällig in der Strömung. Seine scharfen Augen verrieten ihm selbst noch über die große Entfernung hinweg, dass der Platz hinter dem Ruder leer war. Die wenigen Menschen, die er überhaupt an Deck des führerlosen Schiffes gewahrte, kämpften einen ebenso verzweifelten wie aussichtslosen Kampf gegen die Flammen, die bereits das Heck des Schiffes erfasst hatten und sich unbarmherzig weiterfraßen.

Andrej verlängerte in Gedanken den schwankenden Kurs des Schiffes. Es war, wie er befürchtet hatte: Das Schiff würde mit der Brücke kollidieren, und das weniger als einen halben Steinwurf von ihrer Position entfernt. Zweifellos würde das gewaltige Bauwerk dem Anprall des Schiffes standhalten, doch die Flammen züngelten bereits an den Masten hoch, und es gehörte nicht viel Fantasie dazu, sich auszumalen, was geschah, wenn die brennenden Segel die zum größten Teil mit Stroh gedeckten Dächer berührten. Er hatte gedacht, dass dieser Brücke und den Menschen darauf noch Stunden blieben, aber wahrscheinlich waren es eher Minuten.

»Wie lange noch?«, wandte er sich an die Kriegerin.

Er hatte nicht damit gerechnet, eine Antwort zu bekommen, und bekam auch keine – hätte er die beiden Kriegerinnen nicht ein paarmal mit Meruhe reden hören, wäre er längst zu dem Schluss gekommen, dass sie stumm waren –, doch dann stand sie auf und wollte sich dem Torgebäude zuwenden. Andrej hielt sie hastig zurück.

»Abu Dun und ich gehen allein«, sagte er. »Du musst deine Herrin suchen. Weißt du, wo sie ist?« Die Kriegerin nickte. Ihr Gesicht blieb ausdruckslos. »Gut«, sagte Andrej. »Dann geh zu ihr und sag ihr, was hier passieren wird. Sie soll die Leute von der Brücke schaffen. Abu Dun und ich kommen allein zurecht.«

Die Kriegerin zögerte und sah noch einmal zu dem herantreibenden Schiff zurück. Dann nickte sie und verschwand mit lautlosen Schritten auf dem Dach.

»Los!«, befahl Andrej. Plötzlich selbst so sicher, als liefe er über festen Boden und nicht über ein schlüpfrig-steiles Strohdach, stürmte er los, überwand zwei weitere Dächer und fand sich jäh vor der weitere fünfzehn Fuß lotrecht in die Höhe strebenden Seitenwand des Torhauses wieder.

Natürlich war es das vermutlich einzige Gebäude in ganz London, dessen Wände gerade frisch verputzt worden waren. Die Mauer war so glatt, dass nicht einmal eine Fliege daran Halt gefunden hätte, und das einzige Fenster auf dieser Seite lag gerade weit genug über ihnen, dass er es selbst dann nicht mit ausgestreckten Armen erreichen konnte, wenn er sich auf Abu Duns Schultern stellte.

Noch während er überlegte, wie er dieses unerwartete Hindernis überwinden konnte, zog Abu Dun den Dolch, den Meruhe ihm gegeben hatte, und rammte die Waffe mit solcher Gewalt gegen die Wand, dass ein fingernagelgroßes Stück der Spitze abbrach. In der frisch verputzten Mauer blieb ein kaum sichtbarer Kratzer zurück, sodass er seine Attacke insgesamt noch dreimal wiederholen musste, bis er einen Spalt geschaffen hatte, der so aussah, als würde er einem Finger oder einer Stiefelspitze Halt bieten können.

Schier eine Ewigkeit verging, in der Abu Dun sich beharrlich mit Finger- und Zehenspitzen in seinen selbst geschaffenen Trittstufen die Wand hinaufarbeitete. Der ehemals prachtvolle Dolch war verbogen, großteils seiner Edelsteine beraubt und hoffnungslos ruiniert, als er schließlich hoch genug gekommen war, um die Hand nach dem Fenster auszustrecken, und auch Andrej begann hinter ihm an der Wand nach oben zu klettern.

Und beinahe hätten sie es sogar geschafft.

Abu Dun löste auch die andere Hand von ihrem improvisierten Halt und griff nach dem Fensterbrett, als ein gewaltiger Schlag die gesamte Brücke und mit ihr auch das Torhaus erbeben ließ. Abu Duns linke Hand und auch seine Füße verloren ihren Halt, sodass sein ganzes Körpergewicht nur noch an den Fingerspitzen einer Hand hing. Auch Andrej brauchte plötzlich all seine Kraft und Geschicklichkeit, um nicht abzurutschen und dreißig Fuß weit in die Tiefe zu stürzen. Ein Chor erschrockener Schreie wehte zu ihm herauf, und für die Dauer eines endlosen Herzschlages schien die ganze Welt in einem höllischen gelben Licht zu erstrahlen. Die Schreie wurden immer lauter.

Andrej klammerte sich mit aller Gewalt fest und wartete mit angehaltenem Atem, bis Abu Dun über ihm wieder festen Halt gefunden hatte. Erst als er sicher war, dass nicht im nächsten Moment der Mond vom Himmel fiel und ihn mit sich in die Tiefe riss, wagte er es, sein Gewicht vorsichtig zu verlagern und einen Blick über die Schulter zu riskieren.

Vielleicht hätte er es besser nicht getan.

Ihnen war noch weniger Zeit geblieben, als er ohnehin schon gefürchtet hatte. Das Schiff war gegen die Brücke geprallt. Doch damit nicht genug, denn das Schicksal kannte kein Erbarmen. Die steuerlose Brigg hatte sich in der Strömung gedreht und war nicht mit dem Bug, sondern der Flanke gegen die Brücke geprallt, und in der kurzen Zeit, seit sie das Schiff zum ersten Mal gesehen hatten, hatte das Feuer auf alle drei Masten übergegriffen. Die vorhin noch gerefften Segel hingen jetzt schlaff und lodernd von den Rahen, nachdem ihre Vertäuung durchgebrannt war. Wie drei riesige brennende Fackeln legten sie sich an die Brücke.

Seit der Kollision waren erst wenige Atemzüge vergangen, und trotzdem hatten bereits drei oder vier strohgedeckte Dächer Feuer gefangen, und noch während er hinsah, ging ein weiterer Dachstuhl mit einem dumpfen Knall und einer Explosion aus unzähligen Funken in Flammen auf.

Nur mit Mühe riss sich Andrej von der morbiden Faszination des Anblicks los, sah wieder nach oben und stellte fest, dass der abstruse Sinn für Humor, den die Schicksalsgötter heute an den Tag legten, noch längst nicht erschöpft war. Abu Dun hatte wieder festen Halt gefunden und setzte gerade zum zweiten Mal dazu an, nach dem Fenstersims zu greifen, als Kopf und Schultern eines dunkelhaarigen Mannes über ihm erschienen. Abu Dun ließ ihm weder die Zeit, seine Überraschung zu überwinden, noch gar einen verräterischen Schrei auszustoßen, sondern führte seine angefangene Bewegung zu Ende, indem er nach dem Hemd des Burschen griff und ihn mit einem einzigen Ruck nach draußen zerrte. Vielleicht blieb ihm noch Zeit für einen entsetzten Schrei, aber wenn, dann ging er in dem panischen Chor unter, der von der Straße heraufwehte.

Abu Dun zog sich mit einer kraftvollen Bewegung durch den Fensterrahmen, tauchte nur einen Sekundenbruchteil später wieder auf und griff nun nach Andrejs Arm, um ihn ebenso mühelos und schnell zu sich heraufzuziehen, wie er den anderen gerade aus dem Fenster gerissen hatte. Und auch nicht unbedingt sanfter. Andrej hatte gewusst, was kam, und instinktiv alle Muskeln angespannt. Trotzdem hatte er das Gefühl, dass ihm der Arm aus der Schulter gerissen oder doch zumindest ausgekugelt wurde. Zudem zerrte ihn Abu Dun mit solchem Ungestüm zu sich herein, dass er noch drei oder vier Schritte weiterstolperte und nur wie durch ein Wunder nicht stürzte.

Vielleicht lag es auch an der geschlossenen Tür, gegen die er mit großer Wucht prallte. Für einen Moment sah er nur bunte Lichtblitze, und ihm wurden die Knie weich.

»Das hast du mit Absicht getan«, sagte er vorwurfsvoll, nachdem er sich zu Abu Dun umgedreht und sich das Blut aus dem Gesicht gewischt hatte.

»Und großem Vergnügen«, bestätigte der Nubier zufrieden. »Einem frischgebackenen Unsterblichen dürfte das doch wohl nichts ausmachen, oder?«

Andrej schluckte eine Antwort herunter, die ihm dazu auf der Zunge gelegen hatte. Sie würden über dieses Thema reden – und über einige andere auch –, aber jetzt war nicht der richtige Zeitpunkt. Er fuhr sich nur noch einmal mit dem Handrücken durchs Gesicht und zog Gunjir aus dem Gürtel, während er sich rasch und aufmerksam umsah.

Sehr viel gab es allerdings nicht zu entdecken. Die Kammer war winzig, starrte vor Schmutz und war leer bis auf einen dreibeinigen Schemel, auf dem der unglückselige Brückenwächter vielleicht von Zeit zu Zeit ausgeruht hatte. Ein sonderbarer Geruch hing in der Luft, schwer zu definieren, aber unangenehm, und der Boden unter ihnen schien sacht zu zittern – vielleicht das Echo Tausender panisch trampelnder Füße, unter dem die gesamte Brücke vibrierte.

Abu Dun begutachtete Grimassen schneidend das jämmerliche Etwas, das von dem gerade noch prachtvollen Krummdolch übrig geblieben war, ließ ein bedauerndes Seufzen hören und steckte es dann ein, bevor er seinen Säbel zog und auf die Tür deutete, die Andrejs Stolpern gerade ein so unsanftes Ende gesetzt hatte. Geräusche drangen durch das dicke Holz, verzerrt und dumpf und zum Großteil wohl nur ein Echo des Infernos draußen auf der Straße, das auf diesem Umweg zu ihnen hereindrang. Der Gedanke erinnerte Andrej wieder daran, dass Loki und seine Vampyre nicht die einzige Gefahr waren, die sie bedrohte. Und vor allem, wie wenig Zeit ihnen noch blieb.

Er bedeutete Abu Dun mit einer (vollkommen überflüssigen) Geste, leise zu sein, und zog die Tür einen haarfeinen Spalt auf. Die Geräusche wurden lauter, aber nicht deutlicher, und auch seine anderen Sinne erwiesen sich plötzlich mehr als Fluch denn als Segen. Er war weder im Stande, Loki oder Marduk auszumachen, noch die anderen Vampyre, vor denen Meruhe sie gewarnt hatte. Jener nur für ihn wahrnehmbare Teil der Welt war zur Gänze erfüllt mit den Schreien sinnlos vergehender Leben und dem Orkan aus Furcht und Schmerz, der über die ganze Stadt hinwegtobte und ihn tief in seiner Seele an einem ganz bestimmten Punkt traf. Es wäre leicht, danach zu greifen, sich all dieses Schmerzes und zielloser Wut zu bedienen und Kraft daraus zu gewinnen, so wie Meruhe es ihm gezeigt hatte. Er hätte selbst ohne ihre Hilfe gewusst, was zu tun war, und er ahnte auch, wie bitter nötig er jedes bisschen Kraft brauchen würde, vielleicht schon in den nächsten Minuten.

Dennoch zögerte er. Die Lebenskraft anderer zu nehmen und sich ihrer zu bedienen, um seine eigene Stärke zu mehren und einen Schritt zur Seite zu tun, während die Zeit vorüberraste und jeden anderen auf ihrem Weg erbarmungsloser Gleichgültigkeit zermalmte, war Abu Dun und ihm vertraut, solange sie lebten. Es war Teil ihres Geheimnisses – wenn auch nicht einmal der wichtigste –, und er hatte nie wirkliche Skrupel dabei empfunden, nahmen sie doch nur die, die es verdient hatten, indem sie sich auf die Seite des Bösen stellten und Blut und Terror auf ihre Fahnen schrieben. Aber das hier war ... anders. Er hätte auch diese Kraft nehmen und seiner eigenen hinzufügen können, aber dieses Mal wäre es von Übel gewesen, und er schrak davor zurück – wie vor einer verdorbenen Speise, die vielleicht noch gut aussah und verlockend duftete, von der er aber instinktiv spürte, dass sie ihn letzten Endes vergiften würde.

Andrej blinzelte, und die sonderbaren Gedanken waren fort. Ein nervöses Lächeln huschte über seine Lippen und erlosch wieder, als er Abu Duns fragendem Blick begegnete. »Was?«, fragte der Nubier.

»Nichts«, antwortete Andrej. »Ich war nur ...« Er ließ den Satz unvollendet, obwohl ihm klar war, dass er ihm damit nicht nur unnötiges Gewicht verlieh, sondern seiner Behauptung auch die Glaubwürdigkeit nahm, und hob nur die Schultern.

Natürlich starrte ihn Abu Dun nur noch misstrauischer an. »Und du bist sicher, dass auch wirklich alles in Ordnung ist?«, fragte er.

Gar nichts war in Ordnung. Als ihm klar wurde, was er gerade gedacht hatte, erschrak Andrej im Nachhinein heftig. Dabei war es nicht der Inhalt seiner Gedanken gewesen oder ihre Bedeutung, sondern die Art und Weise, in der er sie gedacht hatte. Die Worte. Es war nicht seine Art zu denken. Meruhe hatte eindeutig mehr getan, als ihm nur ein paar Dinge zu erklären und ihm etwas von ihrer Kraft zu geben. Und er wusste nicht, ob es ihm gefiel.

»Geh voraus«, flüsterte er.

»Nicht, dass ich das nicht gewohnt wäre«, maulte der nubische Riese, setzte sich aber trotzdem gehorsam in Bewegung und ergriff seinen Säbel fester, während er mit der anderen Hand seinen Turban festhielt, damit er ihm nicht vom Kopf rutschte, als er sich durch die niedrige Tür bückte.

Der Gang dahinter war fensterlos und leer und nicht nur vom Qualm der brennenden Stadt verräuchert, der von draußen hereindrang. Ein Dutzend heftig rußender Fackeln sorgte für rot flackerndes Höllenlicht und schwärzte nicht nur die Wände, sondern auch die Decke darüber.

»Ein reines Wunder, dass diese famose Stadt nicht schon vor einem Jahrhundert von selbst abgebrannt ist«, murrte Abu Dun. »Haben diese Leute denn gar keinen Respekt vor Feuer?«

»Vielleicht hatten sie ja einfach nur Glück«, antwortete Andrej. »Oder die Götter waren auf ihrer Seite.«

»Es fragt sich nur welche«, erwiderte Abu Dun, erklärte aber ihre unpassende Plauderei für beendet, indem er nach links deutete. »Sie sind dort.«

Andrej spürte immer noch nichts und wollte Abu Dun gerade loben, drehte sich dann aber nach rechts und sah, dass der Gang nach kaum einem Schritt vor einer schmutzigen Wand endete. So viel zu Abu Duns scharfen Sinnen. Links war die einzige Richtung, in der es weiterging. »Wirklich scharfsinnig«, lobte er.

»So wie immer«, feixte Abu Dun. »Was würdest du nur ohne mich machen? Manchmal frage ich mich, wie du überhaupt alt genug werden konntest, um mich kennenzulernen.«

»Auf jeden Fall bin ich ruhiger geworden«, gab Andrej zurück und ging los, bevor Abu Dun Gelegenheit zu einer weiteren wenig komischen Bemerkung hatte. Er wusste, das war nur seine Art, mit der Anspannung fertig zu werden, mit der ihn der Gedanke erfüllen mochte, dass sie in den sicheren Tod gingen, aber zum ersten Mal fehlte ihm das Verständnis dafür. Rasch ging er bis zum Ende des Ganges, presste das Ohr gegen die Tür und lauschte. Auch der Raum hinter dieser Tür schien leer zu sein, auch wenn er nicht ganz sicher war.

Es gab nur einen Weg, es herauszufinden.

Andrej wechselte das Schwert von der linken in die rechte Hand, schob den Riegel zurück und fand sich in einem steilen Treppenschacht wieder. Diesmal brauchte er Abu Duns Hilfe nicht, um ihm zu verraten, dass ihre Feinde auf sie warteten. Er konnte sie dort unten hören.

Und da war noch mehr. Etwas ... kratzte am Rande seines Bewusstseins, ganz sacht nur, aber störend, wie ein leiser Schmerz, der noch zu schwach war, um wirklich zu spüren, wo er war, aber auch schon zu stark, um ihn zu ignorieren. Vielleicht Loki. Vielleicht auch nur seine eigene Nervosität.

Die Treppe bestand aus uraltem, morschem Holz und knarrte schon fast, wenn man sie nur ansah, aber er schlich sich trotzdem auf Zehenspitzen hinunter, auch Abu Dun bemühte sich zumindest, leise zu sein. Das Kratzen am Rande seines Bewusstseins nahm zu.

Die Treppe mündete in einem Absatz, von dem eine weitere geschlossene Tür abging und noch mehr Stufen, die in der Schwärze unter ihnen verschwanden. Dahinter musste der Übergang zur anderen Hälfte des Torturms liegen. Andrej dachte an die Schatten, die er davor gesehen hatte, während er die Hand nach dem Riegel ausstreckte.

Abu Dun hielt ihn mit einer raschen Bewegung zurück. »Lass mich vorausgehen.«

»Wieso?« Andrej schüttelte seine Hand ab.

»Weil es in diesem Fall vielleicht ausnahmsweise klüger ist, wenn der Schwächere vorausgeht«, antwortete Abu Dun. »Wenn sie dort auf uns warten, dann ist es möglicherweise von Vorteil, wenn sie lange genug abgelenkt sind, damit du dir irgendetwas Kluges einfallen lassen kannst.«

Das war nichts als eine Ausrede und nicht einmal eine besonders originelle, aber Abu Dun stieß ihn einfach zur Seite, schob den Riegel zurück und trat mit einem einzigen Schritt durch die Tür.

Es blieb bei diesem einen Schritt.

Abu Dun blieb so abrupt stehen, dass Andrej gegen ihn und mit einem gemurmelten Fluch auf den Lippen zurückprallte. Er spürte das lähmende Entsetzen, das den Nubier ergriffen hatte. Hastig stieß er Abu Dun zur Seite, drängte sich an ihm vorbei und hob Gunjir, auf das Schlimmste vorbereitet.

Jedenfalls glaubte er, es zu sein.

Er war es nicht.

Hinter der Tür warteten keine Vampyre auf sie und auch keine andere Falle, die Loki ihnen gestellt hatte. Aber es war dennoch der entsetzlichste Anblick, den Andrej jemals gesehen hatte. Vielleicht nicht Abu Dun. Aber er.

Es war Frederic. Er kniete über einer Gestalt, die reglos und mit ausgebreiteten Armen am Boden lag, und drehte ihnen den Rücken zu, sodass er ihr Eindringen noch gar nicht bemerkt zu haben schien. Vielleicht war es ihm auch egal, denn wie von Sinnen schlug er mit beiden Fäusten abwechselnd auf Gesicht und Brust des Mannes ein, der in einer Blutlache unter ihm lag. Er war tot, wie Andrej spürte. Frederic musste es ebenso deutlich fühlen wie er, aber das hielt ihn nicht davon ab, immer und immer wieder zuzuschlagen.

»Verdammter Kerl!«, schrie er. »Was fällt dir ein! Steh auf, habe ich gesagt! Du! Sollst! Aufstehen!« Jedes seiner Worte wurde von einem weiteren Faustschlag auf Gesicht oder Brust des Toten begleitet, und seine Stimme war so schrill und hysterisch, dass sie beinahe zu kippen drohte.

Andrej drückte Abu Duns Schwertarm herunter, trat an ihm vorbei und sagte: »Er ist tot, Frederic. Was immer du von ihm willst, er wird es nicht tun.«

Frederic fuhr mit einem Zischen, das an eine wütende Katze erinnerte, herum, und Andrej fuhr erschrocken zusammen. Frederics Gesicht war besudelt und zu einer Grimasse des Hasses verzerrt, die kaum noch etwas Menschliches hatte. Aus seinen Augen war jedes Gefühl verschwunden, das nicht Hass oder hilfloser Zorn und Frustration war, und seine Hände waren blutig, die Fingernägel gesplittert und abgebrochen von der Wucht, mit der er immer wieder rasend auf sein lebloses Opfer eingeschlagen hatte. Entsetzt stellte Andrej fest, dass er ihn im allerersten Moment nicht einmal erkannt hatte. Frederics Gesicht war voller Blut, das so wenig sein eigenes war wie das auf seinen Fäusten. Blut klebte auch an seinen Lippen und an seinen Zähnen, und noch mehr Blut lief in einem dünner werdenden Strom aus der aufgerissenen Halsschlagader des Toten und sammelte sich zu einer dampfenden Lache unter Kopf und Schultern. Der logisch denkende Teil von Andrej wusste sehr genau, was er da sah und was es bedeutete, aber da war auch noch ein anderer Teil, den dieses Wissen bis auf den tiefsten Grund seiner Seele erschütterte und der sich einfach weigerte, es zu begreifen. Aber zugleich gab es an dem Anblick auch rein gar nichts zu deuten: Zum allerersten Mal sahen Abu Dun und er mit eigenen Augen das, wovon sich die Menschen in kalten Winternächten am Feuer erzählten, wovor sie sich in ihren dunkelsten Träumen fürchteten und wofür so viele sie hielten, ohne dass er jemals geglaubt hätte, es könnte wahr sein: einen Vampyr, der sich über sein Opfer beugte und dessen Blut trank.

»Aber ich will, dass er aufsteht!«, kreischte Frederic. »Er muss! Er soll aufstehen und kämpfen. Ich befehle es ihm! Ich will das!«

»Er ist tot, Frederic«, sagte Andrej noch einmal, über nichts mehr erstaunt als über den noch immer fast sanften Ton in seiner Stimme. »Er kann dir nicht mehr gehorchen.«

Abu Dun hob sein Schwert und wollte auf ihn zutreten, doch Andrej griff zum zweiten Mal nach seinem Handgelenk und drückte dieses Mal so fest zu, dass es wehtun musste. »Nicht. Das ist meine Sache.«

»Aber ich will es!«, kreischte Frederic, schlug noch zwei- oder dreimal mit seinen kindlichen Fäusten auf den Toten ein und stemmte sich dann in eine geduckte Haltung hoch, weit nach vorn gebeugt und mit pendelnden Armen und leicht gespreizten Beinen. Blutgefärbter Speichel lief aus seinen Mundwinkeln und tropfte Fäden ziehend zu Boden, und der Ausdruck in seinen Augen war nunmehr vollends zu reinem Wahnsinn geworden, einem Wahnsinn, der drei Jahrhunderte Zeit gehabt hatte, in ihm zu wühlen und zu wachsen und zu etwas vollkommen anderem und Zerstörerischem zu werden.

»Ich will es!«, sagte er noch einmal, auch wenn es jetzt eher ein Wimmern war, das ein bisschen etwas von einem verstockten Kind hatte. »Er gehört mir! Er muss tun, was ich sage!«

Aus Andrejs Entsetzen wurde ... etwas Neues, das er noch nicht genau definieren konnte, das ihn aber erschreckte. Seine Hand schloss sich fester um Gunjir, und jetzt hörte er auch wieder das Flüstern des Götterschwertes tief in seiner Seele.

»Was beim *Scheijtan* tut er da?«, flüsterte Abu Dun. Seine Stimme war flach und von purem Grauen erfüllt. »Dann ... dann ist es wahr? Dann trinken wir Blut?«

»Nein«, antwortete Andrej. »Nicht wir. Nur er.« Und damit sprang er auf Frederic zu und schwang Gunjir in einem gewaltigen, beidhändig geführten Hieb, in den er all seine gewaltige Körperkraft legte.

Frederic wich mit einem wütenden Fauchen zurück, und Andrejs Fuß glitt in der noch dampfenden Blutlache aus, sodass er das Gleichgewicht verlor und sein Schwerthieb den Jungen um Haaresbreite verfehlte. Frederic tänzelte zusätzlich leichtfüßig zur Seite, und plötzlich war das abgebrochene Messer wieder in seiner Hand. Andrej fiel ungeschickt auf ein Knie herab und sprang sofort wieder in die Höhe, und Frederic stieß mit aller Kraft zu, schräg von oben und den Schwung seiner eigenen Bewegung nutzend, um die Messerklinge bis zum Heft in seine Brust zu rammen.

Er wartete darauf, den Schmerz in seiner Brust explodieren zu fühlen, aber alles, was er spürte, war die Kälte des schartigen Stahls, der durch sein Fleisch schnitt und sein Herz um weniger als einen Fingerbreit verfehlte. Seine Knie wurden weich. Gunjir entglitt seinen plötzlich kraftlosen Fingern und klirrte zu Boden, und er kippte zur Seite. Alles, wozu seine Kraft noch reichte, war, den anderen

Arm auszustrecken und Abu Dun festzuhalten. Doch es gelang ihm nicht. Abu Dun riss sich zornig los, doch die kurze Verzögerung reichte Frederic, um endgültig herumzufahren und durch dieselbe Tür zu verschwinden, durch die sie gerade hereingekommen waren. Abu Dun machte einen wütenden Schritt hinter ihm her, blieb dann wieder stehen und drehte sich kaum weniger aufgebracht zu Andrej herum, um sich neben ihm auf die Knie sinken zu lassen. Vorsichtig (aber alles andere als sanft) zog er das Messer aus dessen Brust, warf es zur Seite und versetzte Andrej dann einen leichten Schlag ins Gesicht. Vielleicht nicht ganz so leicht, wie angemessen gewesen wäre.

»Ist alles in Ordnung?«, fragte er.

Andrej rang sich mit zusammengebissenen Zähnen ein Nicken ab, und Abu Dun zog die linke Augenbraue hoch, riss sein Hemd auf und begutachtete die täuschend kleine Stichwunde dicht unter seinem Herzen. Sie blutete kaum noch. Andrej sah zwar nicht hin, aber er spürte, wie sie sich mit selbst für ihn schon fast unheimlicher Schnelligkeit zu schließen begann.

»Das war verdammt knapp«, sagte Abu Dun. »Du hast mehr Glück als Verstand gehabt, Hexenmeister ... obwohl ich allmählich zu dem Schluss komme, dass dazu nicht allzu viel gehört.«

»Das hat er mit Absicht getan«, sagte Andrej.

»Frederic?« Abu Dun schüttelte heftig den Kopf. »Andrej, ich bitte dich! Wie kannst du dem armen Jungen nur so etwas Niederträchtiges unterstellen? Ich bin ganz sicher, dass das nur ein schrecklicher Unfall war. Er würde dir doch niemals etwas antun!«

»Er wollte mich nicht töten«, beharrte Andrej, während er sich mühsam auf die Ellbogen hochstemmte. »Er hat mein Herz absichtlich verfehlt.«

Abu Dun schwieg. Das Grinsen war von seinem Gesicht verschwunden.

Andrej stemmte sich weiter hoch, streckte den Arm aus, um nach Gunjir zu greifen, und scheute aus irgendeinem Grund davor zurück, die Götterklinge zu berühren. Stattdessen drehte er sich zu dem Toten um. Der Anblick ließ erneut einen kalten Schauer über seinen Rücken laufen.

»Warum hat er das getan?«, fragte Abu Dun leise.

»Um ihn zum Vampyr zu machen«, antwortete Andrej – was im Grunde ebenso überflüssig war wie Abu Duns Frage. Keiner von ihnen hatte jemals Blut getrunken, um die Kraft eines anderen zu nehmen, denn sie wussten beide, dass keiner von ihnen jemals zum Vampyr geworden war, weil ein Vampyr sein Blut getrunken hatte.

»Ich glaube, er hat sie alle erschaffen«, fuhr er fort. »Nicht Loki oder Marduk.«

»Dieser Junge? Ben? Frederic?« Abu Dun verbesserte sich, schüttelte aber trotzdem den Kopf. »Aber wie könnte er das? Wir haben nie herausgefunden, was uns zu dem gemacht hat, was wir sind, aber es war ganz bestimmt nicht der Biss einer Fledermaus!«

»Aber ihr Blut«, murmelte Andrej so leise, dass Abu Dun die Worte vielleicht nicht verstand. Er griff nun doch nach Gunjir und stand erst dann auf. Abu Dun sah ihn fragend und ein wenig verwirrt an. Natürlich wusste er nicht, was Meruhe vorhin getan hatte, und Andrej fragte sich, ob er das Blut auf Meruhes Lippen gesehen hatte. Vielleicht war es auch besser so.

»Komm«, sagte er, während er Gunjir so wuchtig in die lederne Scheide rammte, dass ihre Nähte protestierend knirschten. »Bringen wir es zu Ende.«

Kapitel 20

Es war beinahe zu leicht, Frederics Spur zu folgen. Es war, als könnte er ihn sehen, gleich einem Flirren in der Luft, das nicht wirklich auszumachen war, es aber unmöglich machte, die Dinge hinter ihm in gewohnter Schärfe zu sehen. Als hätte Frederics bloße Anwesenheit eine Schmutzspur in der Wirklichkeit hinterlassen und sie besudelt. Er fragte sich, ob dies vielleicht nur ein neuer Trick von Frederic war, um ihn zu narren und in eine Falle zu locken, verwarf diesen Gedanken aber auch gleich wieder. Wahrscheinlicher war wohl, dass seine Sinne noch einmal schärfer geworden waren und er tatsächlich so etwas wie Frederics Witterung aufgenommen hatte, wenn auch auf eine Weise, die nichts mit seinem Geruchssinn zu tun hatte.

So oder so, die Spur führte die Treppe weiter hinab, die Abu Dun und er vorhin schon einmal genommen hatten. Auf halber Strecke nach unten gab es ein schmales Fenster, an dem Andrej innehielt, um sich einen Überblick über das Geschehen draußen auf der Brücke zu verschaffen.

Sein subjektives Zeitgefühl sagte ihm, dass er eine schiere Ewigkeit in der Schreckenskammer eine Etage höher gewesen sein musste, sein Verstand hingegen machte ihm klar, dass es sich nur um wenige Augenblicke gehandelt haben konnte. Dennoch hatte sich der Anblick verändert, als wären Stunden vergangen. Abu Dun drängte ihn mit einer ungeduldigen Bewegung, weiterzugehen, aber Andrej betrachtete noch einen weiteren Herzschlag lang das schreckliche Szenario.

Zumindest der Teil der Brücke, den er überblicken konnte, stand in hellen Flammen. Nicht ein einziges Haus war dem Feuer entgangen, und es griff immer noch weiter um sich. Durch das schmale Fenster konnte er nur wenige Menschen sehen, doch das verzweifelte Schreien und Rufen und der pure Schmerz, der ihm entgegenschlug, sagte ihm mehr als genug.

Aber es waren schließlich nur Sterbliche. Für jeden einzelnen von ihnen mochte sein eigenes Leben von allergrößter Bedeutung sein, doch Andrej wusste, wie bedeutungslos es eigentlich war. Ihre Leben waren so kurz und sie selber so schrecklich verwundbar. Viel zu kurz war es, um in einer so lächerlichen Spanne irgendetwas zu bewirken, das Einfluss auf den Lauf der Welt haben konnte. Und wie auch? Selbst wenn diese ganze Stadt mit all ihren Einwohnern verbrannte, die Welt würde sich weiterdrehen und die Zeit nicht stehen bleiben. Schon in wenigen Tagen war diese Katastrophe nur noch Gesprächsstoff für den Rest des Landes und nach spätestens einer Generation nicht mehr als eine Notiz in den Geschichtsbüchern, falls sie nicht irgendwann ganz in Vergessenheit geriet. Nichts von alledem, was dort draußen geschah, ging ihn an.

Frederic dafür umso mehr. Abu Dun wedelte wieder unwillig mit den Armen, und diesmal stürmte Andrej weiter. Frederics Vorsprung war noch nicht so groß, dass sie ihn nicht mehr einholen konnten, aber die Zeit, die ihnen blieb, war trotzdem denkbar knapp.

Dicht hintereinander folgten sie der Treppe, hielten auf dem letzten Absatz noch einmal inne und schlichen das letzte Dutzend Treppenstufen bis zum Erdgeschoss auf Zehenspitzen.

Der große Raum, in den sie gelangten, war hell erleuchtet. Zuckendes rotes und gelbes Licht erschuf eine Illusion von Leben und

Bewegung, die es fast unmöglich machte, sich zu orientieren, und der Geruch nach brennendem Holz und Stroh nahm ihnen schier den Atem. Die Tür auf der anderen Seite führte nach draußen und stand weit offen. In ihrem Rahmen stand eine kindsgroße schwarze Silhouette und starrte ihn aus unsichtbaren Augen an. Der flackernde Feuerschein dahinter ließ ihren Schatten hin und her tanzen, zucken und sich winden und größer und kleiner werden, sodass er ihn manchmal anzuspringen, ihn dann wieder zu beschleichen und dann wieder erschrocken von ihm zurückzuprallen schien.

»Frederic?«, fragte Andrej. »Was willst du von mir?«

Andrej machte einen zögernden Schritt auf die Gestalt zu, und sie fuhr auf der Stelle herum, verschwand mit schnellen Schritten und blieb wieder stehen, als warte sie darauf, dass Andrej ihr folgte.

Er tat ihr den Gefallen, trat jedoch nur einen einzigen Schritt aus dem Gebäude heraus und blieb dann wieder stehen, um sich entsetzt umzusehen.

In der kurzen Zeit, die sie hier herunter gebraucht hatten, war ihnen das Feuer auf den Fersen gefolgt. Vor seinen Augen erhob sich eine massive Wand aus Glut, die mit dem rot wabernden Himmel über der Brücke zu verschmelzen schien. Das Feuer hatte noch weit schneller um sich gegriffen, als er ohnehin gefürchtet hatte. Dafür sorgte noch immer der steuerlose Segler, den die Strömung lichterloh brennend quer gegen die Brücke presste. Die Häuser dort drüben brannten wie drei Stockwerke hohe, ölgetränkte Scheiterhaufen. Selbst auf diese Entfernung spürte er die Hitze auf dem Gesicht. Menschen und Gebäude vor der Flammenwand lösten sich in dem gleißenden Licht auf, und er roch verkohltes Holz, heißen Stein und schmorendes Fleisch. Keine zehn Schritte vor ihm stand Frederic und starrte ihn an.

»Du weißt, dass das eine Falle ist«, sagte Abu Dun.

Ohne auch nur mit einem Laut zu antworten, stürmte Andrej los, und Frederic fuhr herum und setzte mit großen Sprüngen direkt auf die Flammenwand zu.

Andrej stieß einen unterdrückten Fluch hervor und versuchte, sein Tempo zu erhöhen, aber es gelang ihm nicht, den flüchtenden Jungen einzuholen. Jedes Mal, wenn er glaubte, ihn packen zu können, schlug dieser einen unerwarteten Haken, duckte sich oder schlüpfte im letzten Moment zwischen seinen Fingern hindurch. Auch Abu Dun erging es nicht besser. Am Anfang schien es, als hielte Frederic direkt auf die lodernde Feuerwand zu, die die Brücke verschlang, dann aber wurde ihnen klar, dass er sie zur anderen Seite hinzulocken versuchte. Auch dort brannte es bereits, wenn auch erst an wenigen Stellen, wo Funkenflug oder auch die reine Hitze kleinere Brände ausgelöst hatten. Aber das würde nur noch wenige Augenblicke so bleiben. Die Brücke war unrettbar verloren.

Trotzdem jagte er hinter dem fliehenden Jungen her, der die gegenüberliegende Seite mittlerweile beinahe erreicht hatte und ein zweigeschossiges Gebäude ansteuerte, aus dessen Dach bereits die ersten Flammen schlugen. Als sie die Tür erreichten, hätte er ihn fast eingeholt, doch er entwischte ihm abermals, indem er in vollem Lauf gegen ein Mauerstück rannte und den Schwung seines eigenen Anpralls nutzte, um im rechten Winkel auf einen neuen Kurs einzuschwenken – ein Manöver, das jeder andere mit etlichen Knochenbrüchen oder schwereren Verletzungen bezahlt hätte. Frederic schlug jedoch nur einen weiteren Haken, rannte zwischen einem mannshohen Stapel aus Gerümpel und einem umgestürzten Wagen hindurch, in dessen Deichsel ein totes Pferd hing, und verschwand in einem halbrunden schwarzen Schlund, der sich plötzlich neben ihm auftat. Andrej folgte ihm mit einem gewaltigen Satz, hob instinktiv seine Waffe und beglückwünschte sich dann selbst zu seiner Umsicht. Der halbrunde Schatten gehörte zu einer gemauerten Toreinfahrt, die auch ohne Mithilfe des Feuers kurz vor dem Zusammenbrechen stand, und dahinter erstreckte sich ein kaum weniger baufälliger, zum Wasser hin offener Hinterhof, der mit ausrangiertem Mobiliar, zerbrochenen Dachschindeln und Ziegelsteinen, Kisten und Säcken voller Unrat vollgestopft war. Und in dem sich fünf mit Schwertern bewaffnete Vampyre befanden.

Andrej duckte sich unter einem ungeschickten Schwerthieb weg, parierte einen geraden Stoß mit seiner eigenen Klinge und wich sogar noch einem dritten Hieb aus, dann wurde er an der Hüfte getroffen und kippte mit einem keuchenden Schmerzenslaut zur Seite, als sein rechtes Bein plötzlich kraftlos wurde und unter ihm nachgab. Ein Fußtritt trieb ihm die Luft aus den Lungen. Eine zweite Klinge grub sich weiß glühend und grausam in seine Schulter. Etwas Unsichtbares, Moderndes griff nach seinem Geist, krallte sich hinein ... und wurde verzehrt.

Es ging so schnell, dass Andrej selbst nicht wirklich begriff, was geschah, geschweige denn, was er getan hatte. Für einen Moment war die Lebenskraft des Vampyrs noch in ihm, ein warmes, sanft brennendes Feuer, das wie in einem letzten lautlosen Aufschrei noch einmal hell aufloderte und dann verging.

Jedenfalls erwartete er das, denn so war es fast immer gewesen, wenn er einen anderen seiner Art ausgelöscht hatte.

Diesmal war es anders.

Etwas ... griff aus ihm heraus, nahm die Lebenskraft des Vampyrs und fügte sie seiner eigenen hinzu. Kraft, ein Wirbelsturm neuer, schier unwiderstehlicher Kraft erfüllte ihn, spülte die Schwäche davon und erfüllte ihn mit einer Mischung aus Zorn, Stärke und Raserei, die ihn seine verletzte Hüfte einfach vergessen und aufspringen ließ.

Eine Schwertspitze bohrte sich in seinen Rücken – schmerzhaft genug, um ihn erneut auf die Knie sinken zu lassen, aber nicht tief genug, um ihn wirklich zu verletzen oder gar zu töten, dann traf ihn ein harter Schlag gegen die Schläfe und schleuderte ihn vollends zu Boden. Schmerz erblühte wie eine Blume aus purem Feuer in ihm, und erneut griff eine unsichtbare Hand nach seiner Lebenskraft, zog sich aber auch erschrocken wieder zurück, als etwas in ihm (nicht er!) seinerseits nach ihr greifen und ihr das Leben entreißen wollte.

Die Reaktion kam zu spät. Andrej registrierte mit sonderbar distanziertem Entsetzen, wie das Ungeheuer in ihm erwachte, sich mit dem Fremden und Unbekannten verbündete, mit dem Meruhe ihn geschwängert hatte und zu etwas Neuem und unvorstellbar Starkem wurde, das seine Ketten ohne die geringste Mühe zerriss und zuerst die Gewalt über seinen Körper, dann über seine Gedanken übernahm.

Ein zweiter Vampyr sank lautlos in sich zusammen, nunmehr eine leere Hülle, die zu verfallen begann, noch bevor sie den Boden berührte, und Andrej richtete sich mit einem einzigen, zornigen Ruck auf, schüttelte die drei verbliebenen Vampyre ab und spürte nicht einmal, dass er noch einmal getroffen wurde und nun aus einer dritten Wunde blutete. Alles ... war *anders*.

Es war nicht das erste Mal, dass er das Ungeheuer freiließ – das letzte Mal war gerade einmal wenige Stunden her –, und doch war das Gefühl vollkommen anders, neu und erschreckend. Die blinde Raserei, auf die er wartete, kam nicht. Da war kein Toben, keine blindwütige Mordlust, die aus reiner Freude am Töten mordete, kein dumpfes Ungeheuer, das ihn mehr zum Tier als zum Menschen werden ließ, sondern etwas gänzlich Unbekanntes und Berechnendes, das ihn bis auf den tiefsten Grund seiner Seele erschütterte. Was noch menschlich in ihm war, das zog sich wimmernd vor Entsetzen in das finsterste Versteck zurück, das er in den Abgründen seiner Seele fand, unfähig, das ... *Ding* aufzuhalten, in das er sich verwandelt hatte. Es war, als gäbe es ihn zweimal: das wimmernde, von

Angst geschüttelte Etwas, das einmal der alte Andrej gewesen war, und etwas ... anderes, das über all seine Erinnerungen und Erfahrungen verfügte, aber tausendmal stärker war, als er es jemals hätte werden können, dafür aber nichts Menschliches mehr zu haben schien. Es war jener andere Andrej, der sich jetzt fast gelassen aufrichtete, den drei überlebenden Vampyren und dem toten Mädchen entgegentrat und mit halb ausgebreiteten Armen auf ihren Angriff wartete.

Immerhin hatten die drei Unsterblichen aus dem Schicksal der beiden anderen gelernt. Keiner von ihnen versuchte noch einmal, Andrej auf mentaler Ebene anzugreifen und ihm das Leben zu entreißen, obwohl ihre Chancen nicht einmal schlecht gestanden hätten, hätten sie ihre Kräfte gebündelt und ihn gesammelt attackiert. Doch Andrej spürte jetzt auch, wie jung und unerfahren sie noch waren. Die beiden Leben, die er genommen hatte, waren noch schwach gewesen und hatten beinahe ... unschuldig geschmeckt, ganz anders als die Mischung von Verdorbenheit und aus dem Leid anderer geborener Kraft, die dieses Mahl sonst so schrecklich machte. Und was er sah, das schien zu diesem ersten Eindruck zu passen. Zwei der drei Vampyre waren Männer, der dritte eine Frau von so schlankem Wuchs, dass sie fast zerbrechlich wirkte. Alle drei waren noch sehr jung – kaum dass man sie als erwachsen bezeichnen konnte. Ihre elegante Kleidung und die vornehme Blässe ihrer Gesichter wies sie als Bewohner eines besseren Viertels als diesem aus, und auch die Art, wie sie ihre Waffen hielten, machte klar, wie wenig sie den Umgang mit Schwert oder Säbel gewohnt waren. Sie waren Vampyre, daran gab es keinen Zweifel, aber das erst seit wenigen Tagen, wenn nicht gar Stunden. Und etwas ... stimmte mit ihnen nicht. Ihre Kräfte waren gewachsen und denen eines Sterblichen nun überlegen, aber sie ... starben.

Die Erkenntnis traf ihn so überraschend, dass er in seiner Konzentration nachließ, was seinen Gegnern nicht verborgen blieb. Unverzüglich und in einer perfekt aufeinander abgestimmten Bewegung griffen sie an; obwohl jung und unerfahren, waren sie doch schnell. Andrej taumelte zurück, von einem Schwerthieb am Oberarm getroffen, schlug die Klinge mit der bloßen Hand beiseite und zwang die beiden neuen Wunden mit der puren Kraft seines Willens, sich binnen eines Sekundenbruchteils zu schließen. Seine andere Hand schoss vor, rammte die Brust des weiblichen Vampyrs mit knochenbrechender Wucht und entrang dem dritten Vampyr noch aus derselben Bewegung heraus die Waffe. Es wäre ihm ein Leichtes gewesen, ihn mit seiner eigenen Klinge zu enthaupten, doch stattdessen schleuderte er den Säbel davon und rammte dem Mann das Knie mit solcher Gewalt in den Leib, dass dieser vornüberkippte und keuchend nach Luft rang.

Es war sein letzter Atemzug. Andrej riss das Leben aus ihm heraus, fügte seine Kraft seiner eigenen hinzu und wandte sich mit dem Knurren eines hungrigen Raubtiers zu den beiden letzten Angreifern um.

Die junge Frau, die er niedergeschlagen hatte, lag noch immer am Boden und rang qualvoll nach Luft, während der männliche Vampyr all seine Kraft in einen letzten, verzweifelten Angriff legte. Seine Klinge durchbohrte Andrejs Schulter, aber er spürte nicht einmal wirklichen Schmerz. Die weiße Explosion in seiner Schulter steigerte nur die kalte Entschlossenheit, mit der er nach der Kehle des Mannes griff, sie zerquetschte und das verlöschende Leben aus ihm herausriss.

Nicht genug. Sein Hunger – seine *Gier* – war noch lange nicht gestillt, sondern schien durch dieses jämmerliche Mahl ganz im Gegenteil erst richtig entfacht zu werden. Die Raserei, die er bisher vermisst hatte, war jetzt da, aber es war ein Toben vollkommen kalter, emotionsloser Art, als wäre er nicht mehr länger ein Mensch, nicht einmal mehr ein Ungeheuer, sondern zu etwas wie einer Maschine geworden – ein teilnahmsloser Automat, der dazu gemacht war, eine bestimmte Aufgabe zu erfüllen und sich durch keine Macht der Welt daran hindern lassen würde. Da war noch ein weiteres Leben, das er nehmen konnte, weitere Nahrung, die er brauchte, und dahinter ...

Noch mehr. Eine ganze Stadt voll pulsierendem Leben, das nur darauf wartete, von ihm genommen zu werden.

Und dahinter wiederum ein ganzes Land und hinter diesem eine ganze Welt.

Die Vampyrin stemmte sich ächzend und noch immer rasselnd nach Atem ringend auf die Ellbogen hoch und begann, rücklings von ihm wegzukriechen, als Andrej sich vorbeugte und die Hand nach ihr ausstreckte. Sie trat nach ihm, und auf ihrem Gesicht mischte sich Angst in den Ausdruck schierer Mordlust, der ihre Züge bisher bestimmt hatte.

Andrej schlug ihren Fuß beiseite, trat ihr mit aller Kraft gegen den Oberschenkel und registrierte zufrieden das neuerliche Auflodern von Schmerz auf ihrem Gesicht. In ihrem Blick stand jetzt nichts anderes mehr als nackte Panik. Ihr Bein war gebrochen, und sie schien nicht einmal mehr die Kraft zu haben, vor ihm davonzukriechen. Er hätte ihr Leben nehmen können, ohne sie auch nur zu berühren, und er würde es tun, aber zuerst würde er ihren Schmerz genießen und die Süße ihrer Angst trinken.

»Andrej! Verdammt noch mal, hör auf!«

Die Stimme kam ihm vage bekannt vor, und er meinte einen Schatten zu sehen, der plötzlich über ihm aufwuchs und ihn von seiner Beute wegreißen wollte, aber das ließ er nicht zu, sondern schleuderte ihn einfach weg, beugte sich noch einmal zu der Vampyrin hinab und riss auch ihr Leben aus ihr heraus.

»Andrej, verdammt! Hast du den Verstand verloren? Du musst aufhören! Wehr dich dagegen!«

Immerhin erkannte er die Stimme jetzt als die Abu Duns, aber er verstand nicht, was er von ihm wollte, womit er aufhören sollte und gegen wen kämpfen. Die Vampyre waren besiegt, ihr Hinterhalt zur Falle für die geworden, die sie gestellt hatten, seine Feinde nicht mehr da.

Einen gab es vielleicht doch noch. Andrej registrierte eine Bewegung aus den Augenwinkeln und spürte noch im Herumwirbeln, dass seine Reaktion nicht schnell genug war. Frederic prallte wie ein lebendes Geschoss gegen ihn, riss ihn mit der bloßen Wucht seines Aufpralls von den Füßen und zerkratzte ihm mit allen zehn Fingernägeln das Gesicht, als Andrej zu Boden ging und ganz instinktiv beide Hände nach vorne stieß, um ihn abzuschütteln. Die Verletzung war nicht schlimm, aber Blut lief ihm in die Augen und nahm ihm die Sicht. Die Zeit, die er brauchte, um es wegzublinzeln, reichte Frederic, um sich weg und aus seiner Reichweite zu rollen und noch im Aufspringen nicht nur nach der Waffe der toten Vampyrin zu greifen, sondern auch herumzuwirbeln und einen schlecht gezielten, aber dafür um so wuchtigeren Hieb nach seinem Hals zu führen.

Irgendwie gelang es ihm, Gunjir hochzureißen und die Götterklinge zwischen sich und den Säbel zu bringen. Funken sprühten, und die schiere Wucht des beidhändig geführten Hiebes warf ihn abermals auf den Rücken, ließ Frederic aber auch zurücktaumeln und explodierte offensichtlich mit solcher Gewalt in seinen Armen, dass er fast Mühe hatte, die Waffe nicht fallen zu lassen. Spätestens in diesem Moment hätte er ihn töten können – ob mit oder ohne eine Waffe. Andrej – oder vielmehr was aus Andrej geworden war – hätte ihn nicht einmal berühren müssen, um sein Leben und seine Kraft zu nehmen, jetzt, wo er wusste, wie er mit seinen neu gewonnenen Fähigkeiten umzugehen hatte –, aber es war nicht Frederics Tod, den er wollte. Noch nicht.

Auch wenn es ihn fast all seine Kraft kostete, dem Wunsch zu widerstehen, ganz genau das zu tun. Frederic mochte wahnsinnig und durch und durch böse sein, aber er war auch ein Quell unvorstellbarer Kraft, eine lodernde Sonne, wo bei anderen eine ruhige Lebensflamme brannte. Andrej wagte sich nicht einmal vorzustellen, wie viele Leben Frederic genommen haben musste, um so stark zu werden. Ohne die zusätzliche Kraft, die Meruhe ihm gegeben hatte, wäre er in Frederics bloßer Nähe verglüht wie eine Motte, die dem Licht einer Fackel zu nahe gekommen war.

Zu Frederics Pech hatte sie ihm diese Kraft gegeben und zu seinem noch größeren Pech war er zwar ein dreihundert Jahre alter Vampyr, steckte aber im Körper eines Kindes, das es unmöglich mit einem Erwachsenen aufnehmen konnte. Andrej trieb ihn mit einem wütenden Schwerthieb zurück, stemmte sich schwerfällig hoch und versetzte ihm einen Tritt, der ihn zu Boden schleuderte. Sofort setzte er ihm nach, aber Frederic war auch jetzt wieder mit fantastischer Schnelligkeit auf den Beinen und steppte zur Seite, bevor er ihn packen konnte. Wütend setzte Andrej ihm nach, und etwas krachte. Ein greller Blitz erhellte die Flammennacht und löschte für einen unendlich kurzen Moment alle Farben und Schatten aus, und die Erschütterung fegte Andrej abermals von den Beinen. Auch Frederic stürzte, und ein erstauntes Grunzen hinter ihm verriet Andrej, dass es Abu Dun nicht besser erging. Es war so heiß, dass seine Wimpern und Brauen versengt wurden und er nicht mehr atmen konnte.

Als sich die tanzenden Flammen vor seinen Augen lichteten, hatte sich der Hof radikal verändert. Die morsche Ziegelsteinmauer auf der linken Seite war verschwunden, an ihrer Stelle erhob sich eine Wand aus doppelt mannshohen, brüllenden Flammen, die erstickende Hitze ausstrahlten. Funken und brennendes Papier torkelten wie Schmetterlinge mit versengten Flügeln rings um ihn herum zu Boden, und als er wieder atmen konnte, stellte er fest, dass die Luft durchdringend nach heißem Metall schmeckte. Der Blick auf den Fluss war noch frei, aber auch in der Tiefe loderte dort jetzt rotes Licht, als hätte mittlerweile die gesamte Themse Feuer gefangen.

Irgendwie war es Frederic gelungen, vor ihm wieder in die Höhe zu kommen, und anders als Andrej hatte er nicht einmal seine Waffe fallen gelassen, sondern hielt den Säbel noch immer in der rechten Hand. Aber er nutzte diesen Vorteil nur, um Andrej einen kräftigen Fußtritt in die Seite zu versetzen. Andrej kippte nach Luft schnappend auf die Seite, erwischte den Jungen aber seinerseits hart genug, dass dieser nach hinten und direkt in Abu Duns ausgestreckte Arme stolperte.

»Halt ihn fest!«, keuchte er.

Abu Dun umschloss mühelos Frederics Handgelenke mit einer einzigen seiner riesigen Pranken und hob ihn einfach in die Höhe, doch als Andrej sein Schwert aufhob und auf ihn zutreten wollte, schüttelte er mit grimmigem Gesicht den Kopf. »Nein.«

»Was – nein?«, fragte Andrej.

Abu Dun wiederholte sein Kopfschütteln. »Ich weiß, was du vorhast, Hexenmeister«, sagte Abu Dun. »Aber das lasse ich nicht zu.«

»Was?«, fragte Andrej lauernd. »Was lässt du nicht zu, Pirat?« *Und was willst du dagegen tun?*

»Lass mich los, du schwarzes Schwein!«, kreischte Frederic. Er begann wild mit den Beinen zu strampeln und traf den Nubier mit mehreren hastigen Fußtritten an Oberschenkel und Knie, was Abu Dun aber nicht einmal zu spüren schien. »Lass mich los! Ich befehle es!«

»Du solltest vielleicht besser tun, was er verlangt«, sagte Andrej. »Er kann ziemlich unangenehm werden, wenn er verärgert ist, glaub mir!«

»Du sollst mich loslassen, du Hund!«, brüllte Frederic. »Auf der

Stelle!« Er strampelte weiter mit beiden Füßen und versuchte Abu Dun nun zwischen die Beine zu treten. Zu seinem Pech gelang es ihm sogar. Abu Dun zuckte zwar nicht einmal mit der sprichwörtlichen Wimper, versetzte ihm aber trotzdem eine schallende Ohrfeige, die seinen Kopf in den Nacken warf und ihn benommen in seinem Griff erschlaffen ließ. Andrej ließ er dabei nicht nur keine Sekunde aus den Augen, er drehte sich auch so, dass er nun halb zwischen ihm und Frederic stand.

»Was soll das, Pirat?«, fragte Andrej gefährlich leise. Er war zwar stehen geblieben, aber seine Hand schloss sich fester um Gunjirs Griff, und er ertappte sich dabei, den Nubier auf eine vollkommen andere Art anzusehen, konzentriert auf seine Haltung, auf winzige Anzeichen in seinem Gesicht und die Anspannung seiner Gestalt. Er sah ihn an, wie er einen möglichen Feind angesehen hätte, auf der Suche nach einer Schwachstelle oder einer Lücke in seiner Verteidigung. Und vielleicht nicht nur einen *möglichen.* Er wusste noch nicht genau, was der Nubier vorhatte, aber er überlegte, seinerseits diesen ungeschlachten Klotz in seine Schranken zu weisen. Abu Dun und er waren Freunde, doch möglicherweise war es an der Zeit, ihm zu zeigen, wer hier das Sagen hatte.

»Das frage ich dich, Andrej«, antwortete Abu Dun grimmig. »Seit wann töten wir Kinder?«

Andrej spannte sich fast unmerklich an. »Das da«, sagte er mit einer Kopfbewegung auf den allmählich wieder zu sich kommenden Jungen, den Abu Dun noch immer wie eine Spielzeugpuppe am ausgestreckten Arm hielt, »ist kein Kind. Es sieht nur so aus.«

Abu Dun schüttelte den Kopf. »Das lasse ich nicht zu.«

Vielleicht so dicht wie noch nie zuvor in seinem Leben stand Andrej davor, seine Waffe zu ziehen und den Nubier niederzustrecken. Er wusste, dass er es konnte. Seine Kräfte waren nicht einfach gewachsen, sie hatten sich potenziert. Zum allerersten Mal, seit auch Abu Dun zum Vampyr geworden war, war *er* der Stärkere von ihnen. Er wusste es, und er war ziemlich sicher, dass auch Abu Dun es zumindest ahnte, und er hatte zu nichts mehr Lust, als es dem Nubier auch am eigenen Leib spüren zu lassen. Er würde ihn nicht töten – noch nicht – aber es wurde Zeit, ihm endgültig seine Grenzen aufzuzeigen, und wenn dies nicht der richtige Moment dafür war, wann sonst?

Dann kam ihm eine bessere Idee. Statt sein Schwert zu heben und Abu Dun zu zwingen, ihm den Jungen auszuliefern, fiel ihm ein weitaus besserer Weg ein, dem Nubier zu zeigen, wie lächerlich schon der bloße Gedanke war, sich ihm widersetzen zu wollen. Es würde diesem impertinenten Heiden gewiss nicht gefallen, wenn er Frederic tötete, ohne ihn auch nur zu berühren.

Außerdem brauchte er seine Kraft.

Er senkte das Schwert, konzentrierte sich und griff nach Frederics Lebenskraft.

Es war so wie das erste Mal, nur schlimmer. Er spürte die aus Bosheit und Hass geborene Kraft, die hinter der Maske eines Kindes lauerte, die jahrhundertealte Heimtücke, die alles verzehrt hatte, was vielleicht irgendwann einmal menschlich in Frederic gewesen war, und die daraus erwachsene enorme Stärke, die jeden anderen an seiner Stelle verzehrt hätte.

Aber er war längst kein Mensch mehr, nicht einmal mehr ein Vampyr, sondern durch das, was Meruhe ihm gegeben hatte, nur noch eine Winzigkeit von gottgleicher Kraft entfernt, wie sie Meruhe, Loki und die anderen ihrer Art besaßen. Vielleicht war es nur noch Frederics Kraft, die ihm noch fehlte, um den allerletzten Schritt zu tun. Plötzlich glaubte er noch einmal ihre Worte zu hören: *Du wirst es wissen, wenn es so weit ist.*

Jetzt war es so weit, und er wusste, was er zu tun hatte.

Beinahe ohne Mühe rang er Frederics verzweifelten Widerstand nieder, griff nach dessen Lebensflamme ... und schrie so gellend auf, als hätte ihn ein Speer aus rot glühendem Eisen durchbohrt.

Frederics Widerstand war gefallen, die eiserne Maske, hinter der er sich bisher versteckt hatte, zerschlagen, und er sah, wem er wirklich gegenüberstand. Andrej schrie. Ein Laut von solch entsetzlicher Qual und so unbeschreiblichem Schmerz, dass er zurücktaumelte und seine ganze Kraft brauchte, um sich auch nur auf den Beinen zu halten.

»Andrej?«, fragte Abu Dun verstört.

»Töte ihn!«, wimmerte Andrej. Alles drehte sich um ihn. Die Welt geriet aus den Fugen, zerbarst in eine Million glühender Spiegelscheiben, von denen jede einzelne ein Abbild der Hölle selbst zeigte. Er hatte gesehen, was Frederic *wirklich* war und das war *UNMÖGLICH.*

»Töte ihn«, wimmerte er. »Abu Dun, ich flehe dich an! *Bring ihn um!«*

»Und das, fürchte ich«, sagte eine Stimme hinter Andrej, »kann ich nicht zulassen.«

Andrej fuhr auf der Stelle herum und legte den Schwung dieser Bewegung und die gewaltige Kraft seiner Muskeln in den blitzartigen Hieb, mit dem Gunjir nach Lokis Kehle züngelte. Er rechnete nicht wirklich damit zu treffen, und er traf auch nicht, denn Loki hatte die Attacke natürlich vorausgesehen und wich nicht nur mit einer raschen Bewegung zurück, sondern brachte auch seine eigene Waffe hoch – eine langläufige Muskete, kein Schwert –, um den Hieb zu parieren. Gunjir zerschmetterte die Waffe, ohne auch nur merklich langsamer zu werden, doch der winzige Widerstand reichte dennoch, die Klinge gerade weit genug abzulenken, damit sie ihr Ziel verfehlte. Damit hatte Andrej seinerseits gerechnet und auch mit dem geschickten Rückwärtsschritt, mit dem Loki vor ihm zurückwich. Direkt aus der Bewegung heraus ließ er sich fallen, schlitterte ein Stück weit über den Boden und stieß mit beiden Füßen nach Lokis Knöcheln, um ihm die Beine wegzufegen. Gleichzeitig schraubte sich Gunjir blitzartig nach oben, um seinen Leib aufzuschlitzen. Loki sprang zwar erwartungsgemäß in die Höhe, um dem Tritt auszuweichen, vollführte aber zugleich auch eine fast unmöglich aussehende Bewegung, sodass auch der Schwerthieb sein Ziel verfehlte – wenn auch knapp genug, um diesmal sein Hemd aufzuschlitzen –, und trat sogar seinerseits nach Andrej, noch bevor seine Füße den Boden wieder berührten. Ein greller Schmerz explodierte in Andrejs Gesicht und erlosch wieder, als er Loki mit purer Willenskraft zurückdrängte, und er registrierte im buchstäblich allerletzten Moment das Aufblitzen von Metall und rollte zur Seite. Metall kreischte und Funken sprühten dort, wo sich gerade noch seine Kehle befunden hatte. Andrej schmetterte die Klinge mit Gunjir zur Seite, und das mit solcher Gewalt, dass der Säbel dicht über dem Griff abbrach und Loki zum zweiten Mal binnen einer einzigen Sekunde seine Waffe einbüßte, federte mit einer kraftvollen Bewegung hoch und trat nach der hünenhaften Gestalt des abtrünnigen Gottes. Er hätte treffen müssen, aber Loki wich ihm schon wieder mit einer Bewegung aus, die eigentlich gar nicht möglich war. Andrej fluchte laut und stürmte weiter vor. Diesmal gelang es ihm immerhin, Loki einen wuchtigen Schulterstoß zu versetzen, den dieser zwar ebenfalls kommen sah, dem er aber nicht mehr ganz ausweichen konnte, aber sein nachgesetzter Schwerthieb ging ins Leere, und Loki versuchte auch nicht, sein haltloses Rückwärtsstolpern aufzufangen, sondern nutzte die Bewegung, um sich endgültig aus seiner Reichweite zu bringen. Zugleich glitt seine Hand unter seine Pelerine und kam mit der letzten Waffe wieder zum Vorschein, die ihm noch geblieben war, einem schmalen, aber gefährlich aussehenden Dolch mit einer beidseitig geschliffenen Klinge. Unter normalen Umständen hätte Andrej einer so kümmerlichen Waffe, die ihm, selbst ohne die zusätzlichen Kräfte, die Meruhe ihm geschenkt hatte, abgesehen von einem direkten Stich ins Herz allenfalls eine harmlose Verletzung zufügen konnte, nicht einmal Beachtung geschenkt, aber etwas warnte ihn, diesen Dolch besser ernst zu nehmen. Statt blindlings vorzustürmen und den Spielzeugdolch einfach zu ignorieren, wie er es eigentlich vorgehabt hatte, griff er Loki mit einer komplizierten Abfolge von Stichen und Hieben an, die selbst einen Schwertmeister wie ihn vor ernsthafte Probleme stellen sollte.

Sie tat es nicht.

Seine Angriffe waren hartnäckig und wild genug, Loki daran zu hindern, seinerseits den Dolch einzusetzen, doch ganz gleich, was er auch tat, ganz egal, mit welchen ausgeklügelten Finten und Kombinationen er ihn zu überraschen versuchte oder mit welch ungestümer Kraft er ihn attackierte, Loki wich ihm immer wieder aus und konterte seine Attacken mit so unheimlicher Sicherheit, als ahne er jeden seiner Angriffe voraus.

Und genau das tat er ja auch.

Loki wechselte den Dolch von der rechten in die linke Hand und sofort wieder zurück, lachte ein wenig atemlos und deutete einen plötzlichen Ausfall an, der so überraschend und schnell kam, dass er wohl unweigerlich zum Ziel geführt hätte, hätte er ihn nicht im letzten Augenblick abgebrochen.

»Jetzt weiß ich wirklich nicht, ob ich überrascht oder einfach nur enttäuscht sein soll, kleiner Vampyr«, sagte er. »Ich hätte erwartet, dass du früher darauf kommst. Natürlich lese ich deine Gedanken. Das habe ich schon immer getan.«

Andrej glaubte ihm nicht, ganz einfach, weil es keinen Sinn ergab. Wäre es so, wie hätten Abu Dun und er dann so lange überleben und bis hierher gelangen können?

»Aber wo bliebe denn der Spaß, wenn man es sich so leicht machen würde?« Loki beantwortete die Frage laut, die Andrej sich nur in Gedanken gestellt hatte, wechselte den Dolch wieder in die andere Hand und stieß direkt aus der Bewegung heraus zu, während Andrej eine weitere Finte erwartet hatte. Er traf, auch wenn es Andrej im letzten Moment gelang, den Oberkörper zur Seite zu drehen, sodass ihm die Klinge nur eine harmlose Schramme am Oberarm zufügte, statt sich in seine Brust zu bohren. Doch so harmlos dieser Kratzer auch zu sein schien, er brannte wie ätzende Säure, und vorübergehend wich nahezu alle Kraft aus seinem Arm, sodass er Gunjir gerade noch in die andere Hand wechseln konnte, um es nicht fallen zu lassen. Hätte Loki ihn jetzt erneut angegriffen, wäre der Kampf zweifellos zu Ende gewesen.

Stattdessen versetzte er ihm nur einen Tritt, der gerade hart genug war, um ihn ein Stück nach hinten stolpern zu lassen, nicht aber, ihn zu Boden zu schleudern.

»Vielleicht solltest du aufgeben, Andrej«, sagte er spöttisch. »Bevor am Ende noch einer von uns verletzt wird.«

Andrej antwortete mit einem verärgerten Knurren und einer noch wütenderen Attacke, die zwar auch jetzt wieder ins Leere ging, Loki aber ein deutliches Stück auf die lodernde Feuerwand in seinem Rücken zutrieb. Prompt machte dieser einen raschen Schritt zur Seite und eine blitzartige Drehung, und plötzlich war es Andrej, der sich mit dem Rücken zu den lodernden Flammen mit ihrer grausamen Hitze wiederfand. Feuer machte ihm Angst. Das hatte es immer schon getan, schon bevor er gewusst hatte, dass Feuer zu den wenigen Dingen gehörte, die ihm *wirklich* gefährlich werden konnten.

»Wie ich schon sagte«, meinte Loki amüsiert. »Es ist nicht leicht, gegen einen Feind zu kämpfen, der deine Gedanken noch vor dir selbst kennt.«

Das mochte stimmen, hinderte Andrej aber nicht daran, nur umso verbissener anzugreifen. Wenn er seine Gedanken und Pläne nicht vor Loki geheim halten konnte, dann musste er ihn eben auf eine Weise angreifen, die es ihm unmöglich machte, irgendeinen Nutzen aus diesem Wissen zu ziehen.

»Ein ehrgeiziger Plan«, spottete Loki. »Ich frage mich nur, wie du ihn in die Tat umsetzen willst.«

Er allein vielleicht nicht, aber ... *wo zum Teufel blieb Abu Dun?*

Loki riss überrascht die Augen auf, und Andrej nutzte diesen winzigen Vorteil, um eine blitzartige Attacke durchzuführen, die Loki auch dieses Mal wieder nicht niederwarf, ihn aber zum ersten Mal seit Beginn dieses bizarren Kampfes in echte Bedrängnis brachte.

Oder auch nicht, denn er stürzte zwar, wandelte die Bewegung aber in eine komplizierte Beinschere, die Andrej ebenfalls von den Beinen fegte. Gunjir entglitt seinen Fingern und rutschte scheppernd davon. Dann tat Loki etwas, das so schnell ging, dass Andrej es noch nicht einmal sah, und plötzlich fand er sich in einem mörderischen Würgegriff wieder, der ihm nicht nur den Atem abschnürte, sondern es ihm auch fast unmöglich machte, sich zu bewegen. Lokis Erschrecken war eine weitere Finte gewesen, und diesmal war er darauf hereingefallen. Er versuchte nicht einmal, sich zu wehren. Loki war ihm körperlich so überlegen wie Abu Dun einem Krabbelkind.

Aber Muskeln und Stahl waren nicht die einzigen Waffen, die ihm zur Verfügung standen.

Andrej streifte auch noch den allerletzten Rest seiner Vorbehalte ab und griff nach Lokis Lebenskraft.

Es war, als hätte er mit bloßer Hand weiß glühendes Eisen berührt.

Es war kein wirklicher Schmerz, nichts Körperliches, nicht einmal ein Schmerz in seiner Seele, sondern etwas viel Tiefergehendes, das er noch nie zuvor erlebt hatte. Lokis mentale Macht war heißer und verheerender als das Herz der Sonne, aber darunter lauerte noch etwas anderes, unglaublich Altes und Böses, dessen bloßes

Dasein seine Menschlichkeit attackierte und ihn innerlich aufschreien ließ. Er hatte geglaubt, er wäre stark. Er hatte geglaubt, das Ungeheuer in ihm wäre stark. Aber er war ein Nichts gegen das, was er tief vergraben unter der vorgetäuschten Menschlichkeit Lokis spürte. So schnell, wie er seinen Angriff begonnen hatte, stellte er ihn auch wieder ein, und das lodernde Sonnenfeuer in ihm erlosch, zusammen mit dem grausamen Schmerz, der ihn verbrannte. Aber etwas blieb zurück: Etwas wie ein schlechter Geschmack auf seiner Seele, als hätte er versehentlich in etwas gebissen, das schon seit langer Zeit tot und in Fäulnis und Verwesung übergegangen war und ihn nun vergiftete und verdarb.

Immerhin sah er jetzt, warum Abu Dun ihm nicht zu Hilfe gekommen war. Er hatte Frederic losgelassen, der halb auf der Seite lag und mühsam den Kopf hin und her warf, um die Benommenheit abzuschütteln, aber auch er selbst lag auf den Knien. Hinter ihm stand eine hochgewachsene, schlanke Gestalt, deren Haut mindestens so dunkel war wie die des Nubiers, wenn nicht dunkler, und die ihn vermutlich selbst im Stehen noch um ein gutes Stück überragt hätte, allerdings nicht einmal die Hälfte seines Gewichtes haben konnte. Dennoch schien es ihr keine besondere Mühe zu bereiten, Abu Duns linke Hand brutal auf den Rücken zu drehen. Den anderen Arm hatte sie um Abu Duns Hals geschlungen und zwang seinen Kopf weit genug in den Nacken, um ihm beinah das Atmen unmöglich zu machen. Marduk.

Andrej begriff mit einem sonderbar emotionslosen Entsetzen, dass Meruhe ihren Auftrag nicht erfüllt hatte. Es war ihr nicht gelungen, den zweiten Unsterblichen lange genug abzulenken.

Wahrscheinlich war sie tot.

»Aber ich bitte dich, Andrej«, sagte Loki. Andrej konnte sein spöttisches Kopfschütteln spüren, obwohl der Unsterbliche hinter ihm kniete und ihn auf eine ganz ähnliche Art hielt, wie Marduk es mit

Abu Dun tat. »Du weißt doch, dass wir einander kein Leid antun können ... auch wenn es durchaus Gelegenheiten gibt, zu denen ich dies wirklich bedauere.« Er lachte leise, tat so, als würde er seinen Griff lockern, und drückte dann nur umso fester zu, sodass Andrej nun endgültig keine Luft mehr bekam.

»Was allerdings nicht für dich und deinen Freund gilt, fürchte ich«, fuhr er fort. »In gewissem Sinne bedauere ich das ebenfalls, das musst du mir glauben, Andrej Delãny. Wir bekämpfen einander nun schon so lange, dass du mir vertraut wie ein Bruder geworden bist. Ich tue das nicht gerne, glaub mir.«

Der Druck auf Andrejs Kehle ließ immer noch nicht nach. Die Atemnot wurde quälend, dann unerträglich. Andrej mobilisierte noch einmal alle Kräfte, um sich aus Lokis Umklammerung zu befreien, und griff ihn zugleich noch einmal auf geistiger Ebene an, doch das eine war so sinnlos wie das andere. Loki war ihm auf jeder Ebene hoffnungslos überlegen, und seine Lungen schrien mittlerweile so gellend nach Luft, dass es ihm einfach nicht gelang, seine Kräfte hinreichend zu konzentrieren.

Es hätte ohnehin nichts genutzt. Loki war zehnmal so stark wie er, und er kannte keine Gnade. Er wand und bäumte sich auf, aber seine Bewegungen wurden im gleichen Maße schwächer, in dem die Schmerzen in seiner Brust zunahmen und das Rasen seines Herzens schneller und härter wurde. Alles verschwamm. Er starb.

Und tauchte wenige Augenblicke später aus dem schwarzen See des Vergessens wieder auf. Es war qualvoll, unvorstellbar schmerzhaft und von dem bitteren Wissen begleitet, dass Loki ihm dieses Erwachen nur gestattet hatte, um ihn ein zweites Mal zu töten und danach vielleicht ein drittes und viertes Mal, immer und immer wieder, bis er des Spiels am Ende überdrüssig wurde – eine zweite Chance auf Leiden, nicht auf Leben.

Dann begriff er, dass etwas anders war.

Er lag auf dem Bauch, mit dem Gesicht halb in einer übel riechenden Pfütze seines eigenen Erbrochenen, presste einen qualvoll rasselnden Atemzug nach dem anderen durch seine zerquetschte Kehle und stemmte sich mühsam auf halb durchgedrückte Arme hoch. Loki hielt ihn nicht mehr fest, aber hinter ihm waren die dumpfen Geräusche eines Kampfes zu hören: das Klatschen von Schlägen und abgehacktes Keuchen und Seufzen und der typische Laut, mit dem Metall auf Fleisch und Knochen schlug. Schmerzen, die sich zischend durch aufeinandergepresste Lippen Ausdruck verliehen. Etwas hatte sich verändert.

Erst als diese Erkenntnis vollkommen in sein Bewusstsein gedrungen war, öffnete er die Augen, fuhr sich angeekelt mit dem Handrücken über den Mund und drehte den Kopf. Er musste ein paarmal blinzeln, bis aus den miteinander ringenden Schatten einzelne Gestalten wurden, auch wenn es ihm immer noch schwerfiel, sie zu unterscheiden, denn sie waren allesamt groß, allesamt schwarz gekleidet und hatten allesamt schwarze Haut. Irgendwie war es Abu Dun gelungen, sich aus Marduks Griff zu befreien und seine Waffe zu ziehen, mit der er den schlanken Unsterblichen nun verbissen attackierte. Unterstützt wurde er dabei von Meruhes beiden Dienerinnen, die mindestens so geschickt mit ihren Waffen umzugehen wussten wie der Nubier, dabei aber deutlich schneller waren, sodass es selbst Marduk kaum noch gelang, den unablässig aus gleich drei Richtungen auf ihn niederprasselnden Schlägen zu entgehen oder sie zu parieren. Aber wo war Meruhe?

Andrej stemmte sich vollends auf Hände und Knie hoch, kroch zu Gunjir hin und schob das Götterschwert in seinen Gürtel, bevor er sich zur Gänze aufrichtete, sich herumdrehte und die Antwort auf seine eigene Frage fand.

Meruhe war genau hinter ihm und in einen verbissenen Ringkampf mit Loki verstrickt.

Der gefallene Gott war ein gutes Stück größer als sie, deutlich muskulöser und sicherlich auch stärker, aber was Meruhe an Körperkraft fehlen mochte, das machte sie an Wut und Entschlossenheit mehr als wett. Ganz gleich, wie sehr er auch versuchte, sie zu packen, mit einem Hieb oder Stoß zu erwischen oder sie auf andere Weise abzuschütteln, Meruhe entging seinen Attacken immer wieder mit katzenhafter Geschmeidigkeit, war plötzlich auf ihm und stieß ihm die versteiften Finger der Linken gegen den Adamsapfel. Loki fauchte vor Schmerz und krümmte sich, aber auch Meruhe stieß einen atemlos wimmernden Schmerzenslaut aus, kippte seitlich von ihm herunter und krümmte sich – Loki musste sie im gleichen Moment getroffen haben wie sie ihn, auch wenn Andrej den Hieb noch nicht einmal gesehen hatte.

Aber vielleicht war dies genau die verzweifelte Chance, die er brauchte.

Ohne auch nur darüber nachzudenken, was er tat, sprang er vor, trat Loki wuchtig in die Rippen, um ihn zu beschäftigen, und zog Gunjir.

Er war trotz allem nicht schnell genug. Loki kämpfte immer noch verzweifelt röchelnd um Atem, und sein Körper wand sich wie in Krämpfen, aber er schlug trotzdem und mit solcher Gewalt zu, dass Andrej zurücktorkelte und um ein Haar schon wieder gestürzt wäre.

Als er sein Gleichgewicht zurückerlangt hatte, war auch Loki bereits wieder auf den Beinen. Sein Gesicht war rot angelaufen, und Andrej war ziemlich sicher, dass er immer noch keine Luft bekam, aber er stand keinem normalen Gegner gegenüber, nicht einmal einem Menschen, sondern einem Ungeheuer, das sich nur hinter der Verkleidung eines Menschen verbarg. Loki schlug seinen Schwertarm zur Seite, versetzte ihm einen Stoß vor die Brust und trieb ihn mit einem wahren Hagel von Schlägen und Tritten vor sich her.

Sein siebter oder achter Schlag traf ihn mit solcher Härte, dass ihm die Luft wegblieb. Kraftlos sank er auf die Knie, sah Lokis gespannte Hand zum entscheidenden Hieb ausholen und dann, wie der Unsterbliche plötzlich zurückgerissen wurde und ein überraschtes Keuchen ausstieß. Meruhe stand hinter ihm. Metall blitzte in ihrer Hand, und plötzlich veränderte sich etwas im Tonfall der erst ungläubigen, verwirrten Laute, die sich Lokis Kehle entrangen. Schmerz mischte sich in seine Stimme, ein Ausdruck von Qual, ungläubigem Entsetzen und ... noch etwas, das Andrej bis auf den Grund seiner Seele erschütterte. Er krümmte sich, als wäre Lokis Qual zugleich auch die seine. Blutige Schleier erschienen vor seinen Augen, und sein Mund schmeckte plötzlich nach Kupfer. Etwas griff nach seinem Herz und drückte es gnadenlos zusammen, und eine zweite, unsichtbare Hand griff in ihn hinein, wühlte und grub nach seinem Leben und begann es aus ihm herauszureißen, so schnell und gnadenlos wie ein Wirbelsturm, der eine Kerzenflamme erstickt.

Andrejs Schwert war schneller.

Gunjir verwandelte sich in einen bronzefarbenen Blitz, berührte zum zweiten Mal binnen eines Jahrhunderts das Herz eines Gottes und durchbohrte es, und dieses Mal ließ Andrej ihm keine Chance. Loki röchelte seinen letzten Atemzug und sank auf die Knie. Andrej riss das Schwert aus seiner Brust, umschloss Gunjirs Griff mit beiden Händen und enthauptete ihn mit einem Hieb, in den er all seine gewaltige Körperkraft legte. Lokis Haupt verschwand wie die grausige Parodie eines Stoffballs in den Flammen des brennenden Hauses, während sein kopfloser Torso noch einen einzelnen, grotesken Schritt machte und dann wie vom Blitz getroffen zusammenbrach. Gunjir stieß einen gellenden Triumphschrei tief in seiner Seele aus und wollte nach der entweichenden Lebenskraft des Unsterblichen greifen, um sie zu verzehren und seiner eigenen hinzuzufügen, und alles in Andrej, jede Faser seines Körpers, jeder Funke, aus dem seine Seele zusammengesetzt war, schrie danach, es zu tun, die erlöschende Lebenskraft des gefallenen Gottes zu nehmen und zu seiner eigenen zu machen.

Aber er tat es nicht.

Stattdessen ließ er das Schwert sinken, wartete, bis sich der Tornado aus Furcht und Gier und unwiderstehlichem Hunger hinter seiner Stirn legte und drehte sich dann schwer atmend zu Meruhe um. Sie stand noch immer an derselben Stelle, reglos und in sonderbar verkrampfter, leicht nach vorne gebeugter Haltung. Ein Dolch mit blutiger Klinge schimmerte in ihren Händen.

»Vielen Dank«, sagte Andrej schwer atmend. »Wenn du mir nicht geholfen hättest, dann wäre ich jetzt tot.« Dann fiel ihm etwas ein. »Aber ich dachte, ihr könnt anderen eurer Art nichts antun?«

»Das können wir auch nicht«, antwortete Meruhe. Ihre Stimme war leise, zitternd und kraftlos wie die einer uralten Frau. Ihre Finger öffneten sich und ließen den Dolch fallen.

»Wie meinst du das?«, fragte Andrej verwirrt. Hinter ihm erklang ein schmerzerfülltes Keuchen, dann das charakteristische Klirren von Stahl, der auf Stahl prallte, und das Geräusch schwerer Schritte, die sich hastig entfernten. Andere Schritte folgten ihnen und brachen gleich darauf wieder ab, doch Andrej achtete auf nichts von alledem, sondern starrte Meruhe nur weiter an.

Sie begann zu zittern. Ihr Gesicht, obwohl so schwarz wie das dunkelste Ebenholz, verlor so rasch an Farbe, dass er dabei zusehen konnte, und sie versuchte unsicher torkelnd einen Schritt, doch selbst dafür reichte ihre Kraft nicht mehr. Andrej fing sie auf, als sie zusammenbrach.

»Meruhe!«, rief er erschrocken. »Was ist mit dir? Was hast du?«

Sie versuchte zu antworten, aber alles, was über ihre Lippen kam, waren ein halblautes Stöhnen und ein Schwall Blut, und mehr – viel mehr – Blut benetzte Andrejs Hände, während er sie behutsam zu Boden sinken ließ.

»Meruhe?«, murmelte er, gleichermaßen verstört wie erschrocken. Warmes Blut lief über seine Hände, und plötzlich wurden ihre Atemzüge von einem schrecklichen Rasseln begleitet, das ihm nur zu vertraut war.

Aber wie war das möglich? Sie war doch unsterblich? Nichts, keine Waffe der Welt, mit Ausnahme der Götterklinge, die er fallen gelassen hatte, vermochte ihr etwas anzutun! Nichts! *Nichts!*

Schritte näherten sich, schnell und zu leicht für die Abu Duns, und er spürte auch keinerlei Gefahr, wie es zweifellos der Fall gewesen wäre, hätte sich ihm Marduk oder einer seiner Vampyre genähert. Umso erstaunter war er, plötzlich so grob zur Seite gestoßen zu werden, dass seine Instinkte den Befehl über sein Handeln übernehmen wollten und er ganz automatisch die Hand um den Schwertgriff schloss, während er herum- und zur Seite rollte und aus der gleichen Bewegung heraus aufsprang. Buchstäblich im allerletzten Moment konnte er seine Kampfreflexe unterdrücken, als er erkannte, wer ihn niedergeworfen hatte. Er ließ die Hand sinken.

Es war eine von Meruhes Dienerinnen. Die schwarzhäutige Kriegerin schien ihn sofort wieder vergessen zu haben, nachdem sie ihn aus dem Weg gestoßen hatte. Sie kniete neben ihrer Herrin nieder und drehte sie rasch, aber sehr behutsam herum. Meruhes Mantel war schwer und nass von ihrem Blut, und Andrej erschrak ein weiteres Mal, als er sah, wie furchtbar groß die dampfende rote Lache bereits war, in der sie lag.

»Was, bei Allah, hat das zu bedeuten, Hexenmeister?«, fragte Abu Duns Stimme hinter ihm. Andrej hatte nicht einmal gehört, dass sich ihm der Nubier genähert hatte.

»Ich bin nicht ganz sicher«, sagte er. »Aber ich glaube, nichts Gutes.«

»Ach?«, machte Abu Dun. »Das überrascht mich jetzt aber wirklich. Damit hätte ich nicht gerechnet.«

Andrej machte sich nicht einmal die Mühe, darauf zu antworten, sondern bückte sich nur nach seinem Schwert und trat im Aufstehen einen Schritt zur Seite, um auch Meruhes zweiter Dienerin Platz zu machen, die zu ihrer Herrin eilte. Die Kriegerin war verletzt und humpelte nicht nur stark, sondern zog auch eine Blutspur hinter sich her, gab aber nicht den geringsten Laut der Klage von sich, sondern half ihrer Zwillingsschwester, Meruhe aus ihrem blutgetränkten Mantel zu schälen und vorsichtig auf die Seite zu betten. Der Anblick traf ihn wie ein glühender Dolch ins Herz. Und alles in ihm schrie nach wie vor, dass es unmöglich war. Sie *konnte* nicht verletzt sein! Nicht *so!*

Er schob Gunjir in die lederne Scheide an seinem Gürtel und erschauerte leicht, als er das Wispern des Schwertes tief in seiner Seele spürte. Die magische Klinge rief immer noch nach Blut, lautlos, aber hartnäckig und gierig, die Stimme des Versuchers, die immer in ihm war und selbst in seinen Träumen flüsterte.

Er hörte Schritte, drehte sich um und legte erschrocken die Hand auf den Schwertgriff, als er den schwarzgesichtigen Riesen sah, der sich ihnen näherte. Abu Dun legte ihm rasch die Hand auf den Unterarm und schüttelte den Kopf. »Nicht.«

Marduk? Aber er hatte doch gehört, wie er ...?

Blitzartig fuhr er ganz herum und zuckte ein zweites Mal und noch erschrockener zusammen. Es waren nicht Marduks Schritte gewesen, die er gehört hatte. Frederic war verschwunden.

»Er hat im gleichen Moment aufgegeben, in dem du Loki getötet hast«, sagte Abu Dun. Er hatte sowohl seinen Blick als auch sein Erschrecken registriert, aber auch falsch gedeutet.

»Frederic?«, fragte er.

Zorn blitzte in Abu Duns Augen auf, den Andrej zuerst nicht

verstand. »Oh, bitte verzeiht Eurem unwürdigen Sklaven, Sahib«, sagte er bissig. »Er weiß, dass er Euch zutiefst enttäuscht und Eure Wünsche nicht erfüllt hat, indem er den Knaben entweichen ließ, an dem Euer Herz so offensichtlich zu hängen scheint, doch er war damit beschäftigt, am Leben zu bleiben.« Er senkte übertrieben demütig den Kopf und tat, als wolle er auf die Knie fallen. »Ich erwarte Eure harte, aber zweifellos gerechte Strafe, Sahib.«

»Hör mit dem Unsinn auf, Pirat«, sagte Andrej müde. »Verzeih.« Frederic war fort, und das stellte ein großes Problem dar und vermutlich eine noch viel größere Gefahr, als ihm zu diesem Zeitpunkt schon bewusst war ... aber jetzt empfand er nichts als Erleichterung.

»Verzeih«, sagte er noch einmal. Abu Dun zog nur die linke Augenbraue hoch und sah nicht so aus, als hätte er die Entschuldigung akzeptiert, beließ es aber bei diesem stummen Protest. Andrej ertappte sich dabei, einen weiteren Schritt zur Seite zu machen, nicht um aus Abu Duns, sondern aus Marduks Nähe zu kommen, in der er sich immer unbehaglicher fühlte. Der schwarze Riese starrte Abu Dun und ihn aus seinen unergründlichen Augen an, und Andrej fragte sich, ob er gerade in diesem Moment wieder seine Gedanken las.

Marduk wandte sich schweigend ab und ging zu Meruhe und den beiden Nubierinnen. Abu Dun wollte ihm folgen, machte aber nur einen halben Schritt und schwenkte dann herum, um zu Lokis Leichnam zu gehen. Andrej folgte ihm zögernd und musste sich einen winzigen Moment lang gegen die absurde, aber durch und durch grässliche Vorstellung wehren, der enthauptete Leichnam würde aufstehen und mit gierig ausgestreckten Armen auf ihn zutappen. Er verscheuchte den Gedanken.

»Saubere Arbeit«, lobte Abu Dun, indem er dem Toten einen Tritt in die Seite versetzte, der ihn erzittern ließ. Seine Hände bewegten sich, wie um über den Boden zu tasten. Vielleicht auf der

Suche nach einer Waffe, vielleicht nach festem Halt, um sich hochzustemmen. Diese Vorstellung konnte er nicht abschütteln, ganz gleich, wie nachdrücklich ihm sein Verstand auch sagte, dass sie vollkommen absurd war.

»Bitte, tu das nicht«, sagte er leise.

Abu Dun bedachte ihn zwar mit einem merkwürdigen Blick, trat aber nicht noch einmal nach dem Toten, sondern hob nur fast trotzig die Schultern. Lange Zeit stand er einfach nur da und sah auf Loki hinab.

»Es ist seltsam«, sagte er schließlich. »Nach all der Zeit sollte ich froh sein, dass es endlich vorbei ist ... aber ich ... weiß nicht, was ich fühle.«

Noch seltsamer war vielleicht, dass er das aussprach, was Andrej empfand. Sie hatten so lange nach Loki gesucht. Es gab kaum ein Land im bekannten Teil der Welt, in dem sie nicht nach ihm gesucht, kaum eine Stadt in all diesen Ländern, in der sie seine Spur nicht aufgenommen hatten, und das über eine Zeit, die länger war als die normale Lebensspanne eines Menschen. Er sollte Triumph empfinden oder doch allermindestens Zufriedenheit, aber nichts davon wollte sich einstellen. Nicht einmal Erleichterung. Da war nur ein vages Gefühl von Leere.

Vielleicht, dachte er, mussten sie sich einfach ein wenig mehr Zeit geben. Loki zu jagen war zu mehr als einer Lebensaufgabe für Abu Dun und ihn geworden und der Hass auf ihn – oder zumindest das, was er dafür gehalten hatte – zu einem Vertrauten, der ihn in jeder einzelnen Sekunde all dieser ungezählten Jahre begleitet hatte. Er fragte sich, ob er diesen unwillkommenen Bruder vermissen würde.

Oder ob er überhaupt gehen würde. Was, wenn er blieb? Was, wenn er so sehr zu einem Teil seiner selbst geworden war, dass er nicht mehr verschwand, sondern blieb und sich nur ein neues Ziel suchte, auf das er sich richten konnte?

Er schüttelte auch diesen Gedanken ab, ignorierte Abu Duns fragenden Blick, der vergebens auf eine Antwort wartete, und ließ sich neben dem Toten in die Hocke sinken. Mit mehr Mühe, als er erwartet hatte, drehte er den Torso um und gewahrte einen großen Blutfleck auf seinem Rücken. Abu Dun runzelte die Stirn, als er sein Messer zog und Lokis Hemd aufschnitt.

Auch der Rücken des Toten war voller Blut, das nicht aus seiner durchtrennten Halsarterie stammte, sondern aus einem fast harmlos aussehenden, schmalen Stich in seiner linken Seite, nur ein kleines Stück unter dem Schulterblatt. Wie es aussah, hatte Meruhes Dolch sein Herz nur um Haaresbreite verfehlt, und Andrej glaubte nicht, dass das ein Versehen gewesen war. Langsam, ganz langsam nur begann er zu begreifen. Ein eisiges Frösteln lief wie auf dürren Spinnenbeinen seinen Rücken hinab.

»Andrej?«, fragte Abu Dun verwirrt. Natürlich war er verwirrt. Er hatte nicht sehen können, was Meruhe tat.

Statt zu antworten, stand Andrej auf und ging mit raschen Schritten zu Meruhe hin. Abu Dun wollte ihm den Weg vertreten, doch eine der beiden Zwillingsschwestern hielt ihn mit einem raschen Kopfschütteln zurück, und Andrej registrierte erst jetzt, dass seine Hand schon wieder auf den Schwertgriff gesunken war. Er zog sie zurück.

Die zweite Nubierin war hinter Meruhe auf die Knie gesunken und hatte ihre Herrin in eine halb sitzende Position aufgerichtet, während sie sich an ihrem Rücken zu schaffen machte. Andrej eilte um sie herum und war nicht im Geringsten überrascht, als er Meruhes entblößten Rücken erblickte, aber zutiefst erschüttert. Die Wunde unter ihrem linken Schulterblatt war ein perfekter Zwilling des Messerstichs in Lokis Rücken.

»Bei Allah«, flüsterte Abu Dun entsetzt. Andrej hatte gar nicht gemerkt, dass er ihm gefolgt war. Jetzt entfernte er sich rasch ein paar Schritte und bückte sich, um etwas aufzuheben, das er erst mit einiger Verspätung als den schmalen Dolch erkannte, den Meruhe vorher fallen gelassen hatte. Sein Blick irrte immer unsteter und entsetzter zwischen der blutigen Dolchklinge, Meruhes Rücken und Lokis enthauptetem Körper hin und her. »Deshalb ... können sie einander nichts ... nichts tun?«

Andrej ging wieder um Meruhe und ihre Dienerin herum und ließ sich vor ihr auf die Knie sinken. Meruhe war bei Bewusstsein, aber ihr Blick war noch immer trüb und ihre Atemzüge wurden weiter von diesem schrecklichen rasselnden Geräusch begleitet. Ein einzelner Blutstropfen lief aus ihrem Mundwinkel und zog eine glitzernde rote Spur über ihr Kinn. Andrej wischte ihn mit den Fingern weg.

»Das könnt ihr doch, nicht wahr«, fragte er. »Aber ihr tut es euch zugleich auch selbst an.«

Meruhe hob mühsam den Kopf, versuchte zu lächeln und brachte nur eine gequälte Grimasse zustande. Sie hustete mühsam.

»Warum hast du das getan?«, fuhr er fort. »Das war ...« *Dumm? Tapfer?* Er wusste es nicht. Sicherlich beides.

»Weil er dich sonst ... getötet hätte«, brachte Meruhe mühsam hervor.

»Und so hättest du *dich* beinahe getötet.«

»Sie wird leben«, sagte ihre Dienerin. *Vielleicht. Und es wird lange dauern, bis sie wieder auf den Beinen ist. Sehr lange.*

Vielleicht würde sie nie wieder dieselbe sein, als die er sie kennengelernt hatte.

»Warum hast du ihn nicht ... genommen?«, murmelte sie. »Er wäre der letzte Schritt gewesen.«

»Loki?«

Sie schüttelte den Kopf. »Frederic. Seine Kraft hätte ausgereicht. Du wärst zu einem von uns geworden, und er hätte dir nichts mehr antun können.«

»Du weißt warum«, antwortete Andrej leise.

»Ja. Aber das wusstest *du* nicht. Nicht in diesem Moment.«

Aber tief in sich *hatte* er es gewusst, wenn auch vielleicht auf einer Ebene, die seinem bewussten Zugriff entzogen war, die ihm nicht einmal klar gewesen war, seine Entscheidungen und Taten aber über die letzten Jahrhunderte hinweg bestimmt hatte.

»Und was geschieht jetzt?«, fragte er. Er konnte nicht über Frederic sprechen. Er *wollte* es nicht. Nicht jetzt und vielleicht nie.

»Mit dir?« Meruhe rang sich immerhin die Ahnung eines Lächelns ab. »Solange mein Blut noch in dir fließt, steht dir dieser Weg noch immer offen. Aber du wirst ihn nicht beschreiten, habe ich recht?«

»Nein.«

»Sagst du mir warum?«

Warum? Es gelang Andrej nicht, zu antworten. Es gelang ihm nicht einmal, ihre Frage nur für sich und in Gedanken zu beantworten. Vielleicht, weil ihm klar geworden war, welchen Preis er für dieses vermeintliche Geschenk bezahlen musste. Er hatte daran gedacht, Abu Dun anzugreifen. Er hatte all dieses Leid und die Schmerzen und das Sterben der Menschen ringsum gesehen und gefühlt, und nichts davon hatte ihn berührt. Er hatte geglaubt, das Ungeheuer in ihm wäre fort, und beinahe zu spät gemerkt, dass das Gefängnis am Grunde seiner Seele nur leer war, weil er im Begriff stand, selbst zu dem zu werden, was bisher darin eingesperrt gewesen war. Der Schritt zur wirklichen Unsterblichkeit hätte ihn vielleicht seine Menschlichkeit gekostet.

Aber wenn das stimmte, warum hatte Meruhe dann ihr Leben riskiert, um das seine zu retten?

Ihre Blicke trafen sich, und für einen unendlich kurzen Moment, zu schnell, um einen Begriff in der Sprache der Menschen dafür zu finden ... veränderte sie sich.

Es war nicht mehr Meruhe, die er sah. Er blickte in ein Gesicht, das weder alt noch jung, weder Mann noch Frau war, schon lange nicht mehr Mensch, aber immer noch nicht ganz Gott; ein schmales androgynes Antlitz, das alles Glück der Welt geschaut und allen Schmerz der Menschen gekostet hatte.

Auch das kann aus ihm werden, Andrej, flüsterte Meruhes lautlose Stimme hinter seiner Stirn. *Und das.* Wieder zerrann ihr Gesicht vor seinen Augen – und auch nur für ihn sichtbar – und wurde zu einem anderen Antlitz, härter, älter und verbitterter. Und nun erkannte er sich selbst, so wie er sein mochte – in hundert oder auch in tausend Jahren oder auch am Ende aller Zeiten: ein Mann, der alles gesehen und alles verloren hatte, was es zu sehen und zu gewinnen gibt.

»Ist es das, was aus ... mir wird?«, flüsterte er.

»Es ist ein wenig komplizierter, als du glaubst, Andrej«, sagte Meruhe. Sie hatte wieder seine Gedanken gelesen. Ein mattes, sehr trauriges Lächeln begann sich auf ihren Zügen auszubreiten. »Wir sind keine Ungeheuer. Wir sind trotz allem immer noch Menschen.«

Andrej sah zu Lokis Leiche hin. Immerhin konnten sie sterben. »So?«, fragte er. »Seid ihr das?«

»Es ist der natürliche Lauf der Dinge. So wie Abu Dun und du das seid, was aus den Sterblichen wird, wenn sie den nächsten Schritt tun, so sind wir das, was aus euch wird.«

»Und was«, fragte Andrej, »wird dann eines Tages aus euch?«

Er stand auf, bevor Meruhe antworten konnte, und drehte sich mit einer demonstrativ entschlossenen Bewegung zu Abu Dun um. »Es wird Zeit, Pirat«, sagte er mit einer Geste auf die brennende Stadt. »Dort draußen treiben sich immer noch einige von Lokis Kreaturen herum. Wir sollten sie suchen, bevor noch mehr Unschuldige getötet werden.«

»Lokis Vampyre?«, fragte Abu Dun. »Oder redest du von Frederic?«

Andrej schwieg. Der Nubier kannte die Antwort. Aber er konnte nicht wissen, was er in Frederics Seele gesehen hatte, in diesem einen, unendlich kurzen Moment, in dem ihm ein Blick direkt in die Hölle gewährt worden war.

Er sah noch einmal Meruhe an, und jetzt war sie wieder jener andere, jenes im gleichen Maße starke wie verwundbare Antlitz, das nicht wirklich er war, ihm aber ähnlich genug, um sogar ihn selbst zu täuschen, war es doch Blut von seinem Blut und Fleisch von seinem Fleisch.

Und erst jetzt, erst in diesem Moment, verstand er wirklich, warum Meruhe ihm nicht erlaubt hatte, Frederic zu töten, sondern sogar bereit gewesen war, ihr eigenes Leben zu opfern, und ein Gefühl unendlicher Liebe und noch tieferer Scham ergriff von ihm Besitz.

»Und was wirst du tun, wenn wir ihn finden?«, fragte Abu Dun. »Willst du ihn töten?«

Andrej schwieg, doch Meruhe antwortete an seiner Stelle. »Nein, Pirat. Das wird er nicht. Er kann es nicht.«

»Ach?«, fragte Abu Dun spöttisch. »Glaubst du? Und was macht dich da so sicher, wenn ich fragen darf? Vor ein paar Minuten wollte er es noch – nur, falls es dir nicht aufgefallen sein sollte.«

»Aber da wusste er auch noch nicht, wer er wirklich ist«, antwortete Meruhe. Ihre Stimme wurde schwächer, und das letzte Wort ging in einem qualvollen Husten unter. Mehr Blut lief aus ihrem Mund.

»Wer er wirklich ist?«, wiederholte Abu Dun verständnislos. »Was soll das heißen: *wer er wirklich ist?* Frederic ist Frederic!«

»Nein«, sagte Andrej leise. Vielleicht dachte er es auch nur. Seine Kehle war wie zugeschnürt, und sein Herz schlug sehr langsam und sehr hart. »Sein Name ist nicht Frederic, Abu Dun. Das war er nie.« Meruhe hatte ihm gezeigt, wer er wirklich war, und sie hatte noch ungleich mehr getan und ihm klar gemacht, was aus ihm werden konnte, sowohl im Schlechten als auch im Guten. Und ganz gleich, wie gering die Aussicht auch war, dass er nicht zum Zerstörer von Welten werden würde, sondern zum genauen Gegenteil – er hatte nicht das Recht, ihm diese Chance zu verwehren.

»Sein Name ist Marius. Er ist mein Sohn.«